JN008096

自由対談

中村文則

河出書房新社

まえがき

デビュー二十周年ということで、対談集をつくらせていただきました。総勢三十三名、三十六の対談と座談会です。目次を見てくださるとわかる通り、大変豪華な対談集になりました。

対談の順番は時系列ではなく、全体の流れを意識して構成していますが、順番に読んでも、気になるものから読んでも、もちろん自由です。ボリュームもありますので、少しずつ読んだり、対談によっては繰り返し読んだり、長く楽しめるものになっていると思います。

桃井かおりさんから始まり、大江健三郎さんで終わる対談集。自分で言うのも妙ですが、何と稀有な対談集だろう、と感じています。

中村文則

自由対談＊目次

文学 I

社会問題・テクノロジー

文学Ⅱ

ブックデザイン　鈴木成一デザイン室

自由対談

映画・音楽

×桃井かおり（俳優）

綺麗な悪の話

映画『火 Hee』公開記念

――「ロフィシャルジャパン」2016年9月号／セブン&アイ出版

中村　『火』の映画化が進み始めた当初、こういう映画にするというプロットのようなものがあったんです。まだ桃井さんは関わっていない段階なんですが、それは『火』を映画にするなら、まあこうなるだろうという感じのものでした。ところがしばらく間が空いて、改めてプロットが来たときに一変していた。そこから実は桃井さんが関わっていたんですよね。そのことを知らないまま、おこがましいんですが「別物になった。すごいものになってる」と感じて。誰か新しく入ったんだなと経験上思いました。小説を映画にするところなるだろうという僕の想像を超えていたので、その感想をメールしたら、「桃井かおりさんもお喜びになります」と。桃井さんが脚本に関わっていらっしゃるとそのときに聞きました。で、「ええ？　どういうことですか？」と聞いたら、桃井さんが監督と主演をされていると。びっくりしました。あんなに驚いたことはないっていうぐらい。

桃井　途中で、この人物はどういう想定ですか？　とか細かい質問があったんですね。それに答えているときは、私も相手が中村さんだと知らないでメール交換をしていたときもあるんです。そうしたら最後に「桃井さんだったんですね！」って入ってきて。

中村　すごくびっくりした。もう。「どなたかなあ。どなたなんだろうなあ」って思っていて、できあがったものが来たときに「わ、なんだこれは」と。しかも聞いたら桃井さんだというんですから。

桃井　私のほうもね、脚本家の兄貴が、完璧な「中村文則文学」中毒なんですよ。新作まで全作読んでいて、今日も自分が対談やりたいっていうくらいの。その兄貴は昔から自分が読んだ本をきょうだいに回してくれていたんですが、いまだに一番面白い本を必ず私に貸してくれるわけ。それで私も中村さんの作品を結構読んでいて「銃」もかなり早い時期に単行本で読んでいたんですが、「火」は収録されていなかったんです。

中村　「火」は河出文庫版から『銃』に併録してるんですよね。

『火』は体感していく小説

桃井　だから今回制作の奥山（和由）さんからいただいて初めて読んだので、運命的な出会いを感じました。私の中で『火』を読んだときのあの衝撃。まだ体に残ってる。文学界でこんな画期的なことをやる勇気がよくあったなと。恐れていない人なんだなと感じました。まずそれが監督をやる勇気になったんですね。原作がこんなに勇気を奮っているのに、これ以下の勇気で引き受けるわけにいかない。命をかけて勇気を奮いますという気持ちになりました。最初のプロットを見たときに、中村文則の世界だから、ただの映画になっちゃうのは惜しいと。せっかく映画化を許してくれたのに、やっぱりその世界じゃないと。私が「火」で一番好きなのは、活字を何の苦もなくあっという間に読み切れて体に入ってくるところ。つまり気持ちよくなったり、熱が上がったり、寒くなったり、体感していく感じなんです。読み切っちゃうと最初からまた読みたくなる。ストーリーを追うのではなくて、体が納得してる。経験したことのない文学の世界で、これはすごいぞと。ダンナが音楽関係なのでそちら方面の人にもよく会うんですが、音楽をやってる人にも中村さんの小説が好きな人がやっぱり多いんですよ。音楽のように、理屈なしに体で読んでいく。体感していってるんだなと思います。

中村　ありがとうございますと言うのも、なんだかおこがましい感じで、作家なのに言葉が見つからない（笑）。なんというか、それぞれの世代でそれぞれの桃井さん像があると思うんですよ。僕の世代だと、もちろん存在は小さいころから知っていましたけど『ＳＡＹＵＲＩ』のインパクトが大きい。僕が観たのはＤＶＤなんですけど、二〇代後半ぐらいのときかな。桃井さんの役が本当にえげつないんですよ（笑）。この存在感は何なんだと。それで『火』を桃井さんがおやりになると聞いたとき、これはもうお任せしますと。できあがったものを観たときは本当に衝撃でした。映画と小説ってまったく別物で、本来そのはずなんですが、真実って論理だけではなかったりするので、それが映像でバンッと出てきたときの衝撃がすごい。奇跡みたいな感じがして。どういうことなんだろうと思って、言葉を探したときに出てきたのが「僕の原作の映画でもあり、桃井さんの完全な映画でもある」。特殊な映画でもあると思うんですよ。主演俳優が監督というのは、つまり、画面に映り続けている人が、その映画の中心にいる。まさに『火』は主人公の女性中心の話ですから、小説の性質と今回の桃井さんの手法が一致するんですよね。そういういろいろなマジックまであって。もう一つ驚いたのが、桃井さんがお書きになった脚本とできあがった映画がまた違うんですよ（笑）。あれはライブ感ですよね？

桃井　そうなんです。いろいろアクシデントが起こっても、しょうがないじゃなくて、映画の神様がそれをくれているんだと、ここに何か真実があるんだと思って撮っていくんです。

中村　制作についてお話ししたときに、「アクシデントを運命に変えなきゃいけない」っておっしゃったのがすごく印象に残っていて、今後の人生でそう思うことにしたんです。撮影のいろいろなアクシデントや予想外のことを、運命に変えなきゃいけないってことは、それを使って、さらに良くしていくって意味ですよね。ある種の人智を超えたもの。実は僕も書きながら予期せぬ方向に行ったときは、それに任せるんです。最初に決めていることはあるんですけれど、ずれていったときは流れに任せる。そうすると、考えているよりも面白くなることが多くて。だからそこは映画と同じかもしれないです。

今回の映画で、あの小説ってこういうことだったんだって自分が書いたことを気づかされる面も多々ありました。あ、そうか、そういうことだったんだと。それが映像で、言語化されずに出るというのは、桃井さんの表情であるとか撮り方であるとか、そういうことだと思うんですけど、びっくりしたんですよね。

桃井　演じながら、確実に最初に読んだときの衝撃に戻っていきましたね。ただ、読んで読者として体感するのと、体に入れて俳優として体感するのとまたちょっと違ったんです。この文章を読み終わったらこういう感情になっていくっていうのがものすごくリアルに流れていった。だから完全に体感したって感じがしました。俳優として小説を体感したんです。私にとっても初めての体験でした。

中村　本当にもう恐縮です。あの主人公は本当にすごい。本当に衝撃的な映画です。制作側から映画にコメントをくださいと言われたときに「伝説になる」って書いたんですよ。普通ならそう思っても、少し抑えて書いたりするものなんですけど、これはもう思ったまま書いてしまえと（笑）。

観た後の不思議な爽快感

桃井　孤独を感じたり、自分は最悪だと思ったり辛かったりしたときにこの映画を観てもらって「ああ私のほうが数段ましだわ、この女より」とすっきりして帰っていただきたいなと思っています（笑）。実は当初音楽を漠然と頼んでいたときに、かわいそうな人を慰めるような、撫でるような曲があがってきたんです。「嫌な女だなと思って映画終わらないんだ、そこに行き着いてくれたのはありがとう」って思いました。でも「それいらないんで、あの、ひっぱたくみたいな音楽にしてくれます？」って言ったんです。「もう、この女！」ってひっぱたいて（笑）、さあ映画館出ていいぞって合図になるような、そういうのにしてくださいって。

中村　観た後、なんだか、印象が爽やかになる。音楽の妙というか。映画観ながら主人公について思ったのは、この女性に自分の本を読んでもらって、気に入ってもらいたいと。

桃井　うわ、最高ですね。

中村　この人があんな感じで「いいんじゃない」って言ってくれたら心からよかったって思う。うまく言えないんですけどそう感じたんですよ。だめって言われたら、自分もまだまだだっていう感じがする。すごい映画です。

桃井　もう絶対に体感してもらいたいですね。それで、どちらから入ってくれてもいいんだけど、やっぱり小説も読んでもらって。ちょうどいいバランスで整理できると思うんですよ、自分の人生を。

（後記）この「火」の映像化は、僕にとって凄まじい体験でした。存在がもう「主演」というか、どこまでも美しくて格好いい人。同じ空間にいると、緊張するのですが、幸福なんですよね。

　桃井さんは、僕のずっと憧れの人です。

×玉木宏（俳優）

ノワールで純愛を描く

映画『悪と仮面のルール』公開記念

――「IN☆POCKET」2018年1月号／講談社　取材＝松木淳

物語が生み出されるとき

玉木　中村さんと初めてお会いしたのは、本作の撮影現場でしたね。たいへん失礼なんですけど、原作を読んでこういうダーティな恐ろしい物語を書く人はどんな人だろうと思っていました。ふだんは幸せな生活を送れていないのではないかと（笑）。

中村　よくいわれます。僕をはじめて取材する若い記者さんなどは緊張するらしいんですが、しばらくすると「何だ、ふつうにしゃべれるじゃないですか」って。そりゃしゃべりますよね（笑）。僕も一応社会人ですからね（笑）。作家はすごく暗いことを書いている人が人当たりよかったり、大きな声で言えないけど、ハートウォーミングな作風の人が気難しい性格だったりするんですよ（笑）。

玉木　俳優も似たようなものです（笑）。実際のところ、中村さんにお会いしたら穏やかで明るい方で。だからこういう方の中からどうしてこんな世界が生まれてくるのかと却（かえ）って興味深く思いました。たとえば主人公の「文宏」（玉木演じる久喜文宏）を書くときは、誰かをイメージして書くんですか？

中村　いや、誰かを映像としてイメージするということはないですね。顔かたちや身体的特徴なんかを詳しく描写することもないです。

玉木　それはなぜですか？　邪魔になる？

中村　なるべく読者さんに想像の幅を持たせたいんですね。目が大きいとか髪が長いとか、それくらいしか書かないです。

玉木　プロットはきっちり固めてから執筆されるんですか？

中村　最初はぼんやりとしたプロットで書き始めるんです。ぼんやりと「たぶん、こっちに進むんだろうな」と思っていたら、方向が変わることも多くて。変わったら、その方向に進んだ方がいいものが書けると思っています。そういうことを無意識のうちにしているところがあって、一、二時間集中して書くと指しか動かしていないのにすごくお腹がすくことがあるんです。脳がものすごくエネルギーを消費しているんだろうなと思います。集中している間のことを覚えていないなんてこともあります。

玉木　すごいですね。初めてお会いしたときは、そんなふうに生み出された物語だとは知らず、大変失礼しました（笑）。

"目"は整形できない

中村　こちらこそ、玉木さんには謝らなくっちゃいけないと思っていて……。あの日、僕、ベッドシーンの撮影日にお邪魔しちゃったんですよね。

玉木　狙って来られたんですよね（笑）。

中村　違います、違います。あとでプロデューサーさんにも何であの日に呼んだんですかって抗議したんですから！　でも玉木さんはやさしい方で、カットがかかるたびに上半身裸のままで、僕のところに来てくださって。それが本当に申しわけなくって。

ところで「文宏」というのは、身体中に悪を抱えながらも悪に染まりきれない存在です。「幹彦」（中村達也演じる久喜幹彦）のように極悪に振り切ったキャラクターと違って、どっちつかずの微妙な立ち位置です。これを一貫して演じるということは、難しくなかったですか？

玉木　どんな役を演じるにしても難しさというものは伴うもので、出演のお話をいただいた段階では「難しそうだな」とか「どうしようかな」と考えることもあります。でも現場に入ってしまえば、意外と気持ちはフラットになるものなんです。監督がどういう方法で作品を作るかによって役が全然違ったものに見えることもあるし、共演者とのやり取りでも結果は変わってくる。自分ひとりでは結論が出せなくても、現場が救ってくれると思っています。

「文宏」についてですけどとくに注目したのは〝目〟でした。「文宏」は整形で顔を変えているという設定ですけど、目というものは整形できないと思うんです。「目は心の窓」とか、「目は口ほどにものをいう」とかいいますけど、この本質の部分はいくら整形しても変えることはできない。つまり顔かたちは「新谷弘一」だけれども目は「文宏」のままなんだと。

中村　なるほど。目、ですか。書いているとき、その発想はなかったです。すごいな……。

玉木　遠くから「香織」(新木優子演じる久喜香織)を見つめるときや、「新谷弘一」を追い続ける「会田」(柄本明演じる刑事)と対峙(たいじ)するときも、目は「文宏」の目のはずなんです。そこは意識したというか、注目した点でしたね。

あと、原作では「文宏」がよくタバコを吸っていますけど、最初の台本では喫煙シーンがかなり少なくなっていたんです。でも心理描写のアイテムとしてタバコはとても大切だと思ったので、中村哲平監督に「ここでタバコというアイテムを使ってもいいですか」と提案させてもらうこともありました。

ラブストーリーが露わになるラスト

中村　目といいタバコといい、お話をうかがって、映画を観て僕の心があれだけ揺り動かされたわけがわかったような気がします。僕もそうですが、映画のお客さんは役者さんの演技を分析しながら観ないじゃないですか。素直に観て、素直に感動するわけです。でも玉木さんの口からこんなに具体的な芝居の工夫を聞かせてもらうと、やっぱり映画づくりというのはすごいなと思います。原作と世界観を共有しているけれど、映画には映画ならではの面白さ、独自の素晴らしさがありますね。

玉木　原作者の方にそう言っていただけてうれしいです。中村さんは本作で印象に残ったシーンはありますか?

中村　あり過ぎて困ってしまうのですが……。やはりラストシーンですね。関係者試写会に僕の担当編集者二人といっしょに行って観たんですけど、二人とも心が荒(すさ)んだ女性なんです(笑)。それがラストシーンを観て二人とも号泣していて。「あ、この人たち涙出るんだ」って（笑）。そして実は僕自身もウルッときてしまって、だけど原作者が映像化されたものを観て泣いてしまったら、「自分が大好きな人」に思われちゃうじゃないですか（笑）。そんな事態だけは避けなければならないと一生懸命こらえました。それでもスクリーンでは「文宏」のセリフが続いている。だから「玉木さん、もうそれ以上しゃべらないでくれ、泣いてしまう！」って心で呟きながら観ていました。

玉木　ラストシーンを挙げていただけたのはうれしいです。この映画は悪とか心の闇、殺人といった陰湿で暗い装飾が施されているけれど、つまるところは「文宏」と「香織」のラブストーリーだと思うんです。その象徴があのラストシーンです。だからとても大切で、僕は最初からこのシーンに焦点を当てて、そこから逆算してここに辿りつくまでを演じたくらいです。

中村　僕も小説を書き終えて思ったんです、これは恋愛小説だなと。だから玉木さんがラブストーリーだと解釈してくれたことは原作者としてもとてもうれしいし、ありがたいです。

この映画は、玉木さんはもちろんですが、共演者の方も素晴らしいですよね。吉沢亮さん（伊藤亮祐役）も見事だったし、新木さんも「香織」の雰囲気をすごく出してくれていたし。そうそう、「香織」の少女時代を演じてくれた子役のかた（野呂真愛）の表情の作り方が、成長した後の大人の「香織」の表情のそれとちゃんとリンクしていたり。柄本さんはもう、凄まじかったし。それから「文宏」の異母兄「久喜幹彦」を演じた中村達也さん。映画で客観的に観てみると、改めて、あの兄はなんて悪いヤツなんだろうって思いました。自然に書いてたんですけどね……。

玉木　自然に……。やっぱり中村さんは抱えてるんだ、大きな闇を（笑）。

中村　（笑）。玉木さんは今回の共演者の方をどう思われましたか？

玉木　とても刺激を受けました。新木さんはお芝居に真摯に取り組むピュアな人でしたし、吉沢くんはどんどん実力をつけている俳優さんだし。そういえば吉沢くん、中村作品の大ファンなんですよ。〝中村教の信者〟といっていいくらい（笑）。それから柄本さん。

あの破壊力というか、存在感はハンパじゃないです。これは培ってきたものの重みが違うと思いました。柄本さんとはこれまでに何度も共演させていただいているんですが、あそこまでの凄みという点では今回が一番強烈に印象に残りました。

「静かに強い作品」になった理由

中村 存在感、玉木さんもすごいですよ。オーラというか、すごく遠くから見ても「あ、玉木宏だ」ってわかりますし（笑）。世界レベルの役者さんだと思うし、ワールドワイドに活躍している姿が浮かびます。この原作はすでに英語や韓国語などの翻訳版が海外で出版されていますし、今年中にはドイツ語版や中国語版も出ます。だから映画もワールドワイドに展開するのが面白いんじゃないかと思います。

玉木 僕はこの映画はノワールで純愛を描くという、これまでの日本にはなかったタイプの映画だと思います。それでいて日本的な情緒性もある……。

中村 やっぱり海外展開してほしいなあ。

玉木 そうなるといいですね。僕はこの映画をひと言でいうなら「静かに強い作品」だと思っています。登場人物は、シーンごとに二人ずつしか出てこないんです。

中村 すごいですね……。意識していなかったけど、原作でも「一対一」になってる。「一対一」で構築される特徴が、僕の小説にはありますね……。演じた役者さんだからこそわかる視点。面白いな……。

玉木 誰かと誰かが「一対一」で向き合うシーンの連続で、だから多人数の騒々しさや派手さみたいなのはなくて、終始静かに物語は進むんです。

中村 爆破シーンやカーチェイスもないですしね。

玉木 「一対一」の人間関係に迫っているからこそ、力強い人物造形になっていると思うんです。兄の「幹彦」は悪の深い闇に落ちたわけですけど、「文宏」は一線を越えても「幹彦」の領域にまで落ちることを拒否します。そして最終的にあることを決断するわけですが、そうしたことの理由、背景を骨太の人物描写から汲みとってもらえればうれしいですね。

中村 今回は原作者も意識しなかったことを、いろいろと気づかせていただきありがとうございました。こんなに素晴らしい映画にしてくれたことを、玉木さんはじめスタッフの皆さんに感謝します。本当にありがとうございました。

（後記）素晴らしい演技と、圧倒的で深みのある存在感。作品への鋭い解釈にも、とても驚かされました。やっぱり凄い人です。

吉沢亮さんとの対談でも、少し玉木さんについて話しています。

（ちなみに当然ですが、ベッドシーンの撮影は、女性が実際に脱ぐシーンの前に僕は帰っています。スタッフ側も、僕をその前にちゃんと帰すつもりでした。色々なスケジュールが、たまたまその日になってしまったんですよね……。）

×綾野剛（俳優）

そこにいるだけで「物語」を感じさせる

──「別冊プラスアクト」2012 vol.7／ワニブックス　文＝高本亜紀

──綾野さんは中村さんのデビュー作である『銃』を読んで、凄く衝撃を受けられたそうですね。

綾野　あれを読んだ時、人生半分を損してたなと思いました。まず小説をちゃんと読んだのは（『銃』が）初めてで。読み終わったあとに、活字って……こんなに美しいものだったっけと思って。で、僕としてはたっけと思って。

──もちろん脚本の内容とかもありますけど──映っているものが全ての世界に居て。でも、小説は文章だけど色んな想像も出来るものなので、衝撃でしたね。そういう感覚を素直に受け入れられてよかったと思います。

中村　僕の小説を好きでいてくれる俳優さんがいるらしいよっていう話を聞いて。じゃあ僕も出演作を観てみようと思って、最初観たのは『クローズZEROⅡ』ですね。あの時、綾野さんはロン毛で、傘をさしていて。

綾野　はい（笑）。

中村　あなたが映っている様子に、僕は大きな衝撃を受けました。要は小説書いてる時っていうのは、特定の俳優さんをイメージしないんですよ。全くイメージしない。（登場人物は）自分の中から出てくるので、基本的に自分をモデルにして書いているはずなんです。なのに、綾野さんを観た瞬間に〝『銃』の主人公って、この人じゃないか？〟と思った訳です。もちろん映画自体も面白かったんですけど、あなたの動きを追っていくと〝あぁ、『銃』の主人公ってこういうかたちなんだな〟って。〝あ、むしろこっちだったのかな〟というのもあった。僕が書いた主人公なんだけれど、特定の人物を観てそう思ったのはこれまでの経験の中で初めてだったので、かなり大きな衝撃でした。

綾野　初めて会った時にも、そう言って下さいましたね。

中村　そう。そう思っていたら会うことになったので、〝これは楽しみだな〟と思って。待ち合わせ場所に着いたら、店の前にやたらとデカいサングラスをして真っ黒な格好をした男がいた訳ですよ。それを見た瞬間、僕は〝あぁ、来た来た。今日は面白くなるな〟と思ったんだけど（笑）、あなたはサングラスをすぐ取って礼儀正しくなったから〝あぁ、こういう人なんだ〟と思ったんですよね。

綾野　はははは。

中村　っていうのが出会いですよね。そのあとも（ドラマ）『Ｍｏｔｈｅｒ』や『セカンドバージン』を観たりして。で、思ったのが――僕は映画については素人だし、役者論についても素人だから、キャラクター論でしか語れないんですが――綾野さんはそこにいるだけで物語を想起させる人だということなんです。

――それは具体的に言うと、どういうことなんですか？

中村　例えば、僕なんかが公園のベンチに座っていても、それは別に変なヤツが座っているだけのことなんです。だけど、綾野さんがベンチに座っているだけで何かの物語を感じる。バックグラウンドがあるというだけではなくて、この人は何かの物語の途中にいるんじゃないかと、そういうことを思わせる人なんですよ。これを存在感がある役者さんだというと話は簡単なんだけど、存在感だけではなくて物語性も感じさせてくれるんです。だから、綾野さんは作り手好みなのかもしれない。あなたを好きになるっていうか喋（しゃべ）らずにパッと見ただけで、小説家っていう職業に就いている人はかなり興味を持つと思いますよ。特に、小説家は映像がないものを作ってますからね。

綾野　……なんだか恐縮ですね（笑）。

中村　いや、でも本当にそう思いますよ。どうなんだろう？　持って生まれたものなのかな、これはっかりは。実物を見た時も思ったけど、映像を通して観た時も思いましたから。うん。もちろん凄い役者さんっていっぱいいると思うんですけど……これ、伝わりますかね？

――大丈夫です、十分に伝わっています。

中村　これが最初の感想なんです。

綾野　僕は役者論とか全くない人間なんで、自分の人生論でしか話せないんですけど、今、単純に生きててよかったなと思いました。ははは。嬉しいです。存在を認めてくれて……というより、自分の中に感じてくれているっていうことに対して、生きててよかったなって思いますね。

中村　例えば『セカンドバージン』ってドラマに出ていた時、凄く大きなインパクトを残したと思うんです。

綾野　はい。

中村　それも、セリフを言う前に存在感が出るというか、あの風貌で出てくるでしょう？　その一発で、見ている人はきっと〝あぁ、この人はなんか凄い〟って思うんです。もちろん、セリフでさらにインパクトが増していくんだろうけど。また凄いのが、ドラマを壊してないことなんですよ。全く壊してない。もちろん監督さんとか演出家さんの技術もあると思うし、役柄が魅力的な人物像だったっていうのもあるんだけれど、その辺もやっぱり凄いと思ったんですよね。だからあなたと知り合いっていうのを抜きにして、登場してくるのがいつも楽しみでしたよ。そういう存在感って努力とかで得られるものなのかどうかはちょっとわからないのだけれど、見た時に〝あぁ、僕とは全く違う種族だな〟と思いました。つまり、小説家っていうのは書いてるものに価値がある訳で、別に僕本人のオーラなんていうのは全く必要ないんです。でも、俳優さんっていうのは存在レベルでオーラを出していかないといけない。で、そのオーラを綾野さんにまざまざと見たから、全く違う人種がいるんだと思ったんだろうな。僕にとってこれも貴重な経験で……役者っていう存在自体に興味を持ちましたね。

綾野　へぇ！　そうですか。

中村　うん。存在感の出し方っていうのは技術じゃないんじゃないかな。その人が持って生まれたものであって、もちろん努力もあるんだろうな……っていうことを色々と思いました。

綾野　……やべぇ、なんにも言えない（笑）。

中村　小説家だけじゃなく、映画監督からも好まれるんじゃないですか？　とにかく物を作っている人。物を作ってる人全般から好かれる役者さんでしょうね。もしもオーディションとかあったら、役がなくても使うだろうなと思う。

――『クローズＺＥＲＯⅡ』は、まさにそうだったんですもんね？　オーディションの段階では役はなかったけれど、綾野さんのために急遽作られたという。

綾野　そうですね。

中村　それは凄くわかります。監督の方は凄く眼力がある方なんでしょうね。これは……どうなんだろう？　褒めていることになるんだよね？

綾野　もちろん！　今日すでに二度

目ですが、生きててよかったなと思ってます。

――片や綾野さんはこれまで本を読んだことがなかったのに、『銃』は完読した訳ですよね。なぜ読もうと思って、最後まで全て読めてしまったんだと思いますか？

綾野　まずひとつに、小説って僕、物語だと思ってたんですよ、ずっと。でも、『銃』を読んだら物を語ってなくて。それでもこういうものになるんだなっていうことにビックリしたんですよ。凄く不思議ですけど、ひとつのことを文章で完結する訳じゃないですか。でも、物を語っていない……なんて言ったらいいんですかね？　でも、それが単純に物凄く強烈だったんです。何かを語って、それをうんうんと読む方向じゃ全くなかったというか……傍観者みたいな感じというか。

中村　あれは書き方がそうなんですよ。

綾野　そうなんですか。なんて言うか、観察日記みたいな、下手したら。

中村　あぁ、そうですね。〝私〟っていうのは一人称なんですが、あの小説ではそれを三人称みたいに書いてるんですよ。つまり〝私〟っていうのを、私自身が客観視して書いてる小説なんです。それって文学論的に言えば色々とあるんだけど、綾野さんは文学論みたいなのを知らない訳じゃないですか。

綾野　はい、全く。

中村　文学論を知らない人なのにそこにグッと来たっていうのは、作者としては凄く嬉しい。しかも、あの作品を書いた時は、まだ作家になる前のフリーターですからね。『銃』は自分なりに、ああだこうだやって。現代文学の約束事って色々とあるんですけど、全部無視して好きなように書いてやろうと思ってやっていた小説なんです（笑）。だから余計嬉しいですね。そう、僕も『GANTZ PERFECT ANSWER』を観た時にね。

綾野　え？　観てくれたんですか？

中村　うん。まず綾野さんが出て来た時に、もう面白いじゃない？　あの中でひとり、髪が長いヤツがいて。

綾野　ははは。

中村　あの組織の〝謎感〟が、あなたが出た瞬間、凄く増した。もちろんこの作品も演出家とか色々な人の腕があるんだろうけれど、あなたが出て来た瞬間、人物として謎がもう出ているんですよ。で、その謎めいた人が電車の中に入ってくるじゃない？　僕はあんまりCGというものに詳しくなかったから、綾野さんの魅力はそこでどうなるんだろうと思ってたんだけど、腕がクニクニとなったりするでしょう？　あのＣＧの使い方は綾野さんの能力を面白く、また違うかたちで引き出したと思って、それにも感動したんです。結局、僕は作り手側だからそっちの興味も湧いて来て、〝このＣＧをやった人とか監督は相当な才能なんだろうな〟って、あの時に思いましたね。で、またあの時、あなたが嬉しそうに……嬉しそうだったんですよ、電車の中で。

綾野　はい、そうですね（笑）。

中村　すっげぇ嬉しそうで。この悪いヤツがこんな嬉しそうにやってるっていうのは、凄い画だなとも感じて……あれは凄く楽しかったね。また、〝拳銃が似合うな、この人は〟とも思ったし。

綾野　いやぁ、嬉しいですね。電車の中で銃を持ってというだけで軽く……楽しめていたので。

——『銃』にもそういう描写がありますもんね。

綾野　そうなんですよ。中村さんって、純粋に映像を楽しんで観てくれていますよね？　そういうところが単純に嬉しいです。あの役もある意味、自分を語ってない役ですけど、そういう演じていて感じたことを、『銃』でも感じられたことが僕も最大の衝撃でした。そこから色々と中村さんの作品を読んでいく中で、どんどんどんどん物語になっていっているのはそれでめちゃくちゃ面白いんですよ。で、主人公の見ている世界が――それはもしかしたら狭くなってるのかもしれないんですけど――そのお陰で、周りがどんどん広がってるんですよ。『銃』は周りの世界がほとんどないし、先程言ったように物語も……あるんですけど、その人を語ってはいない。今でも確かに（主人公が）自分自身を語るっていうことはないんですけど、その人がこういう洋服を着てるだとか……色々とブランド名が挙がってたじゃないですか？

中村　うんうん。

綾野　視野というか、主人公の見ているものがぐーっと広がったお陰で、全然違う世界が広がるから、『王国』なんかは……『掏摸（スリ）』も『悪と仮面のルール』もそうですけど、それはそれでやっぱり衝撃的でした。だって、ひとりの人が書いてるのに変わっていく訳だから。ただ、主人公は中村さんが書いてるんだなっていうのはわかるんです。全員に中村さんの血がやっぱり流れてるなって思うので。

中村　嬉しいです。

綾野　今ふと聞いてみたいなと思っ

たんですけど、そもそも純文学ってなんなんですか？

中村　難しいんだけど……そこに書かれている言葉の全部の意味が、その言葉全部で、その意味以上のものを出しているのが文学だと思います。で、その中で――ここからは更に主観ですが――深いものが純文学だと思っています。ストーリーの盛り上がりがあるのがエンタメで、ないのが純文学だという人もよくいるけど、それは大きな間違いでしょうね。

綾野　意味合いから離れてしまうかもしれないんですけど、この人、純文学だなと思う人はいるんですか？

中村　いますよ。綾野さんは純文学。本当にそう。例えばピースの又吉君（注：中村さんとは親交がある）も純文学だと思いますね。ただ、これは深く喋ってみないとわからないかもしれない。なんて言うのかな？　映画とかマンガとか色々なジャンルがある中でなぜわざわざ小説なのかっていうと、結局は言葉の連続だけで完璧というものがあるからなんです。例えば、太宰治の『人間失格』という本に絵はいらないんです。絵は全く不要で文章だけでいい。じゃあ、太宰の『人間失格』の全文を載せました。それに絵をつけましたっていっても、絵が邪魔なんです。そういう風に思えるのが、おそらく純文学。かといって、太宰の作品をマンガにしてみたらどうかっていうと、それはそれで面白いんですよね。でも、それはマンガの素晴らしさであり、マンガの面白さになる。純文学というのは、その文章の言葉の意味もそれぞれあるんですよ。例えば「僕はタバコを吸った」って言ったら、それは吸った以上のことは一切表現してない。けれど、「僕はタバコを吸うことにした」って言うと、ちょっと何かがその奥にあるでしょう？　なんで吸うことにしたのかなとか。

綾野　そうですね。

中村　更に「僕はタバコを吸わなければならないと思った」って書くと、また何かが奥にある。奥が伝わってくるような言葉を書くのが純文学。これは完全に僕の定義ですけどね。最近、僕はエンタメ寄りになったとか言われるんだけれど、やってることは純文学で。ただ、純文学をやりながらストーリーをつけただけなんです。『掏摸』なんて本当にエンターテインメントだと言われるけど、あれも実は純文学。ただ、別にエンタメだと思って読んでくれても構わないと思っているんです。読んだ人には普通のエンタメと違うなってわかってもらえるから。言葉じゃないから純文学ではないけど、変な話、映画を観ながら純文学的だなと思うこともありますよ。それは結局、そこに出てくる映像で映像以上のものを表現してるということですけれどね。だから話が戻るけど、綾野さんがベンチに座っているだけで物語があるというのはそういうことです。僕なんかが座ってても目の下にクマのある変な男がベンチに座っているだけで終わるんだけど、あなたが座っているとそれ以上のものが出る。それが純文学的なんだと思う。

綾野　もうひとついいですか？

中村　定義は人によって違いますよ？

綾野　いいんです。中村さんの定義が僕のひとつの正解になりますから。純文学ってパッと見、活字にすると〝純文学〟って表現されますけど、なんでああ書かれるんですか？

中村　ねぇ？　意味がわからないよね。純粋に文学なんだっていう意味の純粋文学なんじゃないかな。

綾野　そういう意味でいいんですか。

中村　多分。僕は文学の〝学〟を音楽みたいに〝楽〟にすればいいんじゃないかなと思うんだよね。学術ではなく。インテリの仕事にはまりやすいですよ、作家なんていうのは。だからインテリと同じ轍（てつ）を踏むんですよ。つまり今、マニアックなものがいっぱい出て来ているのはある意味クラシックに近い流れで。後期ロマン主義ってあるじゃない？　でもその後、メロディーがわかりにくくなってきて……とか。

綾野　はいはい。

中村　純文学は今、あれにちょっと近い状態にあって。それは危険な部分もあるから、敢えて『掏摸』みたいなものを書いたんですよ。純文学のよさを伝えて、且つ物語があるっていうのをやろうっていうのは、常に最近意識していることです。

綾野　これは読者としての意見ですけど、ある意味『掏摸』を超えた『王国』っていうのは、またいい意味で違うところな気がしてます。で、『掏摸』を読んで『王国』を読んだ人は『掏摸』が好きで、凄いのは『王国』から先に読んでも時系列が同時に進んでいるぶん（内容は）わかるじゃないですか？　だから『王国』から読んだら『王国』が好きになると思うんです。それって多分、普通のエンターテインメントの本じゃ出来ないことで、それが僕の中での純文学なんです。

中村　それは合ってると思いますよ。僕も役者の人に聞いてみたかったことがあったんです。ちょっとマニアックなことかもしれないけど。

綾野　全然大丈夫ですよ。

中村　例えばだけど、綾野さんがキャラクターAを演じるとして、その役が最後に死ぬとしますよね。キャラクターAは死ぬことをわかっていないんだけど、綾野さんは演じている役がいずれ死ぬことをわかっている訳じゃないですか。

綾野　うん、そうですね。

中村　役者さんは最終的な未来を知りながら、その役を演じていくんですよね。それって凄く難しくないのかなと思ったんです。その時はどうするんですか？　先を知らない体になりきるんですか？

綾野　そういうことですよね。ただ、芝居っていうものを語るとするならば、未来をわかっているっていうことが、僕にとっては一番芝居だと思います。

中村　というのは？

綾野　演じている役はもちろん知らないですけれど、僕は知っている訳じゃないですか。だから、自分がどういう風に演技をするのかっていうことが芝居じゃなくて、もうこの役は未来がわかっているっていうことを知っていること自体が芝居。知って演じることが一番芝居的なんです。もちろん、特殊な作品の場合はそのシーンでどういう芝居をしようとか、こういう芝居をしようとか、ある程度は逆算しますよ。例えば、前のシーンは走ってて次のカットでいきなりコンビニにバッと入ったんだったら、はぁはぁと息があがってないのは（前のシーンと）繫がってないのでもちろん逆算します。けど、最後に死ぬことだけじゃなくて、僕ら役者っていうのはそのあとにコンビニへ行くっていうのもわかっているし、コンビニに行ったあとは家に帰るっていうのもわかってる訳じゃないですか。その役柄はわかってないですけど。

中村　うんうん。

綾野　だから、僕自身が未来をわかって演じているっていうことが一番芝居をしていることですね。

中村　あぁ、なるほど。でも、それを見ている人には悟られちゃいけないじゃない？　そのさじ加減が凄く難しいなと思ってしまうんだけど、それが出来るのが役者だっていうことなのかな。綾野剛っていうのは奥に引っ込めておいて、キャラクターAになっていて、そこに入り込むと。

綾野　そういうことですかね。

中村　小説家にも色々なタイプがあると思うんだけど、先のことまで全部決めて、それを順に追っていく時は、自分が〝僕〟っていう主人公で書いている場合はその〝僕〟になりきって書くんだけれど、結末がわかっている〝僕〟になってはいけないのが結構難しくて。小説って先まで考えて書く場合もあるんだけど、大抵は考えずに書くものなんですよ。

綾野　あっ、そうなんですか？

中村　うん。変な話だけど、書いたあとで「あ、俺、こう動いたんだ」と思うこともあるし。

綾野　へぇ！　僕の場合、自分の記憶や考えが役によってはめちゃくちゃ邪魔な時がありますよ。台本を読んでいて、〝俺はこんな動きしないけどな〟と思うこともそれはたくさんあります。ただ、芝居で相手が何か言ってきたことに対して、こっちは返す。要はアクションに対してリアクションを返す時は、〝いや、俺はこんなことしないけどな〟っていうことは一切ないです。この人がこう言ってるんだから、当然なんだと思っちゃいます。

中村　あぁ、もう役になりきっているんだね！　完全にそういうことなんだ。

綾野　そうですね。それが当然だと思ってるし、それが全ての正解なんです。もっと雑に言ったら、どうやって芝居をしたらいいかは台本に全部書いてあるんですよ。正解が（台本に）書いてあるのに〝これは正解なのか？〟と悩むなんて、不思議な職業をやってるなと思います。〝これでいいのかな、このセリフで合ってるのかな〟って……いやいや、台本もあって結末もあるんだから、この通りにやっていれば必ず物語は勝手に進んでいくんです。なのに、毎回毎回、違う正解があるんじゃないかって思う。それはひとつの欲求ですけど、普段、人はいつ死ぬかわからないのに、必ず死ぬっていうことをわかっているのに生きようとしているじゃないですか。そこに矛盾してるなって思うことがあるけど、そういう感覚に近いというか……そういうことですね。

中村　役者が全員、この先どうなるかわからないまま演じるっていうことはないんですか？

綾野　あります、あります。過去に一回しか出会ってないですけど、『ブラックキス』っていう映画の台本には、〝最後のシーンだけは現場で伝えます〟って書いてありました。ただ、それってすでに演出じゃないですか。役者が動いて物語は進んでいっている中、元々画にしようとしていたAっていうことを進めていったけど、これはBのほうが面白いんじゃないかっていう可能性も凄く探ってるんだろうなと思いました。

中村　それは小説と同じですね。大体、小説は最初に決めた通りの結末に落ち着かなかったほうが面白いんです。それは自分の能力だけで書いたものが色んな影響で変わっていくからなんだけど、そうやって変わっていった結末っていうのはやっぱり面白いですよ。でも、映画とかは脚本家が脚本の中ですでにやっていることかもしれない。最初に脚本家はこういう物語にしようって決めるんだけど、でも脚本を書きながらこっちのほうが面白いなって変わっていくんだろうね。

綾野　そうかもしれないですね。

中村　役者って大変ですね。『セカンドバージン』の時は中村るい役の子供として出ていて、なりきるという言葉では弱いくらいに（その役に）なる訳でしょ？　中村るい役の子供っていうのはあの人しかいない訳だから、綾野さんがその人になるしかない。ほかにいないんだから。でも、『GANTZ～』では銃を持って電車の中にいなきゃいけない。

綾野　はい。映ってるっていう感覚はなくして、そこにいるように心がけます。

中村　だから、その人そのものなんだよね。

綾野　かっこいい言い方をすると、無意識を意識するというか。

中村　なるほど、無意識になろうとすることを意識するんですね。映画で観る役者さん達は、その瞬間だけ生きてるんだね。

綾野　人には色々なやり方があると思いますし、本当にそれこそ十人十色。だけど、僕は不器用なのでそうじゃないとほかのことが出来なくなるから、そうします。中村さんが撮影している時に〝書いてない時、すげぇ調子いい〟って、ぼそっと言ってたじゃないですか。体調がいいって。僕も役によっては体調の悪さばかりが強くなる時もありますから。

——じゃあ、ひとついいですか？　中村さんが小説を書いている時っていうのは一体どういう日常を送ってるんですか？

中村　日常ですか？　小説を書くっていうのは、如何に無意識を使うかってことなんです。つまり自分が書きたいことを書くんだけど、自分のもっともっと奥にある自分の無意識を意識的にどこまで出せるかっていうことなので、変な話、書いたあとに少し記憶が曖昧な時もあるんですよ。例えば、原稿用紙に一枚書いたあとに読み返して、〝ん？〟と思う箇所がいくつかある。書いた記憶があまりない。それはよくオリンピックに出た選手とかが〝めちゃくちゃ集中して記憶ないです〟って言っているのに近いものがあって、小説を書いている時も凄く集中するんです。だから、書いている時間自体は凄く短いですよ。一時間半くらい書いたらもう一回やめて、散歩する。で、散歩して、一回リフレッシュしてまた頭の体力が溜まってきたら、また書き始めるんです。だからスポーツに近いですね、小説を書くっていうのは。で、気持ち悪いのが、座った状態で原稿を書くでしょう? 指しか動いてないんだけど、すっげぇお腹が空くんですよ。それは結局、脳がめっちゃ動いてるから。ここ(と、頭を指して)でブドウ糖なのかわからないけど、めっちゃ使ってるんですよ。例えば、プリントされたものをチェックするゲラ読みとかあるでしょう?

綾野　はいはい。

中村　僕は大体ホテルを取ってひとりで読むんだけれど、指先しか動いてないのに二時間くらいやってると、めちゃくちゃお腹が空くからめちゃくちゃ食べるんですよ。そこもスポーツ選手みたいで、めちゃくちゃ運動したあとにお腹が空いたっていうのに近いんだけど、ピクリとも動いてないの。

綾野　じゃあ、息が上がったりすることもあるんですか?

中村　無意識に息はしてると思うけど、ただお腹が空くんです。目が疲れるとか、疲労は当たり前にあるけど、とにかくお腹が空く。これは、作家をやって三~四年してから自覚したことで、最初のころはそんなことなかった。おそらく自分でコントロールしてやってたんだろうけど、こういうことを繰り返していくのは精神的にも非常によろしくはないんだけど、やらざるを得ないからやってると、太ってくるんですよ。動いてないのに食べる訳でしょ? 脳の栄養に使ったぶんを食べているから太らないはずなのに……って変な話になってくる。

綾野　なんとなくわかります。

中村　ドストエフスキーという作家がいて、彼がてんかんだったんですよ。頻繁(ひんぱん)に発作がある。でも、そのお陰というか生まれたばかりのような純粋な気持ちになって書いたりしてるから、かなり不思議なものが出来るらしいんですよ。僕にそれはないけれど、その代わり散歩するようにしてるんです。書いたあとに一回、完全にフッとオフにして散歩してまた戻るから、小説を書いているのは夕方の本当に短い時間だけ。そこに集中してやってるから、一日に十何時間書くのはとてもじゃないけど出来ないし、意識の奥まで降りていくと無理なんです。だから、一日に一番頭が冴えている時にだけ書くようにしてるんです。役者さんも近いものがあるんじゃない？「はい、カット」っていうまで演じて、カットになるとフッと力を抜いて座って休憩して、一時間くらいしたら自分の出番が来て、フッとスイッチ入れる。で、役者さんも喋ったりするぶんだけだったら体力は使わないはずなんだけど、おそらく凄く疲れる仕事と思うんだよね。

綾野　いやぁ、そうですね。

中村　それと同じことなんだと思う。だから僕は結局、昼とか夜中はエッセイを書いていて。読者さんへ向けて自分の頭で面白おかしく構築するものは何時間でも書けるけど、小説に関してはなかなか難しいっていうのがあるからこそ、小説を書いてない時は凄く楽なんです。ちゃんと生きてる感じがするから。小説を書いてる時は自分が主人公になってるし、（小説の中に）入ってるし、記憶もぼんやりしてるし。生きてる実感がないし、自分の時間が活字に変わっていくんですよ。（自分の身を）切り売りしている感じに近いです。

綾野　生きてる感じが……っていうのはすっごくわかるっていったら変ですけど、理解出来ますね。何もしてない時っていうか、仕事してない時が一〇日間くらい続くと、疲れが如実にわかるんですよ。撮影している間は、熱が上がってても気づかないし、仕事している時はどれだけ飲んでも二日酔いとかにならないんです。ある意味、体が麻痺しちゃってる状態というか、現場でも集中力だったり、常に怖い怖いと思いながらやってるんで。だけど、オフの時はめちゃくちゃ酔っぱらう。それは、単純にまともに生きられている証拠なのかなと思いますね。

中村　なるほどね。本当に忙しい時って生きてる記憶がない。意味がわかんないですよね、こういう人生は。気がついたら歳を取ってるから、恐ろしいったらありゃしないよ。あの、リア充っているでしょ？

——現実世界が充実している人。

中村　そう。僕はあれになりたい。英会話を一月から始めているんですよ。で、思ったんです。職業は小説家で、週に一回英会話習っているってちょっとリア充じゃないかって。これで、僕も生きてる実感が湧くんじゃないかなって（笑）。

——でも、遊びではなく学びになるんですね（笑）。

中村　そう。結局、これも海外で本が出るから、現地に行って挨拶出来るようにっていう仕事用なんです。だから「小説家っていいですね」とか言われるけど、何もいいことはなく。自分の人生の時々、無意識に降りていくことを書いて、どっと疲れて一日が終わっていくだけですからね。だから、今はリアル充実がキーワード。如何に現実世界を充実させるかが鍵です。

――散歩で、その欲求は満たされないんですか？

中村　散歩は寒いし、厚着していくから怪しいし。フラフラしてるから職務質問される率も本当は高くなるんだろうし……。

綾野　職質ってよくあるんでしたっけ？

中村　これだけフラフラしてるのに、実は僕は一回もない。あれって手ぶらがいいらしいよ。鞄持ってると下着泥棒じゃないかって思われるんだって。

――（笑）雨の日でも歩くんですか？

中村　僕は、雨が大嫌いなんですよ。すっげぇ嫌いなの。

綾野　僕もです。傘をさすのが下手くそで。

中村　でしょう？　雨が嫌だから『銃』の最初は雨を降らしたんですよ。憂鬱といったら、僕は雨だから。

綾野　あの冒頭って凄いですよね。さっき、自分の人生が降りてくるっていう表現をしてたじゃないですか。

中村　降りてくるっていうよりは、下から上がってくる。そんな感じかもしれない。

綾野　常にその状況は働いているんですか？　下から上がって来ないことも……ってないですよね、話を聞いている感じだと。

中村　小説家っていうのは病気なんです。なぜかっていうと、書くアイデアがなくなることなんてあり得ないから。もちろん、そのシーンをどう書くかっていうのは迷う。当然、迷い苦しみますし、旅のエッセイって言われて〝何を書こうかな〟って悩むことはありますけど、小説に関しては九年やっていますが（書きたいことが浮かばないことは）一切ないですね。だから、これは病気。この物語病がなくなったら、多分辞めるんだと思います。でも、絶対あるから。

――絶対にですか？

中村　絶対に。書きたいことがなくなるなんてことはない。〝書くことがないんだよ〟って言ってる人もいるとは思いますけど、それは口で言っているだけか、あるいは独特な表現だと思います。特に、純文学の人は書きたいことがなくなるなんてことは……もちろん、自分の表現に迷って書けなくなるとかはあるかもしれないけど、書きたいことがなくなるっていうことはないですね。

綾野　そういうもんなんですね。

中村　よく作家志望の人に、〝書きたいことがないんだ。でも、書きたいことがなくても作家になりたい〟って言われます。その気持ちはわからなくもない。で、そういう人にどういうアドバイスをするかというと、まずビジネスホテルに泊まれと。真っ白なノートを広げて、そこに誰にも見せない用のパッと思いついたことをダーッと書く。つまり人に見せないから、自分の醜いところとか嫌な性格とかも含めて自分の存在そのものをノートに書いていくんです。そこに書きたいものは隠れているんですよ。結局、書きたいものがないっていうのは勇気がないだけで、それをやると書きたいところがそこに出てくるんです。だけど、これは精神的にはあんまりいい行為ではないのかもしれないから、あまり勧めないって言ったりするかな。ただ、今の僕はそんなことはしなくても、自動的に出て来るというか。

――じゃあ、かつては中村さんもしていた？

中村　やったことはありますよ。今書くのはこっちかな、こっちじゃないかなと思った時に、一回やってみました。そうしたら……あれは救急車ものですね。見られたら通報される、非常にやばいノートが出来上がってしまって。

――（笑）それ、どうしたんですか。

中村　うちにありますよ。あるけど、見せられない。

綾野　ビックリしたのが僕、そういうノートを書いてるんですよ。

中村　それは作家的発想ですよ。僕も、高校の時に書いていた行為が（小説の）基になっているし。悩みをひたすらノートに書き連ねていくっていうのが、僕の小説の発端ですね。

綾野　僕も何かあったら、ブワーッと書いて。例えば、死にたいだとかなんでもいいんですけど書いてますね。

――綾野さんはいつくらいから書いているんですか？

綾野　物心がついた時から、地味にやってたと思うんですよ。ただ、家に自分のノートが保管出来る状態で書いてるのは、本当にここ三年くらいです。それまでは保管出来ない状態でのほうが多かった気がしますね。例えば、紙にバーッと書いて捨てるとか、公園に行って地面に足で書いたりとかしてっていうことは多分、子供の時からっていうか――それは別に病んでるとかそういうことじゃなくて――僕にとっては普通なことだから。だけど今思うと、公園にそうやって書いて足で消してるって……結構ダメだね。危ないですね(笑)。

中村　ビジネスホテルにひとりで籠もって書くのも、だいぶやばいよ。

綾野　それはかなりやばいですね。自分の家で書く言葉とビジネスホテルで書く言葉とは多分開き方が違うと思いますし。

中村　でも、その書くっていう行為が、純文学の基ですね。それを職業的に、頭の中で熟していくっていうのが小説家の仕事。綾野さん、そのノートは溜まっていく一方ですか？

綾野　はい。

中村　書くことがなくならないっていうのは、そういうことです。僕の場合は頭の中にそのノートのようなものが全て入っているというか。で、職業に結びついて、物語にしていくことに喜びを感じている訳だから、まあ病気ですよ。

綾野　そこに結びつく話かどうかわからないんですけど、いいですか？この前、朝ドラ（「カーネーション」）の撮影でずっと大阪のビジネスホテルに泊まってたんですけど、台本のセリフが入らなくて。自分の家でやっていると、ここに何があってこういう状態があって、いつ誰に呼ばれてもすぐ行けるし、気が向けばテレビをつけて好きな音楽をかけたりということが出来るじゃないですか。けど、ビジネスホテルの部屋は自分のものが何もない状態だから、全然入って来なくて大変でしたよ。

中村　それはなんだろうね？　ビジネスホテルだと、逆に集中出来る感があるけど。

綾野　僕もそう思っていたんですけど、全然ダメで。〝これはちょっと自分で、考えてみよう〟と色々考えた末の結論なんですけど、自分のものがない状態だとめちゃくちゃダメ人間になっていくことがわかったんです。例えば、〝まだ二三時だから今すぐ（セリフを）憶えなくてもいいや。しばらく経ってから憶えよう〟とか思ってると、朝の五時まで本も開かずにいてしまうんです。

中村　それ、変わってるね。綾野さんって小物とか大事にする人？　バッグとかさ。

綾野　物持ち凄くいいですよ。

中村　だからじゃないかな。自分の分身みたいなものに包まれてないとダメな人なんじゃない？　分身が切り離されるから自分じゃないような気がして、何もする気が起きないんじゃないかとか。

綾野　確かに切り離されてる感じは

します。

中村　だから、落ち着かないのかもしれない。

綾野　集中出来ないっていうよりは、体が集中しようと思ってくれないんですよ。だから、テレビも家だと自分のいい角度に枕を置いたりしてベッドの上でテレビを見たりとかするのに、同じ姿勢のままでぼーっとしてしまうんです。

中村　インドアじゃなきゃダメなんだよ、きっと（笑）。

綾野　大阪は苦しかったから、ほぼ毎日、外に行ってました。外は自分の家ではなくて当然なので。〝俺、繊細かも〟って思ったりもしました。でも、そういうのって僕にとって物凄く重要で。そういう発見をどこかで模索して、自分の答えを出すっていう行為がまだあるんだなっていう喜びはありました。だから苦痛でしたけど、楽しかったですよ。

――おふたりに質問なんですけど、何年何月にこういうことしてたなとか思い出しますか？

綾野　それ、すっげぇ恥ずかしい質問ですね（笑）。

――さっき中村さんが自分が生きてないと感じると話していましたよね？　例えば、会社勤めをしていると月曜日から出社してってていうサイクルでいる訳ですけど、それとは全く違う仕事をしているふたりは果たして思い出せるのかなと思いまして。

綾野　役者を始めてからのほうが、わりと思い出せます。でも、つい最近のこととか三〜四日前のことは全然思い出せないです。ちゃんと考えないと思い出せないです。

中村　それはオンオフがはっきりしてるからじゃない？

綾野　そうなんですかね？

中村　僕も昔書いた小説のインタビューとか受けると、感じますね。その間に三作くらい挟まってると、読み返して〝俺こういうこと書いてたんだ〟とビックリする。で、僕の場合は結局、家にいるんで、本が出た時が全部基準ですね。一昨年の夏と言われたら六月に『悪と仮面のルール』が出たな、七月はプロモーションしててインタビュー受けてたなとか、全部それが基準です。

――外との交わりで感じるということですか？

中村　そう、それですね。

――本が出た時は、感情的には何か思うからこそ憶えてるんですかね？

中村　本を出した直後は苦痛が多いですね。書いてる時は苦しい喜びがあるんですが、出したあとは苦痛が大きい。だけど、読者さんからの反応が来たり、本が増刷したりすると、あぁよかったなって思いますけどね。

綾野　僕はここ一週間のことはまともに話せないし、昨日のことも考えないとわからない。でも、例えば中村さんとどこで会ったかとかは明確に憶えている。中村さんが最初に頼んだお酒も憶えているし。

中村　なんだった？

綾野　ジントニックです。

中村　ああそうだ。凄く驚いたことがあった。綾野さんって役者だから観られる側の人でしょう？　なのに、人のことをよく観てるんですよ。「中村さんって、なんで靴がブカブカなんですか？」って言われた時、よく気づいたねと思った。僕、足の形が変で横に平らなので、ちょうど合う靴がないんです。だから敢えてブカブカの靴を履かないと靴擦れしちゃうんです。しかも、その時一回も僕の靴は見てないはずなんです。そんなことを言う人っていないでしょう？　いや、逆ならわかりますよ。僕が作家で、「綾野さんって……」って言ったなら、〝この作家はよく観てるな〟っていう反応だけど、そうじゃなくて観られる側の綾野さんがよく観ている訳だからね（笑）。凄くビックリしたんです。

――綾野さん、それは憶えてますか？

綾野　憶えてます、憶えてます。今日、中村さんに会った時も一番ホッとしたのはそこでした。〝あ、今日もブカブカだな〟と思って。歩き方で思ったんですよね。〝凄く特徴あるのはなんでかな。あぁ、靴だな〟と思って。

中村　あれはビックリした。だけど、役者さんっていうのは観られる仕事だけど観ることも凄く大事だと思うんですよ。全部が全部、演技に結びつく訳でしょう？　小説家だって書く仕事なんだけど観る仕事も大事だから、あの辺も面白い人だなと思っちゃったんだろうね。

綾野　中村さんに対しても一緒ですよ。〝超〟なんて言葉を使うんだっていうのが、一番気持ちよかった。〝超凄くない？〟とか。

中村　〝やばい〟とかね。

綾野　『銃』のパワーを感じてた訳だから、当然めちゃくちゃイメージしていたんですよ。もちろん、中村さんは普通の人ではないです、全然。悪い人だなとは思うんですけど（笑）。

中村　ははは。それ、大西順子さんっていうピアニストにも言われた。「あなた、作家なのにその言葉遣いなの？　書いてるものと全然違うじゃない」って。

綾野　で、〝超〟とか使っていても、声のトーンとか表情とかで全部成立しちゃってるんですよね。普段から言ってるんだなってわかったというか。ポップなんですよね、思っている以上に。

中村　本人はね。

綾野　はい。僕もやってきた役のせいで、普段からぶっ飛んでいて、すぐ人を殴るんじゃないかとか本当に思われてるんです。ファンにもたまに罵声（ばせい）してくれとか肘入れてくれとか言われることがあって。そういう話を新井浩文さんっていう俳優さんにしたら、〝本当に優しくない人が、そういう強烈なことをやっても強烈に見えないんだ〟っていうようなことを言ってくれて、凄く……スッと言葉に落ちたんです。中村さんも物凄く常識人だから、ああいうテーマの作品を書けるんだなと。書いてても面白いんだろうなって思いました。

——こういう異文化交流というのは、中村さんにとって新しい風を生んだりするんですか？

中村　面白いですよ。役者の人がどう考えて演技してるのかわかったし。あと、そうだ。思ったんだ。役を演じるっていうことは、別の人生を経験することになるじゃないですか。それって、やっぱり快感ですか？

綾野　役者をやる要素が色々とあるとしたら、それが全て占めている訳じゃないけどオプションとしてはあると思います。

中村　じゃあ、人の人生を演じることが、なぜそれが快感になるんですか？　……って困らせてみようかな……。

綾野　あぁ、悪い人だ！（笑）

中村　なんでだろうね？

綾野　ひとつ言うとすれば、何かを出してる感じがあるんですよ。自分の中で……なんて言うんですか？　劣化しつつあるものだったりとか。

中村　演じる役柄によって、自分が日常生活では出せない部分が出せるということなのかな。

綾野　それは絶対あります。心の中ではこんなことしてみたい、あんなことしてみたいって思っているので。

中村　それが役になると、ある意味出来ちゃう訳だ。演じているっていうレベルは越えて、その人本人になりきってる訳だから。

綾野　例えば、人に背後からドロップキックをかましてみたいなとか、そういう自分の中にある悪みたいなものは、常にいっぱいあるので。しかも、それは何かされたいっていうことはほとんどなくて、こっちから何かするっていう自発的なことが多いんです。

中村　非常によくわかるよ。悪いイメージだけじゃなくて、例えば人にお節介を焼くタイプではないけれど、いい人にもなってみたい、でも自分はそうじゃないと思っている人なら、役でそれが出来るという快感はあるよね。それは小説と同じかもしれない。駅を歩いていて、男ふたりが「それマジで？　……へへへ」って笑ってて、〝へへへ〟っていう笑い声が気に入らなかったことがあったんですよ。この場合、僕の小説の主人公だったら、そのふたりの真ん中を通っていくでしょう？

綾野　うん！　そうですね。

中村　普段の僕だったらやらないんだけど、あまりにも疲れてたからそれをやってしまったことがあって。しかも、見ず知らずの人の肩をつかんで「邪魔」って。僕は別に背が高くないし、こんなおとなしい、どっちかといったらキュンとした顔をしているのにやっちゃった訳ですよ。

綾野　ははは。

中村　やった瞬間、〝しまった！　これじゃあ、小説の俺じゃん〟と思って。だけど、謝るのも癪（しゃく）だからそのまま素通りして行ったら、やられたほうはやられたほうで〝なんであんな普通の人にこんなことされてんの？〟みたいになっていた（笑）。

綾野　ははは。僕も、中村さんが言ったみたいに、現実の時にかなり突飛なことをしてしまうことも時にはあります。自分の危うさをコントロールしてもてあそんで楽しんでいるというか、手のひらで転がしている感じは豊かですよね。

中村　結局、演じることも物を作るということだから、そういう人はある程度の狂気性を負いますよ。どんなにかわいらしく見える人でも何かしらはあると思うし。だからこそ、演じることが出来るっていうのもあるでしょうね。

（後記）「あなた」と呼んだり「綾野さん」と呼んだり、この時はまだ距離を測っているのが個人的にツボでした。次の対談で、急に距離が縮まってるのも面白いです。
　ちなみに今は逆で、小説を書いていない時の方が、辛いです。

×綾野剛（俳優）

変わっているようで、変わらない

——「ダ・ヴィンチ」2015年2月号／KADOKAWA　取材・文＝吉田大助

綾野　『教団X』、まだ一四二ページまでしか読めてないんです。すみません。

中村　だって今、連ドラの撮影中でしょ？　あの本は、ちびちび読むのもいいと思うしね。

綾野　僕も思いました。一気に読むと、脳内カオスが起こるんです。例えばお酒のアテでいうところのカラスミとか、いわゆる珍味と言われるものを一気に食べると、頭がくらくらするじゃないですか。

中村　面白い（笑）。あの本は珍味の連続だもんね。確かに。

綾野　実を言うと、読む時間がなかったわけでは決してないのに、あえて一四二ページで読むのを止めたんです。「これ以上読んだらヤバいかもしれない」と、自分が正常を保ちたい観念に駆られてしまったんです。

中村　『教団X』は雑誌で連載してたやつなんだけど、本にするために読み返してたら、自分でもやばかったんだよね。

綾野　一四二ページまでは、がーっと一気に読んだんです。教祖の松尾が信者に向かって語ってるんです。

——「教祖の奇妙な話」という挿話で、教祖の松尾正太郎が、宗教と量子力学の話を合体させて語っているシーンですね。

綾野　そこのセリフで「我々は、限られた範囲での偶然の連続による人生というショウを見せられている観客である」。……カラスミぶーわーですよ（笑）。

中村　危ない本だよね。前半は珍味かもしれないけど、後半から毒薬になるし（笑）。「悪」についても、メーターを振り切って書いてる。

綾野　さっき本の表紙を初めて見せてもらって確信しました、「中村さんはもう、自分の中にある悪の部分を隠す気はないんだな」と。今まではまだ、隠してたところがあったと思うんです。でも、とうとう隠さなくなった。

中村　僕もこの表紙を見た時は驚いたんだよ。鈴木成一さんという装丁家の方が作ってくださったんだけど、なんというか、「悪の聖書」みたい（笑）。でも本の内容的には、強い光と希望を込めてます。

綾野　……表紙を見ていたら、自分の顔に見えてきました。

中村　ホントだ、剛君に似てるわ。

『銃』を読んだ瞬間そこには僕がいたんです

中村　剛君とは……あっ、普段は「剛君」って呼ぶんだけれども、対談は「綾野さん」の方がいいのかな？

綾野　僕は「中村さん」ですからね。

中村　綾野さんと……やっぱりダメだ（笑）、剛君と最初に会ったのはもうだいぶ前だよね。

綾野　『クローズＺＥＲＯⅡ』が公開された後だから、もう五年前ですね。

中村　初対面で、「あなたはＳかＭか？」って話になったよね。

綾野　なりましたね。

中村　お互いにＳだとなって、「どっちが焼き魚のサンマをＳっぽく食べられるか？」という勝負をした。今振り返るとね、初対面でやることじゃない！

綾野　僕は、今でも全部覚えてます。

中村　めちゃくちゃ面白かったんだけどね。どういうふうに食べたかはさすがにね、「ダ・ヴィンチ」では言えないけど。

綾野　あの時は僕、サンマの目にカラシを散々振りかけてレモン汁を絞って「どうだ！」って気になってたんですが、今思えば浅はかだったなと。表層的な表現だなと。もし今やるんだったら、サンマの頭と尻尾だけ残して骨だけにする。

中村　あー、成長してる（笑）。

――五年前に初めて会ったというお話でしたが、きっかけは？

綾野　僕は「３年本」という本を出してるんですが

（正式タイトルは『綾野剛　２００９▼２０１３▼』）、それを作ったフリーライターの方が「綾野は中村さんの世界に合う」と思われたらしく、事務所に『銃』の文庫を送ってきてくれたんです。なんとなく開いてみたら、冒頭の一行で、風が吹いた。「昨日、私は拳銃を拾った。あるいは盗んだのかもしれないが、私にはよくわからない」。

中村　それね。続く言葉も含めて、当時二三歳のフリーターだった自分が、「これは来た。」と思った瞬間だったな……。

綾野　これを読んだときに……そこにいたのは自分だったんです。上で電車が走っていて、河川敷に雨の中ひとり、私は立っている。銃を手に持っている。目の前に人が倒れてる。その映像がブワーッと脳内に入ってきて……ものの数時間で全部読み終えました。ずっと緊迫してたんですね、告白されたかのように。読んでいる間中、僕は『銃』の主人公である「私」が、自分そのもののように思えて仕方なかったんです。そこから『土の中の子供』を読み、他の作品も読みあさっていくうちに、フリーライターの方が「中村さんにお会いしませんか？」と。「ぜひ会いたいです」と伝えたのが五年前です。

中村　噂は聞いてたんだよね。役者さんで、僕の小説を好きな人がいるって。それで、剛君に会う前に『クローズＺＥＲＯⅡ』を観たんだけど、すぐ分かったよ。「あっ、俺の小説を好きなのはこの人だ」って。

綾野　あははは（笑）。

中村　これは面白い存在感だなと思って、僕もぜひ会ってみたいなと。

綾野　初めてお会いした時、中村さんが嬉しいひとことを言ってくれたんです。「君は『銃』の主人公だね」と。

中村　そうそう。実際にお会いしたら「ここにいるじゃん！」と思ったんだよね。……ここまではいい話なのに、その後始まったのが「どっちがＳっぽくサンマを食えるか？」ってやつ。なんでそうなったのかな（笑）。

一年後だと遅すぎる、もっと前だと早すぎる

中村　五年前に会った頃の剛君は、映画やドラマの中

で、物語にインパクトを付ける役割を演じることが多かったでしょ。でも、ここ数年は主演を張るようになっている。これは今日絶対言おうと思ってたんだけど、剛君が主演した『そこのみにて光輝く』(二〇一四年公開。原作は佐藤泰志の同名小説)、あれホントにいい映画だと思う。

綾野　ありがとうございます。

中村　すべてがハイクオリティなんだけど、剛君の演技は本当に素晴らしかった。ある事件をやらかしてしまった相棒が、アパートの前の廊下で座っててさ。ぎゅっと、剛君が相棒を抱きしめるシーンがあるでしょ。あれを観た時、ものすごい説得力を感じたの。これは僕の想像なんだけど……役者さんっていうのは役に入り込む、そのキャラクターそのものになるわけだよね。

綾野　感謝です。あの映画の撮影中、僕はずっと〈達夫〉だったと思います。

中村　でもそのうえでさ、役者さんがこれまで歩んできた人生みたいなものが否応(いやおう)無しに投影されていくと思うの。それでいうと、剛君は人間関係というものをものすごく大事にしてる人だと思うんだよね。俳優の後輩がいっぱいできてるはず。でも、剛君は後輩に対して、後輩として接してないでしょ?

綾野　はい。接してないです。

中村　友達、とか、仲間、という感覚で接してるでしょ。だけど後輩は剛君がそう接していても、兄貴のように慕(した)ってる感じがあると思う。

綾野　そうかもしれないですね。

中村　そういう関係性を人生で積み重ねてきたからこそ、兄貴分的な主人公が年下の相棒をガッと抱くシーンにものすごく説得力を感じた気がするんだよね。二〇代の頃の綾野剛だったら、あのシーンはあそこまで説得力は持たせられなかったんじゃないかという気がする。

綾野　持たせられなかったです。そう言い切れます。

中村　三〇歳を越えたからできた演技なんじゃないかと思うと、二〇代の頃からずっと見てきた人間としては嬉しかった。

綾野　今の話はホント嬉しくて……やっぱ中村さん、俺のことスーパー好きなんだなって思いました。

中村　そんな感想なの(笑)。

綾野　だって、僕のこと理解してくれています。僕に何か大切なものがもしあるとしたら、感情なんです。役の感情を自分の血や肉体で表現するってことが、何よりも自分自身にとって「生きてる」と感じる瞬間。「役を生きてる」という瞬間と、「自分自身が生きてる」と思う瞬間が一致するんです。今おっしゃっていただいたシーンは、まさにそれだったんです。

中村　それでいうと、剛君が今主演しているドラマ（『すべてがFになる』）は、演じるのが相当難しいんじゃないかと思った。あれはミステリーだから、筋がものすごくはっきりしてる。役者さんが個性を出すと、観る方は筋を忘れちゃうわけでしょ。

綾野　はい。この役を演じるうえで僕は「人間」ではなく、物語の「コマ」であるべきだと思いました。そのやり方って人生で初めてだったし、僕にとっては一番苦手な部類の作品なんです。それを連続ドラマ初主演作に選んだのは、自分の中でちゃんと意識があって。抗（あらが）わず向き合っていく作業は、今後の俳優人生にすごく影響してくるなと思ったんですよね。一年後だと遅すぎる、もっと前だと早すぎる。やるなら今だ、と思ったんですよ。

主人公はすべて同一人物？　主人公は中村文則?!

中村　チャレンジャーだよね。前からそうだったけど。

綾野　変化を恐れず、過去の自分をいい意味で壊していく作業というのは、僕は中村さんから学んだんです。影響を受けてるんです、人生観にも大きく。

——その感覚、詳しく教えていただけますか？

綾野　僕は『銃』を読んだ後に『土の中の子供』を読んで、『最後の命』『遮光』『世界の果て』を読んだんですが……。

中村　その後に、『掏摸（スリ）』？

綾野　そうですね。それで、『掏摸』を読んだ時、「あれ？」って思ったんです。譬（たと）えて言うなら、笑いながら飲んでいた会話中に、いきなり平手打ちを食らったような感じ。「え？　何？　何があったの？」と。でも中村さんは笑ってるんです。「ま、いっか」と飲み直したら、またパンって叩かれるんです。

中村　読者のみなさんに一応お断りしておくと、これは彼の比喩で、ホントに叩いてはないですからね。

綾野　僕はそれまで中村さんの小説を、モノクロの世界として読んでたんです。『掏摸』を読んで初めて、色が入った。表層的な言葉を使うと、すごくエンターテインメントになった。その時に「うわ、すごいこと始めようとしてる」と思って焦ったんです。「置いてかれる」って。その後に『王国』（『掏摸』の続編であり兄妹編）を読んだら、ひと連なりのエンターテインメントになっていることにさらに衝撃を受けて……。

中村　「『王国』読みました」って電話がかかってきたのが、朝の四時。しかも、めちゃめちゃ酔っ払ってる（笑）。最初は理路整然と『王国』のことを熱く語ってくれるんだけど、だんだん論理が崩壊してきて、僕も眠いからふわふわした感じでお互いずっとしゃべってた。

「俺もこの境地に早く行きたい」って。

綾野　すみません（笑）。『掏摸』から先の作品は、カラーが加速していきましたね。『悪と仮面のルール』、『迷宮』、『去年の冬、きみと別れ』なんて、もう……あの作品で、また変わった感じがあったんじゃないですか？

中村　『去年の冬、きみと別れ』は、それまで「物語性を導入する」ってことはちょくちょくやってたんだけども、一回思いっきりやってみようと思ったんだよね。で、それを越えるインパクトってなると、大長編しかない。だから『教団X』を書いたってのはある。

綾野　中村さんが書いてる本って、僕が勝手に思っているのは、主人公は同一人物なんです。『掏摸』の主人公も『教団X』の主人公も。ただ、その世界のリアリティが変わっているだけで、そこに立っている人間は変わらない。そこが愛おしいのです。

中村　うん。主人公は全部一緒ってことでいいと思います。まあ、言ってしまえば僕自身ってことなんだけど。

綾野　あぁ……。やはり、中村文則は化物。

自分の中心にあるものを変えずに、周りを変える

中村　こうやって対談する時は何か特別なタイミングで、具体的には僕の作品を綾野剛主演で作った時まで取っておこう、という話をしてたのに。またやっちゃったね、フライングで（笑）。そういえば、文庫の『掏

摸』でコメントを出してくれたじゃない？　他の出版社からも、コメント依頼が殺到しているんじゃないかと思うんだけど、ぜんぜん見ないよね。

綾野　お話は頂きます。感謝もしていますが、僕は評論家ではないので、お会いしたことがない方のコメントを書くことが非常に難しいのです。あと、そうすることで、中村さんに敵を増やしたい。

中村　今もう既に、いっぱい敵いるし！（笑）

綾野　さっき『掏摸』のコメントを久々に見たら変な気持ちになりました。「血も心も身体も嘘みたいに、ここには確かな生（じじつ）がある」……。

中村　めちゃめちゃいいじゃん。『銃』の文庫のコメントも好きだよ。「孤独は向かってくるのではない帰ってくるのだ」。

綾野　『教団X』にもコメントを出させてもらうことになってるんです。今、急激に自分の中でハードル上がった感じしました。

中村　剛君が演じるなら、〈楢崎〉よりも〈高原〉だよね。革命にたまたま居合わせてしまう方じゃなくて、革命を起こす方だと思う。

綾野　ありがとうございます。でも、〈楢崎〉が性に溺れていくシーンは人間的で本能的ですが、魅力的ですよね。「どうしよう、もう止まらない」みたいな。

中村　今の剛君なら両方できるのか。昔だったら〈高原〉だけだったかもしれないけど。

綾野　これをある監督に読んでほしいんです。一〇〇％狂ってくれると思う。

——そろそろ時間が来てしまいました。最後に何か伝えたいことがありましたら。

中村　役者さんとしては、すごくいい流れを歩んできていると思う。最初はインパクトのある役柄でキャリアを積んで、ありとあらゆる役柄をやってきた。主演を張る立場になった今、その経験というのは確実に財産になっているよね。これからも、いろんな綾野剛を見たいなと。

綾野　ありがとうございます。僕の中で絶対に変わらないものがあるとするなら、単館アート系の作品なんです。日本映画の伝統を継ぐような、間とか侘び寂だとか、そこに流れる質感みたいなものを大事にできる作品。必ず年に一本でも出演したい。もともと自分が単館アート系ばっかりやっていたからこそ、どんな大きな作品をやった後も、そこへ戻っていけるんです。

中村 僕もいろいろ変わっていってるけど、中心にあるものは全然変わってないんだよね。中心にあるものを変えずに、周りを変えることで、中心にあるものの見せ方を変えている。

綾野 だから僕らは、変わっているようで変わらない。

中村 そうだね。確か、映画監督のフェリーニが言ってたんだけど、自分がやりたいことをやるのは簡単だ、自分がやりたいことを世の中へ広げるのが難しいんだ、と。ホントその通り。

綾野 最後にひとこと言ってもいいですか？

中村 何？ 怖いなあ。

綾野 中村さんが俺のことを好きな気持ちよりも、俺が中村さんのこと好きな気持ちの方が絶対強いですから。

中村 ホント、負けず嫌いだよね（笑）。

（後記）結果的に『銃』は村上虹郎君が演じてくれたのですが、彼も「虹郎なら」と喜んでくれました。剛君には、早く僕の小説を主演で演じて欲しい。早く。

綾野剛は、誰かに「彼は最高の男だよ」と言いたくなるような男です。

×岩田剛典（パフォーマー・俳優）

愛について思うこと

映画『去年の冬、きみと別れ』公開記念

——「CREA」2018年4月号／文藝春秋

——撮影中、何気ない会話で盛り上がっている様子が印象的でした。二人は何度もお会いされている？

中村　今日が四回目、かな。初めてお会いしたのは、映画の撮影現場でした。ものすごく緊張感のある現場だったから、僕はとにかくみんなの邪魔をしないよう隅っこの方で見学させていただいて。休憩時間になったところでご挨拶に行ったら、岩田さんが優しくさわやかに受け入れてくれて、あったかい気持ちになりました。

岩田　あの時お会いできてすごく嬉しかったです。撮影現場にわざわざ原作者の方が足を運んでくださるというのは、映画のことを大事に思ってくださっているんだなと肌で感じることができましたし、その時中村さんに「チャレンジングな役柄だと思うけど、岩田さんにとって一つのターニングポイントになるような作品になるかもしれないですよね」というお話をしていただいたんですよ。その言葉が撮影期間中、ずっと励(はげ)みになったんです。

——岩田さん演じる〈耶雲〉は新進気鋭の記者。女性焼死事件の容疑者で天才カメラマン・木原坂（斎藤工）を取材し、真実を突き止めようと奔走します。この初期設定だけ取り出してみても、映画ならではのアレンジが加わっています。その他にも、大胆なアレンジが施されていますよね。

中村　この本を出した時、読者の方に「これは映像化不可能だ」と言っていただくことが多かったんです。僕自身もそういうものを書きたい、という気持ちがはっきりありました。小説ならではの、小説でしか体験できないものを読者さんに差し出したかった。それを映像化すると言われたら、「どうやって？」と思うじゃないですか。でも、プロットと脚本をいただいた時に、「ああ、この手があったか」と。これなら面白いなと思って、ＯＫを出したんです。

岩田　脚本は予想できない展開の連続だったし、真実が明かされた時の衝撃が強烈でした。脚本の後で原作も読ませていただいたんですが、「そうか、映画のあのシーンはここに繋がっているのか」とか、いろいろと掘り下げてみたいポイントが発見できて。撮影に入る前は原作を何回も読み返して、イメージを膨らませていましたね。

二人の共通点は「ギャップ」

中村　僕は映画に関して素人ですが、主演の役者さんっていうのは、その映画のど真ん中にいる。物語の本筋を語る存在であるとともに、いろいろな登場人物たちの距離感を生み出す、基準となる存在なのかなと思うんですね。演技が素晴らしかったのはもちろん、そこも見事に達成していて、岩田さんでよかったなあとしみじみ思いました。

岩田　本当に光栄です。芝居の表情だったり声色（こわいろ）だったり、瀧本（智行）監督がものすごい繊細に芝居の火加減を調整してくださったんです。

中村　岩田さんは大変だったと思うな……。正直、この役を引き受けることって悩まれませんでした？

岩田　悩みました。やりたいんだけれども、やれるのか。「自分に務まるのか？」という葛藤がありました。でも、オファーをくださった方が、役者としての自分に賭けてくださった気持ちが伝わってきて嬉しかったんです。この役を演じることで、自分の中での表現者としての殻をひとつ破れるんじゃないか、という予感もありました。

中村　で、いざ現場に入ったらみんなすっごい緊張感だったと（笑）。

岩田　そうですね（笑）。精神的に、ここまで追い込まれた経験は今までなかったです。お芝居のことを考えすぎて、夢に監督が出てきたりしましたし。長く暗い、どこまでも続くトンネルの中に、撮影中はずっと閉じ込められていた感覚があります。クランクアップした時は一味違った解放感でしたね。「やっと息継ぎできた！」と。

中村　（笑）。

岩田　これだけの長い期間、役を自分の中に入れて生活することは稀な経験でした。プライベートでもいろんなことに蓋をしていたんです。撮影が休みになっても、人に会ったりとか楽しい場所に行ったりすると、役が抜け出ていってしまうんじゃないかと不安で。なるべく自分の部屋に籠って、現場以外のところで感情が大きく動くようなことはなくそう、と。役者さんのタイプによるんだと思いますが、僕はそういうタイプみたいです。

中村　感情を抑制するところはちゃんと抑制して、振り切るところは完全に振り切っていて。岩田さんを知っている人ほど驚くよね、きっと。

岩田　実は僕も、中村さんにお会いしてびっくりしたことがあるんです。明るくて、物腰が柔らかで、誠実で。作風とものすごくギャップを感じたんですよね。この人がこういう小説を書いたんだと思うと、底知れない闇の深さを感じたんですよ。

中村　はははは。

この映画は「小説化不可能」

――映画ではさまざまなアレンジが施されているにもかかわらず、原作を忠実に再現していると感じられる。その理由は、人物像にあるのではないかと思いました。〈耶雲〉の中に渦巻いている感情は、原作で描かれていたテーマや世界観そのものではなかったでしょうか？

岩田　恋愛感情であったり、それを失った時の悲しみであったり、そこから湧き起こる憎しみや執着心、人間が変わっていく様であったりとか……。そうですね、ストーリーに違いはあっても、世界観みたいなものは同じだったと思います。

中村　そう思いますね。逆に言うと、核となる部分はまったく同じなのに、違って見えるというのがすごい。

岩田　ここまでの感情になることって、日常生活ではまずないじゃないですか。

中村　役柄でもあんまりないんじゃないですか？

岩田　ないですね。ここまでの爆発的な感情っていうのは、共感できるかと言われるとなかなか難しい部分もあります。現実の中で求めてはいけない感情だなと思いつつ、彼が持っている「愛ゆえの強さ」は、僕も見習いたいところではあるかなと思っています。……すみません、役柄についてはなかなかお話しするのが難しいですね。

中村　確かに難しい。本が出た時のインタビューでも難しかったですもん。

岩田　こうなると、「とにかく観てほしい」としか言えないんです(笑)。

中村　僕ね、できあがった映画を観ながら、自分が原作者であることは完全に忘れていたんですよ。とにかく引き込まれました。小説をただ映画に、映像に移し替えただけじゃないんですよね。小説が「映像化不可能」だったように、この映画はある意味「小説化不可能」なんです。原作を読んでいる人も読んでいない人も、とにかく観てほしい。驚いてほしい、と思います。

岩田　最近、試写を観た方からの感想が少しずつ耳に入るようになったんですね。「泣きました」と言う方もいれば、「怖かった」と言う方もいる。正反対の感想があって、面白かったんですよ。ぜひ映画館で観てほしいですね。観た後はぜひ、感想を教えてほしいです。

（後記）超絶な人気の渦中にい続けている人なのに、とても爽やかで謙虚で、驚きました。
でも一流の人は、大抵みんなそうなんですよね。演技も素晴らしくて、この人もやっぱり、凄い人です。

×吉沢亮（俳優）

“水”の演出　映画『悪と仮面のルール』公開記念

──「映画ナタリー」2018年1月5日公開　構成・文＝浅見みなほ

『掏摸（スリ）』を勧められて

──今回は、吉沢亮さんが中村文則さんの大ファンであると伺い、お二人の対談をセッティングさせていただきました。ではまず吉沢さんが中村さんの作品を好きになったきっかけを教えてください。

吉沢　はい。もう、すでに笑顔をこらえられないんですけど（笑）。僕はもともと小説をたくさん読んでいるほうではないんです。でもこういう仕事をするうえで文学にも触れたほうがいいかなと思っていた頃、ちょうど食事に行った役者さんに「何か面白い小説ありますか？」って聞いたら、「中村文則さんの『掏摸』っていうのがすごく面白いよ、君も好きだと思う」と教えてもらって。言われるがままに読んでみたら本当に面白かったんです。そこから『王国』も読んで、『何もかも憂鬱な夜に』を読んで、どハマりしたっていう流れですね。

中村　それはうれしいなあ。

吉沢　それからは『銃』や『遮光』とかも、いろいろ読み始めて。ほぼ全部読んでいると思います。……なんか、恥ずかしいですね（笑）。

中村　いやいや、ありがたいです。でもこれ、言われるほうもどういう顔で聞いていればいいのかわからないよ！　うなずくわけにもいかないし。

一同　（笑）

──では吉沢さんが一番好きな中村さんの作品を挙げるとしたら？

吉沢　一番かあ。『銃』か……『遮光』か……『何も

かも憂鬱な夜に』ですかね……。選べない、どれだろう⁉

中村　すごい、もう昔からの読者さんが選ぶような作品ですよ（笑）。

吉沢　ははは。基本的に全部好きなので、選ぶとなると難しいんですけど、一番は『銃』ですかね。

――拳銃を拾った大学生の主人公が、次第にその存在にのめり込んでいくさまを淡々と描く作品です。

吉沢　はい。あれがデビュー作と伺ったんですが、作品から出てくるエネルギーがすごくて。

中村　あれは僕が二三歳から二四歳のときに書いた作品ですね。デビューは二五歳なんですが、書いてから応募するまでに少し時間が空いたので。

吉沢　じゃあちょうど今の僕くらいの年齢だったんですね。言葉で説明するのは難しいんですが、理解を超えた衝動的な部分が好きなんです。心が突き動かされるような描写がすごく多くて。それこそ、最後の最後に銃を撃ってしまうところとか。

中村　ああ、あのやっちゃった感じね（笑）。

吉沢　そうなんです。やっちゃってるな！って（笑）。そういう部分がすごく衝撃的で、気付いたら読み終わっていた感覚です。

――中村さんは普段、読者層を意識して執筆することはあるのでしょうか？

中村　いや、なんと言うか、自然に書いていますね。でもここ数年、吉沢さんのように演じる側の方々から好きと言ってもらえることが多くて。編集者が評判を教えてくれるんですよ。今回も、そもそも「ダ・ヴィンチ」という雑誌で僕の作品を特集してもらったときに、「吉沢亮さんがコメントを書いてくれていますよ」と聞いたんです。そしてこの『悪と仮面のルール』の映画化の話になったとき、キャストに吉沢さんの名前が入っていたので、素晴らしいじゃないかと。僕もうれしかったですね。

吉沢　ありがとうございます。中村さんの作品を好きな役者は、すごく多いですね。僕は『悪と仮面のルール』も出演のお話をいただくずっと前から読んでいたので、めちゃくちゃうれしかったです。ここまで自分が好きだった作品の実写版に参加する経験はなかったので、単純にうれしい気持ちもありつつ、プレッシャーも感じました。やっぱり読者として、ほかの人が演じて失敗していたら、嫌じゃないですか（笑）。

中村　本当に、そうだよね（笑）。

吉沢　はい。だから主演ではないですけど、自分がやるとなったら絶対に面白いものにしなきゃという気持ちがありました。でも僕は、中村さんの作品の中でもこの『悪と仮面のルール』や『掏摸』はすごくエンタテインメント性の強い作品な気がしていたので、そういう意味では実写化向きなのかなと。小説が素晴らしいので当たり前なんですけど、特に面白い作品になるんじゃないかと思って、すごく楽しみでした。

“脚本が小説の核を捉えてくれているか”で判断する

――中村さんは、ご自身の作品が実写化されることに対して抵抗はありますか？

中村　実写化されることは純粋にうれしいですね。基本的には脚本をいただいたとき、それが自分の小説の核をきちんと捉えてくれていればＯＫします。脚本を読めば、その人が作品を理解してくれているかどうかがすぐにわかるので、そこで判断するんです。今回の脚本はそういう核の部分をきちんと捉えてくれていたし、僕が重要だと思うセリフをきちんと入れてくれていました。さらにキャストの方々が決まったときには、「こんなに素晴らしい方々がやってくれるのなら、もうお任せします」という気持ちでしたね。

――では、完成作品をご覧になったときの率直なお気持ちは？

中村　素晴らしかったです。吉沢さんの役（伊藤亮祐）は、ものすごく重要で、小説においても強いアクセントになっているんです。吉沢さんのこれまでの写真や映像は観ていたんですが、この映画を観ても一瞬誰だかわからないんですよ。それくらい役に入りきっている。やっぱりすごい役者さんだなと思いました。

吉沢　いやいやいや。

中村　関係者試写会で初めてお会いしたんですけど、映画の中の表情と、上映後にお話ししたときの顔がまったく違うんです。ファンの人もみんな「あれ、これ吉沢さん？」って感じるくらいだと思う。今日ひさしぶりにお会いしたら、また印象が全然違いましたし

（笑）。

吉沢　（他作品の役作りで）金髪になったので（笑）。

中村　そうそう。僕はこれまでいろいろな方に会ってきましたけど、吉沢さんは可能性の塊のような感じがしますね。……塊って言い方は変かな？　でも本当に、今もすでにすごいですけど、これからさらにすごいことになっていくと感じています。そういうオーラを感じるんですよ。あ、僕、別にオーラが見えるタイプの人間ではないですよ。雰囲気として。

一同　（笑）

吉沢　ははは（笑）。すごくうれしいです。この伊藤という役は、僕としてもかなりチャレンジングな役でした。

中村　確かに、テロリストなんだけど、悪とも言い切れない微妙な役どころだもんね。玉木宏さん演じる主人公の文宏にもガンガンタメ口で話すし、上からものを言うからすごく大変だろうなと思いながら観ていました。

現場で生まれた、助けを求める気持ち

――吉沢さんはテログループ〝JL〟のメンバー・伊藤を演じるにあたり、初めて役のためにひげを伸ばしたそうですね。役作りは外見の作り込みから始めたのでしょうか？

吉沢　原作が大好きだったので、内面的な流れに関しては、クランクイン前から伊藤という人間の輪郭が見えていたというか。だから、どんな形のニット帽をかぶっているのか、ひげはどれくらい伸ばしているのか、服装はどんな感じなのか、といった外見的なことを中村哲平監督と話し合いながら考えていきました。テロリストだけど一応服装にもちょっとは気を遣っている感じを出したくて。悪になりきれない、彼の中に生まれている矛盾を表現したかったんです。原作の中にも伊藤が水を飲む描写が出てくるんですけど、映画の中で伊藤が出てくるシーンにはどこかしらに水が映っていたり、川が流れていたりするんです。そういった監督のアイデアから、インスピレーションをもらいました。

中村　ああー、確かに。すごいな……。

吉沢　水って、生命の根源のようなイメージがあるじ

ゃないですか。テロリストとして世界に絶望を与えようとしている人間の周りに、そういった生命の象徴があふれている。水を飲んで、一番体に害のないものを取り入れている。そんな矛盾と、彼の意識と無意識の矛盾が重なったら面白いなと思って。だからＪＬのアジトで玉木さん演じる新谷弘一（久喜文宏が整形し、別人となったときの名前）と言い合いになって、伊藤が泣くシーンでは、悪になりきれず葛藤している彼の根本の部分が表現できればいいなと思っていました。テロリストとして世界を滅ぼすという目的を淡々と語っている人間が、具体的な手段としては「女に手を出したくない」と発言してしまうのも一種の矛盾ですし。

――伊藤が涙を流すという描写は原作にはなく、映画オリジナルの表現ですよね。

吉沢　この小説を実写化するうえで描かなければならないものは脚本に詰まっていた気がするので、感情の流れは脚本に沿って演じていたつもりです。ただ同時に、現場で生まれるものも大事にしていて。それこそ伊藤が涙を流すシーンでは、あの瞬間に新谷にすがりたくなったんです。なぜそう思ったか答えるのは難しいんですが、助けを求めていたんです。そのつもりで芝居する意識はそこまで強くなかったんですけど。

中村　あのシーンは僕も印象的でしたね。役者さんの生の感情が役とリンクして、原作の文章の背後にあるものが出てきて、そこで改めてお客さんが気付くというのは、原作者にとっても読者さんにとっても面白い現象だと思います。そこで原作と演技の二つの表現が矛盾しないのは、監督の演出と役者さんの力によるところが非常に大きい。僕は当時、「伊藤は新谷にすがりたいと思っている」ということを意識して書いていたわけではないんですが、無意識にはその考えがあったんだと思う。文章にはしていなくても、伊藤はあのとき、まるで助けを求めるように言っていたんだと。今、吉沢さんの話を聞いていて、すごく面白いです。

吉沢　うれしいです。

中村　普段は自分の作品について、文芸評論家や作家から論じられることが多いのですが、役者さんとお話しすると全然違う視点から興味深いことを言ってもらえるんです。他ジャンルのお仕事をしている方から言われて気付くことはすごく多いので、今の話も感動しながら聞いてしまいました。

玉木宏さんは、人類が到達してしまった最終形態

――中村さんは、撮影現場にも見学に行かれたそうですね。

中村　それが……一回だけお邪魔したんですが、ベッドシーンに行ってしまったんですよ……。

吉沢　ああ、玉木さんのベッドシーン！

中村　そうそう。僕、本当に最悪でしょ？（笑）ちょうど選挙期間中だったので、選挙カーが現場の近くを通るたびに撮影がストップしてしまうんです。玉木さんは本当に優しいから、ストップがかかるたびに上半身裸のまま僕のところに来てくれて、「中村さん、愛知県出身ですよね？」みたいなことをいろいろと話しかけてくれるんですよ。気を遣っていただいて本当にごめんなさい！　すぐに帰るから！　と思ってましたね。

吉沢　ははは。

中村　でも僕は、何も知らずに行ったらそのシーンだったんです！　玉木さんにこの間も「あのとき、狙って来たんですよね？」といじられて、「違う違う！」と話しました（笑）。正確に言えば、ことが終わったあとでベッドにいるシーンだったんですが。

――玉木さん演じる実写版の久喜文宏はいかがでしたか。

中村　もちろん素晴らしかったです。顔を変えた存在という面でも、悪になりきれないという面でも微妙な役どころ。その繊細さを見事に演じてくださって、ありがたかったですね。玉木さんはもう、人類が到達してしまった最終形態みたいな、素晴らしい外見をされているじゃないですか。

一同　（笑）

中村　ご本人に「最終形態ですね」と言うわけにもいかないから、先日玉木さんのファンクラブイベントにゲスト出演させていただいた際には「存在感がある」という控えめな言い方に変えたんですけど（笑）。そんな感じ、しませんか？

吉沢　わかります。オーラが半端じゃない。僕はこの映画の中で、基本的に玉木さんとの共演シーンしかな

かったんです。

中村　確かに、そうだね。

吉沢　現場ではほぼ一言もお話ししていなくて。伊藤と新谷の微妙な距離感をすごく気にしていたので、あまり玉木さんに近付かないようにしていました。玉木さんもそれを察してくださったので、芝居の中でもその距離感のまま会話できた気がします。現場ですごく仲良くなっていたら、あの絶妙な関係での〝すがる芝居〟はできなかったと思います。

「共に生きていきましょう」がすごく好きなんです

――ではここで、作品のテーマでもある〝善と悪〟について伺えればと思います。お二人はどこからを悪と判断するのか、それぞれのルールがあれば教えてください。

吉沢　難しいですね……。

中村　要は、見方によるんですよね。善と言われているものが悪だったりもしますから。この映画でも、予告編には〝悪〟という言葉がたくさん出てきますが、最後まで観た人は文宏のことを〝悪〟とは思えないはずですよね。お兄ちゃん（中村達也演じる久喜幹彦）はものすごく悪いやつだったけど（笑）。だから〝善と悪〟の違いは、この映画で文宏や伊藤と、あのお兄ちゃんを見比べるとわかる気がします。幹彦も、本当はかわいそうな人間なんですけどね。えらく悪い人だなと思って観ていたけど、僕が書いたんだった（笑）。

吉沢　そうですね（笑）。僕も、文宏や伊藤は見る角度によって悪にも善にもなると思います。でも普通の物語に登場する悪役って、自分の正義を貫いているけど、別の主人公目線でストーリーが進行するせいで〝悪〟とされるパターンが多いですよね。中村さんの作品が興味深いのは、いくらの〝悪〟が出てくるんですよ。自分が悪いことをしていると気付いている、自分が〝悪〟だと認識している悪なのが面白い。『掏摸』でもそうなんですけど。

中村　確かに。

――せっかくですので、吉沢さんから大ファンである中村さんへ、何か聞きたいことがあればぜひ質問していただければと思います。

吉沢　いいんですか！　僕、関係者試写で初めて中村さんとお会いしたとき、想像していた方と全然違って驚いたんです。すごくフランクな方だったというか。

中村　それ、よく言われます（笑）。トークイベントに出ても、お客さんはけっこうびっくりするみたい。どんな人が来るんだろう？って待ってたら、こういう人間が普通に「どうもどうもー」って言いながら出てくるので、「ええー！」って（笑）。

吉沢　ははは。だからさっきの〝悪〟に関する描き方もそうなんですけど、どこからこの表現が出てくるのか気になりますね。

中村　作品のテーマは全部自分の中から出てくるので、誰かに取材しているわけではないです。書いているのはあくまで自分の中にあるものだけど、僕も社会人ですから、内面の邪悪さを周りに撒き散らそうとは思わないわけですよ（笑）。

吉沢　それはそうですね（笑）。

中村　もう四〇歳なので、大人として人に接するよう心がけていますから（笑）。でもけっこう作家って、作風と人柄が逆なことも多いですよ。極悪なものを書いている人がフランクだったり、ハートウォーミングなものを書いている人がすごく気難しかったり。

吉沢　なるほど。でも皆さん、ご自身の中に潜んでいるものを書いているってことなんですね。

中村　僕の場合はそうですね。他人に対しては見せないけど、内面ではうわーっと渦巻いているので。もちろん自分の中にお兄ちゃん（幹彦）と同じ部分もあるし、文宏だっているし、作品に登場するのは全部僕。伊藤は特に、ある意味僕自身に近いですね。

吉沢　それから……少し話は変わるんですが、僕、中村さんがいつもあとがきで「共に生きていきましょう」って書かれているのが、すごく好きなんです。

中村　それはよかった、うれしい（笑）。僕は自分の内面をさらけ出して小説を書いているし、読者さんは人に言えないようなことを頭に浮かべながら読んでくれることもある。それってかなり濃密なコミュニケーションなので、読者の皆さんと一緒に年齢を重ねていければと思っているんです。もともとあれは震災後に書き始めたんですが、今はもっと広い意味になっていますね。読者の方にお手紙をもらうと、あのあとがきが好きだとよく言ってもらえるんです。生きていると面倒なこともあるけど、みんなでがんばりすぎないようにがんばりましょう、と。

ワールドワイドな雰囲気のある作品

——ありがとうございます。では最後に、この特集を読んでいる原作ファンの方や、映画を楽しみにしている方にメッセージをお願いします。

吉沢　小説に描かれているものが映像という形できちんと表現されているので、原作ファンの方々にも楽しんでいただけると思います。小説の重厚感のある世界観を、監督が重厚感のある画でばっちり撮っているので、映像作品としてもすごくレベルの高いものになっています。原作ファンの方はもちろん、もしかしたらこの映画をきっかけに中村さんの小説を知る方がいるかもしれませんし、とにかくいろんな人に観ていただきたいです。

中村　この映画は従来の邦画っぽくない感じがして。映像や演技の仕方も、かなりワールドワイドな雰囲気のある作品だと思います。そういった映画のよさを改めて感じていただきたいです。すべての映画好きの方に観てもらいたいですね。

（後記）「可能性の塊」という表現をしたけど、その後すぐ、国民的な俳優になって。もっと果てなく上昇する人だと思う。
「凄い顔面」と言ったこともあるけど（笑）、吉沢さんの本質は超絶な演技力。次は主演で出て欲しいです。

×村上虹郎（俳優）
「銃」という〝興奮〟
映画『銃』公開記念

——「キネマ旬報」2018年11月下旬号／キネマ旬報社　司会・構成＝高崎俊夫

役との同一化
あるいは役との酷似

——今回、小誌ではミステリー映画特集を編んでおり、その中でこの対談が実現したのですが、心配だったのは中村さんが『銃』はミステリーじゃないと仰られるであろうこと。ただ、ミステリーは広義ではドストエフスキーの『罪と罰』もその範疇に入るだろうし、中村さんは後に推理作家であり、ハードボイルド小説で知られるデイヴィッド・グーディスの名を冠した〝デイヴィッド・グーディス賞〟を獲られています。

中村　ええ、あれはノワールの賞ですね。僕はミステリー作家ではありませんが、確かに作品にミステリーの要素は入っています。『銃』は、主人公は刑事に追い込まれるし、ミステリー性はあると言えます。

村上　リリー・フランキーさんが演られた刑事役は、僕が演じた西川トオルからすれば父性の象徴であって自分を守ってほしかった人ですね。トオルにはそういう存在がいなかった……。原作に描かれているように、トオルはどこにでもいる普通の大学生に見えるけど、銃によって狂ったわけじゃない。もともと狂っていた、歪んでいた、もっと言えば誰かに守ってほしかった。それはトオルの育った環境とか人生観とか価値観に関わるけど、そのことをトオルは自分でも自覚できていない。僕はトオルをそう理解しました。プロデューサーの奥山（和由）さんからこの原作の話をいただく三年ぐらい前、僕が初出演した『書を捨てよ町へ出よう』という寺山修司さんの舞台があって、その時の共演者の方から「虹郎に合う作品がある、きっと好きになると思うよ」って言われたんです。何？　って聞いたら、「中村文則さんの『銃』っていう小説だよ」と。すぐに買ったのですが、実は読んでいなかったんです。だから奥山さんから話が来たときには、まさか僕に？と思ったけど、でも、それが不思議じゃなかった。

中村　サラッと話しているけれど、それってすごい話だよね（笑）。

村上　ええ。そう思います。僕はトオルの役をやると決まってから原作を読んだんです。で、これはけっこう怖いことだなとは思うんですけど、トオルへの共感度がすごく高かったんです。中村さんが書かれた言葉を読んでいると、言っていることと、やっていること、つまり言葉と行動が違って感じられるんです。笑っていないのに笑っていると思っちゃうところとか。そういう説明がつかないところがいくつかあって、そこに対して僕の体は違和感を覚えていない。ただ、それを自分で言語化するのはけっこうむずかしいということは多々ありました。

中村　僕は映画『銃』を見てほんとうに驚きました。すごいものを見たっていう思いがあった。村上さんが主役に決まってから、以前に出演した映画を色々見させてもらいました。たとえば『ディストラクション・ベイビーズ』で村上さんはもちろん非常に良かったけど、でも主演は柳楽優弥さんで、彼が中点となる映画でした。『銃』を見た時には、トオルに村上さんがあまりにもぴったりで、しかも、これまでの村上さんの中で、最も村上さんだと思ったんです（笑）。

村上　（笑）。

中村　ああこれだ、と思った。『銃』は一六年前に書いた小説なんですけど、いろんな方から映画にしたいというオファーがずいぶんあり、今でも新しい読者がずっと増えているという幸せな本なんです。だから、これからの映画界を背負って立ってほしい村上さんが、その年齢のタイミングで『銃』をやってくれたのは、すごくうれしかったですね。

村上　台本を読むと、僕はこの映画の全シーンに出ているんです。アパートの中のシーンが多くて、今回、そのアパートで生活できるっていう話を聞いたので、トオルに馴染むには——と思い、初日から実際に住まわせてもらうことにしたんです。でも僕の部屋、というかトオルの部屋にはお風呂がなくて、シャワーだけなんです。撮影の疲労を回復出来ないから、隣街の銭湯に通いました（笑）。

中村　やっぱり湯船には浸かりたいんだ（笑）。

村上　一応、俳優としていい条件を保つためには、サウナにも行きたいじゃないですか、撮影中は。映画の中では、カフェインとニコチンの摂取量がすごいし。まあ、それを自主摂取したのは僕なので、それは自分でちょっと浄化しないとまずいなと思って。

中村　それはそうだね（笑）。

村上　実は、本の話や哲学の話をする身内の集まりがありまして、とある方がアルベール・カミュの『異邦人』の話を始めたんですよ。で、僕が『銃』をやっていたこととは関係なく、その女性が『異邦人』の主人公にはまったく共感しないと言うんです。原書はフランス語でしょうけど、その人は最初に英語で『異邦人』を読んでいて、英語で読むと主人公がまったくカッコよくない。ほんとうに愚（おろ）かな人だと。ところが日本語で読むと、ちょっとカッコよく感じると言うんです。その『異邦人』の主人公のことを語っている彼女の言葉が、僕には全部、映画で西川トオルをやっている時の自分のことにしか聞こえなかったんです。えっ！　と思って、だから共通性があるのかなあと思って。

中村　『銃』は『異邦人』の文体の影響があるんですよ。自分では全然、気づいていなかったんですけど。『異邦人』の出だしは、「きょう、ママンが死んだ」ですけど、『銃』の出だしは「昨日、私は拳銃を拾った」なんです。そして「あるいは盗んだのかもしれないが、私にはよくわからない」と続くんですけど、そこがカミュの文のリズムと似ている。そこから先は違うんですが、冒頭は、やっぱりカミュの影響を受けている。僕はカミュの小説が大好きでしたからね。もともと海外文学に憧れがあるし、もちろん日本文学への憧れもあるし、それが混ざったような感じの人間としてデビューしているんです。だから、いろんなところで言っていますが『異邦人』と『銃』には共通性があるんです。僕は、フランス文学、ロシア文学の影響をすごく受けていますから、しかも原書ではなく翻訳文学で読みましたから、翻訳調の文体が僕の中にあるのだと思います。

遠く憧れる銃
肉体の延長にある刀

――もともと『異邦人』はアメリカの小説家ジェームズ・M・ケインの犯罪小説『郵便配達は二度ベルを鳴らす』の深い影響下で書かれたという説もありますからね。

中村　しかもテーマ的には「銃」という外国から来た、アメリカの武器に日本の人間が翻弄(ほんろう)されるっていう裏テーマもあるんで、まさに全部、完全な連鎖としてあるんですね。

村上　この前、別の媒体さんから『銃』の取材を受けた時、僕が以前に出た『武曲　MUKOKU』(二〇一七／熊切和嘉監督)と繋げて、「刀と銃の違いって何かありますか?」っていう質問を受けたんです。

中村　いい質問ですね。

村上　確かにそれは考えるなあと……。僕からすると、銃というのは、今、中村さんがおっしゃったように、遠いもの、無機質なものです。もちろん剣、刀だって無機質だし、至近距離であれば殺しの道具にもなるけど、日本刀って日本にしか根付いてないものだから、銃とは馴染みがぜんぜん違う。だから銃には、自分と遠いからこその憧れがある。刀っていうのは、今、僕は違う作品で稽古しているので特に感じるのですが、持った時に肉体の延長にあるという安心感があるんです。興奮じゃなくて安心感。最近、やっと気づいたことなんですけどね。銃は逆に自分から遠いからこそ、興奮を覚えるんです。

中村　非常に面白いな……。

村上　僕がこの世界に入るきっかけとなったデビュー作『2つ目の窓』(二〇一四／河瀨直美監督)の時、撮影監督から「引きのシーンでカメラが遠いと、全然ふつうに自由に芝居するんだけど、ここにカメラがあると、絶対、こっちを向かないな」って言われたんです。それってカメラが怖いからなんですよ。自分が暴かれますから。でも、映画の撮影ってシュート(射る)っていうじゃないですか。僕はいまだに現場に行った時に、ほんとうにバズーカ砲を向けられたみたいな顔になっちゃうんです、実は。もちろんカメラマンは味方だし、僕を少しでもよく写してくれる存在でもあるのですが、それでも怖いなっていつも思います。その感覚が銃の怖さに一番近いのかも知れません。

文学と映画
独立した存在として

——大きな欠落を抱えた主人公のトオルは、ふたりの対極的なタイプの女性と関わりをもつわけですけど。

村上　女性ですか。ある意味で銃が最愛の女性みたいなものじゃないですか。トオルにはトラウマになるような母親がいて、隣の部屋の子供を虐待する母親（新垣里沙）がいて、トースト女（日南響子）がいて、ヨシカワユウコ（広瀬アリス）がいて、そして銃がある

——みたいな。だからいろんな女性の視点で多角的にトオルの生態みたいなものを見るということだと思うんですけどね。

——よく一般的なフロイト流の精神分析では銃は男性器の象徴などと意味づけがなされますが。

中村　男性器はまったく意識していなくて、指摘されたらそうかなと思うぐらいですね。もちろん主人公と母親とのこと、父性の問題のことなどなど、あの作品にはいろんなことをこめたんですけど、ただ、あの主人公を外観から理解するっていうのはむずかしいですよね。言っていることとやっていることが違うので、映画でどうやる？　っていうときに、それを全部、村上さんが表情だけで表現することになると、おかしなことになる（笑）。でも極力ナレーションをぎりぎりのところまで短くして、ナレーションが出てくるときの表情とか、そのバランスが完璧だった。それに僕、ほんとうに驚いたんです。村上虹郎っていう俳優にも驚いたし、『銃』っていう映画にも驚いたし、だから、僕はこの映画に関われたっていうことの幸福感しかないですよ。

——原作は一人称で語られますが、映画では冒頭からナレーションが多用されています。中村さんはシナリオの段階でも何かアドバイスされたそうですね。

中村　原作の語り手は「私」ですけど、映像では「俺」というのが普通だろうし、その辺は監督とも話したんですけど、あの武（正晴）さんっていう人がまたすご

いんです。打ち合わせにも時間をかけない、すぐ終わる。疑問を投げても、すぐに「これこれです」と期待以上の答えが返ってきて、長引かせない。つまり、いいものとは何か、をちゃんと知っている人です。実は、今回、映画のために新しいシーンも僕が書き下ろしたりしたんですよ。

村上　あそこは絶対的なシーンですよね。

中村　あれは、小説ではあの流れでいいんだけど、映像になってこのままいくとどうだろうと不安もあった。当時を思い出しながら、ヨシカワユウコとのシーンを新たに書き足した。原作者でありながら変な話に聞こえるかもしれませんが、自分が書き下ろしたシーンがすぐ映像化されるのは、実は不思議な感覚ではあったんです。

村上　思い出したっていうのは、過去にはトオルからみて、彼がほしい言葉が書いてあったってことですか。

中村　そうなのかもしれない。あの時の、あるいは客観性。その客観性はトオルが言うわけにはいかないんで、トオルを客観的に見ようとしているヨシカワユウコしか恐らく言えないから。

村上　ヨシカワユウコを演じるのは超むずかしいと思います。実は、僕よりもむずかしいはずです。それは、間がまったくないから。陽なキャラとして設定されていながら影のあるキャラ、そこの影の作り方がむずかしいと思います。僕のほうがまだ描かれている。原作にあるので。この間、広瀬アリスさんと一回だけ対談させてもらったのですが、むずかしかったでしょと聞いたら、「ええ、ほんとうに！」って言っていました(笑)。

中村　広瀬さんの存在感っていうか、それがヨシカワユウコの感じを見事に出していました。

村上　一応、ヨシカワユウコにはどういう経歴があるかとかバックグラウンドというのはあったんですか。

中村　なんとなく。あと原作ではトースト女の女性はそんなにきれいじゃない設定なんですけど、映画ではきれいな女性になってて、つまり日南響子さんを見た時に、映画ではこっちが正解だったと思いました。日南さんの存在感も物凄いものがあった。いずれにせよ、この映画は広がってほしい。衝撃的な映画体験って、一〇代、二〇代の時に経験するじゃないですか。実際に一〇代、二〇代の人はもちろん、もっと年齢が行った人たちの中にある一〇代、二〇代性に対し、そこを刺激できるもの、それが刺激的な文化だと思うんだけど、映画『銃』はそれにぴったりの作品だと感じるんです。一〇代、二〇代の人たちは映画ってすげえと感じてくれると思うし、年配の方たちも自分たちが映画にすごくのめり込んだ時のことをいろいろ思い出したりもして、映画業界にいい雰囲気が出てくればいいかなと思います。

村上　今年の日本映画はメジャー系も単館系も豊作ですよね。『カメラを止めるな!』があって、『銀魂2 掟は破るためにこそある』があって、『SUNNY 強い気持ち・強い愛』があって『寝ても覚めても』があってと、方向性の違う注目作がバランスよく公開されている印象です。でも、その中でも『銃』はどの映画ともかぶらないですね（笑）。

——『掏摸（スリ）』（河出書房新社刊）ではロベール・ブレッソンの『スリ』（一九五九）を参考文献に挙げていましたし、もともと中村さんは映画をかなりお好きなんですよね。

中村　映画が参考文献に入っているってどんな小説だよって（笑）。でも確かにそうですね。もちろん昔から映画を見ていて、好きな映画は無数にあります。映画は確実に自分の書く小説にも影響を与えていると思います。

僕は小説家だから、何でも言葉で表そうと思うんだけど、今ふと、村上虹郎っていう存在を言葉でどう表現すべきかを考えたくなりました。野性味のオーラとも、また違う。村上さんを表現するには、行間を含んだ長い小説が必要ですね。存在に底深いものを感じる。またそういう人が、トオルにぴったりだったというのがまた興味深いというか。

村上　正直言って、演じる上では悪役のほうが簡単なんです。なぜかというと純粋だから。純粋に生きているからこそ法にはずれるわけじゃないですか。社会を無視して。でもこの『銃』の西川トオルはただ純粋なわけじゃない。もちろん純粋な部分もあるけれども、彼は意識的にやっている、要するに演じている部分がたぶん大きくて、そのサブテキストがあって、プラスこれはやっぱり中村さんがすごいところで『銃』の原作の時点でも、その無意識で彼が暴走しているもの、欲しているものすらも書いている。その三段階のグラデーションが書かれている。……それってすごいです。

——村上さんはこの対談の冒頭で「トオルはどこにでもいる普通の奴に見えるけど、銃によって狂ったわけじゃない。もともと狂っていた」と仰っていましたが、武監督は「どこにでもいるヤツ」「特別じゃないヤツ」とインタビューで答えられていました。これはふつうの男が銃を拾ったことで変わっていくという解釈もありだということでしょうか。

中村　規定する必要はないと思うんです。でも僕の感覚では、トオルは銃を拾ったから急に変わったわけではない。そういう人間を描いた小説なら、村上さんが主演をやることはないんじゃないかな。もともと裏に何かを秘めているような存在であるからこそ村上さんが主演に選ばれたと僕は思っています。武監督の言うその意味は、また違う意味で、インタビューではわかりやすく伝えようとしたのだと思います。

　そういう解釈はともかく、『銃』という作品は小説をそのまま映画化しているようで、そうじゃない。映像の力がしっかりとあって、映画は映画として別のものとして独立して存在している。そこがすばらしいと思いますね。

（後記）綾野剛君を見た時に『銃』の主人公と感じたのに、虹郎君の演技を見て「ああこれだ」と感じた。それだけ二人が凄いんだと思う。虹郎君とは、時々焼肉を食べる仲になりました。彼は、将来の映画界を背負うべき一人に違いないです。

（ちなみに生涯で相手から「存在の野性性」を感じたのは三人で、一人目は剛君、二人目は吉沢亮さんで、三人目が彼です。）

×奥山和由（映画プロデューサー）
×武正晴（映画監督）
「本物」の映画　映画『銃』公開記念

——「文藝」２０１８年冬号／河出書房新社

「運命」の映画化

奥山　中村さんと初めてお会いしたのが、もう四年前ぐらいになりますよね？

中村　そうですね。『銃』の映画をやりたい、と奥山さんから出版社経由で連絡をいただいて、会うことになったんです。

奥山　感動的だったのが、最初からご本人と会えたっていうところ。いつもね、「できたらご本人とお話したい」ってお願いしても、出版社がいきなり作家と会わせてくれることってなかなかないんですよ。

中村　確かに、珍しいケースかもしれないです。

奥山　うちの会社にいらしていただいて。『銃』の映像化権はほかに押さえられてますよ、っていう話から始まって……。

中村　当時『銃』も、いろいろなところから映画化の話がきていたんです。でも実は、その時お話を伺いながら、「奥山さんがやりたいと言ってくださるなら、奥山さんがやることになるんだろう」って思っていました（笑）。とても光栄なことで。奥山さんから、まずは『火』（河出文庫『銃』収録）をやるので見てほしいとも言われて。

奥山　中村さんの数ある作品の中で、「これだけは映画化の話はないよな」と思ったのが『火』だったんですよ。「誰も手え出さんわ、これ」って（笑）。

中村　確かに『火』は手を出せないですよね（笑）。

奥山　手を出しにくいなんてもんじゃない。キャスティングを考えても監督を考えても、分量を考えても、シチュエーションを考えても映画にならない、みんなパスする原作だと思ったので、「これだけはきっとＯＫだな」という腹積もりはありました。

中村　その発想もさすがですよね。まず『火』を、っていうところがすごい。しかも『火』は、桃井かおりさんが監督・主演するという、思いもよらない結果になった。そして完成したものは想像を超えたすさまじいものでした。そのこともあって、『銃』も奥山さんにお任せしますとなったのが最初でしたね。

奥山　映画って自由な表現媒体だけど、最近は自由に表現ができなくていて、キラキラ青春映画ばっかりになっていて、フラストレーションがあったんです。そんな時に読んで触発されたのが『銃』だったんです。「やりたいな、この世界……！」って思いました。ただ、『火』は『火』でやってみたかったんです。もちろん「こんなにとんでもないことをやっちゃう」というのを中村さんに見てもらいたい気持ちもありましたが、当時から頭の中に桃井かおりさんがいたんです。それがなければ『火』は成立しなかった。実は、『火』の時も間接的に武さんに監督の打診をしているんですよ。

中村　そうなんですか、初めて聞きました。

奥山　でも直接断られるのが嫌で、『火』の脚本の共同執筆者だった高橋美幸さんを通して打診しました。

武　そうでしたね。ただ、その時は本当にスケジュールがキツくて……でも桃井さんの名前を聞いた時に、桃井さんがこれを読んだら監督するって言いだすんじゃない？って高橋さんと話していたんです。その方が絶対面白いじゃんっていうのがあった。

奥山　武さん、その頃から腹が立つほど忙しかったですよね（笑）。何この仕事の入れ方っていうぐらい、隙間がなかった。

武　なかったですね。『銃』の連絡をいただいた時も、僕は大阪の堺でコメディ映画を撮っていたんです。たまたま撮影が休みの日に書店で資料を探してたら、奥山さんから電話かかってきて「今、なにやってんの？」と。「堺で撮影をやってますか？」「夏はちょっと予定があるんですけども」と言ったら、「『銃』っていう中村さんの小説があって」と切り出してきた。「僕、読んでますよ」と返したら、「やりたいんだけど、もう一回読んでみて」って言われて電話が切れたんです。それで『銃』の文庫を買ったんですが、でもやっぱりスケジュールのことを思い直して「やっぱり夏はどうしても動けません」って一度はお断りしたんです。そしたらその翌日「夏に入る予定だった連続ドラマがいろいろなことがあって延期します」ってスタッフから連絡があって（笑）。こっちは慌てますよね。スタッフも押さえてるし、このままだと一家路頭に迷ってしまう。これはやばいと思って、舌の根も乾かぬうちに奥山さんに「すみません昨日お話ししたアレ、延期になっちゃって。二週間、空きました」っていうカッコ悪い電話をしたら、「やっちゃいましょうよ！」って（笑）。

奥山　傲慢な言い方ですけど、中村さんと初めてご挨拶した時も、武さんに電話した時も、この作品に関しては、最初に本を手にした時から、それこそ銃を拾った主人公のトオルみたいに「運命」を感じていたんです。だから武さんも最終的には受けると思ってました。二週間しか空いていないと言われた時には「さすがにやばいな」とは思いましたけど、時代の空気からいって、「今だ！」っていう感覚がやたらあった。それで「やっちまいましょうよ」って。そしたら武さんが「やっちまいましょうか」って言ってくれた（笑）。

武　（笑）ボーンと飛んじゃった時に、何かが降ってくることは今までもあって、そういう時は乗った方がいいと思っていたんです。あと、中村さんが僕の実家の近くの出身だったっていうのも大きくて、これは撮った方が面白いなという気になったんです。それで東京に戻ってすぐに、奥山さんと渋谷の喫茶店……といえないような店でお会いしました。

奥山　そうそう、椅子があるようなないような喫茶店で。

武　喫茶店っていうか通路みたいなところで（笑）。紙コップに入ったコーヒーを二人で飲みながら打ち合わせをしたんですが、その時奥山さんから、「国内の興行はどうでもいいですから、海外に向けて撮ってくれませんか？」って言われたんです。今の日本でこのセリフが！って感動しました。すごい殺し文句だと思いました。

奥山　いや、国内の興行がどうでもいいと思ったのではなくて、『銃』は全世界に行ける作品だという直感があったんですよ。原作は銃社会のアメリカですごく評価されている。その理由を話していたら、武さんが「銃のリアリティが必要だ」って言ったんです。なるほど、と。僕は「日本でアクションやるなんて、アメリカにアクションがあるのにアホか」なんて言われている時代に、アクションばっかりやっていた。当時武さんは、その現場で人柱になっていた人で、そういう意味でも僕らの中に共犯者的時代があったんです。武さんはひどい環境やお金の中、日本で「銃」にどうリアリティをもたせるかに腐心したり、細かいところの下支えをされていた。その武さんが「銃のリアリティ」と言ってくれて、さらに「最低限のCGはいる」と『銃』を映画化することについて、もう具体性を持ってリアルな感触、つまり演出プランを掴んでいた。その感触を持っている人と久しぶりに会話したんです。インチキ監督みたいな人とずーっと長いこと仕事をやってたから、久々に「監督」と話した感じで（笑）。武さんのことは『SCORE』で助監督をやっていただいた二〇年前から知ってますが、『百円の恋』から「いい監督になったなあ」と遠い人として見ていたので、『銃』のおかげで久しぶりに仕事ができて、本当にラッキーでした。

中村　監督が武さんに決まったと聞いて、『百円の恋』を観たんです。もちろんテイストはぜんぜん違うし僕は映画は素人ですけど、本当に素晴らしかった。どんなジャンルにしろ、「この人はすごい」っていうのがあるわけで、武さんが監督なら大丈夫だって思いました。最初の脚本が上がって武さんと初めてお会いした時も、内面の言葉と、外側の表情や行動がまったく違う主人公をどう映画で表現するのかということを話している時に、普通なら二〜三時間かかっても解決が難しいような話し合いが五分ぐらいで完璧に解決して終わるんですよ。武さんを前にして失礼ですけど「この人、本当にわかってるな」と。僕の疑問に対して、すぐに答えが来る。あんな打ち合わせはあまり経験がないです。

武　ありがとうございます。実は打ち合わせの翌月、実家に帰って、中村さんの住んでいた場所を歩いたんですよ。打ち合わせの時に原作に流れる空気について中村さんが「やっぱり原風景ですね」とおっしゃったので、ほとんど帰らない実家に帰って、小学生の頃に歩いたところを記憶で辿ったんです。歩いてる最中、急に天気が悪くなってきて雨が降ってきたり映画さながらの世界になってきたんです。「あっ、これか……面白い、行ってよかった」と思いました。

厳しくも幸せな撮影現場

武　奥山さんから電話をいただいた時には、もう、村上虹郎さんの名前は挙がってましたよね。

奥山　そうですね、主人公はかなり早い段階で「虹郎だな」と思ったんです。以前、東京国際映画祭で、前を歩いていた虹郎さんが振り返って「奥山さんでしょ！　名刺くださ い！」って言われたことがあって。「馴れ馴れしいな」と思いながら渡したら、写真を撮っていたみたいで、写真を送ってきたんです。それがいい写真でね。その時の感じが、まさに主人公のトオルだったんですよね。はっきりした顔立ちとか、全部が……映画の神があるとしたら、それが降りてきてる感じがしました。一方で、刑事役のリリー・フランキーさんにはさんざん待たされました。ブルーリボンの時に、初対面でしたが「やってもらいたい役があって……」と相談したら、「ぜひよろしくお願いします！」と丁寧な挨拶をされたんです。だけどその後、「ウン」も「スン」もないの。マネージャーからも明快な返事がこない。現場のラインプロデューサーから「どうします？　リリーさんがNGだった時に次を用意します？」って言われたんだけど、僕は「絶対ダメだ、用意しなくていい。ギリギリになっても、結局現場には来ると思う」って返した。それで現場に来ると「呼んでいただいてありがとうございます」って低姿勢で言うんだよ（笑）。

武　村上虹郎、リリー・フランキーというイメージを奥山さんから聞いた時に、トオルと刑事が対面する喫茶店のシーンを撮ってみたい、と思いました。ただ、あのシーン、脚本で七ページ半あるんですよ。普通の役者でも難しいのに、リリーさんはリハーサルに来れないし、本読みも台本読みながらやっている。これ、セリフ入ってるのかなと思いつつ撮影に臨みました。ところが始まったらリリーさんの方が押すわけですよ。引っ張られるように、どんどん虹郎さんも良くなっていく。何だこりゃっ、ていう現場でした。

奥山　トオルに警察手帳を見せてって言われて、見せてから紐で回収するシーンがあるじゃないですか。「あれ、いい演出ですね」って武さんに言ったら、あれはリリーさんのアドリブだときいて驚きました。

中村　すごいな……。

武　テストの時にもやらないことをフッと本番でやるんですよね。僕は「初リリー」だったわけですが、いろいろな監督からリリー・フランキーという役者のことは聞いていたんです。僕もそうですが、みんな「初リリー経験しました、すごかったです」って言ってました（笑）。

奥山　僕は『銃』の映画をよく、自分がプロデュースした『ソナチネ』と比較するんです。それは内容の面だけではなくて、映画に向かっていく時の運命論的なものが重なるんですよ。もちろん作るのは監督なんだけど、プロデューサーとしては自分が考えて作るというよりも導かれている感じがずっとあったんです。ある時に編集者を通じて中村さんから「これは僕のすごく大事な原作なんです」というコメントをもらったんです。『銃』という作品を大事にしてくれる読者がいるし、自分も大事にしなきゃいけない。そういうコメントが来た時に、「そうだよな」と。僕はこの人に任せたら大丈夫っていう人を、いつもはだいたい勘で探すんです。だけど『銃』に関しては、手練手管で本当にきちんとした人じゃないといけないと感じた。だから武さんに監督をお願いしたんです。武さんって珍しいぐらい苦労人じゃないですか。苦しい現場のウォーキング・ディクショナリーみたいな人だから（笑）、どんな現場でも、何とか最高の方法を冷静に探すっていう意味では武さん以外にいないなって。

武　実は僕、原作ものって初めてだったんですよ。

奥山　え、初めてだったんですか？

武　やったことないです。これまでは、全部オリジナル。

奥山　知らなかった（笑）。

中村　初めてが『銃』って、すごいですね（笑）。

武　ただ『銃』を読んだ時、これはやりがいがある小説だなって思ったんです。原作の世界を徹底的に現実に近づけられるんじゃないかって。中村さんからは西高島平に住んでた時に書いたと聞いたので、まずは西高島平に行こうと思いました。喫茶店はここなんじゃないか、主人公のアパートはこういうところだったんじゃないか、公園とアパートとコンビニがあるぞ——川から、河川敷から歩いて、もう一度小説を読み返して。脚本を自分でやるのも初めてだったんです。

奥山　そうそう、あの渋谷の喫茶店で「書いてよ」ってお願いしたんですよね（笑）。

武　え、俺が書くんですか⁉って。七月にクランクインだったんですけど、言われたのが三月で、え、いつ書くんだろう……って（笑）。

奥山　この、まったく先行きが見えない戦場に行くような感じも『ソナチネ』に重なってたんですよね。運命に引っ張られるような感じ……現場の空気も、武さんは鬼軍曹みたいなところがあって。「猫殺すのかよ」「ザリガニどうすんだよ」とか、クリアしなければならない問題がいっぱいあるわけですよ。でも、武さんなら何とかこなしてくれるだろうなっていう、やっぱり直感がありました。

武　初めて喫茶店で奥山さんにお会いした時、白黒にしていいですかって聞いたら「いいじゃないですか」って言うんですよ。それでラスト、主人公のトオルの世界が変わったっていうのを、どう映像で表現しようと思った時に、小説ではできない、映画ならではのことができるなって気づいたんです。だから「こんなアイデアがあるんですけど」っていう話をしたら、「でき上がってますね、もうシナリオ書いちゃいましょうよ」って言われて（笑）。でもそれは小説を読んだ時にもう湧いていたイメージなんです。

奥山　偉そうなことを言えば、すごくイメージが一致したんですよ。ただ、その時「最後、虹郎さんと絡む役者は誰か」って話になった。

武　これは問題でしたよね。

奥山　あの人かなっていう役者はいて、ずーっと引きずっていたんですが、最後の最後に、ボコッと空いたんです。

武　空いて、どうしましょうかってなった時に「この人どうですか？」っていうアイデアが出て、アリですよねえって。

奥山　そう、虹郎さんのお父さんの村上淳さんの名前が出てきた。

武　最後の電車の中のシーンって、撮影的にもすごくハードルが高かったんですよ。いちばん最初にロケハンに行ったのが、埼玉の奥地にあるAVの撮影に使うような痴漢電車のセットで。ここでどう撮るかなって一時間ぐらい考えて止めたんです。ここで撮ったらたぶんダメな映画になる。さあ、どうしようという時に、奇跡的に貸してくれるところが出てきたんです。『銃』のあの、衝撃的なラストシーンを撮影すると知って、それでも使っていいという電車会社があった。正直、大丈夫その人たち？って思いました（笑）。

中村　あのシーンは……本当にものすごかった。もちろん脚本も読んでいるし、原作者だから次どうなるか知ってるんですけど、それなのに驚くってどういうことだと。

武　あそこが肝だって、スタッフ全員感じていたんです。電車の中で、淳さんと虹郎さんの二人が共演している姿が本当に神々しくて……幸せな映画の現場ってこういうことだなと感じました。親が子に、こうやって撮影するんだって教えているかのような風景が。こっちもちゃんと撮らなきゃいけないなっていう気持ちになる。あのキャスティングで、あの二人があそこに揃った。特に二十歳の虹郎さんがこんな夏を過ごせたのは、『銃』に引き寄せられた奇特な時間でしたね。

中村　流れてきた運命みたいな状況が、僕にも伝わってきました。原作が映画になるのは五回目なんですが、聞くアイデアが全部「まさにそれだ」ってなるんですよ。たぶん動いてるんでしょうね、全体が。だから最初に白黒って聞いた時も、悩む必要もなく「絶対それですね」となった。すごく不思議な時間でした。

武　白黒について言えば、色彩をもう一回僕らは勉強できたんです。日本の映画がずっとやってきたことを、白黒映画を作るということでもう一回学べた。赤いフィルターをかけると色がどう変わるか、人間の肌がどう映るかっていうのを。映画創成期の先輩たちが世界中でやってきた技術を、もう一回勉強することができたんです。だから、メイクの色や衣装の色も含めて白黒だけど、僕たちは色を考えなきゃいけない。それは自分たちの宝になりました。

奥山　それも含めて武さんだからやれたんですよ。実際、映画は土壇場でバタバタになるものなんですけど、それの処理はだいたい失敗するんです。でも武さんであれば、相当現場は厳しいんだけど、乗り越えるだろうという信頼感がありました。

映画に溢れる「化学反応」

武　役者も一発ツモばっかりでしたよね。

奥山　虹郎さんやリリーさんはもちろん、日南響子さんを見た時に、いいなと思ったんです。広瀬アリスさんがあの時ＮＨＫのドラマに出演していたんですが、でも白黒だったら広瀬アリスだよな〜って武さんがおっしゃって、僕も絶対にこれだと思った。だけどそうなった時に、彼女の芝居の質ってあるじゃないですか。作品の原風景、まさにこの肝の部分、アウトロー的空気感というか、不良性感度というか。それを誰かが引っ張っていかなきゃいけない時に、日南さんがいたのは大ラッキーだった。僕は日南響子って、不勉強で知らなかったんです。でも完成した映画を観て、ある意味でこの映画は日南さんが支えていると感じました。

中村　存在感がすごかったですよね。海外の名作映画の空気がありつつ、ちゃんと日本の映画なんですよね。それを可能にしたというか……。

武　オーディションを受けた女優陣が皆様しり込みするなかで見事にトースト女を引き受けてくれた。作品における彼女の貢献に感謝です。

奥山　ああいう扱いにくそうな、いい空気を持つ役者に久々に出会いました。

中村　村上さんも広瀬さんもリリーさんも、本当に素晴らしかったです。虹郎さんは、ほかの虹郎さんが出てる映画より、虹郎さんでしたね。日南さんや脇を固める人たちも、本当にすごかった。

武　元モー娘。の新垣里沙さん、彼女もね。

奥山　とんでもない役者ですよね。

中村　すごく有名な方なのに、観た時、一瞬誰だかわからなかった。もう役そのもので。

奥山　キャスティングはきっちり豪華になりましたよね。名前だけが豪華じゃなくて、本当に演技ができる人。

中村　完璧以上というか、映画の中で化学反応がいろいろ起こっていました。

奥山　中村さんの小説には映画にしたいものがいっぱいありますが、『銃』と『掏摸（スリ）』は突出して映画的空間を持ってますよね。映画化を待ってたっていう声はすごく聞いたし、試写の評判もすごくいい。でもみんなが口を揃えて、電車のシーンは「現場で目撃した感じがする」って言ってくれるのはうれしいですよね。

武　この作品をやっている最中、電車に乗ると、ここでもし発砲があったらこの人はどういうリアクションをとるんだろうと、ずっと考えていました（笑）。

奥山　ラストシーンで武さんから広瀬さんとリリーさんを出すと言われた時、どうやって出すの？って思ったんです。原作にないじゃないですか。でも、見事にはまりましたよね。

武　あそこは、中村さんに書き足してもらったんですよ。最後、女とすれ違うというシーンはあったんですけど、セリフも何もなかったんです。僕は思いつかなかった。中村さんがそれを察して、脚本に書き加えてくれたんです。この会話が素晴らしくよかった。

中村　脚本を読んだ時に、小説の場合はあれでいいけど、映画だともうちょっと上げた方がいいだろうと思ったんです。こんなことは初めてですけど、原作にないシーンを、広瀬さんと村上さんの会話のシーンを書き下ろしました。ここで会話があってふっと上がれば、映画の起伏ができるんじゃないかと思って。そのアイデアを武さんがすぐに「それいい」って言ってくれて。やってよかったですね。

武　あれはちょっと泣きそうになりました。

奥山　試写の時に広瀬さんに会って「あのシーンはよかった」って伝えたら、本人もそう思っていたみたいでしたよ。

武　広瀬さんもあのシーンは緊張してたんですよ。『銃』という原作に入り込むということは、役者はもちろんスタッフもだんだん苦しくなってくるところがあって。助けてほしいと思った時に、中村さんが書き下ろされたあの会話に救われました。ちょっと息ができる感じがした。

奥山　撮影最終日近い頃に現場に行ったら、虹郎さんが「早くポスターを撮ってくれ」って言うんですよ。でも公開時期もまだ決まってないし、何でそんなに急ぐのって訊いたら「こんな苦しいこと終わったら、解放されて顔が変わっちゃいます」って言うの。精神的にかなり追い込まれていたんだと思いました。

中村　僕の原作の映画に主演する人、みんなそう言うんですよね、苦しんだって（笑）。

武　トオルが住んでいるアパートは僕が見つけてきたんですよ。そしたら虹郎さんが撮影前に住みたいって言うんですよね。だからあのボロアパートに人が住めるように掃除して、電気水道入れて、家具を入れて美術が飾って。「虹郎！　来たよ！」って彼が暮らす部屋に入って撮影が始まる。苦しかったでしょうがその行動力はさすがだな、と思いましたね。

本当の「映画的体験」

中村　『銃』は映画館で観たら、経験を超えた〝体験〟ですよね。

武　それは意識して作りました。人の会話とかのバランス、普通の映画だったらやらない音のバランスを。主人公の会話よりもほかの登場人物の会話を際立たせたりとか。

奥山　音楽の煽りもよかったですね。音のバランスが全体的にすごくよかった。

武　音楽に関しては、最初から劇伴めいたものを作らずに、主人公が聴いてるものしか音楽にしないと決めていたんです。これは昔からやりたくて、今回の『銃』に限ってはできるだろうと思ったので。撮影前にこれは本人が聴いているって設定だからって全部作って、現場でかけながらやれたのはよかったですね。

中村　本当に時代の空気や場の力を感じられる映画でした。『銃』は僕のデビュー作で、もう一六年前の作品なんです。でもいまでもずっと版を重ねていて、新しく読む人もずっと増えている。デビュー作として幸せですよね。その分思い入れの強い読者さんも沢山いる。だからもう、僕だけのものじゃないんですよね、原作も。それを映画化するとなると構える人もいると思うんですけど、これ以上のものはないです。これは原作ファンの人も、気に入ってくれる以上の次元をきっと感じられる。ものすごい体験をしたってなるはずだし、原作者として、こんなに幸福な映画化は……。

奥山　そう言っていただけるとほっとします。

中村　今でも覚えているのが、試写が始まってすぐに「大丈夫だ」と思ったんですね。これはいい映画だと。そこからどんどん自分が書いたことも忘れるぐらいに圧倒されたんです。そして観終わって呆然（ぼうぜん）としていたら、奥山さんが近付いてきていきなり「すごいでしょ！」って言うんですよ。だから僕も「すごかった……」って。武さんも「あれは降りてきたんですよね」っておっしゃって。これまでの経験だと、プロデューサーや監督って、原作者がどう思ってるかを、様子を窺うように訊いてくることが多いのに、お二人は自信満々で、それがすごくおかしかった（笑）。

奥山　いや、内心ドキドキしてたよ、ねえ。

中村　つまりそれぐらいの出来だったんですよ。誰が作ったっていう感触とかを超えて「すごいな」という感じだったんですよね。試写の場の空気も、そういう感じだった。

武　（笑）今回僕は撮影にあたって、中村さんの作品を全部読んだんです。小説じゃないものも読んで……何とか近づかないといけないなと思って。でも、お会いした時に中村さんが、「僕にとっては『銃』は青春なんです」っておっしゃって、「あっ！」と気づいたんですよね。それで楽になった。僕も二二、三歳の時、こんなだったよなって。自分と距離があるんじゃなくて、自分もここにいられるんだって思いました。

奥山　純文学はある種の普遍性が必要なのだとしたら、『銃』という作品は、「青春共通項」という圧倒的な必要条件を満たしているんです。年齢も時代背景もぜんぜん違うのに、ハマれるんですよね。いま映画界では、キラキラ青春ものやテレビに毛が生えたようなものまで当たっていたのが、やっと落ち着いてきました。最近だと『カメラを止めるな！』は面白いっちゃ面白いけど、意味不明に数字が上がっているじゃないですか。あれは現状の映画に対してフラストレーションを溜めている人たちが煽っているんだと思う。当たる当たらないの話はおいておいて、僕が

『銃』を今やるしかないって思ったのは、そのフラストレーションなんですよ。でも、そういうフラストレーションを持ってる人たちが自分から行動するかっていうとしないんですよね。何かがあった時にのっかりはするんだけど。それが今の政治や世の中の状態を全部作っている。だからこそ、映画という媒体で『銃』のような作品があるといいなと思います。

武　最近こういう映画はなかったですよね。『百円の恋』もそうなんですけど、僕はこういう映画を観てきて育っているので、「こんな映画を観てみたかった！」という広がりになっていくんじゃないかなと感じています。実は『銃』って、すごくオーソドックスな映画的つくりをしている。ただそれが今、観客も含めて映画というものが変貌してしまっている中で、年配の人たちにとってはすごく映画的な映画だし、若い人にとってはすごく新鮮に感じて貰えると嬉しいですよね。

奥山　映画的体験という言葉って、昔あったけど今は言わないじゃないですか。でもそれは明らかにあって、映画じゃないとできない感動がある。そういうことを久しぶりに具現化できたと思うんです。ただ不思議なもので、監督が素晴らしい映画を作ってくれて「よし！」と思った時に、どう世間に押しつけるかをプロデューサーが考えたら間違いなく負けるんです。どう追いかけさせるかを考えないと。それは自分が長くプロデューサーとしてやってきた実感、心の中で真実として感じていることです。『ソナチネ』は圧倒的に成功したと思うんだけど、当時は「えっ」っていう感じがあったんです。ただ、篠山紀信さんや（五代目）中村勘九郎さんなど一部の方が「すごい！」と言ってくれて、その声を世間がだんだん追いかけ始めた。そうなった時に、ひとつの、時代を超越した「あの時にこの映画があったのってすごいよね」っていう永遠不朽の名作になる。ただ今は、そういう風が吹いたらいいなって思って吹く時代じゃない。だから勝とうが負けようが、長く、この映画の勝負はまだ終わってませんって引っ張る必要があるんです。その、引っ張り続ける仕掛けをプロデューサーとして、用意していかなきゃいけないと思っています。瞬間風速で押しつけて「ワーキャー」ってものじゃない。ジャンル的にも、内容的にも。それを踏まえた上で、どう仕掛けるかですね。中村さんとはまだ短いお付き合いですが、『銃』は中村さんの化身というか――ご自身が書いたものだから化身も何もないんだけど――中村さんに一番近いんですよね。だからもう一度、中村さんには『銃』のような小説を書いて欲しいと思っています。たとえば……日南響子みたいな女の子が銃を拾うっていうスピンアウト、書いてみるつもりはありませんか？

中村　それ、すごく面白いですね。

奥山　そうでしょ。やりません？　日南さん主演・武さん監督で、もう一回映画作りますから。

中村　確かに、日南さんが拾ってるところは観たいですね。

奥山　もちろん映画『銃』を引っ張る話題を作りたいこともあるんですが、僕は今回『銃』を作ることができて、覚醒した感があるんです。もう一回、なぜ自分が映画作りをしてるのかということを問い直せて、何ていうか、息ができるようになったっていう感じがしている。これが終わるのがすごく寂しくて……トーストの女が銃を拾ったらどうなるんでしょうね（笑）。

中村　小説のスケジュールはもう詰まってるんですが、原案なら、いけると思います。「物語はこうで、セリフはこうで、こういう雰囲気と空気で」みたいなことだったら……たとえば、そうだな……、まず、女性が銃を拾ったあと、彼氏が部屋に来ますよね。何かの引き出しに銃がある。服着たままの気の無い性行為中に「撃つのはこいつじゃないな」って思う……そういう感じかな。「こいつじゃないな、誰だろう」。で、翌日どうするかですね。銃は持ち歩いた方がいいですね、最初から。迷わないで。その子の生活、主人公の職業を何にするかによりますけど。いっそのこと女優でもいいかもしれない。

奥山　いいじゃないですか！　原案、いけますよ。ねえ、武さん。

武　こういうところから生まれた映画は、だいたい面白くなるんです（笑）。

中村　なんか、プロデューサーのやり方ですよね（笑）。

奥山　大丈夫！　これも「運命」です（笑）。

（後記）時代をつくり続けてきた、伝説の映画プロデューサーの奥山さんに、原作を気に入ってもらえるのは光栄だし、数々の名映画を世に問うてきた、あの武監督に撮ってもらえることも光栄でした。『銃』は、凄まじい映画になりました。

（この対談をきっかけに、僕が脚本を書き、日南さん主演の映画『銃２０２０』も公開されました（これも凄まじかった）。こちらもＤＶＤになっていて、脚本は、僕のホームページのトップページから、無料でダウンロードすることもできます。

『銃２０２０』は、ストーリー的に、五年、もしかしたら、十年早かったかもしれない、と思っています。小説の『銃』も、発表時、一部の方々から強く支持されましたけど、評価されて広がっていったのは、実は十年後くらいからだったので。原作の『銃』と同じく、映画『銃』も、映画『銃２０２０』も、長く観られ続ける映画になると感じています。）

×あいみょん（シンガーソングライター）

音楽と言葉が、同時進行に

あいみょんのどうせ死ぬなら

A IM DO U SE SHI NU NA RA

――「テレビブロス」2018年12月号／東京ニュース通信社　取材・文＝吉田可奈

あいみょん　お会いできて本当に光栄です。いきなりで申し訳ないのですが、中村さんがSNSをされていないのは何か意図的なものがあるんですか？

中村　そうですね。かっこよく言えば、作家は普段、練りに練って考えた文章を世に出しているので、すぐにでも消せる即効性のある言葉を皆さんの前に出すのは僕には向いていないと思ったんです。とはいえ、ホームページにはしょうもないことも書いているんですけどね（笑）。

あいみょん　実は私も、役者やアーティストはSNSをやらんほうがいいと思うんです。

中村　たしかにあいみょんさんは、謎めいている感じがあるからそのほうがいいかも。

あいみょん　全くそんなことないし、いつも普通にその辺をうろついていますけどね（笑）。

中村　謎な部分がないと、あんな歌詞書けないですよ（笑）。最初にあいみょんさんの曲を聴いたときに、人のパーソナルな領域にちゃんと入り込んでくる音楽だなと思ったんです。人の内面にしっかりと入り込む音楽ってなかなか作れないと思うんですよね。あとは、〝存在としてここにある〟という印象を受けました。

あいみょん　素晴らしい言葉ですね。〝存在として、ここにある〟。

中村　インディーズ作品から最新作まで、全部聴かせてもらったのですが、基本的に鳴らしたい音楽は変わっていないことが伝わってきて、かっこよさも感じたんです。すごく好きになりました。

あいみょん　中村さんの作品は、バンドメンバーから勧められて『銃』を最初に読み、『私の消滅』も好きです。だから、そんなお言葉をもらえてうれしいです！　年齢を重ねるたびに知識や知っている言葉は増えるので内容は変わりますが、たしかに、〝芯〟はまったく変わっていないですね。

中村　『tamago』は何歳のときの作品ですか？

あいみょん　作ったときは、一八歳でした。あの頃は、〝誕生日は命が減っていく日なのに、なんで祝うんだろう〟と思っていたんですよ。いまとなっては誕生日の素晴らしさがわかるのですが、そういったモヤモヤを抱えていた時期に作った曲でした。デビュー作の『貴方解剖純愛歌〜死ね〜』でも、思いきり〝死ね！〟と歌っていますし、おかげで当時はラジオでまったくOA（オンエア）されませんでした（笑）。ちなみに中村さんは、普段から音楽を聴かれますか？

中村　邦楽はもちろん、洋楽、ジャズ、クラシックなどいろいろ聴きますよ。

あいみょん　音楽を聴くときは、どんな部分に惹かれることが多いですか？

中村　やっぱり、どの音楽でもリズムは気にしますね。

あいみょん　なるほど！　小説も読んでいて心地のいいリズムってありますもんね。

中村　そうそう。文が持つリズムがあるんですよ。句読点の位置や、母音である〝アイウエオ〟の言葉の響きがあって、〝ア段は止まる〟、〝ウ段は進む〟などは意識しながら書いています。

あいみょん　私は最近、〝カ行〟と〝タ行〟が破裂音のように聞こえるので印象に残る気がしていて。

中村　なるほどなあ。あいみょんさんって、曲と歌詞、どちらを先に作っているんですか？

あいみょん　私は同時進行です。

中村　素晴らしい！　作家は言葉そのものにリズムがあることに気づいていても、そこに音楽を付けることはできないんです。でも、あいみょんさんは、その言葉そのものが持っている音程を感じるということですよね？

あいみょん　そうですね。私は関西人なので、歌っているときと、喋（しゃべ）りのイントネーションが違うんですよ。なので、あまり意識せずに自然とギターを持ったときに出てくる言葉と音を大事にしているんです。

中村　つまり、言葉が音を含んでいるという感じ？

あいみょん　はい。突発的に曲ができたときも、携帯のボイスメモに音を録音して、歌詞もメモに残しているんです。本当は「ノートに書きなぐっています」と言った方がミュージシャンっぽい気がするんですけど（笑）、手と脳みそが追い付かないので、手元にあって一番早く入力できる携帯が曲作りの必需品になっているんです。

中村　すごいねえ！　日本はこんな素晴らしい若いミュージシャンがいるんだから、安心だよ！

あいみょん　私は、自分には絶対に生み出せない物語を紡げる作家さんのことをすごく尊敬しているんです。中村さんは、過去のインタビューで冒頭の一行を大事にしているとおっしゃっていましたが、曲も一緒だと思いました。

中村　最初は無限ですからね。一行目が出てきたら、次の言葉はある程度限定されるし。だから本当に冒頭はすごく大事です。

あいみょん　中村さんの著書『銃』も、冒頭の「これ程美しく、手に持ちやすいものを、私は他に知らない」という一行で、一気に引き込まれました。言葉の使い方が美しいだけでなく、ゾワっと怖さも感じます。さらに、描写が浮かびやすいですよね。これが中村さんのデビュー作と知ったときは、驚きました。

中村　発表されたのは、一六年前かな。

あいみょん　デビュー作が発表の一六年後に映画化される気持ちって、どんなものなんですか？

中村　デビュー作だから『銃』はもちろんいいけど、デビュー前に書いていた未発表ものが世に出るのは絶対に嫌（笑）。いまでも捨てたいんだけど、当時のエネルギーがすごいから、捨てるわけにはいかなくて。でも、僕が死んだ後に見つかって〝未発表作〟とされたらたまらないから、どうしようかすごく考えてる（笑）。

あいみょん　読者心理としては、読んでみたい気もしてしまいます（笑）。映画も拝見したのですが、とても衝撃的な展開で、驚きの連続でした。

中村　僕も驚きました。自分で書いたのに（笑）。

あいみょん　映像も物凄く美しく、しかもモノクロというインパクトも強くて。人間の興味が狂気に変わる瞬間が鮮やかに描かれていますよね。私も自殺を題材にした曲を作ったことがあるのですが、不謹慎ながらも、中には好奇心に勝てずに命を失ってしまった人もいると思うんですよ。「いま、飛び込んだらどうなるかな」とか。

中村　きっと、そういうモードに入っちゃうんだよね。

あいみょん　はい。『銃』の主人公も、銃を手にしたらそのモードに入っちゃって、銃が人を殺すための道具だということもわかっているけど、同時に撃つために存在している道具であるということに葛藤している姿に青春を感じました。

中村　映画好きな人にはもちろん、色々な人に観てもらいたいです。R15指定になっているんだけど、すごい映画体験になると思う。

あいみょん　中村さんのそのほかの作品も、どれもゾワゾワしてしまうんです。『悪意の手記』もめちゃくちゃ怖かったです。

中村　それは嬉しいなあ。ただ、そういった作品の印象があるからこそ、実際に僕と会った方に、〝イメージが違い過ぎる〟と言われてしまう問題が発生しているんです（笑）。

あいみょん　それは私も一緒です。曲でイメージが先行していると、取材後に「意外とちゃんと喋れるんですね」と言われるんですよ。

中村　「勝手なイメージを持たないで！」って思いますよね（笑）。

あいみょん　はい（笑）。ちなみに、この連載が「どうせ死ぬなら」というタイトルなんですが、中村さんはどうせ死ぬなら、何をしたいですか？

中村　う〜ん……。死ぬ感覚の心理描写をずっと書いていたい。

あいみょん　すごい！　でも中村さん、すでにたくさん書いていますよね？

中村　うん。でも、〝まだ書くか〟と言われるくらい書き続けるかも（笑）。死にゆく現象をひとつのサンプルとして残すかな。あいみょんさんは、歌詞にその願いを書いてましたよね？

あいみょん　はい。『どうせ死ぬなら』という楽曲で、〝どうせ死ぬなら、お父さんとお母さんに挟まれて死にたい〟という最強の親不孝を歌詞にしています。私はきっと、死ぬ直前まで歌いたいとは思わないんだろうな。

中村　僕はあいみょんさんの歌詞を読んで、優しいなと思った。激しいことを言っていても、つまりは優しいんですよ。『どうせ死ぬなら』で、自分が殺された設定なのに、相手に〝血まみれの米を食えばいい〟って歌っているでしょ。

あいみょん　〝地獄で食ってくれ〟と（笑）。

中村　そうやって憎き相手にちゃんと食事を与えているんだもん（笑）。

あいみょん　あはは。ちゃんと聴いてもらえていて、すごく嬉しいです！　ぜひ、ライブに来てくださいよ！

中村　えっ。みんな拳を振り上げるんでしょ!?　怖くない？

あいみょん　そこは落ち着いて観ていただける関係者席を用意しますから！

中村　それなら安心して楽しめそうです（笑）。ぜひ、お邪魔したいと思います。

（後記）才能の塊みたいなかたで、繊細で、とても優しい人でした。

たとえば、この文章を書いている時点での最新シングル『ハート』（二〇二一年十一月発売）の歌詞とか、僕には絶対書けないです。はっとする言葉に、内面の奥の奥に染みるメロディー。こういう人が存在すると、嬉しくなります。

（この対談集のゲラ作業中に、ニューシングル『初恋が泣いている』もリリースされました。こちらもとても響く曲です。カップリング曲の『皐月』もとても素敵でした。）

×鈴木敏夫（映画プロデューサー）×川上量生（実業家）×米倉智美（愛読家）
『教団X』の衝撃

——『ジブリの文学』2017年3月／岩波書店　構成＝丹羽圭子／——は勝島康一氏（FM東京）

鈴木　今日はわざわざありがとうございます。

中村　いや、とんでもないです。

鈴木　とにかくこちらの三人が『教団X』のファンで（笑）。

中村　えっ、本当ですか。

鈴木　簡単に言うと、『教団X』を見つけたのが米倉さんで、ぼくに薦めてくれて。そうしたらすごくおもしろくて、一気に読んだんですよ。

中村　ありがとうございます。

鈴木　そしてぼくが川上さんに薦めたんです。これは絶対喜ぶに違いないって。

中村　そうですか。

鈴木　なんと川上さんは、この本を読むために入院までしてね。

川上　いや、たまたま入院していたときに、鈴木さんから芥川賞作家の、で、すごい本があると聞いて。芥川賞作品って短いじゃないですか。で、すぐ読めるだろうと思ったら、いつまで経っても全然終わらない（笑）。電子書籍で読んでいたので、本の厚さがわからなかったんですよね。おかしいな、と思いながら読みきりました。

鈴木　ベッドからぼくにおもしろいって、途中で経過報告が来たしね。

中村　それはびっくりだなあ。

鈴木　米倉さんに、絶対来てもらおうと思ったのは、ぼくなんか、読んでからずいぶん時間が経っているからいろんなこと忘れているんですけど、彼女はよく覚えているんですよ。書いてある文章そのままを。

米倉　いえ、そんな（笑）。

鈴木　そういうわけで、今日、この三人で一斉に襲いかかろうという。

中村　非常にありがたい話です。

鈴木　きっかけはね、アマゾンで買ったんだけれど、レビューを見て頭へ来たんですよ、あれ。ひどいこと書いてあるんですよ。

中村　ネットはしょうがないです（笑）。

鈴木　ほとんどが読まないほうがいいとか。全五段階評価の「非常にいい」も二つぐらいしかないしね。それで本屋さんへ行ってみたら、一〇万部突破でしょ。でも少ないと思ったんですよ、ぼく。もっと売れるべきだと。三〇万、五〇万行ってほしいですよね、最低。

中村　ああ、すばらしいですね。そうなれば。

鈴木　だから、おこがましいんですけれど、多少の応援をさせていただくと。

中村　すみません、ありがとうございます。ぼくもジブリの大ファンなので、今日は本当に光栄です。宮崎（駿）さんの映画は、ぼくが把握しているのは全部見ていると思います。わりと大人になってからは全て映画館で。

鈴木　ありがとうございます。

中村　ドワンゴさんといえば、ちょうど今、ＫＡＤＯＫＡＷＡの編集者さんから、ぼくの原稿が欲しいといろいろな角度から、攻められているところで（笑）。

川上　そうですか。

中村　連絡がよく来ます。また依頼の仕方がうまいんですよね……。

鈴木　出版にも関わっているんですか、川上さん。

川上　基本は関わっていないんですけど。

鈴木　社長ですからね。

川上　一応（笑）。

鈴木　いまだにピンと来ていないです、ぼく。

川上　ぼくもピンと来てないですよ。

中村　いや、出版界は、もうみんな知っていらっしゃいますからね。こういうふうになっているというのは。[*1]

鈴木　出版界は小さい。ぼく、元出版社だから。なんか、村ですよね。

川上　いや、でもね、いろいろな取材を受けても、やっぱりドワンゴの川上ということで紹介いただくので。カドカワをやっているとは、みんな思っていないし、思いたくないんじゃないかな（笑）。

中村　いやいや（笑）。ニコニコ動画がやっている、ブースというかな。スタジオあるじゃないですか。バーンと三六〇度の。

川上　はいはい。ニコファーレ。

中村　あそこ、共同通信の記者に記事を書いてくれって言われて、一回取材に行きました。えっ、なんでぼくがと聞いたら、ネットとか関係なさそうな人を選びたいとか言われて。

そこで川上さんが舞台に立っていらっしゃるのをお見かけしたことがあります。かなり前ですけどね。何かを発表するというときでしたね。

川上 だいたい何かを発表するときはあそこへ行きます（笑）。

中村 すごくびっくりした記憶があります。三六〇度、全部壁に字が出る。

川上 あれ、けっこう高かったんですよ。

中村 絶対高いですよ。

川上 高かったんだけれども、調べたらジブリの保育園より安かったということがわかって。これってNGなんですかね。

鈴木 いや、いいですよ、もう（笑）。だってしゃべっちゃいけないと思っていると、おもしろくなくなるんだもん。

中村 たしかにそうです。

鈴木 川上さんは化学を勉強した人で。

川上 勉強はしていないですね。化学でしか大学に入れなかったので。

鈴木 でも物理とかも得意なんですよね。それで文科系の人はなぜ大学へ行くんだろうと思っている人なので。

川上 いえ、そんなこと言ってないですよ（笑）。やめてくださいよ。ぼくなんか、文系をディスってるというふうに、ネットで思われているので。

中村 ネットはいろいろですね……。

鈴木 社長になったから言うこと変わったな、なんつって（笑）。

川上 いやいや（笑）。

中村 で、どうなんですか？（笑）

川上 いや、一応、文芸もやっている出版社としては、文系の批判をしていると思われるのは困ります。本当に批判していたらしょうがないですけど、誤解ですから。

中村 そうですね（笑）。

川上 ぼくは理系的な本を読むのも大好きですが、文系的な本のほうがたくさん読んでいるんです。

鈴木 小説は好きなんですよね。

川上 そうですよ。本当に好きなんですけども、最近ほとんど読んでなくて。でも久々にこの本を読んで、本当におもしろいと思ったんです。

中村 それはすごくうれしいです。

鈴木 どうですか。米倉さん。

米倉 私も本を見つけたきっかけが、最近小説を読んでないなと思って、ネットサーフィンをしていたらタイトルが目について。あっ、おもしろそうだなと。

中村 タイトルはけっこうやけくそですからね（笑）。教団Xってどういうことだよという。

今までに見たことがない小説

米倉　半年ぶりぐらいに小説を読んで。でも感想は、小説ではないかもしれないと思いました。

中村　たしかに。いろいろなものが入っていますからね。

米倉　そうですね。

鈴木　そこがおもしろかったよね。

米倉　はい。これはジャンルがないなと思った小説でした。結局、小説ではなかったなと。

川上　見たことないですよね。

米倉　ないです。

川上　いろいろ不思議はあるんですけど、これは小説なのかという不思議さがあるのと、なんでこんなのを書いたのかという（笑）。

米倉　そうです（笑）。すべての要素がちりばめられているし。

中村　やっちゃった感がありますね。

川上　そんなに書ける小説じゃないですよね。長いし。普通だったら一生にたぶん一冊か、二冊ぐらいしか書けないんじゃないかなって（笑）。

中村　ちょうどデビュー一〇年目にあの連載を始めたんです。自分の興味がいろいろ広がったりしているときだったので、このタイミングで言いたいことを言っちゃえと思って。書いていたら、どんどん長くなっていって。二年半の連載になりました。

鈴木　確かに言いたいことがあるというのが非常に明快な小説。だから小説という形式が手段になっているでしょ。

中村　ああ、そうですね。

鈴木　ねえ。そこがおもしろかった。

川上　ぼくもあの本を読んで思ったのは、この作者は、宗教を自分で開きたいんだと。これはその経典なんだというふうにしか思えなかったんですよ（笑）。

中村　純文学は、もっと芸術に落とし込めたりとか、いろいろな方法があるんですけどね。見る人が見れば、わかるという。でも現代はそれだともう広がらないと思って。

鈴木　ぼく、又吉（直樹）さんの『火花』を同時期に読んだんですよ。そうすると、又吉さんのほうは、いかにも小説好きという感じでしょ。小説のファンで、小説を書きたいというのが露骨に伝わってきて。ぼくなんか、彼の書いたものが一種、懐かしかったんです。ああ、文学だと思って。

中村　はい、文学ですね。

鈴木　一方で『教団X』は、なにしろ小説は手段であって、言いたいことがあるというやつでしょ。この対比はおもしろかったんですよ。

川上　ぼくは逆に、又吉さんが『教団X』を薦めているのがすごくよくわかって。『火花』もそうなんですけど、あれはやはり又吉さんが持っている世界観を世の中に伝えたいと思って書いたんだなと。『教団X』はそれをさらに進めたというか（笑）。

鈴木　でも、やはり第一におもしろいのは、現代との格闘がある。

中村　そうですね。それはやっていますね。

川上　昔は理系と文系の距離というのがもっと近かったんじゃないかなと思うんです。同じ人が両方やっていたりもして。でも今はもう専門分化していますよね。もしも文系の学者とか、社会学者とかが、たとえば物理学とかの最先端の知識を使って世の中を解説するってやったら、たぶん笑われる。だから今それを発表するんだとしたら、こういう形で小説にするしかないんだなと。

鈴木　なるほど。

中村　ドストエフスキーとか、ぼく、すごく尊敬しているんですけど、あの人たちができなかったことは何かなと考えたときに、最新科学かなと。あの時代から一番発展しているのはそれなので。で、人間とは何かを哲学的にやっても、もちろんおもしろいんですけど、物理とかからでも、小説だったらいいんじゃないかなと。多方面から、人間とは何だろう、みたいなことを真正面からやった感じですね。

鈴木　ぼくなんて、中間子なんて小学校以来ですよ。湯川秀樹先生の（笑）。

川上　だってね、小説の最後にある参考文献が、これ、小説の参考文献なのかって（笑）。

米倉　思いました。

川上　冗談みたいになってますよね。

中村　しかも多すぎるだろう、みたいな。どんだけ読んどんねんという話（笑）。

川上　そうそう。だってぼくは今日に備えて、もう一回読み直そうと思ったのは『教団X』ではなくて、ひも理論の本（笑）。

中村　超ひも理論のやつですね。

川上　はい。ホログラフィーとか、あそこらへんをちゃんと読み直さないと、今日は臨めないというのでね。なんでこんなことやってんのかなって思いながら（笑）。

中村　自分で書いておいてなんですが、そこまでぼくは詳しくないですよ（笑）。

米倉　私は『教団X』を読んだ後、すぐ仏教のほうに走りましたからね。仏教の基礎入門みたいなやつを三冊ぐらい読んで、完全に感化されたんです。

川上　思想書ですよね。やはり（笑）。

米倉　そうなんですよね。興味が湧く部門がそう。

中村　いろいろ多岐にわたっていますから。

川上　もともと物理とかは好きだったんですか。

中村　これまで人間とは何かみたいなことを、西洋の宗教や哲学と、あと生物学からのアプローチはやってきたんですけど、物理からは初めてで。しかたないから勉強するかと思って、基礎入門からずっと読んできました。実はその前に神話を調べようと思って、インドの最古の経典の本を読んでいたのですが、物理の宇宙の本とか読んだら、あれ、これ、リグ・ヴェーダとすごく似ているじゃないかと。びっくりして。

　宗教に詳しい人は宗教に詳しいし、物理に詳しい人は物理に詳しいのですが、そこはなかなかリンクしない。あまり変にリンクすると、何か、いかがわしい宗教みたいになっていくんですけど。そこはちゃんとした知識でやってみると、ほとんど近かったんですよね。

　さっき言われた、小説ではないような要素があるというのも、やはり意識していて。読者さんがいろいろな楽しみ方ができるようにしようと。新書的な部分も多いし。物語は物語として、知識は知識として読める。でもその知識も、理系の専門書だったら難しく書いてあるじゃないですか。それを文系の言葉でどう書くかというのをずっとやっていましたね。

鈴木　佐治晴夫さんという方が書いている『14歳のための物理学』（春秋社）などの理系のシリーズがあって、ぼくもそれで少しは勉強しようと思ったのだけれど、やっぱり躓いてしまって（笑）。ところが、この本を読んでみたら、そこを非常に端的に、明快に書いてあるから、大変勉強になったんです。

米倉　松尾先生のお話ですね。

鈴木　そう。あのDVDはすごくおもしろかったもん。

中村　本当は会話文でやるのが小説なんですよ。でも、それをすると長すぎて、訳わからなくなってしまう。それで教祖の話って章に分けてしまって、ここからは知識ですよと。

鈴木　あそこからぼく、俄然、読み方が深くなるんです。

中村　ありがとうございます。

鈴木　それで何回も同じところを繰り返し読んだりね。

川上　ぼくの友達に薦めたら、教祖の話だけを読んでいましたよね（笑）。

鈴木　それ、すごくわかる。
中村　それも全然いいと思います。
鈴木　だって読み返すところ、そこばかりだったもん。ストーリーのほう、ちょっとなおざりになったりして（笑）。
川上　そうそう。だからなんかね、ストーリーを追うと、それが褒美として出てくるみたいな。
鈴木　早く次のＤＶＤ来ないかなとかね（笑）。
中村　逆に知識はいらなくて、ストーリーだけでいいという人もいたり、いろいろですね。
鈴木　でも、それもったいないですよね。
中村　どんな読み方でもいいんですよね。知識だけ楽しむ人も、知識がだるいなと思う人もいるだろうなと。で、ちょっと間に違うのを入れて、休憩してもらったりとか、あの手この手ですね。デビュー当時では、さすがに書けなかったと思います。一〇年の自分なりの技術的な蓄積もあってできたかなというのはありました。

世界に対して言いたいことを全部言う

鈴木　全体を通して言うと、どうですか。
米倉　ちょっと待ってください（笑）。全体を通してですか。小説じゃないなというのが、読後の感想だと言ったんですけど、正確には少し語弊があって。一番最後、松尾さんの最後の演説はＤＶＤなんですかね。講話なんですかね。
中村　一番最後のは遺言のＤＶＤです。
米倉　そうですよね。いろいろあるけれども、今、生きているというのはすごく特殊な状況だから、生きていこうよという。今までの語り口からは、遥かに超える明るさというか。最後、希望を持って終わるんだなというのが、すごくウルッとしたんですよ。
中村　ありがとうございます。
鈴木　共に生きていこう。
米倉　そう。その部分は圧倒的に小説だったなと。
中村　そうですね。すごく暗いことも、ひどいこともいっぱい書いて、でもやはり最後はどうしても前向きに終わりたいというのがあったので。とくに最後の松尾さんの演説は、ほとんどぼくが思っていること全部ですよね。
鈴木　あれ、意表を突かれた。ものすごいまともなんだもん。
米倉　そう。鈴木さんと感想を言い合っていたときに、お互い意見が一致したところでしたね。これは小説としてではなくて、作者が世の中に訴えたいことなんだろうなという。

中村　実は純文学の中にはこうしてはいけないとか言う人もいて。あまり作者の地は出してはいけないとか、意見を言うのはよくないとか、いろいろあるんですけど、そういうタブーを全部取っ払ってしまったのが『教団X』で。だからもう作者の地が見えていても、小説として多少、歪(いびつ)でもいいんですよ。それが真剣に読者さんに伝われば。ぼくは世界にはいろいろな人がいたほうがおもしろいと思うので、すべての多様性を愛するというのがこの小説の基本ベースなんです。それを言いたいがために書いたというのもあったんです。

批判も聞きましたが、褒めてもらえる声のほうが、多かった。政治的にこの本はすごくリベラルなので、そうではない人たちからすると、たぶん我慢ならないでしょうね。でも、そういう人たちはそこについて文句を言うのは難しいので、全然関係ない部分で攻撃して、本を否定しようとするのはあると思います。

川上　これを機会に宗教を立ち上げようとか、思わないですか。

中村　(笑)それはないですね。

川上　この思想をもっと広めようとか。

中村　世界を見渡すと、やっぱりひどいんですよ、貧困や戦争のあらゆる構図が。ちょうど自分の本が翻訳されて海外でも出版されるようになってきたタイミングだったので、世界に向けて言いたいことを言ってやるという意識で書きました。

川上　翻訳者、大変ですね。

中村　ほんとうに大変だと思います。

鈴木　でも、言いたいことを言うって、小説にあんまりないんですよね。

米倉　ないですね。

中村　小説はそういうことをやらないほうがいいという考え方もあるし。

鈴木　だからもしかしたら、編集者の方が、あの最後のくだり、あそこをやる、やらないで、いろいろな議論があったのかな、なんて少し思っちゃいましたね。たぶん普通の小説だと手前で終わる。ところがそれを付け加えた。

中村　基本的にこういうのはやめてくれというのは、出版社からはなかったですね。だから全部自分の言いたいことを書いたというのがこの本です(笑)。

川上　今後も、こういうような本を書くんですか。

中村　常に、前の小説を超えたものを書くというのをやっているのですが、作品のタイプが多岐にわたってきて、今は、少し前に出した、『去年の冬、きみと別れ』という本を超えるものを、と書いてまして。だからその次で、『教団X』を超えるような、また長いやつを、今度は別のアプローチで書こうかなと思っています。相当大変でしょうけど。でも、これ書いて、これからどうするのというのはいろいろな人に言われました(笑)。

川上　ほんとそうでしょうね。

中村　全部書いちゃったんじゃないかって。でもやっぱり小説というのは奥が深くて、どんどん出てくるんですよね。だから書くのは少し先になりますが、今、練っている途中です。それも長くないと超えられないので。

川上　長さなんですか(笑)。

中村　長さはありますよ。『教団X』は短いとちょっと。実はこれでも、省きに省いているんですけどね。風景描写とか、ほとんどないんですよ。本当は小説って、風景描写だけで一ページとか、平気であるんですけど、それも全部そぎ落として、そぎ落として、それでこれですからね。

鈴木　だからそういうことで言うと、読みやすいですよね。

川上　確かに。

鈴木　第一部を一日で読み、間をおいて第二部をまた一日で読んだんですよ。そういう読み方ができる本。で、次から次と先へ進みたくなったから。

米倉　全然眠れなかった(笑)。

川上　長くても冗長という感じがしなかったですね。

中村　本当は短いのが、ぼくは好きで。短い言葉でどれだけ言えるかをいつも考えていて。助詞についても、たとえば、「そんなことはない」の「は」が余計だと思うと、「そんなことない」とか、状況によってちょっとでも短くしようとするんです。

鈴木　余計な形容詞ないですよね、全体を通して。これだけ長いのに。だからものすごく読みやすいんですよ。みんないっぱい書くから。

中村　風景描写はとくにそうですよね。

鈴木　世界をつくっておいて、人間を描こうとするから、どうしても昔の人はそうやっていましたよね。

タイトルと装幀のインパクト

中村　タイトルは最初「教団」に変えないかと言われたんです。でも、なんか「教団」って普通で。「X」がないとインパクトがないからと、無理やりこのタイトルで押したんです(笑)。

鈴木　でも、それに惹かれましたよ。

あれXがなかったら。

中村　やっぱり、弱いですよね。

鈴木　全然弱い。インパクトがあるんですよ。Xによって。そこに謎が出てきているし。

川上　なんか、内面に狂気が宿っていますよね。「教団X」というのは。

中村　表紙もかなり、やばいですからね。これ、絵みたいに見えて、実は写真なんですよ。

川上　エッ！

中村　これ、全部シャンパングラスなんです。曼荼羅(まんだら)に見えるんですけど。

米倉　曼荼羅だと思っていました。

中村　シャンパングラスを重ねたものを撮っているんです。

鈴木　写真を加工したんですね。

中村　装幀家の鈴木成一さんが濃淡を加工して、全然違うように仕上げちゃったんです。

米倉　それはご希望だったというか。

中村　いや、全然。鈴木さんにお願いするときはお任せしちゃうので。ぼくのこれまでの本の中で一番装幀、難しいとおっしゃっていたんですけど。出来上がってきたものを見たら、ウワーッと思って。

鈴木　すごくいい。

米倉　最初この装幀をネットで見たときに、ミステリーかな、サスペンスかなと思って。

中村　そしたらもうジャンルもよくわからない本だったということになっちゃいましたね。

米倉　そうです（笑）。いい意味で、裏切られたんですけど。

鈴木　タイトル、文字が浮かび上がっているでしょ。高いんですよ、これ。

中村　そうなんです。高いです。

米倉　どういう意味ですか。二倍ぐらいするんですか。

鈴木　部数によるけれど、一冊につき五〇円ぐらいかかるんですよ。

米倉　えっ、そんなに。

鈴木　ぼく、出版社にいたからよくわかる。

米倉　普通っていくらなんですか。

中村　本の値段って、大体、初版部数とページ数で決まるんですね。部数が少ない本はどうしても高くなってしまう。これを書いているタイミングだったら、ある程度の部数で出せるので、このページでも安くできる、二〇〇〇円を切ることができると思って。普通はこの厚さだと、たぶん二五〇〇円ぐらいするんです。

米倉　それが定価一八〇〇円。

川上　ぼく、この前高校のパンフレットを作ったんですが、文字が浮き出すのをやったら、一冊プラス一〇〇円ぐらいしましたね。

鈴木　部数が少ないと、上がり幅が大きくなる。二万部ぐらい刷ると五〇円程度になってくるんですよ（笑）。箔押しとか、いろいろあるんです。ぼくも好きだったから、よく使ったんで。

中村　この本、テレビで紹介されたときに一回、書店さんから消えたことがあったんです。集英社さんが大急ぎで増刷するときに、この浮き出しで二日余分にかかっちゃうというのがあって。間に合わないというのは、出版社からすればすごく損なんですけどね。

鈴木　これ、逆にやるのもおもしろいんですよ。絵のほうを浮き出させるんです。それで文字を普通の印刷でやるとかね。ぼく、そういうの好きだったんだ（笑）。

中村　それ、ものすごく高くなるのでは……？

鈴木　でも、版を作ればできるから（笑）。

中村　そういうものですか。

川上　型押しっていうんですよね。

鈴木　そう。『あしたのジョー』の本で。ジョーの顔のアップの線画だけをそれにしてみたんです。そしたらむちゃくちゃおもしろいんです。

中村　おもしろいですね。

鈴木　逆の発想でね。そしたらちばてつやさんがすごく喜んでくれて。

米倉　この本、背表紙も。

中村　浮き出していますね。

鈴木　普通、こうなると金赤でやりたがりますよね。タイトルなんかもね。でもそれをあえて黒にしてあるのは正解ですよね。

中村　最初は白と赤と銀も試して。いろいろなバージョンがありました（笑）。

川上　それにしても分厚くて、一八〇〇円、安いですよね。

中村　紙も実はすごく軽いのを使っているんです。

鈴木　だからこれ、厚さの割に軽いんですよね。あとね、本当は重さにこだわるとおもしろいですよ。

中村　重くするということですか。

鈴木　ぼく、二〇〇〇円以上の本は、必ず一キロにしたんですよ。

中村　なんでですか（笑）。

鈴木　そうすると、二〇〇〇円払う気になるんですよ。

米倉　なるほど。大事にしますよね。

鈴木　そう。

米倉　捨てられない、なんか、全然。

中村　重いから？

鈴木　その効果ってあるんですよ。斤量というんですけどね。わざと紙の重いやつを使うんです。それでいろいろな束見本を作ってみて、値段によって重さを決めていたんです。

だから、たとえばぼくらだと、『ジ・アート・オブ・ナウシカ』なんて、二〇〇〇円以上するわけですよ。そうしたら重くしないといけないから、目方、本当に量って、一キロって。

米倉　紙が重いんですか。

鈴木　そう、分厚くなるの。

中村　永久保存版感を出すという感じですね。

鈴木　そうそう。だから一度、冗談でやってみたくてしょうがなかったのは、表紙が重いとかね（笑）。

川上　最初、開くのが重い。

鈴木　すると、なんかね、大事なものになるでしょ。そういうことってあるという気がしているんです。だからこの本見たときに、表紙がすごくよいと思ったけど、若干の不満は軽さなんですよ。それからこれはね、川上さんに言いたいんだけど、デジタルで読むものじゃないですよ（笑）。

iPhoneでの読書

川上　ぼく、iPhoneで読んだんです。

米倉　えっ、嘘。

川上　だから全然読み終わらない。ページ数も何万ページとかになってるんですけど（笑）。

米倉　ちょっとそれ見たとき、うんざりしますね。

中村　そうか。ぼくはこれ、電子で読んだことないですから。

川上　そう。全然終わらなくて。でも携帯で読んでいるから時間がかかっているだけだと、信じていたんですよね。

米倉　実際、どうでした？

川上　三分の二ぐらい読んで気づきました。これは長い本なんだと（笑）。

米倉　私もさすがにこの本持って、電車に乗らなかったですね。

中村　鞄が埋まりますもんね。

米倉　そうなんです。女子としてはちょっと（笑）。荷物増えるなあ、みたいな。

鈴木　でも、上下にしなくて一冊でよかったね。

米倉　あっ、もちろんです。

中村　やっぱり上下にすると値段が上がるので。少しでも安く皆さんに読んでもらうには。

米倉　だからこそ家でじっくり読みました。移動時間で刻み刻み読むのではなくて、夜一〇時から朝四時ぐらいまで缶詰で読むというのができたので、すごく集中したし、移動中に読んではいけない内容だなと思って。

中村　一気に読んだという方、けっこう多いですね。二日、三日で読んだという意見はよく聞きます。

川上　正確に言うと、ｉＰｈｏｎｅだと六四六五ページあります（笑）。

米倉　うわー。それなんか、始める気が失せません？　最初にページ数見ちゃうと（笑）。

川上　ｉＰｈｏｎｅで小説を読んだのは、これが初めてだったんですよ。だから感覚がわからなくて。

鈴木　この間、温泉に川上さんと二人で入ったんだけど、ｉＰｈｏｎｅを持って入っているんですよ。

米倉　温泉に？

鈴木　うん、何やっているのかと思ったら、小説読んでいるんです（笑）。

川上　そう。『教団X』を読んでいたんです。

中村　水って、大丈夫なんですか。

川上　これね、アップルは言ってないんだけど、けっこういけますね。防水とかって謳（うた）っていませんが、普通に濡れたぐらいだったら全然大丈夫ですよ。

米倉　でも隙間からプロセッサとかやられません？　中のＣＰＵとか。

川上　と、思うでしょ。いや、意外と大丈夫なんです。

中村　すでにやられている可能性はないですか。

米倉　いつ電源入らなくなるかわからないですよ。

川上　実はiPhoneの6sをすでに買っているんですよね。壊れたら差し替えようという（笑）。

鈴木　何考えてるの？（笑）

川上　ぼく、発売時期が近づくと、お風呂の中で読み始めるんです。

鈴木　あっ、そうなんだ。

中村　じゃ、やっぱり不安は感じているわけですね（笑）。

川上　買ったばかりは、やっぱりやらないんですよ。そろそろ買い換えたいから。

中村　じゃあ、防水って信じないほうがいい（笑）。危ないですよね。

川上　新機種が出るたびに買い換えたいんだけど、心の中にもったいないという気持ちがあるんですよ。だからもし壊れてくれたら、気持ちよく買い換えられるじゃないですか。

中村　言い訳ですよね。なるほどね。

米倉　さすが。

――おもしろいですけど、これラジオでは使えないですね（笑）。

中村　あっ、そうか。他の企業のことが入っている。

鈴木　使っちゃいけないですか。

――この番組のスポンサーにａｕが入っていますし、第一、リスナーの皆さんが川上さんの真似して、故障しちゃったら大変じゃないですか。

中村　そうか。みんなお風呂で読んじゃうね。

川上　買い換える直前にやる分には

大丈夫です。

米倉　今のすごくいい情報でしたよね（笑）。

中村　壊れてもいいならですね。

鈴木　最後に注意事項を入れればいいんじゃないですか。真似はしないでくださいって（笑）。

中村　ラジオでそれ、難しいですよね。

鈴木　ダメかな（笑）。

映画化とドストエフスキー

鈴木　映画化の話は来ないんですか。

中村　この小説は来ていないですね。映画にするにはけっこう勇気がいると思いますよ。

鈴木　ぼく、職業病でね。やっぱり考えちゃうんですよ。どうしても。

川上　めっちゃ長くならないですか、これ（笑）。

米倉　かなり過激な描写もある。

中村　そうですね。チャレンジですね。

鈴木　映画にするときに、やはりＤＶＤの部分、そのままやるべきだと思ったんですよね。でも普通の映画人がやると、どうしてもそこをドラマのほうに持っていっちゃう。そうじゃなくて、ＤＶＤはちゃんとそのまま、本みたいなつくりの映画を作る。そしたらおもしろいんじゃないかなという気がしたんですよね。

中村　映画館で見る人なんか、もうワグナーのオペラを見るみたいな。途中休憩があって、何時間みたいな話になっちゃうかもしれない（笑）。

米倉　これ、映画になったら、何時間ぐらいで収まるんですかね。

鈴木　やる人によって全然変わる。

米倉　へえ。二時間でできますか。

鈴木　やる人は二時間でやっちゃう。九〇分ぐらいでもやっちゃう。

中村　教養とか、抜いちゃえば。

米倉　教養、抜いたら絶対ダメですよ。

鈴木　それこそ『カラマーゾフの兄弟』だって、たしか映画があるんだけど、ものすごい短いよ。『薔薇の名前』なんかも、なんでこんな映画になっちゃうんだろうなと。

中村　たしかに、そんな長い映画じゃないですもんね、あれも。

鈴木　中村さんは、なんでドストエフスキーがお好きなんですか。

中村　描写はちょっと長いんですよね。たとえば女性一人出てくると、その女性がどんな服着ていたとか、一ページぐらい使うので、もうその情報いらないと思うんですけど（笑）。でも書いているテーマや内容は、やっぱりすごく深いので。だから野心として、ぼくなりのそういうものを書いてみたかったというのがあったんです。

鈴木　なるほど。中村さんにとっての『カラマーゾフの兄弟』なんですね。

中村　というふうに、あんまり大きい声で言うと批判を受けるので、ぼくのホームページのあるページに小さくチョロッとは書いていますけどね。

鈴木　なんで批判を受けるんですか。

中村　いや、なんかおこがましいとか、いろいろ言われちゃうので。自分のホームページだったら読者さんしか来ないので、それだったらまあ。

鈴木　人が勝手に言うのはいいですよね。

中村　ええ、もちろん。

鈴木　ぼくらの世代だと、あれは必読書だったんですよね。

中村　やっぱりそうですか。

鈴木　うん。『罪と罰』もあるけれど、とにかく若者に焦点を当てたということですよね。それは、それまでの小説にはなかったんです。だからある人が言っていたんだけれど、ドストエフスキーとマルクス。二つ合わせると若者が世界を変える。確かにそうでしたね。

中村　やはり影響はすごく大きいですよね。

鈴木　だからぼくの知り合いでね、亡くなっちゃったんだけど、日本テレビの氏家齊一郎という人ですが、最後に読んでいたのは『カラマーゾフ』ですよ。「敏ちゃん、おまえ、読んでいるんだろ」って言われてね。ぼくなんか、ほとんどうろ覚えだったんだけれど、一人で延々しゃべっていたんですよ。腐っていく死体を目の前にしながら、本当に人間じゃなくなる。そうなったときにこれが「神だ」と言って、叫ぶあのシーン。小説の神髄はここだよなって。そんなことを言いながら死んでいっちゃったんですよ。

中村　奇跡が起こると思って、みんな待っていたら、普通に腐ってしまうという。

鈴木　そうです。

中村　あそこで奇跡が起こったら台無しですからね、すべてが。

鈴木　でも、それを言い切る。

中村　しかも当時。

鈴木　そう。カフカなんかも影響があるんですか。

中村　大きいですね。海外文学の古典は大好きで。

鈴木　あまりいないですよね。その年代で。

中村　ぼく、デビューしたのが二五歳だったんですけど、二五でそういうのが好きと言って出て来たというのがかなり異質だったみたいですね。

なんじゃこいつ、みたいな。

鈴木　絶対そうですよね。

中村　バックグラウンドがちょっと変わっていたというのがデビューできた理由なのかもしれないなというのは、今になって思いますけどね。やはり個性って大事ですよね。どんな業界においてもね。

小説家になる人とは

鈴木　そうだ。訊きたいことがあったんだよね、米倉さん。小説家という人に。

米倉　はい。私もすごく本が好きで、水と空気と一緒ぐらい、本がないと生きていけないんですけど。中村さん、本はもともとお好きなんですか。

中村　高校生ぐらいからですね。暗かったんです、ものすごく。すごく暗くて、ずっと演技して生きていたんですよ。高一のときにそれが耐えられなくなってしまいまして。教室行ったら、みんなが椅子に座って黒板を見ているのが気持ち悪いと思って。やばいですね（笑）。急に学校へ行けなくなってしまって。でも不登校ってことで目立つのいやじゃないですか。だから一応腰が悪いと嘘をついて、学校へ行けないし、座れないということで、ひと月休んで。で、また高校行ったら腰が痛いですって手を挙げて、保健室に行くというのを繰り返していたんですけど。

そのときに太宰治の『人間失格』という本をみつけて。あれはタイトル勝ちですよね。こんなぼくは人間失格だから、読むしかないと。そして太宰を読んだ典型的な反応で、主人公を自分だと思ってしまって。そこからですね。小説をひたすら読むようになったのは。

鈴木　「ワザ」とか言われるんでしたっけ（笑）。

中村　あのへんがもう、ぼくだとか思って。

鈴木　鉄棒からわざと落ちて、ワザ、ワザとか言われるんですよね。

中村　そうなんですよ。

鈴木　あそこ、すごいですよね。

中村　そこから、より深くて、暗いのはいったい何だみたいなことになってきて、で、ドストエフスキーとか、カミュとか、サルトルとか、カフカとか、昔の本にひたすら潜って。日本は何だとなったら、三島由紀夫とか、大江健三郎さんとか、安部公房とか、とにかくそういうものばかり読んで。

鈴木　聞いていると、ぼくらの世代ですよね。

中村　ほんとそうですよね。

鈴木　ぼく、六七歳なんですけどね。だってたしか本に出てきたような気がするけど、『嘔吐』とか。いろいろ読んでいらっしゃるでしょ。サルトルの。

中村　はい、そうですね。デビューした当時の雑誌編集長に言われたのはまさにそうですね。だいぶ前の世代の読書体験だよ、それはと。でも、ぼく、だからといって、そういうものばかりではなく、マンガとか、流行の小説とかもいろいろ読んでいたんですよ。映画も新しいと言われるものは見ていたし。それで、デビューするには現代文学っぽいことをやったほうがいいのかなとか考えて、そういうものも書いてみたんですけど、全然ダメだった。やっぱり古典文学がいちばんかっこよく感じていたので。じゃあデビューとかもうどうでもいいから、自分の好きなもの書けばいいじゃないかと。で、二一世紀のシーンが新しい文学を探しているときに、拳銃を拾った青年の話という、非常にオーソドックスな本を書いて（笑）、応募したら、逆に新しいみたいな感じになって、デビューできたんです。

　そこから昔のものに影響を受けつつ、新しいことを加えていくということをずっとやって、現在に至る感じです。

米倉　本が好きで、小説を含めなんですけど、ずっと読み手だったわけじゃないですか。それが書き手になろうって、どういうときに思ったんですか。

中村　それはですね、なんかものすごく憂鬱になったときがありまして、もう生きていけないぐらいだったんですね。でもまあ、自分の悩みを一回把握してみようと文章を書いたんです。ずっと書いていったら、だんだん気持ちが落ち着いてきて。ポエムみたいなものを書いてみたり。今、読んだら、たぶんものすごく恥ずかしいと思うんですけど（笑）。だんだん短編小説っぽいのをやってみたりとか。で、卒業論文を書くときにワープロを初めて持って。ワープロあるし、これだけ小説好きだから、一回、長編小説というものを書いてみようかなと思って、やったら、すごくしっくり来て。ああ、人生一回しかないから、これでやってみようという感じですね。

　実は当時、バンドとかもやっていたんですよ。髪とか赤くして、タンクトップで鎖を首から巻いたりして、ハードロックをやっていた。タトゥーにもあこがれましたが、彫る勇気なくて（笑）。で、シール貼って。

鈴木　シール貼ったんか（笑）。受けますよね。

中村　ライブも終わりに近づくと、

汗でだんだんタトゥーの十字架が取れてくる（笑）。

米倉　もしロッカーになっていたら、ここにタトゥーが。

中村　そうですね。あったかもしれないですね。十字架とか、ドクロとか。シールだけど（笑）。

米倉　やっぱり読む人から書く人って、アプローチも熱量も全部が違うわけじゃないですか。けっこう私、小説家の方って、その一歩の勇気なんだろうなと思うんですよね。

中村　書くということですか。

米倉　そうです。私自身がすごい本好きですけど、書こうとはまったく思えないので。ものを書く人ってすごいなと純粋に思うんですけど。

中村　いろいろじゃないですかね。映画はぼく、見るのは大好きですけど、映画撮ろうとかは全然思わないですから。インターネットも見ますけど、発信側にはなろうとは思わないですし。そういうことなのかもしれないですけどね。

鈴木　なるほど。満足？

米倉　満足です（笑）。

今、海外で評価されるもの

米倉　海外の人にも読んでほしいとか思いますか。

中村　はい。『教団X』は最初から「世界に向けて書いたる」というのがあったので。

鈴木　翻訳されたのは『掏摸（スリ）』が初めてなんですか。

中村　アジア圏は、ほかに前もあったんですけど、英語圏は『掏摸』からです。

鈴木　どうすると海外で出るんですか。出版社の人の努力ですか。

中村　ぼくの場合は、大江健三郎賞というのをいただいて。それをもらうと、英語か、ドイツ語か、フランス語か、どれかになるというのがあるのですが、幸いにして読者の多い英語になったんです。英語になればいろんな国の編集者が読めるので、ドイツ語やフランス語にもなりやすい。それに『掏摸』の主人公って、あるようでなかったので、珍しかったみたいで、広がってくれているようです。『悪と仮面のルール』という本のときは、アメリカの軍需産業の悪口をいっぱい書いたので、それが英訳されると聞いて、やばいなと思ったんですけど、出ちゃうものはしょうがないから、じゃあお願いしますと。向こうでサイン会があったのですが、いかにも共和党大好きみたいな、筋肉ムキムキの南部の方が来て、本読んだけど、おまえは勇気があって気に入ったと言われて（笑）。英語でしたが、日本語にすると、たぶんそんなニュアンスだと思います。それでサンキューソーマッチ、ジャパニーズ・カンジとか言いながら、サインを書いて渡しましたけどね（笑）。

でも、日本の作家という認識はあまりないみたいですね。

鈴木　おもしろいものはおもしろいのかな。

中村　あまり国で読まないですかね。アメリカの人って。

鈴木　もともといろいろな国の人が集まっているんだから。

中村　そうですね。英語でものを書いている人口が多すぎるので。だから個性がないと埋没してしまいますね。

鈴木　この間、池澤夏樹さんの本を読んでいたら、今、世界で評価されるのは、これだけ人の流入が激しくなった時代なので、移民だとか難民で、別の国へ行った人、それでそこの言葉がしゃべれなくて、苦労して、なおかつその言語を獲得した人。そういう人が現地の言葉で書いたものがおもしろいみたいなことが書いてあって、あっ、なるほどなあと思ったんですよね。ゆえに世界文学全集が、昔みたいな基準では成り立たない。

中村　ほんと、そういうところはやっぱりありまして。たとえば日本の小説といっても、とくに珍しくないんですよね。アメリカにも日系人の作家がいて、その人たちが英語で日本文化のことを書いたりもしていますから。だからもう国の個性というよりは、本人の個性でやっていかないと埋没します。たとえば台湾や韓国とかですと、まだ日本文学とか日本の作家ということで盛り上げてくれたりすることがあるんですけど、アメリカでは、そんな下地はないので。これはもうゼロからやるんだなと思いました。

それにしても、日本の忍者とか、大好きですよね。アメリカの人って。

鈴木　大好きですよ。すぐ映画にするしね。

中村　あれ、何なんでしょうね。アメリカでトークイベントをしたときに、隣にいた人が日本のことを書いている外国人で、彼の本の内容を聞いたら、侍と忍者が戦う話らしい。そんな忍者や侍はいないんですけどね。一緒に並んでいるのがぼく、日本人なので、向こうもしゃべりづらいんですよ。嘘って言われちゃうといけないから。でも、まあ、そういうのもあると思うと、一応サービスで言ったんですけどね。

鈴木　ぼく、ひょんなきっかけでスピルバーグのプロデューサーと親しくなったんですよ。そしたらある日、スピルバーグが日本を舞台に映画を作りたいからとシナリオが送られてきて。びっくりですよね。純粋に日本が舞台で、時代が室町の日本映画ですよ。こんなもの作るのかなと思って（笑）。もうね、たぶん時効だからしゃべっちゃってかまわないと思うんですけどね。それで簡単に言うと、おかしいところを指摘しろと。そんなことありましたけどね。だからそういうことで言うと、みんな国は関係ないですよね。

中村　海外に映像配信するときとかは、海外向けの戦略があったりするんですか。

川上　いや、海外市場は、基本、ぼくはあんまり信じてないので。ウェブ業界では海外でやらなきゃいけないと言っている人が多いみたいですけど、難しいですよね。だって文化って、その国のものだと思うんですよね。コンテンツ単体であれば、他の国でも珍しがられる忍者みたいなものが、海外でも通用することはあるでしょうけど。ウェブって、やっぱりプラットフォームじゃないですか。プラットフォームは、海外に本当は進出できないものだと思っているんですよね。

中村　ああ、逆にそういうことですか。

川上　最近仲のいい、2ちゃんねるを作ったひろゆきが、アメリカの4chanというサービスを買ったんですよね。これが日本の2ちゃんねるそっくりなんです。だいたい名前が4chanというのが怪しいんですけど（笑）。

中村　たしかに。

川上　でも、これがアメリカで何なのかというと、「電車男」が登場しなかった2ちゃんねるなんですよ。日本では2ちゃんねるって、なんだかんだ言っても「電車男」のせいで社会的に受け入れられたんです。だけど4chanはそれもない、とてもドロドロした場所。

中村　見る人だけ見るみたいな。社会からは隔絶された。

川上　見ているなんて絶対他人に言わないみたいな。そういう感じの、いかがわしいサイトなんですよね。ただ、そこにアクセスしている人と、日本のネット文化がメチャメチャ近いんですよ。みんな現実に友達がいなくて、ネットにしか居場所がない。それで働かずに、二四時間ネットにアクセスしているという。そういう人たちは日本のアニメが大好きだし、日本のマンガとかも読んでいる人がすごく多いんですよね。

中村　そうですか。すごそうだな。

川上　で、たぶん海外で4chanみたいなものが流行っているというのは、そういう社会的な弱者に対する文学というのが海外にないんだと思うんですよね。現実社会で引きこもって、ネットにいるような人たちに向けた文学というのが、アニメとか、マンガのような形で唯一存在しているのが、たぶん日本なんですよ。だから日本のものが海外で受ける。

中村　そうか。啓蒙する方向ではなくて、楽しませることに特化しているようなものが日本に多いということですかね。もっとこうしろよと言わないというか。

川上　そうじゃないですか。肯定ですよね。啓蒙的な部分がないというのはその通りだと思うんです。

中村　なるほどね。肯定か。たしかにそれは、海外はわからないけど、日本はいろいろありますね。

川上　非常にたくさんあるんですよね。

鈴木　日本がねえ。たしかに、アニメとマンガは一時、アメリカの西海岸、それからイギリス、ヨーロッパ、いろいろなところへ行ったけど。で、そこに集まる人たちって、本当にまるで日本人みたい。すごく似ていますよね。それまでの外国人と全然違うタイプ。

川上　顔つきが違うんですよね。

鈴木　なんか、ほうけているんですよね。

中村　ジブリだと、日本アニメとかいう受け取られ方じゃないですよね。もっと普遍的な。

鈴木　そこは区分けしてくれます。

中村　ですよね。救われますよね。

川上　ジブリは別として、日本のアニメって一般の外国人には通用しないと思われています。でも、女の子にもてないとか、そういう人たちに刺さる要素というのはたぶんあるんですよね。外国だと、そういう人たちに向けては、おそらくコンテンツを作ってないと思うんです。だから、日本のコンテンツが通用する余地がある。

米倉　たしかにそうですね。

川上　だから海外にないものが存在するんだったら競争力を持つと思うんですけど、海外が自分の国で同じようなものを作り始めたら、やはりローカルなものが勝っちゃうんじゃないかなと、ぼくは思っているんですけど。

すべての多様性を愛そう

鈴木　でも、何と言ったらいいかな。この『教団X』がまさにそうだけど、主たる四人の主人公たちというのか、みんな、それこそ心に闇を持っているわけでしょ。

中村 そうですね。

鈴木 そういうことで言うと、それは今、世界共通じゃないですかね。

中村 はい。やっぱりテロリズムの話とか、今の世界を意識して書いてはあるんです。

鈴木 映画で言うと、ぼくなんか、皆さんよりちょっと長く生きているから、すごく感じていたのは、世界問わず、アクションであろうが、恋愛ものだろうが、何だろうが、ある時代まですべて作品のテーマは、貧乏の克服だった。そうすると黒澤明なんていうのは、どんな映画作ろうと、実は根底にそれがあった。

ところが、日本がそうだったように、高度経済成長その他によって豊かになったとき、次は心の問題になったんですよね。それをどうやっていくんだみたいなね。そうすると、この小説を読んだときにも、これはそういうものがある先をちょっと示してくれているのかな、なんていう気もしたんですけどね。

川上 だから宗教なんですよ。現代の宗教ですよね、これは。

中村 そうですね。神とかのない、教養とか、宗教ですよね、やっぱり。すごい、なんかちょっと感動しますね。

鈴木 エッ？

中村 いや、なんかもうすげえうれしいです。書いて良かったなって思います（笑）。

米倉 私、本当に救われたんですよ。

中村 えっ、どういうことですか。

米倉 すべての多様性を愛そうというのがすごくいっぱいちりばめられているじゃないですか。寛容であって、許容しよう。許そうと書いてあって。私はいろいろな国の人と働いていると、たまに迷子になってしまうんですよ。このボーダーレスの時代で生きていて、地球が狭くなってしまっていて、いろいろな国の人と接していると、自分がすごく空っぽになるときがあるんですね。うまく言えないんですけど。

鈴木 気持ちはわかるな。

米倉 なんか悲しくなったり。それこそ具体的に言うと、私、ハイスペックな携帯のシステムとかを発展途上国向けに売ったりしているんですけど、その土地のインフラを整えるんですよね。なんかそれって、その国の文化を邪魔したりとか。

鈴木 この中にも出てくるね。

米倉 そう。営利目的のことをしているとか、その国の文化とか、いいものをお金と引き換えに失わせているのかなとか、私ごときの人間が大きなことを考えたりとかして。

鈴木　でも現実には、それこそアフリカでの携帯の普及率八〇％ですよね。

中村　そんなになりますか、もう。

米倉　そういうのを考えると、すごく悲しくもなるし、逆に彼らの文化といやでも対峙して働かなければいけなくなるので、あり得ないことがいっぱい起こるんです。おもしろくもあるんですけど（笑）。それに自分が対応していかないと、このグローバルな社会で生きていけないという恐怖もあるんですよ。相手のことをわかってあげなければいけない。私が基準ではないんだと。私の常識は、彼らの非常識だというのと一緒で。そういうことをやっていると、すごく疲れちゃうときがあるんです。

でも、この本を読むと、認めるということ、許すということ、多様性でいいじゃないということが書いてあるので、私みたいな状況に置かれている人は、たぶんすごく救われるなと思ったんですよね。

中村　そうですか……。とてもうれしいです。

米倉　なんか、すみません。私みたいな。

中村　いやいや、すごくうれしいです。世界も場所によっては、日本とは本当に違いますからね。感覚とか、発想とかも。だから悪を描くとしても、じゃあアフリカの悪は何だろうと思って調べていくと、やはり日本とは全然違うんですよね。もっと無造作というか、乱暴というか。貧困のレベルもまた違うんです。何かで読んだエピソードなんですけど、日本で売春しているフィリピンの女性がいて、彼女は仕事のしすぎで体を壊して死んじゃうんです。稼いだお金は家族に送っていた。で、彼女のことを書いていたライターさんが、家族は何にそのお金を使ったんだろうと気になって、フィリピンに行くんです。そしたらすごいボロボロの家にお母さんが一人住んでいらっしゃって。あのお金、どうしたんですかと聞いたら、全部宝くじを買ったと言うんですよ。もう何ていうんですかね、貧困で、お金の使い方もわからなくなってしまうんですよね。もっと儲かると言われると、じゃあそれやってみようみたいな。今回ダメだったけど、来月はいけるかもしれないとかなってくる。本当に発想や感覚が違うんですよね。

川上　ぼくも、そもそもアフリカはなんで貧困なのか、東南アジアはなんで経済発展しているかということを人から聞いたんですが、日本の人なので、ひょっとしたらバイアスがかかっているかもしれないんだけれども。

基本、ＯＤＡとかという経済援助というのは、発展させないためにやる。その国をどんどん腐敗させて、独り立ちができないようにするために援助するらしいんです。ところが日本だけ、そういうことがあまりわかっていなくて、空気を読まないで、その国の経済発展のためを考えて、経済援助したらしいんですよね。

日本のＯＤＡの特徴って、円借款が多いというので、よく批判されるんですけど、あげるのではなくて、貸すんですよ。貸すことを前提にしているので、ちゃんとした投資になるからやっているらしいんですよね。タダであげてしまうと、だいたい腐敗が始まっていて。

米倉　ボランティアじゃないですよね。

川上　じゃない、じゃない。

米倉　そこは対等な関係ですよね。ビジネスとしては。

川上　なので、東南アジアとか、日本が応援しているところというのは、その後経済が発展する可能性が高くて、そのことですごくヨーロッパとか、アメリカから攻撃されている。

鈴木　この間、麻生大臣がそのことをしきりに訴えていましたよね。返してもらうんだからと言って。なかなか理解されなかったと思う。

川上　そう。それが重要なんですね。

鈴木　あれ、説明が下手だったんですよ。

川上　そうですね。

鈴木　だけど大きな視点で見ちゃうと、それこそ先進諸国というのは、日本を含めて、この大衆消費社会が、終わりかけている。でも東南アジアはこれからでしょう。ワーッと広がりますよね。恐らく。だからその過程でさっきみたいな話。稼いで来たお金を宝くじに使っちゃうというのも、その流れの中の一つかなんて気がしたんですけどね。

中村　格差はすごいですからね。あっちのほうは。

鈴木　ぼくの知り合いの学者で、東南アジアについてばかり書いている人がいて。そこらへんのこと、よく勉強しているんですよね。ぼくなんかも、その人の本で初めて知ったんだけど、老いていくアジア、消費するアジア。実はもうとっくに少子化が始まっているんですよね。子どもが二人以上生まれる国なんてない。そうすると、五年、一〇年で日本に追いついちゃいますよ。それがアジアの現実。

中村　環境問題とかもいろいろ出てくるでしょうしね。中国とかだと、もう出てきていますしね。

鈴木　何がどうなるんだか。すごい規模でいろいろなことが起きそうで。その中でどういう映画を作るのかというのがあるんだよね（笑）。

米倉　そして、どういう本をまた書かれるのかですよね。

中村　そうですね（笑）。

（後記）この座談会をきっかけに、このメンバーで時々食事をするようになりました。鈴木さんはプロデューサーとしてはもちろん、話も面白くて深くて、とても尊敬しています。川上さんも米倉さんも、着眼点や話題が鋭く、面白い人達です。川上さんは僕と物を見る角度が違うので、いつも感心するし参考になります。

（ちなみに『教団X』のレビューは、高評価も増えて、今では普通の状態だそうです。読者の皆さんのお蔭と推測しています。売れ行きは、文庫を合わせてですが、鈴木さんが仰ってくれたようになりました。）

＊1　二〇一四年五月、株式会社ＫＡＤＯＫＡＷＡとドワンゴが経営統合。翌年一〇月「カドカワ株式会社」となる。川上氏は一五年六月～一九年二月までカドカワ株式会社の社長を務めた（現在は株式会社ＫＡＤＯＫＡＷＡの取締役）。カドカワ株式会社は一九年、株式会社ＫＡＤＯＫＡＷＡに社名変更。

文学Ⅰ

×高橋源一郎（作家）
「悪」って何だ？

──「図書新聞」2010年9月25日／図書新聞

なぜ「悪」を書くのか

高橋　中村さんの『掏摸（スリ）』という小説は大江健三郎賞を受賞しましたが、読んだ時、これはやばいと思いました。何がやばいって、傑作なんだよねこれ。

中村　本当ですか？　うれしいです。今日は来て良かったです！（笑）

高橋　すごく面白かったです。これは中村さんとの対談で、大江さんも仰っていたんですが、この小説はタイトル通りスリのシーンが多いですよね。スリの練習しました？

中村　はい。友達にスーツを着せました。

高橋　やっぱり。近づかない方がいいな、この人はスリができる人なんだって思いました（笑）。スリをするシーンは、言ってみれば筋肉質、運動をしている部分ですよね。すごくいい運動をしているところを見ている感じで、痛快でした。中村さんの小説であそこまで筋肉質というか、運動っぽいものは初めてじゃないですか？

中村　初めてです。この部分はパソコンのキーボードを打つリズムとことばのリズムと、財布を指で挟むリズムが合う感じがして楽しかったです。小説を書いていてもそんなに楽しいことはなくて苦しいことが多いんですけど、これはなかなか楽しく書けました。

高橋　楽しいよね。あの部分は書いていて絶対に楽しいと思います。あいう部分が中心にあって、その他に深刻なというか、「悪」の部分がある。中村さんといえば悪。「悪ならまかせろ」という感じ？

中村　いや、そんなことないですよ（笑）。

高橋　今日はそこを追及しましょう（笑）。ぼくは『「悪（あく）」と戦う』という小説を書いて、中村さんも「悪」

に関係ある作品を書いています。次もタイトルは悪でしょう？「悪」を使いすぎだよ（笑）。「悪」に関して訊かれます？「あなたにとって悪とは何ですか？」みたいに。

中村　けっこう訊かれますね。

高橋　ねえ、「悪」って何なの（笑）。中村さんにとって。

中村　そうですね……、人間ってみんながルールを守って生きていれば基本的には幸せなはずなんですが、悪いことをするとなぜか気持ちよかったりします。そもそも、どうしてこの世界には悪という要素が存在するのか、というところから始まりました。人間を書こうと思ったときに、そういう部分の「悪」を書けば人間の根本が見えてくると思ったんです。

小説家は小説世界をコントロールできる？

高橋　『掏摸』では物語の黒幕みたいな存在がいて、ある少年の生涯を全部管理してしまった貴族のエピソードを話しますよね。つまりそれは、一人の貴族が神として一人の人間の生涯を決定することになる。少年は自由意志で生きていると思っているけれども、実は全部貴族が設定したストーリーの中を生きている。最後にそれを暴露した上で少年を殺してしまうというむちゃくちゃひどいエピソード。ちょっと話は変わりますが、ぼく競馬が好きなんです。そもそも競馬はおよそ三〇〇年前にイギリスの貴族が作り出したんです。なぜかというと人生が退屈だったから。

中村　それはすごい理由ですね。

高橋　貴族は暇なんだよね、やることがないわけ。労働なんて下品なことは一般庶民がする。そこで、いろんなゲームを考え出した。その中で一番高度なゲームが競馬だったわけです。なぜかっていうと、サラブレッドって人工的に作られたんです。イギリスの野生馬にアラブの方の馬を掛けあわせて作った。それである規則を作ったんです。はじめに血統書第一巻というのを作るんですけど、その血統書第一巻まで遡（さかのぼ）れない馬はサラブレッドとは認めない。サラブレッドはすべての個体が記録されているんです。一頭ずつ全ての個体を完全に管理する。自然がコントロールしているものを最終的に人間がコントロールする。本質的に腐敗しているんですよ競馬って。つまり自然に存在している種を、人間が神になってコントロールするっていうゲーム。『掏摸』のあの発想って、まさに競馬と同じなんだよね。

中村　そうやって競馬を見たことはなかったです。すごい腐敗ですね。

高橋　普段、ぼくたちは神がいてコントロールされているんだと思いがちなんだけど、だから、これはある意味で復讐なんですよ。人間が神になってコントロールするという逆の立場になる。だから危険なことです。でも、作家がやっていることってそうでしょ？　つまり作家は神になれるのか、コントロールできるか？　っていうことなんですが、できるでしょうか？

中村　『掏摸』を書いているときはもう終わりがわからなくて、わけがわからなくなったんです。ある封筒を盗るシーンがあったんですが、その後どうするんだろうって。

高橋　あれは盗れないよねえ。

中村　自分で書いてみて、これどうするの？　と思いました。でもそこでキャラクターの性質を変えるわけにはいかなくて、前半を変えるわけにもいかない。そこまでは、何というか自分なりに自信を持って書いているので……。じゃあもう頑張るしかないと思っていたんですけど、答えは小説の中にありました。ラストシーンも、ああこの人は無意識にものを盗む癖があるから、だから最後に五〇〇円投げて、あ、ああ！　って。

高橋　助かるかも！　っていう？

中村　そうなんです。最近そういうふうに答えを見つける傾向があります。迷路があって、どうやってそこから出るか。時間がかかれば、小説を書く時間も長くなる。だからコントロールできないんですよ。自分のものなんだけれど、誠実になろうとすればするほど、キャラクター優先になるというのがありますね。

高橋　ぼくは、それが小説の一番面白いところなんじゃないかって最近思うんです。東浩紀さんの『クォンタム・ファミリーズ』という大変におもしろい小説があります。何がおもしろいって、それは平行世界の家族の物語です。単なるタイムワープではない。時間だけでなくて家族の中身も変わっている。ある近未来の自分の家族のところに行くと、自分の姿かたちは一緒、奥さんも一緒だけれど、二人のあいだにいないはずの子供がいたりする。で、奥さんもなんだか中身が違う。すると、最初にやることは「この世界における自分」を探ること。俺はこんな性格だったのか、とか。こういうときに、どうにかして元の世界に戻ることを考えるのか、その世界で生きることを選択するのかは、作者がどうにでもできる。

　マイケル・サンデルの『これからの「正義」の話をしよう』っていう

本があります。あれっていくつかの極限状態を出して、どう選択しますか？　と聴衆に訊ねる。誰かが死なねばならないとき、一人の死か多数の死か、どちらかを選ぶとか。小説はある極限的な場面を考えて、いつもそういう思考実験をしているんですね。例えば、自分はある世界へ飛んでしまいました。でもその世界はほとんどのことが今までにいた世界と一緒です。ただ文字が違うからここは違う世界だとわかりました。この世界に居続けますか？　戻ることを追求しますか？　とか。それで、その条件をどんどん変えていく。もし、元の世界に戻るためには、〝この世界の〟あなたのお父さんを殺さなければなりません。これ、他人といえば他人だけど、どう見ても姿かたちは自分の親父なんだ、というときにどうしますか？　とかね。サンデル的に言うと、極限状態における倫理的な実験をする。小説って普段そういうことしていますよね。ここで言いたいのはつまり、ぼくたちは作家なので登場人物の生殺与奪の権は握っているはずなんですが……果たして握れるんでしょうか？　どう思いますか？

中村　情が湧いて、これハッピーエンドにしたいと思うんですけど、でもごめんなさい、できないんだとなるんですよね。

高橋　あれは何ででしょうね。

中村　何でですかね。キャラが自然と動いているのかとも思います。自分の中でこのキャラはこういうキャラだと設定はするんですけど、そのキャラがこのシーンにいくことまでは設定していない。ぼくが作ったけど、このキャラは人工知能みたいに考えるとどうなるんだろうと考えます。すると主体はもうぼくから離れています。昔は最初から最後までプロットを決めて小説を書いていたんですけど、だんだん自分の意図した結末と違うことになってきて、そっちの方が面白いってことに気づいて、その幅がどんどん広くなっていき……。『掏摸』は途中で本当にわけわかんなくなったんです。小説の世界を握っているようで握っていないですよね。

高橋　逆にそれが自由度として読者に伝わるんじゃないかという気もするんです。『さようなら、ギャングたち』っていう小説は、ハッピーエンドの予定で書いていたんだけど、書いているうちにこれじゃあハッピーエンドにならないじゃん、と気づいた。悲劇だよね、流れとしては。

中村　悲劇ですね。でも、あの物悲しさがぼくは好きです。

高橋　当時のぼくの考え方は、この世界は苦しみに満ちていて、どんな主観的な善意も悲劇に終わらざるを得ないということだった。でもなんとかなるよ、というメッセージを入れたかったんだけど、入れるところがなかった。だからあの小説を書いたときに、「やっぱり小説って思い通りにならないじゃん」というふうに思いました。そこで、今回はとにかく頑張ってハッピーエンドにするぞって思いながら書いたわけです。最後はわからないけど、とにかく、責任をもってハッピーエンドにするから登場人物は頑張ってくれって。うまくいかなかったらごめんねって（笑）。

小説を書いていて、途中から作者でも動かせないものがいくつも出てきますよね。キャラが突然変わるのは不可能だし。着地点が予定とは全く違う方向へ行っちゃったり。だから、ほぼ近いところに着地するとしたら奇跡的な成功かもしれない。

中村　作者が書いているんだけど、作者が書いているんだろうかと思うことはありますね。

高橋　ありますよね。「書かされている」という言い方になるんでしょうけど。

中村　そんな感じですよね。そういう作品の方が読んでいて面白いんじゃないかと思います。作者がどうなるか分かっていないから、読者もわかるわけがないというか……。それは面白いなあと。

二一世紀版太宰治

中村　『「悪」と戦う』は、すごく引き込まれながら読ませていただきました。

高橋　それ本当でしょうね？　ぼく、疑い深いから（笑）。

中村　本当ですよ！　何回も読みましたよ。ほんっとに面白くて、どこから話せばいいかすごく迷う小説なんですけれども。

高橋　いいよね、中村文則に『「悪」と戦う』について話してもらうって。それだけでうっとりしちゃうね。

中村　ぼくもまた疑い深いので、それも本当なのですかと思うんですけれど（笑）。まず冒頭で、ことばの惑いから始まりますよね。表現の仕方の惑い。文体もすばらしいと思ったんです。ことばそのものが入ってくるというか、一つひとつが頭というか体内に入ってくるようなことばを使っている。句読点を多く使うことによって、パーっと一気に読めないように作られていて、一つひとつのことばがダイレクトに入ってきて、そして句読点のリズムがあってまたどんどん読み進められる。子どものボキャブラリーを使っているようで、それだけではなく、さりげなくマホさんが英語を使うじゃないですか。あそこもリズムとボキャブラリーの数と種類、大変見事だと。

一文一文すごく気を遣って書かれている感じがします。しかもですね、子どものころの感性まで喚起させられるんです。ぼくは昔、車のことを「ブリ太」って呼んでいたんです。子どもの感覚で車は男だというのがあったみたいです。ずっと忘れていたんですけど、『「悪」と戦う』を読んで思い出しました。この文体を作ったときの苦労というか、どうやって作ろうと思ったのか伺いたいです。

高橋　えっとね、特にことばの発達の部分、あれは大変でした。大変でしたというか、書き方はいろいろある。いろんな書き方があるんですが、ぼくが今一番好んでいる書き方というのは……あんまり言いたくないな(笑)。

中村　そのお気持ちわかります(笑)。あんまり言いたくないですよね。

高橋　説明しちゃうの嫌なんだよね。小説は文章、文体、ことばだけでないでしょう。いろんなパーツがあるから、文章や文体はある意味で二次的なときもある。それとは別に日本語を突き詰めてみたいという気持ちもあるんです。それはつまり、詩のように先鋭的にやるとか、いろんなやり方がある。やりたいこと、自分がすごいと思ったこともいくつかある。

昔から好きな作家の一人として太宰治がいます。どこが好きかって、研究したんです。昔、山田詠美さんとそのことでずっと話したことがあって、彼女が太宰治の真似(まね)というかそのやり方を採用しているところがあったんです。どうやっているかすぐ判った。ぼくもやっていたから(笑)。太宰治は日本語の特性をすごく考えていました。例はいろいろあるんですけど、一番わかりやすいのは語尾なんですね。日本語の特性は語尾。語尾をいじることで、読んでいるときの感じがすごく違う。太宰治は『お伽草子』なんか特にいいですよね。

中村　ぼくも太宰治は好きです。『お伽草子』は名作ですよね。

高橋　名作ですね。女の子のことばでしゃべっているものもあるけれど、『お伽草子』とか、『新釈諸国噺』みたいな日本語の古典を現代にアレンジしたものは、アレンジしながら日本語の特性をいろいろ考えているんです。それをやったのは昭和一〇年代から二〇年代なんですけど、今でも使える技法とか考え方とかがあるんです。

中村　なるほど。ぼくは太宰治の文章って中毒性があると思っていたんです。また読みたくなることばというか。もちろん小説なので物語をもう一回読みたいっていう気持ちもあるんですが、文章自体をもう一回読みたいという気持ちもあって、中毒性のある作家だなとは思っていました。

高橋　技術的な話をすると、車にアクセルってあるでしょ。アクセルとギア。ファースト、セカンド、サードと、太宰は文章のギアチェンジが天才的にうまい。ぼくはワンテンポでいくか、徐々に加速していくかとか、だいたい決まっているんだけど、太宰は超フリー。文章の途中でサードにしたり、ファーストにしたりトップにしたりと、どんどん変わる。ぼくはそれを小説できちんとやりたかったんです。『「悪」と戦う』の冒頭、ことばの発達のところでは、スローな部分と急に展開が速くなる部分とがあります。これは太宰のどこかを真似したんではなくて、「太宰治がもし今、小説を書くとしたらこんな感じでやるだろうな」という文章を作ろうと思ったんです。

中村　でも完全に高橋さんの文章です。読んでいても文体は完全に高橋さんのものですよね。『「悪」と戦う』の文体にも中毒性があります。もちろん物語がすごく面白いというのはあるんですけど、それとはまた別にことば自体に中毒性がある。

高橋　ぼくはアクセルの出し入れは太宰のようにはできませんでした。でも最初の二ページを調節しながら読み返して、こういう感じならできるかなと。

「悪」に寄り添う

中村　今回の『「悪」と戦う』というタイトルはカギカッコ付きで「悪」となっているのがポイントだと思うんですが、そもそも「悪」をテーマにした理由はなんだったんでしょう。

高橋　この問題は難しいよね。つまり「悪」をテーマにしようというか……小説を書くときって、これをテーマにしようという風には考えないじゃないですか。具体的な制作プロセスでいうと、まずまったく無関係に子どもの話を書いたんです。最初のことばの発達のところ。それはぼくの中のことばの問題と、もう一つは日本語で文章を書くとき、もっとチャーミングなやり方があるんじゃないかという文章実験。その対象に子どもがふさわしいと思いました。

太宰の『お伽草子』も、子どもも相手にしゃべっているからあの語りが自然に出てきているわけですよね。子どもを対象にしたときにはやっぱり優しくしゃべらなきゃいけないわけです。相手の関心を惹かなきゃいけないってことで、自然にギアがチェンジする。

子どもに聞かせようとするなら、「○○ちゃん、いい?」って自然に優しくなる。だから冒険する時に「子どもに向かって」というのはいいですよ。ことばの発達はプロローグなんですが、書くとまた次のものが見えてきた。小説に出てくるミアちゃんのモデルのこととかがあって、「悪」ということばが出てきた。「悪」と対決するというんじゃなくて、この女の子をこの物語に入れるには、「悪」っていうことばを導入しないと無理でしょう、と。そこからあとの説明は小説という形で説明するしかないなというふうに思ったんで。中村さんの小説の「悪」とは若干意味合いが違いますよね。

中村　そうですね。でも違うからこそ興味が湧くというか。例えばミアちゃんのいじめのところがありますよね。その時ランちゃんは、事物そのものに直面しているんだと思うんです。ミアちゃんに対して駆け引きもしないし交渉もしない。だから、「悪」と戦うというのは考えることであって、事物に直面することでもあると。そこは読者に広がりをもたせるつくりになっていて、読者も一つひとつ考えさせられる。だから読者の自由があるというか、いろいろ想像できる小説です。

「悪」に寄り添う、というのか、たとえばうさぎのぬいぐるみを書くとき、高橋さんはあのうさぎのぬいぐるみを突き放していないんですね、愛情をもってお書きになっている。うさぎが自分で「ぼくの皮は、古びて、もろいから」って言うところとか、高橋さんがうさぎに寄り添って、この存在を弱いものとして描いているところがあります。感動しました。「悪」というものに寄り添うというか。

高橋　これは、ツイッターでも言ったんですが、この『「悪」と』の〝と〟は「vs.」じゃなくて「with」だって、ある読者が言ったら、別の読者も「うん、そうだろう」って言った。ぼくは全くそんなことを考えていなかったし、普通は「vs.」だよね。でも「悪」とともに戦うっていわれたら、「あ、それあるよね」って読者に教えてもらうことになる。これが小説の面白いところで、確かにそのようになっていると思うんです。

この小説は最初と最後に「私」っていう作者に近い年齢の人間が出て来るんですけれど、中盤は全部子どもにまる投げしちゃっているわけです。ゲーム式でね、悪の試練に子どもが立ち向かっていって、ステージを一つひとつクリアしていって、最後に悪の大将をやっつけるということになる。ドラクエなんかのゲームと一緒なんです。でも、ぼくはそのゲームのプレーヤーにはなれない。大人が出てくると、もう少しことばの責任を背負うことになってしまい、余計に事態を混乱させる。だから「悪」を倒すか「悪」とともに前へ進むか、その判断はおいておくとして、子どもが出てこないと、どうもうまくいかない。ランちゃん、キイちゃん、ミアちゃんという想像上の二、三、四歳児くらい、あとマホさんが一〇歳くらい。子どもが出てこないと無理。一応大人版を考えてみたんですけれど、無理。どうやってもうまくいかない。

中村　途中で父親が退き、それで子どもたちが主体になるところ、ぼくはすごく素晴らしいと思いました。父親像は意識的に控えめに書いていらっしゃる、そこもまた見事だと思って。

「きみ」っていうのがでてくるところがありますよね。「体温は三十三度を切った。きみは凍りつこうとしている」(二四四頁)。おそらく、高橋さんがすごい状態にあって書いたんじゃないかと思うんですよ。何かが憑依(ひょうい)したというか、書かされているというか、すごいものが降りてきたというか。とにかくそんな状態にあったんじゃないかと。

ぼくは本を読むときに作家が何かに取り憑かれてすごい文章を書いているんじゃないか、っていう瞬間を読むのがすごく好きで……。

高橋　実はそこは最初すごく長く書いたんです。すごく長く書いて、全部消したんです。ここは十数人の死んだ子どもたちの話を延々と書いていました。でも、うるさいよなと思って、一回全部消しました。でも、全部消すのもひどいなと思って、今のようになったんです。

最後は久しぶりに「ゾーン」に入りました。違う世界に。やめたくないな、しばらくこのまま書いていたいなって思った。だけどちゃんと終わりがくるんです。そういうことありますよね？　書いていてすごく幸せな感じ。

中村　あとは、〜よりも前、というんですか、〜以前。全体的にそれをすごく意識した小説だと思いました。

たとえばことば以前の問題であったり、大人以前の子どもの話であったり。あとは世界以前というか、善悪よりももっと手前のこと。さらに言うと、小説の後半部分での生まれる以前。そういう〝以前〟のものというのはことばよりも根源的で、つまりそれが小説であって、そうやって〝以前〟の世界を通ることで最後には作品の中の世界が少し変わっている。同時に読んでいる人の世界観も変わる。「悪」というものも、カギカッコ付きで寄り添っている。

　では、何で小説家という職業は「悪」に寄り添うのだろうかと思って、いろいろ考えてみたんです。『「悪」と戦う』の中の「この子は、ぼくたちの仲間だから。この子は、『世界』とは無縁だったから。この子は、『世界』から拒まれていたから。この子は、違う『世界』を必要としていたから。ぼくたちだけが、この子を、受け入れることができたから」（二五七頁）というところで、やっぱりそうだと思いました。作家って、作家になろうとしている時点で頭がおかしいじゃないですか。それでご飯を食べようっていう魂胆もすごいと思うし。一度や二度、自分は世界とは無縁だなとか、生きづらいという考えを経験していないと、こういう職業には就かないと思うんです。無縁という感覚から「悪」って発生するじゃないですか。だから「悪」というものを書く。

　それで、サルトルのことばを思い出したりしました。正確な引用じゃないんですが「文学っていうのは、世界、ことに人間を、世界に向かって暴露することである」というのを昔読んで、「悪」というものを表に出すことで、世界を零コンマ何ミリかもしれないけれど変えていけたら、という思いが作家にはあると。そうやって世の中の単純な二元論、例えばイラク戦争とかを挙げればすごくわかり易いですけど、ああいう単純な二元論の感覚に抗(あらが)うというか、文学のややこしさと複雑さと逡巡(しゅんじゅん)さで、善悪で分けられてしまう単純なものに抗うというか。だからこうやって「悪」を書いたり、「悪」に寄り添ったりするんじゃないかと考えさせられました。

書くことによって浮かび上がるもの

高橋　あのさ、どうしてもしたい質問がね、あるんですよ。

中村　何でしょうか。

高橋　ドキドキするでしょう（笑）。

中村　こんな人前で（笑）。

高橋　中村さん、変な趣味を持っているでしょう？　とかそういうんじゃないから（笑）。中村さんの作品を読んでいて思ったのが、暗いってことです。今回のぼくの小説のようにハッピーエンド、みんな幸せになってよかったね、とはいかない。まあ、この世界ではつかの間のハッピーエンドになっているけれど、それは他の世界では犠牲を強いているということもあるから、つかの間の幸せをもろ手をあげて喜んでいいのかというのはあります。しかし、中村さんの小説は悲しいというか悲惨な事件が多くて、暗い。ですが、すごく明るいとも思うんですよ。なぜだと思いますか？　自分の小説についてどういう感想を持ちますか？　本当に暗いと思う？

中村　小説で書かれてしまったら、そんなに暗くないんじゃないかっていうんですかね。そういう感じですかね。

高橋　それはなぜ？

中村　なぜかというと、書くということ自体は能動的な行為で、小説が終わるということもおそらく能動的でプラスの要素だと思うんです。それがどんなに暗い小説であろうと、読者の方から「これよかったよ」って言ってもらうとそれはプラスになります。絶望みたいなものを把握することは希望に繋がるんじゃないか、と思っていたこともあって、小説自体は暗いんだけれども結果としては明るい。

　作品論でいうと、実は主人公たちはなんだかんだで生きようとしている人達ばっかりだったりするんです。『土の中の子供』を書いたときは、「ああ、暗い小説書いているな」と思ったんですけど、主人公は死のうとしている半面、実はやたらと生きようとしている。最新刊の『悪と仮面のルール』もなかなか暗いんです。暗くて、死のうとしたりもするんだけど、結果的に「何とか生きようとする」というのが根底にあるんです。

高橋　いや、すごくおもしろい。サンデル的な質問を続けてしていい？　すぐ答えてね。考えちゃだめだよ。

中村　すっごい難しいです（笑）。

高橋　明日世界が滅びます。あなたの好きな本が三冊あります。本読む？

中村　時間はどれくらいあるんですか？

高橋　えっと、二四時間くらいある。

中村　それなら、本の時間を一応とります。あとエロい時間をとります。あとご飯の時間をとります。

高橋　ねえ、小説を書くっていう時間は？

中村　明日滅びちゃうんですよね？

でも最後に持ってくるかもしれない。何かひと言叫んだりするかもしれないです。好きな本三冊は、好きなところだけ読んじゃうかもしれないです。ぼくはここで感動したんだとか。とにかく二四時間慌てふためいて動くと思います。

高橋　滅んじゃうんだよ？　世界は明日。

中村　自己確認ですかね。ぼくはこういう本を読んで生きてきたっていう自己確認ですね。二四時間っていうと。理想としてはそういう自分であって欲しい。

高橋　何でそういう自分であって欲しいんでしょうね。

中村　どうしてでしょうね。人間やっぱり三大欲求だけで生きているんじゃないって思いたいんですかね。

高橋　これに似た質問っていくつかあるんですよ。つまり世界にあなた一人しかいなくなって、何か書いたりしますか？　とかね。それもやっぱり書きそうなんだよね。で、これ結局何だってことになっちゃう。要するにね、ことばがあるということなんですよ。世界が存在しなくなるってことは誰もいなくなるんだから、普通に考えるとしゃべったり書いたりしても無駄でしょ？　でも、メッセージを伝える相手もいないし、それを読む人間もいない、とは人間は考えないの。

中村　誰もいないけれど読む自分がいるからですかね。何に向かって書いているんでしょうか。

高橋　それはぼくもよくわからない。でもね、ことばっていうのは記号じゃなくて、それまで積み上げてきた人間の共同性の証（あかし）、つまりそれを使っているっていうことだけで、過去に生きていた人間とコミュニケートしているという幻想がどこかにあるんじゃないかと思うんですよ。世界最後の人間になったとします。孤独のあまり気が狂ってしまうかもしれないので、一切記憶やことばを無くして欲しいですか？　っていう質問とかはどう？

中村　それは嫌ですね。狂ったほうがいいかもしれないです。

高橋　ことばが無くなったときが本当に孤独になるときなのか、とかね。極限的な実験です。さっき中村さんも仰っていましたけれど、書くということは、それがどんな内容のものであっても、どれほどヘビーでハードで残酷でエロいものであっても、暗くならない。わざわざ言語の形にして示している、ということほどコミュニカティブなことはないんじゃないかと思うんです。だからその悲惨な情景を書こうと思って。

サンデルの本の中でもね、『オメラスから歩み去る人々』っていうル＝グィンの有名な作品が挙げられている。これはドストエフスキー的な作品でSF短編の名作なんですけれども、オメラスっていうこの世で最も完璧な街、すべてが自由、独裁者も奴隷もいないし、貧乏人も金持ちもいない格差もない、とにかくこの世の楽園みたいな場所。しかしオメラスは一つだけ秘密がある。そこの公共施設の地下に子どもが一人閉じ込められている。知的障害がある子どもが、ろくに食べ物も与えられずに転がされている。オメラスは契約を結んだんです。この子どもの犠牲の代わりにオメラスは全てを手に入れる。でも、そこから立ち去る人もいるっていう話。

　子どもの犠牲は許せないと考えるのか、倫理的な問題があると考えるのか、議論はあると思います。でもこれはつまり、書かないと存在しないんです。オメラスとの比較じゃないですが、ぼくたちはあらゆることへの視野を持つことはもちろん不可能だし、知らないもののほうが圧倒的に多いです。本当に悲惨なことは「存在を誰にも知られていない」ことかもしれないし、それはことばにもならない。だからことばにすることだけで、物事をものすごい明るみへ連れ出すということになっているのかもしれないね。暗くて悲惨な物語とか真に悲劇的なものなんていうのは、ぼくはないんじゃないかと思う。

中村　非常に興味深いお話です。そうですね、なるほど……。

高橋　力強く書くことによって浮かび上がってくるものがある。強制的にコミュニケイトさせていくという書き方。だから、中村さんの作品を読んでいるとね、そういう意味では超明るい。ここまでやるか、って。やっぱりそれが小説の面白いところなんだろうなと思いますね。

（後記）ジュンク堂書店池袋本店さんでのイベントを、「図書新聞」さんが記事化したものです。

　高橋さんから出て来る言葉は、多角的で深くて新しくて、いつも大変な刺激を受けます。御本人にはっきり伝えたことはないのですが、実は密かに、ずっと尊敬しています。

×伊坂幸太郎（作家）
融合するミステリーと純文学

──「ダ・ヴィンチ」2016年8月号／KADOKAWA　取材・文＝吉田大助

中村　お互いの本を並べてみると、全然違うものを書いてるんだなってことがよく分かりますね。伊坂さんの本の表紙はさわやかで、僕の本はどれもこれもおどろおどろしい（苦笑）。本屋さんで隣同士に並んでいるとしたら、どう考えたって伊坂さんの本を手に取りますよね……。

伊坂　いやいや、残念ながら、中村さん、そうじゃないんですよ、文学の人はですね、中村さんの本を手に取るんです。僕の本なんて、見向きもしてくれません。

中村　何を言ってるんですか。国民的作家じゃないですか！

伊坂　国民的作家っていうのは東野圭吾さんとか……。

中村　「ダ・ヴィンチ」の読者にね、日本を代表する小説家一一人、イレブンを選べという総選挙をしたとしたら、伊坂さんは絶対入りますからね。僕なんか絶対入らないから（笑）。

伊坂　いやいや（笑）、これ冗談だと思わない人もいるかもしれないので気を付けてください！

──議論がヒートアップしているところ恐縮なのですが……。

伊坂　本の中身の話をしましょうか（笑）。実は対談の依頼をいただくちょっと前に、中村さんの『去年の冬、きみと別れ』を読んでいたんです。「どんでん返しがすごい！」って触れ込みが耳に入ってきまして。

中村　すみません、出版社が煽（あお）りました（苦笑）。

伊坂　偏見なんですけど、ミステリー以外の分野で活躍している人が書いたミステリーって、王道のミステリーというよりは実験的というか、メタっぽいというか、多重人格とかそういう話になるような気がしていて。でも中村さんのこの小説は、本当にどんでん返しだったのでびっくりしました。ちゃんとミステリーで、ちゃんとしたトリックで。

中村　その感想はありがたいですね。『去年の冬、きみと別れ』は、「献辞でこういうトリックって今まである？」とミステリーマニアの編集者何人かに聞いて、「こういう形ではない」という確証を得てから書き出したんですよ。ちゃんとしたミステリーが書きたかったんです。

伊坂　最近だと『あなたが消えた夜に』も、ちゃんとミステリーでしたよね。連続通り魔殺人ですけど、実は、表から見えているものとは違うんだよ、みたいな展開が、すごく僕好みで、僕がこれ書きたかったと思いました。

中村　ただ、第一部・第二部はミステリー風なんですけど、第三部から全然変わってしまって。どんどん僕の地が出てきて、ミステリーなのか純文学なのか分からない、なんだか妙な領域に入り込んでいったんです。

伊坂　そこが面白いですよね。中村さんは純文学作家なのに、ミステリー的な要素を取り込んで、しかもヒットさせている。すごいなぁと思って。

中村　純文学にミステリーの要素を取り入れることで、純文学の新しい可能性を見つける、というチャレンジがしたかったんです。「物語があると、純文学じゃない」みたいな風潮も壊したかったんですよね。

伊坂　ありますよねぇ、「すらすら読めて面白いと文学じゃない」問題。「一気読みできる純文学」って、矛盾した言葉みたいに思われているじゃないですか。

中村　僕は、一度本を開いたら入り込んでもらいたいんですよ。冒頭から引き込んで、そのまま一気読みしてもらいたい。その後で、二度読んだらいろいろ発見してもらいたいんです。

伊坂　『私の消滅』は、二回目が特に面白かったですよ。全体図が分かった後に読むと、もっと楽しめるんですよね。

文学にミステリーを注入
文学をエンタメに昇華

中村　「物語があって面白かったら文学じゃない」っ

て言い方が問題なのは、それを適用すると、ドストエフスキーも純文学じゃなくなっちゃうんです。

伊坂　そうなんですよ！　ドストエフスキーって文学と呼ばれてますけど、めちゃくちゃ面白いじゃないですか。しかも笑えるし。

中村　もっと遡（さかのぼ）ると、ギリシア神話だって大どんでん返しがあってキャラが立って、エンターテインメントですよね。「エンタメでもあるし、純文学でもある」。それって、なんら特別なことじゃないのになって思うんです。実は最近、その件で考えたことがありまして……。

伊坂　なんですか？

中村　作家がよく、「文学とはこうあるべきだ」って言うじゃないですか。それって結局、その作家にとって得意なものを言っているんだと思うんです。それが、その人の文学観として表れている。批評なのか、好みや趣味の表明なのか分からなかったり……。タイプだけで否定せずに、それぞれの好みでいろんな小説があっていいと僕は思うんですけどね。

伊坂　なるほど。じゃあ中村さんが純文学にミステリーの要素を入れていったのは、チャレンジもありつつ、好みの部分も大きかったんですか？

中村　両方ですかね。ドストエフスキーとか安部公房といった「物語が面白い」文学も好みですし、いわゆるミステリーも好きで。作家としては、今までやったことのないチャレンジをすることが好きなんです。

伊坂　僕は昔から大江健三郎さんが好きだったし、中上健次さんとかドストエフスキーも好きで、文学に対する憧れがずっとあったんですね。でも、僕には書けないなってコンプレックスがあったんですよ。それもあってエンタメを書くようになったんですけど……。

中村　伊坂さんの小説は、文学ですよね。

伊坂　いやいやいや、そんな言葉を言ってもらうつもりじゃなかったんですが。

中村　文学ですよ。伊坂さんの小説は以前から読ませていただいていたんですが、最近出された『火星に住むつもりかい？』と『サブマリン』を読んで、自分と似たものを感じたんです。初期の『重力ピエロ』や『アヒルと鴨のコインロッカー』なども好きなんですよ。面白かったんです。でも今回、伊坂さんの最近の作品を読んでみたら、なんて言うか……嬉しかったんです。

——伊坂さんはエンターテインメントの領域から、「エンタメでもあるし、文学でもある」小説を書こうとされているのではないですか？

伊坂　世の中に理不尽なことって多いじゃないですか。誰に怒ったらいいか分からないって物事っていっぱいあるじゃないですか。僕はそれを書きたいっていう気持ちが最近は初めにあるんです。それをどうやってエンタメにするかっていうのが、僕の場合のチャレンジだと思っているんですね。「伊坂はエンタメに、文学っぽさを乗っけてきてる」って解釈をされることがあるんですけど、意外に、順番が逆なんです。

中村　倫理の問題が、『火星に住むつもりかい？』と『サブマリン』には共通していると思うんです。簡単には解決できない問題を真ん中に置いて、物語を進めていく。これだけの倫理的な問題を、最後どう着地するのかなと思っていたら……両方すごかったですね。『サブマリン』のほうでは、社会からはみ出してしまった人を、どう受け入れるか？　その答えが、小説ならではのやり方で出されていると思いました。

伊坂　そう言っていただけるのは嬉しいです！

中村　たとえば、哲学書だったらもっと硬派に、論理的に記述しなければいけないところを、物語に落とし込むやり方で、登場人物に台詞で言わせることによって、読者の感情を高めて納得させる。僕も倫理の問題は小説の題材にするんですが、特に『サブマリン』のラストのこのやり方は僕の発想にはなくて。

伊坂　悲観的な中でも、どうにか楽観を持つというか。むりやりにでも、最後は気持ちを上向きにしたいんですよね。

中村　もし僕が『サブマリン』を書くとするじゃないですか。真ん中ぐらいから少年たちの独白が始まり、最後まで重々しく終わると思います（苦笑）。

伊坂　そっちのほうがすごいと思うんですよ。それがたぶん、文学のような。僕にはできないんですよね。きっと、それが僕の好み、ってことなのかもしれないです。

ミステリーの伏線や犯人は後から決める

伊坂　『私の消滅』の話をしましょうよ！　展開が読めない上に、何度も反転するじゃないですか。情報の出し方とか場面の切り替え方が非常に考えられていて、すごく面白くて。僕もさっき中村さんが言ってくれたみたいに、似ている部分があるなぁと思ったんです。たとえば、「私」はどこからきたのか、「意識」って何なんだって話が出てきますよね。で、「それは外からコントロールできるものなんじゃないか？」と疑問を抱くんですけど、そこから倫理的、観念的に展開するんじゃなくて、脳科学的に「コントロールできるよね」という発想で書かれているじゃないですか。その発想の仕方は、僕もよくやる、というか非常に僕好みなんですよね。

中村　確かに伊坂さんの小説には、ノンフィクションの情報というか知識がよく出てきますよね。

伊坂　人間は他人を支配することができる。人間は攻撃し合う。「人間はそういう生き物なんだよ」っていうことはもうはっきりしている。人間にとってホルモンの影響が大きい、とかも。そういうのを前提に物語を書きたいんですよ。そうすると、これは作り話だけど、みんなも他人事(ひとごと)じゃないんだよっていう感じにつながるような。

中村　その感覚はまったく同じですね。「こういうことが現実世界で実際におこなわれていた」という実例を出すことで、フィクションに深みが出るし、現実と繋がってくるような感覚に襲われるんじゃないかなと思うんです。それプラス、今回の小説はかなりトリッキーなことをやっているので、物語に説得力を出すためにノンフィクションを入れてみたんです。実在の人物を分析した文章を小説の中に入れるのは、今回が初めてでした。

伊坂　宮﨑勤さんですよね。僕は全然詳しくないんですが、幼女を手にかける際に「ネズミ人間」が複数自分の周りに群がってきたんだと供述している、と。「複数」というのが大事なポイントなんだ、と書いてましたよね。あれって、中村さん自身の解釈ですよね？

中村　事実関係を調べたうえでの、自分なりの分析ですね。

伊坂　そういう新解釈、僕も小説に入れたくなるんですけど、意外と気づかれないんですよ。「誰かが言ってることとでしょ？」みたいな（笑）。

中村　伊坂さんが読んでくださったのはたぶん、『私の消滅』が載った文芸誌（『文學界』二〇一六年六月号）ですよね。本にする時、あとがきで一文書いたんですよ。「宮﨑勤元死刑囚の分析はオリジナルです」って。あの分析がいかに大変だったか、どうしても分かってもらいたくて！

一同　（笑）

伊坂　それは大事ですね。「参考文献の中に書いてある分析なんでしょ？」みたいに思われると、悔しいじゃないですか。

中村　『教団X』を書いた時、巻末に参考文献をいっぱい載せたんです。その参考文献と参考文献の記述を組み合わせて、新しく考えたのは僕なんですよ。なのに「参考文献に書いてあることを載せただけだ」って言われると、「読んでないくせに！」ってなって……イジけます。

伊坂　中村さんもそうなりますか！　いやぁ、自分だけじゃないんだと思うと、癒されるな～（笑）。

中村　ひとつおうかがいしたいことがあったんです。伊坂さんの小説って、伏線がすごく多いですよね。あれって最初にノートとかで構想を練ってから書くのか、それとも書きながら思いついていったのか。というのも『私の消滅』は、書きながらどんどん話が変わっていって、最初の構想とは全然違うものになったんです。ミステリー的な要素もかなり多いんですが、意識して伏線を張ったりした部分はあまりなくて。無意識のうちに張っていた伏線に後から気づいて、「これってこういう意味じゃん！」となって書き足す、書き直すという繰り返しだったんです。

伊坂　僕の書き方も、中村さんとかなり近いですね。しっかり設計図を書いていると思ってもらえるのは、本当に申し訳なくて（苦笑）。

中村　たとえば、『火星に住むつもりかい？』はどうでしたか。いわゆる「意外な犯人」だったと思うんですけど……。

伊坂　あれは最初、プロットすらなかったんですよ。

まず、僕が一番怖いし興味があるのは、集団心理と同調圧力なんですね。戦争もそれで起こるじゃないですか。そういうのって怖いですよねってことを、とにかく書きたかったんです。それで、「スパイダーマンと魔女狩り」という構造だけ決めて、とにかく第一部を書いていった。その後で第二部を書いている時に、ミステリー的に誰が「犯人」なのか、という謎の盲点はどこかなと考えたんです。自分が書いたものを改めて読み返して、その答えを見つけた時に、結構ドキドキしたんですね。でも、いきなり「犯人は誰々でした」って言われても、読者が怒るじゃないですか。だから、思いついた時点で第一部に戻って、後から文章を足していっているんです。

中村 その感じ、すっごく分かります。まったく同じです。

伊坂 僕の場合は、「怒られないように」ってモチベーションが強いんですよ(笑)。「読者に怒られないように」とか、生きていくうえでは「奥さんに怒られないように」とか(笑)。

中村 純文学の立場からミステリーの方が書いた本を読む時に、よく引っ掛かる点が「これ、この動機でやる?」と。でもこの「犯人」の動機はすごいリアルだと思いました。

作風は変えないままで広く届ける。一花咲かす

中村 『火星に住むつもりかい?』を読んでいて強く思ったのは、伊坂さんはニュートラル精神を忘れないんだなって。だってこれ、相当怖い話ですよ。ギリギリのラインを行ってますよね。なんだけれども、やばいところまで踏み込んでいったなと思ったら、伊坂さんは戻しますよね?

伊坂 ですね。ちょっと戻します。

中村 行き過ぎたら、ニュートラルなところまで戻す。僕の場合は行っちゃうんですよ。「ここまで行くと引いちゃう読者もいるんだろうな」と分かってはいるんだけど、「行っちゃえ、行っちゃえ」とやり続けていって作品ができあがるんです。

伊坂 そこがいいんですよ! ……って、お互いないものねだりになってきましたかね(笑)。

中村 さっきの「怒られないように書く」という話に

も通じると思うんですが、「こう書いたら、こういう人がイライラするだろうな」ってところを察知して、イライラさせないようにしようって意志も感じるんです。これが大多数の人に届けようという感覚なんだなと、伊坂さんの小説を読みながら思いました。

伊坂　そこはすごく意識してるんですよ。思想でいうと「右」でも「左」でもないものって、あると思うんですね。そういう人って、結構多いと思っていて。意外に、そういう「間（あいだ）」があるはずなんですよ。それを書きたくなっちゃうんですよね。それは大多数の人に好かれたいからじゃなくて、僕自身もその「間」にいる人だからなんです。

中村　自分の好みとか成育歴、人生から何から全部関わってきますからね、小説を書くということは。そこに作家の個性、作風が生じるわけであって。

伊坂　僕はエンタメの人だから、読者を意識する部分も大きくて。「意識しなければいいじゃん」と言われても、無理なんですね。ただ、僕が意識している「読者」って結局、「読者としての僕」なんですよ。もう一人の僕が納得するか、読者としての僕が怒らないかってことなんだと思うんです。

中村　だとしたら、なおさら作風は変わらないですよね。そもそも、作風って変えられないと思うんですよ。そうなってくると大事なことは、作風を変えないまま、どうやったら読者層を広げていけるか。

伊坂　それが一番大事ですよね。

中村　「純文学は売れなくていいんだ」という業界の風潮は、僕は嫌なんですよ。それは言い換えると、純文学は世の中に影響を与えなくていいということと同義になってしまう危険がある。こういう本があるってことを知らないだけで、読んでみたらしっくり来るという人はかなりいるんじゃないかと思うんですよ。そういう人を、探したいんですよね。気づいてもらいたいんです。

——お時間が来てしまいました。

中村　伊坂さんと僕の小説は、形だけ見ると全然違います。でも、今回お話しさせていただいて、近いなって感じる部分がたくさんありました。

伊坂　僕も今日はいろいろお話しできてよかったです。頑張らないといけないな、と思いましたね。一花、咲かせたいんですよ！

中村　もう咲いてるじゃないですか（笑）。純文学の阿部和重さんと合作した『キャプテンサンダーボルト』だって、大きな話題になりましたし。

伊坂　僕としては、あれと『火星に住むつもりかい？』で、何か変えたかったんですよね。自分の置かれている状況や業界とか。阿部和重さんとの仕事はすごい経験でしたし、その二作にすべての力を注いだので。ただ、実際はあまり変わらなくて（苦笑）。結局、業界を大きく変えたのは又吉さんだったんだっていう……。

一同　（笑）

伊坂　又吉さんは本当に凄いと思いますが、うちの子と一緒に、テレビに映る又吉さんを見ていると、「パパ、この人に勝てないんだ、ごめんよ」と心の中で思っちゃいますもん（苦笑）。

中村　いやいやいや（笑）。僕も小説をさらに頑張ろうと思いました。今日はお話しすることができて本当に嬉しかったです。

（後記）あの天才的な伏線の作り方が、設計図ではないと仰った時、やはりそうだったかと思いました。あそこまでの領域は、そうなんですよね。

（創作ノートを見せてもらった時、ただ真っ黒になっていて。つまり設計図ではなく、思考を探ったり進めるために、何気なく手を動かしているだけと言うか。見た時、思わず声が漏れました。凄い人ですよね……。）

×西加奈子（作家）×山崎ナオコーラ（作家）
ナナハチ世代　作家が作家に会う理由とは何か？

――「クイック・ジャパン」2010年6月vol.90／太田出版　取材・文＝吉田大助

――同世代の小説家同士がこんなふうに繋がって、しかもお互いの本をちゃんと読んでいるという関係性は珍しいのではと思うんですが、そもそもの出会いは？

中村　二〇〇六年一二月に、北京で「日中青年作家会議」というイベントがありまして、その時のメンバーですね。そこで「ああ、この人たちは面白いなぁ」と思って、それ以来の付き合いです。

西　行きの空港でお互い、初めて会って……。なんかさ、他の作家って、勝手に自分らより先輩と思ってない？

中村　そうそう。みんな先輩だと思う。「あ。本出してる人だ」って。あんまり自分が小説家って感じがしてないのかなぁ。

西　だから「作家が来る！」って最初はすごい緊張したし、「果たして仲良くなれるんかな……」と思ってたら……言ったらホンマにただの、ただのって言ったらアレやけど（笑）、同世代の人間やなーっていう。作家の前に一人の人間やなーって勉強になりました。で、すっごい楽しかった。

山崎　たまたま同じ時代に生まれて、たまたま同じ文学の仕事にそれぞれ関わっていて、出会えるっていうのは、奇跡みたいなことだと思いました。せっかくだから、お互い刺激し合ったり、話し合ったりしたいなって。

――ちょっと上の世代って、さらに上の世代とは仲良くしつつ、同世代同士はケンカしてる印象が強いんですが、だいぶ様子が違いますね。

中村　昔は多分、派閥で集まってたんじゃないかな。なんとか派ってわざわざ作って、みんなで共同声明。で、時には他の派閥と敵対というか。そういうノリは一切ないです。

山崎　三人が書いてるものは全然違

うと思う。世代が一緒だから話が合うとか、同じようなことを書いてるから集まるってわけでは全然なくて。

中村　似たような作風で集まるとかだと面白くない。全然違うから面白いんじゃないかなと。自分とは全然違うけど、良いと思えるっていうのがむしろ、素敵なことなのじゃないかと。

西　ちょっと声大きくなった（笑）。

――小説家が、小説家に会う理由とは？

山崎　自分の本のことだけじゃなくって、文学史に関わる仕事をしたいっていう気持ちがあるからです。自分の小説世界だけを育てるとか、自分の本だけを売るっていう仕事だけじゃなくって、他の本も売る仕事って言ったらおかしいですけど。文学シーンを盛り上げるようなこともしたい。

西　それ出会った頃からずっと言ってるよな、ナオコちゃん。『1Q84』が社会現象になった時とかもすごい喜んでたし、おかげで私も「本がニュースになるって嬉しいな」って思えるようになった。

中村　同業者なのでライバルなんだけれども、会ってしまうと「みんなで盛り上がろう」っていう気持ちになる。それは確かにそう。

西　こうやって作家の友達に会って喋(しゃべ)ったりしても、自分は作家なんだって意識しても、本を読む楽しみっていうのはまったく一ミリも失われない。普通に本を買って読む時に、ナオコちゃんが書いたとか、中村君が書いたっていう意識はあるけど、読み始めるとまったくそのことを忘れて普通におもろいって思える。だから、友達関係が全然足枷(あしかせ)にはならない。

中村　「西加奈子の本だ」とは思うけど、「〝あの西さん〟の本だ」とは思わない。

山崎　要は、作家である前に、読者としての自分がいる。

西　そうそう。それは忘れてないというか、意識せんでも、結局はやっぱり本が楽しい。で、会えるんなら、本を書いた人に会ってみたい。ミーハーだ（笑）。

この世代が小説界を変える！

――みなさんのデビューは、中村さんが〇二年、西さんと山崎さんが〇四年です。デビューの経緯は？

山崎　私は大学時代から会社員にかけて文藝賞に三回応募して、三回目でデビューしました。

西　私は文学賞じゃなくて、一人の編集の人にお会いして、原稿を渡して読んでもらってデビューなので。

初めて書いたやつでそのままデビューできたから､すごいラッキーだった。

中村　ラッキーだね！

西　ホンマ、なんも知らなかったんですよ。うち大阪から東京に一人で、作家になりたくて出てきてさ、二六歳で。出版社に送りゃいいんやと思って、一番最初はなんでか「新潮45」に電話したんです。で、怒られてん。「うちの雑誌読んだことありますか！」って(笑)。「新潮」って名前が付いているから間違った。

山崎　何もないのによく東京に来たよね。

西　「出版社？　東京や！」と思って。あと、大阪やったら友達が結構いたし、一人で書く環境じゃないなと。孤独になりたいというか、とにかく小説を書くしかない状況にしようと思って出て来て。

中村　僕もおんなじ。あの時は超氷河期って言われていて、みんな就職できなかったじゃないですか。

――たいてい「平成一二年前後」って言われますね。二〇〇〇年卒業前後。

中村　僕は就職する気がなかったんで、フリーターになって、部屋に引っ込んで小説を書こうと。大学があった福島県に友達いっぱいいるし、地元（愛知県）帰っても友達は一応いたから、じゃあ東京で一人でこって書こうと。

西　一緒や！

中村　週四で朝コンビニのバイトをしながら、二年間。で、「新潮」の新人賞でデビューしました。たぶん、周りのみんながめっちゃ良いとこに就職したりしてたら焦ったと思うんだよ。だから、逆に良かった気がしますけどね、卒業の時不景気だったのは。今年卒業の人は、僕らの頃よりひどい状況が更新しちゃったみたいで、今大変だって人はいっぱいいると思いますけど、逆にこういう時に頑張ると、他の世代よりも強いんじゃないかな。実際、同世代を見てると、一回みんなちっちゃいところに不満足で入った後に、自分で技術を身に付けて違うところに就職したりしてる。同年代は結構みんな、強いです。

山崎　「ロスジェネ」とか周りからは言われがちだけど、たぶん「出足が遅れた」ってことだと思う。でも、今周りを見るとすっごいいい仕事してる人が多いし、同世代に対して私もすごい自信が湧いてきていて。

西　そうやんね。

山崎　もう三〇代だから、今の日本がダメだとか、社会構造がダメだって言うのって、自分に返ってくると思う。社会を作ってる側の歳になってきたから。だから愚痴とかなるべく言わないようにして、自分達世代がいい社会を作るんだって意識を持ってやっていきたい。うちらすごい仕事やってるよ、「これからもっといい時代が来るよ！」ってことを言いたい。

西　なおこちゃんは素晴らしいね……。

――デビューした時の気持ちは？

山崎　デビューした時は、嬉しいよりも、怖いっていう気持ちが一番だったと思う。

中村　僕も、小さい舟に一人乗せられて、ぽーんと海に流される感じ。

西　え。嬉しくなかったん？

山崎　その時ちょうど、綿矢（りさ）さんが芥川賞を受賞した年だったから、デビューしたのが同じ文藝賞だし、すごく比較をされたの。ワーッていろんなことを言われて、バッシングの嵐で。

中村　僕も相当、悪口言われてますね。もともと新人賞の選評自体、良くなかったし。

西　新人賞を取ってデビューするのと、そうじゃなくてデビューするのの違いなのかなあって思う。私はそもそも選評も批評もなかったし。

山崎　作品に対しての批評なら私もぜんぜん、受け入れるんだけど。作者の容姿に対する悪口とか、噂話とかは言わないでほしい。

中村　ネットとかの噂はね、僕も相当ひどいこと書かれてると思う。一回、人から聞いたことはあって、デビュー当時、僕は童貞と言われてたらしい。「意味が分からない」と思った（笑）。

西　私、ネットの書きこみ自分の名前を検索して一回見たことあるよ。でも意外と平気やった。予測してた範囲内やから。セクシャルなことだったり、ブスだバカだとか。

中村　そんなんなんだ？

西　だから思ったよりショックは受けなかったけど、何個か、これはもしかしたら私に会ったことがある人が書いてるかもっていうのが。

中村　うわー、それは気持ち悪いな～。

西　だからそれから見ないでおこうと思って。でも、もしかしたらこうやって喫茶店で喋ってるのを、隣りで誰かがチラッと聞いただけかもしれんし、疑い出したらキリないでって友達に言われて。まぁそやなと思って。……みんなも一回見てみ？

一同　（笑）

中村　まあ書評とかでも、明らかに事実誤認の、ヘンなこと書かれることあるしねえ。モーツァルトの『魔笛』ってオペラがあるじゃないですか。「沈黙の徳」って言葉が出てくるんですね。すっげームカつくことがあっても、沈黙して我慢して頑張る。僕はそれでいきます。

——そうすると上の世代が、「今の作家はおとなしい」みたいなことを言い出すんですよねえ。

中村　今後、小説の世界も変わっていくと思いますよ。僕らぐらいの世代が上のほうに上がっていくと、僕らが直面してるイヤなことと同じことをね、下の世代に対して繰り返さないと思うんですよ。

山崎　今、すごい良いこと言った。いい先輩！

西　「新潮」新人賞の選考委員の言葉を読んだら、中村君の選評が滅茶苦茶優しくて。「中村先輩！」って思ったよ。「どうやったら文学シーンで受けるかってことは考えなくていい」みたいな。

中村　どうしたらデビューできるかは考えなくていい、ただあなたの文学を全力で込めればいい、シーンなんてあなたが変えてしまえばいいって書いたんです。

山崎　私、自分で賞を作りたいなって思ってます。「白木屋賞」とか。みんなで居酒屋さんで話し合って、勝手に賞をあげる。

西　で、欲しくないって言われんねやろ（笑）。ドゥ・マゴだからカッコいいけど、白木屋とか和民とかじゃなー、て（笑）。

中村　一応僕は、毎年巨人の選手を勝手に表彰してるんですけどね。去年の中村賞はゴンザレスです。

——貴重な情報、ありがとうございます！

山崎　自分達で本も作りたいです。例えば、アンソロジー本を作る時って、他の作家と全然会えないんです。編集者と一対一の関係で仕事を進めていってるから、せっかくみんなで本を作ったり、同じ時期に仕事をしたりするんだったら、みんなでワイワイ話し合って、企画書を書いて、こういう本を作ろうよっていう仕事をやってもいいんじゃないかなって思ってます。

悪口を言われる人、悪口を言う人

——ところで、どんな思春期を過ごしてましたか？

西　一〇代ってことですよね？　う〜ん、恥ずかしいぐらい普通でした。毎日楽しかった。ただ、私の人生の中で一番辛い事件があったのが高校生の頃で。それで結構、自分が乖離した感覚がある。こうやって楽しく喋ったりするのも本当の自分なんだけど、どっかでそれを俯瞰して見てる自分が誕生したのも高校の時で、そこから小説を書く素養みたいなものができてた気はします。

中村　大学ではバンドをやってたん

で、周りはヘンな人ばっかりで超安心しましたけど、高校まではむっちゃ暗かったですよ。でも、クラスメイトの前では面白いことを言って自分を隠す、まさに太宰治の『人間失格』状態。とにかくイジメられないためにはどうするかをずっと分析してて、この立ち位置なら大丈夫と考えて、演技をずっとしつつ。

山崎　私は小沢健二とフリッパーズ・ギターがすごく好きで、その頃の気持ちは今でもずっと残ってるなぁと思います。自分の理想の男の子は永遠に、小沢健二。小沢君が「フリッパーズ・ギターのCDを燃えないごみの日に捨てた」って言ったんで、それを真に受けてフリッパーズ・ギターのCDをハサミで切ったっていうことがありましたね、一七歳ぐらいの時に。それが一番、青春っぽい思い出です。

西　ナオコちゃんは素直だから、言われたら今もやると思う（笑）。でも、「今夜はブギーバック」は衝撃やったよね。

中村　あの、めっちゃ暗い曲だよね？

――メロディラインは確かに暗いですよね。

中村　僕はね、世の中に対して「暗くてもいい」ってことを発信してるんです。だから共感する。暗い気持ちだからって無理して明るい曲を聴いて、明るくする必要はない。

西　「オザケンを聴いてた」って話で、こうやって繋がれる。それが、「山崎ナオコーラの本読んでた？」「『掏摸（スリ）』読んだ？」みたいな、今一五歳ぐらいの子が大人になって、ぜんぜん違う土地で育った子と繋がったりしたら、ホンマ嬉しいよな。

――みなさん三〇代に突入し、充実した作家活動を送られています。今後の意気込みなど、お伺いできればと。

西　四〇歳まではがむしゃらに突っ走りたいです。

中村　ダメだよ、四〇超えても突っ走らなきゃ。

西　永遠に？　うおー。

山崎　じゃあ私も伴走する。

西　今日、ホンマは会う前に二人の本を全部読み直してこようと思ってんけど、無理やってん。一日じゃ読まれへん、対談に持ってこられへんぐらい本書いてるやん、みんな！と思って感動した。家の本棚にみんなの本が、どんどん増えていくのが嬉しい。

山崎　西加奈子記念館みたいなのができたらいいよね。友人の書簡とか並んでて、集合写真の横に「右から何番目はだれだれ」って。そういうのに、私も載りたい。

西　私も載りたい！　でもさ、お互い手紙とか出すのはやめよう。死んでから手紙を公開するのって、

「いいの?」って思う。太宰とか、すごいかわいそう。ラブレターとかさ。

山崎　お兄ちゃんに借金申し込んでる手紙とか。

中村　人の陰口は叩くなって太宰の本で読んで感銘受けて、よし俺も絶対言わない、と思ってたんだよ。なのに太宰の書簡集を買ったら、めっちゃ悪口言ってる。「あんな薄汚いやつと賞の候補に並べられるだけで嫌だね」みたいに書いてある。ええええ!?　と思った(笑)。

——「死んだら必ず処分してくれ」って託した原稿が、思いっきり後世に残ってたりしますよね。

西　カフカだー。でも、例えばナオコちゃんや中村君が死ぬ時になって、「絶対にこの原稿は燃やしてくれ」って言われて、私が渡されるとするやん。でも、その原稿が素晴らしかったとするやん。どうする?　出したほうが後世のためにいいのかなーとか。

中村　カフカはね、出してくれると思って渡したと思う。

西　そこの思いを、どうやって汲み取れるかが問題じゃない?

——そのさじ加減を知るためにも、交流は必要だと。

中村　素直に「これ編集して出して」って言えばいいと俺は思う(笑)。

西　いや、一回「燃やして!」って言ったのがかっこいいやん。私も死ぬ前に原稿渡す時は、「これぜったい、もやし~て~な~?」って言う。……汲んでな?

中村　(笑)確かに燃やしてって言ったほうがかっこいいなあ。さすがカフカ。

——新しい世代の、作家志望の読者にアドバイスするとしたら、どんな言葉になりますか?

西　時々、「どうやったら作家になれますか?」って聞かれることがあるんやけど、どうやったらなれるかとか考える前に、書いてる人は書いてしまってると思うから。何のアドバイスもないよね。

山崎　そうだよね。旅行でも、行きたいと思ってる気持ちが一番重要で、英語ができるとか、旅の手配ができるとかって技術よりも、そこに行きたいって思っている意志が一番役立つ。作家もたぶん、それと同じで。

中村　絶対そう思うってわけじゃないけど、作家志望の人はブログとかツイッターはあんまりやんないほうがいいかなと。時々くらいにしたほうが。世に自分の言葉を出したいってフラストレーションも大事なんで、発表できちゃうっていう快感はね、なるべく禁欲したほうがいいかなとも思う。あとは、人間ってふたつに分かれてさ。悪口を言われる人と、悪口を言う人がいる。だったら、言われる人になったほうがいいですよ。

山崎　あ、いいこと言う！

西　なんかちょいちょい名言が（笑）。

山崎　……実は私、昨日三島賞の発表があって、マイナス思考になってたんですけど。

西　あかんかったん？　飲もう飲もう。

山崎　でも、今日はホントいろいろ勉強になった。人生の階段をひとつ上がった。

西・中村　えっ（笑）。

山崎　人と会うのって、大事だね。

西　そう！　私マジでそう思う。私、絶対な、絶っ対会うもん人に、どんなに落ち込んでても。で、絶対帰り道は笑ってんもん。

山崎　小説を書いてても、それこそ加奈子ちゃんとか中村君がすごい頑張っていい仕事をしているし、それが自分にとってもすごい勇気になってる。同じぐらいの歳の人が頑張れてる社会に生きてるんだから、自分もやれる、生きてけるみたいな自信が湧いてくる。

西　ちょっと！　今日、誰よりも前向きになってるやん（笑）。

中村　どんどん階段を駆け上がっていった！（笑）

（後記）お二人と同世代で、本当に良かったとしみじみ感じます。大変な刺激を受けている。それに加えて、何というか、お二人にはずっと幸福でい続けて欲しい。そんな風にも思っています。心の底から。

（文学論については、ナオコーラさんの『男と点と線』（新潮文庫）と、西さんの『窓の魚』（新潮文庫）の文庫解説を僕が担当しているので、そこで僕なりの「ナオコーラ論」「西論」を書いています。二冊とも名著でお勧めです。西さんについては、次の又吉君との対談でも、少し話題が出てきます。）

×又吉直樹（芸人・作家）
人生の読書 救ってくれた運命の書

——「エル・ジャポン」2017年2月号／ハースト婦人画報社　取材・構成＝瀧晴巳

又吉　中村さんとは、一緒にご飯食べに行ったりとかさせてもらってますが、ちゃんと本の話をするのは初めてかもしれないですね。

中村　だからって「運命の七冊」に、僕の本が二冊も入ってるのは比率がおかしいよね。又吉君、気を遣いすぎ！

又吉　気遣ってないですって！　誰にでもどんぴしゃの作家っていると思うんですけど、僕にとっては中村さんの小説がそれで、新作が出るたびにいちばん面白いと思ってきたので。

中村　又吉君の場合、最初は芥川龍之介の『トロッコ』だよね。

又吉　そうですね。中学の教科書に載ってて、こんな面白い小説があるんだと友達と話してて。そうしたらその友達が「お前みたいなヤツがおる」って太宰治の『人間失格』を貸してくれたんです。

中村　その友達、すごくいいよね。

又吉　元相方なんですよ。読んだら、すごいハマって、一時期は毎年元旦に必ず『人間失格』を読んでました。読むたびに「あれっ。こんなとこあったっけ」って思うんですよ。それで線を引き始めたら、すべての箇所に何かしらの線が引かれて、どこが大事かわからなくなってしまった。

中村　わかる。『人間失格』から文学に入る人はものすごく多いと思う。僕も、もともと明るくないので、ずっと無理して生きていたら、高校で限界がきて、学校に行けなくなってしまった。「こんなに暗い自分は人間失格だ」とデパートのちっちゃな書店で買って、読んだら、多くの太宰ファンと同じく「これは自分だ」と。とにかく高校時代は、ひたすら太宰を読んでましたね。

又吉　僕も、たぶん太宰みたいな暗めの本がなかったら、そもそも本好きにはなってなかったと思うんですよ。最初から最後まで頑張って前向きに行こうみたいなことが描かれていたら、それは僕、無理なんでやめときますってなったと思います。

中村　二五歳で作家になって、作家目線で読んだりすると、文体であるとかリズムであるとかあらためてその凄さを感じてしまう。『人間失格』には太宰という人間の核みたいなものが入ってるし、そういう本に僕は救われてきた。『何もかも憂鬱な夜に』に手記を入れたのは、太宰の『斜陽』の影響です。あの手記には、僕が登場人物と同じ、思春期だった頃に実際に書いたものが交ざっている。

又吉　僕が『何もかも憂鬱な夜に』を読んだのは、ライブをずっとやってたけど、自分の思い描いていたようには全然ならなかった時期でした。それこそ「あ、太宰ね、昔読んでた」っていうみたいな感覚で、いろんな人が「あ、若い頃はそういうことで悩むよね」っていうようなことってあるじゃないですか。自分でも「いつまで考えてんねん」って思いながらも、まだ答え出てへんしなって。そんなときにあの本を読んだら、生きる理由みたいなものに答えてくれてるところが何カ所もあった。夢を追いかけてるんだけど、同時に追いかけながらも、あかんかったなみたいな感覚もあった当時の僕を、『人間失格』と同じくらい救ってくれた、まさに運命の一冊でしたね。

中村　面と向かって、そんなふうに言われるとありがたいけど、やっぱり照れるよね。でも確かにこの本は、僕の読者さんのなかでも特別な立ち位置にあるかもしれない。サイン会でなんの本でもいいですよと言うとこれか、デビュー作の『銃』が多い。

又吉　僕も最初に読んだ中村さんの作品は『銃』でした。

中村　『銃』を書くことができたのは、実はジッドの『背徳者』を読んだからなんです。どう書いたらいいかもわからず、迷走していたフリーター時代に、序文の最後にある「要するに、わたしは何物をも証明しようとしなかった。わたしの意はよく描くことと、おのれの描いたものをはっきりさせることに在る」という一文と出会って「これだ！」と思った。ふとしたことから銃を手に入れた人間が何を思うのか、そこに余計な解釈は要らない。揺れを揺れのまま描けばいいんだと一気に書き上げることができたんです。『背徳者』の新潮文庫版は絶版なんだけど（編集部註・電子書籍版は有）、石川淳というプロの作家のこの訳だったからこそ、当時の僕にここまで響いたと思う。

最近三九歳になって、太宰の歳を越えたんです。つまり後半戦だなと、人生の。それで自分の思想とか宗教観って何かって考えたときに、僕は五割が実存主義で、三割が原始仏教徒で、あとの二割はキリスト教徒なんですよ、たぶん。サルトルは実存主義者といわれた人だけど「実存は本質に先立つ」という言葉があってね。遺伝とか才能とかそういうことより、自分が何をするかで人生は決まるんだと。僕は家がよくなかったので、サルトルにはすごく救われたんです。

又吉　僕も太宰とか芥川とか近代文学ばかり読んでいた頃、人間とは何か、生きるとはどういうことかみたいなことを真正面から描いている現代の作家はいないのかと探していたら、知り合いの編集者に中村さんの本を勧められて。勧めた側も驚くくらいドハマりしてしまったんです。

中村　僕も昔、太宰やドストエフスキーの系譜の現代作家はいないかって、すごい探した。そうしたら大江健三郎さんたちがいて、でも若い人はあんまりいなかったんだよね。だからデビューしたときも、評論家にいろいろ言われたりしたけど、一切聞かなかった。聞かなかったからこそ一五年やってこれたと思ってる。

又吉　時代とか流行を意識し始めるとおかしくなりますよね。

中村　こういう本を読んできたから、今の僕があるわけでね。まず太宰を読んで、太宰にキリスト教が出てくるので、だったら本場のものを読もうと。『新約聖書』は、大学で配ってる人がいて、もらったんです。僕は無宗教だから、純粋に本として読んだら素晴らしかった。さすが多くの人を救った本だと。

又吉　僕も祖父がキリスト教徒なので、子どもの頃、教会の日曜学校に通ってたんですけど、なんでもかんでも答えを出さなあかんというのが、子どもの頃から嫌やったんですよね。大人になって『沈黙』を読んだときに、日本は鎖国してるし、とんでもない状況のなかで神様の声を聴こうとするんだけど、沈黙してる。でもそういうことやんなと思えた小説なんです。

中村　なぜ僕が人間の悪を描くのかといえば、おそらくフロイト（『精神分析入門』）の影響も大きい。フロイトって、人間の痛いところばっかり突くんですよ。たとえば無意識の意志みたいにいって、会議に出るのに書類を忘れたのは、本当は会議に出たくなかった可能性があると。

又吉　確かに嫌なときって、ミスいっぱいしますもんね。

中村　でもそんなこと言われたら、隠してることまで暴かれてしまう。そういう影響もあって、僕の小説は「それ書く?」ってことまであえて書く。でも真実に近づこうとするとどうしてもそうなるんです。そうやって悪とは何かをずっと描いていたら、仏教に行き着いてしまった。『ブッダのことば　スッタニパータ』は、中村元さんという方が訳しているんだけど、解説がまたすごいんですよ。原始仏教というのは善も悪もないという、非常に危険な思想でもある。そういうなかでもやっぱり光みたいなものがあるから美しいのかなと。この本がなかったら『教団X』は書けなかったと思う。

又吉　ずっと中村さんの作品を読んできた僕にとっても『教団X』は、すごい作品だと思いました。

中村　ドストエフスキーは六〇歳手前で『カラマーゾフの兄弟』を描いているんだけど『教団X』は三〇代のうちに一回、僕にとっての『カラマーゾフの兄弟』をやってみようと。デビューしてちょうど一〇年目だったので、一〇年で自分が手に入れたものすべてを出してみようと思って描いたんです。

僕、俳句は詳しくないんだけど、さっき尾崎放哉の句集を見させてもらったら、すごくいいね。

又吉　せきしろさんと一緒に自由律俳句の本を作ったときに、山頭火と尾崎放哉（『全句集』）を教えてもらって、両方を読んで、僕はどっちかっていうと放哉に惹かれたんです。山頭火ってカッコいいんですけど、放哉のどうしようもなさのほうがたまらないですね。

最初はよく知られている「咳をしても一人」が好きやったんですけど。

中村 短い言葉でそこまで表現できるなんてすごい。天才だよね。

又吉 「墓のうらに廻る」という句もすごくわかるというか、そういう時間ってあるよなって。でも普通の人は行かない場所じゃないですか。放哉って、もともと東京でわりといい会社に勤めたけど、人間関係でダメになって、それで寺に居候して暮らしたりして、仕事も恋愛もすべてうまくいってないんですよ。「釘箱の釘がみんな曲つて居る」という句があるんですけど、それって放哉の人生を表してるなと思って。壊れたところを直そうと思って、釘箱を開けたら、釘が全部曲がってるから直されへんっていう、ほんとコントみたいな、お笑いみたいな句なんですけど、よく考えたら泣けてくる。

中村 「咳をしても一人」もそうだよね。あまりにも絶望的なことを描くと滑稽(こっけい)になるって太宰も書いてるけど、病気なのに一人なわけで、本当は泣きたい状況かもしれない。

又吉 昔のコンビだった頃の話ですが、自分がノートに書いてた暗いことをネタに織り込んだことがあって。人間にはプラス思考、マイナス思考、絶対的プラス思考の三つの考え方があるみたいなネタだったんですけど、マイナス思考のところで自分が書いていたことを読んだら、すっごいウケたんです。こんなに笑うかって、発表しながら傷ついてました（苦笑）。

中村 いや、きっとそれ家に帰ったら、みんな、染みてるよ。

又吉 そうですかね。

中村 うん。染みてるって。共感の笑いかもしれないよ。共感すると笑うっていうのも不思議だけどね。

又吉 なんですかね、アレ。安心感なんですかね。芥川の『戯作三昧』も、ネタやってはオーディションに落ちていた二〇代前半の頃に何回も繰り返し読んだんです。ものをつくる人間が銭湯に行って「あいつの最近の作品はおもろない」とか言われるんだけど、そこからそんなことは一切気にならない状態まで行って、書き始めるまでが描かれているので、読んでいてテンション上がるんです。

中村　僕も新人賞の選考委員とかやってるけど、若い人があってるかどうかもわからない意見に翻弄されてると非常にかわいそうだと思う。自分の信じるものをやればいいんですよ。自分の小説が海外で読まれるようになっていちばん意識が変わったのはそこかもしれない。現代文学でいわれている文脈みたいなことは日本だけのことで、世界はもっと広いし、いろいろなものがある。

又吉　僕も「次の作品はまだですか」とよく聞かれたりするんですけど、「僕が書くんだから一緒じゃないですか」って言ってるんです。

中村　『火花2』だったらウケるけどね（笑）。でも村上春樹さんだって三作目までは『風の歌を聴け』のある意味続編だからね。どれも素晴らしいし。最後に西さんの新刊『i（アイ）』の話をしましょう。

又吉　すごかったです。

中村　すごかったよね。二〇一六年の終わりに今の時代にドンピシャの本が出たことがまずうれしかった。

又吉　世界で今、起きていることに触れながら、いちばん必要なものについて描いていると感じました。

中村　いろんな世界情勢が描かれているけど全然不自然じゃない。「シリアから日本にいる」という状況じゃないと難しいんだけど、西さん自身、イラン生まれだから突飛な設定というわけでもない。書き手としては、西さんがこれまでの西さんのフォーマットを使いながら、これまでとこんなにも違うことを描いてみせたという驚きがあった。つい先日イベントでオーストリアに行ってきたんだけど、移民問題で閉鎖的な風潮があって、多様性が失われつつあると主催者もすごく危機感を持ってたんです。だから『i（アイ）』があると非常にありがたいというか、今の時代になくてはならない小説だと託すものがあるんです。

僕は自分の本のあとがきでいつも「共に生きましょう」と書くんだけど、作家と読者というのは、濃密なコミュニケーションをとっていて、実は友達よりも深い関係じゃないかと思っているんです。なぜかというと、僕は内面をさらけ出して描くので、読む人もきっと内面をさらけ出して読んでると思うので。

又吉　あの言葉、いいですよね。

中村　何回も書いてるのでやめようかと思ったことも

あるけど（笑）。なんていうか、気持ちは既に伝わっていると思うので。でもサイン会でよく「あれがいい」と言われるので、やっぱり続けようかと。

又吉　今度はいきなり冒頭に持ってきたらどうですか。

中村　あー、いいかも（笑）。一二月にイベントでロシアに行ってきます。ドストエフスキー文学館とかあるらしい。アレも買ったんですよ、ロシア帽。ものすごい寒いから、ないと脳をヤラれると脅されて（笑）。

又吉　意味あるんですね、アレ（笑）。

中村　僕は、年齢を重ねたらもう一度、自分の『カラマーゾフの兄弟』を書こうと思ってるんです。いつかロシア語訳も出すのが夢だからね。『罪と罰』でラスコーリニコフがのぞいた川に行ってこようかと思ってます。

中村文則さんが救われた運命の七冊

❶**『人間失格』**　——太宰 治 著

「恥の多い生涯を送って来ました」という書き出しも有名な代表作。これを書き上げた一カ月後、太宰は山崎富栄と入水自殺した。「人生の終わりが見えている頃だから、鬼気迫るものがある。自殺だけはなんとかならなかったのかと思うけど、太宰には感謝しかない」　新潮文庫

❷**『新約聖書』**　——新共同 訳

イエス・キリストの生涯、その死と復活を証言や手紙でまとめた、『旧約聖書』と並ぶキリスト教の聖典。「これを読むことで『背徳者』や『カラマーゾフの兄弟』のようなキリスト教がベースにある作品もより深く理解できるようになった。その後の読書に役立った一冊」　日本聖書協会刊

❸**『実存主義とは何か』**　——J-P・サルトル 著　伊吹武彦他 訳

第二次世界大戦後、既存の価値観が崩壊した時代に、サルトルの実存主義は、人間の存在意義を問い直す思想として一世を風靡した。「フリーター時代に読んで、ものすごく救われました。僕が作家になれたのも、恵

まれた才能とかではなく努力と発見の賜物だと思う」人文書院刊

❹**『背徳者』**　――アンドレ・ジッド著　石川淳訳

旅先で病に倒れたミシェルは、回復期に生命の歓喜を知り、既成の道徳を捨て、ひたすら肉体の感覚に生きようとする。「序文の文章を読んでこれだと思って、デビュー作の『銃』を書くことができた。僕がプロになるために絶対に必要だった本が、絶版（編集部註・電子書籍版は有）とは！」新潮文庫

❺**『精神分析入門』**　――フロイト著　高橋義孝・下坂幸三訳

精神分析の創始者であり、二〇世紀前半の思想、文学に多大な影響を与えた。「心理学で好きなのはユングの時代までです。フロイトもあえて人の痛いところを突く。たとえば人があまり触れられたくない性的なことも深く掘り下げた。人間を描くとき、ある意味いちばん真実をとらえている」新潮文庫　上下巻

❻**『ブッダのことば―スッタニパータ―』**　――中村元訳

数多い仏教書のうちで最も古い聖典。「『教団X』を書いたとき、中村元訳の仏教書をたくさん読みました。後の研究者のことを考えて、つけられた膨大な脚注や資料にも感動。中村さんはすでに故人なのですが、文化もそうやって受け継がれていくことに気づかされました」岩波文庫

❼**『カラマーゾフの兄弟』**　――ドストエフスキー著　亀山郁夫訳

ドストエフスキー最後の大長編。「『地下室の手記』を読んだときは、あまりの暗さに衝撃を受けた。『カラマーゾフの兄弟』は僕が最初に読んだのは新潮文庫版でしたが、亀山さん訳のこれは読みやすいです。僕にとって最大の小説です。何度も読むことで理解が深まりました」光文社古典新訳文庫　全五巻

又吉直樹さんが救われた運命の七冊

❶『**何もかも憂鬱な夜に**』――中村文則 著

刑務官の「僕」は、夫婦を殺害し、遺族もマスコミも死刑を要求している二〇歳の未決囚・山井の担当に。

「中村さんの小説って、本質と真正面から向き合うぶん、どうしても深刻なところから入るんだけど、世界を肯定する瞬間みたいなのがある。この小説にも、そういう光を感じた」　集英社文庫

❷『**戯作三昧**』――芥川龍之介 著

江戸末期の戯作者・滝沢馬琴に託して自らの創作への想いを描いた短編。「オーディションに落ちたりしたとき、よく読んでました。ものをつくる人間が面白いものを描くモードに行けるまでの話で、一切の雑音がひいて描き始める場面がすごくいいんですよ」　新潮文庫（『戯作三昧・一塊の土』所収）

❸『**教団X**』――中村文則 著

恋人を追って、楢崎はある新興宗教の拠点を訪れる。謎のカルト教団に翻弄される四人の運命を軸に怒濤の思索が展開する問題作。「小説のなかに、世界の全体を描きながら、個人個人の奥のほうまで描くという一文があるのですが、この作品自体がまさにそういう小説です」　集英社刊

❹『**i（アイ）**』――西 加奈子 著

直木賞を受賞した『サラバ！』から二年。シリアで生まれた少女・ワイルド曽田アイを主人公に、西加奈子が現代に挑んだ衝撃作。「今、世界で何が起こってるかについて描かれた作品なので、読んだ人がみんなでこの物語について話ができたりしたら面白いと思う」　ポプラ社刊

❺『**尾崎放哉 全句集**』――尾崎放哉 著

エリート社員だったが、家族も仕事も捨て、流浪の果て、小豆島で病死。破滅型の生涯で種田山頭火と並び称される自由律の俳人。「しんどいとき、僕も芸人の視点が入るから、俯瞰するとむっちゃ面白いことになってたりする。放哉が見ていたのもそんな景色だと思う」　ちくま文庫

❻『**人間失格**』――太宰 治 著

青森の大地主の息子であり、廃人同様のモルヒネ患者・大庭葉蔵の手記のかたちを借りた本作は、太宰の自伝であり、遺書ともいわれる。「大人になって、太宰が嫌いになったという人も多いのかもしれない。僕にとっては読むたびにまた新しく気づくことがあるんです」新潮文庫

❼『沈黙』

——遠藤周作 著

マーティン・スコセッシによる映画化でも話題。キリシタン禁制の日本に潜入したポルトガルの司祭は、日本人信徒たちに加えられる過酷な責め苦を目の当たりにして、背教の淵に立たされる。「神の沈黙という本質的なテーマを描いている。これを読んだら、次は『深い河』を読んでほしいですね」新潮文庫

（後記）運命の七冊は、現代文学を入れてしまうと、大江健三郎さん、古井由吉さん……、とすぐ埋まってしまうので、あえて現代文学以外で選んでいます。又吉君の『第２図書係補佐』（幻冬舎文庫）の巻末に、これとは別の、又吉君と僕の対談が収録されています。

（次の対談で、西さんと彼について話してます。ロシア語訳は、その後出版されました。）

×西加奈子(作家)
又吉直樹に贈る言葉

「ダ・ヴィンチ」2015年7月号/KADOKAWA　構成・文=河村道子

西　私が又吉さんと初めてお会いしたのは、二〇〇九年「太宰ナイト」開催前の飲み会。文則くんはもっと前だよね?

中村　その二、三年前かな。トークイベントをしていたら、ライターさんが来て、「よしもとのフリーペーパーで芸人さんが『銃』を紹介してましして。会えるなら、本人喜びますよ」と言われたので、「じゃあ、会います」って。芸人さんだからテンション高いよなと思って、ちょっと嫌だったんだけど。

西　嫌やったんや(笑)。

中村　そしたら暗がりに薄暗い人が立っていて。ぱっと見、芸人さんじゃないから、彼じゃないよね?って。建物も古かったたし、そこに何百年か棲(す)んでる地縛霊的な方かなと思った。

西　地縛霊!(笑)

中村　で、「今日はご足労ありがとうございます」って言うんだよ。〝ご足労〟なんて言葉、今どき使う人がいるんだなって思ってたら、「W村上ということで、連れてきました」って、しずるの村上くんとフルーツポンチの村上くんを紹介されたの。どういうボケかわかんなくてね。で、ネタも何も見ていないのに、見た感じの独特さで「絶対、売れるよ」とか、よくわかんないことを直観で言っちゃった。

西　そのあと、ほんとに三人とも売れたから、すごいなぁ。

中村　ほんとに(笑)。それが出会い。その時、本の話もしたんだけど、武者小路実篤とか、あのあたりの時代の小説のことは俺より全然詳しくて。本好きというレベルを超えている、ヘンな人だなと思った。

西　ヘンだと思ったんや（笑）。

中村　そう。俺ヘンな人好きなんだよね。あの時、〝読書芸人〟みたいな存在が生まれるとは予想もつかなかった。その後、俺お笑い好きだし、ネタを見てやっぱり独特で面白い人だなぁと思って。それから時々会うようになった。

西　小説、書くと思ってた？

中村　そうね。又吉くんが売れた時、本好きな芸人ということで、あらゆる出版社が小説を書いてくれって言ってくるだろうなって。でも、彼はどうやら断り続けてたみたいなんだよね。エッセイや本の紹介文を書いて、練習を積み、満を持して『火花』を書いた。だからいいものが書けたんじゃないかと。そこも彼のすごいところだと思う。

西　普通ならその時点で舞いあがって書いちゃうよね。

中村　『火花』は西さんの『サラバ！』を読んで、書こうと思ったって言ってたよ。

西　うれしいなぁ……。

中村　小説を書きたい気持ちは、ずっとあったと思うんだけど、やっぱりなにか後押しがないと始められないからね。これは俺の予想なんだけど、『サラバ！』は〝書く〟ということにも言及しているでしょう？　そこで「自分もやりたい！」と感動したと思うんだよね。だから文藝春秋は『サラバ！』に感謝しないと。

西　ハハハ（笑）。

中村　出版社の人からたまに言われたのが、「又吉さんに小説を書いてもらいたいんだけど、中村さんからも言って」って。でもそんなことしたら、プレッシャーになっちゃうから。

西　文則くんから言われたら、又吉さん、絶対、断れへん。

中村　でもこの前、無理な締め切りを言われた時、編集者に言ったんだよ。「交渉するからさ、僕の代わりに又吉くんが書くのはどう？」って。

西　最低やな、それ。又吉さんを売っとるがな（笑）。

中村　まぁ、そんなことしない。冗談だけど（笑）。

西　でも今ならそれ、ほんとに冗談にできるもんな。

中村　そうそう。だから『火花』は芸人さんが小説を書いたというレベルではないです。

『火花』は又吉直樹そのもの

中村　『火花』を読んだ時に思ったことは、文藝春秋の『火花』の特設サイトの書評ですべて書いたので、それ読んでいただければいいんだけど、作家のデビュー作、特に冒頭って、その作家の本質みたいなものが出るでしょう？　『火花』は太鼓と笛の音から始まるんだけど、一見何気ない状況描写に見えて、実は漫才をしている自分たちの声を掻き消す音として存在している。自分の存在意義を託して、人々に発しているものを掻き消す音。

西　うん、うん。

中村　その後、花火があがって、自分たちより美しいものをみんなが見る。漫才中なのに自分も見ちゃう。ああいう大きなものに対する憧れとコンプレックスからあの小説は始まっている。それに彼の最初のコンビ名、〝線香花火〟でしょう。

西　そうやな。

中村　そういうコンプレックスは、優れた表現者が共通して持ってるものだと思う。彼の本質が出てるということも小説として成功している証拠だと思う。

西　戦略的なところがないよね。もちろん構成として優れているけど、思いがけない素直さが出てしまっている。又吉さんはめちゃくちゃ優しい方だけど、人に気を遣わせるような過剰なサービスはなくて、ちゃんと距離感がある。小説にもそれを感じた。

中村　そうだね。

西　読者に対してのリーダビリティはあるけど、過剰なところも、急にバランスを欠くところもあって。でも、私はかえってそこにぐっときた。たとえば、先輩芸人の神谷と一緒に暮らしていた真樹さんが、後々子供を連れて歩いているところに、徳永が出くわす場面とか。あそこはほんとに又吉さんが書きたかったところなんやなと。揺らぎというか、思わず飛び出してきてしまったとんでもない優しさと祈りの部分に、わぁーっと触られる感じがした。

中村　たしかにね。

西　急に彼女の人生をぐっと出してくるところに、又吉さんの真樹さんへの想い、真樹さんのような生活をしている女性たちへの想いが祈りとして出ている気がした。〝絶対に〟って書いてたでしょう。彼女から美しさを剝がせる者は〝絶対に〟いない。〝絶対に〟って、小説ではなかなか書けないよね？

中村　そうだね。

西　あの想いがご本人らしい。静かな方ではあるけど、狂ったような情熱と優しさを持っていて、それが溢れでちゃったという感じがした。

中村　小説の構成を考えると、書かないほうがいいことってあるじゃない？　でも〝こう書きたい〟というのはあるもんね。

西　そうそう、あるやん。

中村　なるほどね……。そうか、あの場面を書いた理由はそれだよ。優しかったんだよ、彼が。

西　神谷さんの真樹さんへの扱いが許せない読者もいると思う。でも、真樹さんの優しさを書くことに尽力して、あげく彼女が絶対に美しいのだと書くというのは、作者としてとても勇気がいると思う。

中村　そこが作品の構成を超えて、読む人を感動させる。

西　小説って、切実さがほしくない？　心に残るものって、ちょっとした歪(いびつ)さとか、温度差がうわぁっとあるようなもの。

中村　いい意味での不完全性。

西　それが『火花』にはある。又吉さんそのもの。優しくて、アホで、全力で、美しくて。で、又吉さん、叫びたがりやん？　舞台のタイトル「咆号(ほうごう)」って、あったなと。

中村　本人は叫ばないけどね。叫びたいのかな？

西　マグマみたいなものをお持ちやから。小説で叫ぶっていうやり方が又吉さんっぽい。

中村　内にあるものは熱い。

西　とんでもないものをお持ちで。まず異形やん？

中村　異形！

西　暴力的にオーラがある。ちょっと怖いとこもあるよね。

中村　やっぱりすごいな、西さん。又吉くんのことを漢字二文字で表すなんて。

西　え？　異形？

中村　はっとしたよ。うわ、ぴったりだわ。

西　異形で異能でもある（笑）。

等間隔な視点の〝謙虚な〟頑固さを持つ人

中村　『サラバ！』に出てくる芸人さんいるじゃない？

西　あ、主人公の友人の須玖（すぐ）？　あの人、実は又吉さんが入ってるの。

中村　やっぱりそうか。

西　これあんまり言うと、「又吉さん乗っかり」って言われるから、言わなかったんやけど（笑）。

中村　いやいや、乗っかろうよ。『サラバ！』は売れて、結果も出ているわけだから、もう乗っかったっていい（笑）。

西　又吉さんの高校時代の話をうかがって、すべてのことに等間隔で接する人だなぁと思って。こういう目で世界を見られたらいいなと。尺度が自分にしかないからすごく強い。又吉さんってそういうとこ、あるやん？

中村　うん。

西　又吉さんが連れていらっしゃる芸人さんも、私たちから見たら意外な人が多くない？

中村　たしかにそうだね。

西　又吉さん的な静かな方を連れてくるかと思うと、一見めっちゃ明るくて器用に見える方を連れてきたりもする。でも、そういう人たちの苦しみもきちんとわかって接してるんやろな。須玖はそういうイメージ。

中村　何かしら入っているのかなと思ったんだよね。人物造形の時に、少し入ってきたのかな。

西　好きなものも等間隔。本に関しても。太宰や武者小路が好きなのはわかるやん。でも、たとえばミステリーのようなものも好きやし、ほんとに分け隔てないよね。自分の尺度でしか見てないから、これほど信じられることはないなって。人の選び方もそう。私と文則くんも偶然仲良かったけど、知らん人からしたら、私たち仲いいって思われないでしょう？

中村　思われないね（笑）。

西　作風も全然違うし。でも又吉さんは私たちの小説、両方とも好きでいてくれたわけで。選び方として信頼できるというか。

中村　頑固だよ。

西　頑固だね。もちろん意見はめちゃくちゃ聞いてくださるけど、自分の信念は一切揺るがない。それは閉ざしているわけじゃなく、たとえば流行っているから好きとかはないし、だからって流行りものが嫌いというわけでもない。自分が好きやったら好きだし、人の意見に左右されないもんね。

中村　そうだね。謙虚な頑固だ。

西　似てるよね？

中村　え？　俺と？

西　私からしたら、すっごく似てる。謙虚やし、やわらかいし、他人のこと、絶対傷つけへんけど、持ってるもんエグすぎで（笑）。しっかりしすぎて揺るがない。又吉さんも言ってたけど、文則くんもあの若さでデビューして、あの小説を書き続けるってどんなに困難なことやったかと思う。ボロクソ言われてたやん。

中村　ハハハ（笑）。

西　それでも書くもん、変わらへん。「好きなんはこれ！」というのをお持ちな二人。だから合うんやろなって。楽なんじゃない？　気ぃ遣い同士やけど、究極のところは絶対譲らないことをお互いにわかっているから。たとえば、又吉さんが文則くんの影響を一〇〇%受ける人やったら気を遣うと思う。でもお互い芯があるから。

中村　そうね。

西　だから二人を見てると面白い。『火花』の花火のことを圧倒的なものへの憧れって、文則くん、さっき言ってたじゃない？　それ文則くんに見てる気がする。

中村　いや、それはない！　俺の話はいいよ（笑）。

西　文則くんに認められることで又吉さんは救われると思う。

中村　そんなこと、ないって。断言するけど絶対違うよ。

西　そうやと思う。

飲んでる時は
こんなことを話してます。

中村　西さんは又吉くんと会ってる時、何話してるの？

西　「実は怖かった」って言われるくらい、私がいろいろ訊きまくってる。

中村　ハハハ（笑）。

西　又吉さんが何を考えてるのかを知りたくて。「それ、どれぐらい前から考えてたん？」とか、「いつくらいから結論に達してたん？」とか、全部訊いてる（笑）。全部答えてくださる。

中村　目に浮かぶわ（笑）。

西　『炎上する君』を書き始めた時にちょうど又吉さんに初めてお会いして一気に書けたの。それまでにない速さで。又吉さんにいただいた言葉とか、「今なんで、それ言ったん？」に対する答えみたいなことから広がっていって。『炎上する君』の文庫版には解説も書いてくださったんだけど、それにまたインスパイアされて『舞台』を書いて。私、又吉さんからめちゃくちゃ影響を受けてるよね（笑）。

中村　『炎上する君』は、たしか又吉くんが帯を書いた初めての本だよね。

西　絶対に最初の言葉がほしかったの。あの短編集は又吉さんにインスパイアされたから。今後、又吉さんに帯の依頼がめちゃめちゃくるって思ってたし。

中村　言ってたよね。

西　すっごく影響されてる。でも作品ってそうやん。最初のものからどんどん変わっていくけど、核みたいなものがあって、そういうものを又吉さんにいただいた。だから『サラバ！』を読んで、『火花』を書いたと言ってくださったというけど、もっと遡ったところではどっちが先かわからないよね。

中村　相乗効果だね。それはすごいことだよ。でも基本的に又吉くんが西さんからの影響を受けてると思うよ。

西　文則くんは、又吉さんとどんな話をしてるの？

中村　俺、二五〇個くらい悩みがあるから。それを聞いてもらっている。いつも「大丈夫ですよ」って言われるけど（笑）。

西　悩みを聞くことは？

中村　芸人さんだから相方さんとの関係っていう悩みもあると思ったんだけど、又吉くんから綾部さんの悪口を聞いたことは一回もない。褒めてばかり。

西　そうそう！　あと他の芸人さんを褒めると、超喜ばへん？　こちらとしては気を遣うでしょ。芸人さんの前で他の芸人さんが面白いっていう話をするのって。でも喜ぶんだよ。嫉妬とかしない。たまにアホなんかなと思う時ある。私利私欲がなさすぎて。

中村　あ、それから、お笑いについての質問もしてる。

西　ネタを見てもらっているんだよね？（笑）

中村　そう。こういうネタどう？って。あの人優しいから「いや、面白いです」って、いつも言うけど。

西　おもろいって言ってたけど「ただ独特すぎて誰にもあげられへん」って（笑）。

中村　俺の目標は、又吉くんを爆笑させることなのよ。又吉くんがお腹を抱えて涙を流すようなことを一回してみたい。まだ〝ハハハ〟みたいな、片っぽの唇を上げるくらいだから。それ、今後一〇年の俺の目標だね。

これだけは伝えたい
「めちゃくちゃ愛してる！」

中村　西さん、酔っぱらってたから覚えてないかな。『火花』が出る時、「又吉くんの本、売れんとな、文藝春秋の人がご飯食べられなくなるんやで」って、そう言ってたよね？

西　そういう言い方をしないと、又吉さんって喜べないんだよ（笑）。人のためじゃないと。自分のことじゃ喜べへんから。

中村　でもほんとによかった。こんなに大ヒットして。

西　ちょうど文則くんも『教団X』を出して、本屋さんに行くと、うちら三人の本が並んでて。それ見ると泣きそうになる。

中村　いや、俺からすると、並ばせてもらってる感が……。

西　そんなことないよ！　でもたしかに並びとして、『火花』ダーン！の後に『教団X』『サラバ！』みたいな（笑）。

中村　いやいや、俺のが一番隅だよ。でも、今まで三人だけで飲んだことはないよね。又吉くん、食べ物は何が好きなんだろう？

西　筍（たけのこ）よく食べてはった気がする。

中村　え!?　筍が好きなんだ。遠慮して好きなものを言わないからいつも勝手に注文しちゃうんだ。気が付いたら減っているから、まぁ食べてるのかなと安心はしてたけど（笑）。

西　それ、動物みたいやん（笑）。

中村　筍、置いておいたらテンションあがるかな。今度、山盛りの筍、置いておこう。って、それ、妖怪みたいじゃん（笑）。又吉くんが江戸時代にいたら、武士とかに見つけられて斬られるよね。

西　ハハハ（笑）。めっちゃ素敵な人やねんけど、たしかに武士に見つかったら斬られるで。物怪（もののけ）かって。

中村　「やめてください、怒りますよ」って言うだろうな（笑）。

西　「殺したら怒りますよ？」って優しく（笑）。ところで、この対談、大丈夫？　愛は伝わるだろうけど、悪口になってない？（笑）

中村　武士に斬られるとかね。

西　でも、私も文則くんも又吉さんのこと、ほんまにほんまに愛してる！

中村　そうそう。愛してるよってことは伝えたいね。

西　今度、絶対、三人で飲もう。

（後記）又吉君は、底知れぬ人だと思う。僕は普段、人のことを、こう発言するだろうとか、こういう発想を持ってるだろう、みたいに想像する（健全ではない）癖があるのですが、それをいつも超えて来る。西さんもそう。

×伊藤氏貴（文芸評論家）
×川上拓一（弁護士・早稲田大学名誉教授）

法の言葉で殺意を語れるか――文学的模擬裁判

――「文學界」2009年7月号／文藝春秋

『范の犯罪』を裁く

――五月二一日より裁判員制度が開始されます。これを機会に、文学作品の中で描かれた犯罪を、実際に模擬裁判員裁判で裁いていただきながら、「文学と法」というテーマで、元裁判官、作家、評論家、それぞれのお立場から幅広く議論していただきたいと思います。

俎上に載せる作品は、志賀直哉の短篇『范の犯罪』です。范という名前の奇術師が、妻を標的として演じるナイフ投げの舞台上で妻を死なせてしまいます。この小説は裁判官による周囲の者と范自身への取り調べという形で書かれますが、特に范が供述する内容は、この場で議論する材料に富んでいると思われます。

それでは、先ずは裁判長役の川上さんから、論点をご説明下さい。

川上　小説では、ナイフ投げの芸を生業とする范が投げたナイフが、妻の頸部にあたり、妻が亡くなってしまいました。殺意があれば殺人の責任を問われます。これが故意、つまり殺意に基づく行為なのか、あるいは誤ってしたことなのかが論点になるでしょう。殺意がなければ過失かどうかを判定し、それが認められたら、過失致死で責任が問われます。過失の場合は、業務性が認められれば業務上過失致死、業務性がないならば単純過失、つまり過失致死とされるでしょう。検察がどの罪名で起訴をしているかが小説では明らかにされていませんが、以上が想定される罪名、あるいは訴因となろうかと思います。

伊藤　業務上過失致死と単純過失致死というのは、どちらの方が刑は重いんですか。

川上　業務上過失致死です。ここでいう「業務」というのは、判例上「社会生活上の地位に基づいて反復継続して行う行為」で、「人の生命・身体等に危険を及ぼす類の行為」と定義をされるのが一般的です。范の場合、ナイフ投げは生計を立てるためにやっている仕事でかつ、非常に危険なことですから、業務性は成り立つでしょう。

中村　はじめに一言いうと、僕は裁判員制度には反対なんです。だからこの場に来ていいのか迷ったんだけれど、まぁ座談会だと思って参加しますと……。で、議論に戻りますが、とりあえず単純過失の線は消せますよね。このケースは、現在の裁判において殺人に問うことが可能な事例ですか。

川上　日本の検察は相当慎重ですから、検察官が九九％有罪という心証を抱かなかったら起訴はしません。そうした見地から考えますと、この場合は、検察官が殺人で起訴するのは難しいのではないかと思います。

中村　例えば強引に検察が殺人で起訴したと仮定すれば、未必の故意か、認識ある過失のどちらかでやるわけですか。

川上　確定故意は難しいでしょうが、未必の故意では起訴できると思います。仮にそれが認められない場合、今度は過失の中でも故意に近い、認識のある過失でいくでしょう。法廷で頻繁に使われる「未必の故意」というのは、「行為者が、罪となる事実の発生を積極的に意図ないし希望したわけではないが、自己の行為から、ある事実が発生するかもしれないと思いながら、発生しても仕方がないと認めて、あえてその危険をおかして行為する心理状態。故意の一種」ですが、一般の人には馴染みがない言葉かもしれませんね。

伊藤　この場合は、ナイフを投げるのは必ず一方で、他方は常に投げつけられる側です。また、怪我をすることは当然想定されていませんよね。

川上　そうですね、范の奥さんも、当たらないという前提で的となっていると思います。

中村　では、やはり殺意があったかどうかを話し合わなくてはなりませんね。

伊藤　范は、裁判官から「お前は妻を殺さうと考へたことはなかつたか？」と問われ、その瞬間はともかく、少なくともその日の朝まではあったということを認めています。しかし、その瞬間には明確な殺意は自覚していなくとも、ふだんから、死ねばいい、あるいは殺してやる、と思っていたとすれば、妻が死んでもかまわない、という程度の殺意はあった、と認められるかもしれません。

中村　范は、裁判官に「其前に死ねばいいとよく思ひました」と答えています。「其前に」というのがポイントだと思いますが、本人の自覚としては、妻には死んでほしいけれども、自分が殺す前に死んでくれればいい、というふうに思っていた、とも解釈できますよね。

川上　これは小説ですから、被告人の立場の范に語らせています。殺意というのは心の内面の主観的なことではありますが、本人が語らなければ認定できないわけではありません。刑法一九九条の構成要件に該当する事実、つまり、自分の行為が人を殺害するに足りる危険な行為であることを認識しながら、あえてそれをやることが殺意だ、というのが法律上の一般的な殺意の定義だと考えていいかと思います。

中村　となると未必の故意を適用するとしたら、認識説の中の蓋然(がいぜん)性説をとって、自分の行為の結果を認識し、かつ結果発生の蓋然性が高いと范が思っているに違いないから、未必の故意が成立、つまり有罪、となるのでしょうか。

川上　それもあり得ると思います。

中村　僕は、范に殺意はあった、でも、その殺意とは、范という人間の意識されないレベルにおいてあったもの、と思っています。「其まま力まかせに、殆ど暗闇を眼がけるやうに的(あて)もなく、手のナイフを打ち込んで了つたのです」と范は言っていますが、あてもなく投げたナイフが、妻の頸(くび)部に刺さっているわけです。頸の横を狙ったが、可能性としては、肩に外れてもよかったし、大きく外れてもよかったはずなのに、見事に頸に刺さって一撃で死に至らしめたのは、范の無意識の領域が、范という人間の技術を利用した印象があります。

伊藤　殺してしまう直前まで頭の上や脇の下では失敗しなかったのに、いざ頸のときには失敗するという確率、さらに、別のところに逸(そ)れてもいいのに頸に命中する、という確率を考えたときに、この両方が偶然に成立する可能性というのは相当低いんじゃないかと思うんですね。ですから、外形的には、いわゆる殺意認定がなされてしまう可能性がある。さらに正確に順を追ってみると、まず頭の上に一本、そして両脇に一本ずつ、それから頸の左側に一本、計四本はわずかな誤差はあれとりあえず成功します。しかし、次の一本、頸の右側に打とうとしたナイフだけが失敗して頸に命中する。しかも、頭の上、両脇、頸の左に既にナイフが打たれているわけですから、妻の方は逃げようにも身動きできない状況に追い込まれている。故意だとすればかなり計画的だと見ることさえできそうですね。

中村　「次に右側へ打たうとすると、妻が急に不思議な表情をしました。発作的に烈しい恐怖を感じたらしいのです」という箇所もポイントだろうと思います。

ここからは、殺人の瞬間の人間の内面に対する興味も多分にあって、勝手に想像して言いますが、さきほども言いましたが、范がまだ意識していないレベルでの、実行性のある殺人の欲動はあったと思うんです。しかし、主人公はそれをある程度コントロールしてもいたから、この事件が起きるまでは何もしなかった。そんな中、妻が〝急に〟不思議な表情をします。このとき、妻が不思議な表情をしなかったら、おそらく范は妻にナイフを刺さなかった、と僕は思っているんです。范はそのときの心情を語っていませんが、ここで起こったことは、自分が動揺しているのを見透かされ、その瞬間にさらに動揺し、無意識の領域の欲動に呑み込まれてしまったのではないか、というのがまず一つ。

二つ目は、あえてまた法律とは遠く離れた言葉を使いますが、その瞬間、裡にあった殺人衝動のようなものを、妻という他者の認識によって強固に、はっきりと主人公に自覚させてしまい、動揺を引き起こし、そういう衝動に主人公が吸い込まれた。

さらに言うと、「私は只その恐怖の烈しい表情の自分の心にも同じ強さで反射したのを感じたのでした」とあります。自分の心に相手の恐怖が反射した。そのときに、范は自分が殺すかもしれないと恐怖した。それを非常に強く意識したときに、その動揺で、意識が後退してしまったとも言える。

最後に一つ。これもまたあえて法律から相当遠い言葉ですが、恐怖の向こうにある殺人という実現の引力に引き寄せられたというか、抗いきれなかったのかなと思うんです。自分の中の欲動に人間が呑み込まれるときというのは、いろいろ恐怖を感じると同時に、いわゆる快楽、爽快感といってもいいものがあるのではないか、と。

僕はおそらくこの全部が、大小あれ、同時に起こった可能性もあるのではないかと思うんです。例えば、「打ち込んで了つたのです」と書かれていますよね。僕なら「打ち込んでいた」というふうに書くことが多いのですが、志賀直哉は「了つた」、と何か過失でもあるし意志でもあると取れるように書いています。でも、このとき、主人公は相手の喉の頸動脈は見ていない。「暗闇を眼がけるやうに的もなく」投げているわけです。だから、完全に欲動に屈伏しているわけではない。そのあてもなく投げたナイフが、頸部に命中してしまう、というのがこの世界の現象の恐ろしいところだと思います。
　范という「人間」、意識も無意識も含めた「人間」としての范には殺意はあった、と僕は考えます。が、人間のあらゆる面を書くのが仕事の作家という立場から言うならば、それは罰せられるものではない、という結論に達しました。大いに矛盾していますが。

無意識の殺意は殺意なのか

伊藤　文学的で、范の内面を抉ったすごくおもしろい解釈だと思います。私はあえてプロザイックな読解に徹しますが、今、中村さんがおっしゃった、妻の恐怖を感じ、それがお互いの心に反射するように感じて、「眼まひ」がしたという箇所がやはり気になります。その直後に「が、其まま力まかせに」ナイフを投げたとあるからには、やはり積極的な殺意ではないとしても、もしかしたらやってしまうかも、というくらいの意識はあって投げてしまったのではないか。今日は睡眠不足でもあるし、あるいは心理的にも変調を来しているという自覚も十分にあったはずです。「今日の上ずつた興奮と弱々しく鋭くなつた神経とを出来るだけ鎮めなければならぬと思つた」と自分で言っているくらいですから。万が一にも妻を傷つけてしまうという意識があったのであれば、そこで思い止まることもできたはずです。ここであえて「其まま」ナイフを投げてしまったということは、それを積極的な殺意というべきかどうかわかりませんが、やはり死んでもいい、あるいは怪我をさせる可能性については考えていた、と読めるのではないでしょうか。

川上　法律でも、「中止未遂」という、殺人なら殺人という実行行為に着手して、途中で自分の意思で止めた、という概念はありますね。実は、私の結論も、今お二人がおっしゃったのと同じで、「未必の故意」で殺意はあったと考えています。というのは、「其時漸く私は今日此演芸を選んだ事の危険を感じたのです」とあります。前日、妻と諍いがあって、朝から口もきいていない。いよいよ舞台が始まる。そして自分でもおそらく変調を感じているわけですね。そこで、体調が悪いので、急遽ほかの演目に変えてもらうなどすれば、犯罪に至らないわけですね。しかしながら、范の場合は、あえてナイフ投げをやっているわけです。

それから、もし頸に突き刺さるかもしれないという認識があったのなら、これは未必ではなくて、むしろ確定殺意だと思います。

中村 では范は有罪になってしまいますね。

川上 あとは、彼の自分の心の模様についての供述と、それにプラス、奥さんと不仲で、前日諍いがあった、という事実は周りの人からの供述などで、証拠は得られそうですよね。また座長にしろ助手にしろ見ていた人から、どうも范がナイフを投げるときの様子がふだんと違っていたという供述が得られれば、彼の心が動揺していることが客観的にも裏づけられるわけです。そうなると、「未必の殺意あり」の認定のほうへ大きく傾いていく可能性があるんじゃないかと思います。

伊藤 業務上過失致死と殺人を分けるものが、法律上では、「殺意」にかかっているんですか。

川上 そうですね。ですから、業務上過失致死が問われるのは、昨日は喧嘩したけれども、恋女房であって、いつまでも一緒にいたい、そういう思いがある。しかしながら、体調が悪い。お客さんもいっぱい入っているし、とにかく急にやめるわけにはいかない。絶対、女房に当ててはいけないし、当たってはいけないと思いながらやったけれども当たってしまった、という場合ですね。

中村 供述によれば、生まれた子どもが他の男の子どもだった、という過去の歴史があって、ずっと仲がよかったわけではないですからね。まあ仲がよかったとしても、根底にそういう思いがあったとなると、またいろいろ話は変わってくる。しかし困ったな、これが有罪になってしまうとは。これは僕個人の考え方ですけれども、小説家は誰かを裁く存在じゃない、と思っています。様々な人間の視点に立って文章を書きます。それに、僕はどちらかというと、自分が裁かれる側なんじゃないかというふうによく思っていて、すごく恐怖を感じるんです。だから、すごく矛盾しているんですけれども、殺意はあったと言いながら、僕は無罪に一票を入れます(笑)。

伊藤 業務上過失致死だと懲役五年までということですが、殺人だと量刑はどうなっているんでしょう。

川上 法定刑が平成一六年改正で上がりまして、以前は死刑または無期もしくは三年以上の有期懲役だったんですね。これが今は、五年以上の有期懲役と、少し重くなりました。ですから、業務上過失致死とは全然比べ物にならないわけです。

中村　これ、もしも殺意があったとするならば、量刑はどれぐらいが適当になるんですかね。

川上　おそらく下のほうでしょうね。

伊藤　私は、中村さんの葛藤をすごく面白く聞いています。殺意を見いだしたにも拘らず、言ってみれば、殺意なんかあってもいい、それでも范は悪くないいんじゃないかというご意見ですよね。

中村　要するにこのケースでは、極論すれば、ある種の被害者的殺意です。范が殺意に呑み込まれてしまった、ということです。

伊藤　ここにはそもそも無意識の殺意は殺意なのか、という根本的な問題があって、そこで范の運命がものすごく大きく分かれてしまう。もしかすると私は『范の犯罪』の場合ではなくて、現在の法律上での量刑そのものを問題にしているのかもしれませんが、本人ですらわかり得ないような殺意の有無によってそこまで差が出てしまう量刑が果たして妥当と言えるのでしょうか。

川上　私も模擬裁判で裁判員役の方とそうした議論をしたことがありますが、殺意というのは、明確に、行為をする本人が「殺してやろう」ということでナイフを投げるとか、ナイフで刺すという場合は、問題になりません。ところが、無我夢中で、というのがあるんですね。例えば、夫と妻とが些細なことから口論になって、夫が妻のことをポカリと殴ったところ、風呂上りの夫に対して奥さんが果物ナイフを持ってきて歯向かおうとする。夫は、危ないからやめろと言って妻を押さえようとする、それに対して妻が抵抗して、至近距離でもみ合いとなり、妻が持っていたナイフでめちゃくちゃに夫の体を刺すといったケースなどですね。これはまさに無我夢中なんですね。おそらくそうした状況では、奥さんは明確には殺してやろうなどと思っていないと思います。しかし、行為の結果は、少し頭を冷やして考えればわかるわけです。そういう状況であるということを認識している以上は、それが法律概念でいう殺意なんですね。

無我夢中でやりましたというケースはよくあるんですが、それでも殺意あり、という認定はできるわけです。

カミュ的なアプローチはできない

伊藤　なるほど。法ではあくまで、本人にそのとき失われているかもしれない理性というものによって、やはり裁かれてしまうのですね。

川上　そういう意味では、明確な「殺意」という実体があるのではありません。先ずは客観的な行為の外形ですね。それから推測をして、自分のやっている行為の意味を知りながら、あえてそういう行為をやっている。それが法律上の殺意ということになります。

伊藤　「殺意」というのはやはり語感から言っても、内側から湧き上がるもの、という感じがしてしまいます。中村さんがお話しなさったように、自分自身が何かの拍子に人を殺（あや）めてしまった、というときに、この人を殺したいと果たして思っていただろうか、と自分の内部に問いかける、という発想で「殺意」という言葉を捉えてしまいますね。でも、今の川上さんのご説明であれば、その瞬間の気持ちというよりは、冷静に考えたときに、その行為を行うことによって相手が死に至るかどうかを本人が判断できる状況にあったか、というところなんですね。それはやはり、法律に慣れない者としては、「殺意」という言葉がちょっとしっくりこないという感じがします。

中村　でも、「殺意」というものを、意思のレベルでの殺意ではない、ふつふつとした殺意として捉えたとしたら……。たとえば実行しない殺意ってありますしね。

伊藤　そう考えると、殺意というのは、動機の問題になってくるのでしょうか。つい先日、和歌山の毒入りカレー事件の林真須美被告に対して、動機が不明のまま死刑判決が確定したじゃないですか。動機というのは、量刑にはあまり関係しないんですか。

川上　いや、「汲むべき動機がある」という場合には、相当程度量刑にも影響してきます。現にそういう事件があるのですが、例えば、家庭内で性的虐待を受けていて、ついに耐え切れなくなって加害者を殺害したなどという事件の場合には、動機の十分に考慮された量刑がなされています。

伊藤　動機と殺意の関係ってどうなんですか。この場合でいえば、正直なところ、動機は十分という気がします。范は妻を憎んでいた。自分でも言っているとおり、死んでもいいと思っていた。動機はあったと言えるんでしょうか。

川上　子どもが生まれたけれども、実は自分の子ではなかった。そして、妻を疑うようになって夫婦の間が冷めていく、ということですよね。范は自分でそれが動機となった、という捉え方をしていますが、果たしてそれが直接の動機と言えるのかどうかというと、ちょっと、いまひとつという感じもしますね。

伊藤　そうなんですか。私は、動機は十分で、殺意については微妙かもしれないと思っていました。

中村　犯人が「だって、ナイフが鋭かったから」という動機だったと言ったら、どうなります？

伊藤　カミュ的な、動機と言えるかわからない動機ですね。

川上　少なくとも裁判という場での判断では、客観的な動かない事実、それを固めていくというアプローチで事実認定が行われます。ですから、先ほどお話がありましたけれども、裁判の場では、カミュ的な迫り方はできないのではないかと思います。

伊藤　だとすると、殺意の有無によって量刑がそこまで変わってしまうというのが問題ですよね。結局、死んだのは同じ一人だというのに、罰の重さがそこまで違ってしまうというのは。これは、明治の刑法からそうなっているんですか。

川上　そうですね。しかしこれは、明治というより、古今洋の東西を問わず、少なくとも近代刑法ができて以来のことですね。要するに、殺意というのは、「汝人を殺すなかれ」、そういう規範が法律以前にあって、行為者はその規範に直面しているわけです。それにもかかわらず、あえてそれをやるから重い処罰を受けることになるということです。業務上過失致死の場合は、妻を標的としてナイフ投げという危険な行為を行う場合は十分注意をしなさい、という規範はあります。ところが、不注意によって妻にナイフを当ててしまったということで、「汝人を殺すなかれ」という規範には直面していません。したがって、量刑だけではなくて、犯罪類型としても「殺人」と「業務上過失致死」に分かれているわけです。

伊藤　判事の方々は経験や判例という積み重ねがありますから、「殺意」という言葉を自然に使えるんだと思うんです。さっき川上さんがおっしゃった言葉を使って「死の認識」とか「死の認容」と言いかえてくれればわかる気もしますが、「殺意」というのはやっぱり「殺す意志」として明確に自覚されているもののような感じがしてしまいます。そういうところは、やはり裁判員制度というのは難しいなと思います。法の言葉の問題がありますね。一日二日の集まりで、一般人がいきなり「殺意」という法的言葉遣いに納得できるか。いまどうしても決めなくてはならないとすれば、「殺意あり」という結論になるのかな。

川上 仮に、この范の事件が殺人で起訴されて、殺意なしという意見の裁判員の方がいたとしても、多数決で殺意ありということになったら、今度は有罪を前提とした量刑の評議に移ることになります。これは「殺意あり」という結論になった以上、参加せざるを得ません。

范はなぜ「愉快」になったか

中村 では、量刑へ行きましょうか。もしも殺意があると仮定すると、それが通った場合は、一般的なケースでは何年ぐらいが適当ですか。

川上 それは裁判員のお二人が、思いつくままにおっしゃって下さい。

中村 無罪です(笑)。でもまあ、現行法では、五年以上ですよね?

伊藤 有期というのは何年までなんですか。

川上 現行法では二〇年ですね。

中村 僕は無罪と言っているぐらいですから、最低の五年です。

伊藤 私はまったく見当がつかないんですが、もう既に范は幸せになってしまっているので、何年でもあまり変わらないんじゃないかと思います。「愉快でならな」い、とさえ言っていますので。

中村 求めているのが「本当の生活」ですからね。懲役何年でも、たぶん彼はいいんですよ。キリスト者ですしね。

伊藤 キリスト者ということに関して一つ言うと、「愉快でならなくなりました」という前に、「前晩殺すといふ事を考へた、それだけが果して、あれを故殺と自身ででも決める理由になるだらうかと思つたのです。段々に自分ながら分からなくなつて来ました」とあります。そして興奮して、愉快でならなくなった。さらに、「私にはもうどんな場合にも自白といふ事はなくなつたと思へたからです」といっていて、愉快になった理由が、もちろん妻からの解放もありますが、自白とか告白という、自分の内面からの、それを言語化するところからも解放された自由、というような感じもするんですね。そうすると、これはフーコー以来の考え方ですが、自分にやましいところはないかと常に内面に問いかけることから解放されてしまった。キリスト教的な告白の強要からも解放されたのではないでしょうか。となれば、もう最悪の場合、死刑でも、この人は全く不幸ではないのでは、という気さえします。量刑を決めるときは当然、その被告にとって何が辛いかということは、考えるわけですよね。

中村　でも、この人、一応ですが無罪になろうとしてはいるじゃないですか。だから、たぶんそこまで世間的にずれてはいない。この喜びは、内面からも解放されて、お上からも解放されての喜びです。これはだから、ひょっとしたら法というものの限界を示唆するのかもしれませんね。

伊藤　どうしてもその限界の内部で考えるとしても、有期懲役五年から二〇年、無期、死刑というのは、幅がずいぶん広いと思います。

川上　日本の刑法は、非常に法定刑の幅が広いということで世界的にも有名なようです。制定されたのは明治四〇年で、施行以来一〇〇年余りの裁判例の積み重ねがあります。殺人なら殺人でいろいろなタイプの事件がありますので、似たタイプの事件での量刑の傾向を調べるんですね。裁判が公平であるということは最も重要な事柄ですから、同じようなことをやった人は同じような処罰を受ける。これでないといけないわけです。

中村　判例主義が悪いとよく言われますが、僕は必ずしもそうは思いません。今まで培ったもので、何とか真理に近づけていこうとしているのですからね。だから、僕の結論では無罪だけど、五年以上と言われてしまったから、いちばん低い五年と、しぶしぶ言ったという感じです。

川上「私にはもうどんな場合にも自白といふ事はなくなつた」と范が最後に述懐しますが、ここら辺を読みますと、相当悪いやつだなと思います（笑）。まさに用意周到なんです。いかにも事故であるかのように装い、しかも、裁判官を騙しています。量刑を考えるにあたっては、いわゆる一般予防と、特別予防を考えなければなりません。一般予防というのは、社会全体に対する注意で、こういうことをやったらこういう罰を受けるんですよ、ということですね。特別予防というのは、その行為を行った行為者の改善、更生を考えるということです。その二つのバランスの上に立って、しかも先例を見ながら、どういう刑が適当かを考えることになるわけです。

中村　しかも、この経験をしたことによって、繰り返さないとも限らないですよね。こういう状況で、自分は人を殺すことができてしまったという経験によって。

伊藤　命がけの奇術というのは他にもありますから、類似の事件が起こることもあり得るんじゃないでしょうか。

中村　予防という面でいうと、范はけっこう危険かもしれませんね。もともとナイフで人を刺せる実力がありますから。

川上　そこら辺を若干重く見ると、最下限よりはもう少し上に行く量刑もあり得るのかなという感じですね。ただ、基本的には、全体の流れからしますと、それほど強固な殺意に基づく犯行ではないようですし、本当に紙一重だという要素も多分にうかがわれます。

伊藤　ところで、妻と別れればいいじゃないかと言われたときに、范は、いや、それは全然違うんだ、と言っていますよね。妻がいやならば別れるなり、自分が出て行くなり、妻を追い出すなりすればいい。しかし、彼から別れを告げないのは、どこかに妻の存在そのものを消したい、という殺意の強さがあったんでしょうか。

中村　妻に離婚を告げて追い出したら自分に罪の概念が残るから、自分が殺す前に死んでくれれば、自分は無罪でいられるということでしょうか。基本的に無罪願望があるんでしょうね。

川上　彼はキリスト者ですから、離婚はおそらくできない立場ですよね。そうなると、妻との関係を断つ方法を考えたのかもしれません。

裁判官はなぜ興奮したか

伊藤　なるほど。やはりきちんと仕留めたということからすると、彼の言うことを全部信じて、その瞬間の自分の気持ちが自分でもよく分からなかったのだとしても、もともと殺す気はかなりあったのではないかという気がしますね。

しかも、この夫婦は、夫がどこかに仕事に行くわけでもなく、常に生活をともにしていて、仕事も一緒で、その仕事の内容もペアでやる。二四時間一緒にいなきゃいけないということからすると、もう息が詰まって、とにかくここから脱出したい、というふうには常に心の底では思っていたんじゃないかな。そうすると、量刑も最下限よりはもう少し重くてもいいように思えます。判例での比較の対象がわからないのですが。

中村　わからないときは、実際の裁判員制度の場合では、裁判官に質問ができるんですよね。

川上　はい、そのための資料がありますから。検察官や弁護人もそういう資料に基づいて論告をし、弁論をするという、おそらくそういうことになるだろうと言われています。

中村　それでは、裁判長の判決をうかがいましょう。だいたい何年ぐらいが適当ですか。

川上　そうですね、おそらく五、六年から七、八年ですね。

中村　五から八ぐらいですか。じゃ、僕が五年で。

伊藤　私は重いほうで七年と。

川上　よろしいんじゃないでしょうか。仮に私が六年といたしますと、裁判員法六七条二項に従って、被告人にとっていちばん不利益なのは七年、それに過半数になるまで順次利益な意見を足し、過半数に達したところで最も利益な意見の量刑意見で決めることになっています。この模擬評議では、三分の二で過半数になりますから、六年という刑が評議の結論ということになります。

中村　量刑が確定したところで、あらためて振り返ってみると、この小説のいちばん恐ろしいところは、無意識の殺人の声に呑み込まれたことによって、この主人公が幸福になってしまったことです。そしてこの小説のいちばんブラックなところは、最後に裁判官が、「何かしれぬ興奮の自身に湧き上がるのを感じ」ている箇所ですよね。つまり、裁かれない殺人によって人間が幸福になったという、この事実に対して裁判官はおそらく興奮したんだろうと思うんです。そして「其場で『無罪』と書いた」。

川上　普通、裁判官は興奮しません。まさに淡々と、という性質の仕事ですから。それから、これは小説ですからそう書かれているのでしょうが、裁判官が直（じか）に被告人を訴追するということはありません。この小説では、江戸時代のお奉行様のお白州（しらす）風に描かれていますね。

伊藤　現実には絶対あり得ない、と。

　ただいずれにせよ、最終的に私たちの下した判決は、志賀自身の判決と逆の結果になりましたね。

中村　これが裁判員制度の効用ということでしょうか。いや、どうだろう（笑）。

　でも、もしもこの主人公の今後を書くとしたら、范は小説上の裁判では無罪になったけれども、キリスト者でもありますから、自分の中のそういう欲動に対して自分自身で自分に科す罰、ということもテーマになるのかな、と思います。

法廷における物語化

中村　僕は、文学はそもそも何かを裁くものではない、と思っています。それぞれの職業に固有の立場があると思うんです。裁判には裁判官などがいるし、火を消すには消防士がいる。さっき、『范の犯罪』がとてもブラックで恐ろしいと言いましたが、作家の仕事は、その恐ろしい現象をつかみ出して表面化することです。

小説が法の助けになるかどうか、僕はわからない。ただ、人が裁かれるという現象は興味深いから、文学としては放っておくわけにはいかない。「戦争日和」(『世界の果て』所収)という小説を書いたのですが、ある男が部屋探しをするところから始まります。あれも部屋探しと言いつつ、裁判を書いたんです。部屋を借りるにも、審議をされるわけですから。

伊藤　作家が小説を書くのとはちょっと違うだろうと思いますが、法廷でも裁判を有利に運ぶためには、一種の「物語」を構築するストーリーテリングの能力が要求されると思います。情緒的なものも踏まえて、因果関係を明確にし、いかに裁判員を納得させるのかが判決を左右する。実際にアメリカでは弁護士などが、物語の作り方を学んでいる。

ケネス・バークは、「動機」を、シーン(光景)、アクト(行為)、エージェント(誰が)、エージェンシー(どうやって)、パーパス(目的)の五つに分けましたが、アメリカの陪審制度では、この五つをきちんと満たした物語を作ることが、裁判に勝つ方法だと言われています。おそらく日本の裁判員制度でも、その五つをきちんと満たしていないと、ストーリーが弱いということで、不利になる可能性はあるでしょう。和歌山カレー事件の場合でも、「なぜ」というパーパスの部分がわからないから、裁判員が裁くのは非常に難しくなるはずです。

中村　物語の対決のようになるんでしょうか。検察がつくり上げた物語対弁護士がつくり上げた物語というような。

伊藤　諸価値の闘争ならぬ諸物語の闘争になるのではないでしょうか。

中村　しかし元々、それぞれの人間の人生がストーリーであると考えれば、自然とそこに眼がいくはずなんです。その着眼点が検察と弁護士では違っていて、自分の立証に有利な物語だけを作っていく。新しい現象ではあるけど、人生そのものが既に物語なので……。より意識的にその物語が組み立てられていくということなのでしょうか。

伊藤　日本ではまだこれから始まるところですから、私も実際どうなっていくのかはさて……。

川上　裁判員裁判を迎えて、検察官、弁護人などいわゆる当事者である法律家は、これまで以上に裁判員に理解してもらわないと自分の望む結論が得られなくなるといわれています。従来の裁判官だけの裁判の時代にも、証拠調べの前には、検察官は冒頭陳述といって、証拠によって証明しようとする事実を詳細に述べ、それを裏付ける証拠を提出していました。裁判員裁判においては、弁護人にもこの冒頭陳述を行うことが義務づけられています。わかりやすい主張(ストーリー)とわかりやすい立証、これが特に強調されるようになりました。

ですから、日弁連がやっている刑事弁護人の研修でも、ケースセオリーが重視されています。弁護側から見たこの事件はどういうストーリーか、をしっかりと頭に描いて、それに沿った立証計画を立てることが大切だと言われています。

中村 つまり、より腕を求められるわけですね。

伊藤 物語形成の出来によって判決が変わる、というのは怖いところがありますね。

中村 懲役の年数の違いなら、まだいい。しかし、日本には死刑制度があります。死刑制度があって、量刑を一般国民が決めるのは、先進国では日本だけです。それは、とても恐ろしいことだと思います。先進国で死刑があるのはアメリカと日本だけで、アメリカは陪審制度ですから、原則的には量刑は決めない。

運良く——とあえて言いますが、加害者にも被害者にもならなかった人たちが、くじで選ばれて、他人に対して死刑と判決を下した記憶を持ってしまう。本来は、訓練された裁判官たちが、苦悩の中で仕事として進めていくべき作業です。それとは反対に、例えば死刑でなく無期懲役を下して、被害者の家族がそのショックで命を絶ってしまったら、一般の人がそれに耐え得るのか、また、耐えなくてはいけないのか、その根拠は何なのか。そう考えると、やはり僕は裁判員制度には反対ですし、一般の人にはできないと思います。

川上 中村さんがおっしゃるとおり、裁判員制度というのは裁判員の方に大変なご負担をおかけすることになると思います。しかし、なぜあえてそうした制度を採り入れたかを考えてみますと、これまで日本の刑事司法は、職業裁判官、検察官、弁護士というように、法律のプロだけが行ってきた世界でした。一方国民のほうも、プロに任せておけばそこそこきちんとした裁判をやってくれていた、と評価していました。しかし、その反面で、プロに任せていたがゆえに、例えば一審の判決が出るまでに一〇年以上もかかるという事件も稀(まれ)ではありませんでした。これは先進国の中では非常に特異な現象であって、刑事裁判のあり方として果たしていかがなものだろうかと言わざるを得ないわけです。

国や地方の政治を思い浮かべてください。私たちは、国政選挙や地方選挙において「投票」を通じて政治に参加してきました。しかし、司法の分野においては、国民の参加は、衆議院議員総選挙の際に行われる「最高裁判所裁判官の国民審査」があるだけでした。国の行う仕事の中で「司法」だけが、長い間、プロだけの手で行われてきたわけです。その結果どうなったかといえば、「司法」は近寄り難いもの、難しいもの、プロに任せておけばよいものとして、国民からは遠い存在になってしまっていたわけです。

国民主権といいながら、これで良いのか、これを指摘したのが、二〇〇一年六月に公表された「司法制度改革審議会意見書」です。

中村　ただ、今のこの状況で裁判員裁判を始めると言われても、よくもまあ、このまま進んでしまったなあ、おい、というのが正直な印象ですね。国民が司法に入るのは賛成だし、専門家たちだけに任せてはいけないという考え方があるのはわかるんですけど、いきなり量刑判断はないでしょう。

川上　もっともなご意見だと思います。ただ、これは審議会の先ほどの提言があって、それを踏まえて、さまざまな選択肢の中から決定された制度設計ではあるんです。しかし、いろいろ考えてみますと、やはり基本的な方向性は間違っていない。「司法」のことはプロに任せておけばいいと考えている多くの国民にとっては確かに荒療治であることは否めません。しかし、人間が社会の仕組みとして生み出した「裁判」という制度の変遷の歴史、また、時代の流れというものを考えてみますと、私としては、この新しい国民参加制度は必然的なもののように思われるわけです。

陳腐な物語と文学の役割

中村　たとえば、死刑判決の場合、一般の人にそういう負担を強いるのではなくて、裁判官にその責任を引き受けてもらいたい。そこの責任は自分たちが全て引き受けると。それが確固たる職業としてのあり方じゃないでしょうか。やはり人間にとって、命というのは重いんですよ。

死刑という行為の根本はどこにあるかを考えると、それは裁判官ではなくて、国家権力だと思うんです。国というものがあるから死刑にできるわけです。刑務官も、国が了承しているから、他人を押さえつけて刑を執行せざるを得ない。

国家権力をバックに、誰かに死刑判決を下して、その死刑という実効性を持つ言葉の根拠はどこにあるか問われたら、国ですとなる。僕はとてもじゃないけどそんな不確かな決断はできないです。もっと言えば、まあ、戦争を肯定することにもなりかねない。たとえば、僕らが人を殺したら犯罪ですけれども、戦争として行けば、国としてであればそれはオーケイなんだというところまでつながってくる。

伊藤　たしかに現在、死刑は国家権力によるものでもありますし、ただしかしかつては市民たちが裁判権を権力者からもぎとったことの象徴でもありましたね。

今回の話に戻すと、裁判員制度によって、何か今までと変わるところがあるとすれば、情に訴える方法論が今までより有効になってくるのではないでしょうか。

中村　そうすると、結局、遺族がいなくて、たった一人で生きてきた人のとき、また量刑が変わってくる危険もあるでしょうし。今、マスコミや世論によって量刑が変わる現状がありますね。その中で、本当に気の毒だなと思うのは、遺族の方たちの負担が逆に大きくなってきているような状況が僕はある気がして。本当なら当然重い刑を望んでいいはずなのに、世論によって左右されるのなら、顔を出さなければならないのか、インタビューにも答えなければならないのか。本当にこれはどういうことになってきたんだろうと思っているときに、また裁判員制度がそこに加わってくるわけで。

川上　今のご指摘の点なんですが、被害者参加というのは去年（二〇〇八年）の一二月からですね。法廷に被害者あるいは遺族の方が参加して意見を述べたり、あるいは証人に尋問したり、被告人に質問したり、検察官と一緒にいわゆる論告、意見を述べることができるという制度が実施されるようになりました。今般始まった裁判員裁判の対象事件の中にも被害者の方が参加できる事件があります。

中村　裁判員から言わせれば、遺族を目の前にしたときの感情と、たった一人で生きてきて、そういうことをしてくれる人がいない人が殺された場合において、心情が変わってくる危険が、僕はかなり大きくなるんじゃないかと思うんです。そうすると、一人で生きてきた人は死に損ということにもなりかねない。同じ命です。

川上　情に訴えるのが有効だという見方は、裁判員制度導入が決まってからいろいろ指摘がありましたけれども、模擬裁判を重ねる中で、裁判員の方々も様々な立場で、それぞれに豊富な経験をされていますから、情に流されたりせず見るべきところはきちんと見ているということで、今はあまりそうした議論はないようですね。

むしろ今言われているのは、法廷でいかにわかりやすい訴訟活動をするかということです。従来の法廷はプロ同士の仕事場ですから、検察官も弁護人もわかりやすい立証をしようなんて考えたこともないわけです。ところが、裁判員の方は証拠書類を読むなんていう作業はやりませんから、いかに法廷でわかってもらえるかで勝負がつきます。検察側も弁護側も、なぜその証拠を出したのか、それによってどういう事実を立証したいのか、これを一つ一つ丁寧に説明しなくてはならず、そういう意味でのわかりやすさが求められます。

伊藤　アメリカで、陪審員を味方につけるのに何がいちばん戦術として有効かを調査した実験があります。たとえば情に訴える方法、あるいは犯人、被告にどういう服を着せるかとか、そういう細かい法廷戦術もたくさんあるそうですが、最も有効な手は、さっき言った五つの要素をきちんと整えて、因果関係をきちんと説明した物語化だと結果が出たそうです。

川上　そうした意見があることは私も承知しております。それはおそらくそのとおりだろうと思います。要するに、被告人がどんな格好で出廷するか、などということは正に枝葉末節なんですね。そんな表面的なことで結論が大きく左右するということはちょっと考えられない。中には、ちょっと心を動かされる裁判員の方がいたとしても、必ず全員で議論しますからね。裁判員を見くびってはいけないと思います。

伊藤　でないと、小説家のような物語がつくれる人ばかりが裁判に強くなるということになります（笑）。

川上　そうですね。しかも、物語も、単なる物語ではだめで、証拠によって裏づけられているものでなければならない。そこがいちばん難しいところじゃないかと思います。日本の刑事訴訟手続きというのは、当事者主義といいまして、主張・立証の責任を当事者に負わせています。検察官は訴追する側として主張し、立証する。弁護側は訴追を受けた側として、いかにそれを防御するかということで、主張・立証する。裁判所は判断者、ジャッジの立場に徹する、これが原則ということになりますが、当事者は必ずしもわかりやすい立証をやってくれません、また、主張が明確でないこともあります。そのため、これまでの裁判所は、相当程度前に出ていって、その点はどうなんですか、この点は証拠はどうなんですかという具合に、これを求釈明といいますが、当事者に対していちいち口出しをやっていたわけです。しかし、裁判員裁判では、当事者の行った主張や立証が今いったようなものであるとしたならば、裁判員には何も伝えることができないということになります。だとすると、検察官、弁護人には、本当の意味での訴訟の当事者として、自分のやるべきことをしっかりやっていただかないと、有罪になるものもならないし、無罪になるべきものもならないということがあり得るわけです。

去年の秋に、ＮＨＫが行った裁判員裁判の模擬裁判で、裁判長役をやったんですが、そのとき扱ったのは、まさに死刑か無期しかないという事件でした。裁判員役の方々は、ごく平均的なサラリーマンや家庭の主婦といった、平均的市民の方でした。そうした方たちと三日間法廷の審理に一緒に立ち会い、様々な議論を重ねて三日目の夜に死刑という結論で判決を言い渡しました。

この模擬裁判を通じて得られた感想ですが、まず第一点として、裁判官役と裁判員役の方との間で、特に二日目くらいから、一つのチームあるいは家族といってよいかもわかりません、一体感のようなものが生まれてきたんですね。九人の人間が三日間同じことしか考えていないわけです。これはすごいことですよね。それから第二点は、こうした死刑か無期かという特に重大な事件の場合は、評議に十分な時間を掛けないといけないということです。裁判員の方にとことん考えていただく時間、これが是非とも必要だと思います。結論を急ぐ余り、評議が尻切れトンボに終わってしまうと、裁判員だけでなく、裁判官も後味が悪い、逆に、十分な議論を経た上の結論であれば、仮に、その結論に反対の立場であった裁判員も、十分納得できたという、ある種の爽快感のようなものすら感ずることができるのではないか。それから、一緒に審理に立ち会って評議を重ねることによって生まれた一体感のようなもの、こうした効果は、当初は裁判員制度に懐疑的という人もいましたが、終わってみると、これなら、大いにやりがいがある、そういうことを皆さんおっしゃってくださいました。これは、おそらく制度設計した立法者も考えていなかったのではないかと思います。
　ところで、アメリカの陪審員に関する調査でも、陪審制度に対して否定的な評価をしていた方が裁判に参加した場合、後で聴いてみると、積極的な陪審制度推進論者に変わっているという例が多いというデータがあるようですね。

中村　しかし、あえて生意気なことを言いますが、一体感を味わうならピクニックにでも行けばいいと思います。おそらく、その模擬裁判に参加した方々は、清々しかったと思うんです。が、僕から見てその清々しさには疑問があるし、違和感がある。もう一つ、それを清々しく思えなかった人たちがおそらく出てくるでしょう。そういう人たちをどう扱えばいいのだろう、という問題は残ると思います。そこに、文学の入る領域があるのかもしれないです。

伊藤　さっき法の、あるいは裁判の限界という言葉が出ましたが、中村さんにはやはりその先を今後も書いて頂きたいと思います。法廷での物語化というのは今おっしゃったようにいわば陳腐な物語で、誰にでも理解できるストーリーということですが、その物語に必要ないとして捨てられてしまう情報、そこからこぼれる思いなどが確実にあるはずですから。

川上　ですから私は、作家である中村さんには、文学の領域でその捨てられた問題、そこら辺に光をあてる形で作品を発表して頂くと、裁判員制度の持つ問題点や、あるいは逆に、気付かなかった良い点も浮かび上がってくるのではないかという気がしています。

（後記）僕は今でも、裁判員制度には反対です。死刑制度があるのに量刑を人々に決めさせるのは、先進国で日本だけです。正気の沙汰じゃない。
　そういう僕の意見に、一切嫌な顔をせず、誠実に真正面から対話してくださった川上さん、議論をさらに深いものにしてくれた伊藤さんに感謝します。

×ピエール・ルメートル（作家）

『その女アレックス』はこうして生まれた

――「文藝春秋」２０１６年１月号／文藝春秋　通訳＝伊藤達也

○一四年にいわれたのは「ジャパニーズ禅ノワール」（笑）。よくわからないけど、うまいこと言うなと思いました。

ルメートル　中村さんの小説は、私がミステリーについて、さらには小説とは何のためにあるのか、何の役に立つのかについて考え直すきっかけになりました。

私は、文学とは、世界を理解するための道具だと思っています。社会学ならばデータや数字で世界を理解していきます。対して、文学は「人間の感情」を道具として世界を理解していくのです。

小説の世界に魅了されたり、反感を抱いたり、あるいは恐怖や苦悩を感じたりするのに特別な知識は必要ありません。人間の感情は文化の枠を超えて人類に共通する本能的なものです。その感情を小説家は利用し

ルメートル　中村さんの二作品（『銃』『掏摸（スリ）』）はフランス語に訳されていて、その評判は我が国にも届いています。ミステリーは、かつてはアガサ・クリスティのような「謎解き物」、私の『その女アレックス』に代表される「サスペンス物」そして、チャンドラーなどに代表される「ノワール物」など細かくジャンル分けされていました。しかし現代では、従来のジャンル分けは当てはまらなくなってきています。中村さんの作品は、「サスペンス」と「ノワール」の性質をあわせ持っています。『掏摸』は現代的ミステリーの素晴らしい実例だと思いました。

中村　僕は日本では、純文学にミステリーやノワールの要素を取り込んだ作家という見方をされていますが、アメリカではまた違う見方をされているようです。二

ます。小説家は登場人物の感情を描き、それを読者は追体験します。ですから私の小説で一番大切なのは「登場人物」なのです。クリスティのように「謎解き」を一番大切にする作家もいます。しかし、私の作品では、登場人物がどのように生きたか、そこで生まれた感情を通じて社会を描きます。『その女アレックス』もこの原則に基づいて書きました。

絵画から学んだこと

中村　普通、ミステリーでは犯人を追う刑事に一風変わっていて魅力的なタイプが登場します。『その女アレックス』『悲しみのイレーヌ』に出てくるカミーユ・ヴェルーヴェン警部は一四五センチの矮軀（わいく）で、捜査手腕にたけた切れ者です。ヴェルーヴェン警部の魅力はもちろんですが、彼の仲間もとても面白い。資産家で高級アパルトマンに住むルイ、女と競馬に目がない放蕩（ほうとう）者のマレヴァル、「警察史上最悪の守銭奴」アルマンなど、主人公だけでなく、チームみんなが魅力的というのは非常に珍しいと思います。

ルメートル　カミーユの姓であるヴェルーヴェンは、ベルギー北部のフランドル地方で話されているオランダ語（フラマン語）の名前です。これはオランダ・フランドル絵画への敬意から名付けました。オランダ・フランドル絵画は創作に関して実に多くのことを教えてくれました。一つは視点、つまりどこから対象を見るかが重要であるということ。また、ミステリーに必要不可欠な明暗の対比、そして細部に細心の注意を払うこと、さらに脇役の重要性です。脇役、つまり主役ではない登場人物というものが、実際には物語の流れを作っているのだということを私は絵画から学びました。

中村　今日はせっかくの機会ですから、いろいろと質問をさせてください。日本語訳された四作（『その女アレックス』『悲しみのイレーヌ』『死のドレスを花婿に』『天国でまた会おう』）をいずれも面白く読みました。ルメートルさんは読者の「感情」を大切にしているとおっしゃいますが、『その女アレックス』はまさにその真骨頂です。読者は読み進めるうちに、アレックスへの評価がどんどん変わっていきます。しかも突然変わるのでなくて、猶予（ゆうよ）というか保留期間がありますね。この保留期間があることで、読者はアレックスへの興味がさらに尽きません。

ルメートル 『その女アレックス』のアイデアは、読者が登場人物に抱く感情を作家がどのように操っていくかということでした。まずは読者が登場人物の気持ちになりきるように誘い込まなくてはいけません。そのためには、ある程度ポジティブな人物を作り出す必要がありました。自分と同一化できるような対象をつくる必要があったのです。

同一化させたうえで、読者の想定を裏切っていくという仕掛けを作りました。好きだった人物が急に嫌いな人物になってしまう。これはとてもリスクのある書き方です。裏切られた読者が本を投げ捨てる可能性があるからです。そうさせないためには、他に魅力的な登場人物をつくる必要がありました。その好感によって読書を続けさせるためです。

中村 『その女アレックス』は、誘拐事件から物語が始まります。この冒頭から読者をつかむことに成功していると思うのです。しかも、この誘拐事件には大どんでん返しが待っているわけです。

ルメートル 小説は冒頭で強烈なイメージを与えなくてはいけません。私はこの本を書く前に、ある博物館を訪れ、そこで展示されていた「檻（おり）」を見ました。その檻に入れられた者には、立つことも寝ることもできないという苦しい拷問が待っていることが一目見て分かりました。これは私にとっていい素材になると思ったのです。私は、登場人物に対して残酷であることで有名です。この檻に誰を閉じ込めればいいか？　まず、若い娘でなくてはいけないということです。もし、その娘が全裸であるならば、視覚的にさらに効果があると思いました。そして、檻に縄がついていて、それを操作できれば、より良いと思ったのです。

どうして最初に強烈なイメージが必要かというと、読者に本を読み始めさせるには、強烈なエネルギーが欠かせないからです。そのためには、弱いイメージではだめです。小説の中に没頭させるためには、強烈なインパクトが大切です。

現代の読者は、大変忙しく、本に割（さ）く時間が少なくなっています。私が中村さんぐらいの年齢の頃は、三〇頁ぐらい物語が動き出すまで待つことができました。

今の読者はそんなに我慢できません。

また、最後のイメージも大切です。ミステリーはあらゆる小説のジャンルの中で、唯一結末によって判断されます。最後が素晴らしければ、途中が凡庸（ぼんよう）でも許されます。そして読者は友達にその小説をすすめ、口コミで読者が広がっていくのです。

小説家に偶然はない

中村　『その女アレックス』の前作『悲しみのイレーヌ』では、ヴェルーヴェン警部の妻は誘拐され殺されています。妻が誘拐された警部の続編の冒頭が誘拐から始まるという設定が面白いと思います。警部はそのトラウマと向き合わなくてはならないので、続編として最高のスタート。しかもそれが作品の魅力にとっても最大の効果を同時に出している。作家の立場からすると、前作執筆中に次作の構想がすでにあったのではないかと思うくらい見事な導入です。

ルメートル　実際はそうではありませんでした。そもそもヴェルーヴェン警部シリーズにすることさえ考えていませんでした。しかし、書き始めるうちにこのシリーズに組み込もうと思ったのです。

中村　小説家の仕事に偶然はないと思っています。何気なく書いていたことが最後で伏線と結び付くことがあります。作家とは無意識をいかにして表に出すかが重要ではないかと思っています。

ルメートル　それは正しいかもしれませんね。詳しくは、精神分析医に確認してみます（笑）。

中村　単純な質問ですが、『その女アレックス』を書く最初の動機は何だったのですか？

ルメートル　私は小説を書く際に、二つのことを重視しています。まず「過去の文学への敬意」、そして「読者の存在」です。『その女アレックス』は、若い読者を意識して書き始めました。私が一六歳の頃に、アレクサンドル・デュマの『モンテ・クリスト伯』を読んで感じたものを再現したいと思ったのです。この名作は無実の罪で監獄に入れられたダンテスが脱獄し、身分を替えて自らを陥れた人たちに復讐をする物語です。アレックスもまた、自らの立場を変えて復讐を遂げていきます。

中村　『その女アレックス』は、細部も凝っています。

例えば、アレックスのところに派遣の仕事先から電話がきてる場面。留守番電話にメッセージが残っていて、これを「あとで聞くことにした」という文章があって、一行空きます。その次に、メールで「仕事でトゥールーズ」と書いてある。「適当な行き先」ともありますが、これで読者は派遣の仕事なのかなというイメージもなんとなくもつわけです。また、アレックスが「お目当ての」ホテルに行く場面。まるで、自分の好きなホテルに泊まるかのように読者は思いますが、実は違う。こういう読者をミスリードさせるテクニックが随所にある。これらは、書く前から考えているのですか。

ルメートル　私が若い作家にアドバイスするのは、まず書くことを「信用」しなさいということ。それと同時に書くことを「警戒」しなさいということです。作家の中には、物語が進んでいくうちに、登場人物に物語を委(ゆだ)ねてしまう人がいます。一般小説ならばそれでもいいでしょうが、ミステリーにはメカニズムが必要です。登場人物が勝手に走り始めては、ミステリーは成り立ちません。これが「警戒」しなさいということです。一方で、あまり最初から決めすぎず、書き進めることでディティールが付いてくることもあります。これが「信用」しなさいということです。ですから、中村さんの質問にお答えするとしたら、書き始める前に準備している場合もあるし、その場の流れで書き加えていく場合もあるということになります。中村さんの場合はどうですか？　作品をすべて作ってから書いているのか、ディティールはその場で決めているのか。

中村　初めに大枠は決めて書きますが、書いていくうちにどんどん変わっていきます。変わっていったほうが面白い小説になると思います。

ルメートル　『掏摸』では、小さい子供が現れ、その後、この子供が重要な役割を持ってきます。この子供は最初から構想していましたか。

中村　あの小説では、木崎という男と掏摸師という二人だけではシンプルなので、その上に塔という神に近い存在をつくりました。塔をつくったところで、さらに一番下に誰を置こうかと考えて、子供を作り出しました。最初はあんなに重要な存在になるとは思っていませんでした。

職業的な嘘つき

ルメートル　せっかくなので、今日はお互いの小説の書き方を具体的に話したいと思います。まず、私の小説技法を披露します。二〇世紀の偉大な作家であるルイ・アラゴンは、「私はなぜ書くのか。その理由は、物語が最後にどうなるかを知りたいからだ」と言っていますが、私はもう少し慎重な作家です。私は、結末部分をまず考えます。そして、先ほど申し上げた最初の強烈なイメージを考えます。この二つがまずは重要なことです。さらに、脇役も含めた魅力的な登場人物。私は物語の出来よりも登場人物の出来の方に重きを置いています。

さらにいえば、私は登場人物が〝このように考えた〟と書くことは避けています。考えを書くのではなく、視覚的なシーンを作ることで伝えようと思っています。これは、ヘミングウェイから学んだテクニックです。そして各シーンが効果的か否かを精査します。読者が登場人物に対する知識を増やすのに役立っているか、あるいは物語を進めるために役立っているかを考え、その条件にあっていなければ容赦なく削ります。小説で重要なことは、読者が頁をめくる手を止めさせないことです。

ミステリーとは廊下のようなものです。廊下のA地点からB地点まで読者は移動しますが、その間にある扉をすべて開けていくのが私の仕事です。途中で「これはおかしい」と読者が手を止めてしまうのが、一番悪いことです。そのために、小説的なイリュージョンを利用します。

私は小説家です。つまり、私が小説で書いていることとは、すべて嘘で現実には存在していません。私の職業的な倫理とは、職業的な嘘つきであり続けるということなのです。『死のドレスを花婿に』では、実在しない薬を作り出しました。女性を二日間で狂気に陥らせる薬です。この薬に対して誰も「ありえない」とは言いませんでした。すべて本当のように見えれば読者は物語を読み進めます。イギリスのコールリッジという詩人は「真実のようにみえる」ことについての理論を提唱しています。それは、「不信の一時停止」、不信を宙づりにすることの定義です。読者を物語に没頭させれば、批判的な精神は一時停止するのです。

中村　僕は風景描写を極端に短くします。なるべく短い言葉で大きいことを言おうと思って書いています。日本には、短歌や俳句があります。それは五七五などの限られた言葉で大きなことを伝えるものです。その影響を受けています。あとは、リズムです。フランス語でどのように訳されているか分かりませんが、文章のリズムには非常に気を付けています。『銃』はデビュー作ですが、『掏摸』は比較的新しい作品です。『掏摸』以降の作品は、先ほど言った傾向にあります。

ルメートル　中村さんの本は、ミニマリズム、極小的な表現をなさるという印象を持っていました。『掏摸』の中の女性の描写などは、複雑な人物でありながらも、非常に少ない言葉しか費やされていないことが印象的です。実際、私は日本文学に敬意を抱いています。それは、言葉が研ぎ澄まされた文学だからです。

中村　僕は風景描写を短く書くのに、擬人化を使います。例えば、「ドアがいっぱいホテルに並んでいて、廊下があって、静かで」と書くと長くなりますが、同じ場面を「沈黙したドアが並ぶ」と書けば、その場の雰囲気を伝えることができます。

ルメートル　『銃』について質問させてください。この作品では、銃が最終的には主人公になっていきます。銃という「物体」が主要な登場人物であるような小説を書くことがどうしてできたのでしょうか。

中村　僕はあまり明るい人間ではないので、自分の内面の暗い部分を物体化するというアイデアから始まりました。内面の暗い部分ですから、持ち歩けなければなりません。また書いていたのが、小説家になろうと思ってもなかなかうまくいかない時期でした。自分は小説が大好きなのに、小説家になろうとしているからこんなに貧乏で、世の中とうまくいかない。好きなものに翻弄(ほんろう)されていると思っていました。その葛藤が、銃に翻弄されるという物語を生み出したと思います。

ルメートル　小説家には、自分とは距離を置いて書く人と、自分を投影させて書く人がいます。中村さんはどちらですか。

中村　自分を投影します。自分の分身や、あるいは自分のある部分を強調します。

ルメートル　自己を複数の視点に投影するということ

ですか。

中村　そうです。一人称で書くことが多いので、大体は自分を投影しつつ、主人公になりきって書いています。僕の小説で「だが」「しかし」とよく出てくるのは、感情や意識が揺れ動く感じを書いているからだと思います。

苦悩に満ちた子ども時代

中村　『天国でまた会おう』は、ルメートルさんが初めて書いた純文学です。第一次世界大戦の兵士だった二人の青年、エドゥアールとアルベールの物語で、いろんな感想がありますが、これは父親と息子、そして母親と息子の物語だと思いました。実業家の息子・エドゥアールは、かつては父親に反抗していましたが、戦後は社会に対して反抗していく。それは、「深刻な悪ふざけ」と呼びたくなるような反抗です。父親を体現する社会や世間に対する反抗といっていいかもしれません。で、物語全体では、逆オイディプス神話的だと思いました。もうひとつは、母親と息子の関係です。アルベールは何かというと、母親の評価を思い出します。母親はこう言っていたな、と毎回思い出すのがすごく面白い。男は女性から見たらいつまでも子供だという印象を持ちました。この辺はいかがでしょうか。

ルメートル　今のご質問は、私の苦悩に満ちた子ども時代を思い出させますね（笑）。おっしゃるようにオイディプス物語をさかさまにしています。オイディプスの物語では、息子が父を殺しますが、まさにその逆のことが起きています。また、私のすべての作品で、母親と息子の関係が出てきます。よく「こんな母親がいるのでしょうか」と質問されますが、結論からいえば、優しい母親などは存在しないと思います。エドゥアールとアルベールの違いというのは、一人は悲劇を生き、もう一人は惨劇を生きるということです。エドゥアールの場合は悲劇です。父親との関係には、必ず悲劇が待っているのです。

中村　この小説では、戦争の混乱の中で人物が入れ替わります。こういうテーマならば、例えば身分を入れ替えて復讐を遂げるような物語になると思いますが、あえてそういうミステリー的な流れにいかないような意志を感じました。

ルメートル　確かに最初はミステリーとして構想していました。一九二〇年頃を舞台にしたアルベールとエドゥアールの復讐劇です。しかし、あえて物語の骨格は維持しながら、ミステリー的側面を排除していきました。読者に復讐するのだろうと思わせて、それを裏切るという手法です。

　この対話も時間が限られてきました。デビュー作の『銃』から現在まで、中村さんは「悪」をテーマに小説を描き続けていると伺いました。スコット・フィッツジェラルドによると、おそらく、作家という者は二つか三つしか言うことを持っていないようです。ある一つの作品内だけでなく、生涯書く複数の作品の中で二つか三つのテーマを書き続けているのが、作家だというのです。この言葉を、敬愛する若き同業者、中村さんに送りたいと思います。

中村　作家は自己の存在の根本的な問題をいつまでも書き続ける、ある意味孤独な職業なのかもしれないですね。今日は有難うございました。

（二〇一五年一一月二日に行われた名古屋外国語大学とアリアンス・フランセーズ愛知フランス協会での講演・対話イベントを元に「文藝春秋」編集部が再構成）

（後記）ルメートルさんの言葉は、ミステリー作家を目指す人達にとって、大変参考になったのではないかと思います。柔らかく、誠実で、鋭い人でした。フランス語にはその後、（二〇二二年の現時点で）、新たに『去年の冬、きみと別れ』もなっています。

×高山一実（作家・タレント）
小説の書き方講座 乃木坂活字部SP

中村　僕はアイドルについて詳しくないんですが、せっかく高山さんにお会いするんだからと思って、乃木坂46さんの曲を聞こうと思ったんです。どのCDを聞けばいいか分からないから、とりあえずユーチューブでPVを見てみようと思ったんですね。そうしたら、制服を着た子たちがいっぱい出てきて……昔のトラウマを思い出して、恐怖に震え出しました。

高山　えーーー！

中村　高校生の頃、クラスのイケてる子たちのグループが、恐怖の対象以外のなにものでもなかったんですよ。女の子って、一人ひとりだったらいいのに、集まると怖いじゃないですか。でもね、恐怖は立ち向かっていかなければ打ち勝てないと思って見続けていたら、最終的には感銘を受けました（笑）。実は昔、『あなたが消えた夜に』という小説で、アイドルをちょっと登場させたことがあるんですよ。ここでは言えないようなグループ名の、『貯金をあげる』ってタイトルの曲でデビューするアイドルを書いたことを、今僕はとても反省しています（笑）。

高山　私は何カ月か前に、中村さんの作品をまとめ買いさせていただいたんです。本屋さんに行くと、私はタイトルとかオビで気になった本をまず手に取って、最初の数ページを読んだり、文庫本だったら裏のあらすじを読んで買うかどうか決めるんですけど、中村さんの本は表にも裏にも中にも気になる言葉がいっぱいあって！　一冊に決められないなと思って、まとめ買いです（笑）。

中村　ありがたいなあ。僕の本を読んだなんて言うと、

——「ダ・ヴィンチ」2016年8月号／KADOKAWA　取材・文＝吉田大助

ファンから怒られたりしないですか？

高山　ぜんぜん！　握手会でファンの方に「お薦めの本を教えて」と言われた時、中村さんの本を挙げさせていただいたこともあります。次の握手会で会うとみんな、「面白かったよ！」と言ってくれます。

中村　それは嬉しい。確かに、自分の応援するアイドルがどんな本を読んでるのかって、ファンとしては気になりますよね。アイドルが読んだものと一言一句同じものを読むわけだから、本ってすごい（笑）。

高山　『私の消滅』も読ませていただきました。実はついこの間、テレビ番組の企画で催眠をかけてもらったんです。

中村　うわっ、それはレアな体験ですね……。催眠って、四分の一はかかりやすくて、四分の一はかかりづらいと言われている。どっちでした？

高山　事前にかかりやすいかどうかのテストがあって、私はかかりやすいほうに分類されたんです。催眠術師の方に「両手の五指をくっつけて、人差し指だけ離してください。見つめていると……はい、くっつきます」と言われたら、本当にくっついたんです。ただ、その時は不思議だなと思ったんですけど、楽屋に帰ってからいろいろ考えちゃって。「あれ？　自分の指と指なんだから、人に言われなくてもくっつくな」とか。

中村　疑っちゃダメなんですよね（笑）。

高山　はい。いざ番組が始まったら、ぜんぜんかからなくなっちゃったんです。催眠って、かかりたいって思う気持ちが大事なんだって分かりました。

中村　僕は、高山さんの姿勢は非常にいいと思いますよ。世界は汚れてるんだから、何事も疑ったほうがいい（笑）。

高山　そういうことがあって、「人の意思とか意識ってなんなんだろう？」と思っていた時に読ませていただいた作品だったので、書かれていることに揺さぶられたんです。中村さんの小説って、読み終わった後で現実世界に戻って街を歩いていたりすると、今まで目を向けなかった部分に目を向けたくなるんです。

無意識をフル稼働して物語を作る（初心者厳禁）

高山　中村さんの小説の書き方が知りたいです！

中村　僕は小説を書く時、まずノートに思いついたことをどんどん書いていくんです。書く小説によって、買うノートを変えるんですよ。書こうとしてる小説に、なんとなく合っているような表紙を選ぶ。『私の消滅』の場合は、このノートです。

高山　真っ黒！　表紙が血管みたいにでこぼこしてる‼　『私の消滅』っぽいなって思います。

中村　このノートを持って喫茶店なんかに行って構想を練って、テーマを書いたりシーンを書いたりして、家に帰ってパソコンで打ち込むんです。ちなみに、家ではノートパソコンの上に、わざわざ外付けのキーボードを乗っけて打ってます。ノートパソコンのキーだと、上品すぎるんですよ。キーボード特有のがちゃがちゃした「オレ、言葉打ってる」感がないと、はかどらないんです。叩き付けるように力を入れて打ってますね。

高山　最近、私も小説を書き始めたんですけど、ノートパソコンにいきなり打ち込んでいました。『私の消滅』はいろんな伏線があって、ミステリーとしてもすごく面白いです。書き始めた時に、だいたいの展開は決まっていたんですか？

中村　じゃあ、ノートを見てみますか？　このノートを見るの、一カ月ぶりぐらいかもしれない（と言ってめくる）。最初の頃とか、何を書いてたのかなぁ。「自分を放り出したい主人公が、ある男に成り代わろうとする」「なぜ母親を殺したのか？」。今ね、自分でもびっくりしています。ぜんぜん関係ないことばっかり書いてある。

高山　ほんとですね（笑）。

中村　ノートの中盤ぐらいまできても……まだ話が固まってないなあ。でも、この時点ではとっくに書き出してるはず。というわけで、さっきの高山さんの質問の答えは「ほとんどのことは書きながら考えました」です。

高山　ええっ⁉

中村　この作品は、先に結末までのプロットをがっちり固めて、人物の相関図を決めて……とやっていたら書けなかったと思うんですよ。構造が複雑すぎて、意識の許容範囲を超えているので、無意識がフル稼働して物語を作っているんです。だから一度書きあがった時に「うわ、こういう話だったんだ」って、自分でもびっくりしたんですよ。そしてまた付け加えていったり。

高山　衝撃的です……。

中村　書き始めたばかりの人にはオススメしないやり方です（笑）。小説を長く書き続けていると、脳が「小説脳」になってきて、無意識の力がどんどん出てくるんです。才能の有無は関係なくて、長くやっているとと脳がそうなってくる。高山さんもこれからずっと書き続けていけば、書くものがどんどん変わってくると思いますよ。

小説家に必要なのは書く能力と、読む能力

中村　「ダ・ヴィンチ」で高山さんが連載している小説、読ませていただきました。まず、主人公のひねくれてる感じがいいですね。それから、ユーモア。第二話に出てくる、このフレーズも気に入りました。〈ああ、私の前には変態がいる〉。シンプルで的確。非常にいいフレーズです。

高山　嬉しいです（笑）。

中村　普通は大人になって、制服が当たり前じゃなくなってから制服の良さに気づくものなのに、その男の子は早々と気づいている。だから、〈将来への不安を感じる〉。ユーモアもあるし、視点がいいですよ。もしかしたら、制服を着ているアイドルだからこそ気づけた視点なんじゃないかな。

高山　光栄です！　実は最近、悩んでばっかりだったんです……。小説を書いて、パソコンを閉じて眠るじゃないですか。起きて続きを書こうと思って昨日書いたところを読み直すと、全部消したくなるんです。「この表現いらないな」とか「展開がつまんない」と思って、なかなか続きを書き出せないんです。

中村　あっ、それは非常にいいことですよ。

高山　ホントですか!?

中村　自分が書いたものをダメだと思えることが、作家になるための第一関門なんです。それプラス、大事なことは「なんでダメだと思ったのか？」と考えること。プリンターは持ってますか？

高山　いえ、持ってないです。

中村　自分が書いたものを読み返す時に、パソコンで

直接読むんじゃなくて、プリントアウトしたもので読むのをオススメします。紙の印字の方が客観的に読めるんです。さらにプリントアウトした原稿を、一晩でもいいから寝かせて、時間を置いてから読んでみる。その時、めっちゃ厳しく見るんです。例えば自分が書いたものとは思わず、一五〇〇円で買った他の人の本だと思って読んでみる。そして、ダメだと思ったら「なぜダメなのか？」を考えて、「こうしたらいいかも」と原稿を直していく。その繰り返しをしていけば、小説を書く力は間違いなく上がっていきます。

高山　ダメだって思ったら、ただ消してしまっていました。

中村　要は、「いかに客観的な視点から自分の小説を見られるか？」ってことなんです。小説家に必要な能力は、書く能力と、読む能力。読む能力が高ければ、自分の書いたものを直せるんですよ。ちょっと真面目な話をすると、小説の世界ってすごい人がたくさんいるんですね。

高山　そうなんですよ！　そうなんです……。

中村　そこでじゃあどう勝負していくかっていうと、自分にしかないもので勝負するしかない。作家に一番大事なのは「個性」だと僕は思うんですよ。そう考えた時に、高山さんのアイドルとしての経験は強力な武器になると思いますよ。例えば……アイドルって、神事みたいなものじゃないですか。アイドル（idol）って、偶像って意味ですよね。「偶像崇拝」の「偶像」。つまりアイドルって、みんなから崇められる存在なんですよ。「アイドルとファン」は、「神と信徒」の関係に近いと言えるんじゃないか。グループアイドルは多神教。これ、純文学のテーマにもなりうると思います。

高山　そのお話、中村さんの小説っぽいです！

中村　でもほぼ全ての作家は、アイドルになった経験がない。もっと言うとアイドルの人は、ファンの気持ちも分かると思うんですよ。「アイドルとは何か？」「崇められるとは、どういうことか？」「応援するとは、何か？」っていうところを、年齢を重ねたうえで突き詰めていくようなものを書くと、すごい小説ができるんじゃないかと思いましたよ。

目の前にある作品が次の作品を連れてくる

高山　中村さんはデビューされて、今年で何年ですか？

中村　二〇〇二年にデビューしたので、一四年です。

高山　小説の題材みたいなものって、なくなったりはしないんですか？

中村　書いた小説が、次の小説のテーマを連れてくるんですよ。

高山　えーーー！

中村　リレーみたいなものです。目の前にある作品が、次の作品のテーマを連れてきてくれるんです。僕は今、「読売新聞」の連載（『R帝国』）と「小説トリッパー」の連載（『その先の道に消える』）をやってるんだけど、今はこの二つしかアイデアはないですから。この二つの連載を終えるぐらいの頃に、次のテーマがなんとなく生まれてくるんですよ。これはね、不思議なんです。だから高山さんも、今書いている小説に全力で取り組んでいけば、次の小説のテーマが必ず見つかると思いますよ。

高山　めっちゃ励（はげ）まされました……。実は今日、不安だったんです。中村さんの本を読んでいた印象で勝手に、ちょっと怖い人なのかなと思っていて。こんなに気さくな方だと思わなかったです。

中村　ほぼ全ての人にそう言われます（笑）。

高山　今後自分が小説を書き続けていけたら、中村さんがおっしゃってくれたようなことが起こるのかなって思うと、楽しみになりました。

中村　何年か書き続けていったら、「自分に怪しいノートを見せてきた、上下水玉の男が言っていたのはそういうことか」って分かる時がくると思いますよ（笑）。

高山　えっ、上下？　あっ、ズボンも水玉だ〜!!（笑）。

（後記）僕がおこがましくも、高山さんに書き方を教える、という体裁で、学校の教室のセットでの対談だったので、僕の口調が「教える」ニュアンスに編集されてます……。その後高山さんは『トラペジウム』を書き上げ、大ベストセラーになりました。間違いなく、強い小説感度をお持ちの方。ぜひ次作を書いて欲しいです。

（途中で、自分のズボンに小さいドットがあると気づいて、うわ、俺全身水玉じゃん、妖怪かよ……、と気づいて、思わず口にしていたんですよね。中国のサイン会で、台湾版の『トラペジウム』を持ってきた人がいて（推薦文を僕が書いてて、台湾版もそうで）、これにもサインしてと言われ「え？僕が？　僕は高山さんじゃないよ？」と言いながら、『トラペジウム』にもサインしたことがあります（笑）。）

社会問題・テクノロジー

×姜尚中（政治学者）

自らの「悪」の自覚を出発点に

――「青春と読書」2015年10月号／集英社　構成＝砂田明子

なぜ「悪」を書くのか

姜　ずっとお会いしたかったんです。最新刊の『教団X』は、この厚さで大変なベストセラーだとか。すごいですね。

中村　こちらこそ、姜さんにお会いしたかったので今日は緊張しています。『教団X』は、何というか、ありがたいことにテレビで芸人さんたちが紹介してくれて、僕が家で寝転がっている間に勝手に売れていくという不思議な現象が起きているというか……（笑）。

姜　これだけ厚い本を読み通したのは初めてだという若い方たちの感想が非常に面白く、色んな発見がありますね。

姜　『教団X』もそうですが、中村さんはデビューから一貫して「悪」を書かれてきた。これはなぜなのかを、今日はぜひお伺いしようと思って来ました。

中村　僕の場合は、子供の頃、家があまりよくなかったのもあって、悪のようなものが自分の中に自然と芽生えてきてしまったんです。その後、小説などを読むようになって、悪を抱えているのは自分だけではないのだと知りました。人間不信で人も世の中も嫌っていたけれど、小説には救われたんですね。でも考えてみれば、小説って人が書いている。結局は人に救われているんだなと気づきました。その後、作家になってからも悪は重要なテーマで、人間を描くことが目的なんですけれども、とりわけ悪の側面から人間を捉えることに関心があります。

それで僕も、姜さんが今回『悪の力』を書かれた動機をお聞きしたいんです。この本は夏目漱石とマックス・ウェーバーを紐解く形で困難な現代社会の生き方を示した『悩む力』『続・悩む力』と、タイトルが似ているだけではなくて、テーマも地続きであると思うんです。とはいえ、悪に着目したのはなぜでしょう。現代の世の中を眺める中で生まれたテーマなのでしょうか。

姜　それもありますし、中村さんの本と、これは後で少し話しますが、英国の学者テリー・イーグルトンを読んだから。

中村　とんでもないです。

姜　本当にそう。今年三月に聖学院大学の学長を辞めたわけですが、辞めるに至るまでに色々なことがありました。僕は出自の問題で悩んだことはあるけれど、これまで人間関係には大変恵まれてきたんです。だから人への信頼が根本にあった。ところが六〇を過ぎて、初めて悪というものを身近に感じる経験をしたんです。ここでいう悪とは、貧乏だから盗みを働くとか、人を騙して金を儲けるとか、憎んでいた人の不幸を喜ぶとか、そういったレベルのものではなくて、ドストエフスキーが『悪霊』で描いたような、仏教的にいうと人間の業(ごう)につながるような悪です。そういうものを初めて目の当りにして、悪を正面から考えてみたいと思ったんですね。

中村さんの小説には、「悪の空虚さ」が一つのテーマとしてありますが、それはやはり、ご自身の体験に根差しているのですか。

中村　色々あるのですが、一つのきっかけは、神戸連続児童殺傷事件なんです。僕が大学一年生のとき、あの事件が起きました。酒鬼薔薇聖斗と名乗った少年は「バモイドオキ神」という神を作っていましたが、実は僕も、小学六年生頃まで、自分だけの神／存在を空想していたんです。一緒にいるような感じでした。僕の神はたまたまそんなに悪いものじゃなかったのですが、それでもあれを、性衝動が強く起こる思春期まで持ち続けていたら、自分も一歩間違えたらああなっていたのかもしれないなと。

姜　その気持ちはよくわかります。僕が子供の頃は、仲間でカエルやヘビを夢中になって殺していたんです。血が飛び散ると奇声を上げて、ある種の狂騒状態に陥るわけですよ。そういう衝動を人間、とりわけ子供は持っている。だけど、自分は少年Aにはならなかった。紙一重の差かもしれないけど、その差は何だったのか。運なのか、環境なのか……。

今年、名古屋大学の一九歳の女子大生が、七七歳の女性を殺害したとして逮捕されましたよね。この事件で僕が引っかかったのは、女子大生が遺体と一緒に一晩過ごしていたことなんです。これが僕にはよくわからなかった。そんな時、ウィリアム・ゴールディングの『ピンチャー・マーティン』を読んだんです。自分の体が単なる物質にしか思えなくなっているエゴイストの物語で、ゴールディングは悪というものを、身体感覚のない、人間のリアリティを欠いた存在として描いている。僕はこの話にもずいぶん触発されました。中村さんがずっと書かれている「悪の空虚さ」につながる部分もあると思います。

実際、学生を見ていても、この二〇年間で身体感覚が希薄な人は増えています。象徴的なのが、ある時期からトイレのにおいが消されたこと。清潔になったことで、トイレは臭いというかつての常識が、そうではなくなってしまった。身体に刻み込まれていた実感がなくなったときに、人間の感性はどう変わってしまうのだろうかという問題意識が、『悪の力』のベースにはあります。

ヒューマニズムの名の下の攻撃

中村　名古屋の事件に関しては、資料が出揃っていないため限られた情報からの推測になりますが、僕は少女の「人を殺してみたかった」という発言には、「本当に？」と聞きたくなるんです。

姜　信用していないと。

中村　はい。いま姜さんが仰ったような身体感覚のなさや虚無感、アイデンティティの危機などという問題が彼女の中にまずあって、だから人を殺してみたいと自分で思っているだけなのではないか、というのが僕の推測です。よって、前提の部分が改善されれば、人を殺したいという気持ちは薄れていくのではないかと。ですから、姜さんも本の中に書かれていますが、彼女は化け物だ、悪だとレッテルを貼って終わるのではなくて、なぜこういう事件が起こったのか、彼女の環境はどうだったのかと丁寧に見ていくことが、こうした事件を少しでも減らすためには必要だと思います。

一方で、人を殺したいという欲求が純粋に出てしまったケースの犯罪というのもやはりある。フロイトは人間には〈生の欲動〉と〈死の欲動〉があると言っています。〈死の欲動〉、言い換えれば〈破壊欲動〉とは、無機質から生じた生命が、もう一度無機質に戻ろうとする感覚だと。僕はフロイトが大好きで、すごく納得できるのですが、でも破壊欲動があるとはいえ、動物は基本的に、同種殺しをするまでは行かないんです。ライオンでも昆虫でも、食欲や性欲が絡む特殊な事情の下においてのみ、同種殺しをする。人間も同様で、性欲だとか色々なものが結びついたときにはじめて、本当に人を殺してみたいという欲求が生まれるのだろうと僕は考えます。その意味で、神戸連続児童殺傷事件は、少年Aの性衝動と結びついて起きた事件でした。

姜　近年の少年少女の事件にも、色々なケースがあるのだというご指摘ですね。

中村　そうですね。それで、身体感覚が希薄になったいま、破壊欲動の持って行き場がなくなっていると感じています。川崎市で起きた中一男子生徒殺害事件では、犯人グループの少年の顔がインターネット上で晒されました。悲惨な事件が起きた時、犯人を許せないという感情が盛り上がるのは社会の連帯を強固にする健康的な反応とも言えるのですが、そこに行き場を失った破壊欲動がのっかって、犯罪者に過剰な攻撃を加えようとするとなると、それはもう別のものです。僕は、「人は善意の殻をかぶる時、躊躇なく暴力性を解放する」とよく書くのですが、インターネットという まさに身体感覚が全くない空間で、そういうことが起きています。姜さんの『政治学入門』に「ヒューマニズムとしての戦争」という言葉がありましたが、最近は一つ事件が起きると、やはり善なる理由から「ヒューマニズムの名の下の攻撃」が加えられます。また、いま日本では、ナショナリズムが非常に高まっている。これらもまた破壊欲動の発露なのだと思います。この本を読んで色々と考えさせられました。

姜　そうやって読んでくださって嬉しいです。小説は必ずしも解答を提示するものではないのかもしれないけれど、中村さんは常に、読者を荒涼とした現実の中に放り出すだけではなくて、何か可能性を見せようとされていると思うのですが、どうでしょう。

中村　そうですね。あの手この手で、この時代を少しでもよくするにはどうしたらいいだろうと考えますね。

姜　悪を描きながら、悪を越えていく何かを示そうと。

中村　姜さんがこの本の中で書かれているのに僕もまったく同意で、とにかく、悪というものが自分の中にあると自覚することが出発点になると思います。自覚すると、何か犯罪が起きたときに、被害者の立場で悲しむと同時に加害者の立場で悲しみ、事件を全体の悲しみとして捉えられるようになる。そういう社会は戦争が起こりにくいと僕は思っています。

人は変わるのか、変わらないのか

姜　中村さんは何年生まれですか？

中村　一九七七年です。

姜　僕の感覚だと、八〇年代あたりから日本はずいぶん変質したんです。バブル全盛期、また、ポストモダンの時代がやってくる。僕は中村さんはポストモダンの洗礼を受けていないと感じていて、そこがいいなと思うんです。

中村　たしかに、知識としては知っていますが、体感としては受けていないです。

姜　そうでしょう。浅田彰くんが『構造と力』を書き、中沢新一くんが『チベットのモーツァルト』を書いたあの時代は「Anything goes」だった。何でもオッケーで、「何を信じてもいい」と。ところがそれは「何も信じられない」と表裏一体で、それじゃあ人間耐えられないから何かを信じたくなる。結局、「信じているから信じる」という、トートロジーに陥っていった。もっとひどい場合には「日本人だからこれを信じる」とかね。

中村　はい。そういうの、最悪です。

姜　そう。知性はまったく要らなくなってしまって、いまのある種の反知性主義や、あるいは空虚なナショナリズムにつながっているのだと思います。

それから中村さんは大江健三郎賞を受賞されていますよね。

中村　『掏摸（スリ）』でいただきました。

姜　大江さんが中村さんを選んだのも、ポストモダンの洗礼を受けていないことが一つの理由にあったと思うんですね。

中村　それは鋭いご指摘で、知識としてはあったけれど、多感な時期は違うものを読んでいました。なので、書くものが生真面目（きまじめ）だったりするのかもしれません。人は変われるとか、ポストモダン世代の人からするともしかしたら愚直だなと思われるようなことを堂々と書いてしまうところがありますね。

姜　そこがいいんです。啓蒙（けいもう）のプロジェクトを捨てていないからこそ、二回りも年齢が違っていても、僕は中村さんの本に共感するんです。そして大江さんは、自分の隔世遺伝だと思ってるんじゃないかな（笑）。僕の勝手な憶測だけど。

中村　恐れ多いですが、ありがとうございます。大江さんを微力ながら継いでいきたいという気持ちはあります。反戦を含めて色々活動をされている。その姿勢を継いでいければと。

姜　先ほどの発言にありましたが、中村さんは、人は変わると考えていらっしゃる？　この本にも出てきますが、グレアム・グリーンは『ブライトン・ロック』の中で、人間の本性は金太郎飴のようなもので、変わりっこないということを主人公に言わせています。でも一方で、変わるはずだとも思うんですね。

中村　僕は変わると思う。おそらく感情によって変わると。ドストエフスキーの受け売りですが、論理では変わらないけれど、存在を揺さぶられるような感情を経験すると、人は変わると思います。

姜　感情によって、ですね。

中村　はい。ただ難しいのは、精神的な耐性が弱いと、存在を揺さぶられるような強い感情に向き合えないんですね。それで拒絶してしまう、ものすごくストレスがかかることですから。ゆえに、人はなかなか変われないんだと思いますが、変わること自体は絶対に可能だと僕は思っています。そういう風に考えないと、小説が書けないところもあって。

姜　そうですね。やはり人間の可塑性（かそせい）を信じない限り、悪はなくならない。僕もそう思います。

〈世間〉に生きる覚悟を

姜　『悪の力』を書くきっかけになったもう一つが、英国の学者テリー・イーグルトンの『On Evil』なんです。彼は徹底してポストモダン批判をしている。中村さんとイーグルトンが対談したら面白いんじゃないかと思うんですけれど、彼はまた、いまの資本主義はネオリベ（新自由主義）だから、人は自分しか信じられなくなっていると言っている。自分をブラッシュアップしろ、グローバルで戦えと煽るのがネオリベ。僕は本書で、こうした資本主義を「悪の培養器」と書きました。資本主義の金融化が、資産格差や富の不平等を調和しがたく生み出している。でも、これに替わるものがあるかというと、いまのところありません。

中村　社会資本主義的なバランスも機能していませんからね。一％の人が社会全体の九九％の富を独占し、その再配分もないような社会で我慢しろというのも、ちょっと無理な話だと思います。姜さんの本でも触れられていますが、イスラム国（ＩＳ）の問題もありますね。ヨーロッパで上手くいかない移民たちが、洗脳されるかのようにＩＳに加わって、無人機で空爆され殺されていく。やり切れない思いがします。

本の中に、カフカの『変身』を例に挙げて、「すべての論理が止まってしまう」という表現が出てきますよね。これに僕はハッとしたんです。不条理と悪はとても親和性が高い。いつどんな悪が降りかかってくるかわからない中で我々は生きていかなければならない。そんな中で、姜さんが漱石のいう〈世間〉というものを示されて、たとえ絶望しても、世間の中で他者と共に生きていこうというメッセージを出されたのには感動しました。

姜　僕がテーゼとして〈世間〉と言った意味は、殺すにしても他人がいるから殺すわけだから、他人が必要じゃないかと。そこに戻っていかなければならないということですね。こんな酷い時代だと、世間が悪いんだと自分の殻に閉じこもりがちですが、「自分しか信じない」と、結局は「自分が信じられない」という隘路にはまり込むんです。寺山修司が言ったように、愛するにせよ、憎むにせよ、他人が必要。悪の問題を考えるにせよ、世間の中で考えていくしかないのだということを、最後に書きました。

世間の中に生きるのって辛いんです。夫婦の問題や子供の問題がとめどなく出てくる。僕もそうでした。でも漱石が、社会・国家を考える前に世間があると考えて、世間にとどまり、世間を描き続けたように、細々とした日常のしがらみや愛憎関係の中にこそ、生身の社会が投影されている。世間からしかモラルは生まれないと僕は考えていますね。

中村 結末も、希望の持てるとても好きな終わり方です。そしてこういう本が世に出ること自体が希望だし、嬉しいです。

姜 ありがとうございます。中村さんにこそ作家の想像力で、今後も新しい道筋を示していってほしいと期待しています。

（後記）深い知性が、内面から滲み出ているようなかたでした。もう、全てが格好いい。こういう風に年齢を重ねていけたら、と思いますが、僕には無理そうですね……。憧れです。

（この対談で触れた「同種殺し」については、次作か次々作で、メインテーマではないですが、展開する予定です。）

×津田大介（ジャーナリスト）

あらゆる対立を超えて　政治、文学、インターネット

――「小説トリッパー」2018年冬号／朝日新聞出版　構成＝橋本倫史

強いメッセージ性のある作品を書く理由

中村　最近、僕は政治的な作品を書くと言われるようになっているんですけど、実は作品数としては、全然多くないんです。最新作の『その先の道に消える』は一九冊目の本なのですが、これを含めてそのほかに『教団X』と『R帝国』だけで、あとは短編が三つです（著者註・その後、『逃亡者』／二〇二〇年）。

津田　旗幟鮮明に打ち出している小説の印象が強いから、政治的な作品ばかり書いている作家だと思われるんでしょうね。

中村　僕がそういったテーマの小説を最初にはっきり書いたのは「戦争日和」という短編で、小泉純一郎さんが靖国神社を参拝した頃でした（「群像」二〇〇六年六月号掲載、掲載時のタイトルは「白の世界」）。ただこの短編は、文学に暗喩として政治を込めて書いたので、どういう意味なのか誰にも気づかれなかった。

津田　そこに触れる書評はなかったんですか。

中村　全然なかったんです。「戦争日和」を書いたあとに「A」という短編で南京大虐殺を書き、「B」という短編で従軍慰安婦を書いて、『教団X』と『R帝国』を書いた。暗喩を込めた小説というのも、読者としては好きなんです。でも、こんな時代になってくると、それでは伝わらないと思うようになったので、はっきり書くようになった。それに対して「作者の地が見え過ぎる」とよく言われたんですけど、そういう批判を受けたときに、でも僕には念頭にある作品があって、その意識していた作品というのが、小林よしのりさんの漫画『新ゴーマニズム宣言SPECIAL 戦争論』でした。僕がまだ大学生だった頃、一九九八年に刊

行された『戦争論』が、ベストセラーになったんです。あるとき、友人が第二次世界大戦中の日本を美化する発言をしたことがあって、僕がネガティブな意見を言うと、彼が反論してきた。まず、当時の日本を美化する発言をする人がいることに驚いたんですけど、「これを読んでみて」と渡されたのが『戦争論』だった。

津田　二年前に朝日新聞で書かれていましたよね。友人と議論しているうちに、心底嫌そうな目をされて「お前は人権の臭いがする」と言われた、と。とても印象的な記事でした。

中村　今の小林さんのことは好きなんですけど（著者註・二〇二二年の現在は、また距離を感じます）、でも当時『戦争論』を読んだときに結構ショックを受けたんですよね。僕は文学を通じて戦争にはよく触れていて、たとえば大岡昇平の『俘虜記』や『野火』を読んでいるうちに興味が湧いて、「実際の歴史はどうだったんだろう?」と自分で色々調べていたんです。その知識があったから、『戦争論』を読んで心が動くことはなくて、これは極端過ぎると思った。あの本は「AはBである、よってCだ」という段階を踏まずに、すべて「AはCだ」「AはCだ」と話が展開していく。小林さんは絵が上手（うま）いから、感情的に訴えてくるわけです。あれがすごく衝撃的で、皆がこれを読んで「その通りだ!」と思っているのが怖いなとぼんやり感じたんですよね。

　ただ、そのとき僕が思ったのは、「これはいわゆる右派からの漫画である」と。今度は左派からこういう漫画が登場すればいいじゃないかと思っていたんですけど、『戦争論』ほど広がりを持つものは結局なかったんですよね。

津田　こうの史代さんの広島をテーマにしたいくつかの漫画はありますけど、あれは左派からの漫画というより反戦の漫画ですもんね。左派的な思想で強烈なメッセージを発しており、しかもエンタメとしても一級品の漫画となると、『はだしのゲン』が真っ先に思い浮かびます。

中村　おっしゃる通りで、『戦争論』を読んだとき、それに対抗しうるものは『はだしのゲン』しかないとも思いました。ただ、今は作者もお亡くなりになって、作品が再び話題になって状況が変わりましたけど、当時は大学生が『はだしのゲン』を買い求めるような風潮はなかった。

津田　僕らの世代だと、『はだしのゲン』は学校にあってコミックスで読んでましたけど、最初は「週刊少年ジャンプ」で連載されてたんですよね。まさにエンターテインメントど真ん中の漫画雑誌で、あれだけ強いメッセージ性を持っていた。ジャンプの連載時は不遇だったみたいですが、単行本化してから大きく話題になった。そもそも作品に唯一無二の力があったから、あれだけ人口に膾炙したんでしょうね。

中村　『戦争論』に対するアンチテーゼとして、もう一度『はだしのゲン』のような漫画が登場すればよかったんですけど、それは登場しなかった。デビューして一〇年経った頃に、リベラルな価値観を全面に打ち出した作品が必要なんじゃないかと思うようになったんです。その思いから書いたのが『教団X』でした。こちらは小説で、向こうは漫画で一〇〇万部も超えていて全然太刀打ちできないけど、『教団X』はずっと版を重ねていて一応五〇万部になったので、何か影響が出てくるんじゃないかと僅かながら期待はしています。『R帝国』でもそうですが、これまでの政治的な作品では、政治的なことを議論のようにして書いて、はっきり物を言っていたんです。でも、今回の小説（『その先の道に消える』）は文学に溶け込ませつつ、暗喩にはならずにはっきりと書く。この両立を目指しました。

　最初のきっかけは、いわゆる「緊縛」への興味だったんです。緊縛には麻縄を使う。その麻縄というのは注連縄にも使われるし、神道でも重要なものとされていて、日本とは何かというところにすごく関わっている。この麻縄を軸にすれば、ミステリや純文学の文脈で小説を書きつつ、政治的なテーマを物語に溶け込ませて、ちゃんとしたメッセージを伝えられると思ったんです。

津田　冒頭の描写だけでは、そのあとの展開がここまで来るかっていうのは予想できないですよね。

中村　最初は緊縛の官能小説なんじゃないかと思われるような流れなんですけど、僕の中では大江健三郎さんの「セヴンティーン」や「政治少年死す」が念頭にあったんですよね。ああいった小説を、現代を舞台に書くとどうなるか。ネトウヨっぽい人のことは『R帝国』で描いたから、今回はネトウヨ的なものではなく、本当の保守で、でもよく勉強しないままそっちに行ってしまった人を描きました。それと同時に天皇の退位の問題があって、「日本とは何か？」であるとか、「日本ならではの伝統」であるとか、そういった話題が色々出てくる年になるだろうなと思ったんです。そこでちょっと冷静になるための視点を得てもらいたいという気持ちもあった。そういった作品を出しておく重要性というのは、繰り返しになってしまうのですが、学生のときに触れた『戦争論』へのアンチテーゼからきているんです。

津田　僕は一九七三年生まれで、中村さんと四つ違いじゃないですか。その年齢差って結構大きいと思うんですよね。僕は小林さんのことは基本的に好きなんです。ちょうど大学生の時に「週刊ＳＰＡ！」を毎週読んでたんですね。渡邉直樹さんが編集長をしていた時代の「週刊ＳＰＡ！」は、最もエッジが立っていて、政治に対してもサブカルに対しても最先端のものを紹介していて、とにかく「こんな面白い雑誌があるのか！」と毎週楽しみに読んでいました。その時代に小林さんの「ゴーマニズム宣言」が始まって、当初はエッセイのように始まるんだけど、徐々に社会時評になっていく。小林さんは事件や社会問題を漫画で客観的に表現するだけじゃなくて、自らコミットしていったんですね。薬害エイズの問題もそうだし、オウム真理教との争いもそうだし、僕の中で決定的だったのは『ゴーマニズム宣言　差別論スペシャル』（一九九五年）ですね。

僕は学生時代から部落差別の問題に興味があったんです。東京出身だから、同和問題に関する人権教育も受けていないし、何のリアリティもなかったんですが、中学生のときに観た「朝まで生テレビ！」で「こんな問題があるんだ」と興味を持ち始めてから、ずっとこの問題が気になっていて、大学時代に『差別用語の基礎知識』という分厚い本を読み、メディアと差別の関係に関心を持つようになりました。そんなタイミングで『差別論スペシャル』が出て、小林さんが部落差別の問題を取り上げていく過程で、解放同盟とのいろんなやりとりがあったことを知るわけです。当時はまだ「怖い団体」だと世の中に思われていた解放同盟と小林さんが真正面からぶつかり、議論を経た上で小林さんは『差別論スペシャル』を解放出版社から発売したんですよね。あの本は本当に名著だと思いますし、『戦争論』のイメージでしか小林さんを見ていない人には、ぜひ読んでもらいたいと思います。『戦争論』が出た頃にはライターの仕事を始めていたので、「あれ、小林さんが全然違う方向に行っている」と思って、そのあたりからゴー宣を読むのを止めました。一九九〇年代から二〇〇〇年代にかけての小林よしのりさんって、メディアや言論人があまり真面目に語ろうとせずに色物扱いするけど、じつは小林さんの影響はとても大きいと思うので、それを論じなきゃいけない。もちろん、その時代の小林さんの言論には功罪両方あるでしょうし、近年はリベラルな発言をすることもあった小林さんとの間にはちゃんと線を引く必要があると思いますが。

〝縛られること〟が好きな日本人

中村　『戦争論』をめぐって違和感を覚えたあと、僕が最初に「ちょっと日本はおかしいな」と感じたのは、二〇〇四年にイラクで起きた日本人人質事件のときでした。あの事件が起きるまで、日本人は自国民を助けたいと思う国民だと信じてたんですよ。でも、あれだけ非難・中傷があったことに驚いて、ちょっと日本がおかしくなってると思ったんです。

それから、一〇年近く経った、二〇一二年に民主党政権が終わったとき、「ああ、安倍さんが復活するんだ」という気味の悪い印象があり、もはや「作家が社会問題について発言してみました」なんて悠長な段階ではなくて、本当にヤバいから発言せざるをえない状況になっていると強く感じるようになりました。

そのときに思い起こしたのは、第二次世界大戦のことです。当時の日本には素晴らしい作家たちがいたのに、なぜ第二次世界大戦であんなことになってしまったんだということ。作家の力がどの程度かという議論は措くとして、こんなに素晴らしい人たちがこんなに素晴らしい作品を書いていたのに、その数年後に日本はあそこまで戦争に突入し、敗戦する。そんな段階にまで至ってしまったときには作家は何も出来なくなってしまうので、そういう兆候が現れたときに抵抗していかないと駄目だと思ったんです。それに、いま危機が訪れていると自分自身が強く思っているのであれば、それを伝えないと読者に対する裏切りになるのではないかという思いもあって。

津田　『その先の道に消える』を読んで、いろんなことを考えました。「自分が登場人物の立場だったらどうなるんだろう？」ということも考えるし、帯に書かれている「この世界を生きる意味」についても考えさせられますよね。この小説で描かれている緊縛は、人間関係にも共通することだし、日本社会そのものだと読み替えることもできる。その意味では、日本人は〝縛られる〟のが本当に好きですよね。自分でしがらみを作っていって、恍惚（こうこつ）の表情を浮かべながら「ああもう、縛られて動けないよ」と文句を言っている。イスラム武装組織に拘束されたフリージャーナリスト、安田純平さんに対する自己責任論がまさにそれでしょう。安田さんに対して、彼の取材方法に対する議論はされて然るべきだと思うけれども、人質になった邦人を保護するのは当たり前の話ですからね。

中村　当たり前ですよ。国には自国民保護の原則がありますからね。

津田　パスポートを発行するとき、我々は邦人保護のための費用を取られてますからね。皆で共済金を出し合っているようなものでしょう。

中村　安田さんを批判する人の中にはまず、渡航禁止地域にジャーナリストが行くことを非難する人がいますよね。でも、渡航が禁止されているような地域だからこそ、そこで何が行われているのかを知らなければならない。そのためにジャーナリストが戦地に行くっていうシンプルな行為を否定する人はそんなに多くないと思うんです。そして、そこで何が行われているのかを知るためには、かなり大勢のジャーナリストが取材に行かなければ真実には当たらないですよね。だから一定数のジャーナリストが渡航禁止地域に行く必要があるってこともたぶん理解してもらえるんじゃないかと思う。一定数のジャーナリストが渡航すると、必ず捕まってしまう人が出てくる。かなりの数で危険な地域に渡って、全員が無事に帰ってくるなんてありえないでしょう。

津田　「捕まるなんて準備不足だ」という批判もありますけど、どんなに準備したとしても、現地のコーディネーターに裏切られて拘束されるなんてことは、いくらでも起こりえますからね。

中村　無事に帰ってくる人もいれば、捕まる人もいる。ジャーナリストは必ず何割か捕まるんですよ。今回はたまたまそれが安田さんだったけど、安田さん以外にもあのグループに捕まっているんですよね。そこで身代金を払うことについて、「彼らの資金源になってしまう」と批判する人がいる。ただ、彼らに身代金が支払われてしまうことと、そこで何が行われているかを暴くこと、その天秤を俯瞰(ふかん)して考えると、身代金が渡ってしまったとしても事実を知らなければ社会としては非常にまずいですよ。歴史を振り返ってみても、かなりまずい。

もう一つ、身代金を手にした彼らが、そのお金で武器を買うことはあるとは思います。ただ、お金に困ったときに彼らが何をするかというと、現地で略奪をするんです。そういう全体の構造を見なければ、正しい議論ができなくなる。ジャーナリストが人質になってしまうのは、あくまで確率論ですよね。どんな人格であろうが、どんな実績であろうが、捕まってしまった人を助けることとは関係がないんです。その大前提がなければ、極端な話、近所で評判が悪い人は救急車で運ばれる権利がないという話になってしまう。

津田　海外の報道を見ると、安田さんを批判する意見がないわけじゃないけど、「なぜ日本では自己責任だと叩かれるのか？」という報道が多いんです。その背景にあるのは日本のマスメディアの問題です。日本は、国際報道が異様に少ないんですね。海外では「世界情勢がどうなっているのか？」ということが生活に直結するので、トップニュースは国際報道が多い。ポータルサイトのニュースを見ても、ずらりと並ぶアクセスランキングの上位は国際ニュースです。でも、日本は国内の話か、ゴシップばかりが上位を占める。だから海外に目が向かないんですね。

　興味深いのは、最近はお笑い芸人やタレントがワイドショー的な番組で社会問題について語りますけど、彼らはほとんど口を揃えて安田さんの自己責任論を語っている。その一方で、ダルビッシュ有と本田圭佑が「解放されてよかった」と肯定的な発言をして、ダルビッシュに至ってはツイッターで市井の人とやり合っていたでしょう。国内のタレントが自己責任論を語り、海外に拠点を置いている彼らが安田さんを擁護したのは実に対照的だと思います。日本の場合、現地に特派員を置いて取材をしても「紙幅がないから無理だ」と言われて、国際報道が記事にならないんです。

中村　それは日本が島国だからですかね？

津田　それと言語の問題も、でしょうね。日本人は外に目を向けないので、難民の問題だってリアリティがない。実際に先進国としては異例なほどに難民を受け入れていない。マスコミの人に「もっと国際報道を増やしてくださいよ」と言っても、やっても反響がないから難しいと言われてしまう。これは卵が先か鶏が先かという話で、反響がないから国際報道が少ないのか、皆が興味ないから国際報道が少ないのか、どちらが先なのかはわからないんですけど。

インターネットと文学の距離

中村　津田さんの新書の新刊『情報戦争を生き抜く　武器としてのメディアリテラシー』は、ここ数年にインターネット業界で起きたことを俯瞰して眺められる作りになってますよね。大変ためになりました。『R帝国』を書いたとき、ネトウヨっぽい人をキーワードで検索して、逐一ツイッターなどをチェックしたんです。その作業はすごく辛くて、いかにもネトウヨ的な人も溢れていたんだけど、中には「えっ、何でそうなるの?」と思うような人もいたんです。普段は普通に社会人として働いていて、休日には小さい子と一緒に出かけている写真をアップしているのに、ネトウヨ的な発言をしている。

津田　リアルで本人に会うと、すごく良い父親だったりしてね。

中村　そういう人が出てきてしまうのは、津田さんの本にも書かれている、「インターネットで情報操作をする企業」の影響が大きいんですかね?

津田　それもあると思います。あと、世代の問題もあるんじゃないですかね。僕らの世代だと、バブル経済は高校のときに終わっていて、その恩恵にあずかってはいないけど、何となく残り香ぐらいは嗅げる世代なわけです。大学生のときに阪神淡路大震災とオウムの地下鉄サリン事件が起きるまでは、「バブルは弾けたけど、日本はまだまだ大丈夫だろう」と思っていて、先行きの不安感はなかった。でも、中村さんの世代になると高校生のときに阪神淡路大震災と地下鉄サリン事件だから、「これから日本は沈んでいくのかもしれない」という感覚が強かったんじゃないですか。

中村　そうですね。大学を卒業する頃には就職氷河期でした。

津田　それ以降はもう、暗い未来しか描けないのがデフォルトになっている。ぼくは二〇二〇年まで早稲田大学で授業をしていたのですが、あからさまにネトウヨっぽいことを言う学生はいないんだけれども、やっぱり現状維持的な志向を持っている学生が多いように感じました。何かを変えて今より悪くなってしまうぐらいなら、そこそこの現状を選びたいって人が多いんだと思います。

　三年前に出た『リスク社会を生きる若者たち　高校生の意識調査から』という本があるのですが、その内容に衝撃を受けました。高校生を対象に、「日本の文化や伝統はほかの国よりも優れている」「太平洋戦争の件で日本は謝罪すべきだ」といった項目を設けて、二〇〇一年、二〇〇七年、二〇一三年に社会調査をしているんですけど、「日本の文化や伝統はほかの国より優れている」を肯定する人は増えて、「太平洋戦争の件で日本は謝罪すべきだ」を肯定する人は減っているんです。

中村　衝撃的ですね。二〇〇六年に教育基本法が改正されていますが、そこから如実に変わっている気がします。

津田　この社会調査で印象的だったのは、もう一つ、「校則を守ることは当然」という設問に対する回答です。この設問に「守ることは当然」と回答した人は、二〇〇一年には六八・三パーセントだったのに、二〇一三年には八七・九パーセントまで上がっている。

中村　これは怖いですね。もちろんそこには聞き方の問題もあって、「校則を守るのは当然か」と言われれば「まあ校則だしな」と考える人もいるとは思うけど、数字に変化があるのが嫌ですね。

津田　九割近くが「守るのが当然」だと思うようになると、「ルールそのものがおかしいんじゃないか」というクリティカル・シンキングが育たないですよね。

中村　この「守ることは当然だと思わない」と答えた一割の、その中の九割はヤンキーっぽい人かもしれないけど、さらに残りの一割の中にイノベーティブな人がいるんでしょうね。加えてヤンキーっぽいイノベーターもいるはずです。でも、何だろう、やっぱりネットの言動の影響も大きいと思います。どんなにしょうもない言動でも、その影響を受ける人は確率論として必ず出てくる。津田さんの本を読んで僕が感じたのは、プラットフォーム業者の無責任さですよ。

津田　たとえば、グーグルはヘイトスピーチやフェイクニュースをしばらく放置してましたが、広告を引き揚げると言われた途端に「一万人雇って対策を講じました」と言い出した。だったらもっと早くできただろ、あれだけ利益上げてるんだからっていう。あれは相当酷い話なんですよね。

中村　津田さんの本を読んでいると、あの無責任さがようやく変わってきたことが示されてはいるんですが、一五年前にやっておけばもっと違っていたんじゃないかと思ってしまう。

津田　一五年前となると、社会とネットがそこそこ分離してたんですよね。でも、今はツイッターをうまく利用して分断を煽り、トランプ大統領が誕生するぐらい影響力が大きくなってしまった。その結果として、情報の流通量のパイが奪われてマスコミが衰退してしまったというのがここ数年の状況だと思います。

中村　僕の考えとしては、ネットと文学はあまりリンクする必要がないと思っているんです。津田さんはちょっと違う意見をお持ちだと思うんですけど、僕はどうしても紙というものを守りたいんですよね。電子書籍と紙の本だと、前頭葉の働き方が違うという話があるじゃないですか。電子で小説を読むと、紙で読むときとは理解のされ方が違ってくるとなると、ちょっと困惑するんです。だから僕は「デジタルに囲まれた生活の中で、ときどき紙の本を開いてゆっくりしませんか？」というライフスタイルを提示したい。インターネットはあくまで告知に使う。自分の作品はもう、電子書籍化はほとんど認めてないんです。以前のすごく売れた本だけは仕方なくしてますけど。それでマーケティング的に問題があるかというと、全然大丈夫なんです。

津田　僕はどちらかと言うと、紙とデジタルは共存できると思っているんですよ。二〇〇〇年生き残った書籍の形態である見開きのフォーマットは強くて、紙の本はこれからもなくならないと思ってます。

　面白いなと思ったのは、イギリスのインディペンデントという新聞が、二〇一六年の三月で紙の発行をやめたんですね。一九八六年に創刊された新興の新聞社で、四〇万部くらいまで部数を伸ばしてたんですけど、ネットの煽りを受けてどんどん部数が下がっていたんです。紙の新聞は印刷代もかかるし発送コストもかかるので、デジタル配信のみに切り替えたわけです。当初は英断だとそれなりに評価されました。でも、記事の読まれ方の変化を調査した研究グループがあって、彼らによると「インディペンデントはまずい選択をしたのではないか」と。なぜかというと、紙とデジタル版では、読者が記事を読む時間が全然違うという結果が出たんです。紙の読者は新聞を五〇分から一時間かけて読んでいたけれど、デジタル版だと気になる記事を五分くらい飛ばし読みをするだけで、圧倒的に新聞を読まなくなってしまった。それはつまり、紙はいまだに真剣に〝読める〟メディアだということもあるし、ネットの画面だと人は真剣に読まないということでもある。もう一つ、インディペンデントの最大の誤算は、紙で定期購読していた読者がデジタル版にはほとんど移行しなかったんです。

中村　アメリカでも似たような話がありますよね。電子書籍が普及しだしたときに、小説もその波にのまれ電子化が進んだけれど、結局、今はまた紙の書籍に戻ってきている。

津田　Kindleが出てきた当時は紙の

本がすべてなくなると言われていましたが、実際そうはなりませんでした。アメリカだと紙の本が七割、電子書籍が三割ぐらいで安定している。日本だと紙が八割で電子が二割ぐらい。そうやって均衡した状態がこれからも当分続くんだろうなというのが、ここ一〇年で見えてきたことですね。

中村　それが一番良いと思います。作家と本屋さんは一蓮托生で、本屋さんがなくなると駄目なんです。本屋さんが近くに二つあって、そのうちの一つが潰れても、お客さんがもう一つの本屋さんに集中するわけではないんです。初版部数というのも本屋さんの数と関わりがあって、本屋さんが少なくなれば部数は減っていく。もちろん元々本屋が好きだから守りたいんですが、さらに作家も本屋も存在として完全にリンクしている。だから電子にしたくない面もあるんです。

津田　それに関してだけは中村さんと意見が違います。中村さんの小説を紙で読む熱心な読者には、おそらく電子書籍は何ら影響を与えず、紙の書籍を買い続けると思いますよ。購買行動を見ていると、紙で買った読者が電子も買ったりしているんですよね。だから、ファンサービスとして電子書籍をやるのはアリだと思います。少なくとも中村さんが生きているあいだは、電子書籍が紙の本を駆逐することは起こらないと思うので。

中村　作品を残し続けたいという願望があるので、死んだときは全部電子化を許可しようとは思ってるんですけどね(笑)。ただ、海外は別で、電子書籍をすべて許可しています。オーストラリアやアフリカに英語版の本を運ぶよりは、電子で飛ばしたほうがかなり効率が良いので、世界マーケットだと電子は非常に良いんです。仕方ない面もあって。アメリカ国内でも、本屋に行くまで車で一時間以上かかるような地域が多いですから。

津田　だったら今のうちに国内でも許可していいんじゃないんですか(笑)。僕はそうお薦めします。

丁寧な議論を取り戻す

中村　少し話が変わりますけど、安倍さんは憲法改正を諦めたんじゃないかと僕は思っているんです。津田さんはどう思います?

津田　どうだろう。憲法改正を実現するのは難しいとは思ってるんじゃないですかね。

中村　僕が心配しているのは、憲法改正に向けた国民投票が行われると

私と街たち(ほぼ自伝)

吉本ばなな

“街に自分だけの歴史が積み重なり、深い色になっていく”(本文より)。東京の街を通じて時代を描き出す、自伝的エッセイ集。

▼一六五〇円

わたしたち

落合恵子

一九四五〜二〇二一年——「わたしたち」四人は十三歳で出会い、友情を紡ぎ、それぞれの「わたし」を生き抜いていった。感動長編!

▼一八七〇円

漢字で覚える韓国語
日本人だからできる!

市吉則浩

実は韓国語の単語の七割以上が漢字語。本書は漢字とハングルを並記しているので初心者でも簡単に覚えられる! 同タイトル本の新装版。

▼一九六四円

血を分けた子ども

ヒューゴー賞、ネビュラ賞、ローカス賞の三冠に輝いた表題作をはじめ、伝説のアフリカ系アメリカ人SF作家の名短篇集が待望の邦訳。

なったときに、CMが大量に流れることなんですよね。そこには憲法の話だけじゃなくて、過度なナショナリズムを煽るメッセージも絶対巧妙に入ってくる。ネット動画の影響で人が変わってしまうこともあるけれど、これがテレビでも流れるとなると目も当てられなくなると思うんですよね。

津田　そのCMは広告会社が高いカネで引き受けるでしょうね。今のネット選挙になってからは、自民党のPR戦略はすべて電通が担当していて、九月に沖縄県知事選を取材しているときも「選挙戦が変わった」という声をよく耳にしました。電通が沖縄県知事選で大量に流れたデマにどれだけ関わっているかは不明ですが、佐喜眞候補のウェブサイトがとてもよくできていたりするのを見ると、かなり情報戦に力を入れている印象を受けますね。

安倍さんとしては一気に憲法改正に持っていくつもりだったんでしょうけど、沖縄県知事選は結構効いていて、難しくなってきている部分はありますよね。ただ、安倍さんが憲法改正を諦めたとしても、彼の支持層からのプレッシャーが強いので、そこでどう折り合いをつけるのかが難しいでしょうね。

中村　僕が卑怯（ひきょう）だなと思うのは、安倍さんがビジョンというか、その正体を見せないところです。日本会議がどういうところなのか説明して、「私たちはこう思っていて、こういう日本にしたいと思います、どうですか」と素直に言えばいいのに、それを隠すじゃないですか。あのやりかたに苛々するんですよね。

津田　安倍さんにしても稲田朋美さんにしても、ああいった場所で話していることはサービストークでやっているようなところもあるわけですよね。ある程度は本気で思っているところもあるんだろうけど、そうやって内輪のクローズドなコミュニティで威勢がいいことを言ったとしても、それは可視化されなかった。それが今、ネットを通じて可視化されるようになってきている。

中村　彼女がそれに自覚的だったかわからないけれど、杉田水脈議員にも何かしらの役割があったと思うんですよね。社会のコンセンサスとして「言ってはいけない」とされていることがあるんだけど、そういうことを「あえて言ってみる係」というか、常識をちょっとずつ崩す役割を担っていたと思うんです。別に組織立ってやっているわけではないんだろうけれど、タブーとされていたことを少しずつ崩していく。維新の会や、在特会や日本第一党にもそれに近いものを感じます。つまり、彼らの発言によって日本がそこまで過激になることはないけれど、タブーとされていることをあえて発言することによって、社会のコンセンサスが少しずつ崩れていく。そういう世の中の流れに対して気味の悪さを感じますね。

今回の「新潮45」の問題というのは、彼らが内輪でやってきたことをオープンな場所でやってしまったわけですよね。それによって彼らの酷さが知られたことは大きかったと思うんです。彼らのやろうとしていることがバレたというんですかね、それはいい流れかなと思ってます。

津田　「新潮45」の問題に関して言うと、あれが「月刊Hanada」や「WiLL」に掲載されていればこんなふうに問題にならなかったわけですよね。あれはやっぱり、新潮社で書いている作家たちがショックを受けて「もう新潮社で仕事をするのは嫌です」という話が出てきて休刊にまで至った。そういうビジネス的な理由もありますよね。

中村　「Hanada」や「WiLL」はあれで完結してますけど、新潮社はもっと社会的な出版社なんですよね。そうした場所では、あれは通用しないのだとハッキリしたのは良いことだと思っていて。あの記事がずるずると「これも一つの意見だ」と許容されてしまうことのほうが怖い。その危険に無自覚に言葉を発する人が多過ぎる。雑誌の休刊という出来事は辛いことだけど、今回のケースでは休刊になってほっとしたというのが正直な感覚です。言論には責任が付きまとうということがはっきりした意味においても。休刊ならリニューアルして復刊することもできますから。

津田　ちなみに、「新潮」に掲載された高橋源一郎さんの『「文藝評論家」小川榮太郎氏の全著作を読んでおれは泣いた」はどう思いましたか？

中村　あれはとても良かったです。

津田　でも、あれを「小川榮太郎に同情的だ」と批判する人もいるんですよ。僕から見たら彼に全然同情なんかしていなくて、厳しい言葉で突き放してると思いますけど。

中村　これまでに出たあらゆる評の中で、僕が知っている限りで言うと、小川榮太郎氏が一番傷つくのはあれでしょう。ただ、そのことではないんですが、リベラル側の人に対して、「それは厳し過ぎるんじゃないか」と思うときもあるんですよね。以前、ファティ・アキンというドイツの映画監督とお話しする機会があって、そこでトランプ的なものとオバマ的なものという話になったんですね。ファティ・アキン氏はすごくリベラルな人なんですけど、彼は「私たちはヨーロッパで急ぎ過ぎた」と言っていたんです。リベラルな価値観を性急に伝えようとしたせいで、進歩的な考えに対する反動が生じて、それでトランプ的なものが台頭してしまった、と。人々に高い要求をするリベラリズムは反動を生んでしまう。最近は、そういう速度の問題を考えるようになってきています。こういうことを言っていいのかわからないけれど、『教団X』のときは、自分の読者以外の人も信じていたんです。でも、『教団X』に対する反応を見ると、性描写に対する批判があったんですよね。意味があって意図的にやっているとすぐ理解されると思っていたんですが。確かに、多過ぎるとは自分でも思いましたけど（笑）。あの小説はリベラル的な思想や感覚を表面にも根底にも意図的に染み込ませて書いた小説なので、その部分に我慢ならない人は大勢いるとは思っていました。でも、その核心部分を指摘できないから、他の部分で貶（けな）されているという印象もあって。

津田　貶しやすいところから攻めていく。それは安田さんの話とも同じ構造ですね。

中村　『R帝国』を書いたときは、自分の読者以外はある意味信頼しないようにしようと思って、徹底的に論を展開したんです。それは上手くいったと自分では感じています。そういう小説を書いた後に、さらにどういうアプローチができるかと考えたときに、さっきのファティ・アキンの話も踏まえつつ、反動が起きない融和という方向性を目指していかなきゃいけないなと思うようになったんです。

津田　社会的な関係を作ると説得を聞き入れやすくなるというデータがあります。ナラティブ・アプローチと言われているものです。どんなに受け入れられないような考えを持っている人でも、共通点があったりする。たとえば海外だと宗教があるので、「あなたはそんなことを言っているけれど、聖書にはこう書いてあるでしょう」と糸口を作ることができる。それはジャーナリズムが今まであまりやってこなかったことなんですよね。社会的な関係を作るための言葉が必要で、そういった言葉は文学から生まれるのではないかと思います。

中村　そうですね。ドストエフスキーが言うように、人間は思想が感情で凝り固まってしまうと、何を言われても変わらなくなるんですよね。思想が凝り固まった人を変えるには、大きな感情をぶつけて、かつ代わりの思想を与える必要があると。津田さんが仰った方法や、物語の力で、そういった人たちの感情を動かす方法もあるでしょうね。あとは、論を書くときにも、ちゃんと相手の反論を想定しながら書くというか。相手がどう反論してくるかも予測しながら丁寧にやることによって、ちょっとわかってくれる。丁寧に言うこと。その繰り返ししかないのかなと、いまは思っています。

(後記)文芸誌「小説トリッパー」で僕の特集をしてくれた時、誰と対談したいか聞かれ、今後の日本にとって、重要な存在になる津田さんとお願いしました。文芸誌に、津田さんの言葉を届けたかった。二〇二二年現在、津田さんは「ポリタスTV」という試みをしてますので、興味のあるかたはぜひ。

(安倍元首相は、憲法改正を諦めてなかったですね……。ちなみに『教団X』の性への批判は、それだけではなくて、「性嫌悪」から来るものもあったと思います。これに関しては、剝き出しの人間というテーマもあるので、あの作品で性をオブラートに包むと嘘になり、ああいう描写が必然でした。当然ですが、作品によります。

性を抑圧すると人は苦しくなると言ったのはフロイトですが、イスラム社会のように、性を表に出さない文化になるのも一つの考え方だと思います。でも僕は違う考え方なのです。繰り返しになりますが、でも作品によります。)

×松尾豊（東京大学教授）

人工知能と文学――〝意識〟は一体、誰が描いたプログラムなのか

――「ダ・ヴィンチ」2016年8月号／KADOKAWA　取材・文＝吉田大助　脚注＝アフロ

中村　人工知能という分野には、以前から非常に関心がありました。僕は普段小説を書いているんですが、科学やテクノロジーのニュースが好きで、専門書もよく読みます。松尾さんの本（『人工知能は人間を超えるか』）も読ませていただいたんですが、本の中に何度か「人間の知能がプログラムで実現できないはずがない」という言葉が出てきますよね。あれ、グッときました。

松尾　ありがとうございます（笑）。人間の脳には多数の神経細胞があって、そこを電気信号が行き来している。つまり脳は客観的に見れば、「電気回路」で、やっていることは情報処理なんです。ですから、コンピュータで実現できないはずがない。人工知能は、古くはその実現を目標にした分野です。

中村　素人なりの意見を言わせていただくと、僕も実現できるはずじゃないかと思っています。では、意識を発生させることは可能なんでしょうか？　その場合、人工知能に「原意識」が現れて、そこから「私」が生まれるのか。それとも、人工知能に「私」の意識をプログラムすればいいのか。

松尾　まず、意識というのは、自分で自分をモニターする機構だと思うんですね。「自分のことを考えている自分」「『自分のことを考えている自分』を考えている自分」というふうに無限後退をする感覚が、意識と呼ばれるものではないかと思います。

中村　ということは、人工知能に意識を持たせるには、「お前は自分を〝私〟と思う」とプログラミングすれば。

松尾　ええ。「知能」って何なのかというと、「サンプル数が少ないにもかかわらず、自由度の高いモデルを同定する力」だと思うんです。例えば、「自分がこうやった時にはうまくいった」「他の人がこうやった時にはうまくいった」。「じゃあ、自分と相手は似ているから、自分もできるかもしれない」。自分の経験は少ないにもかかわらず、相手の経験をサンプルに取り入れることで、人間は世界を「モデル化」することができる。そういう方針を取ったほうが、単純に生存確率が上がりますよね。そう考えていくと、学習の精度を上げてモデル化の効率を高めるためには、人工知能も自他の区別は付けておいたほうがいいはずなんです。

中村　今の質問をさせていただいたのは、僕の最新刊の『私の消滅』が、意識の問題を扱った小説だからなんですが……。

松尾　なるほど（笑）。

中村　あの小説は、人間の意識というのは確かなものではない、もしかしたら入れ替えも可能なんじゃないか、というアプローチで書いたものでした。そもそも人間に本当に意志というものがあるのかという問題もあって。その人固有の意識というものが本当にあるんでしょうか？　リベット[*1]という人の有名な実験で、人間は自分が指を「動かそう」と思う〇・三五秒前に、もう脳のその部位が反応している、と。デカルトは「我思う、故に我あり」と言ったけれども、だいぶ怪しいぞと思うんです。

松尾　いわゆる「自由意志」の問題ですね。僕の意見としては、ないと思っています。人間は自分が手を動かしているように思っていますけれども、自動機械で勝手に動いているだけで、自分の意思の介在する余地はない。ただ、自分が意志を持って動かしているような感覚はしている、という。

中村　この話を始めると、怖くなるんですよね（笑）。めちゃくちゃ面白いんですけど。

松尾　脳のモデルとかも全部、物理的な方程式で書かれているんですけれども、どこにも自由意志の入る余地がないんですよ。前の状態で、次の状態が決まっているんです。そうすると、ひとつ大きな問題が出てきまして。自由意志がないと思うと、頑張ろうと思えなくなるんです（笑）。自分の意思なんて関係ないんだから意味ないよね、みたいな。

中村　そうなんですよ。実は『教団X』という小説で、それも書いたんです。人間に自由意志なんてないかも、と書いた後で、これはまずいぞと。わざわざ登場人物に「でも、自暴自棄になっちゃダメです」みたいに言わせたんです。

松尾　それ、すごく大事なことだったと思います（笑）。

最新の人工知能は言語の領域まで研究が進んできた

中村　「ディープラーニング」[*2]は、人工知能研究に起きた五〇年来のブレイクスルーだと書いてらっしゃいますよね。そこから人工知能は急速な進展を始めるはず、と。興味深いなと思ったのが、シンギュラリティ（技術的特異点）って考え方が出てきますよね。人間より賢い人工知能ができて、さらにその人工知能が自分よりも賢い人工知能を作れるようになると、人工知能の爆発的な進化が起こる。予想では確か、二〇四五年。

松尾　そうですね。発明家で現在はGoogle社にいる、レイ・カーツワイルはそう主張しています。

中村　人間を超える知能を、人工知能が持つことになるわけですよね。そうなってくると、例えば物理学の世界で、相対性理論と量子論が合体すれば、究極の理論ができあがると言われている。それを人工知能が解く可能性はありますか？

松尾　あると思います。現実に起こっている現象をモデル化する、それをエレガントな式で統一的に書くということは、人間ができる以上、人工知能でも将来のいつの時点かではできるはずです。ただ、そもそも人間の見え方は一面的だと思うんですよ。僕らは普段、僕らの脳でしか考えていないですからね。この世界で起きている現象について、これまでの物理学とはまったく違う理解の仕方もあるはずだと思うんです。進化した人工知能ならば、人間には見えない秩序が見えたりするのかもしれない。

中村　でも、それは人間には理解できない、説明されても分からないかもしれないですね。「これこれこうだよ」って人工知能に言われても、「は？」と。

松尾　数学がすごくできる人が、数学がすごくできない人に教える時と一緒ですよね。「こうなるからこうなんだよ」「そう言われても！」と（笑）。

中村　そうなんですよ。僕は完全文系なので、「分かりやすい相対性理論」って本を読んでも、分からないんですよ（笑）。別言語だなって感じるんです。

松尾　人間の見え方っていうものは、数あるたくさんの見え方の中の一つにすぎない。人間はそこに捕らわれているんだっていうことを、人工知能を使って、僕自身が納得できたらいいなって思っています。

中村　言語の話で言うと、松尾さんの本に出てきた、なぜ機械翻訳が難しいかという問題が面白かったです。「He saw a woman in the garden with a telescope.」という文章を、人工知能は「彼は望遠鏡で、庭にいる女性を見た」というふうには訳せない。なぜかというと、庭にいるのは彼なのかそれとも女性なのか、望遠鏡を持っているのは彼なのか女性なのかが分からないから。人間ならば直感的に分かるようなことが、機械には分からない。結局、言葉を使いこなすようになるためには、生活、人生を知らなければならないってことなんですよね。

松尾　そうなんです。今はスマホにも人工知能が入っていて、お喋(しゃべ)りができるような秘書機能アプリもありますが、言葉の意味理解ができてなくて喋っているんですよ。理解しているように、見せかけているだけなんです。でも、それも一〇年とか一五年ぐらいでたぶんできるようになるはずです。人工知能が意味理解をできるようになると、翻訳もできるようになる。意味を介した会話もできるようになると思います。

中村　本も読めるようになるわけですよね。近い将来、人工知能が僕の小説を読んだら、どんな感想を言ってくれるのか気になります。

人工知能が実現する最後の領域は小説!?

中村　人工知能はチェスのチャンピオンに勝った、将棋のプロに勝った。でも、囲碁で人工知能が人間に勝つのはもう少し時間がかかるだろう、と本の中で書いてらっしゃいましたよね。

松尾　今年、勝っちゃいましたね（苦笑）。あと三年ぐらいかかると思っていたんですよ。まさかあんなに早いとは。[*3]

中村　他にも何か、大きな進展はありましたか？

松尾　ディープラーニングは①認識②運動③言語という順番でできるはずなんですけれども、「言語」のところが今少しでき始めているんです。資料をモニターに映しますね。

中村　さすが東大、ハイテクですね……あっ、パソコンにコードを繋いだだけだった（笑）。

松尾　例えば「自動キャプション化」という技術では、画像を入れると、文が出てくるんです。[*4]

中村　えっ、ギターを弾いている男の人の画像を入れたら、人工知能が〈man in black shirt is playing guitar.〉という文を提示してきたってことですか？

松尾　そうです。昨年末に発表された研究では、その逆ができるようになってきたんですよ。文を入れると、絵が出てくるんです。〈A very large commercial plane flying in blue skies.〉という文章から、青空を飛ぶ飛行機の絵を出してきた。しかもこれ、人工知能が画像を検索して出しているのではなくて、人工知能が描いているんです。

中村　これ、すごいです。なんでだろう、絵が出てくるほうがすごいって感じる。

松尾　そうなんですよ。これは本当にすごくて、僕もびっくりしたんです。「blue」を「rainy」に変えると、背景が曇り空になるんですね。現実だったらありえない文を入れることもできるんですよ。〈A stop sign flying in blue skies（止まれ標識が青空を飛んでいる）〉と入れると、それに合う画像を生み出してくれる。人間は日々、言葉からイメージを生成し、そのイメージを脳で再生したり処理をして、それをまた言葉に直してということをやっています。この技術で人工知能がまた一歩、人間の知能に近付いたと思います。

中村　人工知能は芸術が生み出せるのか、という議論もありますよね。でも、人工知能が小説を書くのって相当難しいと思うんですよ。

松尾　人工知能はまだ言葉の意味理解をしていないので、小説はだいぶ先ですね。

中村　ボルヘスというアルゼンチンの作家が書いた、『バベルの図書館』[*5]という小説があるんです。その図書館は、アルファベットの組み合わせによって書かれた、すべての本が収められているとされる。これまでに書かれた本、そしてこれから書かれる本が、全部そこにあることになるんですね。でも、その中でどれがいい本なのかは、実際に読んで探し出さなければ分からないんですよ。選ぶのは結局、人間なんです。

松尾　そう。評価するところでは、人間の力が必要です。

中村　言葉の組み合わせが、例えば将棋とか音楽の音符とかに比べても多すぎるんですよ。僕が小説家だからそう思うのかもしれないけど、小説って人工知能が実現できる、一番最後の分野かなと思うんですよね。でも、今の松尾先生のレクチャーを聞いていて思ったのは、現段階の人工知能を言葉の創造性の分野に使えるとしたら、エラーの部分かなと。「何これ？　何この表現？」ってなる間違った文章が、人間にとってはい刺激になるかもしれない。シュールレアリスムっぽい、実験詩みたいなものはできるのかも。

松尾　なるほど。面白いです。

中村　さっきの「進化した人工知能と人間とでは、世界の見え方が違うかもしれない」という話でいうと、もしかしたら人工知能が書いた小説は、人工知能を号泣させられるのかもしれない。「全米が泣いた！」みたいな感じで、「全人工知能が泣いた！」[*6]と（笑）。

生物が「生き残る」ことを人工知能の視点で言うと？

中村　僕が人工知能に興味を持っている理由は単純で、真実を知りたいんですよ。「人間ってなんだ？」ということ、人工知能の研究を通して考えてみたいんです。ある意味、小説家は卑怯（ひきょう）なんですよ。専門家の方々の研究成果をいただいて、自分の想像力の材料にしているんです。

松尾　小説家の方が、人工知能に興味を持ってくださるのは嬉しいですね。僕もSF小説は小さい頃から好きでしたし、人工知能研究を始めた好奇心の原点のひとつでもあるので。

中村　ちなみに、「ダ・ヴィンチ」読者にお薦めの一冊はありますか？

松尾　テッド・チャンの『あなたの人生の物語』でしょうか。あの本に収録されている「理解」という短編は、僕が読んだ中では一番、人工知能が賢くなった場合の未来像を描いているんじゃないかと思っています。

知能が極限まで発達した人間の話なんですが、人工知能に当てはめることもできると思います。

中村　僕も読んでみます。

松尾　かれこれ二〇年以上、人工知能の研究をしているんですが、やればやるほど、人間ってよくできているなあと思いますよ。二〇年来の研究のひとつの結論としては、「人間ってすごい」です（笑）。

中村　脳には神経細胞が千数百億。とんでもないですよね。

松尾　最近よく考えているのは、生物は「生き残る」っていうことをただひたすらやっているんですね。言い方を変えると、「自己保存の確率を最大化している」。それって人工知能のフィルターを通して見てみると、「自分が一番生き残りやすい特徴量の空間を探している」ということだと思うんです。人工知能を研究することで、「生きているとは何か？」についての新しい視点を手に入れられる。そんなことも思っていますね。

中村　人間の本性を知ることに繋がっていくという点で、人工知能研究と文学はかなり近いんだなと感じました。とても面白かったです。今日は本当にありがとうございました。

（後記）様々な機材も動かしながら、柔らかく丁寧に、伝えてくださるかたでした。人間とは何か、脳とは何かを知るために、ＡＩへの興味は尽きないです。意識についての意見が一致した時は、やはりと思いながらも、ゾワっとしました。

＊1　ベンジャミン・リベット（二〇〇七年没）。筋運動の際に発生する電気信号に着目し（脳からの指示が先か、人間の意識が先か）、人間の意識、自由意志にかかわる先駆的な研究を行った生理学者。

＊2　深層学習。人工知能の世界における最新の学習法。単に答えを導くのではなく、入力と答えを固定し、その入力から答えにたどり着くための特徴量（方程式の変数みたいなもの）について試行を重ねて探ることにより、人工知能には「AならばB」ではない柔軟な演算（例えるならば「○○的な」という人間のモデリングにも似た絞り込み）が可能になる。膨大な回数の試行が必要になるため、スーパーコンピュータの発達が前提だった。

＊3　二〇一六年三月、グーグル・ディープマインド社が開発した囲碁の人工知能「アルファ碁」は世界のトップ棋士、韓国のイ・セドル九段に勝利（五戦四勝）。「人間の目にはミスに見える手」で圧勝した。

＊4　画像を入力するとその要素が自動的に文章化される仕組みで、その逆にテキストが入力されると画像を出力する人工知能も（インターネットの画像検索）。

＊5　アルファベット（二二字）と空白、カンマ、ピリオドの合計で二五文字。それらの組み合わせによって表現可能なすべての本が所蔵されているのが「バベルの図書館」であり、よってこの『バベルの図書館』という本自体もその図書館に含まれているという。

＊6　絵画の世界では二〇一六年四月、一七世紀の画家・レンブラントの「新作」が人工知能によって生み出されている（出力は3Dプリンター）。レンブラントの作品を解析することでタッチや手法が再現されたのはもちろん、肝心の題材としては彼が一貫して描き続けてきた黒衣の白人中年男性が選ばれた。

×白井聡（政治学者）

「戦後」を動かぬ日本に問う

――「すばる」2015年2月号／集英社↓『白井聡対話集』2018年2月／かもがわ出版

政治を語れない若い世代

中村　はじめまして。いつか白井さんにお目にかかってお話ができたらと願っていました。今回はありがとうございます。僕が最初に白井さんに興味を持ったのは、あるテレビ番組を見ていたら、そこに政治を語る若い人がいたわけです。また嫌中、嫌韓をあおる人気取りの評論家みたいな人だったら嫌だなと思っていたら、全然違って、その人は堂々と安倍政権の批判を始めた。特に、安倍政権が戦後レジームの脱却と言いながら、じつは戦後レジームの強化をしているのだという主張に、僕はものすごく共感を覚えまして。

白井　そういうことを言う人は、僕らの世代では非常に少数派なようで、孤独を感じることもあります。

中村　そう、少ないですね。だから、僕は嬉しくなって調べてみたら、あの『永続敗戦論』の作者で、しかも僕と同い年ということがわかって、ぜひお会いしたいと。

白井　ありがとうございます。今度新刊で出る中村さんの『教団X』を読ませていただきましたが、とくに政治的な部分、あるいは社会空間のとらえ方など、僕がずっと考えてきたことと共通するものが多いなと感じました。

僕らは三〇代ですけど、同世代の人たちについて感じる違和感は、本当の意味での政治の話をしない、大文字の権力について語ることに異常なまでに禁欲的であるということです。僕の『永続敗戦論』も書店のデータによれば、読んでいる人の九七％が五〇代から六〇代の男性だそうです。これは僕の力不足なのかもしれないけれど、若い世代になかなか伝わっていない（苦笑）。

中村　そう、僕らと同じようなことを言っている三〇代が他に誰がいるのかというと、僕もそんなに頭に浮かばない。

白井　「これからの日本の若い世代はどうする」みたいなゆるいテーマで、若い人たちの討論会のTV番組に出たことがあります。収録の日の直前に特定秘密保護法が通ったばかりだというのに、誰も話題にしない。だから、僕はちょっと頭にきて、なんでそれについて話さないのかと問題提起したんですね。だけど、それに対して誰もちゃんと反応しないわけです。こういう大文字の政治問題について語るのはダサいと思っているのかなんだか知りませんけど、もしそうなら下放でも食らって国家権力の何たるかを学んでもらった方がいいですね。幸か不幸か現代日本に下放制度はないんで、学習機会がありません。でもね、自分が下放を食らう可能性がないからといって、そういう国家権力の働きを考えなくていいと思い込んでいるのは、想像力の貧困ですよ。今現在の三〇代くらいの人間は下放ならぬ徴兵制から逃れられるかもしれませんが、いまの二〇代や一〇代は、経済的徴兵制を食らう可能性が現実味を帯びています。

　いまそんな世の中になっているのに、カメラを向けられて「ニッポン、キラキラ」みたいなことをのたまう奴は、公共の電波に乗せちゃいけないんですね、本当は。さらに言えば、権力の核心部分に対してこいつは何も言わないだろうなとメディア関係者から見られているから、つまり、安全牌だとみくびられているから出番をもらっているという事実についても、考える気がないのでしょう。

中村　その意味では孤独ですが、今日はじっくり話しましょう（笑）。

オウム事件の衝撃

白井　『教団X』を読んで、まず僕が中村さんを同時代人だなと思ったのはオウム事件の衝撃です。それが濃厚にこの作品に出ていると感じました。僕は正直なところ、結局あれって何だったんだろうと、いまだに消化できない部分がある。あの事件が起きたのは僕が一七歳ぐらいの時かな。

中村　僕らが高校生のころですね。

白井　そう、高校二年生ぐらいですね。もう少し年がいっていたら、より皮膚感覚でわかったかもしれないとも思う。例えば大塚英志さんは、あれはサブカルの連合赤軍事件だと言っている。確かにそういう感じもしなくはないけれど、サブカルの連合赤軍って何だと、やっぱり僕には感覚的に理解できないところがあるんです。そう言われればそうなのねと思うけれど、皮膚感覚では理解できない。共感できる可能性が感じられないのです。中村さんはどうでしたか？

中村　僕は理解しちゃったんです。

白井　しちゃいましたか（笑）。

中村　高校生のときに、ものすごく鬱々（うつうつ）としていたんです。あのときに、社会から逸脱した人たちが日本の国の論理とは全く違うグループをつくり上げていたということにものすごい衝撃を受けました。彼らが地下鉄サリン事件とか起こしていなかったら、もしかしたら自分もそこに引っ張られていたかもしれない。

　なぜかといえば、基本的に僕は社会に憎悪を抱いていたから。集団で世界を憎悪してやろうぜという、一体感のようなものに魅（み）せられたんだと思う。だけど、僕は、そのころはもう既に文学を読んでいたので、自分の場所は本を開けばそこにあったんですよ。だから行かなかったけれど、その衝撃はやはり大きかったですね。そういうことがあって、宗教についてはずっと書きたいと思っていました。でも、オウムそのものについて書くと文化論になってしまうので、小説として自分なりに考えなきゃいけないと構想を練っていたんです。

　宗教のことをやれば、結局、今の世界にあるいろいろな宗教の原理主義者・過激派というものに考えが及ぶ。ということは、日本の靖国は避けて通れないと思い至り、ああ、長くなるなと思いながらこの作品を書いたというのが流れです。

白井　なるほど。今のお話を聞いていて、おもしろいなというか、ある意味嫌な感じの話なんですが、冷戦が崩壊してから約五年後に日本ではオウム事件が起きた。で、今、世界を見渡してみると、リーマンショックから約五年でイスラム国なんですね。これに僕は奇妙な符合を感じているんです。そもそもイスラム教徒でも何でもなかったのに、イスラム国にでも行くっきゃねえと思う人が、先進欧米諸国からも出てきているわけですが、これは皮膚感覚でわかりますね。だって、リーマンショックの直後に、オバマ大統領が「チェンジ」をスローガンにものすごい期待を集めてホワイトハウスに入るわけだけど、本質的にはチェンジと呼ぶに値（あたい）することは何にもできていない。むしろ、アメリカ社会の崩壊は加速しているように見える。この空虚感というか、絶望感は軽くないのでしょう。もう、制度内で何をやっても無駄だという気持ちになる。だったら、無差別テロでも何でもやっちまえという空気が出てきてもおかしくないだろうなと。

中村　今日本に昔のオウムみたいなものがあって、その思想がとても気持ちがよければ、飛びつく人も多いかもしれないけど、不況のときは宗教は日本であまり盛り上がらないのですよ。現世御利益を説き難いから。

白井　でも、どうでしょうね。日本の場合の文脈だと、オウム的なものが長期のデフレと三・一一による社会不安を経て、日本国家全体に拡大したというふうに見ることもできるんじゃないですか。オウムがサブカルの連合赤軍、つまりサブカル的な意匠をまとった社会変革の幻想への耽溺だったとすれば、いまの右傾化はナショナリズムの意匠をまとって「左翼に汚染されていない清潔な日本」という幻想に耽溺しようとする運動に見えます。

中村　ああ、それは言える。そもそも今の日本の政治って漫画ですものね。

白井　漫画ですよ。「マックス・ウェーバーはサヨクだ！」と自信満々で叫ぶ人が国会議員でいられるんですからね。

中村　この対談の前、僕、一カ月間アメリカに行っていたんですよ。で、帰ってきたら、解散総選挙だって。何が何だかわからない。慌ててネットをぱーっと見たんだけれど、いくら読んでも、何一つ理解できない。佐藤内閣の真似とか、財務省との確執とか、意味不明な論理しか見えてこない。財政再建が急務なのに、六〇〇億を超える税金がこの選挙で使われる。この対談が世に出るころにはもう結果が出ているんだろうけど、こういう漫画的な展開にはとてもついていけない。

白井　でも、なかなか知恵者ですよ。二〇一五年はとんでもないことを次々やるぞという話です。だから来年は解散などできるわけがない。アベノミクスのメッキもはがれかけてきたし。支持率がまだもっていて敵も陣形が整わないうちにやっちまえという判断は、政局的には大変正しい。

中村　このまま今の流れを続ければ、日本は回復不能なところに行ってしまうと思います。

白井　同感です。それなのに僕らの世代をはじめ、本当に日本人は危機意識が薄いですね。

うっすらと日本を覆う感情劣化

中村　今、右派、左派といっても、明確に説明しにくいですよね。例えば原発問題にしても、本来右派であったならば、日本の土地は神の土地になるわけです。その神の土地を汚した、つまり東京電力が汚染したんだから、本来右派と名乗る人たちは、東京電力や原発を糾弾すべきなのに、なぜか原発推進になっている。

白井さんの『永続敗戦論』を読んで、親米保守という言葉をみんな深く検討してこなかったのだなとあらためて思いました。この本では、非常に強い言葉で、アメリカの力を借りて自分たちのナショナリズムの気持ちを高揚していることを批難している。沖縄に関しても、日本の土地にほかの国の基地があることに関して、本来は保守が怒るべきところを、反対運動をしているのは左派と呼ばれる人たちです。そういうねじれ現象が起きていることを白井さんも鋭くついていますね。親米だけならわかるけれど、そこに保守がつくからややこしくなるんだと思います。

靖国の問題にしても、アメリカにちょっと否定的に言われると、日本としてはどう対処していいかわからなくて、とりあえず今のアメリカが民主党だから否定的に言うんじゃないかとか理由をつけたり、時には事実を歪曲させて議論を停止させてしまう。そう考えると、要は、感情の問題なのかなとも思うんですけどね。

白井　最近宮台真司さんが、今起きている問題は何なのかといえば、「感情の劣化」だという話をしていて、僕はそのとおりだなと思いました。歴史修正主義的なナショナリズム、そういうネトウヨ的なものには、とにかく話が通じないわけです。こちらが論理的に議論を進めようとしたり、あるいは事実の誤認を指摘しても、それは捏造だとか、プロパガンダだと言って、最初から聞く耳を持たない。つまり、彼らには論理的説得は通じません。こういう状態は社会的病理だといえます。本来政治は、こうした病気を治し、発生源をなくすよう努力しなければならない。それなのに、今の政治は逆にこうした病理のエートスを燃え立たせ、それを権力基盤にしています。これは完全にファシズムの政治手法です。

中村　『教団X』を書いているとき、ドストエフスキーの言葉が浮かんだんですね。人間というのは、ある思想に感情的にからめとられると、論理でいくら言っても変わらなくて固まってしまう。彼らを変えるには、別の体験からの感情によってしか変えることはできないと。その言葉は、もろに今現在の状況をあらわしていますよね。

例えば原発の問題って、ドストエフスキー理論でいえば、感情が揺さぶられている体験なんですよ、本来ならば。なのに、感情が揺さぶられているのに変わらない。一般の人たちの意識は変わっても、上のほうの人たちは何ひとつ変わっていない。

白井　おっしゃるとおり、原発事故の対応を見ても、あんなに怖い目に遭っても、それでも揺るぎなく続けたいと思えるらしい。官僚制組織のなかで長年生きていると、感情も死ぬんでしょうね。そういうことは、カフカなどがずっと前から指摘してたことだけど、それがどんなに恐ろしいことなのか、皮膚感覚でわからせられましたね。

中村　個人個人と話せば、「原発はやめたいよね」と言うけれど、全体に対していくと、揺るぎない。つまり、ドストエフスキーの理論は、団体、もっといえば官僚機構には通用しないということがわかった（笑）。それで小説の中ではいろいろ、官僚的なことをわざと多用して、あの手この手でその構造を書いてみたわけです。

敗北のごまかし

白井　靖国に関しても、小説の中で詳しく言及されていますね。右翼は靖国は日本人の伝統的精神の結晶だと思っているみたいだけど、本当はいいかげんなものです。存在そのものが日本の伝統に全然そぐわない。中村さんもお書きになっていたけれど、もともとは日本の宗教精神の多くが、戦いで負かされたほうの霊を神として崇め奉ることで祟りを避けるためのものです。

その原理からいえば、戊辰戦争の佐幕派、さらには西南戦争の西郷方の犠牲者も祀られているべきなのにそうではない。西郷に関しては、単なる賊臣として死んだというのはあんまりだというので、上野に祀るわけだけど、神としてではない。この頃はまだある種の日本の前近代的な感覚が生きていた。ところが、近代化していく中で、どんどんそういう古来の感覚が失われてきた。じゃあ、日本が本当に近代国家になったのかというと、なっていない。その矛盾の象徴のようなものが靖国であって、結局のところ、近代国家的な慰霊施設にもなりきれない。その原理は、突き詰めればとても卑屈なものであって、勝てば官軍で、勝った側だけ祀るということにすぎないのではないでしょうか。

でも、その原理を本当に貫くのなら、大東亜戦争で負けた側の日本の兵士は入れてもらえないはずでしょう。そこにすごいねじ曲げが起こっている。僕が戦後の日本はずっと敗戦を否認し続けていると言うのはそこなんです。あのだらしない敗戦の最高責任者であるA級戦犯まで入れてしまったのですから、あれは敗北のごまかしのシンボルのようなものですよね。

中村　靖国はまずは一八六九年に東京招魂社として創建され、その後靖国神社と社号を変えて社格を制定したもので、日本古来から存在する神社ではないです。

白井　ええ、そもそも靖国は、明治以降の大日本帝国の国家宗教の施設として出来たものであって、新しいんですよね。

中村　白井さんがおっしゃるように、靖国は英霊を祀る神社なんですよね。空襲や原爆など、戦争で亡くなった膨大な一般国民は合祀されていない。日清戦争直後までは、戦地で病死した軍人たちも合祀されなかった。今白井さんが言った明治維新のときに敵とされた旧幕府軍と反政府軍も合祀されていないけれど、政府側は合祀されています。つまり、明治維新後に、日本が急ピッチで国家というものをつくる、その流れで出てきたものです。

　そして日清、日露戦争で膨大な人が死んでしまったので、これを正当化するために、靖国という機能がどんどん増大していったわけです。一般的に言われる靖国神社というところは、御霊を慰霊する、追悼するという、そういう生易しいものではなくて、英霊を顕彰するところですからね。顕彰というのは、功績を世間に知らせ、表彰するということ。そこで戦死者を神として祀るというものですね。遺族としては、自分の息子が神になり、天皇に参拝してもらえるというのは、ものすごく誉れな出来事となる。（著者注・A級戦犯の合祀判明後、天皇は参拝していない）

　周知のようにインドのパール判事の石碑だけを堂々と掲げていますから、靖国神社は東京裁判を否定しています。国際社会の総意とは真逆の思想です。それは僕、宗教の自由だからいいと思うんですよ。東京裁判が全て正しいとは僕も思ってない。でも、そこを国のトップが参拝するとなると、話が全く変わってくる。ちなみに、日本は敗戦した日に毎年全国戦没者追悼式を開いている。そこにはA級戦犯も含まれているのだけど、実は中国も韓国もその他の国も、それには一度も抗議していない。理由は戦没者を追悼している行為だからです。神として祀ってもいない。彼らは靖国神社に直接文句を言ってるわけでもなくて、靖国神社に国のトップが参拝していることに抗議をしているんです。そもそも東京裁判を否定的に見る靖国は、アメリカの意志とも当然反する。『永続敗戦論』にもあるように、そこを、A級戦犯を英霊として、神と祀る場所を国のトップが参拝することを国際社会に認めさせるということは、極端なことを言えば、もう一回戦争して認めさせるしか方法がなくなってきますよね。

白井　ええ、だから靖国で平和の祈りをしているのだからいいのだ云々(うんぬん)という理屈はナンセンスなのです。本来は、靖国自身が「ウチの境内でそんなことを祈るのは許さない」と抗議すべきなのです。それが信教の自由というものです。だけど、そんなこと言いませんね、彼らは。エライ政治家が来てくれれば無条件に嬉しいのでしょう。つまり、本当の意味での宗教者でもなんでもないということです。

「気持ちよさ」を駆逐する

白井　こういうわけで、一方では保守を自称する人が増えるなかで、一体何を保守するというのか、途轍(とてつ)もない混乱が起きています。僕が『永続敗戦論』を書くなかでたどり着いた一つの結論は、今、守るべきものは何なのかということを自分で確かめて、そこに確信を持たなきゃならない、ということでした。それを見つけなければ、何も始まらない。どうしようもない状況でも、それを見つけることができれば、きっと道は開けてくるだろうと思った。ところが、この本が出て一年以上経ち、少し怖さを感じ始めています。これはひょっとすると何にも見つからないのではないかと思うと暗澹(あんたん)とすることがある。

その意味で、文学者に対しては、その答えを何らかの形で提示してほしいなという期待があるのですが、中村さんはどういうことをお考えですか。

中村　それは僕もずっと書きながら考えていました。結論的に言えば、攻撃されるのを覚悟で、とりあえず理想というものを掲げようと思ったんです。それを松尾という人物に語らせた。その内容は、思いっ切り理想ですが、政治だけではなく、世界的な格差を生む多国籍企業の策略、あるいはアメリカなどの軍需産業、軍産複合体であるとか、批判対象は多岐にわたっています。

それと、僕が考えたのは、気持ちよさの駆逐(くちく)です。結局、戦前の日本を支えていたのは、この気持ちよさじゃないかと。「天皇陛下万歳！」と激しく言ったら気持ちがいい。今の靖国にしろ、ネット右翼にしろ、やっぱり気持ちがいいからだと思うんですよ。あらゆる理論を遮断して感情で行くことには快楽がある。そういう全体主義的な快楽というものは、日本だけじゃない。そうした危険な気持ちよさを、この世界からできるだけ駆逐するための言論的な行動をとる。それが一応この本の結論ではありました。

白井　僕もガンジーの言葉を引いて、同じようなことをあとがきで書きました。「あなたがすることのほとんどは無意味であるが、それでもしなくてはならない。そうしたことをするのは、世界を変えるためではなく、世界によって自分が変えられないようにするためである」と。これは、理想が世の中で実現するかどうかなんぞという大それたことを考えるよりも先に、いまこの自分が腐った妥協をしていないかどうか、つねに内省せよということです。

中村　うん、どんなユートピア的な世界ができても、そこで舌を出すのが人間。完成形などないですよね。となると、どうしたらいいんだというところにまず立ち止まる。現実を今より少し良くするにはどうしたらいいか、その都度考える、その姿勢しかないと思う。

　僕は、たぶんサルトルの影響だと思いますが、文学をやっていても、社会に対して自分の立場をはっきりさせなきゃいけないという気持ちでずっとやってきた。それでようやくこれを書いた。だから、書いた後の言動は、この作品を中心に物事を展開するようになっていきます。小説家って実はこういうことにタッチしなくてもいいんです。世の中とある程度距離を置いて小説を書く選択ももちろんある。そっちの方がリスクもないし、得です。でも僕はそれはできないんですよね……。書いた後も、現実問題に対して僕なりの考え方を言わなければと思っているんです。

対米従属のねじれた本質

中村　例えば対米従属に関しても、僕は、アメリカとは仲よくしていくべきだと思うんですよ。でも、問題は、その仲よくの仕方です。集団的自衛権を行使して、アメリカを尖閣（せんかく）に巻き込むという議論がありますが、あれは非常に牧歌的な議論で、アメリカが助けてくれる保証などどこにもない。

白井　まさに平和ボケなんですよ。

中村　ええ。アメリカは日本の集団的自衛権を利用するだけ。利用して終わりです。といってアメリカと対等の立場になるために、巨大な軍事力を持つというのも大きな間違いです。アメリカと本当に対等の軍事力を持つには、国家的変革が必要で、自前のエネルギー資源がいるし、日本はまた国土を増やさなきゃいけなくなるから。だから、対米従属はある程度仕方がないと思うんですが、問題はその姿勢です。『永続敗戦論』に僕が非常に共感したのが、七〇年も放置している第二次世界大戦の総括をしなくてはいけないということ。それを踏まえた上で、中国や韓国とちゃんとつき合うところから始めないと、同じ対米従属でもえらい違いだと思うんですね。

白井　全くおっしゃるとおりです。『永続敗戦論』のテーマは、ざっくり言えば対米従属批判なんですが、対米従属そのものを批判しているんじゃない。正確に言えば、日本の対米従属の特殊性を批判しているわけです。そこのところを正確に読み取っていただいたことを嬉しく思います。

　というのは、第二次世界大戦後って、ほとんどの国にとって、対米従属するか、対ソ従属するかのどちらかの選択だった。どっちもやらない手はあったけれど、それは負けを認めないということで、すなわち一旦は回避した本土決戦をやり直すことを意味します。だから、そうした困難な状況下で対米従属したということとは、それなりの合理性のある選択だったと言えます。

　じゃあ、日本の対米従属の特殊性って何なんでしょう。この場合の支配と従属は、基本的には国と国との関係ですから、あくまでビジネスライクに、アメリカは自分の得になるからそうしただけの話です。ところが、日本の受け取り方には、そこに温情主義が入っている。つまり、アメリカは日本を愛してくれているはずであるという妄想ですね。

　これは、結局、僕は天皇制の話に行き着くと思うんです。戦前、戦中の天皇の位置が、アメリカに入れ替わったということです。天皇が日本国民を愛したように、アメリカは日本を愛してくれるはずである。そんなことはもちろんあり得ないのですが、その妄想は、冷戦構造においてはそこそこの妥当性があって、機能していた。

　しかし、九〇年前後で冷戦構造は崩壊しているわけで、もう成り立ち得ない。もう二〇年以上、ある種、国が宙に浮いたような状態で存在している。これは驚くべきことですね。何でこの二〇年間もっているんだという。

中村　僕が小説の中心的な語り手である松尾の年齢をめちゃくちゃ上げなきゃいけなくなった理由、わかりますか？

白井　わかります、わかります（笑）。

中村　だって、上げないと、網羅できないんだもの。九十何歳ですよ、松尾さん。計算したら、びっくりした。戦争から日米安保入れてやっていくと、この年齢になるんです。それぐらい日本はずっと今のままなわけですよ。それが成り立たなくなったときどうなるのか、非常に今、怖いですね。集団的自衛権の行方が、僕はものすごく怖いです。

白井　端的に言ってしまえば、あれは、どうやったら公然と戦争ができる国になれるかというところから逆算して考えていくと、一番合理的な手なんだろうと思う。本来なら憲法を変えなきゃいけない。それをずっと改憲派が画策してきたわけですが、これは、一回議題に乗せて失敗したら大ダメージになる。だから、やるとなったら絶対に勝てるという状況をつくらなきゃいけない。

中村　憲法改正をやろうというときは、政府側が調査をして、もう揺るぎないくらい必勝のときしかやらないでしょうね。憲法改正を国民に問う、という時は、つまりもう、事前の調査で変えられることがわかっている時。だから僕は、国民が実際にあれを選び直し、現状のままで肯定するという行為は多分不可能なんじゃないかと思っています。

白井　支配層は最終的には変えたいんだろうと思うんですね。九六条に手をつけるなんて話も出てきましたが、あまりに評判が悪くて引っ込めた。となると、一番いい手は何かというと、現に戦争をしているじゃないかという既成事実を作ってしまえばいい。

中村　平和憲法を無効化すればいいと。

白井　そうそう。現実によって否定されれば、後はもう現実を追認すればいいだけのことです。満州事変や日中戦争の始まりと同じですね。といって、いきなり攻め込むわけにもいかないので、アメリカが主導する戦争に、半ばやむを得ずというような形をつくって突っ込んでいくという話だと思いますね。

中村　でも、そこで疑問が出てきます。アメリカのために死んだ自衛隊員を靖国に入れるんだろうか。これ、どうするつもりなんだろう。どういう理論で入れるのか。みんな困ることだと思いますよ。保守だって困る。

白井　前に内田樹さんとそのことを話したことがありますよ。内田さんは、アメリカの戦争で死んだ自衛隊員の靖国合祀が実現すれば、アメリカは靖国の存在に文句を言えなくなるはずだというのが政府の狙いじゃないかとおっしゃっていましたけどね。

中村　それはすごいな。でも僕は白井さんとは少し違う見方をしています。安倍政権は、戦争はしたいと思っていないと見ている。じゃあ、彼らは何をしたいのか。これは僕の勝手な感覚ですけど、まずは戦争をできる国にしたい。で、天皇を象徴という意味を少し超えて上に置いて、国民全部が家族というような道徳の、昔の戦前の雰囲気に戻したい。父親が天皇であって、その天皇を仲介する役が政治部であり、国民は子供たちであるという。右派からすれば、こうした何とも気持ちがいい空間をつくりたいんじゃないかと。そんな気持ちよさを彼らは求めていて、それが実現できる統治機構に憧れを抱いているんじゃないかと思う。

　でも、それこそが僕はものすごく危険だと思っているんです。実際に第二次世界大戦でも、満州で陸軍が暴走しましたよね。あれも最初はみんな反対していたのに、国民は喝采しちゃったわけです。中国利権も、アメリカと一緒にやればいいという意見もあったのに、それを突っぱねて、暴走をした。それに国全体が巻き込まれたわけでしょう。しかも国民の熱狂ができ上がっているので、自分たちがつくった熱狂に引っ張られるという構図も出てくる。そもそもアメリカが利権を狙っていて援助もしていた中国とあのような形で戦争するなんて、アメリカから石油を止められるに決まっている。そのような流れを仕方なかった、あの頃の日本は間違ってなかったと反省もなく全肯定する論客は一流と言えるでしょうか。三〇〇万人以上が死んだんです。あの気持ちがいいという空気の中で。

　だから、彼らが戦争をしたいと思っていなくても、結果的にそうなる、と僕は見ているんです。空気をつくれば、その空気に全てが引っ張られる。彼らがいくら平和のための軍隊を持ちますと言っても、どこか戦前の気持ちよさと隣り合わせの空気がある限り、平和にはなり得ないと。現在の保守の人たちも想定していなかった事態になりかねない。空気というのは本当に恐ろしいから。

「不能国家」の焦燥

白井　僕は、彼らの少なくとも一部は、やっぱり戦争したいと明確に思っているんだろうなというふうに見ていますね。戦争できる国になったからには、実際やっているという実績がないと立派じゃないだろうと。そんな極めて幼児的なエートスであって、そこに何も深いものはないと思います。

中村　確かに深いものはないでしょうね。

白井　もちろん口先ではいろいろ言います。世界の秩序がどうの、衰退するアメリカがどうの、東アジアの安定性がどうのと、もっともらしい理屈は幾らでも持ってこられるけれど、根本的なエートスは戦争をしてみたいと。

　もちろん現場で死ぬのは違う人たちですから、これはたまったもんじゃないという話です。

中村　本当にたまったもんじゃないですよ。

白井　彼らの繰り出す一見もっともらしい理屈の背後にある、不合理な欲望、政治的かつ性的でもあるような衝動を読み取って暴露しないと、事柄の本質に迫れないと思います。なんでそんなに幼児的なのか。これ、やっぱり日本人の、特に男性が抱え込んでいるコンプレックスだと思いますね。軍事力を自主的に使えないというのは、彼らにしてみればいわば一種のインポテンツですよ。敗戦の結果として、そういうインポテンツな体制を受け入れざるを得なかったわけで、それを何とかして回復したい。どうやって回復するのかというと、そこでねじれが起きている。それはある種虎の威を借る狐であって、それこそアメリカというバイアグラを飲んで立たせるという話なんですよね。

中村　マゾヒストですね。

白井　だから憲法に対する改憲派の人たちの情念は大変暗いですね。今回の集団的自衛権行使の解釈改憲にしても、なぜそういう決定をしたんですかという問いに対する一番シンプルな答えは、アメリカがそうしろと言っているから、というものです。二〇年ぐらいアメリカはそう言い続けてきたのに、今まで事実上適当にあしらってきた。それを今回言うことをもっと聞きましょうということで決定した。どうしてそれが日本の自立という発想になるかといえば、これはアメリカに対するねじれた形の復讐なんですね。

　どういうことかといえば、憲法九条は、まさに戦後日本がインポな国家であることの象徴ですね。かつ、これはアメリカの、占領軍の置き土産（みやげ）であるということがはっきりしている。親米保守の人たちにも、やはりどこか非常にねじれた形の反米主義がある。何といっても、これだけ這いつくばってアメリカのご機嫌をとるしかできない卑屈な自分のあり方にどこかで気づかざるを得ないですよね。

　無意識の中にある反米的なエートス……しかし、怖くて言えない。逆らえない。所詮は傀儡政権で、アメリカの許可によって統治しているにすぎないわけです。そのときに、男性性を回復しなきゃいけないのにそれができないという憎悪をどこに向けるか。僕は性的暴力にも近いような形で憲法九条に向けたんだと思います。

中村　うーん、ねじれていますねえ。

白井　安倍さんが改憲解釈をやるうえでうまいのは、口先では戦後憲法を褒めていることです。戦後憲法の平和主義はすばらしいと。けれど、これがつくられた当時と現在では世界情勢が変わってきている。だから、この平和主義の理念をより有効に実現するために解釈改憲をするのである、というレトリックをつかっています。いきなり平和主義を否定したりしたら当然拒絶されますから、うまいやり方です。だけど、こういう戦術面での印象とは別次元の問題として、安倍さんの態度がとても気持ち悪い。

　安倍さんという人は、戦後憲法にものすごい憎悪を持っていて、大嫌いなくせに、ものすごく褒めている。彼の言葉を聞いていると、まるで下手くそな官能小説を読まされている気分になるのです。典型的パターンがありますよね。男が女を暴力的に凌辱して、最初は女が嫌がっているんだけど、そのうちだんだん感じてよくなってくるというパターン。要するに、安倍さんの憲法九条に対する扱いは、アメリカが置いて去った小娘に対するレイプなんです。憲法を暴力的に壊しながら、「これでこの憲法の精神はもっとよく発揮されるんだ」と言っている。これが倒錯的なのは、アメリカが自分の娘を置き去りにしたことを忘れており、暴行を命じているのはほかならぬアメリカだということです。だからいくら力んでもちっともアメリカへの復讐にならない。

　念のためにいっておくと、こうした性的な喩えを私が使うのはレトリックじゃありませんし、政治的意図によって事柄を殊更に醜く描こうとしているわけでもありません。安倍さんに代表されるような現代の自称保守の欲望の核心に、こうしたリビドーの動きがあるはずだ、と見ているからです。そうでなかったら、街頭でヘイトスピーチを大声で叫ぶなんて恥ずかしい振る舞いができるはずないですよ。リビドーに基づく衝動の強烈さがあるから、市民的常識をかなぐり捨てられるのです。

中村　僕はね、日本が集団的自衛権を行使して一番喜ぶのは、中国軍部だと思っているんですよ。軍備拡張の理由を常に与え続けることになりますから。日本がこういう姿勢でいればいるほど、中国は軍拡をしやすいし、尖閣にどんどん攻めやすい方向になる。だから、日本は安全保障上ものすごく危険なことをやっているんです。中国は一党独裁だけど、独裁者がいるわけじゃない。内部での権力闘争があるから、政府は世論を見ている。中国の世論が日本に好意的なら、日本に乱暴なことはし難くなる。本当に日本の平和を考えるのであれば、中国との関係をとにかく何とかしないといけない。それをやらない理由は、戦争可能な国にしたいから敵が要るということもあるだろうし、やっぱり根本的に中国嫌いというか、恨みがあるのかもしれない。

白井　直面したくないんだと思いますよ。アジア諸国に対して自分と対等な存在としてつき合いをしなければならないのだけど、直面するすべを知らない。

中村　なるほど。認めたくない。

白井　うん。結局アメリカも本音の部分では、とにかく金がないので、米軍基地にしても撤退、あるいは縮小傾向にあるわけです。沖縄の辺野古の問題も、アーミテージですら辺野古は難しいだろうと言っていたし、海兵隊を引き揚げるという選択肢もありだという考えがアメリカの中では既に相当出てきている。だから実は辺野古に新基地を一番つくりたいのは誰かというと、日本の東京なんですよね。なぜかといえば、彼らの支配する日本にとってアメリカの覇権がもってくれなきゃ困るわけです。それがもたないとなれば、対等な関係で中国と向き合わなきゃいけなくなる。それは耐えがたいということでしょうね。

戦後日本を引きずる「慰安婦」問題

中村　となると、また結局、現実の否認みたいになりますね。現実の否認をすればするほど、危機を招くということになる。非常に恐ろしいな。「従軍慰安婦」の問題にしても、強引に連れていったわけじゃねえよと言うけど、あれは結局、腕を引っ張って連れていったのか、嘘をついて連れていったのかという違いじゃないですか。何も違いはしませんよね。

業者がやったことだと彼らは言いますが、軍部が知らないわけがないんですよ。軍部が管理してたんだから。

白井　いわゆる人間狩りのような形で、逃げ惑う人をとっつかまえるのは、ものすごく効率が悪いことだから、もっとうまくやりますよという話です。

中村　なのに強制かどうか、そこはどうしても譲れないと、アメリカに広告まで出した。あれは裏目に出たと思います。日本はあの戦争で負けると思っていなかったから、韓国を併合したノリでやっていたんでしょうが、負けて相手が独立したから、国際問題になった。

悪いことは認めて、韓国とも互いに歴史家をまじえ、ある程度すり合わせをした上で正真正銘の謝罪をして、共同で声明を出してもう結着させないといけないですよ。いま、韓国が言えば言うほど、日本が抵抗すればするほど、日本の悪いイメージが世界に広がっていくという悪循環に陥っています。日本の言い分を正当化するために予算まで出すと言っている始末ですから、さらに悪循環が続くでしょう。あれもやっぱり、敗戦を認めたくないという意識に行き着くのかな。

白井　はい、それと同時に僕はそこでまた性的衝動の問題に行き着くような気がします。この問題については、戦争や植民地支配にまつわる他のトピックと比べて格段に強い情念が渦巻いています。それは、さまざまなケースがあったりして事柄が複雑だからなのではなくて、性に関わっているからじゃないのかと。問題の本質は、国家が組織する形で構造的なレイプをやったわけで、その犯罪性をとがめられているのだけれど、そのことに正面から向き合えないのは、先ほど言った不能国家としての戦後日本の本質が影響しているんじゃないでしょうか。つまり、レイプを行なっていた過去の自己を何とかして肯定したいのです。惨憺たる敗北を喫した上にその負けを正面から認める勇気すらない男たちがなけなしの男性性を誇示するためのネタだからこそ、異様なまでにこの問題への関心が昂進する。

中村　プラスして言うと、いつか軍隊を持ったときのために、やっぱり日本の軍隊はすばらしくなければならない。だから、過去の汚点は認められないということでしょうね。でも歴史上、汚点のない大国など存在しない。こんなことといつまでも続けられなくなってきているのに……暗澹とするな。でもこの流れって急にきたわけじゃないですよね。

白井　ええ、だけど、この嫌な流れの分水嶺がどこにあるのかというと、特定は難しいですね。

「二度目の茶番」が起きてからでは遅い

中村　学生の時から個人史的にはいろいろありますが、最初に「こわっ」と思ったのが、イラク人質事件。あれも裏にアメリカがいたんですね。アメリカが絡むと、どうしても日本はおかしくなる。イラクに行った三人が捕まっていたあのとき、自己責任という言葉がどこからともなく出現したんですよ。彼らを助けようと動く家族にまで批判が起きたりして。自分の親族が捕まって動揺している人たちへの想像力がまったくないわけですね。

あれ見たときに、この国ってこうだっけと。「自己責任」？　国家が持つ自国民保護の原則を忘れてるとしか思えなかった。あれも結局、小泉政権時代、権力がすごい増大したときに生まれた現象ですよね。あの辺から徐々に徐々に流れができてきた気がします。

白井　そうですね。あのへんから嫌な空気がはっきりと流れ始めた。小泉政権のときに自民党は、国民全体を過不足なく代表することを目指す政党から「B層」に依拠する階級政党に変貌したのです。要するにそれは、有権者の最大のボリュームゾーンが自分の投票行動が自分の首を絞めることになることがわからない愚昧な群衆であるという前提に立って、それを支持基盤にするという統治形態です。支持と引き換えに安手のナショナリズム的高揚を与えておけばよいと。

そして、三・一一でのあの原発事故。あれで僕らは半ば殺されかけたようなものです。特に中村さんの場合、福島の大学に行っていたので、感じるところがすごくあると思う。紙一重のところで、被害はもっと甚大なものになっていたのかもしれない。それがあの程度で済んだ、正確に言うと事故自体終わっていませんけど、事故の進行が一定食い止められているのは、運が良かったからとしか言いようがない。

中村　風向きもね。菅さんも言っていたけど、悪くすれば東日本全部あきらめなきゃいけなかった。

白井　そうなんです。あの恐ろしい事故で殺されかけているにもかかわらず、なんでこうも危機意識がないのか。三・一一以降わかったのは、日本国民の大半は生き物として本能が壊れているという事実です。

中村　まさか地震に対してあんなふ

ざけた装置しかないとは思ってもみなかった。ものすごくびっくりしました。原発の危険さは思っていて、テロを想定した描写はそれ以前に小説で書いていましたが、現実は小説家の想像力を超えた馬鹿さかげんでした。それでも僕は、原発事故で日本は劇的に変わると思っていたんですよ。別の方向に向くんじゃないかと思っていた。輸入エネルギー依存を脱却して技術革新に投資して、一〇〇年後は国際社会に誇れるような国になるんじゃないかという期待もあった。

白井　僕もそう思いましたよ。でも現実は違った。よく考えると、結局どの業界でもおエライさん方は、「海水入れるのちょっと待ってよ〜」とか言ってた東電本店の愚物と同類のタイプなんだから、まともな仕事が期待できるわけないんですね。

中村　今の新聞の論調も非常に気持ち悪いでしょう。「再稼働道のり険しく」って、何それと思います。この国の戦後は、官僚的なものにしか向いていない。白井さんの本に、マルクスの恐ろしい言葉が引用されています。「歴史は反復する、一度目は悲劇として、二度目は茶番として」。この言葉の意味を考えると、実に恐ろしいことです。原発事故にしろ、第二次世界大戦での日本の壊滅的被害にしろ、二度目が起こったらもうそれこそ恐ろしい茶番です。その辺の危機意識は常に持っていないといけないと思います。

白井　ドイツの戦後と日本の戦後の違いということがよく言われますが、根本的な違いは彼の国は二度敗戦しているのに対して、我が方は一度だけだということです。特定秘密保護法、集団的自衛権、さらに権力を加速させる選挙ときて、ここまで危機意識がないのは、集団自殺を目指しているとしか解釈しようがないです。感情の劣化という話をしましたが、選挙の結果で人々の感情が大きく入れ替わるとも思えない。この悪い感情が社会のベースになっている状態はまだ続くでしょうね。これをどうやって入れ替えるか。先ほどサルトルの名前を出されていましたが、社会的発言を見ていても、確かに世代間断絶が起きていて、まったく政治的発言をしない世代がごっそり抜けおちていたりする。僕らはその中の少数派でも発信していかなければいけないですね。

中村　三・一一のときも、積極的に発信する人と沈黙する人、作家も二パターンあったんです。どちらもそれぞれ考えがあってのことですが、僕は発信する側に立っていました。

その側でい続けることになりそうです。僕は、文学であがこうと思っているから、恥をかこうがあがきますよ。無駄かもしれないですけどね。

（後記）文芸誌「すばる」から、誰と対談したいか聞かれ、津田大介さんと同じように、今後の日本にとって重要な存在になる白井さんとお願いしました。白井さんのものの見方は、日本の暗部のド真ん中を突いている。口調が激しいのは、本気さと危機感の表れだと感じます。白井さんの『永続敗戦論』などは名著。しかも薄くて読みやすい。お勧めです。

（あと、加えて言うと、ここ数年の保守陣営を見ていると、彼らの一部はやっぱり、実際にも戦争がしたいんでしょうね……。アメリカに協力する形で、勝ち戦がしたいというか……。愚かです。）

×森達也（作家・映画監督）
集団化の恐怖

森　サリン事件から二〇年の節目で振り返ることの意味は、「オウムはどれほどに悪で危険なのか」を再認識することではなく、「オウムによってこの社会はどう変わったか」を正面から考察することだと思います。

その意味で『教団X』は、危険な宗教組織が存在することによって日本社会がどのように変わる／変わったのか、その萌芽（ほうが）が多角的に描かれていて、今刊行されることの意味がとても腑（ふ）に落ちました。

中村　ありがとうございます。地下鉄サリンのとき、僕は一七歳でした。いちばん多感な時期で、当時の僕は世の中が好きじゃなかった。生きづらさも感じていました。そういう僕みたいな人間って、「自分vs.世界」あるいは「個人vs.世界」で物事を眺めるんです。生きづらい自分と、それ以外の世界。でもオウムを見たとき、彼らが「自分たちvs.世界」という対峙の仕方をしていたことに、ものすごい衝撃を受けたんです。

森　「自分たち」とは集団化です。集団は派手に間違えます。つまり群れの暴走ですね。個人であればせいぜい痛い思いをしたくらいで済むけれど、集団は主語が複数形になっているから述語が暴走する。そしてこの集団化は、事件前のオウムと事件後に変質した日本社会の双方に共通する要素です。

中村　『A3』の中でも鋭く指摘されていたことですが、僕もオウムは不思議な現象ではないと思っています。彼らには「マハームドラー」っていう概念がありますよね。麻原死刑囚がやることを試練だと思い、それが難しければ難しいほど、自我を捨てる訓練になるという。その思想が麻原死刑囚の意図を超え大きくなっていったんだと思う。だから彼がいて、弟子がいて、その相乗効果であの事件が起きた。もちろん真ん中に、

――「週刊金曜日」２０１５年３月20日／金曜日　構成＝倉本さおり

彼という特徴的なパーソナリティがあってこそですが。

森　事件が起きたとき、その特異性と普遍性の両方を解明することが、社会もしくはメディアの責務です。ところが事件が大きければ大きいほど、特異性ばかりが注目されてしまう。社会はそこにばかり目を向けるし、メディアもそればかりを強調する。その結果として、事件全体がとても特異なものに歪曲(わいきょく)され、事件を起こした人はモンスター化される。オウムの事件はその典型です。

どんな事件でも特異性ばかりに目を向ければ特異な事件になってしまう。もっと普遍性に目を向けるべきだと思ってるし、『A3』はそういう意識で書きました。普遍性とはすなわち組織共同体のリスクです。過剰な忖度(そんたく)、あるいは同調圧力などがもたらす「集団化」の問題。とても普遍的な現象です。

集団はまず異物を排斥(はいせき)する。次に集団外部に敵を設定する。オウムの中でも同じようなメカニズムで殺人事件が起きた。次に日本社会を仮想敵として設定した。さらに、目が不自由なためメディアの情報を得ることができない麻原のために、側近たちがメディア化した。市場原理に捉われたメディアは、注目を集めるために視聴者や読者の不安を煽(あお)る。同じように競争原理に捉われた側近たちは、マーケットである麻原が強く反応する情報ばかりを上申した。米軍が攻めてくるとか自衛隊がオウムを敵視しているとかフリーメーソンが暗躍しているとか。それによってマーケットの危機意識が上昇する。自衛を大義に仮想敵への攻撃が正当化される。死と生を転換する宗教のメカニズムも潤滑油になりました。……こうして繙(ひもと)いていくと、オウムの動向がとても普遍的な現象だったことがわかります。

宗教全般が持つリスクと「閉ざされた空間」の論理

中村　僕自身は『教団X』の中で、閉ざされた空間の中で熟成された論理とは、社会から見るとフィクションみたいになることを描こうとも思ったんです。『罪と罰』の中に、金貸しの老婆を殺した主人公のラスコーリニコフに、予審判事のポルフィーリーが「いまのあなたには空気だけが必要なのです、空気です、空気ですよ！」と言う場面があって。つまり風通しが悪いと。個々の犯罪者にもそういうところがあると思う。ずっとひとりで閉じこもって考え続けていると、包丁持って外に出る頃には、社会から見ればまるでフィクションみたいな存在になってしまう。

森　ようするに視野狭窄です。その結果として世界が一面になってしまう。いまここにあるグラスですら、どこから見るかでぜんぜん違う姿になります。下から見れば丸だし、横から見れば長方形。実際の現象はグラスとは比べものにならないほど多面的で多重的です。でも他の面の存在を認めない。それが原理主義です。オウムだけではなく、今のIS（「イスラム国」）やアルカイダだってそうだし、かつての大日本帝国もそう。中国の文化大革命であったり、ホロコーストであったり、クメール・ルージュやルワンダなど、大きな失敗はすべて共通している。

中村　よく犯罪者が「誰でも良かった」って供述しますよね。もちろんその論理は社会には理解できない。同様に、そこに薬品があるから撒く？　という発想も、社会からすると大変な飛躍です。でも、その空間の内側にいる人たちから見ると、あくまで延長線上の出来事なんですよね。

森　麻原は本気で自分は魂を転生できると信じていたと思います。だからこそ命を奪うことへのハードルが下がる。つまり悪意ではない。宗教のリスク、集団化の暴走、教祖が目が見えないことによって生じた側近たちのメディア化、他にはマハームドラーの硬直など、これらはオウムの事件を説明するうえで重要な補助線ではあるけれど、それらをすべて代入しても、サリンを散布による大量殺人に至る過程には、確かに飛躍がありますね。……難しいです。僕にもわからないことはたくさんある。本来なら麻原にもっと語らせるべきでした。

でもこれだけは強調したい。オウムは「宗教」なんです。特にサリン事件後、あんなものは宗教じゃないという見方を、多くの人は口にしていたけれど……。

中村　あれは完全に宗教ですよね。

森　特に原理主義的な宗教にはそういうリスクがあるという意識を、日本人は持つべきですね。『教団X』で中村さんも書かれていることですが、死と生を転換する装置である以上、実はすべての宗教というのは危険な要素を持っている。それが何かのきっかけで発動する瞬間がある。そのリスクを最小限に抑えることが世俗化です。これは何もオウムだけじゃなくて、全部の宗教について言えることです。

中村　みんな自信があるんだと思うんです。あいつらと違って自分は絶対に罪なんか犯さないっていう。それもひとつの正しい考え方ではあるんだけれど、でもそこには「オウムは一〇〇%悪い奴らだ」って思っていたほうが楽という心理も働いたのではないでしょうか。ISに関しても同じです。彼らがどういうことを思っているか、これまでどういう経験をしてきたのか、あえて世界は知りたくない。それを考えるのが苦しい、もう空爆して片づけてしまいたい、というか。

森　視点を変えるということは非常に重要です。たとえばヨルダンのパイロットは、檻に入れられて、生きながら火をつけられて焼け死にました。あまりに残虐で凄惨です。その映像を世界中が目撃した。ヨルダンは報復としてISを空爆した。軍事拠点をピンポイントで狙っているとは言うけれど、そもそもISは一般の商業施設などを軍事拠点にしているわけで、多くの市民が巻き添えとなって死んでいます。想像してみてください。兵士だけではなく女性や子どもや老人が、ミサイルを直撃された建造物のがれきに挟まれて動けないまま、じわじわと焼け死んでいるはずです。地獄の苦しみです。それが日常的に行なわれている。ヨルダンのパイロットとの違いは、そこにカメラがないだけです。

中村　そうですね。ISが残虐なのは間違いない。でも、彼らも目の前で、自分の家族や恋人が焼け死んでいるのを見た経験があるかもしれない。たとえば自分の子どもの胴体が目の前で真っ二つになるような経験をしているかもしれない。特にISにはイラク軍のなれの果てと呼ぶべき人たちがかなり混ざっている。彼らの立場からすれば当然の報復なのかもしれない。でも、どこかで多角的な視点を持たないと、それは永遠に終わらない。実際、九・一一からずっと続いている。それこそイラン革命まで遡れば、ここ何十年もずっと負の連鎖が続いている。

森　そもそもはナザレのイエスの処刑から始まっている。

中村　日本はせっかくそういう因果から離れた、多角的な視点を持ち得る立場にいたのに、わざわざその負のサイクルの中に飛び込もうとしている。今の日本社会は国家がやることに対して、基本的に賛成って言い続けている。これはすごく残念なことですよ。

日本には「絶望」が決定的に足りない

森　日本は同じ失敗を繰り返している。戦争にしても原発にしても、いつのまにか負の体験を無効化してしまう。「絶望」の絶対量が足りないのだと思います。

中村　マルクスが「歴史は二度繰り返す」という趣旨のヘーゲルの言葉を引用してこんなふうに付け加えていますよね――「ただし一度目は悲劇として、二度目は茶番として」（マルクス著『ルイ・ボナパルトのブリュメール18日』より）。この言葉を取り上げた白井聡さんは、「ドイツは二回負けているから」とおっしゃっていたのですが、確かに日本はまだ一回だな、と思って。原発事故も目に見える形で影響があったのは一回です。二回繰り返さないといけないんですかね。

森　二回やってもダメかもしれない。原爆を二つも落とされている唯一の国です。水俣病は世界で初めて公式に認定された公害病。福島第一原発も含めて、いろんな意味で日本は突出した国です。負の要素はたくさんあるけれど、絶望が持続しないままに次へと流れてしまう。ちなみにドイツでは憲法、正確にはドイツ連邦共和国基本法を改正する際に、国民投票をしないんです。すごく意外に思ったのでドイツ人に理由を訊いてみたら、「僕たちは自分たちを信頼していないから」と説明されました。最も民主的と謳（うた）われたワイマール憲法を持ちながら、自分たちはナチス政権を選択した。集団の熱狂の怖さを認識しているからこそ、国民投票はしないと。ドイツ人はしっかり絶望している。そうした国民的なコンセンサスがあるからこそ、自分たちの過ちをしっかりと認識したワイツゼッカーの「荒れ野の40年」が支持される。

原発の再稼働も同じ。いやなことからは目を背けたい、良いことばかりに目を向けたい――そういった傾向がとても強い国。為政者（いせいしゃ）にしてみれば統治しやすい国です。ただ一方で、現在の政権が強い悪意を持っているかというと、僕はそうとも思えない。怖いのは悪意ではなく善意。良かれと思う気持ちで間違える。そしてこれもまた、事件に至るオウム信者の意識と構造は近い。

中村　僕、現在の日本って、よくできた独裁政権だと思ってるんですよ。制度としては民主主義だけど、現実としては独裁に近い。もう、たとえば共産党あたりが本気で他党と選挙協力しないとダメなのでは。戦争したくないと本気で思うなら、今は待ったなしの状況。中道左派の浮動票を切り崩してる場合じゃないですよ（笑）。（註・その後、日本共産党は野党共闘を推進）森さんは、将来的にはもう悲観しかないと思いますか？

森　うん。思います。

中村　やっぱり……。

森　明るい材料は何もないです。ならば行き着くところまで行くしかないかな、と思っている。行き着いたところがどの程度のカタストロフィー（破局）なのかはわからない。最悪の場合、何千万人もの死者が出るかもしれない。

集団化が進むと、群れの構成員は同じ動きをします。イワシやムクドリなどは鋭い感覚で全体と同じ動きができるけれど、人は感覚が衰退し、その代わりに言葉を得た生きものです。だから集団化が始まると人々は言葉を求める。つまり号令ですね。それも短い指示。こうして外に対して強気な言動を駆使する為政者が支持される。世界同時多発テロの後のアメリカは、集団化の特徴をとても端的に表しています。そしてそれは、オウム後の日本にも発動していました。アメリカは動きが急激だけど復元力がある。ブッシュは史上最低の大統領として任期を終えた。日本は復元しない。均質だから集団と相性がいいのかな。今も加速しています。

中村　集団的自衛権の行使容認を閣議決定したときも、母親と子どものイラストまで使い始めましたからね。あれはちょっともう、マンガの世界だなって（笑）。

「絆」という言葉に潜む同調圧力と排除の意識

森　三・一一のときに、変わるかなと思いました。なぜなら原発によって発生した電気は僕らみんなが享受している。そこに絶対うしろめたさが生まれる。自分たちは被害者であると同時に加害者でもある。その意識と対面せざるを得ない。であればオウム後に始まった社会の集団化の動きに抑制が働くのではないかって。……でも見事にそこを乗り越えたね、日本は（苦笑）。「絆」っていう言葉が典型だけど、やっぱり集団化の方向を選んでしまった。

中村　三・一一のときに気になったのが、被災地泥棒の話。そんなやつらなんか撃ち殺してしまえ、っていう発言をごく普通の人たちが、平然とした口調で言うのを聞いたとき、これはちょっと怖いぞと思ったんです。あのときの日本って、「善」に包まれていたんですよ。助け合い、それこそ「絆」ですよね。そういうときこそ、異物に対する攻撃はより強くなるのかもしれない。排除の意識が働きやすいというか。全体主義の気持ちよさって、「異物を排除する」っていうところにもありますしね。

森　これはホモサピエンスの本能です。でも日本人はその度合いが少し強い。

中村　少なくとも、そういうことがあることを覚えておいてほしいっていう願いを込めて僕はこの小説を書きました。ただ、昔だったら「戦争はダメだよね」ということを何の衒(てら)いもなく書けたのに、今は一から説明しないといけない時代になってきて。みんなが知ってるようなことでも事細かに書かなきゃいけないことにジレンマはあります。かつては簡単に言えたことが自明じゃなくなっている。

メディアに蔓延する「忖度」の積み重ね

森　川崎の中一少年殺害事件[*1]の報道が気になっています。とても過剰です。メディアだけではなく社会も。殺害の現場は日本中から訪れた人の献花で埋め尽くされ、ネットでは加害少年たちに極刑を求める署名運動まで起きています。

確かに凄惨な事件です。でも見方を変えれば、この程度の事件は頻繁(ひんぱん)に起きている。ところが国民の怒りはすさまじい。つまり普遍性よりも特異性ばかりに注目している。だから考えなくてはいけない。なぜこの事件がこれほどに注目されているのか。

結論を言えば、殺害された少年の容姿が幼気で愛くるしいからです。だから感情が刺激される。ネイティブな正義が発動する。少年がもっと平凡な、あるいはいかにも悪そうな顔だったら、少し違った展開になっていたはず。身も蓋もないと思われるかもしれないけれど、その身も蓋もないことへの抑制が効きづらくなっています。結果として少年事件が凶悪化しているとか増えているなどのフィクションがリアル化して、少年法改正や厳罰化の方向へまた加速する。

集団化を推し進める大きな要因はメディアです。もちろん市場原理は世界中で共通している現象ではあるけれど、とくに最近の日本のメディアはひどい。従軍慰安婦問題で火がついた昨年の「朝日」バッシング[*2]もそうだけど、身も蓋もなくなっています。

中村　むしろ人を誘導してる気がするんですよね。作り手が下から提供するスタイルになっている。今は小説の世界も同じで、昔の文学みたいに読者と同じ位置で言葉を発するんじゃなくて、あくまで下から「こんなものがありますけどいかがでしょう?」と差し出すみたいなものもある。

森　「これをやったほうが読者の受けもいいし、上も喜ぶだろうから」という忖度がすこしずつ積み重なって、ああいう姿になるんでしょう。それこそゆるやかな、自発的な独裁です。ゴルバチョフが「日本は世界でいちばん成功した社会主義国家である」って言ったらしいけれど、ジョークとしても秀逸ですよね。日本の場合は「独裁を強圧的に押し付けられる社会主義」ではなくて「独裁を自発的に望む社会主義」だから。

中村　どうして日本がそういう傾向になったのか、っていうことを言い始めるときりがないんでしょうけど。明治期に国づくりを急ぎすぎて一体化の傾向が強くなってしまった、とか。

森　時おり考えます。日本は「世界の反面教師」になる定めなのかもしれないって。つまり人類のためにアポトーシス（細胞の自死）を起こす国。言いながらとても悲しいです。

中村　「昔、日本という国がありました……」ですか。

森　僕は発想がネガティブなので。……杞憂に終わることを願います。

（後記）絶望的な話でしたが、僕は、森さんの存在そのものは、希望だと思っています。次の対談を踏まえて、また少し続けます。

＊1　二〇一五年二月二〇日に多摩川河川敷で一三歳の中学生が殺害された事件。その後、主犯格とされる加害者少年の実名と顔写真が「週刊新潮」に掲載され物議を醸すなど、加熱報道が問題になった。

＊2　二〇一四年八月五日付けの「朝日新聞」朝刊に掲載された「慰安婦報道の検証」に端を発したマスメディアによる「朝日」バッシング。

×森達也（作家・映画監督）
オウム死刑執行の衝撃

——『創』2018年9月号／創出版

中村　今回の死刑執行について思うのは、松本智津夫元死刑囚の精神状態について、複数の精神科医が「正常とは思えない」と言っていたわけです。そうした記録に目を通し、総合的に判断すると、やはり正常とは思えない。彼が裁判において自ら語らなくなったからといって、その後も語らないとどうして決めつけることができるのか。そして心神喪失の人間を死刑執行するというのは刑法違反にあたるわけです。死刑にするなら治療して真実を語らせ、罪を意識させてからでなければ。正気を失っている人間をそのまま首吊りにする。異常です。

そう考えていたところへ、森さんから「オウム事件真相究明の会」[*1]の賛同人のお話がありました。会の趣旨は僕が考えていたことと同じでした。ただ正直、めんどうなことになるとは思ったんです（笑）。でも、同じことを思っていたわけだし、断るのは逃げになると思ったんですよね。それに、このまま誰も何も言わずこのことが過ぎていいのか、という思いも強かった。

この会を否定している人たちの意見を読んで思うのは、僕がさっき言った二つの点について語らないことです。なぜ今後も語らないと決めつけることができるのか。意思疎通すらできない人間を死刑にしていいのか。この二点を真ん中に置かないと、会を批判してもしかたないと思うんですね。

森　最近、MXテレビからネットに移った『ニュース女子』という番組を、初めて見ました。オウムの死刑執行について取りあげるということだったからですが、「真相究明の会」を相当に批判していましたね。麻原に心神喪失の疑いがあるからこそ会を立ち上げたのだけれど、その論点にはまったく触れない。だからスタジオでは、（森は）一度判決が出た裁判をやり直せと言っているとか、法治国家であることを無視しているとか、そんなコメントばかりで終わってしまった。

番組を見ながら既視感がありました。麻原の一審判決公判を傍聴して被告の異様な状況を初めて見た時、多くの記者やジャーナリストたちはそれを目にしながら決して報道しない。あれは意識がどこかに行っているだけだ、と僕に言った記者もいました。だから正常だとの論理です。意識がどこかに行っている状態を、人は正常じゃないと言うんです。どうあっても認めたくない。一種の正常性バイアスなのかな。とにかく麻原処刑という既定路線を絶対に外さない。異常な言動を認めない。

こういう形での国家の答えは本当に残念

中村　僕は松本智津夫という人は大嫌いです。地下鉄サリン事件の後、過去のオウムの映像がたくさんテレビで流されました。事件だけでなく、教祖のお面というか被り物をかぶって信者が選挙活動をやっているのを見た時など、おぞましいとも思った。

でも、それに対する国家の答えとして、こういう形での死刑は本当に残念だと思います。

僕の認識ですが、オウムの犯罪ってすごく行き当たりばったりという印象なんです。教祖の説法自体、どんどん変わっていきますよね。殺人を肯定するという思想も、最初に信者が亡くなってから押し出すようになったし、麻原自身も状況に応じて変わっていく。

僕は彼が意図的に演技していたというよりも、自己正当化したいがために、思い込んでいったような気がするんです。自分自身をある意味で洗脳し、自分の内面まで変えていった。元々演技性パーソナリティでもあるので、さらにそうなりやすい。

それに伴って、閉ざされた空間にいますから、弟子たちの反応によって自らも勘違いしていく。そういう相互作用があったと思います。

そうなると、裁判で弟子たちから批判を受けるようになってから麻原はおかしくなるのですが、その時点で治療を受けていれば彼自身の洗脳や思い込みはもう少し薄れたのじゃないかと思うんです。

カルトに引き寄せられていく人間の内面については資料が色々ありますが、カルトを主宰する人間がどんどん自己正当化していくプロセスについては、信者側ほど知られていない。麻原については治療を行い精神鑑定を行っていけば、僕はその一つの事例を知る重大な機会があったように思うのです。もちろん結果的にそうならない可能性も大きいですが、国家としてはあくまでも正当にオウムと向き合っていかなければいけなかったのではないかと思います。

国家に歯向かったカルトのトップの自己洗脳を解くことができれば、それはある意味国家にとって勝利です。教祖というものがこんなふうにできあがっていくというプロセスを社会で広く共有できれば、それはカルト防止に役立つと思います。元々彼は殺人を前面に押し出す男ではなかったわけですから。変わっていったわけですから。

森　麻原と弟子たちの相互作用。弟子たちを誘導しながら、麻原は自分も弟子たちに誘導されていた。それは僕が『Ａ３』で提示した事件のメカニズムの仮説そのままです。

麻原を特異な存在にしてはいけない。ある意味で俗な男、普通の男です。でも側近や弟子たちが彼を特異な男にしてしまったことに、オウムが凶悪な犯罪に走ってしまった要因の一つがあると思います。そしてこれは、ヒトラーとかスターリンとか毛沢東とかポル・ポトとか、独裁者と虐殺を考えるうえで、とても普遍的なメカニズムです。まあ麻原とオウムの場合は、そこに宗教という重要な補助線が必要になるけれど。

最初にオウムを知ったころは、僕も中村さんと同じおぞましさを感じました。教団施設に入って映画『Ａ』の撮影を始めるまではそう思っていました。触れたくないという感覚があったし、その感覚は日本中の人が持っていたと思います。ましてや事件が起きてからは、もう悪の特異点的な存在ですよね。

でも近くで見るようになってみると、信者一人一人は、普通以上に善良で優しい人たちです。ならばなぜこれほどに特異な事件が起きたのか。この方程式を無理やり完成させるためには、麻原を特異点にすればいいわけです。でもそれでは、彼を最終解脱した特異点として崇（あが）めたオウムの過ちを、１８０度反転しているだけなんです。

本当に最終解脱者ならば精神が崩壊するはずはない。今になって後継団体の勢力拡大や神格化を危惧するのなら、精神が崩壊するような普通の男であることを、社会が認識して共有すべきでした。

何があっても試練と受け止める究極の構造

中村　僕は森さんと見方が似てるけど違うところもあるかもしれないです。

僕は途中までは、麻原はある意味でスペシャルな、指示を出す存在だったと思っているんです。坂本弁護士一家の殺害を決めたのも麻原だし、松本サリン事件も麻原の指示だったと思います。ただ地下鉄サリン事件の頃になるとはっきりしない。後に証言が変わった信者もいましたから。途中から徐々に変化した可能性があるように思うんです。

オウムにマハームドラーというのがありますよね。信者に修行と称して無理難題を押しつける。麻原は一般信者には優しかったけれど幹部の弟子たちには厳しかったと聞いています。元々麻原は不殺生(ふせつしょう)を説いていて、オウムでは蚊やゴキブリも殺さなかったというでしょう。でもそれが地下鉄サリン事件でたくさんの人間を殺してしまった。それは矛盾するように見えるけれど、麻原自身が一般信者に接する時と幹部に接する時で態度を変えていたというのもある。

麻原自身、どんどん目が見えなくなっていきますよね。教団内は社会から隔離された場所で、異空間にいたわけです。しかもその一番奥にいた。その中で誰かを殺す時も自分で手をくだすわけではない。そうなると罪悪感から離れた場所に身を置くことができる。人間を殺した手の実感や、そういったことを経験していない。

一方で、麻原の指示を受けた者たちは、それをマハームドラーだと思うわけです。自分はやりたくないけれど、それをするのが修行だと思い込む。かなり抵抗があるけれど実行可能になってしまうわけです。悪を引き受ける感覚というのが組織全体で希薄になってしまう。

弟子たちは教祖に気に入られたいがために妄想的なことも言うし、麻原も被害妄想に陥り信じようとする。その相互作用が拡大するにつれて、中心は麻原ではありますが、そこがぼんやりしていったんじゃないかとも思うんです。

森　そこは僕とそれほど違ってないと思うけど。地下鉄サリン事件も含めて、麻原の指示はあったと思います。ただ、すべてを細かく指示できるはずはないし、弟子たちの解釈もばらばらだったことは裁判でも明らかになっています。ならばできるかぎりは明らかにするべきだと言っているだけです。そしてそのためには、精神が混濁している麻原を治療しなくてはならない。もちろん治療できるかどうかわからない。でも試すことすらしない。まして彼は刑事被告人です。デュープロセス（法の適正な手続き）としても間違えている。

世間一般や裁判では、オウムが攻撃的な集団に変わった要因に、殺人教義といわれるタントラ・ヴァジラヤーナを当てはめますが、要因としては、僕もマハームドラーのほうが大きかったと思う。いったんそれにはまってしまうと、何があっても、これは師が自分に与えた試練だと解釈してしまう。これがオウム事件を考えるうえで、重要な補助線のひとつにすべき宗教的な要素です。

疑問の声もあげない社会はおかしい

中村　麻原自身が手をくだしていれば、本人が受ける精神のダメージもあったはずだし、殺人に対する考え方も変わっていったかもしれない。でも本人に実感がないし、夢の国みたいなところで教祖をやっているわけだから、現実感がないんですよね。

現実感がない空間にいる人間というのは恐ろしいです。しかも弟子たちがマハームドラーと認識している。地下鉄サリン事件も、麻原が何らかの指示はしたと思っていますが、指揮系統がそのへんから複雑になっていったというのが僕の印象です。

一般信者たちは、サリン事件も当初は国家の陰謀だと思っていたわけで、僕が先に言ったような麻原の精神状態がどうなのかという問題を持ち出すと、もしかすると「真相究明の会」を批判する人たちは、それがオウムを利することになるのではと思っているのかもしれない。でもその論理は戦争の時と同じです。国家が戦争に向かっていく時に、それに対して何か言うことは敵を利するという考え方。それはファシズムの中心になる発想だと思うんです。

オウム裁判については、国家が一〇〇％正しかったというふうにしないといけないという空気があるのかもしれない。でも、だとしたら一〇〇％正しい手続きによって裁くべきだし、麻原の精神状態がどうなのかわからないのに死刑を執行してしまったと疑われるような国のあり方に、声をあげないのはどうなのかと思うんです。麻原に治療を行ってもう一度語らせようというのは、もしかすると不可能なことなのかもしれないけれど、疑問の声もあげない社会はおかしいと思う。

森　宗教は生と死を転換する機能を持つ概念です。人は生きもので唯一、自分が死ぬことを知ってしまった。だからこそ宗教が必要になる。自分の存在が死後消えてしまうというのは認めたくない。だからどんな宗教でも輪廻転生とか天国と地獄とか、死後を担保するわけです。まあ実は、ブッダは死後の世界を強調していません。むしろ語ることを拒否していた。でもそれでは広まらない。だから彼の死後に布教の過程で極楽浄土的な概念が付加されて強化された。補足するけれど、僕は完全な無神論者ではありません。神的な概念は実在するかもしれないと思っている。人は俗な存在だからこそ聖なるものを求める。でも宗教が死への恐れから生まれたことも確かです。

　それは見方を変えれば、死と生の価値を転換してしまうわけです。なぜイスラム国の兵士たちは自爆テロができるのか。死後に天国に行けると思っているからです。つまり自分の命を軽視してしまう。

　だからキリスト教も仏教もイスラムも既成宗教のほとんどは自殺は絶対にしてはいけないと説く。抑制しなければ、今の人生が辛かったらリセットして次の人生を、となってしまうからです。これは宗教が持つ原理的なリスクです。それは他者の命を軽視することにもつながる。だからこそ宗教は悪意ないままに殺戮や戦争と親和性が高くなる。既成宗教はこのリスクを必死に制御してきた。ところがオウムは、このリスクをむき出しにしてしまった。

　だからオウムはポアの思想、今の人生が自分や他者に害をなすのなら転生してあげましょうと本気で信じていた。もちろん麻原もその一人です。

オウム事件によって日本社会は変わった

森　それに加えて、今中村さんが言ったように、麻原が死というものを概念としてしか捉えられない。自分は頭脳で、手足は全て弟子たちがやってくれるという状況だったから、実感が薄れていく。アーヴィング・ジャニスが唱えるグループシンク[*2]の典型です。そうした要素が重なってオウム事件は起きた。ところが日本社会は、そのプロセスやメカニズムを解明することを拒絶した。麻原の特異性が崩れるからです。麻原という悪の特異点が理系の優秀な若者をマインドコントロールして日本社会に牙をむいたとの構図は、あくまでも一面でしかないし決して本質ではない。

これはさんざん言ってきたけれど、まさにオウム事件によって日本社会は変わったと思うし、その変化は今も続いている。もう過去の話ではなく、今自分たちが立っている土台につながっている話だから、僕もむきにならざるをえないのです。

中村　死刑執行もそうだし、テレビはリアル中継しましたからね。誰が執行されたかスタジオでオウム死刑囚の顔写真にシールを貼っていった。異常です。

森　僕はその日の午前は新幹線に乗っていたからリアルタイムで見てないのだけれど、フジテレビとかは選挙速報のようにやっていたようですね。みんな怒ってましたよね。

でもその後に大学の講義でその話題になったとき、今回の報道は、社会がこれまで目をそむけてきた死刑制度について考えるきっかけになって良かったのじゃないかと学生が発言して、それも一理あるかなと思いました。

中村　でも出し方が悪いです。別のことで、このままだと日本が元に戻れない一線を越えてしまうと新聞などでコメントしてきたんですが、今回の死刑執行の一連の反応などを見るに、もしかするともう越えているかもしれない、根本的にまずいぞ、と感じました。

死刑囚は勝手に死ぬわけじゃない。執行を行うのは刑務官です。凄まじい任務ですよ。死刑は他人の手による死なんだという認識が抜けている。その上司にあたる法務大臣は、執行前日に宴会で「グー」ポーズで笑顔で写真に収められている。死の厳粛さまでこの国は乗り越えてしまった。だから今回、衝撃というより、再確認させられたという感じですね。

森　麻原自身が自分で手を汚さないから、死に対してどんどんバーチャルになっていった。それと同じことがこの日本社会で起きているという視点ですね。

中村　オウムがやったことは最悪だけど、この国の結末のつけ方も最悪だったと思いました。

やはり麻原だけは例外だという感覚があるのでしょうね。あいつは極悪人だから、どういう状況にあろうと殺してしまえという感覚があるのだと思います。

僕も麻原は嫌いだけど、そのこととこれは別です。それはオウムを利するという考え方についても、この社会にある、麻原だったら何をやってもよいという雰囲気は逆に、この手の宗教と社会の側の断絶をより生むとも思います。僕はもともと死刑制度には反対ですが、それは一旦おいて、麻原だけは例外だというこの雰囲気はおかしいと思う。

僕は今回の死刑執行にまつわる様々なことを見て、何やら日本社会の未来まで見せられた感じがして、これは困ったと思いました。えらいものを見せられてしまったなという感じです。これからもっとえらいものを見せられるかもしれないなという予感さえします。

森　「真相究明の会」の主張について、オウムの後継団体を利するだけだと批判する人がいるけれど、今回のような死刑執行こそ利する行為だと思います。

中村　「究明の会」のやろうとしたことは、麻原をもう一度引きずり出して、もうカルトを終わらせたいということでしょう。オウムを利するはずがない。逆にこのままのほうが神格化だと思います。

麻原の裁判が一審で終わってしまったこと

中村　森さんと考えが異なると思いますが、麻原の裁判が一審だけで終わってしまったことについては、弁護側のやり方がもう少し何とかならなかったかという思いがあります。作戦ミスだったと思うし、正直、いささか憤りもあります。

森　弁護人が控訴趣意書を出すためには、被告とコミュニケーションして控訴するという意思を確認することが大前提です。ところが意思の疎通ができない。だから控訴趣意書が出せない。これは原理的にはまったく間違いはないし、同時に精神鑑定を実施させるための弁護側の戦略だったと思います。でも裁判所は、弁護側の同意がないままに裁判長が拘置所を訪ねて麻原は声に反応したから意思があると断定したり一方的に鑑定人を決めたり、この段階でルールからすでに外れていますが、最終的には弁護団は折れて、趣意書提出の日を裁判所と合意のうえで決めました。

ところが約束の前日に、いきなり裁判所が棄却を決定した。僕は弁護団のやり方は、決して間違いではなかったと思います。裁判所がそこで打ち切るとは誰も思っていなかったですから。

中村　でも控訴趣意書を出してしまうことはできなかったのですか？　意思確認できない状態でどうやって控訴趣意書を書くのかという問題はもちろんあると思

うけれど、結果的に国につけいるすきを与えてしまったという気がしてなりません。

森　結果論としてはそうだったかもしれません。ある意味でチキンレースでした。でも弁護団はぎりぎり俵に足を残していたけれど、裁判所が約束を破って打ち切ってしまった。国家がなぜ裁判を正当にやろうという意思を見せなかったのか、今でもわかりません。

これはオウム信者の住民票不受理とか松本家の子どもを学校に行かせないといったことと同じで、憲法違反でありながら社会は追認した。それも近代国家としてこれは例外的なのだという自覚があればよいけれど、何の摩擦もなくすんなりと行われてしまった。そのことへの恐さは感じますね。

中村　例外という意識があったとしても、やってしまうとそれはどんどん例外でなくなっていくものですが、さらにその意識もない場合は、死刑に限らずいろんなことに波及してくる気がします。いやむしろ、既にいろんなことに波及してきているその一つが、今回の死刑執行だったのかなと思います。

僕は死刑執行された人たちと交流はなかったので感情移入はないのですが、システムのあり方としてはショックでした。

麻原以外の一二人中六人に面会

森　『A3』に書いたように、麻原以外に死刑執行された一二人中六人に面会して、手紙のやりとりもしてきました。二回目に執行された六人の心中を想像すると、とてもいたたまれない思いです。最初の執行から彼らがどんな思いで日々を過ごしていたのか。これはもう拷問ですよ。

中村　明らかに執行されることがわかってから二〇日間も放置されていたわけですからね。

森　最初の執行が七月六日に行われた後、週明けにも六人の執行をするのではと思いましたが、実際に執行がなされたのは二六日。こんなに延びるとは思いませんでした。明らかに理由の一つは西日本の災害[*3]があったからでしょう。そしてもう一つは、その災害の時に総理を始めとする自民党議員らが宴会をやっていた[*4]という赤坂自民亭の問題があった。そんなふうに顰蹙を買っている時に処刑はできないと、タイミングを見計らっていたのでしょうね。

そもそも大量処刑をやる理由が、同一事件の犯人は同じ時期に処刑するのが公平だという原則でしょう。でも自分たちの都合を優先するレベルの原則です。そのレベルならば、もっと柔軟に対応できなかったのかと思う。

中村　麻原にもう一度語らせるべきだという意見に対して、一審の裁判を見れば彼がしゃべらないことは明らかだと言っている人がいますが、そんなことどうして断定できるのでしょうか。麻原には聞きたいことがたくさんありますよ。

社会に対するルサンチマンとして事件を起こしたとかいうのも、僕は違う気がするんです。彼はオウムのトップになってある種の満足は得られていたと思うんです。そこから国家転覆まで考えていたとは思えない。思っていたとしても、そこには強い意思はないというか、元々バーチャルな世界にいますから、もっとはっきりしないぼんやりとしたものだったと思う。破滅的というか、妙な言い方ですが、最悪のお調子者だったような気もするんです。

そういうことがわからないまま、死刑執行されて、このまま終わっていくことになってしまいます。もちろん、いろいろと彼の内面を推測はできますよ。でも、たとえば死刑を執行された前上博みたいに、死刑の直前に臨床心理士に驚くべき真相を語ったケースもある。あれは本当に驚きだった。

森　ヒトラーはベルリン陥落とともに自害した。だからニュルンベルク裁判はヒトラーが不在のまま行われた。仮にヒトラーが生きていたとして、裁判途中で言動がおかしくなって、精神科医たちの多くは治療すれば治る可能性があると診断しているのに、治療しないまま裁判を終わらせて処刑したという状況を想定してほしい。誰だってありえないと思うはずです。いまだにヒトラーを神格化して歴史修正主義を唱えるネオナチが絶えない理由の一つは、ヒトラーを裁判で追い詰めることができなかったからです。ヒトラーは自害したけれど麻原は生きていた。ならば治療して語らせるべきでした。追い詰めるべきでした。

動機が解明されないからこそ、潜在的な不安と恐怖が残って、日本社会はセキュリティ意識を過剰に高揚させ、一人が怖くなって集団化が発動した。

これだけ大きな社会的影響を及ぼした事件なのに、肝心の動機がわからないままで、しかもそれを語れる当事者がいたのに、どうしてそれをさせないで処刑してしまうのかと思います。
　これは麻原の主治医だった中川智正さんに面会した時に聞いたことだけど、サリン事件が起きる少し前から麻原は、もうすぐオウムはなくなるとか、私は弟子がいないところで死ぬ、などと言っていたそうです。中川さんが、どういう意味ですかと聞いても、麻原はニコニコするだけでそれ以上は答えない。もちろんただの虚勢だった可能性はある。でも違う意味があったのかもしれない、ならばサリン事件の解釈が変わる。こうしたことも麻原本人に聞きたかった。だってどう考えても、確かにオウムは現実離れしていたけれど、地下鉄にサリンをまいて自分が日本の王になれるとか本気で考えていたとは思えない。

中村　人間の意思って一〇〇％こうだと決まって何かをやるわけじゃないじゃないですか。だから麻原自身も明確な強い意思があってやったのじゃないかもしれない。自分が手を染めるのは大変ですが、やるのは他者だから迷いながらでも言えてしまうのかもしれません。それは非常に恐ろしいですけどね。
　麻原は自分のことを本気で救世主だと思い込んでいたと思います。超能力も、それっぽいものがあると信じていた。それが裁判中に壊れたわけだから、ある意味ではそこが彼を追い詰めるチャンスでした。

森　詐病（さびょう）を唱える人は今も多いけれど、詐病だとしたらその目的があるはずです。裁判遅延と死刑逃れです。でもずいぶん早い段階から、これはむしろ裏目に出ています。結果的に確定と処刑を速めてしまった。それは予期できました。僕がもし麻原だったら、これはまずいと詐病はやめています。

中村　そもそも、長年のあの壮絶な状態は詐病のレベルじゃないです。こんな形で終わってしまうのは本当に残念です。

（後記）森達也さんから電話がかかってきた時は、嫌な予感しかなかったのですが（笑）、用件が分からない段階で、でも自分はそれを引き受けるだろうと思っていました。

なぜなら、森さんはいつも社会の問題の中央に立ち、危険なことも含むけど、だからこそ、それは圧倒的なまでにいつも重大なことだからです。それを拒否したら、作家でいる意味などないでしょう。もう一度繰り返しますが、森さんの存在そのものは、希望だと思っています。

（ちなみに、「真相究明の会」は松本死刑囚の遺族のかたの希望を云々、みたいなデマを、ジャーナリストが取材もせず書いていて、とても驚きました。僕は内側にいたからわかりますが、遺族のかたからの要望があった時、会の方で、それは趣旨が違うと拒否していましたので、当然会は独立していました。）

＊1　二〇一八年六月に設立。http://www.aum-shinsokyumei-arc.com

＊2　集団浅慮。組織や集団になることで、むしろ外部からの情報が入らず、考えが浅くなり不合理な結論や行動を起こしてしまうこと。

＊3　平成三〇年七月豪雨。六月二八日から七月八日にかけて西日本を中心に発生した集中豪雨。多くの被害と死傷者を出した。

＊4　西日本の豪雨警戒中の二〇一八年七月五日の夜、自民党議員が宴会を開催。当時の首相・安倍晋三も参加していた。また、その宴会の写真がＳＮＳにアップ、拡散された。

×高橋源一郎（作家）
不寛容の時代を生きる

――「東京新聞」2020年1月4日、6日、7日、8日夕刊

不自由展と日韓関係

高橋　昨年一二月に韓国で慰安婦像（平和の少女像）を見てきました。あいちトリエンナーレの「表現の不自由展・その後」[*1]の問題もあったので、韓国で同じキムさん夫妻の作品を見たいと思ったのです。

日本大使館前の少女像のほかに、同じ作者による「ベトナムのピエタ」像も済州島（チェジュ）で見てきました。ベトナム戦争での韓国軍の民間人虐殺を題材にした作品です。

日本大使館前の少女像は韓国の公の声みたいなものになって、ある種の国家的な後押しがある。ところが、一方のピエタ像はどこにあるか分からないような場所で、韓国社会からほぼ無視されている。

「弱者たちの声を代弁すること」をテーマに二つの作品が作られたにもかかわらず、扱いがまったく違うのが印象的でした。

中村　東アジア文学フォーラムで韓国の作家が「慰安婦についての日本政府の態度は問題だ。だけど韓国政府もベトナムと向き合っていないじゃないか」と発言していました。韓国でもそういう声が上がりつつある印象を受けます。

「表現の不自由展」で問題にされた少女像は、日韓問わず性暴力に反対する作者の手によるもので、「反日の象徴」と扱うべきじゃない。もっと深く広い問題です。今回の脅迫は絶対反対ですし、後から政府が補助金を不交付にしたことも間違っています。

ただ、昭和天皇に関する作品[*2]はよくなかった。実在

する／した人物の写真をあえて燃やす表現方法を、僕は好きではない。芸能人の写真でも同じです。それを認めると、今後巧妙なやり方でのヘイト表現につながる危険もある。何でも表現の自由と言うのは違う。

議論から抜けているのは天皇という存在がまとう宗教性で、宗教とは時に、信じる人たちの内面の中心になる。扱う時は真摯に、批判する時も真剣であった方がいいと僕は思います。作者は真剣だったし、批判や侮辱の意図は一ミリもなかったそうですが、あの表現を僕は全くいいと思わない。たとえば修道女のマザー・テレサさんの写真だったらどうですか。世界中からやめろと言われるでしょう。一緒にするなと思う人がいるかもしれませんが、なら燃やしていい人物といけない人物がいることになり、その選別の先は恐ろしくないですか。これは本来、リベラルとか保守とかの問題じゃないと思う。

高橋　微妙で難しい問題ですが、そういう、もやっとする気分は大事にした方がいいと思います。僕がもやっとするのは慰安婦像です。一四歳ぐらいの少女像ですが、シンボライズが過ぎて、プロパガンダ的でもある、というか、そのように捉えられることを自覚していると思います。天皇に関する表現にも発火性がある。戦後文学の先輩作家たちは、その部分に関して極めて繊細に表現してきました。主催者には、社会の反応に関して読み違えがあったように思います。

政治的な表現に対して臆病になっているこの国で、蛮勇をもって展示を行った意義は認めたい。でも、ふだんよりさらに何倍も神経を使ってほしかったですね。

中村　「嫌韓」をあおる言論が近年、広がっています。人間には、集団で集団と敵対する社会的動物としての惨めな本能があります。それを商売にできると気づいた人が出てきた。あさましいとしか言いようがない。あんなのを読んだり観たりすれば、誰だって少しは煽られます。

高橋　すぐ隣、あるいは外に敵がいると、内はまとまって好都合だというのは、社会を支配する側の鉄則です。それは今の日本に限りません。国家でも個人でも、うまくいかないのは自分のせいだとつらいから「誰かのせい」にしたい。

中村　そうやって扇動する人の言動に、人々が飽きるといいんですけどね。いつまでやってるんだ、と。

高橋　日本人に、隣の国の歴史を引っかき回してしまったという罪の意識があることも、問題を複雑にしています。「この人たちにいつかやられるかもしれない」という潜在的恐怖があるから、関東大震災の朝鮮人虐殺のようなことが起きるのでしょう。

中村　従軍慰安婦を「捏造（ねつぞう）」と言うのはさすがにもうやめよう、とも言いたい。強制的に連行されたかどうかではなくて、別の仕事とだまされて連れてこられ、逃げられず、意に反し強制的に慰安婦にさせられた人が大勢いたことは事実です。世の中にはさまざまな意見があるべきですが、最低限の共通認識は必要です。

そこを踏まえてから、戦時における性の問題は日本軍だけじゃないことや、戦争は時に人の内面を変えてしまうことなどの話ができるのではないでしょうか。

考えたくない社会

高橋　相模原市の障害者施設で起きた虐殺は、あの事件単独の問題ではありません。日本社会は今、弱いものを役に立たない存在として切り捨てようとしている。その現れだと思います。高齢者の場合も同じです。

社会全体が経済の論理で動こうとしている。教育もそうです。相模原の虐殺と対になるのは、たとえば高校で文学を教えなくなるということですね。新自由主義という言葉はかっこいいですが、役に立たないというジャンルに人々を追い込み、緩慢（かんまん）に処分しようとしている。

中村　高齢者の医療費を減らせとか、国民側が言うのも奇妙です。なぜか経営者のような目線で語る人が増えました。国家と一体化して強くなる錯覚を得たいのかもしれない。

高橋　自分もいつか老人になるのにね（笑）。

中村　生活保護バッシングも逆に愛国的じゃないです。同じ共同体に生きる人を私たちは見捨てない、日本はそういう国だ、というプライドを持つべきだと思う。

高橋　そういう人たちの考えは変えるのは難しい。では、ぼくたちに何ができるのか。ぼくは、まずは知るべきことを知ってもらうことが大切だと思っています。ぼくたち作家には、さいわい「ことば」という手段があります。迂遠（うえん）かもしれないけれど、書きつづけるしかありませんね。

中村　無関心でいたい人たちだけでなく、絶対に社会問題について考えたくない、という人たちもいます。高橋さんの著書で、学生運動をしていた頃、ビラを配る自分を避ける人たちがいて、おそらく日常を脅かす存在として僕らを見ているのではないか、と書いていたのが印象的です。

　今も、考えさせようとする相手が嫌だ、という風潮がありますよね。作家が「考えてほしい」と問いを投げ掛けても、それをストレスと感じる人が増えている印象があります。

　公正世界仮説という心理学用語があります。世の中は公正で安全だと思いたい。だから何かの問題や被害が発生すると、それを社会ではなく個人のせいと考える。あなたにも何か落ち度があったのでは、というふうに。この心理が日本に過剰に広がっていると思います。無関心だけで終わらず、問題があると思いたくないから、現在の社会状況はいい、と肯定側に回り、被害者批判を展開する心理が怖い。これを続けていると、社会はまったく改善されなくなる。

高橋　ぼくもそういう印象を受けます。ぼくは大学で教えていますが、大学の先生が、ものを考えられなくなっている。簡単にいうと、雑用で忙しすぎるからです。

　フランスの哲学者シモーヌ・ヴェイユに『工場日記』という本があります。彼女はエリートでしたが、哲学の教師の仕事を一時辞めて工場労働者になります。その時の日記ですが、途中で悲鳴のようになっています。それまでは考えない人を批判していたのに、厳しい労働環境の下では、なにかを考えるどころか、「早く眠りたい」としか思えなくなったのです。

　今の若い人は経済的に厳しい環境に置かれる一方で、インターネットやスマホで情報の奴隷（どれい）になっている。わかりやすい意見の応酬と、どちらかの意見を支持した時の「いいね」マーク。考えるのは苦痛になります。どちらにも時間をとられる。ネットにあるのは非常に

中村　スマホ画面は、言葉などをつかさどる前頭葉を抑制的にすると言われていますよね。テレビやゲームもそうなると言われますが、スマホは家の外でも見られる。人類は今、前頭葉を抑制する時間が最も長い時

代に生きているのかもしれない。そう考えると恐ろしいです。

高橋　オーウェルの『一九八四年』やブラッドベリの『華氏451度』は大好きな小説で、中学・高校生の頃、すごい想像力だなと思って読みました。謎の端末がみんなを支配し、本が読まれなくなり……。どちらもテレビ型スクリーンが出てきて登場人物に話しかけ、時には会話する。そのことに忙しくて実在の人間とは会話をしないようになる。それは架空の物語だったのに、現実になってしまった。過剰な情報があると人間が考えなくなることを、昔からみんな知っていたんですよね。

中村　今だからこそ、ネット空間だけでなく、直接会って伝えることも重要かもしれない。

百田尚樹さんの『日本国紀』(幻冬舎)で、増刷時に多くのミスを告知なく修正したことなどが問題になった時、僕は次の小説を幻冬舎から出すことが決まっていたので、今だから言いますが、見城徹社長と会いました。僕は百田さんに関心はなくて、幻冬舎について思っていることを伝えました。初対面でしたが、お互いの目を見て話すと、建設的な議論になりました。

あの時、「幻冬舎では書かない方がいい」みたいに言う人がいて、絶対違うと思った。それでは断絶が生まれるだけで、そもそも幻冬舎はいろんなタイプの本を、リベラルな本もビジネスにならない少部数の本も出してます。見城氏は、僕の前でも、絶対に百田さんたちの悪口は言わなかった。むしろ自分が矢面に立とうとしてる印象を受けました。

いろいろ感じることもあって、でも一番驚いたのは、直接文句を言いに来た作家が僕だけだったと聞いたことです。ちょっとみんな、ネット空間だけでガチャガチャやり過ぎてるのかもしれない。

通じぬ言葉

高橋　今の政権で一番問題なのは、言葉が毀損(きそん)されていることだと思います。日本語としておかしい。どんな質問にもまともに答えない。矛盾したことを言っても恥じない。間違っていても訂正しない。都合の悪いものは削除する。そんな言葉を毎日のように浴びていると、正常な言語感覚が壊れてくる。

中村　めちゃくちゃです。

高橋　以前、自民党のある政治家と話をしたことがあります。びっくりしたのは、ぼくの質問にまったく答えてくれなかったことです。完全にはぐらかす。形式上は回答していることになっていても、Q＆Aになっていない。「あれっ」と思った。最後まで会話が成立しなかった。ある意味すごい。会話の完全拒否だから。

会話はキャッチボールです。でも、言葉を投げてもボールが戻ってこない。これは拒否ですらない。目の前にいるぼくは存在しないという扱いをされていたのです。

中村　自分の世界を少しでも批判する声は聞きたくないし、答えない。

応答がほしい

高橋　ぼくたちが公に求めるのは応答ですよね。まず返事をしてほしい。拒否でも否定でもいい。人びとからの声に一切応答しない、それは、社会や政治の最悪の形態だと思います。

中村　「桜を見る会」の問題でも、あれだけうそをつかれると、周りにいる人は変な気持ちになるかもしれない。ここにコーヒーカップがある。それを見ているけど、「ない」と言う。あるけど、ない。

高橋　『一九八四年』の語法ですね。「二足す二は五である」と言うまで拷問(ごうもん)しつづける。不寛容の一番怖いのは、差別をする、虐待するということよりも、言葉が通じないことが当たり前になって、そのことに痛みを感じなくなることです。「こいつ、何か訳のわからないことを言っているな」で、おしまい。「そんな気持ち悪いやつはあっちに行ってくれ」ということでしょ。

フランスの思想家ヴォルテールが、社会の不寛容さを批判した『寛容論』を書いたのは一七六三年です。それから二五〇年以上たちますが、世界はまったく変わっていないですね。あの本を読むと、まるで今日の話みたいです。

中村　こういう時代なので、社会問題についてコメントを求められることも多い。萎縮は伝播(でんぱ)してしまうので、逆に「中村がここまで言っているなら、自分も」という空気をつくろうと思っています。でもなかなかそうならなくて、はっきり言って苦しいです。

高橋　中村さん、意図的にむちゃな発言をしていますよね（笑）。

中村　いや（笑）、今のうちから言っておかないとまずいからですね。時代は一線を越えると、何を言っても駄目な状況になる。自分が感じていることを読者に伝えないなら、それは読者への裏切りにもなるので。

今の政治体制では、公か個人か、国か地域かというとき、公や国を重視する度合いが強すぎる。そういう政権を擁護する場合、それは人権軽視、個人攻撃に転化しやすくなる。息苦しい社会になったし、データでは精神疾患を抱える人の数もかなり増えている。

政治は間違うものです。高橋さんの本で「正しくなければ愛せないのだろうか」というフレーズが印象的でした。

国も「間違う」

高橋　米国の作家スーザン・ソンタグが九・一一同時テロの直後に米国の姿勢を批判する文章を書き、全米で憤激を巻き起こしたときのことですね。愛する祖国が暴走するのを止めるために、彼女にはその方法しかなかった。彼女が愛したのは、「正しい」国ではなく、「正しさ」と「不正」の入り交じった等身大の米国でした。

中村　国を愛する人は、国が間違っていたら「間違っている」と言うべきです。僕が国を批判すると「売日」とか「反日」とか言われますけど、僕は日本を好きですからね。

第二次大戦時の日本を、虚偽を混ぜてすべて肯定する人は「正しくなければ愛せない」のかもしれない。でもそもそも、一点の歴史の曇りもない国家など存在しませんから。自分が愛したいために国家の歴史を虚偽でくるむのは愚かです。愛国心とはそんな幼稚なものじゃないでしょう。

公と個

高橋　この社会が寛容さを失っていくとどうなるか。個人がなくなってくるんです。二〇〇四年にイラクで日本人三人が人質になった時、「自己責任」という言葉が出ました。いつの間にか、その言葉が独り歩きして、あらゆることで何かをすると「それは自己責任で」と言われるようになった。つまり、個人でいることは罪、ということです。

中村　そうなります。

高橋　「おまえが一人で勝手にやったんだろう。それは悪いことだ」と。自分の意志を貫いて共同体の約束事とは違うことをすると、それだけで罪になる。ある時期からそうなってしまった。

中村　僕が最初に「社会がやばくないか」と思ったのもその時ですね。日本はまず人質の安否を第一に考えると思った。

高橋　それは突然出てきたものではなく、もしかすると、ぼくたち日本人は、「公のものには黙って従う」心の型からずっと抜けられないでいるのかもしれない。一九四五年に敗戦で武装解除したとき、唯々諾々と従った。前日まで聖戦と言ってみんな死ぬつもりだったはずなのに、「ああ戦争が終わって良かったな」と。それは一種の集団転向でした。

　韓国に行った時、立て続けに大統領が捕まったことを「すごいね」と言ったら、「民主化運動をしたからだ」と言われました。韓国では民衆が自分の力で独裁政権を倒した経験がある。悪い権力は倒せると考えている。彼らには「革命」の経験があるんです。ナショナルな声はあっても、それに唯々諾々とは従わない。

中村　韓国でキャンドルデモがあった現場で「参加しましたか」と聞くと、向こうの人は「ええ、参加しました」じゃなくて、「もちろん」と答える。日本と感覚は違います。

高橋　日本では、どこかで社会や公が遠い。公は自分たち個と切り離されたところにある。そういう意味では緊張関係もない。

　公はふだん吸っている空気みたいなものです。誰かが暴れると空気が汚れるので、酸欠になるからやめてくれ、というのが日本の公です。だから行儀よくするしかない。

中村　このままでは、人権や多様性を重視する考え方はどんどん縮小していくと思います。どうしたらいいのか日々考えるんですが……。

高橋　こういう社会だから絶望するという気持ちもわかります。でもぼくたちは作家なので、根本的にオプチミスト（楽観論者）だと思います。

中村　そうですか？　僕は悲観的です。でも書いているという時点で、その行為自体はポジティブではありますけどね。

高橋　本当に絶望したらなにも書かないでしょう。

ぼくは、よく「複雑なものを複雑なままで理解しようとする試みが文学だ」という言い方をしています。今、一番怖いのは単純化です。それは右と言われる側だけではなく、どちらの側にとっても。

お互いにオール・オア・ナッシングになると、民主主義の否定になる。民主主義の原理は、一〇〇人いれば一〇〇通りの意見がある、そこにあるのだとルソーも言っています。大きな二つの意見に分かれた瞬間に、民主主義の原理は死ぬのだと。どれだけ意見を集約せずにすむかという勝負ですね。

その仕事をずっとしているのが、実はぼくたち作家だと思います。作家の仕事は結局、個人の声を聞くこと、個人の小さな声に耳をかたむけること、にあります。社会が、大きな集団の声に引きずられて行けば行くほどね。

中村　世界各地で作家たちが集まるブックフェスティバルに行くと、美しい時間が流れています。そこには、個人を大切にする人たちが集まっているからだと感じます。

高橋　僕も六〇代後半になり、あまり残り時間がないのですが（笑）、ある種の確信があります。個人の言葉は社会や公に対抗できると信じたい。個人の言葉だから、公の言葉と違う。公の言葉は二色から三色しかない。「こんな考えもあるのか」と提示し続ける必要があるのです。

最近、詩人の茨木のり子さんの『ハングルへの旅』という本を読んで、とても感動しました。

大正一五年生まれの彼女は、五〇歳でハングル（韓国語）を勉強し始めます。隣の国の言葉を学びながら、彼女は、その隣国との長く複雑な葛藤の歴史も学んでゆく。言葉を通じて、切れば血が出るような歴史を学び、自分がいかに無知だったかを知るのです。

彼女が韓国語を学び始めたとき、「なぜ？」と周囲から必ず聞かれたそうです。英語やフランス語を習うなら聞かれない質問です。そこに、アジア、特に韓国を下に見てきた、近代一五〇年の中で内面化されてきた意識を彼女は感じます。社会で流通する公のことを疑わない「なぜハングルなんかを？」という質問の延長線上に、今の状況が来ているのではないでしょうか。

ぼくたちもまた、「ハングル」たちを習い始める必要があると思います。いうまでもなく、学ばねばならないのは、語学だけではないのです。

（後記）思わぬところから、的確に物事をつかむかたでもあり、作品もそうですが、いつも感銘を受けてきました。高橋さんの前向きな希望をうかがうことができて、本当に良かったと思っています。今回の対談集でも、自然な構成なのですが、大切なパートを二つ、高橋さんに担っていただくことになりました。

＊1　愛知県で開かれた「あいちトリエンナーレ」の企画展の一つ。脅迫や抗議が相次ぎ、開会から三日後に中止、「表現の自由」をめぐる議論が起き、閉幕一週間前に再開した。

＊2　大浦信行氏の映画『靖国・地震・天皇』の映像と、『遠近を抱えた女』の一部を組み合わせた二〇分の映像作品『遠近を抱えて　ＰａｒｔⅡ』。

文学Ⅱ

×藤沢周（作家）
純文学は最高のエンターテインメント

――「図書新聞」2015年7月25日／図書新聞

「第二列の男」から受けた衝撃

中村　僕が藤沢さんの作品にのめり込むきっかけとなったのは「第二列の男」という短編です。『第二列の男』という傑作短編集の表題作ですが、僕が読んだのは「新潮」の二〇〇二年新年号に掲載されたときでした。当時の僕は何をやってもうまくいかなくて。渾身の小説が書けたと思って新人賞に応募しても、一次審査で落選したりしていました。でも自分で自分のことをすごいと思い込んでいるんで、これは郵便局員が配達を忘れたんじゃないかと思ったんですね（笑）。それで投函する郵便局を変えて別の賞に応募する。それでも落ちるので、悪いのは自分なんだと気づいて、作品を一新して小説がひとつ書けたんです。どこに応募しようかというときに、これまでとはまったく違う作品ができたので、応募先もそれまでに応募していた文藝賞や群像新人賞から変えることにしました。そのときに図書館でなんとなく手に取ったのが「新潮」で、「第二列の男」と松浦寿輝さんの「虹」のふたつの作品からものすごい衝撃を受けて新潮新人賞に応募し、受賞してデビューしました。だから僕にとってものすごく思い入れのある作品なんです。

藤沢　そのデビュー作が「銃」ですよね。新人離れした作品として話題になったのを覚えています。

いま中村さんが話してくれた「第二列の男」は、まさに大学を卒業して文学を志す男が主人公なんですね。もちろん食えないから肉体労働の日雇いバイトをやる。しかも、ヤクザの手配師が仕切っている現場で日払いも悪いのだけど、小説を書くことだけは捨てられない。小説といっても、「まずは、女に火をつけてみる」っていう、彼にとっては重要なモチーフである一行目だけが決まっていて、あとは物語の流れも地平線も見えていない。書きたい気持ちだけ。その想いと焦燥だけを空回りさせて、風変りな、というか地軸が狂っているような人たちがいる現場で、若さと時間を蕩尽しつつ自らの存在を確かめていくという作品だったんです。

中村　「第二列」と呼ばれる男が出てきますよね。その男が休憩時間に何かを必死で書いている。主人公は作家志望なので、おそらく詩を書いているんじゃないかと思い込むんですが、男が実際に書いていたことと、なぜ書いていたのかという理由にもとても衝撃を受けました。当時の僕はフリーターで週四日コンビニのアルバイトをしていたんですけれど、もちろんそれだけでは食べられなくて、派遣のアルバイトに登録して荷物運びとかをやっていたので、自分の境遇と重なる部分があったのは確かです。でも、だから好きだということを超えて、こんな発想をする人が現代文学の中にいるのかと。あの雰囲気とかテーマとか文体とか、すべてがばしっと自分のなかに入ってきたんです。

日常から世界の深淵へと接続

中村　それ以来、藤沢さんのファンですが、このたび『武曲』という作品が文庫になり、僕が解説を書かせていただきました。藤沢周さんの文庫解説を書くというのはですね、恐ろしいプレッシャーなんですよ（笑）。いわゆる禅の世界がここでは描かれていますけれど、そうでありながら青春文学の側面もあるんですよね。たとえば古井由吉さんの小説だと、日常のなかで突如、世界の深淵に接続するけれど、この小説は剣道っていうひとつのパーツを使って、それをクッションにして深淵に迫ろうとしている。その書き方にすごく驚きました。あと、堕ちていく男性の描き方っていうのは、ああ、わかるなあって。

藤沢　古井さんのように、研ぎ澄まして研ぎ澄まして、身の内から三寸の彼岸の妙をキャッチできる筆致と筆力があれば、日常から世界への深淵へと接続する奇蹟も可能でしょうし、僕も本当はそれをやりたいと念じ続けています。だけど、僕にはまだその筆力がない。

だから、ワンクッション入る。

北斗七星のうちのひとつに「武曲星」という名前の星があるんです。よく見るとふたつ重なって見える二連星なんですね。それにちなんでふたりの主人公が出てくる。ひとりはラップが大好きな主人公の高校生。もうひとりはその高校で剣道部のコーチをしている男。この男、実力者で剣道の世界では名が通っているのだけれどアルコール中毒で、もう今にも倒れそうな男です。このふたりが命懸けで竹刀を交えてお互いを突き詰め、それぞれが高め合っていくという作品と言えると思います。

中村　男のアルコール中毒が改善されそうになるシーンがありますよね。普通の小説ってそこで改善するじゃないですか。でもこの小説、次のシーンではもう酒を飲んでいる。それがものすごいリアルだと思いました。ひたすら酒を飲んで堕ちていく描き方もあるでしょうが、この小説の場合は、ひとつひとつ救済ポイントを用意して、それを経験しているのにまた堕ちる。だから余計に読者は緊張するんですよね。この書き方の発想は僕にはなかった。剣道はもちろん防具をつけていますけれど、打たれるってことはひとつの死ですからね。剣道で切られたんだけど生きている。生きているのに死を書けるっていうのもすごいと思いました。

藤沢　『武曲』にはある種の詩的な核があって、それを保ちつつどうやって物語を作っていくかという問題がありました。ふたりも主人公がいたら、これはいくらでもドラマになる。だけど、物語優先になると詩的な核が薄らいでいく。芥川龍之介と谷崎潤一郎の有名な論争がありますね。谷崎は「もちろん芸術でもあるけれども、物語が小説の醍醐味だ」とする。芥川は「もしも物語にそれだけ努力するのであれば、芸術性を重んじるべきだ」という。激しい論争になって、最終的には谷崎が「人の顔が違うように、人それぞれだね」と落とす。そのふたつを同時にできることがベストですよね。

無意識の底でうごめいているもの

藤沢　中村さんの作品では「悪」がモチーフになっていて、その「悪」のバリエーションが恐ろしいほど豊かで、錯綜した物語が作り上げられる。新刊の『あなたが消えた夜に』ですが、これ、本当に読み始めたらやめられない。通り魔殺人に見える事件が起こって、コートの男が疑われていく。所轄の刑事と警視庁の捜査一課の刑事、このふたりが組んで事件を追っていくんですが、その奥にものすごく複雑に絡み合う人間関係がある。そして、なぜ普通の人間がこんなにも「悪」を抱えて、いびつな形で噴出させてしまうのか。それぞれの人間模様を描きながら事件の核へと入っていく。ストーリー的にも、もちろん犯人は誰だろうとわくわくするんだけれども、読めば読むほど、人間の無意識の底でうごめいているものに届いている恐ろしさを感じてしまう。

中村　『あなたが消えた夜に』は新聞連載だったので、読者が小説好きばかりとは限りませんでした。はじめは刑事小説と思わせて読んでもらう。そのうちだんだんにこれはおかしいぞと思わせて、最後は純文学に入っていくようにしました。結果的には新聞だからとあまり躊躇（ちゅうちょ）せずに、書きたいことを書いたのが良かったのかもしれないですね。

藤沢さんの新刊『界』は連作短編という形式をとられています。主人公が同じであったり、テーマが近かったりして続いているものが連作短編ですが、小説のひとつの極め方としてあるのが連作短編だと思うんです。例えば、古井由吉さんは最近ずっと連作短編を書いていらして、古井さんの小説では、生と死、性、そして空襲、道に迷う、生死の境、といった繋がりがありますよね。『界』には文学の究極、男女の性と死というのが基本としてあると思うんですが、加えて男性の不安定さや弱さも挙げられると思います。『界』の主人公はその弱さに苦笑しながら、仕方がないやという態度であって、古井さんは語り手の弱さをあまり出さないと思うので、その辺りもそれぞれの作家としての個性があるように感じて興味深かったです。僕は藤沢さんの描き方にもシンパシーを感じる。この主人公とはもちろん状況は違うけれど、一五年後はこういうことやこれに近いことを思っているんじゃないかと。何気なく目にした落ち葉にものすごく動揺してしまい、その一枚の落ち葉に自分の未来とか存在とかを見るような気がする怖さ、そういうのがわかるなあと思うんです。

藤沢　この作品の主人公は、書き手と同じように世間からはぐれていく男で（笑）、新潟の月岡から始まって、佐渡の宿根木、京都の化野、九州の指宿、と様々な土地へ行きながら、いつデカダンスに崩れていくか分からない自分に怯えている。おぼろな足元に動揺し、迷い、漂泊し、それでも少しずつ足取りを確かめていくわけです。彼の訪ねた土地には、ずっと昔から語り継がれている伝説があったり、あるいは死者の言葉が堆積していたり。つまりは人々の心に沈澱する何かが、男の無意識の扉を開いて、たとえば世阿弥の能の物語に導かれたりもする。エロスよりもタナトスの比重の方が高くなっています、この主人公。時間に宙づりにされたまま、過去、現在、未来、いや、時制すら混濁するところがある。これ、そのまま作者自身の姿です。

もともとのモチーフというのが、まさにいま中村さんがおっしゃった落ち葉の話と通底するんです。ロシア語で「トスカ」という言葉があるんですが、これはあのプッチーニのトスカではなくて、「憂いもだえる」とか、ノスタルジーを感じて「ああ切ない」という、レールモントフの魂の黄昏みたいな。切なくて絶望的なんだけれど甘美な感じ。あるじゃないですか。例えば、向こうの方に町の風景が横たわっているとして、たったひとつの窓だけ反射して金色に光っている。それを見て、「あっ」とうろたえるような。言語以前の何かを感受して、世界の無限性に打たれた瞬間にこの主人公はグラッときちゃうんです。それは僕自身がやっぱりそうで、とくに若い頃は頻繁にあって、季節性鬱病みたいになっていたんですが、四〇代後半位からは落ち着いてきてはいます。でも、寝ているときにふと昔歌った童謡を思い出したりとか、親父に連れられて行ったどこかの温泉地の風景が蘇ったりして、もだえるんですよ。「こんな感情が、まだ残ってたんだ」と。潜在意識への扉がだらしなくなってきたのかも知れません。つまりは、表層意識のレベルが怪しくなってきた。

中村　ただ単に「懐かしい」っていうだけではないんですよね。

「書く」ことは悪？

中村　自分の労力と枚数が割に合わないのが短編だと

思うんです。ものすごいエネルギーと時間を使って書くんですけど、書けたのは二五枚、三〇枚だったりする。僕は書きながら小説の流れが変わっていくのですが、新聞連載としては恐ろしいことに、『あなたが消えた夜に』も最初の構想とはまったく違う話になったんです。そうすると自分がテーマを変えたことに合わせて、戻って書き直さなきゃいけないんですよね、連載なのに。だからかなり前もって書きためておいて、戻って、ということをやっていました。登場人物にしても、書いているうちに変わっていって、「ああこんな恐ろしい人物になった」ってあとから思ったり。

藤沢　ああ、それはいいですねえ。最高じゃないですか。登場人物が本当に呼吸している。

大江健三郎さんと古井由吉さんによる『文学の淵を渡る』（新潮社）という、素晴らしい対談集があります。現代文学最高峰のおふたりが今まで読んできた本、書いてきたこと、あるいは求める文学というものを自由に語り合っていらっしゃる。そのなかで古井さんが「小説には二種類ある」と大江さんに話されている。「小説というのは、世俗のことによく通じた人間がなすもので、真の意味の通俗でなくてはならないという考え方が一方にある。逆に、小説というのは、聖に関する精神の混迷が出てくるもろもろのイメージではないか。それが時には俗を生かしてあらわすこともある。多様な源が多様に出るのを小説とするか、本来モノトニックな源から多様が出てくるのを小説とするか、ふたつの考え方があるようですね。私も非常に迷うんですが、両方あるだろうとしか言いようがない」と。世俗の部分と聖なる部分、これはまさに中村さんが書いていること。世俗というのは文学以前も含めてのいろいろな人間模様、そしてそこから生まれる物語ですけれども、その核にある「悪」を抱えながら聖に届こうとするのが人間のもがきみたいなもので、そのふたつが中村さんの小説のなかにはある。

『あなたが消えた夜に』は、もちろんストーリーの面白さがまずありますよね。そして、犯罪者の主人公が手記を書くじゃないですか。狂気すれすれのところというか、いや、もはや狂気ですよね。この手記は、小説の原点だなと思ったんですよ。中村さん自身もこういう位相で小説を書かれているんだろうなと思って。

「書く」ということが、この作品の重要なモチーフなんだと。印象的なのは、「とにかく正確に書くんだ。書くことが罪なんだ」ってあるじゃないですか。

この主人公も登場人物たちもそれぞれ「悪」を抱えているんですけれど、単純な悪ではなく、僕らが既存のシステムで安心している価値観、常識、モラル、そこからはぐれてしまってどうにもならないもの。でもその源はなにかと言えば、無意識の深層のうごめきのようなもの。それをこの主人公たちは書こうとするわけですよね。その作業は作家と同じですよね。

中村　そうですね。

藤沢　書くことって、やはり、悪なんですよ。善悪の基準自体を信じない悪。犯罪かも知れません（笑）。

中村　何かがあったときにそれが善か悪かと考える前に、現象として見つめてしまう癖って小説家にはあると思うんです。現象として分析したくなる、そのなかにあるものを見つめたくなるっていう、そういう傾向。……これ、僕大丈夫なんですかね。

藤沢　だから中村さんは作家になったんじゃないですか（笑）。善悪とか、聖俗とかって分けると安心してしまうんですけれど、それを分けたときには思考がそこでストップしてしまう怖さがありますよね。だからどちらかというと、僕の今までの小説はあえてキャラクターが悪を抱えていたり、問題に翻弄されていたり、世間からはぐれていたり、変な主人公ばかりだったんですよ。彼らを通して世界の深みとか、あるいは善悪とか正気狂気とかで解決できないことを掬い取りたいという気持ちがありましたから、まず事象が起きたときにはそれだけを見る。そこに価値判断を持ち込まないように気をつけるというのはありますね。

なぜ、小説を書くのか

――今日のトークテーマは「純文学は最高のエンターテインメントだ」です。いつのころからか、いわゆる純文学とエンターテインメントというのが区切られて、距離が遠くなってきたと思うんですね。中村さんに以前お話を伺ったときに、「文学の新しさは上積みの新しさ」だとおっしゃっていました。『王国』の刊行時だったと思いますが、「ドストエフスキー作品だって、もともとは大衆小説だったんだから」という話もされていて、その言葉通りというのもなんですが、あのときから今までには『教団X』、『あなたが消えた夜に』と長編を書かれたわけです。もちろん藤沢さんの作品にも、『箱崎ジャンクション』であったり『波羅蜜』であったりと長編があって、いわゆる純文学と、エンターテインメントの両方をひとつの小説のなかに感じるものがあります。おふたりとも現在は純文学の新人賞の選考委員もなさっていますが、純文学とエンターテインメント、このふたつに区切りはあるのでしょうか。

中村　僕は自分の小説を純文学だと思って書いているんですよ。『あなたが消えた夜に』にしても、刑事小説だけど純文学ですって思っている。物語が大きく動いたとしても純文学だし、たとえばギリシャ神話だって純文学だと思うんです。物語は動きますけど。物語がいたとしても純文学じゃないかと思いつつも、でも物語性がまったくないものも好きですね。だから短編では、ときに物語性がないものをやろうとして、長編では今は物語をやろうとしている。僕は純文学の枠を広げたいと思っています。

藤沢　僕も純文学をやっていますけれど、感覚とか知覚をめぐる冒険、文字通り、険しさを冒すと言えばいいのか……。あの、「日本文学史上のブラックホール」である『ドグラ・マグラ』の作者夢野久作が、「すべての近代小説は探偵小説である」という言葉を遺(のこ)していますよね。たぶん、厳密に言うと、自己をめぐる探偵小説、ということだと思うんです。これですかね。いわゆる冒険という意味では自分のなかでもエンターテインメント性を持たせながら書いているつもりですけれど。デビュー作は『死亡遊戯』というタイトルで、新宿歌舞伎町のキャッチの兄ちゃんが出てきます。「いい子いますよ、遊んでいきませんか」っていうね(笑)。歌舞伎町といったら、ドラッグがあったりヤクザがいたり、性産業があったり、いろんなドラマがあるんですよ。だけど、あえてドラマが生まれそうになる瞬間にバッツと切って、違うシーンを入れていって、読者の頭のなかで編集してパースペクティブを開いてもらおうとした。僕自身は極めて繊細な小説を書いたと思ったんですが、最初はノワール小説、アンダーグラウンド小説という捉え方をされました。「新宿のチンピラが作家になったらしい」なんて言われましたもん（笑）。元々、文芸誌に掲載された時のタイトルは「ゾーンを左に曲がれ」。原稿の段階では、「青の中の黒――新宿バージョン」だったんですよ。自分としてはかなり感覚的なもの、知覚的なものを詰めて実験的なことをやってみたので、自分のなかで純文学だと思えばいいやって。読者は本当に自由ですし、むしろ読者の方が作品を読み込んでくれるんですね。ときにそれは怖さでもあります。

以前、NHKで「週刊ブックレビュー」という番組の司会をやっていたときに、瀬戸内寂聴さんが出てくださったんですね。ものすごく緊張してしまって、そこで、バカな質問かなあ、でも訊いてみようと思って、「先生って、なんで小説を書かれるんですか」って訊いちゃったんですよ（笑）。

中村　それ訊きたい気持ちわかりますよ！

藤沢　そうしたら、寂聴さんがにこにこしながらおっしゃるわけ。「あなたも作家でしょう？　だってそれは本物を知りたいからよ、そうでしょう？」って。シンプルな言葉だったけど、「それだ！」って心から思った。本物を知りたいから書くんです。寂聴さんのなかにはエンターテインメントとか純文学とかそんな区別はないと思うんですよ。本物を知りたい。それだけ。もうね、目が覚めたような気持ちになりましたね。で、中村さんは、なんで小説書くの？

中村　僕ですか？　もしどこからも依頼がなくなったとしても書く感じです。書かないと落ち着かないというか、正確に言うと何を書くか考えていないと落ち着かないというか。妄想病なんですよ、想像力が豊か、じゃなくて妄想病。ずっと前からなので、もう自分はこういう存在だからっていう感じですね。小説の主人公ってどれも自分の分身なんです。

藤沢さんは年齢によって小説への取り組み方が変わったりしていますか？　あまりそういう感じは受けませんが。

藤沢　あまり変わらないですね。

中村　それを聞くと安心します。

藤沢　絶対に変わらないであろうことをひとつ言葉にできるんです。いろんな物語を作ったり、キャラクターを出したりしていますけれど、究極は「世界が世界であるがまま」を正確に書きたいんですよ。世界の実相、真相を書きたいんですけれど、言葉というフィルターを通して書くわけですから、厳密に言えば真景からちょっと「敗北」する。自分というものが最も邪魔なんです。だから、真相に近づこうと、言葉に定着させるときにぎりぎりまで微分するといいますか。書くとは世界と刺し違えることだろうって思っているんです。その覚悟はどんなものを書くときにも忘れないようにしようと思っています。

（後記）湘南蔦屋書店さんでのイベントを、「図書新聞」さんが記事化したものです。相手が藤沢さんなので、かなり緊張しました……。藤沢さんを、作家としてずっと尊敬しています。対談にもある通り、『武曲』（文春文庫）の文庫解説を、担当させていただいています。この映画、何と綾野剛君と村上虹郎君が出てるんですよね。柄本明さんまで。

×田中慎弥（作家）

AとXの対話

――「新潮」2015年5月号／新潮社

デビューから一〇年が過ぎて

中村　田中さんと僕は新潮新人賞の出身ですが、こうやって対談の場で二人でお話しするのは初めてですね。そもそも僕は、同じ新人賞からデビューした方と対談するのも、今回が初めてです。

田中　言われてみれば、私もそうです。

中村　田中さんがデビューされたときのことはとても印象深くて、受賞作の「冷たい水の羊」を読み、この人には書き続けていくための魅力的なマグマのようなものがある、書くエネルギーに満ちた人だと思ったことを覚えています。あれから今年で何年になりますか？

田中　一〇年です。中村さんは？

中村　一三年目です。……って言葉にすれば簡単ですが、十何年って結構すごいですよね。

田中　「一〇年やって一人前」といわれる業界ですからようやくという感じではありますが、デビューした時には一〇年もつとは思っていませんでした。だって、受賞作を書き終えた時点で「もうすべて出し尽くしちゃった」と思ってたんです。それで、受賞が決まる前から二作目の「図書準備室」を書き始めてはいたんだけども、何を書いてよいかがわからない。「自分には書くことなんかもう何もない」と思っていたところでの受賞でしたから、「ああ、どうしよう」と。でも、書かざるを得ないから、ヘロヘロになってなんとか最後まで辿り着いた原稿を編集者に送ってみたら「書き直してください」って言われまして、それでいよいよ本当にどうすれば良いのかがわからなくなったんです。だから自分なりに「あそこはもうちょっと書かなきゃいけないかな」と思っていた部分をワーッと書き足して、「書こうと思えば書けるんだ」っていうのを初めて経験したときに、「もしかしたらなんとかやっていけるかもしれない」という少しの感触は得ましたけど、それでも一〇年もつとは思ってなかったです。たった一〇年ではあるんですが。

中村　でも、デビュー作に自分のすべてを込めるというのは正しいですよね。そうでもしないと文学の世界に出てこられない。

田中　「これでもう、一生書くものがありません」ってぐらいのものを出して、その一作に全部持っていかれてからがスタートなんです。だから、デビューする時に力を余してるようじゃダメだと思います。

　しかし私は未だに、次は何を、どんなふうに書いていけばいいのかというのはまったく手探りのままなんですよ。というのもこの一〇年、あらかじめテーマを決めたりプロットを組むという書き方をほとんどせずに、たとえば一昨年に書いた『燃える家』は一〇〇〇枚を超える長篇でしたけど、どこで決定的な出来事が起きて、どんな人物が現れてっていうところまではまったくわからないままに進めていました。「とにかく本を読むように、ページを捲（めく）るかのように書いていけば、その先にストーリーが出てくるから」と思っていたんです。でも、いずれこの書き方には限界が来るかなとも考えていました。

　それから、これまでは主にリアルな世界を、つまり今現在を軸としたストレートな小説を書いてきたんですが、たとえば幻想的な、つまり現実とは別の世界を書く方向に振りたいと思うようにはなっていたんです。

　でもアウトラインのないままに最新作『宰相A』（新潮社刊）を書き始めてみたら「いよいよその限界が来た」という感じで、書いちゃ捨て、書いちゃ捨てを繰り返し、結果としては二〇〇枚近くを捨てることになってしまったんです。

中村　それは大変でしたね。

田中　中村さんの最新作『教団X』はまさに大長篇ですが、やはりこちらは、はじめに綿密な計画を立ててから書かれたんでしょうね。

中村　僕の場合はいつも最初にアウトラインを作るんですけど、毎回書きながら変わっていくんです。書きながら「あ、あっちに進んだほうが面白い」「こっちのほうがテーマをより深められる」って思いつく。実際、そういう進め方をした方が面白い方に行くんですよね。

田中　「面白い」というのは自分でわかりますか？

中村　一応は「わかる」というか、

「わかったつもりになってる」という感じです。それで「おそらくはこうだ」と思う方に行けば過去に書いた部分と整合性が取れなくなってくるから、そのときは過去に戻って書き直す。つまり自分が進んだ方に、過去を合わせていくというスタイルです。連載でこれをやるとすごく大変で、けっこう早め早めに原稿を仕上げたりもするんですけど。

でも、それこそ田中さんが仰るように、本のページを捲るかのようにして書き進んでいくと、自分でも気づいていなかった色々な意味や新たな展開の糸口が見つかって、『掏摸（スリ）』を書き終えた頃からは、まるで最初から計算していたかのように、最後にはすべての伏線がピタリと合うという不思議な現象が起こるようになりました。

田中　それはゆっくり書こうが追い詰められて書こうが、同じですか？　書く速度とは関係ありますか？

中村　同じですね。あ、でも、追い詰められて書いたほうが良いかも。『教団X』の連載時には、同時に『あなたが消えた夜に』という新聞連載小説もやっていたんです。人ってものすごく追い詰められると、どうやら脳が危機感を持つんですね。「このままじゃこいつ死んじゃうよ」って、脳が僕を生かすために働いてくれる。だからその間には普段は思いつかないようなアイデアが結構浮かんだりもして。でもそれって生命維持のための危機感によるものだから、健康には非常に悪いと思います(笑)。

日本を異世界として描く

中村　『宰相A』を面白く読ませていただいたんですが、はじめに少し、驚いたんです。田中さんはこれまでとは違うことをやろうとしているなと感じました。というのもこの小説は、作家が小説のネタ探しを兼ねて母親の墓参りに出かけるというところから始まりますが、電車に乗り、眠っているあいだに異世界に辿り着いてしまうという始まり方は……。

田中　そう、導入部としてはすごく平板なんです。異世界を描くというのは、スウィフトの『ガリヴァー旅行記』やオーウェルの『１９８４年』、それからアンソニー・バージェスの『時計じかけのオレンジ』などを意識しました。ただあの入り方は、確かにありきたりではあるんですが。

中村　でも僕は、「あ、これはわざとやってる」って思ったんです。というのも主人公は作家であって、そのある意味「ありきたり」な手法に乗って、現実の世界からアメリカの支配下に置かれたもう一つの戦後日本へ辿り着く。この流れのなかで「小説」という括弧付きで始まった物語が、途中からその括弧を外した小説へと変わっていくのを感じました。

田中　そう受け止めていただけたなら嬉しいです。私としては今回、何度も原稿を捨てているうちに、作家が異世界に迷いこみ、現実の世界と異世界の両方に引っ張られながら「でも、自分は小説を書きたいだけなんです」と言い続けるところにガチッとスタイルを定め、とにかくその一点突破で突っ走って書いた感じでした。

中村　しかしその場その場で文章を紡いでいくという書き方が、小説を良いかたちに変容させたんだと思いますけどね。

田中　一番厄介だったのは、描いているのが別世界なのでいわば何でもありなわけです。それは一見、何でも自由に書けるように思うんですが、実はすべてを自分でコントロールしなければいけない。一方では、主人公は作家であり、Tという名前の人物ですから、そこは当然、自分自身に重なるんです。そこのところは動かせない。

中村　どこまで自由に書くかというのは難しいところですよね。

Tが辿り着いた世界には、「日本人」を名乗るアメリカ人と、彼らから「旧日本人」と呼ばれることになった日本人の二つに分けられた居住区があって、「旧日本人」は徹底した差別を受けるかたちとなっています。僕は、それを描くときに田中さんが支配側の「日本人」を全部アメリカ人にしちゃったという極端さがとても面白いと思いました。このなかにあるのは親米保守の思想です。ふつうに考えればまずは「親米保守対左派」の構図が浮かぶんですが、ここでは「親米保守対保守」なんです。つまり、左派が消えてしまった。

田中　もともと政治的なややこしい話を投入するつもりはなかったんですよ。私には政治的なイデオロギーとかメッセージとかってないんです。ただ「今の日本という国を異世界として描いてみると、こうなるんですけど……」っていう、ただそれだけなんです。それは現実の世界から見れば極端なものに映るのかもしれないけれど、設定としてはそれほど複雑じゃない。

中村　でも、アメリカ人に完全に支配されているというのは、わかりやすいだけではなく、かなり強力です。たしかにもっと凝ることもやろうと思えばやれたんだろうけど、僕はこのシンプルさが強力だと感じました。

田中　著者が政治的な思想を蓄えている人であれば、もっと上手く何かできたかな？　とは思うんです。でもその「もっと」が何なのか私にはわかりません。

中村　政治を書くときには、いろんな方法がありますよね。そのなかの一つとして、まずは純文学に落とし込んでいく方法があって、たとえば実際には違うことを書いているように見えて、実は政治のことを書いているというようなやり方です。それから、高度に知的・文化論的に描くことによって読者の知的関心を刺激するようなやり方も、また一つ方法としてはある。僕自身もそのように書かれたものを読むと面白くて、非常に尊いものだと思うんです。

　だけど僕は最近、現実の世の中が少しずつ全体主義の方向に傾きつつあると認識していて、そういう世界のなかでどんな政治的な言葉を言えばよいのかって考えると、もしかしたら従来の方法では伝わりにくくなってるんじゃないかとも思ったんです。もっと剝き出しの言葉が要るんじゃないか？　と。

鎧のない言葉

田中　『教団X』では、二つの教団を通じて「全体」と「私」というものをどう捉えていくのかという問いかけが語られていくところが面白かったです。この物語を読みながら、テロリズムやセックスに傾倒していく教団を見つめていると、それが神なのか宇宙なのかはわからないけれど、何か大きなものに「私」を預けてしまうことはできるし、もしかするとその方が楽で、気持ちが良いのかもしれない、と感じます。しかし、もう一方の比較的穏やかな雰囲気を持っている教団の教義では、そもそもこの世はすべて素粒子でできていて、「私」はその流れに浮かんでいるだけの意識にすぎない、という考え方に触れて驚く。このあたりが先ほど中村さんが仰った、全体主義に近づいているかもしれない状況を前にした語りと重なるのかどうかは、私にはわからないんですが。

中村　ええ、あの小説には様々なテーマを落とし込んでいるので。全体主義的な空気に関しては、今回は小説のなかに剝き出しな論争を持ち込みたいというのもありました。僕は今の日本の流れに対して危機感を持っていて。全体主義的傾向がもっとはっきり出てきた時にはもう遅い。そうなったら、誰も聞く耳を持たなくなる。だから「今のうちに」と思ってやってるところがあって。

田中　物語の最後では、登場人物たちによる饒舌な語りが展開されますよね。そこでは彼らの主張というより、中村文則本人が語っているとも感じたんです。中村さんがかなりの危機意識を抱えていらっしゃることが伝わってきました。

　でも、そのような「剝き出しの言葉」を使うことは、作家としてはかなりギリギリのところですよね？　失礼な言葉に聞こえてしまうかもしれませんが、ここは「かなりチャレンジしたな」と思ったんです。

中村　そうですね。純文学の約束事というものがあるとするなら、『教団X』ではあえて逸脱している箇所があると思います。性描写も直接的に書いてますし、ある人はこの小説を「タブーの塊」と言ったんですが、本当にその通りです。終盤の「遺言」では小説が「主張」に変わり、「作者の地」が見える。僕としてはわざとそうすることで、読んでる人のなかでフィクションとリアルの境界線がぼやけてきて、ちょっと気持ち悪くなってくれるかなって考えたんです。

　こういうものを書けばいろんな批判を受けます。剝き出しの言葉って鎧がないから批判しやすい。でもあえてその鎧を外すことで凄みが出せたら、という思いがありました。そうじゃないと今のような時勢では「エネルギー」となって言葉が広がっていかないと。

田中　なるほど。それをこうしてかたちにしてしまえたことが凄くて、私は作家になって一〇年ですけど、その一〇年を束にしても追いつけない作品だと思いましたよ。ただでさえ遠かった中村さんの背中がますます遠くなっていく。

中村　いやいや（笑）、そんなことはないでしょう。

　僕は『宰相A』を読んだときに、田中さんのやり方は僕のそれとはまったく違うものだけど、今がこういう時代だから、あえてその極端な構図や直接的とも言える表現を選ばれたんじゃないか、と捉えたんですよね。

田中　それはまあ……タイトルを見ればわかってしまうと思いますけど、もちろん意図的にですよ。『宰相A』のAは、安倍総理、そしてアドルフ・ヒトラーです。ただ、リアルな小説でやろうとすると、やっぱり政治闘争になっていかざるを得ない。だけど私は、政治に関わりたくはないし、まず、政治が何なのかもわからないし。

中村　でもね、「関わりたくない」と言いながらも、こういう小説を書いてしまうことが、僕はすごく田中さんっぽいと思うんです（笑）。

政治に一切関わりたくない

中村　あらためてお尋ねしますが、田中さんは今、徐々に全体主義の空気があるなっていうのは感じますか？

田中　全体主義というほど何か恐ろしいものが迫っているという肌身の実感はないです、はっきり言って。それを炭鉱のカナリアみたいに先取りするのが作家ではないかとも思うんですが、報道を通じて集団的自衛権をめぐる議論に触れても「それが必要だ」と言われればそんな気もするし、必要ないと言われればそんな気もするし、わからないんです。しかし問題は、そのわからない状況のなかにいて、気がつけば「あれあれ？　ここはどこ？」っていう状況に足を踏み入れているかもしれない……というのが『宰相A』の導入部でもありますし。

中村　うんうん、そうですよね。

田中　しかしそう書いたからといって、何か明確な危機意識があってのことじゃありません。だって全体主義と言ったって、日本がどこまで全体主義的なものになるのかもわからないし、現実にはこの小説で書いたような世界にはならない……ならないと思います。だけど「ここで何かを言っておかないといけないんじゃないか」という気は、多少ありました。今までと違うことが起こっていて、それは誰も経験したことないわけですから、当然この先どうなるかはわからない。憲法改正ってところまでいくのかどうかも含めて、その先どうなるかわからないことが良いのか悪いのかもわからないという状況に対し、個人として不安を抱えてるのかもしれません。今までと違う世の中になったら、自分はどうすればいいだろう、という不安です。

だから私みたいなのほほんとした人間がこういう小説を書いてしまったということが、世の中があまり良くない方向に向かっている一つの兆候かもしれません。

中村　その葛藤が田中さんらしいんです。普通の作家は、政治的なことを書きたくなければ、ただ書かない。だけど田中さんの小説は、かなりの頻度（ひんど）で政治に接続していくんですよね。そこがとても興味深い。

田中　でもそれは、私の地元・山口からは総理大臣が何人も出ていて、しかも一回辞めた人がまた復活して……っていうことがあって、それは一体何なんだ？　って、普通なら思いますよね？

中村　たしかに。

粒子でできているとか、重力で空間が曲がっているなどといったことは意識しませんよね？　だけどその意識していないことをあえて小説にして提示することによって、みんなが生きているこの世界そのものがフィクションのようだって思ってくれたらな、と考えたんです。だから『教団X』では、フィクションとリアリズムが交錯していて。僕の今後ということで言うと、この作品で一息に全体的なことを書いたので、ここで一旦、細部にこもります。

田中　それは短篇で、ってことですか？

中村　こもるっていうのは、意識的な問題ですね。たとえば悪を書くとき、無意識下の悪をもっと徹底しようと。本人が自覚しているのかどうかもわからないところを掘っていく。田中さんは？

田中　幻想的な手法を使って現実と対峙するということは『燃える家』から『宰相A』を書いた流れのなかで、ある程度できたかなと思うので、今後はそれを発展させるかたちになるでしょうか。現実の世界から飛び出し、別の世界を彷徨(さまよ)う。でもその彷徨った果てで、現実を映し出すという着地を踏むのではなくて、たとえばその人間が、何かしらの妄想を持ちながらリアルな世界に住んでいて、その妄想との間を行き来しながら、歴史あるいは現実を書き換えてしまうような話になるでしょうか。いや、よくわかりません。

（後記）「政治を書いてる」「書いてない」みたいなやり取りが面白くて、途中から、僕はワザと言ってました（笑）。これも、田中さんとの関係性があったからこそだと感じています。僕は勝手に、友人だと思っていますので。魅力的な書く「マグマ」を持つ田中さんと、同時代で刺激し合えるのは、とてもありがたいことです。

（田中さんの『図書準備室』（新潮文庫）、『田中慎弥の掌劇場』（集英社文庫）で、僕が文庫解説を担当しています。）

×久世番子（漫画家）
文藝とか文豪のこと

――「新刊展望」２０１２年12月号／日本出版販売

出会いは、幼稚園

中村　僕たち、幼稚園から一緒だったんだよね。

久世　認識したのは小学生時代だけど。

中村　小学校、中学校、高校まで一緒だった。

久世　私は中村くんが文章を書く人になるとは思わなかった。中村くんは私が漫画を描く人になると思ってた？

中村　番子さんは学年で一番絵がうまい人として有名でした。

久世　そう、うまかったの、私。今漫画業界ではうまくないけど……。

中村　いや大丈夫、大丈夫。遠足のしおりの表紙はいつも番子さんが絵を描いてたよね。裏表紙をよく描いていたのはTくん。彼もぴあフィルムフェスティバルで賞をもらったりしている。だから僕たちの遠足のしおりはすごく豪華だったんだよ。番子さんに対する僕の印象は、教室の隅っこで絵を描いているグループの人。僕は教室の隅っこでぼんやりしているグループ。隅と隅だから接点はないんだよね。

久世　中村くんが何の部活に入っていたかも記憶にないなあ。中学のとき、何部だった？

中村　バスケ。好きな女の子が小学校でバスケ部だったから。と思ったら、彼女は中学で剣道部に入っていて、大ショックだった。

久世　その頃の中村くんは文章を書いていたり、国語の時間に先生に取り上げられたりしたこともなかったよね。

中村　一切ない。
久世　本を読む人とも文章を書く人とも思わなかった。文系であるかどうかもわからなかった。
中村　高校のときは本を読んでいたけど、まわりには一切その姿を見せていないから。
久世　それはなぜ？
中村　みんな嫌いだったから。
久世　うはは。
中村　クラスの隅っこにいて女子とも全然しゃべらないけど、違う学校にちゃんと彼女がいる。そんな嫌な奴だった（笑）。高校にいるときの自分と、ほかの自分を分けていた。
久世　あの高校はそういう人が多かったねー。
中村　という感じで、僕たちは学生時代はほとんど接点がなかった。お互いプロになってからだね、よくしゃべるようになったのは。
久世　中村くんは、私が書店員をしていたときに新潮新人賞でデビューしたんだよね。受賞作「銃」の単行本が出たとき、店長が「この中村文則さんという作家は地元の人で、番子さんと同い年みたいだよ」と教えてくれたんだけど、私は「へー、知らないなー」とスルーしちゃった。
中村　ペンネームだからね。
久世　次に中村くんは『遮光』で野間文芸新人賞を受賞して、そのとき初めて、「あの中村くんだ」と気づいた。
中村　『よちよち文藝部』（以下『よち文』）には僕も登場してるね。太宰治の回の三ページ目に。
久世　「太宰が欲しがった芥川賞を君がもらうなんて……太宰にゆずりなよ芥川賞！」と私が中村くんに言う（笑）。
中村　このカットはフィクションでも何でもない。そのまんまだったよ。似たようなことを言われた。
久世　言ったかな。
中村　番子さんさあ、僕に若干敵意持ってるでしょ（笑）。
久世　だって、同級生が賞をもらってるのがうらやましくてしょうがなかったんだもん。それに、私は学生時代から太宰治が大好きで。太宰は芥川賞にすごく憧れていたんです。なのに、それを同級生の男の子がもらったというのが……。

変人な文豪たち

中村　『よち文』を読んで改めて思ったのは、文豪って変な人が多いなと。

久世　変な人でも「文章が書ける」という一点で許されてしまうのがすごいよね。ダメ人間でも、文章が書けるというだけでなんとかなってる。

中村　第一話が太宰治。僕も太宰は好きで全部読んでます。太宰は「人を目の前にして言えないことは陰でも言うな」みたいに書いてて見習ったのに、書簡集読んだら陰口すごい（笑）。

久世　太宰って読者をその気にさせる作家だから。自分のところに引き込んで、「そのとおりだよね」と読者が身を任せた途端にさっといなくなる。そこが魅力的でもあるんだけど。

中村　『よち文』は難しい文学論とかでは全然なくて、文豪の変人ぶりやおもしろい部分、意外なエピソードなんかをこうやって愉快な漫画にしている。すごくいい本だなと思います。

久世　ありがとうございます！　中村くんはいい人だー。中村くんはこの中で誰が一番好き？

中村　太宰、芥川。

久世　いつの芥川が好き？

中村　全部。

久世　王朝ものから子ども向け、最後の頃まで？　書くものがかなり変わるよね。

中村　一番好きなのはやっぱり晩年。「歯車」なんて、もう最高。

久世　私小説にどんどん寄っていくんだよね。

中村　『よち文』を読んで驚いたのが、芥川龍之介の回の、三点リーダー「…」が晩年になるにつれて増えてくるという説。これ、番子さんの発見？

久世　「歯車」「或阿呆の一生」「玄鶴山房」など死の直前の作品を読んでいたときに、「なんでこの人は『…』ばっかり使うんだろう」と思って。

中村　それ、すごい発見かもよ。確かに死に近づくにつれて、文章の中に「…」が増えていく。文芸評論としても感心しちゃった。

久世　ありがとうございます。

中村　あと、三島由紀夫の回のタイトルが「先生のパンツ」。これは目次を見た瞬間、絶対に褌を描くだろうなと思ったらやっぱり描いてた（笑）。

久世　三島は好きなものを繰り返し書く人。中村くんも好きなものを結構繰り返し書くよね。なんで？

中村　自分の中にあるものが、なんていうか濃すぎて、どうしようもなくて、書いても書いてもなくならない。だからだと思います。

久世　そうか、濃すぎるんだ。だから書き方はどんどん変わっていっても、根本的なものは繰り返し使われる。

中村　太宰なんかやっていることは前期と後期ほとんど同じ。中期だけちょっと違うけど。「生まれてすみません」だからね、この人は。

久世　でも太宰は甘えが見えている。たぶん自覚的にやっているなというのを感じます。その点、三島は無自覚的にやってるのかも。

「心づくしの文学」

久世　中村くんの新刊『惑いの森』、読みました。学生時代に好きだった『夢で会いましょう』を思い出した。村上春樹・糸井重里共著の短編集。二人が交互に書いたショート・ショートで、やっぱりこんなふうに寓話的で。

中村　この本は、読者の方に気軽に、でもしっかりしたものを読んでもらいたいと思って、一つ一つすごく丁寧に書きました。短い中にぎゅっと詰めるために、かなり推敲して。

久世　半分くらい書き下ろしなんだよね。自分の鍛錬や挑戦みたいなところもあったの？

中村　前からこういうことをやってみたかったんです。短いストーリーをたくさん書いて、それが少しずつ緩やかにつながっていて。それから、挿絵も入れた本にして。

久世　じゃあ造本も中村くんの希望なんだ。お洒落な本だよね。きれいな挿絵が入っていて。

中村　僕ももう一〇年作家をやってきたし、とにかく読んだ人に楽しんでもらおうと思って。太宰も言ってるじゃない、文学とは心づくしであるって。

久世　そこをたとえにしちゃうあたり、やっぱり太宰が好きなんだ。でも太宰は「いい短編を書きたい」とこだわった作家だよね。

中村 アフォリズムみたいな感じで「葉」とかいいのがあるよね。

久世 アフォリズムと言えば芥川の「或阿呆の一生」もそうだよね。晩年に書かれていて不気味な雰囲気だけど、結構自分の私生活の切り取り。

中村 『よち文』にもあったけど、菊池寛が芥川の作品を評して「人生を銀のピンセットで弄んでいるようだ」と言った。すごい表現だよね。ほんとそうだと思う、芥川龍之介って。

久世 菊池寛が評したのは、芥川がまだ私小説に行かなかった時代、王朝ものとかを書いてた時代ですね。

中村 菊池寛の回では、水着姿に爆笑した。あと、中原中也の回も爆笑だったなあ。

久世 中原中也も詩が書けなきゃほんとにダメな男。

中村 詩を書いていれば許されるのかという話だけど。

久世 でも詩が書けたからこうやって後世に残れるというのはすごいよね。こんだけ嫌な奴なのに（笑）。

中村 この中で一番ダメな奴を挙げたら、中原中也は結構いいとこいくね。

久世 中也か啄木か。啄木も困った人だから。

中村 そんなこと言うと、ここに出てくるのはみんな困った人たちだよ。

久世 一般人として困ってないのは三島由紀夫くらいかな。

中村 三島は困るだろう、自衛隊の駐屯地に、刀持って行っちゃったんだから。

久世 だけど一般生活が一番できたのは三島だと思う。

中村 お金があったからね。

久世 東大法学部を出て国家公務員になってからだから。

中村 すぐ辞めちゃったけどね。

久世 あとは森鷗外、中島敦も一般人になれた人だと思う。

中村 ああ確かに。でもおかしな人がとても多い。作家ってこんなにダメな人たちが多いんだなと思うと、僕もこれでいいんだと安心できる（笑）。

久世 ダメな人でも、それを覆（くつがえ）す作品ができていればいいんですよ。それが怖いんだけど。

中村　でも番子さんだってそうでしょう。漫画家になってなかったらやばくない？

久世　やばい。

中村　きっと食べていけてないよ。

久世　だよね。

中村　それを言うなら僕もだけど。

文芸書売場のライバル

久世　『惑いの森』は、私としてはやっぱり、作家Nが登場する「Nの憂鬱」「Nの失踪」「Nの逮捕」「Nの裁判」「Nの釈放」「Nのあとがき」がおもしろかった。Nシリーズ、どうして書いたんですか。

中村　だっておもしろいじゃん。

久世　うん、おもしろい。

中村　僕のダメさを知ってもらおうかなと思って。

久世　（Web文芸誌「マトグロッソ」の）連載はどのくらいのペースで？

中村　二週間に一回。

久世　二週間に一つ、新たな物語を作ってたのかー。最初はノリでどんどんやってる感じだよね。そこに東日本大震災が起こったわけで、「祈り」「鐘」などにはそれを感じる。震災のことを明確には落とし込んでいないけれど。書かずにいられなかった？

中村　僕はブログもツイッターもやってなくて。ホームページだけ。

久世　吐き出すところがないんだね。

中村　雑誌は、書いてから世に出るまで時間がかかるでしょう。せっかくWeb媒体で書いているんだからと思って。実際、あのときにああいう作品を出せたのはよかったと思う。「祈り」は震災の真っ只中に書いて、すぐ載ったんだ。すごく反響が大きかった。

久世　出すとき怖くはなかった？

中村　作家だもん、そんなの怖がってたら書けない。

久世　今のちょっとかっこいい（笑）。

中村　では、番子さんのもう一つの新刊『暴れん坊本屋さん　完全版』の話もしましょうか。「完全版」ってどういう意味ですか。

久世　前に出した『暴れん坊本屋さん』三冊の内容に、書店業界誌「日販通信」で連載している「本販通信」の五年分と、新書館の注文書の裏に描いた「暴れん坊営業さん」五年分、それと描き下ろしを加えて。

中村　へー。それで二冊に。

久世　今まで業界内の人しか読めなかったものがたくさん入ってます。

中村　ここにも僕が登場するよね。

久世　芥川賞を受賞したときの話で。私の嫉妬丸出し（笑）。

中村　みんなが「おめでとう」と言ってくれてる中で番子さんだけは「なんでなの!?」みたいな感じだった。あのとき言ってたよ、「私が芥川賞を欲しかったわ」。いや、漫画家なんだから関係ないでしょ。

久世　新人賞だから私もとれるかなと思って。私も小説を書いたら新人のわけだから。

中村　それはそうだけど。

久世　とにかく、同級生が賞をもらってスポットライトを浴びてることがうらやましくてうらやましくて。

中村　番子さんはスポットライト浴びてるよ。

久世　いや、その頃の私は書店であなたの本を並べていたわけだよ。

中村　でも『暴れん坊本屋さん』はもうその頃出てたんでしょう。売れてたでしょう。

久世　もっと売れてる人がうらやましくて（笑）。

中村　小説より漫画のほうがはるかに売れるんだから。

久世　名誉が欲しかったの！

中村　名誉なんてないよ。

久世　でも中村くんは芥川賞を受賞したとき「これで就職が出来た」って言ってたよ。

中村　そうだっけ（笑）。僕は二五歳でデビューして二七歳で芥川賞をいただいたわけで。

久世　よかったね。とんとん拍子。

中村　でも『よち文』は番子さんにしか描けないものだよ、きっと。

久世　なんか偉そうなんですけど（笑）。でも私は中村くんがうらやましい。だって作家のことを先輩として語れるじゃない。私にとって作家は先輩でも何でもないので。

中村　確かにこういう先達がいる文芸の世界に自分がいられることは幸せだなと思います。

久世　今回『よち文』で、私は文芸の売場に行くことになりまして。

中村　じゃあ番子さんと僕は棚を争うんだ。

久世　『惑いの森』を返品して、空いたスペースに『よち文』を入れてください、という営業もできる(笑)。ライバルよ。

中村　マジかよー。

久世　これから文芸の世界で私が生きていくためにはどうすればいいかな。

中村　そういう野望があるの？

久世　私は漫画で文芸に食い込んでいきたいんです。

中村　『よち文』はおもしろいからね。こういう昔の作家が動く姿はもう見られないから。漫画で見ると新鮮でおもしろい。

久世　ありがとうございます。

中村　連載は月一回だったの？

久世　隔月。

中村　大変だよね。

久世　ほとんど読んだことのない作家ばっかりだったから。でも誰の作品もおもしろかった。

中村　残っているものはおもしろいよ。それに、自分も年齢を重ねてくるといろんな良さがわかってくる。

久世　若いときは、おもしろくないものはダメだと思ってたけど、おもしろくないものでもそれはそれでいいなと。「若いうちに読め」とか「夏休みに読め」とかよく言うけど、別にいつ読んでもいいんだよね。

地元の本屋

久世　地元では、よく行ってた本屋さんってどこ？ジャンボ？

中村　あったねー、ジャンボ。行ってたよ、ジャンボ。今考えると全然ジャンボじゃなかったけどね、あの店。

久世　建物が本の形をしてたんだよ。子どもの頃は気づかなかったけど、大人になってから見てわかった。だからお店の名前がジャンボなんだよ。

中村　すげえ。今知った、ジャンボの秘密。今もあるの？

久世　建物はあるけど、書店は閉店しちゃった。

中村　切ないねえ。

久世　『暴れん坊本屋さん　完全版』にも描いたんだよ、ジャンボのこと。店のひさしの上でマネキンが本読んでたよね。

中村　うん、あったあった。初めて見たときはびっくりしたね。人が飛び降りようとしてるのかと思った（笑）。

久世　うちの本屋は、オープンしたときもう中村くんは地元出て東京に行ってたから、来たことないよね。増床したたし、今度里帰りしたときにはぜひ寄ってみて。いい書店だよ。

（後記）番子さんは、漫画もそうですが、本人も面白い人です。高校時代、「みんな嫌い」と僕は言ってるけど、高校でも、好きな人達はいました。少しでしたけども……。

ちなみに「中村文則」は、厳密に言えば本名なんですよね。どちらでもいいことですが。

×松倉香子（イラストレーター）

何かを生み出す仕事

『惑いの森』刊行記念

――「マトグロッソ」2012年10月公開／イーストプレス

同時に、今回はイラストレーションの力を借りたいと思って、松倉さんにお願いしたんです。松倉さんの絵には温かさが、「体温」があると思いました。それでいて絶妙な不思議さや毒のようなものもあって。本当に素晴らしくて。

松倉　そんな、すみません（笑）、光栄です。私は今回、とても楽しく描かせていただきました。自由に絵を、というお話だったので、読ませていただきながらパッと頭にイメージが浮かんだものをどんどん描かせてもらって。

中村　松倉さんには、自由に、思ったままに描いて欲しかった。結果的に、ストーリーと直接的に結びついてるものと、ある程度の距離を持って描いていただいたもの、二種類の絵が入り混じる形になって、それが

僕にとっての、温かさ

中村　小学校とかに「明るく、元気に」という標語が貼ってあったりするじゃないですか。僕はああいうのがすごく苦手なんです。明るくなくても、元気じゃなくても、別にいいじゃないかと思う。余計なお世話というか（笑）。

前向きなものを書くとしても、押し付けられるような明るさではなくて、人にとって必要なのは、もっと繊細なものだと思うんです。そういう気持ちがあって、今回僕は「温度」というものを意識しながら五〇篇のストーリーを書きました。切ないストーリーもあるのだけど、そういった中に温かなストーリーがあると逆に際立つというか。そういう繊細さを意識しました。

また良かったと思います。特に、ストーリーの中には直接出てきていない動物が絵には出てきていたり、そういう、松倉さんに見えた景色みたいなものを堪能しながら読んでもらうとより楽しいんじゃないかと思います。

唯一のお願いは「椅子を描いて欲しい」

中村　ただひとつ、カバーイラストに椅子を描いて欲しいと、これだけは僕からお願いしました。なにせいろいろなお話が五〇個もあるので、ひとつのモチーフに絞るのが難しいというのもあったし、椅子ってひとが座るものだから、きっとそこには「誰か」の気配が出るだろうと。

――奇遇にも、松倉さんも、カバーに取り掛かる前に描き下ろしてくださった見開きのイラストレーションのなかで、すでに椅子を描いてくださっていたんですよね。「観客席をイメージしました」とおっしゃっていて、ああ、読者の方のために場所を用意してくださったんだなと感動しました。

松倉　どんな椅子にしようかと、さんざん迷いました。あんまりデコラティブにしてもイメージが違うし。最初はソファも描いていたんですけど、重くなっちゃって、結局いまの形に落ち着きました。

――そうそう、カバーをはずすと表紙に、心憎い仕掛けが施してありましたね。表1、つまり表側にはカバーと同じ椅子と鳥がいますが、くるりと裏返した表4側には鳥がいない。ブックデザインを担当してくださった高柳さんの、遊び心が素晴らしいです。

中村　あ、飛び立ってるんだ！　すごい、気が付いてなかった……。鳥って、いま、その時点で留まっていてもいつか飛び立つし、そういう動的なイメージがこの本にぴったりな気がします。

「絵」のほうに歩み寄るという、初めての試み

中村　今回は、僕にとって初めての試みもしています。一点だけ、松倉さんの絵に僕があとからストーリーを付けさせてもらうという取り組みです。雑誌などで、僕が書いた作品に絵を付けてもらう経験はこれまでにもしているのだけど、今回は、僕のほうから歩み寄りたいと思って。ストーリーを読んで絵を描くというこ

とには、当然そこには何かしらの「制約」が発生してしまうものだけど、そういうものから切り離されて存在している、松倉さんが自由に描かれた作品を見て感じたことを、僕が物語にする。それができたら一緒に本を出させてもらう意味も増すと思いました。

それで、サイトにアップされていた作品を順々に拝見していって……この絵を選ばせていただきました。あらためて原画もお借りして、毎日、部屋でずーっと見ていたんです。

松倉　わわわ、恐縮です。

中村　いやいや、こちらこそ恐縮です（笑）。でも、そうしているうちに、僕が最初思い浮かべていた話はどうやら違ったんじゃないか……？　と思えてきて、これは大変なことを引き受けてしまったとちょっと後悔の念が湧いてきた（笑）。というのも、僕が思っていた以上に、あの絵は「広」くて。部屋の隅にソファがポツンとあって、寂しさも感じられるけど、そこにいるサルは楽しそうで、少年も、そんなに悪くない気分でいるように見える。手前には枝に留まった馬や鳥がいて、空中にはコウモリまで飛んでいる。見れば見るほど、これは簡単には書けないぞと。

松倉　そうなんですね……もしよかったら、最初に浮かんだというお話も聞かせていただけませんか。

中村　えっと、最初は、あの少年の分身としてサルがいるのだろうと思ったんです。でもそれって僕の文脈なんですよ。僕が小説でやる、ある人物がいて、その内面が対象化された分身のような存在が出てくるというもの。でも、せっかく松倉さんの絵をもとにストーリーを書いているのに、僕の文脈にあてはめてどうするんだって思って。たしかにあのサルは内面の世界、あの少年の中に生きていると感じたのですが、分身ではなくて、彼とはまた違う世界を見ている。きっとそうなんだろうと、考え直しました。それが「ソファ」です。

松倉　そんなふうに……。なんだかすみません。中村さんは「広い」と言ってくださいましたが、実はあの絵は思いつきで描いていまして、ストーリーがまったくないんです（笑）。

中村　ああ、やっぱり（笑）。そんな気もしたんですよ。……表現するときって、根底には必ず「何か」があって、松倉さんはそれを「絵」として表現しているから、言葉ではストーリーをつくっていない。たぶんそういうことなんですよね。今回僕がやったのは、松倉さんの絵の根底にあるものを、僕なりに感じ取って言葉に変換するという作業だったと思うんです。絵をそのまま言葉に置き換えることは不可能です。でも、松倉さんがインスピレーションで得たものを、その根底にあるものを、僕が僕なりに一度トロトロとした液体みたいなものに勝手に変換して、それをさらに「言葉」に、「ストーリー」に変換する。それをあえてやることによって、何か新しいものが出てくるんじゃないかと。随分とエネルギーが必要な試みだったのですが、結果的に、これまでしたことのない、非常におもしろい体験ができたと思っています。

自己検閲をやめてみたら

——でもよく見ると、この絵には「ストーリー」というタイトルが付けられていますね。

松倉　そうなんです。でもそれは、私に「こう見て欲しい」というストーリーがあったわけじゃなくて、絵を見たひとたちが、自由にストーリーを考えてくれたらいいなと思って付けたものなんです。

中村　たぶん、ストーリーを意識せずに描いた絵には、逆にいろんな物語が入っているんだと思うんですよ。僕にしたって、実は、松倉さんの絵に触発されて書いたのは「ソファ」だけじゃないんです。「狭い部屋」という作品、これもこの作品を見て書いたものなんです。もし、少年がサルにコントロールされていたら……と想像してしまって。その「狭い部屋」の場合では、人間が鳥の剝製にコントロールされている……。でも、コントロールされている人間がその事実を忘れさせられ、また剝製のもとに来て、またコントロールされてしまう。そういう怖いお話です。だから実は、松倉さんの絵から生まれた作品はひとつじゃなくて、ふたつあるんです。

松倉　えー、そうだったんですね！　私は「ソファ」を読んで、これまでの中村さんの作品にはない、かわいらしい感じが入っているという印象を受けたんです。男の子が部屋に帰ってきたのを見て、動物たちが「わあ」と喜ぶところとか。あんまり中村さんっぽくないというか……。

中村　そうなんですよね。この本の中には、明らかに僕っぽい話も入っているんですが、中には、読者の方が意外に思うであろうものも入っています。小説だけじゃなくて、どんな芸術でもそうだと思うんですけど……松倉さんは、自分から出てきたものでも、自分で「これはダメだろう」って抑制してしまうことってありませんか？

松倉　あ、それはすごくあります。

中村　「これは書いちゃダメだ」とか「これは自分の作品じゃない」とか。僕はふだん小説を書くときに、そういう抑制を利かせることがかなりあるんですけど、今回は思い切ってそれをやめてみたんです。一回自分から出てきちゃったものは書いてしまおう、と思ったんです。自分の中での検閲、それをやめてみた。

作品でいえば、「老人とネコ」とか「クマのぬいぐるみ」とか、普段だったら考えられないストーリーだけど、残してしまえと。いい機会だし、そういう部分を解放してみようと思って。

――いままでは却下していたものを、正直に出した……？

中村　「正直」とはまたちょっと違います。だって人間の頭に浮かんだことが、すべて正直な考えかと言われたら、そうではないですよね。正直に、とか挑戦してみた、というより、出てきたものに任せてみた、という感じです。それが、自分の思う「僕らしいもの」ではなかったとしても、外に出してみる。そうすることで、自分の表現方法が固まらずに済むかなと。自分の中でギューッと凝縮したり固執したりしたものって、もしかしたら視野の狭さなのかもしれないから。ここのラインは紙一重で難しい。固執するのなら、しっかりと選び取って固執しなければならない。だから、たまにこうやって広げたほうがいいんじゃないかと思ったんです。そうすることで、また見えてくるものがあると。

きっともう、小説のことだけを考えて生きていく

松倉　中村さんは今年デビューされて一〇年目なんですよね？　そこでまた、新しいことをするぞと思われたのがすごく素敵ですね。

中村　何かをしていて「楽しい」と思うことがあまりないんですよ。だけど、小説だけは書いていて、楽しいというか……、しっくりくるんです。僕の人生は、小説というものを考えて終わるのだと思っています。だから、常に向上したい。今の自分なら簡単に書けるようなものは書かない。もっといい小説を書くにはどうしたらいいかをずーっと考えてる。大学で教えないかと誘われることもありますけど、全部断ってます。申し訳ないけど、そうするしかないんですよ。

——今回は「ショート・ストーリー」というフォーマット自体、これまでやってこられなかったものでした。

中村　そうですね。それが楽しくもあり、こんなに大変なのか……と(笑)。というのも、短編小説なら一般的に、四〇〇字詰めの原稿用紙で二〇枚から五〇枚くらいですが、それは言い換えると、作品を作るために、原稿用紙二〇枚から五〇枚分の言葉を使えるということなんですね。でも今回みたいなショート・ストーリーの場合は、短い言葉で世界を構築していかなければならない。極端にいえば一行目、二行目で、もうストーリーの中に読んでる人を惹き込んでいかなければならない。しかも、今回僕がやったのは「ショート・ショート」ではなく「ショート・ストーリー」なので、読む人に対して開かれた物語である必要がある。「ショート・ショート」だと、一篇ごとに物語はまとまるというか、閉じられると思うんです。最後に「チャンチャン」ってオチがつくやつ。

松倉　ああ、なるほど！

中村　僕は、今回のこれを、「ショート・ストーリー」として書いて、読んだ人にイメージを広げてもらいたいと思っていました。となると、けっこう大変で(笑)。短い言葉で、大きな世界をつくらなければいけない。まあ、大変なことも含めて楽しかったのですが……。そういう難しさを乗り越えてできたものだからこその強度があるんじゃないか、あればいいなと思っています。

一〇年間、支えてくれた読者にお返しがしたかった

松倉　連載のときは、いまおっしゃったことを隔週でやっていたということですよね。

中村　気持ち的には『電波少年』みたいでした(笑)。

もともと、マトグロッソからの最初の依頼は「小説の連載」だったんです。でも長編小説の予定は、もう何年も先まで埋まっちゃってるんです。それで、そういう状況でもできること、かつ挑戦的なこと、ということでショート・ストーリーを書いてみることになった。それで「或る女」という作品を書いてみたら、いつの間にか連載として続けることになってた（笑）。小説はもちろん、エッセイとかコラムとかいろいろ仕事がある中で、二週間に一度ショート・ストーリーを書き上げるって、さっきも言いましたけど、本当に大変なんですよ。

松倉　はい（笑）。

中村　（笑）それでも二八篇書いて。ただ、二週に一度やることとの限界は確かにあって、これ以上続けるとクオリティが下がると思い連載を終えることにしました。でも心残りがあったので、本にするときには書き下ろしを二篇足して「三〇ストーリーズ」にしようかなと。でも、もっとやれることがあるんじゃないか？とすごく思った。作家になって今年で一〇年です。純文学というこの業界で一〇年やってこれたのは、間違いなく読者の方々のおかげなんです。その人たちに対してもっとできることはないだろうかって思ったんです。それで五〇篇に。

松倉　一読者として、中村さんはいつも読者のことをすごく考えてくれている人なんだなとずっと感じていました。「あとがき」を必ず付けてくれますよね。なかなかああいうふうに読者に語りかけてくれる方っていないですよね。

中村　僕はホームページはありますが、twitter とか blog はやっていないんです。その理由はいろいろあるんですが、一番はやっぱり、小説家というのは自分の書いた言葉を推敲（すいこう）して、練りに練って提示する仕事だと思っている、ということがあります。だからああいうふうに、即効性の言葉を一日に何度も発することに対して危機感があるんです。小説は小説、twitter は twitter と器用に割り切れる作家ならいいのですが、僕は器用に割り切れないので、躊躇（ちゅうちょ）がある。自分の小説の中に「即効性」や「連発性」が入ってくるようになるとまずいので。その分、というと語弊があるかもしれませんが、あとがきは書くようにしています。

あと単純に、本って読み終わってしまうと寂しいじゃないですか。終わっちゃったと思ったときに、もう一枚ページをめくって言葉があれば、その寂しさが軽減されるんじゃないかなと。本当は書かないほうがカッコいいんですが、作家がカッコつける必要はないので。

——マトグロッソでの連載についても、即効性の言葉を発しないかわりに、その分の時間を使って別の形のアウトプットをしたいとおっしゃっていましたね。書き下ろしの長編小説や、月刊誌での連載とは違うスパンで出せるものを、と。

中村　そうですね。たとえば、東日本大震災が起きたあのとき。僕はちょうどマトグロッソで連載をしていたので、その中で、地震の直後に「祈り」という作品を発表しました。それが出来たことは、間違いなく、この連載をやっていてよかったことのひとつです。あのときはみんな、誰がどんなことを発言しているかすごく気にしていたし、僕もホームページは持っているけど、そこでは著作紹介以外の長い文章はなるべく書かないことにしていたし……。かといって雑誌や本では遅すぎる、という状況で。

松倉　「祈り」、私も今回絵を描かせていただきましたが、一番好きな作品です。

中村　あれは本当に、地震の直後に書いて、あの雰囲気の中での作品ですね。反応もすごくたくさんもらったし、あのタイミングで発表できたのは本当によかったと思っています。

作品内シリーズ「Nの憂鬱」

——震災のときは特に顕著でしたが、それ以外の作品にも、そのときどきの中村さんの気分や考え方がダイレクトに出ている気がします。そのとき書いていらした、長編小説とも呼応していたりして。

中村　それはかなりありますね。松倉さんも、描いているときの気分って、絵に出ますか?

松倉　私はあまり考えないで描くので、あとから見て「あー、あのときだな」なんて多少感じるぐらいですね。

中村　僕の場合は……、たとえば、「Nの憂鬱」を書いたときは、あまりにもへこんでいたんですよね。だから逆に、笑いにしたんですよ。もうへこみ過ぎてどうしようもないから、変な笑いになっちゃったけど（笑）。

松倉　五〇個のお話が、それぞれ点としてではなくひとつの流れに乗って繋がっていくという意味でも、「Nシリーズ」がところどころに入ってくるのがすごく良かったです。

中村　Nが憂鬱になって、失踪を考えて、逮捕されて、裁判を受けて、釈放されて……。どんな流れだよって（笑）。「なぜかというと、僕は変態だからである」とか。

松倉　本当におもしろかったです、Nシリーズ。あと、「老人とネコ」とか、「博物館」とかもすごく好きな作品です。

　でも小説ってほんと、その人の人生を大きく左右する力を持っているからすてきですよね。私、中学生のときに学校の先生に勧められて読んだ本のこと、いまでもふっと思い出すんです。

中村　どんな本ですか？

松倉　遠藤周作の『沈黙』とか、谷崎（潤一郎）の『春琴抄』とか。遠藤周作は、大学の卒論でもやったぐらい好きです。でもこの間ずっと好きで必要としてきたというより、本当にふっと思い出すんです。自分が生きていく上で必要な糧といったらいいんでしょうか。

――中村さんの作品では、どんなものに興味をお持ちですか。

松倉　特に好きなのが、『土の中の子供』と『遮光』でしょうか。

中村　そのふたつ⁉　うわ、すごいですね（笑）。

松倉　『遮光』の、死んだ人の形見を持ち続けているあの感情とか、ちょっと他人事（ひとごと）とは思えないというか、私も常々、そうしたいと思っていたので（笑）。

――大切な人の、何を残したいと思っていますか？

松倉　あ、えっと、それはちょっと言えません（笑）。

――松倉さんの魅力の一端をいま見せていただいた気がします……。

「これが最後かもしれない」、そう思ってやっている

中村　いま、新人賞の選考委員もやってるんですが、

読みながらいろいろ考えてしまうんです。乱暴に言ってしまうと、人間って、ひとりひとりを比べても大差ないんじゃないかと。じゃあ何が違うかといったら、経験と考え方なんですよね。

　でも、経験といっても、日本で暮らしていたら、特殊な経験をすることが少ない人も多い。そんな中でどれだけ工夫して、他人と違うものに触れるか。個性はそうやって生まれてくるものでもあると思うんです。いま松倉さんもおっしゃったみたいに、出会った本とか、そういうものってすごく自分に影響を与えてくれる。すぐ手に入るところにある流行の、向こうから提示されたものばかり素直に読んでいたら、結局みんなと似たような考え方しか持てない。新人賞の選考で、プロになる前の人の作品を読んでいるとそれが顕著で、バックグラウンドが弱いと感じることが多い。普段あまり読まないものに意識的に手を出すとか、よくわからないものを受け入れていくとか、そういうことって、個性を作る上ではすごく大切だと思う。作家に限らず、プロとして活躍してる様々な業界の人と話すと、やっぱりみなさん文化的なバックグランドが特殊で多様なんです。松倉さんはいかがですか？　いつ、こういう仕事をやろうと思ったとか、きっかけはありますか？

松倉　子どもの頃から絵は好きでしたが、職業として、画家になるとか、イラストレーターになるなんていうことは考えたことがなかったんです。大学も文学部だったぐらいで。

中村　文学部？　それはまた意外な。

松倉　はい、実は、国文学科の現代文学専攻で（笑）。卒業後はシステムキッチンの会社に就職して、営業をやっていました。ドイツのメーカーで、注文住宅に入れてもらう機会も多かったもので、そこで建築家の方やデザイナーの方とお会いするようになって。そのうち、何かを生み出せるっていいな、とすごく憧れるようになりました。私も何かを生み出したい、と。

　そう思ったときに、自分には絵しかないなと思ったんです。それが二〇代後半のときですね。そのあとギャラリーで働き始めて……でも、そういうところには「アートはお金」みたいに考える人も少なからず出入りされるので、やなとこ見ちゃったな、と（笑）。三六歳のときにコンペで入賞してからは、毎回コンペに出すようになって、という感じです。だから、スタートはすごく遅い。

中村　すごいですね、それは。若い人たちにも希望を与える話ですね。

松倉　はい。でも、何歳からでも新しいことが始められるかわりに、いつ死ぬかもわからない。今日、事故に遭うかもしれない。だから、毎回毎回、これで絵を描くのは最後かもしれないと思ってやってます。

中村　それわかる……。ほんと、そうなんですよ……。

松倉　だから今回も、こうして見つけていただいたことをすごくありがたいと思っています。あの、せめて、といいますか、よかったら「ソファ」という作品にしていただいたこの絵、ぜひもらってください。

中村　え！　いいです、いいです、そんな貴重なもの頂けませんよ‼

松倉　そんな、そんな。私、描いた絵を差し上げるの、好きなんです。ご迷惑でなければぜひ。

（編集部注：ここで数分間、押し問答があり……）

中村　本当ですか……、僕、実は自宅に、美術館で買った好きな絵のレプリカとかポストカードを飾ったりして、絵を見るのはすごく好きで。この絵、飾ったらすごく素晴らしいです……。ありがとうございます、大切にします。松倉さん、どうかこのまま、素敵な絵を描き続けていってください。

松倉　ありがとうございます。中村さんの、これからの挑戦も楽しみに、この本も、これからも折に触れて読ませていただきたいと思います。

（後記）『惑いの森』で、素晴らしい絵を描いてくださいました。この時に頂いた絵は、『惑いの森』にもちろん収録されていて、僕の部屋に飾ってあります。またお仕事をご一緒できたら、と思っています。

ちなみにここで質問しているのが、『惑いの森』の文庫あとがきで書いた「Aさん」です。

×亀山郁夫（ロシア文学者・翻訳家・作家）
「悪」とドストエフスキー

――「群像」2010年10月号／講談社→『世界が終わる夢を見る』2015年12月／名古屋外国語大学出版会

「会話」の推進力

中村　亀山さんにお会いすると、緊張してしまいます。なぜかというと、僕にとってドストエフスキーという作家はすごく大きくて、ドストエフスキーが実際に書いた創作のノートなども含め徹底的に研究している方は、ドストエフスキーの化身みたいに感じるんです。

亀山さんの場合、『カラマーゾフの兄弟』と『罪と罰』を翻訳なさっていて（編集部註・二〇二二年現在『悪霊』『白痴』『未成年』『地下室の記録』『賭博者』も翻訳）、ドストエフスキーが書いた原文にじかに触れて、かつ作品としてつくり上げていく。それを経験し、達成された方は、僕の中ではもう普通の人ではないというか、畏怖を感じます。だから、お会いするとなると、非常に緊張するわけです。

亀山　いえ、僕も同じ気持ちです（笑）。

中村　『カラマーゾフの兄弟』は、大学生のときに新潮文庫で読みました。あのときのイメージがとにかく強烈な体験で、自分の中で余りにも大き過ぎるんです。亀山さんの新訳が出たとき、当然興味はあったのですが、最初に読んだときの印象がどうなるのかと、手にとるのがすごく怖かったんです。

でも、そうはいっても気になるので手にとって読んだら、『カラマーゾフの兄弟』にもう一回初めて出会えたような新鮮な感じを受けました。ドストエフスキーと最初に出会ったときに体験する喜びって格別だと思うんです。一気に読んで、それをもう一回体験することができました。今日は本当にお礼をいおうと思って来ました。

亀山　そういっていただけると、とても嬉しいです。

中村　亀山さんの新訳は読みやすい翻訳といわれているけれども、当然ながら読みやすさだけでなくリズムがあって、リズムから熱が生まれてくる印象がありました。僕はロシア語が全然わからないですが、この熱はおそらくドストエフスキーそのものの熱なのではないかと感じました。本当にすばらしいお仕事です。相当な労力ですよね。そのことが最新刊『ドストエフスキーとの59の旅』にもたくさん書いてありました。すごく興味深かったです。亀山さんのこれまでのドストエフスキー研究の成果も書かれていますし、人生の洞察や知への思いとか、様々に深くて人と文学のかかわりにしみじみ感じ入りました。

亀山　どうしよう。今日は僕のほうが聞きたいことが山ほどあるのに（笑）。

　僕は芥川賞をとられた『土の中の子供』を刊行当時すぐに読んで、本当にショックを受けました。こんなに若い人がよく書けるなと思ったし、しかもまたわからないようにうまくドストエフスキーを盗んでいる。しかもそれは、ドストエフスキーを研究している人が読んだらわかるかもしれないけれども、一般の読者には絶対わからない。見事に引用の織物になっているわけです。『土の中の子供』でいえば、暴走族がいきなりタクシードライバーに殴りかかるシーンで、「こいつの叫び声、何か変だぞ」「おもしれえなあ、何だこいつ、おもしれえよ」というあたりは、『地下室の手記』の中の「私」のせりふがスッと近づいてきたりしていて、一種のインターテクスチュアリティーの見本じゃないかと思ったほどです。これは、方法的にかなりの高等技だと思いましたね。それにしても、暴走族のセリフがひじょうに印象的でした。

中村　ありがとうございます。

亀山　常日頃思っているんですが、ドストエフスキーは翻訳によって生きていく作家なんですね。中村さんの小説は、じつに精巧な日本語で仕上がっていますが、ドストエフスキーの原文は時々、破綻をきたすわけです。文体を磨きあげることなんかそっちのけで、何よりも感覚や気分の描写や事物のリアリティを優先する。その意味で、当然のことながら、所々かなり情緒的な文体で書かれている。でも、情緒的というのは感傷的という意味じゃありません。むしろ生理的といったほうがよいかもしれません。

中村　同じ表現を同じセンテンスの中で繰り返し書いたりするとドスト

エフスキーの研究書で読んだことがあります。それでは、読むほうは読みづらいですよね

亀山　そうです。反復を恐れませんね。ある意味で作家の精神状態が非常によくわかる文体なんです。何といっても生理的ですから。生理的というか身体的なリズムが重視される。それが、非常によく出ているのが、会話の部分ということでしょうか。ドストエフスキーでは、会話が生命です。で、僕が、中村さんの『掏摸（スリ）』と『悪と仮面のルール』を読んで気づいたのは、「私」「僕」を主人公にした告白体で書いていながら、ものすごくポリフォニックな動きを感じることなんです。原因がわかりました。要するに、耳がいい、というか、圧倒的に会話がうまい。このところ、僕もかなり小説を読んできましたが、これほど会話に卓越した作家ってそうはいないと思っています。それじゃ、どこがすごいかというと、さっきリズムといったけれども、むしろ人間の生の声、地の声にどこまでも肉薄しようという執念ですね。はねる音から句読点の位置から全部、計算されている。例えば一人の女性が出てきた瞬間にまったく不自然さや違和感がなく、目の前に文字どおり女性がパッとあらわれるような感覚を与えてくれる。それは会話が完全に生理的なリズムを体現しているからです。で、お聞きしたいのですが、中村さんの会話のすごさを褒めている評論家っていますか。

中村　会話文は余りいわれたことはないですね。

亀山　なぜ僕が会話にこだわるかというと、ドストエフスキーの翻訳をしていたときに、そのことを感じたんですね。会話が物語の推進力になっているので、会話の部分で、どこまで登場人物のこまかい心のニュアンスを伝えられるかが生命だと思ったんです。会話文は、地の文とちがって日本語の規範からは大きく逸脱してしまう恐れがある。この逸脱を否定しようとする古典的、保守的な読み手あるいは書き手もいると思いますが、そのあたりに大胆に切り込んでいっているのが、中村さんの文学の特質ですね。

中村　ドストエフスキーの影響があると思うんです。ドストエフスキーは重要なことを会話でいうんですよね。『カラマーゾフの兄弟』で大審問官のあの壮大な思想も結局会話の中です。ゾシマ長老のほうはアリョーシャが書きとめた感じですが、それでも人類愛についてもまた会話文として書いている。『カラマーゾフの兄弟』も『罪と罰』も三人称とい

うか、カラマーゾフの方は「わたし」が出てくるから微妙だけれども、とにかく重要なことは会話なんです。しかも、会話だからこそのリズムがあって、体内により深く入っていくんでしょうね。

亀山　すばらしい影響です。

「運命」という主題

中村　ドストエフスキー作品を最初に読んだのは『地下室の手記』でした。高校のときは太宰治にハマっていて、当時は文学が好きというより太宰治が好きだったのかもしれません。

亀山　『悪と仮面のルール』を読みはじめてまもなく、頁の余白に、『人間失格』、葉蔵と書き込みました。予感はあたっていたわけです。『罪と罰』のスヴィドリガイロフの連想も生まれました。それに、ソフォクレスの『オイディプス』ですね。そして最終的には、村上春樹の『海辺のカフカ』と『1Q84』です。さきほどインターテクスチュアリティーなどという古めかしい言葉を使ったけれど、ある種いろいろなジャンルの作品が物語の表面に浮かんでは消えて行く、そんな反復をくり返しながら、なおかつすばらしい推進力で物語は展開していく。ずいぶん凝った小説だな、と思ったのですが、でも、そうしたコア・テクスト群とでもいったものをもののみごとにコーティングしていくのが、何というべきか、中村さんの、かなり特殊な作家的才能なんだと思いました。

中村　いろいろな作品から受けた影響を全部出して、上乗せしてさらにこねくり回したんだと思います（笑）。

亀山　『人間失格』はやはり意識されていたんですね？　というか、無意識のうちに出てきたんですね。

中村　無意識だと思います。太宰治はたぶん全部の小説に入っていると思いますが、そこを指摘されたことは余りないです。

亀山　そうでしょうね。わかります。以前、髙村薫さんと『太陽を曳く馬』をめぐって対談したとき、いくつかのモチーフについてドストエフスキーからの影響を指摘したんですが、否定されました。一切、意識したことはない、というんです。作家というのは、読んだ小説をぜんぶ自分の血肉にしてしまう獰猛で貪欲な生き物なんだと思いました（笑）。

中村　僕は一応ドストエフスキーが好きだと公言しているので、みんなドストエフスキーと比較してくれるんですが、実は結構太宰治も入っています。『人間失格』の解説に、これは『地下室の手記』の深さを超えていると書いてあるのを見て、『地下室の手記』というタイトルっていいなと思い、大学一年生のときにはじめてドストエフスキーを読んだんです。

亀山　なるほど。

中村　そうしたら、『人間失格』よりも『地下室の手記』にハマってしまったんです。読みづらいし、何だこれは、と思うんだけど、読み終わったときに、ここには非常に深いものがあると感じて、もう一回読み直したんです。一回目よりは二回目のほうが理解できた気がしました。それで『罪と罰』を読んで、こんなにすごいものがあるのかとノックアウトされた状態になり、『カラマーゾフの兄弟』で完全にやられました（笑）。その辺りから「文学」ということを意識して、海外文学や日本文学を様々に読むようになりました。あれを読んでいなかったら僕は恐らく小説家になっていないのではないか、なっていたとしてももっと先だったのではないかと思うんです。それぐらい大きかったです。

　亀山さんは、『罪と罰』について、最初に読んだときのイメージと翻訳したときのイメージが随分違うということを書かれていますよね。

亀山　そうです。

中村　『ドストエフスキーとの59の旅』で、「若い時のように、殺人を犯す主人公とのシンクロは起こらなかった」と書かれていますよね。「だが、『読解』という知的な作業をとおして、あらためていくつか大切な発見に立ちあうことができた」と。僕の場合は劇的な変化ではなかったですが、やはり最初とその後に読んだときとで印象が違ったんです。最初は何となくの違和感でした。これは果たして『罪と罰』なんだろうか。ラスコーリニコフには良心の呵責（かしゃく）があるのか。これは要するに自分がシラミかシラミじゃないかというその葛藤ではないかと疑問に思ったのが最初なんです。

　二回目に読んだときには、亀山さんもお書きになっていて、僕も本当に同感なんですが、『罪と罰』ってやはり「運命の書」なんですよね。「意志の書」と「運命の書」の二つがあり、断ち割られているという印象すら受けたと。読んでいくと、ラスコーリニコフはかなり偶然性に支配されています。まず老婆が一人になる時間を偶然知ってしまう。斧のエピソードもそうです。あるべきところ（台所）になくて、偶然別のところ（納屋）を見たらあった。しかも、老婆のところにだれにも見られずにスルスルと行くわけです。

亀山　まさに「運命」なんですね。で、今回、『悪と仮面のルール』を読み、『掏摸』を読んで、『土の中の子供』から確実に進化している何かがある、と感じたことがあるんです。それは、中村さんの想像力が、何かしら古代的なもの、というか、運命の全能性というところにまで翼を広げていることです。わずか五年前の時点で気づかなかったテーマにいま新たに踏み込んでいく事実というのは、三〇代に入った中村さんの一人の作家、一人の人間として成熟を暗示するだけじゃなくて、いまの時代がものすごく悪くなっているという直観が根本的に作用しているんだと思いましたね。こうなると、運命の全能性といった問題に向かわざるをえない。

『悪と仮面のルール』は純文学とエンターテインメントを一定程度一つに合体するような新しい領域の作品だと思うわけです。現代の風俗を象徴するようなアイテムが次々と飛び出してくる。かりに二〇年前の読者だったら、むかむかするぐらいのあざといアイテムですが、それが、今ではすべてきれいに日常生活の常識と化している。読者としてそれらのアイテムに対する違和感がまったくなくなっているんですね。麻薬から爆弾テロ、整形手術まで、昔なら「よくまあ揃えたね」と皮肉の一つも出てきそうな仕立てなのにもかかわらず、それがわれわれの共通感覚にすっぽり収まっている。きわどさやえげつなさをほとんど感じさせないほどに時代が切羽詰まってしまって、僕自身、われながら何かすさまじいところに立っているな、と改めて感じました。

でも、こうした時代の到来というのは、ことによると中村さんにとっては運が味方しているということなのかもしれません。つまり時代が中村さんを待っていたということです。『土の中の子供』のときですら、小説と時代状況との間にはまだまだ齟齬（そご）と乖離（かいり）が存在していたはずなのに、時代はもっともっと悪くなってきて、中村さんの想像力の世界に急接近している、という印象を受けるのです。これはきっと、今の日本でドストエフスキーが読まれているのと同じ状況なんだと思いますね。一般の人々の想像力が作家の想像力にどんどん近づいてくる。

中村　たしかに時代との共通認識というのはあるかもしれないです。

亀山　昔は気づかれなかった運命の主題がいま気づかれているのは、ある絶対的な運命の力のもとで、一人一人の人間が本当に無力に生きざるを得ない時代状況が現出しているからだと思います。僕は『掏摸』を読んでいるときに、運命の代名詞という か、代理人として木崎という存在があると感じました。もちろんドストエフスキーでいえば、ワルコフスキー公爵とかスヴィドリガイロフを思い浮かべたけれども、「ブランドのわからない黒のスーツを着込み」、「ブランドのわからない時計を左手に巻いていた」木崎なんかは、どこか『カラマーゾフの兄弟』の大審問官を思わせますね。でも、直接的には『悪徳の栄え』や『ジュスティーヌ』といったサド侯爵の哲学に通じているのだ、と思います。究極の悪とは一体何なのか。究極の自由とは一体何なのか。

サドの文学というのは、鞭の快楽とかいったそんな常識的なものでは全然なく、ある意味でものすごく崇高な、ある意味でものすごく運命論的な世界観であり、かつ人間を支配することの快楽ということを意味していま す。カミュが『反抗的人間』の中で、たしか、「サドは最終的にオナンになった」といったことを書いていたと思うんですが、『悪と仮面のルール』では、まさにそれが捷三ですよね。完全に孤立した空間に、つまり地下室に閉じ込められてしまう。あれはオナンと化した監獄のサドと同じです。これもまた、中村さんが意識的に造形したのだとすれば、改めてここで脱帽します（笑）。この作品の地下室のイメージは、サドが最終的にたどり着いたある種の自由の境地なんだろうなと思うし、ある意味では、ドストエフスキーの地下室とも通じていますね。

中村　文学には悪い奴の系譜があると思うんです。日本の片隅ですけれども、そういう系譜の中に、少しオーバーになってもいいから自分なりの悪い存在を登場させていけたらなと。なぜかはわからないですが、悪い人物を書いていると僕自身がすごく生き生きする（笑）。

亀山　本当にそうですね（笑）。たしかに、ある切迫した状況、犯罪を実行しようとするような現場の心理状態は圧倒的です。そもそも人を殺すときの人間の心理状態を書ける作家って、そうはいないと思うんです。登場人物に憑依しないととても書けない。トルストイは一度だって書けなかったし、ドストエフスキーにしても書けたのは、一度かぎりです。具体的には『罪と罰』でしか書けていないわけです。つまり憑依というか、トランスというか、殺人者とのシンクロの経験は一回しか訪れてこなかったと思うんです。作家が、この憑依力を持っていたら、相当に強いなと思いますね。どうやら、その強さが、中村さんにはあるみたいです（笑）。

中村　そういう場面を書くときに、自分が一番生き生きするのがわかるのですが、自分に疑いを持つときもあります（笑）。でも、これは僕がどうしようもない奴なんだからと思って、もう書くしかないです。

亀山　中村さんはことによると犯罪者じゃないかとさえ思うほどです（笑）。でも、恥じる必要なんてありません。だってドストエフスキーも、そうでしたからね。つまり、現実の体験を小説の中のどこでどうディテールとして書き込んでいくのか。もちろん想像された世界もある意味では現実の体験なのだけれど、ドストエフスキーの場合、『悪霊』のなかの「スタヴローギンの告白」なんか、作家がほんとうに殺人や幼女凌辱を経験しているのではないか、と思えるほどにリアリティがある。裁判でいう「秘密の暴露」に近い何かです。真犯人しか知りえない事実のリアリティとでもいうのでしょうか。「スタヴローギンの告白」はほんとうに危険ですよね。

中村　あの章は文学的に凄まじく、大好きです。

亀山　幼女凌辱のようなモチーフもかなりそれに近い体験があって、その体験を、たとえば『罪と罰』の老女殺しなどの描写にスライドさせて書いているみたいなところがあると思います。ドストエフスキーが描いている不安の体験や恐怖の体験というのは、純粋に想像力のレベルで生み出すことができるのかと思える域にまで達しているんですね。中村さんの描く犯罪の描写には、それに近いものがあると思いました。

「黙過」「悪」「反復」

亀山　『悪と仮面のルール』を読んでいて、ちょうど真ん中でカタルシスが起こりました。読者はあそこで一たん解放されるんです。たしか一八〇ページあたりだと思いますが、そこまで読者はものすごい不安に陥れられている。整形手術をして、自分がなりかわった男の素性が徐々に明らかにされていく。あそこまでは、読者がもはや最後まで自分を保ちつづけられないだろうと思えるぐらいものすごい不安をかき立てる。作家がどういう精神状態で書いているのか、僕にはわからないですが、それぐらいの緊迫感が漂っている。ところが、小説のまん真ん中で一種のカタルシスが起こるんですね。そこで読者は救われる。あそこで、文宏が整形手術をしてなりかわった新谷の過去があれ以上グイグイ前面に出てしまったら、読者の神経は参ってしまったと思いますね。でも、幸い、小説のまさに折り返し地点である種エクスタティックな頂点とカタルシスへの分岐点が生まれる。不安と恐怖がスーッと鎮静化していく。見事だなと思いましたね。

中村　ドストエフスキーはかなり意識的に構成を、数字にもこだわってつくり上げています。僕も色々とやってみたのですが、やはり神秘的なものも加えたいと思いました。『罪と罰』は本当にしかるべき筋を通って老婆を殺してしまう。最後は神の存在が見え隠れする。僕は信仰を持たないので、神秘的ではあるけれども、同時に違和感も覚えるところです。「運命の書」ということが自分の主観から確信に変わったのが、亀山さんがお書きになった『罪と罰』ノート』の「黙過（もっか）」の問題を読んだ時です。ラスコーリニコフの犯罪が神の黙過で行われたということから見えてくる「ラザロの復活」の黙過の発見がある。『罪と罰』の中で引用されているラザロの復活は結局、自分の奇跡を見せるためのキリストの黙過……。それがこの小説の裏テーマというか、やっぱりこれは間違いなく「運命の書」だと思ったんです。

亀山　「黙過」の問題ですが、『掏摸』の木崎は根本的に不作為というか、みずから手を下すことの快感よりも、直接的なものではない、神的な自由というか、神が経験しているある種の絶対的自由というものを人間が人間の身において経験することが最高の快楽だというふうにいっている。それはドストエフスキーがつかみ取った一つの究極の真理であり、そのニヒリズムをどう乗り越えるかが大きな課題になったと思いますね。

でも、面白いことに、『悪と仮面のルール』で、そのニヒリズムの体現者である兄の久喜幹彦と戦う文宏自身が、直接は手を下すことなく相手に自由に死を選ばせている。最後に彼の犯罪性の意味について、刑事の会田から大きな罪ではないという理解が示されますが、実際にすべて最終的には相手の自由に委（ゆだ）ねられている。死の杯を口にするもしないもその人の意思によるものだし、父親の捷三を閉じ込めるときもそうだし、常に相手に選択の自由を与える。しかし、選択の自由を与えるというのはある意味でものすごく傲慢（ごうまん）なんです。

中村　そうです。自分が殺人をする感触を味わいたくないという傲慢さです。

亀山　それは逆にいうと父親である捷三の血の引き継ぎですし、まさに「邪」の系譜の中にある一つの独自のアイデンティティーのあり方だろうと思うんです。

中村　それは悪対正義ではなくて、悪対悪になっている。結局、正義とは何かではなく、悪対悪の話なのでちょっとブラックかなとも思いましたが、それがないと小説がもの足りないかなと思ったんです。『罪と罰』を意識したところがいろいろあるんです。

亀山　それは明確に感じましたね。僕がこの作品を解説したいぐらいです。善と悪の終末戦争がまさに『悪と仮面のルール』であるとすれば、善と悪というものすごく月並みなカテゴリーが今これほどリアリティを持って感じられちゃうというのは、想像力の中でわれわれ全員が犯罪者になっているからだと思うんです。つまり本質的には悪対悪なんですね。想像力の中で自分が犯罪者だということをむしろ大らかに包み込む何か共同体的な力はもう存在しませんから、だれもが否応（いやおう）なくヒステリックに自分自身を犯罪者としてぎりぎりまで突き詰めていかなければならない。そんな状況が生まれてきているんだろうなと思うんです。

中村　亀山さんはラスコーリニコフにいう予審判事ポルフィーリーの言葉に言及してますよね。「一億倍も醜悪なことをやらかしていたかもしれないんです！」という言葉。

亀山　刑事の会田はポルフィーリーですよね。小説の冒頭に提示される刑事の短い手記は、最後になって入れたものですか。それとも最初から入っていたんですか？

中村　これは執筆する段階では最初に書きましたけれども、僕の創作ノートの段階では後からです。

　ポルフィーリーと会田のことをいうと、昔から刑事対犯人っておもしろいんですよね。いろいろなパターンがあるけれど、僕が一番好きなのは『罪と罰』です。でも、初めから確信をもったポルフィーリーが自分の手の中で動くラスコーリニコフを追い詰めていくやりとりを真似するわけにはいきませんから、じゃ、ポルフィーリーの影響を受けた自分なりの刑事像をつくろうと考えたんです。それで僕が一応考えたのは、ボクシングでいうとスレスレのパンチをひたすら打ってくるけれども、完壁には当たらない刑事というものです。かなり惜しいところを突いてくる恐怖がある。ど真ん中にはなかなか当たらないけど、常にかすられる恐怖を書こうと思ったんです。

亀山　小説を読みながら、僕は違うように感じましたね。読者はもうある極限的な恐怖というか不安に陥れられているので、会田があれ以上情け容赦なくドスン、ドスンとパンチを打ち込んできたら耐えられなくなったんじゃないでしょうか。中村さんのおっしゃるスレスレのパンチには、どこか曖昧でヒューマンな部分が感じられて、それが救いになっていると思いましたね。だからこそ最後で何かを期待しているという部分は、ああ、やってくれたという感じでしたね。あれが『罪と罰』のallusionというか、目に見えないreminiscenceであることに気づいた人はほとんどいないと思います。気づいたのは、きっと僕だけだという確信さえ持っているくらい（笑）。あの「一億倍の醜悪」をこの小説に重ねあわせると、会田＝ポルフィーリーの密やかな願望を、じつはテロリストグループのJLや、文宏＝新谷自身が体現していたということになる。つまり、ポルフィーリーのラスコーリニコフに対する期待が、会田の文宏に対する期待に重なるわけです。もう少し突っ張ってほしかったという願望ですね。では、中村さんがかりにもそうした書き方をしたということが、いったい何を意味するか、ということです。それこそは、ドストエフスキーと同じような現代の日本社会や日本文化に対する一種の批評ということになると思うんです。ドストエフスキーが恐ろしくペシミスティックに農奴解放後のロシア社会を見つめていたとすると、中村さんの現代日本を見つめる目もそれぐらいペシミスティックだということでしょう。

僕がこの小説を読みながらおもしろく思ったのは、会話と会話の間に差しはさまれた小さなディテールが持っている含蓄です。そして脇役たちの意味です。彼らは非常に広い視野で世界をとらえようとしている。最後に文宏の道連れとして海外に旅立つ吉岡恭子が良いこといいますね。「なんでか知らないけど、この国には人を殺してもあまり悩まない娯楽とか文化が溢れてる気がする。人を殺しては駄目だと言っているわりにはね」とか、文宏に顔面整形をほどこす医師が、「外国では、神という概念がある」といったりする。こういう登場人物たちの呟きにこそ、この小説が約束する多声性はあるのだと思うわけです。僕がとくに気に入ったのは「外国では、神という概念がある」というこのひと言です。あれはむろんアメリカ礼賛なんかじゃなくて、むしろ激烈な日本批判です。どんどんダメになっていく日本に対するものすごい危機感の表明だと思うんです。

中村　『カラマーゾフの兄弟』では、「神がいなければすべて許される」ということがありますが、これは二つの意味で困る言葉なんです。まず、簡単にいえば、日本には神がいないから、それでは困る。

亀山　だから今、困っているんですよね。

中村　もう一つは、今の時代だけではないけれども、神がいるから許されるという側面が強くなってきている気が僕はするんです。例えばオウム真理教は結局、自分たちの空想の神というか論理があるから、あんなことをしてしまった。さらには第二次世界大戦にしろ、人間神という神があるから、ああいうことができてしまう。イスラムの過激派テロにしてもそうです。神がいるからテロを行う。

　新約聖書だけ読めば戦争はなかなかできないはずが、旧約聖書の一部分だけをあえてピックアップして演説する場合もある。神がいなければ許されるというのも、日本には神がいないから困る。おまけに、神がいないがゆえに勝手な神をつくり出して、もしくは歪（ゆが）めたりして、それが「神がいるから許される」に転換されてしまう。これは恐ろしい事態ではないかと今思っているんです。

　オウムの事件があったのは僕が高校のときですけれども、非常に驚きました。神的な領域を勝手につくって、だから許されると傘でサリンの入った袋を突いてしまう。あんなこと完全な無神論だったらやらない。だけど、ある意味無神論だからこそ勝手に神を生んで、自分たちの「オリジナルの神」のようなものの中でやってしまう。あれは非常に恐怖だなと思いました。今回の小説では、神というものを外側に置いて、いわゆるイメージされる神というものとは別の、反復の運命論を入れるということをしました。神に関する小説の構想もあるのですが、今回は神抜きというわけじゃないけれど、神を外側にちょっと置いておく感じで何とか話を進められないかなと思ったんです。

亀山　なるほど。

中村　『罪と罰』で、ソーニャがルージンにだまされそうになったときに、ラスコーリニコフがソーニャに「ルージンみたいなやつが死んであなたたちの家族が助かるか、それともルージンが生きてあなたたちが破滅するか。どっちを選ぶか」ということをいいます。あそこは僕、非常にドキドキして読んだ記憶があります。あの博愛主義のソーニャは何と答えるんだろうって。でもソーニャの答えは「神さまの御心（みこころ）を知ることなんて、わたしにはできませんもの」でした。僕が最初に読んだ新潮文庫版では「どうしてそんなつまらない質問をなさいますの？」で、亀山さんの場合は「むなしい質問」です。このつまらないとか、むなしいとか、これも恐らくポリフォニーというものだと思いますが、でもそう書いた作家みずからが『カラマーゾフの兄弟』でもう一回その問いを繰り返すんです。アリョーシャが、よりによってイワンに「ほんとうにどんな人間でも、だれそれは生きる資格があって、だれそれは生きる資格がないってことを、自分以外の人間について決める権利があるんですか？」というわけです。イワンは肯定してしまいます。これはドストエフスキーにとって重要な問いだったのだと思います。

現代においていろいろな事件が多発していることを抜きにしても、戦争など人類史全体がその繰り返しでずっと来ている。それに対する逆の動き、神がいなくてもだめなんだということを何とか書けないかと思いました。これは『罪と罰』に対する尊敬と、現代の社会に生きている人間として、そこから自分なりにどう上乗せさせていけるのかというのが、今作を書くときにいろいろ考えたことではあるんです。それは今、非常に単純に「何で人を殺しちゃいけないのか」という一言にパッと変わっていますが、もとをただせば、ドストエフスキーが二回、『罪と罰』と『カラマーゾフの兄弟』でいった言葉なんです。これを現代の人物たちでできないかと……。

亀山　今回、この小説を読んで、とくに「邪」の系譜に連なる人々のけだるげな表情の描写が気にいりました。何度も何度も押韻のように繰り返されていくあの感じ、とてもいいと思います。父親の久喜捷三にしろ、兄の久喜幹彦にしろ、世界を見ることにすら倦み疲れてしまった人間です。これを内側から描くことは恐らく不可能で、外的な描写あるいはセリフを通してしか表現できない。だけどその内面を描写する本当に小さな一言一言が、逆に彼らの虚ろさを見事に出しているなと感じました。

ドストエフスキーが『悪霊』の中でスタヴローギンを描くときの手法と似ていますね。内面の描写には全く立ち入らずに、外面の本当に小さなディテールを積み上げるだけで凄まじくニヒリスティックな内面を伝えていく。

どれだけ憑依できるか

亀山　三〇代を『掏摸』『悪と仮面のルール』という二作でスタートを切ることができたことは、ちょっと奇跡に近いと思います。これからどういうふうに小説を書いていくのか。一応テーマは見えたなという気がして、安心したというか、一種、羨み(うらや)のようなものを感じました。ドストエフスキーもテーマが無尽蔵にあったわけではなく、それぞれ作家として、その時代との対話のようなもの、あるいは時代に対する考えを、さまざまな登場人物の口を通して語らせている。『悪と仮面のルール』でも、時代に対するいろいろな批評的言辞が挟み込まれているのは当然で、それが作品とどう有機的につながっているかは、余り問題にしなくてよいのかもしれない。トピックとしてそれなりに本質的な何かをつかんでいればいいと思うんです。『カラマーゾフの兄弟』にしても、テーマ性という点から改めて捉えなおした場合、さほど数多くのトピックが提示されているわけではない。むろん、「大審問官」における天上のパンか、地上のパンか、といった議論はきわめて重大だし、それが、ゾシマ的な原理とイワン的な原理の対決という形で反復される点なんかは見事というしかありません。でも、それがどこまで『カラマーゾフの兄弟』の物語にとって本質的な意味をもつかというと疑問符がつく。結局のところ、一つのドラマを丹念におもしろく書いていくというのが作家の仕事なんだと思うわけです。

ドストエフスキーも、デビュー作の『貧しき人々』以降、おおむね中篇で勝負してきて、長篇作家になるのは四〇代半ばを過ぎてからです。『悪と仮面のルール』は、日本のサイズでは長篇ですけれども、ロシアだと中篇に入ります。中篇小説を骨太なテーマで書ける書き手というのは、そう多くはいないのではないか、と思うのですが……。

中村　予定では次の小説もその次の小説も中篇です。二五〇枚から三〇〇枚ぐらいのものが多分二つ続いて、その次に長いのを考えていますが、書く前からその大変さがわかるので、どうしようかなと思って(笑)。

亀山　『掏摸』の後書きを読むと、かなりの精神的エネルギーを出しつくしたという印象を受けます。あれだけ集中して『掏摸』を書き、しかも『悪と仮面のルール』の執筆もほとんど同時進行で……。

中村　途中まではそうです。

亀山　ものすごい精神的エネルギーだと思う。

中村　次回作、次々回作と中篇を書いて、その次に長篇を書くときの自分の労力と書き終わったときを考えると、その後、頭がおかしくなるか、倒れちゃうんじゃないかと思って、怖くて手がつけられないんです。そこはよほど体力と精神力をつけないと。

亀山　こういう言葉を聞くととてもうれしくなります。あれだけのものをそうサラサラと書かれては困ります（笑）。そんなのは人間業じゃありませんからね。今回、この二つの小説を読みながら感じたんですが、中村さんはもう半端じゃなく登場人物に憑依というか同期していたはずで、ともかくも向こうに行っちゃったみたいな印象を受けました。そうじゃないと書けない部分が、つまり憑依の想像力とでもいうべき部分があるわけです。そこでお聞きしたいのですが、ああいう、何かもう、別質とでも言うしかない想像力というのは、どこから出てくるんですか。インスピレーションみたいに、上から降ってくるのか、それとも自分の体というか魂から絞り出すのか。

中村　自分が材料なので自然に出てくるんですが、やっぱりなりきるんです。登場人物にどれだけ憑依できるか。それで、そのときの自分が感じたことを書く。結局、憑依ですね。

亀山　それがドストエフスキー的なんですね。

中村　憑依するから疲れるというか、書いているときは、日常のいろいろなことが本当におろそかになってしまうんです。

亀山　それはそうだと思います。さっき、真犯人しか知りえない「秘密の暴露」を例にとりましたが、そうした憑依の体験がなければぜったいに現れてこない、一種の啓示的なリアリティとでもいうべきものが時々現れるんですね。「さっきポケットに入っていたガムを、虐げるように噛んだ」（『掏摸』）とか、「時計の動いていく針が少し鋭くなった」（『悪と仮面のルール』）とか。

中村　でも、意識的にこれは憑依なんだなと思うようになったのはここ最近です。デビューしたのが二五歳のときで、若いですよね。よくわからないままデビューしたんですが、三〇歳を超えて、小説というのはこういうことなのかと、自分なりにいろいろわかるようにはなってきたんです。その中の一つが、無意識をどれだけ使えるかということと、とにかく憑依すること。主役も脇役もその人物にどれだけ入れるかです。

亀山　『悪と仮面のルール』でのドラッグの描写も、ドラッグ描写をただ単に書くだけではなくて、そのときの顔の表情をどう見るかみたいなところまで書いている。あれもやはり憑依しないと絶対に書けないと思う。ただ、憑依ということを考えるときに、僕は少し不安に感じることがあるんですよ。作家は基本的に憑依してものを書くんだろうけれど、憑依する力が弱まったときに何が書けるのか。ドストエフスキーが非常に幸せだったのは、てんかんの病を持っていたことだと思うんです。発作が起こるたびに死を経験していた。すると過去の経験は更新される。てんかんの発作のたびに一度死んでまったくのゼロになる。記憶喪失の状態になって忘れてしまう。また新しくゼロから始めることで生命の経験みたいなものが絶えず更新されている。だから、六〇歳近くになっても、少年の世界が書けるわけです。つまり憑依する力は、てんかんの発作の度にリセットされたということです。でも、中村さんはまだ三〇代です。

中村　三〇代って作家にとって結構重要なんですよね。

亀山　そうですよ。さっきも言いましたが、この二作で三〇代のスタートが切れたというのはほんとうにすごいことだと思う。

中村　太宰治の『斜陽』が三八歳で、村上春樹さんの『羊をめぐる冒険』が三三歳です。安部公房の『砂の女』も三八歳ですし、トルストイなんて『戦争と平和』を三〇代で書き始めている。あれを三〇代で始めるなんて、頭がおかしいとしか思えないけど（笑）。

亀山　その意味では、ドストエフスキーはかなり晩成です。

中村　そうなんですよね。ドストエフスキーが『地下室の手記』を雑誌に掲載したのは四三歳ですよね。もちろんその前の作品も好きですけど、「なんちゅうことを書くんだ、この人は」となってきたのはその頃で、どんどんよくなっていく。

亀山　そうなんです。

中村　僕は『カラマーゾフの兄弟』の完成度が群を抜いていると思います。あれは五九歳で書き終えている。さらに続篇が完成していたら、もっとすごいものが、恐ろしいほどのものができていたはずです。なので当然作家によるんですが、ドストエフスキーはシベリアに行ったり、三〇代でいろいろな経験があったと思います。

亀山　経験を積むことだけでいえば、

現代はインターネットでほぼすべて経験できてしまう。いま作家はどういう形で経験を書けるのか。経験というと、ドラッグとか、セックスとか、そうなってしまうような気がするんです。それは大きいけれども、そうではなく人間としての生の経験を積んでいってほしい。僕自身、大学時代にドストエフスキーにあれほどかぶれながらも、ドストエフスキーという作家を語れるだけの経験も能力もないとわかって、アヴァンギャルドの研究をはじめました。少くともこの領域は経験が要らないからです（笑）。その後、スターリン時代の文化研究に移った。これも経験が要らないからでした。だって、スターリン時代を経験しろといっても経験のしようがありませんもの（笑）。でも、二〇年間かけて小さな体験を積み上げていきました。そこで、ようやくドストエフスキーに接近できるような気になったんです。五〇代に入ってはじめて……。

中村　僕もまだ、これからいろいろな経験をして、僕なりの『異邦人』『嘔吐』も書いてみたいと思います。

亀山　それにしても、中村さんがここまでドストエフスキーに精通しているとは思いもよりませんでした。作家っていうのは、本当に獰猛で貪欲な生き物だと思います。僕は、泡を食いました（笑）。

（後記）亀山さんとは、この時が初対談で、物凄く緊張しました。次の対談で「背後にドストエフスキーを感じる」と僕は言ってますが、当然内面からも感じるんですよね。翻訳だけでなく、評論や研究も凄まじくて、世界的な発見が無数にある。お話しする度、文学的興奮を覚えます。

×亀山郁夫（ロシア文学者・翻訳家・作家）
背後にドストエフスキーを感じながら

――「ドストエフスキー カラマーゾフの預言」2016年1月／河出書房新社

ドストエフスキーに憑依されて

中村 僕にとってドストエフスキーは特別な作家なので、それを翻訳された方というのはかなり特別な存在です。誰よりもドストエフスキーの内面に肉迫しないと翻訳できない。だから僕はいつも亀山さんの前に立つと、背後にドストエフスキーを感じるようで緊張するんです。今日は『新カラマーゾフの兄弟』の刊行記念ということで、僕のほうからいくつか質問をしたいと思います。まず最初に、この小説を書こうと思った動機からおうかがいできますか？

亀山 小説の翻訳というのは魂を乗っ取られるような経験なんです。私自身、意識していることですが、体質的に乗っ取られやすい憑依（ひょうい）体質のようなものがある。ただ、乗っ取られるだけではだめで、むろん、冷静に文脈を読み取る力も大切です。ただ、私の場合、初校二校くらいで翻訳を上げてしまう人と違って、四校五校もやっていくので、五校あたりになると隅々までわかるといった感じになるんですね。『カラマーゾフの兄弟』の最終巻が出た時には、この小説のことなら、すべてわかるという全能感みたいになっていて、なおかつ続編も目の前に現れてきた。ドストエフスキーは続編については、前書きで予告はしたものの、内容についてほとんど一言も残していない。ところが、続編で中心となるモチーフは、小説の随所に仕掛けられていたのですね。それが、翻訳をする作業のなかでありありと目の前に浮かんできたんです（笑）。そのあと光文社の新書で『カラマーゾフの兄弟』続編を空想する』を、これは、三〇〇枚ぐらいのボリュームですが、わずか一ヶ月で書きあげました。今までいろいろな本を書いてきましたけれども、ひょっとすると、これがいちばんいいと言ってくれる人も少なくなくて、私としても自信作です。じつはその時点で、本体の続編を書かないかという依頼があったのですが、正直、学長が小説を書くのはかっこ悪いなと思いましたし、あまりにも突飛な依頼ですからとても本気には受け取れませんでした（笑）。じつは、二年ほど前に、加賀乙彦さんと飲む機会があって、ご存じのようにあの方も、すばらしいドストエフスキーの読み手ですが、「亀山君、小説家になりたいのかい？　もし小説家になりたいなら学長を辞めなさい」とウォッカを飲みながら諭されました。その一言もあったので、小説には絶対に手を染めまいと固く心に誓っていました。でもそのあと学長職を離れて自由になって、名古屋と東京を往復するうちにまったく別の世界が広がってきました。東京――名古屋という二つの都市を比較して考えながら、何か、書いてもいいいんじゃないかと思えてきたんですね。ただ動機としては、さほど強いものではありませんでした。最初の段階で空想していた『カラマーゾフの兄弟』の続編・新編が、今のこのような形になるとはまったく想像していませんでした。

二〇一三年七月当時のコンピュータを見ると、面白いことがわかったんです。三浦和義事件をご存じですか。じつは、あの事件を巡って小説を書きたいという思いがあったらしいんです（笑）。長男のドミトリー・カラマーゾフ（愛称ミーチャ）のモデルとして三浦和義みたいな悪役を想定していた。『新カラマーゾフの兄弟』の長男、黒木ミツルの経営している輸入品店はウィンロードというんですが、実はこれは三浦和義が経営していたフルハムロードと重ねて設定しています。

中村　それは気づかなかったですね（笑）。

亀山　彼の非常に複雑な個性の中に、かなりドストエフスキー的なものがあるように思えました。彼は、イワン的な屈折した精神性の持ち主で、到底、ドミトリータイプとは言えないと思うんですけれども、そのあたりから始まって、なおかつアリョーシャ・カラマーゾフをモデルにした黒木リョウがカリフォルニアの山中で白骨遺体となって発見されるという書き出しが草稿に残っているんですね。でも、それらは全部消えました。そのようなことから始めました。

中村　僕はまず亀山さんが『新カラマーゾフの兄弟』を書くと知り、「文藝」に前半の一部が掲載された時は、一体どういうことかと思ったんです。タイトルからではわからなくて、もしかすると亀山さんがもとの作品の続編を、アリョーシャが革命家、もしくはその影響者になっているかもという可能性も含めてお書きになっているのかなとか思って、おそるおそる読んだんです。でもKの手記を見た時に「ああ、なるほど。これは『新カラマーゾフの兄弟』を書くにあたって、いちばんいい方法なんじゃないか」と思った。なぜならイワンやミーチャをそのまま甦らせることはそんなに意味があることとは思えないし、かといってたとえば「あの事件は日本ではこうで」と厳密に合わせると制限ができてしまい、小説の伸びやかさが失われてしまう。亀山さんがご自身に引きつけながら『カラマーゾフの兄弟』をなぞるように、でもそこに自分なりの色を出しつつ書いている。このやり方がもっとも相応しいし、逆にこれしかないのかなとも思った。

『カラマーゾフの兄弟』からはだいぶ設定を変えていますよね。父親はそこまで傲慢な人間ではないし、長兄についてはさっき三浦という名前が出てきてびっくりしながら合点がいったんですけど、ところどころ意図的にずらしている。小説家は自分がいちばん関心があることを小説として出します。亀山さんはいろんなキャリアと実績がありますけど、小説家としてはデビュー作ですね。デビュー作というのはその作家の本質が出る。この小説がこういう形をとるのは必然だったように思います。この手法については、書きながら考えたのでしょうか。

亀山　ずらす、という手法には太宰の影響があります。この小説に取りかかる前に二年ほど、「kotoba」という雑誌の連載のために太宰治を読んでいました。太宰に『新ハムレット』という翻案小説がありますね。私は高校時代から『ハムレット』が好きで、何度も読みました。高校三年生の時には『ハムレット』やショーペンハウエルの自殺論、萩原朔太郎の『絶望の逃走』を使って「自殺小論」という文章を書いたこともあります。太宰の『新ハムレット』は、原作とのずらしぶりがものすごく鮮やかだったんです。たとえばガートルードというハムレットのお母さん。父王ハムレットの妻であり、なおかつクローディアスと関係をもって、最後は毒杯を飲んで死ぬにもかかわらず、『新ハムレット』ではオフィーリアと同じように川に飛び込んで死ぬ設定になっている。その太宰の改変ぶり、ずらしぶりの見事さに今回かなり影響されていたんだということに、最近気づきました。もし私の非常に好きな『ハムレット』をあそこまでずらして書いてしまう太宰の試みを知らなければ、もっと臆病に原作をなぞることをしたかもしれませんね。それをやると、逆に、中村さんがおっしゃった伸びやかさというものが全然消えてしまったかもしれません。

中村 僕もそう思います。

二つの教団の対立

亀山 『カラマーゾフ』をもとにした小説としてはすでに高野史緒さんの『カラマーゾフの妹』、さらに三田誠広さんの『偉大な罪人の生涯』がありました。どちらも一九世紀のロシアを舞台としていましたが、やはり自分としては書きたいのは、一九世紀のロシアのことではなくて、現代の日本のことでした。そのために舞台探しにはかなり時間を要しました。

中村 舞台を日本に移すということだけでも難しいですよね。ドストエフスキーの登場人物たちは、よくヒステリーを起こして気絶します。あれが僕はすごく好きなんですが、いまの日本でヒステリーを起こして気絶する人はなかなかいない。精神疾患は時代によって流行り(はや)があります。あの時代はヒステリーが流行っていて、後のフロイトの大きな課題もヒステリーの治療でした。今の日本は不安神経症や鬱病ですから、そうすると症状の激しさについても変わってきます。もうひとつ、アリョーシャの扱いも難しい。キリスト教徒にしてしまうと、日本では馴染(なじ)みがうすい。だから黒木リョウは無神論者であるとすることで明確に変えている。そこで神の代わりに置かれるのが、イメージとしてのフクロウです。これがすごく効いていますよね。宗教を考える時に、自然的なコミュニティはおのずと浮かんだことなのでしょうか。

亀山 テーマに関わってくることですが、黒木リョウという存在が日本人である以上、クリスチャンと規定してしまったらほとんど何も書けなくなるだろうという思いもあって、キリスト教に代わる日本人らしい宗教的な原理を考えました。最初は黒木リョウが加わっている宗教集団を宗教団体としてイメージしたんですが、それをやめてコミューンにしたんです。中村さんの『教団X』と同じように二つの教団をおいて、大きな教団と小さな教団の対立、対決、二つの世界観の対置というものを考えたわけです。おそらくこの現代に生きて、私と中村さんが無意識のうちに同じ発想に至っていたということは何か意味があるのかもしれません。この現代でドストエフスキーを描こうとした時に、問題意識として、宗教コミュニティのようなものの二つの対立がなぜかどうしても必要になってくる。それはドストエフスキーの中にある二つの世界観、つまりロシア正教的な、あるいは自然回帰的なものを含んだ世界観と、たとえば異端宗教のような、きわめてラジカルに神と真理を追求する集団。後者は、当然、社会変革の思想をおびき寄せていきます。ドストエフスキーが『悪霊』で、去勢派に注目したのと同じです。五人組の親玉のピョートル・ヴェルホヴェンスキーは、来たるべき革命のために異端セクトを利用しようとしています。そういう理解があって、私も中村さんも無意識のうちに同じような作り方をしたんじゃないかと思いました。フクロウのテーマについていうと、フクロウという鳥は夜行性です。首をぐるりと三六〇度近く回せて、ほとんど死角がない。つまり世界を隅々まで見渡すことができる。それを一つの超越的な知性としてもつことを夢見る人々のコミューンとして意味づけようとしました。世界を隅々まで見渡せる一種のボワイヤン、賢者たちの集団＝コミューンとしてフクロウ集団を作りました。オウム真理教は鳥のオウムと関係ないですが、わざとオウムをフクロウと読み替えた。そこでフクロウという鳥のシンボリズム、象徴性にどんどん惹かれていった。世界を明察する、世界をどこまでも透明に把握する力をもつ人間の一つのコミューンとして作っていったわけです。それが根本的な挫折を強いられるのがインターネットの登場です。日本におけるインターネットの本格的な登場は、一九九五年ということになります。直感と洞察、明察によって世界を隅々まで知る能力を「フクロウの知恵」というコミューンでは、ヨガや様々な修練を通して得ようとする。見えないものを見るための技術を修練するのが修行ですよね。けれども、それが修行を経なくとも、完全にインターネットの技術によって可能になってしまった。ある意味で、一九九〇年以前には、絶対に考えることのできないような超能力を全員が身に付けてしまった。すべての人間に、一種の壁抜けが起きたわけです。現実には通り抜け不能なボーダーをテクノロジーが易々と飛び越えられる環境ができた。そこに世界の転換があります。「フクロウの知恵」というコミューンは、インターネットの一般普及のきっかけになったWindows95の登場によって、宿命的に過去のものとして終わってしまう。それは、一種のグローバリゼーションのはじまりと重なるわけですね。そしてグローバリゼーションを誕生させたのが世界史的にはソ連崩壊なわけですから、それと同時に、フクロウの知恵という教団は解体する。そういう構図にしてみました。

賭博狂いと不動産狂い

中村　技術的なところをうかがいたいと思います。二重山カッコの使い方がぐっとくるんです。口語での人間の内面描写ですね。一言二言の内面の独白を二重カッコで表す。ドストエフスキーも似た手法を使うわけですが、亀山さんはドストエフスキーの文章よりもさらに短く、二重カッコを切れよく書いていらっしゃる。そこがすごくこの小説の中で効いていると思いました。あれは自然に書いたのですか。

亀山　そうです。ドストエフスキーの多声（ポリフォニー）性というものをどうやってこの小説の中に取り入れるかということがありました。つまり我々がこうやって話している時の言語層と、もう少し内面にもっている層と、突発的に意識から出てくる層、三つくらいの層がありますよね。いちばん下の層をどうやって言語化するかに関心があったんです。しかし実際には、その上の層と若干重なって出てきてしまっているところもあって、必ずしも徹底できなかったんですけれども、結構、効果的にツボにはまっているところもあると思います。

中村　すごくいいと思いました。

質問が尽きないのですけれども、やはりKの存在もすごくいいですよね。Kの不動産に対する執着がドストエフスキー的に見えてくる不思議な感じがあります。ドストエフスキーに不動産に対する執着は出てきませんが、あれはもともとの構想にあったというよりは、書いていくうちに出てきたんですか？

亀山　意図的です。あれは、団塊世代の宿命です。週刊住宅情報、今で言うＳＵＵＭＯですね。これを、毎週のように読んでいました。不動産狂いとは別に、自慢じゃないんですけれども、私は二〇代はパチンコに狂ったんです。

中村　さすがドストエフスキーの翻訳者（笑）。

亀山　ですから賭けに溺れる人間の心理がものすごくよくわかるんです。貯金もかなりパチンコですってしまいまして、三〇歳でやめました。不動産に対する執着というのは、それに似ているんです。私は団塊の世代の中にいて、なおかつバブルの被害者でもあるので、バブルに生きた人間たちの怨念というのを知っている。今の若い人たちはわからないですよね。たとえば僕が四〇歳の時にちょうどバブルの頂点がきましたけれども、だいたい一五〇〇万円くらいで、私が住んでいた奈良の家が買えたんです。それが半年間で四〇〇〇万円くらいになった。そういう非常に危険な状況の中で、今買わないと永遠に買えなくなってしまうかもしれないと。ある種恐怖に近い感覚がありました。『カラマーゾフの兄弟』は一〇〇万部売れましたがその翻訳印税分くらいは全部、不動産で損しています（笑）。

中村　すごい損ですね（笑）。

亀山　中村さんはわからないかもしれないですけど、私だけじゃなくて、だいたい六〇代半ばくらいの連中がそういう経験をしています。あの時代はＪＡＬに勤めるなんて夢のような話だったんですが、そこでがんばった連中も不動産のためにものすごく痛い目に遭って、苦しい思いをした。その無念さを何としてでも書きたいと思ったんです。この小説には、若いころお金になんの関心ももたなかった人間が、情けないくらい不動産に狂わされた人生も書き込んでみました。原野商法に引っかかり、悲惨な目に遭う男のエピソードは本当に恥ずかしいですが、ありのままのエピソードです。

中村　僕らはなかなか遺産というものがぴんとこないんですが、海外文学の古典と呼ばれるものの多くに遺産の問題がはいっていますよね。それが亀山さんでは不動産になってきているというのが、すごく興味深いです。

亀山　私の世代は、お金の問題が今とは違った意味でものすごくリアルだった。我々の世代は四人兄弟や五人兄弟が別に特殊ではなかった。私自身は六人兄弟のいちばん下です。一人っ子の場合は両親からそのまま受け継ぐことができるわけですが、我々は何も受け継ぐことができない。しかもグロテスクな地価高騰の中で家を買うというものすごい不条理を強いられていたということです。今の時代は、わずかながらもそういう状況がまた生まれつつあることを思うと、このテーマは決して現代人に無縁ではないとも思うんですよね。

中村　小説を書く時に〝憑依〟というのがかなり大事になってくると思うんですけど、特に冒頭の文章は『カラマーゾフの兄弟』の憑依です。でもドストエフスキーかと思いきや、

「わが国」と日本のことを言っていますから、これは誰かが憑依されているのだと冒頭からわかる仕掛けになっている。

　いろいろ好きなシーンがあります。たとえばスメルジャコフ役の（須磨）幸司がカップルたちに対してナイフを突きつけるところで、「どうしました？　恐いですか」と言うところです。この言葉はすごく自然ですけど、いろんな意味がある言葉で、しかも短いのがよりいい。「どうしました？　恐いですか」というのは、相手と自分の人生の位置をものすごく離した言葉ですよね。自分からするとナイフを突きつけている。それに対して「恐いだろう」とか「どうだ」じゃなくて「恐いですか」と訊いているところが卑屈だし、かつ「自分の生き方とお前たちは全然違う」というのが、この短い言葉にふっとあらわれている。自分がナイフを持っているんだから相手がびっくりするのは当たり前じゃないですか。でも「どうしました？　恐いですか」という距離感が、これまで幸司が生きてきた感じをすごくあらわしている。ここは特にぐっときました。

亀山　二重線を引いておきたいですね。中村さんに褒められるなんて想像もしていなかった。今日はよっぽどやられるんじゃないかと想像していたんですよ（笑）。

中村　そんなことありませんよ（笑）。

ドストエフスキーへの三つの質問

中村　ドストエフスキーへの三つの質問に移ります。上巻の五五六ページで、Kがドストエフスキーらしき人物に三つの質問をします。三つの質問というのは、聖書でキリストが悪魔に三つの問いを投げかけられますよね。あそこと同じ三つにしつつ、実は四つにずらしているという書き方をされている。多くのドストエフスキーファンが訊きたいことを質問している、このアイデアがすごく面白いと思いました。

　第一の質問は「あなたのお父さまは、あなたが十七歳の夏、チェルマシニャー村で農奴たちに殺されたと言われています。それは事実でしょうか。その知らせを聞いたあなたは、最初の癲癇の発作を経験したとされています。それも事実なのでしょうか」というところです。

　二つ目は、「あなたは、二十八歳になってまもない一八四九年十二月にセミョーノフスキー練兵場で死刑を宣告されました。あなたは、それを当然の罰と感じたのでしょうか、それとも不当と、神に見捨てられたと感じたのでしょうか？」

そして三つ目の質問も重要です。「あなたは、『カラマーゾフの兄弟』のエピグラフに、聖書の一句を引用されました。『一粒の麦、地に落ちて……』の言葉です。この言葉は、あなたが『わが主人公』と呼んだアレクセイ・カラマーゾフの運命を予告しているのでしょうか。つまりあなたは、皇帝暗殺を目論む一味の首謀者に彼を仕立てようとしていたのでしょうか？　そして彼は死ぬのでしょうか？」

この三つの問いにはそれぞれ答えが示されています。それはこれまで亀山さんがお感じになったことから導き出した答えだと思いますが、特に三つ目の質問についてお話いただけますか。

亀山　そうですね。これは『新カラマーゾフの兄弟』全体のテーマにつながっていく。黒木リョウという三三歳の最期をどのように書くかということです。三三歳というのはゴルゴダの丘でキリストが死んだ年齢ですから三男アレクセイ（愛称アリョーシャ）＝キリストが何らかの犠牲となって死ぬことが当然想像されるわけです。だから『新カラマーゾフの兄弟』でも、黒木リョウが死ぬのか死なないのかが最大のテーマであり、なおかつ私としては、死ぬというテーマを何とか回避したいと思いつつ、今回のような選択をしたということがあります。ここの三つの問題は、ドストエフスキーを考える上でもっとも根本的なテーマだとずっと思ってきました。ドストエフスキーはきわめて曖昧にしか答えていないけれども、ここにすべての答えがあるというふうには思いましたね。

中村　なるほど。さらに四つ目の質問で「『オイディプス王』を読んだことはありますか？」と畳みかけるんですね。オイディプスは気づかないうちに父を殺し、自分の母親と関係をもってしまう。ここで父殺しのテーマに移ろうと思います。

ドストエフスキーの父は農奴たちに殺されたといわれています。ドストエフスキーはその報せを聞いた後、癲癇の発作を起こしたとも。フロイトはドストエフスキーについてこんなエピソードを紹介しています。ドストエフスキーは少年期、寝る時にこのまま死んでしまうんじゃないかという恐怖を感じるようになったらしい。それでドストエフスキーは書き残してから寝るんです。「夜のうちに仮死状態になって死んでいるように見えるかもしれませんが、埋葬するのは五日間だけ待ってください」と。これに対してフロイトは「死んでいる人間、死を願っている相手との同一化である」と言っています。つまりドストエフスキーの憎しみの相手は父親ですけれども、この恐怖はその父親の死を願っている罪悪感、自己処罰だとフロイトは分析しているんです。ドストエフスキーは賭博狂でしたが、結局は賭博狂も自分を罰するためにやっていたのではないかと。ドストエフスキーの癲癇では、すごい多幸感の後に癲癇の発作が起こる。ものすごい幸福から苦しみに突き落とされるということをドストエフスキーはくり返していて、それを父親が死んだ時の解放感、そしてその後の罪悪感というものにフロイトはあてはめている。ここでフロイトは一つの問いかけをしています。ドストエフスキーはシベリアで発作を起こしていたのか、と。

亀山　起こしていたという説と、そうではなかったという説があります。私は起こしていなかったと考えています。ドストエフスキーは四年間の監獄を離れて、セミパラチンスクという中国国境に近い場所で国境警備隊の一員になる。そこでマリアという女性と知り合い、すったもんだの末に結婚する。なおかつ初夜の晩に発作が起こって、それ以後、二人の間に正常な夫婦生活が結びにくくなった経緯があります。ドストエフスキーの癲癇の発作は五〇代を超えるとものすごく出てくるんです。つまり幸せになればなるほど彼の癲癇の発作が増えていく。しかも若い奥さんをもらったので、性的にも充実したものがあった。そういう充実が起こると、懲罰のように癲癇の発作が起こる。そのくり返しです。それがドストエフスキーの文学にダイナミズムを与えている一つだと思います。シベリアでは彼は意外と抑圧の中で逆に解放感を体験していた可能性があるので癲癇の発作はなかったのではないでしょうか。

アリョーシャは無罪か？ 有罪か？

中村　『新カラマーゾフの兄弟』で重要な指摘がなされています。ドストエフスキーはただ父の死の報せを受けただけではなくて、もしかしたら父親の死を黙過（もっか）したのではないかと。さらにもしかしたらそのかしてしまったんじゃないのかという指摘です。無意識下の罪悪感ですね。明確な意識ではないんだけど限りなく意識に近い、無意識のいちばん上のところでそういうことがあったのではないかというような。非常に重要です。やり方はいろいろあると思うんですよ。ただ農奴に対して自分の父親の悪口を言うだけでも、それがそのかしにつながったのではないかと思うし、あとはたとえばどこかで領主が殺されたというニュースをわざわざ聞かせたかもしれない。黙過とそそのかしはドストエフスキーの大きなテーマでもあるし、亀山さんが研究なさってきた大きなテーマでもあります。それがこの小説でも思いきり展開されているのですが、その上で僕がとても驚いたのは、アリョーシャにも罪があるのではないのかというところです。そそのかしというよりは黙過のほうですね。黙過とそそのかしは近いんですけれども。

ここで僕は以前、文芸誌で『罪と罰』をめぐって亀山さんとお話したことを思い出しました。『罪と罰』はある青年が老婆を殺すんですが、その時に偶然がかなり作用するんですよ。偶然に偶然が重なってうまいこといってしまう、殺してしまうんだけれども、これを亀山さんは神による黙過ではないか、神が黙過してラスコーリニコフにあれをやらせたのではないか、その根底にあるのはラザロの復活、亡くなった人が「生き返る」というエピソードをラスコーリニコフでやろうとしたのではないかとおっしゃった。これが今回、アリョーシャも黙過したのではないかというところにつながってくる気がします。そうするとアリョーシャは半分神のような視点があるので、神による黙過は実はアリョーシャを通して表現されたのかなと想像したんです。

亀山　アリョーシャが父殺しにどこまで意識のレベルで、あるいは無意識のレベルで加担しているか。あるいは形而上的な意味において父の死を黙過した。黙過というのは、黙って見逃すということです。そこで行われるということを知りながら、「どうぞ」と言って、放置する。もちろん声には出さずに言うわけですがね。そういうある種の無意識のレベルにおける非作為、非行為の罪を経験していたか。これは『カラマーゾフの兄弟』の根本に関わる問題です。私自身、最初に『カラマーゾフの兄弟』を読んだ時には、さすがにそこまで想像力は及びませんでしたが、マイケル・ホルクィストというアメリカの研究者が、アリョーシャもまた無罪でありえないとした説を唱えているのを知って、はっと思いました。また、ロシアの作家で、アリョーシャ真犯人説を唱える人まで現れましたから。アリョーシャは、どことなく父親殺しの真犯人、実行犯であるスメルジャコフという男に対して冷徹なのです。というか距離を置いている。そのことをもって、アリョーシャそのものの中に父殺しを黙過する心性が隠されていたのではないかというわけですね。ホルクイストは、それをフロイトの「トーテムとタブー」に結びつけながら論じていました。つまり共同体全体の王たる父親という存在を乗り越えるために子どもたち全員が集団で父殺しを敢行する。これは、むろんフロイト主義の延長上にある一つの解釈です。今回『新カラマーゾフの兄弟』でも、このフロイトの「トーテムとタブー」の理論に則って、欲望の無限循環という考えを提示しました。アリョーシャつまり黒木リョウが最後はスメルジャコフ＝須磨幸司に憑依し、みずから父殺しを演じ、父殺しの自覚の上に自立を果たす。自立とは、つまり、父親となるということです。彼はこの父殺しの確認ののちに、最終的にH教団の教団長となる決意を固める。そういう構図にしてみたんです。

中村　遠藤周作の『沈黙』のことも黙過の話で少し入れています。遠藤周作の『沈黙』も神の黙過ということになってくると、一気に広がっていきますよね。最初は黒木リョウがなぜ憑依するんだろうと思ったんだけど、「なるほど、そういうことか」と思いながら読み進めました。あのシーンは、実際の『カラマーゾフの兄弟』よりもさらに自覚的に罪を引き受けたということになりますね。

亀山　そうですね。

壁の向こうを見る技術の終焉

亀山　フクロウの知恵という、ある種の超能力を得ようとする集団の一人として黒木リョウが加わっていくという時に、憑依する力をそれによって得る。世界を見るということは他者になり変わるということだから。たとえばここに壁があって、壁の向こうで何が行われているか、誰も知ることができないわけですけれど、超能力を得て、壁の向こうにいる他者になり変わることによって、向こうの世界が見えるということになるわけですよね。ですからその超能力を得る「フクロウの知恵」を身に付けていないと、最後にアリョーシャは自分の父親の殺害の場面をまざまざと自分の目で経験し再現するということが行われない。そして、その超能力というものがすべて「壁」の存在を前提にしていて、一九九五年以前は国家や家庭が表象していたその壁は、ネットによって消え失せたということなんです。

中村　なるほど、「超能力がある」「本当にあるのか」、その微妙なはざまをずっと行き来していくことによって、あの憑依が不自然でなく読めてしまう。すごいですよ。じつは、僕はこの上下巻にさらに続きがあるのではないかと睨んでいるんです（笑）。いかがでしょう。

亀山　さすがに僕も、疲れたとは言いませんが、まだ書き終えた直後なので、次にまた走り出すことまでは考えていません（笑）、二〇一三年七月に構想を始めて、ちょうど一年後に「文藝」に第一部が載りました。その時点で六〇〇枚でした。第一部を書き終えた時点では、第二部以降のことはまったく白紙状態でした。それが二〇一四年七月で、脱稿したのが、それから一年後の二〇一五年七月。何か知らないけど二千数百枚増えていたんです。書いた記憶がまったくない。直した記憶はあるんですがね（笑）。モンタージュの作業をしたという記憶もあるんです。ある種の無意識状態で書いてしまっているので、矛盾だらけなんです。冷静になって矛盾に気づいて、その矛盾を解決しようという中でどんどん膨らんでいってしまうという経験でした。はじめはこの書き方でいいのかなと疑ったんですが、逆に言うと、これがむしろ正統な書き方かもしれない、と思うようになりました。というのは、矛盾の解決のために必死に理由を考える行為こそが、まさにミステリーなんですね。矛盾というのは、ミステリーそのものですから、答えを見出さなくてはならない。そのためにものすごく言葉が必要になってくる。しかも連鎖反応を起こし、あちらこちらで修正が必要になってくる。しかもそこから次の事件ないしサブプロットが派生してくる。それがどんどん想像力を積み上げていく力になっていく。おそらく中村さんも、『教団X』をそうとう無意識のうちに書いていたと思うんですが、いかがですか。

中村　はい。書いた時の記憶がないというのはすごくわかります。

亀山　そうですよね。

中村　直している時の記憶はあるんですけど（笑）。

亀山　そこでまた膨らむんですよね。

中村　はい。小説家は無意識をどう使うかが非常に大事ですよね。自分が意識の中で覚えて書いていると、それでは自分の能力を超えられないので。人間の能力って僕らが考えているよりも高いと思うので、無意識にどうやって降りていけるかにかかっています。それを実現してくれるのは集中力に尽きるんです。でも

『新カラマーゾフの兄弟』が原稿用紙三〇〇〇枚とお聞きして驚きました。『教団X』がだいたい八〇〇枚くらいなんです。『新カラマーゾフの兄弟』は『教団X』の約四倍です。やっぱりロシア文学者はやることが違うと思いました（笑）。ドストエフスキーも長いんですが、ドストエフスキーの翻訳の方がやるとこれほど長くなるのかと驚きました。記憶がなくなるくらい一気に集中的に書かれたという感じですか。

亀山　そうですね。何かよくわからないんですけれども、くどいようですが、最初はともかく矛盾だらけでしたね。最終的に今年の七月に出した時は二七〇〇から二八〇〇枚でした。それから矛盾にどんどん気づいていって、ディテールを重ねていく間に、あっという間に四〇〇から五〇〇枚増えた。上巻が六五〇ページで、下巻が七五〇くらいあるんですが、僕としては同じくらいの厚さの本にしたかったんです。でも枚数を各部ごとに調べたら、『カラマーゾフの兄弟』とほとんど同じだと気がついたんです。第一部の長さ、第二部の長さ、第三部の長さ、ほとんど同じ分量で書かれていることに気づいて、とても嬉しい思いを経験しました。

中村　訳している時のリズム感が染み込んでいたんですかね。

亀山　そうだと思います。

中村　すごい話ですよね。僕は『掏摸（スリ）』という小説を書いた後に兄妹編で『王国』という小説を書いたことがあるんですけど、その長さがほぼ同じでした。章の数も一八でまったく同じです。

亀山　それは意識しないで？

中村　全然意識しないでそうなりました。僕がなぜこの続編があるんじゃないかと睨んでいるかと言うと、ドストエフスキーの第一部はドストエフスキー自身が続編を念頭に書いているのは間違いないんですが、もしかしてここで終わってもいいという意識もありつつ書いている。

亀山　そのとおりだと思います。ここで終わってもいいと思っているところがある。

中村　僕はこの小説もそうなっていると思うんですよ。ここで終わってもいいんだけど、続きがあることも可能だという書き方で終えていらっしゃる。

亀山　そういう意味ではおっしゃるとおりかもしれない（笑）。

ドストエフスキーが もし生きていたら

中村　最初の小説が三〇〇〇枚の作

家っていないと思うんですよ。『カラマーゾフの兄弟』は未完で終わっていて、その続編は様々な方が様々なことを言っています。亀山さんは『カラマーゾフの兄弟』続編を空想する』で、アリョーシャは有名でないと前文にあるので、革命家になって皇帝暗殺で処刑台に送られるとしたら無名のはずはないからおかしいことを指摘している。さらに亀山さんは、当時はロシア皇帝が何回も暗殺未遂される時代で、はたしてドストエフスキーがそれを書けたのかという問題を出しています。僕は続編について具体的に考えたことはないですけど、ドストエフスキーの作品に『死の家の記録』という本がありますよね。これは序章と本文がずれています。最初は妻殺しの男の内面の話かと思いきや、刑務所内の話で終わっている。「序章、何だこれ」って思った記憶があります。『悪霊』には「スタヴローキンの告白」というう最重要のシーンがありますが、それは当時のロシアの雑誌から「家庭向きの雑誌だから」と掲載を拒否された。あれを入れると、構図全体がちょっと変だったり歪だったりするんです。もちろんあれがないと、物語の魅力が半減してしまうんですけどね。もしかして「ドストエフスキー、この序文は何やねん!」というツッコミがあるような二部だったのかもしれない。一八六六年に皇帝暗殺未遂事件が起こります。この犯人の名前がカラコーゾフ。『カラマーゾフの兄弟』でアリョーシャはリベラリストというか、左翼的な人として書かれています。アリョーシャが考える王国ではキリスト教の下に平等です。キリスト教と社会主義が融合する者たちがたくさんいたという時代背景があって、これはアリョーシャにぴったりくる思想です。『カラマーゾフの兄弟』でイワンが「世界の多くの人類を幸福にするための建造物がある。そのためには小さい女の子を犠牲にしなければいけない。それでもたくさんの人のために、お前はその建造物を認めるか」みたいに問うのに対して、アリョーシャは「認められません」と答える。これって完全に左派思想ですね。全体よりも個々を見ていく。右派的な思想だと全体のために犠牲はやむをえないというのが基本姿勢としてありますが、アリョーシャは左の革命家のような思想をもっている。亀山さんも指摘されてますが、『カラマーゾフの兄弟』ではコーリャに対して「君は不幸になる」とかなり唐突に言いますよね。あれは謎の言葉としてある。そう考えると、暗殺者はコーリャなのかと。アリョーシャは裏にいるか、もしくは自分でも気がつかないうちに巻き込まれている。

　ここで僕は質問があるんです。亀山さんがお書きになっていますが、当時、皇帝の暗殺未遂事件の犯人の中にヴェーラ・フィグネルという女性がいて、その裁判をドストエフスキーは見ています。ヴェーラは無罪になる。それに対してドストエフスキーは安心、もしくはすごく同情する。ドストエフスキーが今の暦(こよみ)で二月に亡くなります。一八八一年です。しかし三月に、ソフィア・ペロフスカヤという女性が首謀者の一人にいて、その革命グループがなんと皇帝暗殺を成功させてしまうんですね。そこで彼女は実行犯ではありませんが、処刑される。革命家の女性が処刑されるというのは、ロシアにおいて初めての事例と言われています。ドストエフスキーがもし生きていたら、この事件はかなりの衝撃を彼に与えたのではないかと思うんです。そう考えると、続編に何かしらの影響があったのではないか。どうですかね？

亀山　たしかに、かりにそのような事態が生じた場合、ドストエフスキーは本当に窮地に陥ったと思いますね。この小説の最後でドストエフスキーの最後の一日が、K先生の講義の中に出ています。なんとドストエフスキーが住んでいたアパートと壁一枚隔てた隣の部屋には、革命家たちのアジトがあったという事実があって、なおかつ皇帝権力側はひょっとしたらドストエフスキーは革命権力と裏で手をつないでいるのではないかという疑念を抱いていました。一八七四、五年まではドストエフスキーの手紙、あるいは彼のもとに送られてくる手紙は、全部開封されています。その監視が解けるのがだいたい一八七〇年代半ばです。一八七八、九年にはロシアの右派、皇帝権力側のイデオローグとして一般的に認められるようになるんですが、皇帝自身、ドストエフスキーの改心に疑いを挟んでいたように思われるふしがある。もし社会全体が革命的な状況に陥ったとしたら、ドストエフスキーは非常に危険な役割を果たすにちがいないと帝政サイドは睨んでいたようです。これは、後の記録で明らかになってきました。ですからもし彼が生き延びて、ソフィア・ペロフスカヤの処刑を見るといった事態が生じたら、かなり根本的なショックを受けたと思います。

中村　女性でも殺してしまうくらい時の権力が切迫していた、恐れていたということですよね。それをドストエフスキーが見たときにはたしてどうしたのか……でも二枚舌を続けないと生きていけないですからね。どう二枚舌を使うのか、女性が処刑されるという状況をどう肯定するのか……ドストエフスキーが肯定する絵が浮かばない。その事件が起こったのはちょうど、ドストエフスキーが亡くなってすぐですからね。これについては想像が尽きないです。

もし皇帝暗殺が失敗していたら

亀山　実際の皇帝暗殺の直前にドストエフスキーが死んだ。私自身は物理学のカオス理論として知られる「バタフライ効果」というのを考えていて、もしドストエフスキーが二月九日に亡くならなければ、皇帝暗殺も起こらなかったのではないかという仮説をもっているんです。というのは、ドストエフスキーの葬儀というのは、ペテルブルグの半数の市民が消えたと言われるくらい盛大だったんです。つまりそこで、一種の原初的な「揺らぎ」が生じている。蝶の羽ばたきくらいの初期値の変更があっただけで、大きな変化がおきるというのがバタフライ効果ですが、ドストエフスキーの葬儀は、蝶の羽ばたきどころではない。アレクサンドル二世暗殺計画も、あの時点で実際に遂行されたかも怪しい。暗殺者の手元が狂って暗殺できなかった可能性が十分にある。そもそも皇帝は、その時間帯に散歩に出ていないかもしれない。もし、ドストエフスキーが急死しなければ、あの町を挙げてのお葬式もない。警察の配置やそういった諸々の問題、人民や革命家の心の動きまであらゆる事象に影響を与えるわけですから、革命的機運はあれほど盛り上がらなかった可能性もある。そして、皇帝暗殺は失敗したかもしれない。

中村　大いにありえますね。

亀山　もし失敗すると、今度はやっぱりドストエフスキーは皇帝暗殺の物語を書きえたということになってしまうんです。バタフライ効果の理論に従えば、死んだから、テロが成功したわけで、皇帝が暗殺された以上、アリョーシャが革命家になるような話は絶対に書けない。ところが、もしドストエフスキーが死ななかったら、皇帝が生き延びた可能性もあるわけで、続編が書けたかもしれないというふうに変化する。どの立場に視点を置くかによって、書きえた、書きえなかったという一種の可能世界が生まれてくるわけです。そこで、僕がこの小説でこのあたりの問題をどう解決したか、といった話を少ししておこうと思うのですが、これは、舞台を一九九五年に設定したことと大いに関わりがあるのですね。

前提として、皇帝暗殺未遂事件が既に起きている、という解釈を前提にして『新カラマーゾフの兄弟』は書かれています。皇帝暗殺は政府転覆、反国家罪というものすごい犯罪ですが、それに相当するのが、オウム真理教の松本サリン事件から地下鉄サリン事件などの一連の行為にあたります。実際に国家転覆を完全に視野におさめながらオウムの人たちは行動していたと思います。一九九五年を一八八一年的状況に見立てるとこのような時代認識になります。地下鉄サリン事件は国家転覆のための実験であり、それが失敗に終わったという解釈です。もちろんそれがなぜ無差別テロに向かったかは、考える必要があるのですが、それは皇帝暗殺が未遂に終わったことと重ねることができる。いずれにしても、『新カラマーゾフの兄弟』は、事後の物語です。言い換えると、ドストエフスキーが死んで、皇帝暗殺の事件が起こったという時点での仮説の下に書かれているということです。さらに八月三一日から九月一一日まで一二日間の物語として設定したのは、これは原作に忠実に、『カラマーゾフの兄弟』が八月の終わりに物語が始まっていることを踏まえたものです。ここは、わざと意識的に八月三一日を物語の起点にしました。後で気がついたことですが、九月一日から一〇日までの一〇日間の選択は、少し語弊がありますし、本来ならこういういい方は許されないことですが、敢えて言わせていただくなら、私にとっては非常に幸運でした。九月一日は、坂本弁護士一家の遺体捜索の本部が立ち上がった日で、九月一〇日に龍彦ちゃんの遺体が発見されて捜査本部が閉じられる。私の物語では、九月一一日、すなわち物語が閉じられる日の朝の新聞に「龍彦ちゃんの遺体発見」と載り、そこで閉じられる仕組みになっている。龍彦ちゃんの名前の一字目は龍ですね。これも偶然でした。この小説の主人公は黒木リョウです。原作ではアリョーシャで、最後に死ぬ少女はイリューシャですね。リョウとリュウの音の類似は、ドストエフスキーも意識していました。九月一日から九月一〇日までの物語を設定することによって、『カラマーゾフの兄弟』のラストとテーマ的にも一致させることができた。私にとっては奇跡のような発見があり、偶然が起きたのです。そういうことを全部、小説の中に伏線的に含み込みながら書いていきました。

中村　坂本弁護士一家が殺されたのが一九八九年の一一月。地下鉄サリン事件が一九九五年の三月。この国は五年四ヶ月もこの事件を放置していたわけです。色んな意味で恐ろしいことだと思います。さっき亀山さんが国家転覆とおっしゃいましたけど、あれだけでも大惨事ですが、本当はもっとやばかったんですよね。元日に読売のスクープがあり、オウムは証拠隠滅でサリンなどを一回破棄処分していて「残り物」であの事件を起こした。死者数が何十倍から何百倍になるほどのものが本来はあそこにあったんです。実際に国家を二、三日くらい転覆できたのではないかという説もあるくらいの事件でした。

亀山　そうですね。その事件の前の年、私は一年間ロシアにいました。ロシアのありとあらゆる駅のキオスクで麻原彰晃の写真が入ったオウム真理教の薄い教典が売られていて、私自身も知っている友人たちが次から次に入信していくのを目の当たりにした。麻原彰晃が作曲したとされる交響曲がキーレーン交響楽団によって演奏され、それがマヤークという放送局で流される。そういった異常な状況がロシアで続いていたんです。しかもその当時、ウクライナに行って、核弾頭を手に入れるための工作までもしていたとされている。想像を絶する、ものすごく巨大な妄想によって何かが動こうとしていて、それが未曾有（みぞう）の形で出現しようとしていた時期でした。そしてそこにまず、阪神淡路大震災が起こります。劇的としか言えません。髙村薫さんの大ファンですが、髙村さんの震災経験をずっと手掛かりにしながら、この時期をイメージしていました。

というのは、私自身、阪神淡路大震災の時期は日本を不在にしていて、リアルな感覚を持ち得ていないからです。そして地下鉄サリン事件、さらに麻原彰晃は、四月一五日に大地震が起こると予言し、これを日本の終末のように言っていた。バブル崩壊後の日本人の自信喪失と精神的な崩壊がまさにああいった状況と重なり、なおかつ一九九五年の一一月には、Windows95が発売されて、新しい時代、本格的なグローバリゼーションの波がそこに起こったことを考えた場合、二〇世紀はまさに一九九五年に閉じられたということができるのです。当初、この小説のタイトルを、『一九九五』にしたいと強く願っていたほど劇的な一年だったといえるのです。また、物語の舞台となる九月には、フランスによるムルロワ環礁の核実験があって、それはまさに今のロシアのように悪あがきというか、グローバリゼーションの中で取り残されていく恐怖にかられたフランスが国家的な威信で取り戻していこうとして行ったものでした。一九九五年のもつ象徴性はそういったことからも理解していただけると思います。

中村　やっぱりこれは続編がありますね。

亀山　先日、毎日新聞と共同通信のインタビューを受けながら、続編は書かないと答えました。これは物語として終わった。ただ思考の準備にはなったので、この物語の続編ではなくて、カラマーゾフ家の兄弟たち、「カラマーゾフの子どもたち」の物語を書くことは可能かもしれない、とは申しました。ただしそのためには出版社が相当に覚悟しなければなりませんね。私の個人的な興味で出版社を犠牲にしたくはありませんもの。無名な作家にこんな機会を与えるなんてありえないことだから。

中村　それも亀山さんの小説になると思うんです。ドストエフスキーに思いきり寄せて書いたら制限だらけになってしまって、どんどん小説が窮屈になってしまいますから。次にお書きになるものも、おそらく自然な形になるのではないかと思います。

亀山　やはり日本が舞台になるということですね。これも考えてみます。

『新カラマーゾフの兄弟』を読んでから原作を

亀山　中村さんにお聞きしたいのが、教祖の問題です。中村さんは、『教団X』で二人の教祖を描きましたよね。本当に偶然なのですが、私も教祖というテーマに今回力を入れて、二人の教祖像を書いてみましたが、中村さんにとって教祖を書くとはどういう意味をもつものなのでしょうか。

中村　キリスト教を土台にすると書きやすいんですけど、それを日本でやるのは難しい。『教団X』というタイトルになっていますが、実はあの二つは宗教ではないんですよね。片方が共同体みたいなもので、もう一個はカルトではありますが宗教ではない。『教団X』は、「ドストエフスキーができないことは何か」というところから始まったんです。ドストエフスキーは最新科学を知らない。フロイトも知らないし、仏教をほとんど知らない。ドストエフスキーはキリスト者ですからキリスト教の異端とかは網羅していますけど、まったく違う宗教にはそこまで詳しくなかった。では日本人の僕ができるのは何かと考えると、仏教やインドの宗教、最新科学など色々ある。ドストエフスキーが使えないことを現代ならではの知識を使って、人間とは何かを考える。これを宗教の代わりの思想として、片方を書く。もう片方は、教祖ですらなくていい。いちばん悪い奴を書こうという発想でやっていったら、最後は原始仏教に行き着いてしまった。亀山さんもキリスト教を前面に使わずに、コミューンや自然というものを使いお書きになった。宗教学者の島田裕巳さんと対談した時に、「これはオウム真理教ではないよね」という問いに対して僕は「オウム真理教に似せないように書きました」と答えました。オウムの研究はいろいろしたんですけど、当然意識はしましたが、似せないようにした。神の代わりに何を置くか、そこからまず始まりましたね。

亀山　『カラマーゾフの兄弟』ではゾシマ長老という人物が、物語全体の精神的な柱として、また、アリョーシャの精神的な父として登場しますね。他方、好色で、酒飲みで、吝嗇（りんしょく）で、どうにも始末におえない道化的なフョードルという父親が登場して、その二人の父が、同じ日に死ぬという設定になっています。ゾシマ長老のもっている世界観は、どちらかというと一八世紀キリスト教というよりも、原始キリスト教的なところと東洋的なところを深くもっています。私自身はキリスト教を意識しながら今回この小説の教祖像をかなりオーソドックスに作ってみたんです。この小説に照らして言うと、最終的に、黒木リョウは新しい巨大宗教教団のリーダーとなるべく決意し、就任演説をするのですが、おそらく読者は気がつかないと思いますが、あそこには、ゾシマ長老の説教の引用が鏤（ちりば）めてあるんです。小説に登場する巨大宗教教団は、「天日天人教」、「ヘヴンズデー・ヘヴンズピープル」といって一種の折衷主義をとっています。教団長の最上顕義は、最終的には、神智論に近づくのですが、完全なシンクレティズムを志向しています。それを、黒木リョウは、ドストエフスキーの宗教とでも言うべきものによって路線変更を企てるのですね。現代の科学的な状況を踏まえず、かなり素朴に、穏やかな落ち着いた世界観に着地させたという思いがあります。

中村　ゾシマ長老だというところを意図的にやっているのがよくわかりますし、それがふさわしいと思います。ゾシマは非常に重要ですからね。僕にとって『カラマーゾフの兄弟』は非常に大きい読書体験でした。最初にドストエフスキーを読んだのは

『地下室の手記』でしたが、『カラマーゾフの兄弟』までいった時は本当に衝撃でした。いろいろなテーマが書かれているんですよね。たとえば祈りというもの。いろんな人に罪があるから、あらゆる人のために祈る。自分は人のために祈って、自分のことは誰かが祈ってくれるといいます。どこかで世界中の人のために祈っている人がいれば、それには自分が含まれると。シンプルなメッセージですけど、内面に深く染みました。こんなに孤独に生きている自分のことを祈っている人が、世界のどこかにいるんだと思ったんです。世界中の人のために祈るとはそういうことなのだと。

亀山　おっしゃる通りです。私は、この年になってようやくゾシマ長老の祈りの意味がわかりました。何よりも大切なのは、人間は罪ある存在であるという認識を根源に据えている点です。いわゆる原罪のテーマですが、それがたんに神話的なイメージの中に閉じこめられていない。思想信条、世界観を超えて、まさに一人一人の人間の、生きていくうえでの前提であるとしている点が非常にラディカルだと思います。罪ある存在だ、という認識に達することができなければ、罪を犯せとまで言っているようにさえ聞こえる。ともかく生きていることそれ自体が罪であるという感覚をもちなさい、その感覚をもつことによって生命の神秘に触れることができるというわけです。私自身がなぜドストエフスキーに惹かれたかというと、おそらくそのあたりにあるのかもしれません。なぜかわからないのですけど、中学校の時でしたか、今でも鮮明に記憶に残っているんですが、駅のプラットフォームを歩いていると足の悪い人がいる。「この人の足が悪いのは、私が悪いせいだ」、そういう思いに駆られる。そういう罪の意識をずっと引きずって生きてきたということがあるんです。ですから、ゾシマ長老のお兄さんのマルケルのエピソードには深く感動しました。中村さんが今、『カラマーゾフの兄弟』は本当にすごい読書体験だとおっしゃったのが嬉しいです。『カラマーゾフの兄弟』の翻訳をしていると、どうしようもないくらいの喜びを経験して、三校、四校と校を重ねるプロセスで、何度訳を変えていっても喜びが尽きることがないんですね。そして最後の「カラマーゾフ万歳」というところで、必ず泣くんです。込み上げてきて泣くんですね。そういう経験を今の若い人たちができたら、ほんとうに素晴らしいことだと思う。『カラマーゾフの兄弟』をものすごく大きな喜びとして経験できる人たちがこの世の中に溢れていたら、世界は根本から救われるのではないか、とそんな気さえします。私自身、その思いがなければ、絶対に今回の『新カラマーゾフ』を書こうとは思いませんでした。その一部でも伝えることができるならば、これは書いた意味がある。もし伝えることができなかったら、この分厚い本は、ただの紙とインクでしかないと思っています。

中村　これを先に読んでから原作を読むのも面白いと思います。

亀山　そうしてくれると嬉しいですね。思うに、原作は、第二部に置かれたあの「大審問官」の章が、だいたい乗り越えられないんですよね。あそこで読むのをやめてしまう人がとにかく多い。私の『カラマーゾフの兄弟』の翻訳では、何とかそこを越えられるようにしたかった。高校時代にそこを読み飛ばした経験があるので、ここを越えられなかったら、三部以降の圧倒的な面白さに出会えない。三部以降の面白さは半端じゃないです。

中村　本当にそうですよね。

亀山　ですから、そこをわかりやすく翻訳して、「ああ、そうなの。大したことないじゃない」という感じで乗り越えられたら本当にしめたものです。ちょっと無駄足になるかもしれませんが、先に私の『新カラマーゾフの兄弟』で準備体操をして、問題系のあらましをおおよそ理解しておく。一種の予習です。それからいよいよ本番です。なにしろ原作は、私の描いた登場人物の一〇倍も二〇倍もチャーミングな男女が登場を待ってますから（笑）。

（後記）青山ブックセンター本店さんでのイベントでした。『新カラマーゾフの兄弟』は、絶対に亀山さんしか書けない傑作で、お勧めです。

×亀山郁夫（ロシア文学者・翻訳家・作家）

AI・文体・父殺し

Bunkamuraドゥマゴ文学賞受賞記念

――「文學界」２０１７年１月号／文藝春秋

口語を意識した文体実験

亀山　まず選考理由について少しお話しさせてください。文学というのはどのような場にあってもまさに「私」の追究である、その点において、小説の数だけ「私」という存在があるわけです。その「私」という物語の一段高い、あるいは一番深い謎を、『私の消滅』は提示してくれたという思いがあります。加えて、この小説は突拍子もなく予言的なビジョンを提示しているのではないかという、直感を持ちました。これから我々は不確実性の時代を生きることになるわけですが、とりわけＡＩの問題が目前に差し迫っていて、その時代に文学がどうなるのかということが、徐々に作家たちの問題意識の中に入り込んでいると思うんです。そういう新しい時代の予感の中で、この小説を評価しました。

中村　ありがとうございます。

亀山　率直に申し上げると、実は、『私の消滅』を最初に読んだ際、中村さんの最も優れた文体だと私が思い続けてきたものとは違う文体で書かれていることに、違和感を拭うことができませんでした。僭越（せんえつ）ですが、私ならばこんなふうに書くだろうと、いわばドストエフスキーの小説を翻訳するときのような思いで読んでいたところがあるんです。しかし、この小説を三回目に読んだ時に、この小説のもつ面白さが全容を表すという、一種の興奮に満ちた経験をしました。この小説はただ通り一遍に読むだけではほとんど何も分からないし、ことによると読んだという手応えさえ得られないかもしれません。ぜひとも再読が必要であり、再読によって得られる面白さ、深さ、強さが抜群である。そこに小説としての非常に強い力があると感じます。

さらにテーマという側面から言うと、私が常々ドストエフスキーの中に見出してきた「黙過」というテーマをこの小説は、独特のかたちで扱っています。黙過する側と黙過される側、つまり、黙って一つの悪を見過ごしていく側と、悪にさらされて悪の中でのたうち回りながら、無視されている存在が描かれていく。悪意が一種無限的な、ウロボロス的な循環をたどっていく中で、それをどうやって断ち切るのかという問題が、この小説の最後に提示されます。その最後に向けて、伏線が冒頭からびっしりと張り巡らされた小説でもあるのですが、小説冒頭「このページをめくれば、あなたはこれまでの人生の全てを失うかもしれない」という一文、本の帯にも使われた一文ですが、これは一体誰に向けられたメッセージでしょうか。

中村　僕にとって何より、亀山さんから賞をいただけたことが本当にうれしいです。

最初の一行目はもちろん主人公に向けた言葉ではあるんですけれども、小説を読んでいる方、に向けてもいます。あと、若干自分に向けても書いているところがありますね。これを書き切ると、もしかしたら僕はちょっとおかしくなるかもしれないというような意味も込めて（笑）。

亀山　この小説の執筆にはどれくらい時間がかかったのでしょうか。

中村　準備期間を入れて一年ぐらいだと思うんですが、実際に書いている時間はそう長くありません。自分でお金を払ってホテルで缶詰めして、かなりの集中状態で書いて、最後の一月で急にかたちになったようなところがあります。

亀山　『私の消滅』は非常に多くの伏線が配された小説なわけですが、伏線を作るという作業は小説の構造、全体像を隅々まで見極める作業だと思います。その一ヶ月間、興奮状態で自分が書きあげようとしている小説への批評意識を全開させる、というか隅々にまで神経を行き渡らせていらっしゃったんでしょうね。私がこの小説に、どこか一筆書きのようなすごみを感じたのも、そのせいかもしれません。先ほど、文体に違和感を拭えないということを申し上げましたが、何度か読み返すとこの文体にこそ作家の戦略性が含まれていることが非常によく分かりました。

中村　文体へのご指摘、驚きました。実は、最初はもっと自然に書いて、それを何回も書き直しているんです。この書き直しは徐々に文章を削っていくという方向でした。もともと僕の文章はセンテンスが短いんですが、短い文章でいかに大きなものを書けるかという意識が書き直しのあいだ常にあって、助詞を省いたりわざと感情を連ねた文章にしたりしていきました。会話文に近づけつつ軽い印象は与えないように、不気味な文章にしていくんです。

亀山　おそらく、同じテーマをニュートラルな文章で書いていった場合に、読み易くはなっても、読者が小説の内部に深く入り込むことが逆にできなくなるのではないか。『私の消滅』の小塚の手記をずっと読むうちに、同じことをドストエフスキーが『悪霊』の中でやっていることに思い当たったんです。「スタヴローギンの告白」です。それまでニュートラルな文章でずっと書いてきて、「告白」の部分でだけわざと意識的に露悪的に文章を壊していくという実験をドストエフスキーもしています。文章が意図的に壊されることで、読者は、さらさらと流して読めずつかえつっかえ読まざるを得なくなる、フォルマリスト風に言えば、「異化」が経験の深さを生み出すというか。

ただ、驚くべきことに、意識的に露悪的な文章で書かれながら、『私の消滅』は音読してみると実に読みやすい文章で構成されているんですね。視覚的にはかなりいびつであるにもかかわらず、朗読してみるとそれが見事に日本語のリズムとして成立している、そこが中村さんの工夫の産物ですね。

中村　会話文に近づけるとさっき言ったのは、つまり口語を意識するということで、最近の数作では実はずっとそれを実験していたんです。それを見抜いていただいて、僕はすごくビックリしています。リズムと音の流れでどれだけ読みやすいかに重きをおくので、校閲の方からすると許されない文章があってかなり指摘されるんですけれど、「いや、これはこうでいいんだ」と。例えば、ドストエフスキーって晩年は口述ですよね。

亀山　そうです。

中村　傍に速記者を置いて口述する。太宰治も最後は口述ですね。その辺の影響はあります。それを速記者なしでやるために、自分で読み返しながら書くんです。わかりやすい例えで言えば「そんなことはない」と書かずに「そんなことない」としたり、「そうしている」を「そうしてる」って「い」を抜かすとか。一文字をいかに減らせるか、もしくは、ここは減らすとやりすぎだから残すとか、その作業がとにかく一番時間がかかります。そこを指摘していただいて、とても驚きました。

亀山　じつは、私はドストエフスキーに入る前に長いこと前衛文学を研究していたんです。ロシアのアバンギャルドたちは、一九世紀の文学を完全否定して、全く新しいかたちの詩的言語を用いて書こうとしたわけです。その時に、ドストエフスキーもトルストイらと一緒くたに否定されてしまった、アバンギャルドたちの表現を借りると、「現代という汽船」から放り出されてしまったわけですが、アバンギャルドたちがドストエフスキーの文体実験について知っていたならば、そうやすやすと放り出すことはしなかったと思うんです。この『私の消滅』という小説は、そういったドストエフスキー的なものとアバンギャルドなものをミックスさせたかたちで作られているんだなと感じました。ロシアにウラジーミル・ソローキンという、暴力や性のイメージを通してとんでもないユートピア的ビジョンを提示している作家がいて、彼の小説も文体面でそういった方向を目指しています。この小説をぜひともソローキンに読ませて、彼の印象を聞きたいですね。

宮﨑勤に憑依する

亀山　その流れで、宮﨑勤について聞きたいことがあります。『私の消滅』には、宮﨑勤の文章や発言の引用がありますが、その日本語が壊れている。そうすると、中村さんによって作為的に壊された文体と、宮﨑勤の解体された日本語とが微妙にマッチしていくところがある。そこでこれは、宮﨑勤のことを語るために書かれた小説というか、宮﨑勤の文学化の試みなのではないかという見方も出てくるのですが、そのあたりはどうでしょう。

中村　そもそも凶悪犯についてのノンフィクションを書いてみたいという思いがありました。書くなら、宮﨑勤か前上博か山地悠紀夫か小平義雄かとか、いろいろ考えていたんです。そのことと作家としての問題関心がリンクした感じです。宮﨑勤について書きたいと思っていることと、人間の意識がいかに不安定で交換可能なものかということが、もしかしたらつながるのかもしれないという意識で、まず書き始めました。

宮﨑勤について書いている時は、自分が持っていかれるような感覚がありました。実はその感覚は二度目で、一回目は『教団X』の「沢渡の過去」を書いている時で。小説家は自分が作った登場人物に憑依しなければならないんですけど、今回は宮﨑勤という全く僕とは違う人間に憑依しなければならないという、僕の中ではちょっと新しい試みだったんです。憑依するために、宮﨑勤についてありとあらゆる資料を見ました。例えば、彼は拘置所でボールのような宝石の絵を描くんですが、そのタイトルが「ハマアユ・ベース・ハンドボール多面体」というんです。「ハマアユ」って浜崎あゆみのことなんですよ。浜崎あゆみという名前を付ければ、みんなが自分の絵を見るんじゃないかと彼は思っているんです。作成したホームページに絵を載せるつもりで、「この絵を見たらみんな驚くぞ」みたいに書いている。「タッキー・ベース・ルビー」とか。この発想は常人からかなり遠いところにあります。

亀山　解体されているのは文章だけではないわけですね。

中村　逮捕されて拘禁状態が長くなるにつれて、彼の内面はより崩れていきます。誰かを見た時に、彼はそこに「相手性」があると言うんです。そして相手性があるということが、イコール自分を傷つけるかもしれないということになる。「相手性」という言葉。こういう感覚を持つ宮﨑勤にずっと乗り移っていると、小説にもその影響が出てきます。書いている瞬間には意識していないんですが、読み返すと、特に序盤の一人称の手記には宮﨑勤の文体が入ってきていて、ちょっと異様な雰囲気があります。

亀山　ただ、物語を締めくくる終盤では、かなりニュートラルな中村さんの文体、ある種端正でもあり激しくもある文章に変わります。そこもやはり意図的な書き分けなんですね?

中村　そうなんです。一人称と三人称の違いですね。三人称の文章を同じように崩すと、本当にしっちゃかめっちゃかになってしまうので、ある程度体裁を保つ必要がありました。それでも多少は崩していますが。

亀山　宮﨑勤についての分析の中に、いじめの問題が出てきます。彼が受けてきたいじめの構造が、そのまま彼の殺人の構造に結び付いていくというところですね。そのあたりの分析はどのようにして?

中村　ドストエフスキーの感覚とフロイトの感覚を合わせて、それに僕のやり方を入れて分析したといった感じです。精神分析というよりは文学的分析とでもいいますか。宮﨑勤についてはたくさんの人が書いていますが、そのアプローチの仕方はノンフィクションライターのものがほとんどです。作家としてのアプローチもないわけではないけれども、こと純文学的なアプローチとなると、前例がない。それを僕がやってみたわけですが、そこで見えてきたのは、いま仰ったいじめの問題と、もう一つは「たかにい」の存在でした。「たかにい」というのは彼の面倒を見ていた情緒障害の人物です。小説の中でも示唆しましたが、「たかにい」との早すぎる性の遊びがあったのではないか、いじめとともに大きな要素だと推測しました。

亀山　物語全体を超越的な高みから見下ろしているのが吉見という人物です。吉見は絶対悪を体現する人物として描かれていますね。絶対悪といっても、ありとあらゆる悪を経験し尽くしてきた人間、ということではなく、人間のすべての営みを、ただ単なる黒い線の交錯としてしか見ていないというような、現実に対して根本的に無関心で生きる人間です。吉見のような人物像を、中村さんはかなり初期の段階から描かれていて、そこがドストエフスキー的な想像力の一つの現れと言えると思います。最終的に吉見は殺されますが、なぜ吉見の死という結末を選ばれたのでしょうか。

中村　僕が描く絶対者は死なせたり生き残らせたり、いろんなパターンがありますが、今回は、吉見が首を絞められて逆さになっているというシーンがまず浮かびました。なので、殺した理由というのはあまり……。それが自然だったからというのと、復讐劇として主人公の小塚にそうさせてあげたかったところもあるかもしれません。

亀山　私は、これこそは「父殺し」のモチーフだと思ったのですが……。

中村　ああ、そうか……。繰り返し描いてきたので、父殺しというテーマが僕に染みついていて、毎回物語が自然とそうなっていくんですね。そうだ……。

ＡＩ文学の先駆にして収容所文学の系譜

亀山　冒頭にも申し上げましたが、『私の消滅』の終わり方は新しいビジョンを提示しているように思うんです。人間には肉体があって、その中の脳に記憶が収納されているわけです。ところが、この小説はその記憶を他者の肉体の器の中に置き換えることができるという、問題を提示しています。将来人工知能が限りなく進化していって人工知能が意識を持つというようなことがあった場合に、コンピューターによる脳の記憶の書き換えが可能になってくる。最近、話題になった「トランセンデンス」という映画が扱ったテーマでもあります。『私の消滅』は、そのことと構造としては同じわけで、その意味でもいわば「ＡＩ文学」の先駆的ビジョンを示しているのだと思うんです。

この小説を書いている時に、そういった近未来的なビジョンに対する意識はあったんでしょうか。

中村　通常、文学でＡＩというと、ＡＩを登場させてそれがどうなるかということになりますが、僕の場合は、人間の脳も多分ＡＩのようなものだという確信があるのでこの小説のような書き方になるんだと思います。

亀山　『教団Ｘ』でも、器としての肉体と記憶の関係、これを古代の神話との関連の中で書いていますよね。そのあたりの問題意識はどこからきたのでしょう？

中村　最初のきっかけが『教団Ｘ』ですね。人間というものをどう書いていくかという時に、脳について一度徹底して調べてみようと思ったんです。調べていくと、人間の自由意志というものは下手をすると存在しないんじゃないかと考えている専門家がたくさんいるんです。そういった影響から『教団Ｘ』を書いて、今回の小説もその延長線上にあります。

亀山　洗脳、記憶の書き換えという問題は、一見サイエンスフィクション的な荒唐無稽（こうとうむけい）に思えますが、実はわれわれの生きている現実と非常に密接に絡んでいます。また、歴史的な観点で言えば、例えばスターリン時代の収容所における強制、あるいは転向を強いるためのさまざまな暴力という、そういうものとも密接に結びついているんです。『私の消滅』について「文藝春秋」で山内昌之さん、片山杜秀さんと鼎談した際、この小説は、究極において収容所文学だという結論に行き着いたんです。つまり、人間の記憶を暴力的に書き換えていく、そういう力の存在というものを丹念に描いている、という意味です。例えばドストエフスキーの『死の家の記録』のように、収容所文学の系譜に連なるものとしても読める。中村さんの文学の中にドストエフスキーが脈々と生き続けていることを、ここでも強く感じます。

中村　やはり、僕の中で一番大きな作家ですね。亀山さんの専門領域ですが、ドストエフスキーの「黙過」のテーマからの影響が、『私の消滅』は大きいです。今、読売新聞に連載している「R帝国」では、おそらく初めて『カラマーゾフの兄弟』の「大審問官」に挑むことになりそうです。思いっきり現代版になっちゃうのでしょうから、書きあがった小説に「大審問官」の影を見いだせるかどうかは分かりませんが。デビューして、一五年でようやくここに来たなという感慨は少しあります。

亀山　『モナドの領域』という小説を、作者の筒井康隆は最高傑作で最後の長篇小説だと言っていますが、あの作品も「大審問官」を扱っています。中村さんがその若さで、もう「大審問官」に向かっちゃうというのは怖いことだなという気も若干しますが（笑）。

中村　確かに、難しいところではあります（笑）。ただ、僕は「大審問官」を二回扱おうと思っているんです。例えば『教団X』をなぜあの年齢で書いたかというと、若くて柔軟性のあるうちにあのテーマを一度書きたかったからです。またもう少し熟練してから、近いテーマの二度目を書いてみたらどうなるだろうという興味があります。

皇帝の死を黙過するドストエフスキー

亀山　Bunkamura ドゥマゴ文学賞の発表が、中村さんの三九歳の誕生日の数日前だったと仰っていましたね。ドストエフスキーが三九歳の時というと、『死の家の記録』を書いているところです。その後に四三歳で『地下室の手記』が書かれることになります。中村さんは『地下室の手記』でドストエフスキーに出会われて、その衝撃をもとにして芥川賞受賞作の『土の中の子供』をお書きになった。言ってみれば、『地下室の手記』のテーマは早々に片づけてしまわれているんです。

中村　ドストエフスキーが処女作『貧しき人びと』を書いたのが二五歳の時ですが、僕もデビューが二五歳なんです。ドストエフスキーは四三歳から急に作品が変わりますよね。『死の家の記録』に変化の伏線はあるので、急とは言えないかもしれませんが……。

亀山　ドストエフスキーの文学がそこで大きく成長したのは、マゾヒズムの発見によってなんです。ところが、中村さんは、デビューした当初からマゾヒズムに対するある種の強烈な関心を作品のダイナモにしてきた。ということは、四三歳のドストエフスキーと二五歳の中村さんは、ともにマゾヒズムというテーマで出発しているわけです。そうすると、ドストエフスキーのそれ以降の歩みと、中村さんのこれからの歩みは、微妙なズレを保ちながら並行して進んで行くような予感がしてならないんです。

中村　頑張らないといけないですね……。

亀山　頑張らないといけないことはもちろんそうなんですけれども、タバコの吸いすぎにも注意してください。お酒とタバコはロシア文学者にとって最大最悪の敵です。私の恩師たちで優れたドストエフスキー翻訳者だった江川卓先生も原卓也先生も、それで命を縮めました。

せめてドストエフスキーと同じ五九歳、いや少なくとも彼よりは一〇年以上を元気に生きて、ぜひ日本の『カラマーゾフの兄弟』を書いていただきたい。

中村　ありがとうございます……。ドストエフスキーは『カラマーゾフの兄弟』を書いた二年後に、『カラマーゾフの兄弟』第二部を書くつもりで、その前に亡くなってしまいます。なぜ、二年という期間を取ったんだろうとずっと考えていて、ある仮説にいたったんです。

当時は皇帝の暗殺未遂が何回も繰り返されている時

代だったわけですが、第二部は、その皇帝暗殺の話になるんじゃないかと言われていたんですよね。ただ、時代的にはとても書ける状況ではなかったはずなんです。そこで、第二部までに二年の間を置くというのは、もしかしてドストエフスキーは皇帝が暗殺されるのを待っていたんじゃないかと考えたわけです。

亀山　おもしろい推測です。死を望む、死を黙過する、それはまさに『カラマーゾフの兄弟』で父親の死を望むイワン・カラマーゾフの心情ですよね。その心情をドストエフスキーが皇帝の死に対して持っていたということになる。

中村　実際は、皇帝はドストエフスキーが亡くなって一ヶ月後に暗殺されますが、その後しばらくロシア革命まで時代は動かない。後世の僕らは歴史としてそれを知っていますが、ドストエフスキーとしては、皇帝が亡くなったら、後のロシア革命のような出来事が一気に起きると予測していたのではないかというふうに思いました。つまり、ロシア革命の後であれば、社会主義を賛美さえしていれば皇帝暗殺も作品に書けるわけです。しかも、時代のうねりの転換期をほぼリアルタイムで書くという恐ろしい小説に、『カラマーゾフの兄弟』の続篇はなっていたんじゃないでしょうか。何重にも、たられぼの話ですけど。

ドストエフスキーの父親というのは農奴に殺されていますが、それは実はドストエフスキーがそそのかしたんじゃないか、無意識下である意味協力したんじゃないのかと、『新カラマーゾフの兄弟』で、亀山さんは示唆されています。読んだ時に大変内面を動かされました。そうであるとすれば、ドストエフスキーは自分の父親の殺害を黙過した後、今度は皇帝の暗殺を黙過することになる。これはとんでもないことですよね。

亀山　興味深いご指摘です。ドストエフスキーは五七歳で『カラマーゾフの兄弟』を書きはじめましたが、中村さんに五七歳ぐらいの精神的な成熟を獲得したという実感が訪れた時に、いま仰ったテーマをお書きになってはいかがでしょうか。もしかすると、それこそが二度目の「大審問官」への挑戦になるかもしれませんね。

中村　そうですね……。今回、賞をいただいて、『私の消滅』を評価していただいたのはもちろん嬉しいことですが、僕としては今後の作家生活への励ましをいただいたと思っています。ですから、なんとかタバコを控えて（笑）、書いていきたいです。

（後記）Bunkamuraドゥマゴ文学賞は、選考委員は一人で、毎年変わって、一作を選ぶ賞です。あの亀山さんから頂けたことが、あとがきでも書いていますが、僕の人生にとって、決定的に大きなことでした。

（ちなみに、以前にも禁煙を勧められた時「ドストエフスキーは吸っていたのですか？」と聞いたら、亀山さんは僕の顔を見たまま二秒固まって、「吸ってない！」と不自然に仰いました。「何かおかしいな」と思ったのですが、ロシアのドストエフスキー博物館に行った時、煙草が展示してあって、係の人が「ドストエフスキーは喫煙者だった」と。思い返せば、ドストエフスキーはエッセイで自分の喫煙を書いてるし、亀山さんも、ドストエフスキーと喫煙について以前に書いていた。亀山さんの、咄嗟の優しい嘘だったんですよね。現在僕は禁煙していますが、いつまで続くだろうか。）

×亀山郁夫（ロシア文学者・翻訳家・作家）
ドストエフスキーは生き残れるか？

——「現代思想」２０２１年12月臨時増刊号／青土社

ドストエフスキーとの出会い

亀山　本年二〇二一年はドストエフスキー生誕二〇〇周年の記念すべき年にあたり、とくに誕生月にあたる一〇月（旧暦）、一一月（新暦）は、モスクワ、サンクトペテルブルグを中心にロシア各地で盛大に記念行事が相次いでいるようです。また、来年は、『悪霊』の刊行から一五〇年という年にあたっており、生誕二〇〇年とはべつの意味でドストエフスキー熱が盛り上がりそうな予感がします。来年八月に名古屋で開かれる予定の、三年に一度の国際ドストエフスキー学会（ＩＤＳ）には、一五〇名近いエントリーがありました。世界の研究者たちの意気込みを見ていますと、ドストエフスキーがあたかも、コロナ禍、グローバル化によって分断された世界の再統合をリードする導きの星としての役割を果たしつつあるかのような印象すら受けます。ドストエフスキーは、最晩年、テロリズムの嵐が激化するなかで、国民の融和を「文化」に求めました。統合のシンボルとして彼が頭上高く掲げたのが、アレクサンドル・プーシキンです。それから約一五〇年間に、世界はすさまじい変貌を遂げたわけですが、ドストエフスキーの文学が今なお広く読まれているという現象には、何かしら奇跡的な力が働いているような気がしてなりません。

さて、日本の文学は、明治以降、ロシア文学に深く影響されてきました。夏目漱石、森鷗外も、熱心な読者でした。森鷗外には、ドイツ語からですが、『鰐（わに）』という短篇小説の翻訳があります。現在では、大江健三郎さんを筆頭に、村上春樹さん、辻原登さんなど、日本を代表する作家たちがドストエフスキーとの対話を介してすばらしい作品を書きあげ、中堅の世代では、平野啓一郎さん、川上未映子さんらが大きな影響を受けています。聞くところによると、今年の芥川賞受賞作家である石沢麻依さんも、ドストエフスキーとは深い縁の持ち主なのだそうです。しかし、ドストエフスキーからの影響をまったく公言することのない大作家たちも存在していることも確かです。

　今回は、日本の作家を代表して、中村文則さんに対談をお引き受けいただくことができ、心から大変嬉しく思っています。中村さんは、芥川賞受賞作である『土の中の子供』（新潮文庫）以降、『悪と仮面のルール』（講談社文庫）、『教団X』（集英社文庫）、『R帝国』（中公文庫）、そして今回の『カード師』（朝日新聞出版、二〇二一年）などの作品で、読者を唖然とさせるシチュエーションのなかに独自の作品世界を構築してきました。ドストエフスキーからの影響といっても、受け方は、人さまざまです。しかし、ドストエフスキーの、いわゆる「暴走」を愛する読者は、中村さんの世界のもつ異常性と、そしてその異常性の彼方に広がる形而上性の闇に魅入られているに違いありません。中村さんの場合は、けっして足場を日常性に置こうとしない点に特色があります。足場そのものがすでに一種、次元を異にしているので、そこから作り上げられた世界は、当然のことながら、じつに複雑なリアリティを醸成している。曰くいいがたい深淵ですね。中村さんの作品には、日ごろ、ドストエフスキーを翻訳し、研究している私の批評的な意識を猛然と喚起する世界があります。今日は、そんな中村さんの最新作『カード師』を話の中心に置きながら、ドストエフスキーの文学の魅力について語り合うとともに、「ドストエフスキーは生き残れるか？」というテーマについても議論したいと思います。このテーマは、中村さんが最近、『毎日新聞』紙上で発言された言葉から触発されて出てきたものです。

　しかし、最初は、肩慣らしのつもりで、中村さんとドストエフスキーとの出会いからうかがうことにしましょうか。

中村　最初の出会いは、大学に入りたてのころです。これまで何度も読んでいた太宰治の『人間失格』を大学生になって読み返したのですが、新潮文庫の奥野健男さんによる解説に、「『人間失格』の」深さは『地下室の手記』を超えている」という言及がありました。この解説も何度も読んでいたはずなのに、急にこのタイトルが気になったんです。自分の精神に「地下室」という言葉がなんだかすごく響いてきた。「海外文学……」と少しハードルが高い気はしたんですけれど、本を買って読んでみたんです。これに僕は大変な衝撃を受けました。『地下室の手記』は『人間失格』とはまた別のタイプの小説であって、なんとすさまじいものを読んだんだと思いました。

亀山　それは江川卓さんの翻訳による新潮文庫版のものですよね。

中村　そうですね。もういまから二六年も前の話です（笑）。僕にとって、文学のファーストインパクトは太宰治だったんですが、セカンドインパクトがドストエフスキーの『地下室の手記』でした。こんなに暗い本が世の中にあるのかと、ものすごく驚いたわけです。「安っぽい幸福と高められた苦悩と、どちらがいいか？」なんて、なんということを書く人なんだと（笑）。ドストエフスキーのプロフィールを見ると一九世紀の小説家とわかり、それが一地方の一大学生を揺さぶるという現象も、客観的に見てすごいと思った。それですぐに本屋に行ったんです。ドストエフスキーはたくさん並んでいまして、「自分はこれらを今から読めるんだ」と思ったときに、確かに鬱々とした毎日でしたけど、非常な幸福を感じていました。いま振り返れば青春のど真ん中ですね（笑）。有名なところから、『罪と罰』、『悪霊』、『カラマーゾフの兄弟』、『白痴』……。続けて読んでいきました。

僕は当時、人間と世界というものをここまで描き切っているものを、小説以外のジャンルもすべて含めて、知らなかったですね。一番深いと思ったのがドストエフスキーでした。特にインパクトを受けたのは、どちらも有名なものですが、『悪霊』における「スタヴローギンの告白」と、『カラマーゾフの兄弟』の「大審問官」の章です。特に『カラマーゾフの兄弟』を読み終わった後は、もう茫然自失とはこのことだというくらい呆然としました。

亀山　話をうかがいながら、とても羨ましく感じました。とても幸せなドストエフスキーの出会いを体験されていることがわかりました。

実は私も大学一年のときにドストエフスキー研究会をつくって、そこで初めて取り上げた作品が『地下室の手記』なんです。当時は米川正夫さんの訳による『地下生活者の手記』というタイトルで親しまれていた作品です。ところが全然、受け付けなかったんですね。中三のときに、『罪と罰』、高二の時に『カラマーゾフの兄弟』をすでに読んでいたのですが、『地下室の手記』はまったくだめでした。翻訳のせいもあったかもしれません。思えば、その当時太宰治の『人間失格』にも挑戦しているのですが、これも最初の一頁で断念しました。恥ずかしい話ですが、非常に幼かったのです（笑）。太宰を汚らわしいとしか受けとめられなかった。

　太宰の世界に本格的に入っていったのは、それから四〇年を経て、六〇歳を超えてからのことです。雑誌「Kotoba」に「還暦の、あるいは他者としての太宰」というエッセーを連載しました。一四回ほどでしょうか。連載を続けながら、なぜ自分が六〇歳にもなって太宰にこれほどまで惹かれるのかと考えました。なぜここまで人間の心を深く描けるのか、そういう衝撃を受けたといいますか、世界が変わってしまう経験でしたね。

登場人物・場面描写の魅力

亀山　ちなみに、中村さんが、ドストエフスキーの作品の中で、一番好きなメインの登場人物、そして一番好きな脇役を教えていただけませんか。読者にとっても大いに興味のあるところだと思います。

中村　メインの登場人物だとやはり先の二つのシーンを表現した、『悪霊』のニコライ・スタヴローギンと、『カラマーゾフの兄弟』のイワン・カラマーゾフになりますね。スタヴローギンが好きと言うと、なんだか人格を疑われそうですが（笑）。ただ、作家としての興味をそそられるのは、スタヴローギンがやはり一番ですね。

　イワン・カラマーゾフに対しても作家としての興味はありますが、それよりも自分の思春期的な部分をすごく刺激する存在として好きだという思いが強いです。イワンの悩みは、僕のすごくデリケートなところにすごく届く感じなんです。

　でも年を重ねていくと、だんだんドミートリーに惹かれていく（笑）。そういう人生の経過による変化はありますね。

　それで脇役はとても難しいご質問なんですが……。

亀山　では、ずばり、一番好きなシーンはどのシーンになりますか。

中村　やはり一番となると、あとで詳しくお話ししたいですが、「大審問官」の章のキリストのキスのシーンです。

　でも、好きなシーンは物語の本筋以外にも無数にあって、たとえば『カラマーゾフの兄弟』の終盤のほうで、カテリーナがグルーシェニカに許しを乞うのですが、グルーシェニカは許さない。そこでカテリーナが、「だから、あの女が好きなのよ！」と言う。そこに「おーっ！」と思って。大学生だった僕は「女性ってスゲー！」と思った。あの二人の女性の感じは今でもすごく好きです。

ですから、脇役で好きな人物を挙げるとなると、このセリフを言ったカテリーナになりますかね。ただ、「一番このひとが得したな」と思うのは、『罪と罰』のラズミーヒンです。

ドストエフスキーの到達点

亀山 なぜドストエフスキーはここまで「深く」描くのか。その「深く」という副詞の持っている意味ってどういうものなのでしょうね。

中村 例えば、「スタヴローギンの告白」では少女を凌辱するという悪徳が描かれる。正直、少女を凌辱する悪徳は、比較的すぐに思いつくものです。その後、その少女が自殺する展開も、書けるといえば書けると思います。ですが、彼女が自殺するかもしれないというような状況を黙って――亀山さんの言葉で言うと「黙過」をして――、そこで悪の成就を待つというのは、ドストエフスキーでないとたどり着きえない表現だと思ったんですね。

亀山 あの場面は、世界文学史上の一大発見だと思いますね。

中村 僕もそうだと思います。爪先立ちをして見ようとする描写など、「このひと何書いてんの!?」と思うんですけれど（笑）、やっぱりドストエフスキーじゃないと入り込めない凄まじい表現と世界です。彼以前にそのような描写は出てきていないはずですし、僕らはあのシーンを踏まえたうえで、悪徳というものを書くことになるので、不利と言えば不利ですが、書くヒントをもらったという面もあります。

あと「大審問官」の章は全篇すごい描写ですけれど、僕が一番驚いたのは先ほども好きなシーンとして挙げたキリストのキスの箇所です。並みの作家なら、「キリストが哀れみをもって姿を消す」といった類の描写でお茶を濁す。しかし、ドストエフスキーはキスをするというシーンを描いてしまう。初めて読んだ際には「なにこれ!? どういうことなんだ!?」とびっくりしました。このシーンは、文学史上だけでなく、あらゆるストーリーというものの頂点にある表現ではないかと、いまでも思っています。

亀山 この二つのシーンにドストエフスキーの本質を見出す発見をされているのはさすがだと思います。中村さんの文学を読んでいても、そうした感触を得てきました。小説的というより、詩的と呼んだほうがふさわしい体験なのかもしれません。ドストエフスキーを意識したか、しないかは別として、中村さんの小説には、ドストエフスキーに似た「暴走」があります。飛び越え、突き抜けていく一瞬の描写があるんですね。先ほどの、スタヴローギンが爪先立ちする場面の例がそうですが。たとえば、『掏摸（スリ）』のラストシーンなんかがそれに匹敵しますね。正直、凄いと思うわけです。小説はこの一瞬まで書かないと文学にならないと確信しているかのような書きぶりです。

中村　あと、ドストエフスキーはその深みが注目されますし、僕自身もそこに惹かれるんですが、自分が作家になってから、ドストエフスキーは非常にテクニカルな面ももっている作家だということに気づきました。当たり前なんですけれど（笑）、「あ、巧（うま）いな」と思う箇所がたくさんあります。

『カラマーゾフの兄弟』で言えば、ドミートリーの三〇〇〇ルーブルの伏線なんかは超一流のミステリーの仕掛けだと思いますね。『賭博者』では、みんなが死を望んでいる老婦人が、乾燥した草の粉で復活したという面白い言及があります（笑）。彼女の登場する勢いと、そこから彼女が賭博で勝つ勢いが掛け算みたいになっていて、ライティングのテクニックとして非常に優れていると思いました。

『カード師』と『賭博者』の差異

中村　『カード師』を書いたときに、集中的に『賭博者』を読み直してみました。僕はドストエフスキーがあの小説に関してどこまで意識して書いているのかが、すごく謎だったんです。速記者に書かせたことで、彼の無意識が奇妙な形で出た面もあるかもしれないとも思いました。

亀山　やはりそうでしたか。僕も『カード師』を読みながら、中村さんは『賭博者』を読んで書いているのかどうか、ということが非常に気になっていました。ルーレットとカード賭博は遊戯のシステムが根本的に違いますから、ひょっとすると、『賭博者』をまったく読まずに書いているのではないかと考えた瞬間もあります。ドストエフスキーは、ルーレットで絶対に勝つ「システム」を会得している、と確信していましたが、結局のところは、完全に敗北します。ルーレットって非常に残酷なゲームですよね。基本的に、一かゼロかの世界ですから。

中村　僕自身は『賭博者』を賭博というよりマゾヒズムがテーマの話だとも思ったんですね。あくまで僕の考えですが、主人公アレクセイはおそらくポリーナを愛していないんだろうと。自分が跪（ひざまず）けて、自制心を失える対象なら何でもよかったと思ったんです。女性と賭博は入れ替えが可能だったと。亀山さんもお書きになっていますが、ドストエフスキーの主人公は引き裂かれた状態にあるところから始まることも多い。ポリーナも最初アレクセイにお金を預けて、アレクセイはそれを元手に博打（ばくち）に出るわけですよね。でも、彼からするとポリーナのコントロール下に入りたいので、賭博とポリーナの間では中途半端です。なので自分のお金で賭博をやりたいと、妙に拘（こだわ）る。その後、アレクセイはポリーナが手に入りそうになったとき、「ポリーナのために」という名目でカジノに行く。僕としては、ポリーナが手に入って自分がMじゃなくなるのが怖くなって博打に行ったんじゃないかと思ってしまいました。しかも博打で大勝ちして帰ると、彼はポリーナのことを忘れているわけです。亀山さんも『ドストエフスキー　黒い言葉』（集英社新書、二〇二一年。以下、『黒い言葉』）でお書きになっていましたけれど、マゾヒズムから回復すると自己喪失になる、というのはまさにその通りで、結局アレクセイ自身がポリーナより上の立場になって、自己喪失している。そうなるとポリーナはどうでもよくなってしまう。そのあと主人公は、マドモワゼル・ブランシュのほうに行きますが、これも亀山さんが指摘されている通り、マゾヒズムを取り戻すためにブランシュにお金をあげるわけです。

　また、亀山さんの訳で気づいた点があります。主人公にとって上にいる存在は賭博やポリーナ、ブランシュのように入れ替えが可能だったわけですが、逆に下にいる主人公も入れ替えが可能だったという点です。小説の構造として、入れ替わりのテクニックを使っています。というのも、ブランシュのもとに将軍がもう一回戻ってきますよね。その将軍は茫然自失として自己喪失しているんだけれど、なんだか幸せそうなんです（笑）。その幸福感から、主人公側も入れ替え可能なんだと気づきました。将軍と入れ替えに、主人公は彼女のもとを去るわけです。この構図がまたすごいと思った。

亀山　お話をうかがいながら、ふと思ったのですが、ドストエフスキーが好む決闘のモチーフとルーレットは非常に似ていますね。スタヴローギンはそこにマゾヒスティックな快楽を感じるわけですが、それに匹敵する描写が、中村さんの『カード師』にもある。『カード師』のなかの大勝負のシーンは、訳者としての印象を言わせてもらうと、『賭博者』を超えていると思いますね。先ほども言いましたが、ドストエフスキーは、ルーレットには、勝利の方程式というか、勝利のシステムがあって、そのシステムに従えば負けることはない、と豪語している。ドストエフスキーには、その驕りというか楽観があるせいか、登場人物たちを完全な絶望にまでは追いやらない。ところが、中村さんの『カード師』では、敗北はとことん行きつくところまで行く、絶望を超えた絶望を生々しく描く。『賭博者』の読者には、まだ救いがありますが、『カード師』の読者には、救いがない。そんな印象を受けます。

中村　賭博の場面を書くときには、作家としての属性も問題になってきますよね。ドストエフスキーはマゾヒスティックな作家だと思いますが、僕はある意味サディスティックな書き手なんです。それで言うと、カミュもサディスティックな感じがして、自分と似たものを感じます。

亀山　それはこれまでの作品からよく伝わってきます（笑）。運命論的な視点に立つときに、マゾヒストの運命論とサディストの運命論はやっぱり違うんですよね。『悪と仮面のルール』にしても、被支配者ではなく支配者の側からの視点がものすごく濃厚に出てくる。このサディスティックな視点が非常に魅力的です。

中村　なんというか、僕はサディズムの賭博を書かなければいけないと思いました。そうなると、いかさまのディーラーの視点から描きたい。ポーカーについてはこの小説のために調べたんですが、テキサスホールデムというアメリカ式のポーカーにおいて、自分が勝つとわかっている状況下で相手にどんどん賭けさせていくスロープレーに、サディズムの極地があると思ったんですよね。これを書けばドストエフスキーがやっていなかったことができると思いました。実際、僕自身がポーカーにはまってしまって、取材も兼ねてお金を賭けない合法的なカジノバーに行ったんですが、何時間も没頭してしまいました（笑）。

　とはいえ、『賭博者』の運命への挑戦というか、やけっぱちな賭け方にはサディズムも感じますし、そういう意味では表裏一体ですけれど。少なくとも、『カード師』はドストエフスキーがやっていないことをやろうと意識していました。

亀山　それには、やはり相当な精神的エネルギーが必要だったと思います。そういえば、ドストエフスキーは、『未成年』で、主人公のアルカージーにルーレットに挑戦させ、みごと「ゼロ」を当てさせているんですね。ただ、『未成年』には、もうルーレットをめぐって、新たな次元の哲学を開陳しようという気概が消えている。どこか霊感を失ってしまったような印象がありますね。ドイツではすでに法的にルーレットが禁じられていたという事情もあり、長く「実戦」から離れていた事情もあると思いますが、基本的には老い、ではないでしょうか、あるいは病いが原因といってもいい。

セクシュアリティに迫る

亀山　それはそうと、いま、『賭博者』におけるサド・マゾヒズムとの関連でセクシュアリティの話題が出ました。少しそちらに注意を向けてみましょうか。これは、何か理由があるのかもしれませんが、ドストエフスキー研究者はあまりセクシュアリティについて議論したがりません。おそらく一番えげつなく発言しているのは私だと思います（笑）。当然のことですが、ドストエフスキーの作品では、異性愛（ヘテロセクシュアリズム）と同性愛（ホモセクシュアリズム）のテーマが深く隠蔽されています。しかし、いずれの場合も、濃厚に気分が漂っています。そもそも、ロシアというのは、個の自覚、個の自立がきわめて脆弱なせいか、男女間におけるエロスの熾烈さというテーマが成立しにくい。『未成年』のヴェルシーロフが、「ロシアの女性が女性であったためしはいちどもない」と面白いことを言っています。これはおそらく異性愛の観点から発せられたセリフだと思うのですが、ぼくは非常に納得しますね。ドストエフスキーが、同性愛のテーマに最初に目覚めたのが、おそらく『ネートチカ・ネズワーノワ』だと思いますが、『未成年』では、タチヤーナ・パーヴロヴナに濃厚にその影が見られます。『カラマーゾフの兄弟』では、カテリーナとグルーシェニカのライバル同士にそういう感情が濃厚に漂っています。逆にそれが、作品全体のドラマを豊かに安定させている点は否定できないと思います。もっというと、すべての登場人物が性を超えている。

　他方、セクシュアリティという観点から言うと、「去勢」という別の大きな問題が出てきます。ドストエフスキーにはキリスト教の異端派である去勢派に関する言及がひんぱんに見られますよね。去勢派は、性器官を切除したり、焼いたりするわけで、いわゆる肉体的な快楽と呼ばれるものから一切遠ざけられている。むしろマゾヒズムです。

『白痴』のロゴージンは果たして、去勢派なのか、という問題が浮上してきます。ロゴージン家は、去勢派の人びとに家を貸しているけれども、ロゴージン家自体が去勢派かどうかわからない、そういう書き方がなされている。ロゴージン自身も去勢されているのかどうかわからない。去勢派ではないとしてもいいし、去勢派として読んでもいいというわけで、言ってみれば、二つの物語ができてしまうわけです。表層と深層の二つのレベルで。ロゴージンが去勢派だとすると、ムイシュキン公爵もナスターシヤ・フィリッポヴナも、ある種ヘテロセクシュアルな性の関係から解放されていることになる。ナスターシヤは殺される直前、ロゴージンに、オリョールに行こうと誘いますが、この町は要するに異端派の聖地であり、去勢派の発祥の地でもあるんですね。

他にも、『賭博者』におけるポリーナとアレクセイの関係は性的な側面から非常に重要な意味を帯びているわけですが、これはドストエフスキー自身のセクシュアリティの問題とも関わっています。というのも、ポリーナのモデルは、何といっても、ドストエフスキーの愛人であったポリーナ・スースロワですから。逆にそれはポリーナの、アレクセイに対するある種の執着にも現れています。ポリーナはアレクセイを一方で見下しながら、どこまでもアレクセイをひきずっている。ここには、セクシュアリティの問題が濃厚にからんでいるんじゃないか、とにらんでいます。他方、アレクセイのセクシュアリティは、マドモワゼル・ブランシュの死神的な魅力にも関わってきます。賭けに勝ったアレクセイは、より根源的に、その死神的なものにマゾヒスティックにそそられ、蠱惑（こわく）されているんじゃないのかなと思いますね。

中村　非常に面白い議論です。亀山さんは『賭博者』の「読書ガイド」で研究者たちによる解釈についても言及されていますが、僕は、アレクセイはポリーナともブランシュとも性行為はしていないんじゃないかと思っています。速記者にプロポーズするつもりだったんで、あまりあからさまに言えなかったというのもありそうだと思いますが（笑）。

しかし、ポリーナがアレクセイを

引きずっているのは面白いです。なんでこの主人公をこんなに引きずるんだ、というくらい（笑）。

亀山　ところが、ブランシュは全然そういったところがない。

中村　確かにそうですね。

亀山　ブランシュのもとでは、アレクセイは意外と自分のマゾヒズムに安住していられる。ところが、ポリーナが相手だとそうはいかなくなる。ぼくはあなたの奴隷だ、としきりに絶叫していますが、あれはむしろ願望ですね。ゼロを当てて膨大な勝ちを手にしたアレクセイにとってポリーナはもはや「ゼロ」です。死神ブランシュ自身が、ドストエフスキー自身の欲望をそそっているというと、少し妙な展開になってしまいますが……。

中村　『賭博者』に関しては、ドストエフスキーは自身の欲望を隠したような気がします。一九世紀のロシアにおいて書ける限界もあっただろうし、また賭博の描写にマゾヒズムとセクシュアリティの問題をダイレクトに接続すると、違う小説になってしまうという懸念もあったのかもしれないですね。だからこそ、アレクセイがポリーナと過ごした一夜は、気が付いたら朝になっていた。ポリーナは腰をおろしているわけですが、何があったかは明確に書かれていない。ブランシュからは、別の性的な女性を紹介されるわけですが、ブランシュとも関係があったようにも、なかったようにも受け取れる。

亀山　ドストエフスキーの小説には近接化の原理というものがあるんです。表面切って「これだ」と明示せず、その隣にあるものを指すことで、ないしその存在を意図的に曖昧にすることによって、逆に本質を暗示するという手法です。ドストエフスキーはその意味で本質的に象徴主義者なんですよ。彼は最晩年に「わたしは心理学者と呼ばれているが、それは誤りだ。わたしは高次の意味でのリアリストにすぎない」と言っていますが、ここでのリアリストは二様にとれると思います。

　この近接化の原理に即して、ぼくが関心を抱いているのは、『白痴』のナスターシヤ・フィリッポヴナが純潔かどうかという問題です。ナスターシヤは高級娼婦だとか、資産家のトロツキーの「囲い者」だとか、街中では噂されたり、自分でも告白している。その一方、作者は、ナスターシヤを確実に聖母マリアになぞらえている。ドストエフスキーは彼女がいかにも堕落した女性のように見せるけれど、それは、カムフラージュですね。ちなみに、ナスターシヤはトロツキーから性的な虐待を受けた可能性がありますが、それはトロツキーが彼女を凌辱したというのとは、少し意味が異なるような気がします。ナスターシヤは、基本的にマゾヒストです。というか、『白痴』のありとあらゆる登場人物が性的に無垢であると私はにらんでいます。これは、「常識的にこういうものだ」という通念的な理解で読んでしまうと絶対に見えてこない真実です。翻訳者として読んだからこそ、見えてきた側面だと思います。

中村　非常に面白いですね……。思い返すと、『罪と罰』のソーニャはかなり非現実的です。娼婦で、明確に処女ではない。にもかかわらず、まるで性を知らないように描くんです。つまり、ある意味聖母マリア的な存在ですね。非常にシンボリックな存在として描かれている。

われわれがあまりにも常識的に読もうとすると見失う文脈を、ドストエフスキーは用意している。そう考えるとまたドストエフスキー研究は永遠に続くとも言えますね（笑）。

亀山　ドストエフスキーは二枚舌の真骨頂で、いかに権力を裏切るか、つまり読者の常識的な読みをどこまで裏切るかに、命を懸けているようなところがあると思います。

ソーニャの問題でいうと、ラスコーリニコフが一番恐れているのは、ソーニャが娼婦としての快楽を経験してしまうことですね。その瞬間にラスコーリニコフという存在の唯一性が消えてしまいますから。

中村　ラスコーリニコフはかなり未成熟な男性ですよね。男性本位に女性を変に理想化してしまうところがある。でもこの問題は究極的には、キリスト教全体に言えることかもしれない。なぜマリアが処女でないといけないのか。キリストのお父さんがいても別にいいじゃないか、と僕自身は思うんですが。

亀山　その問いは、ドストエフスキー自身の問いかもしれません。というのも、その問いかけがないと、ナスターシヤ・フィリッポヴナを聖母マリア、あるいはマグダラのマリアとして置き換えるとき、なぜ純潔が問題とされるのかという問いにつながっていきません。

中村　その部分は、西洋のキリスト教社会の感覚がドストエフスキーの小説にネガのように出てきてしまっている気がします。

亀山　『罪と罰』は確かにあそこで終わらなければならない物語で、ラスコーリニコフとソーニャの物語になった瞬間に全ては楽園放逐の物語になると考えられるのはなぜかという問題に繋がってきます。

一方、中村さんの場合は、ありとあらゆるものについて、それぞれの場面に想像力を傾注して書いてきていますね。つまり、頭のなかで模倣的な世界を築き上げている。その分、ドストエフスキーと比べて寛容だとも思えますし、逆に言うと、通念的な常識のなかに堕してしまう危険性もあるのではないかと思うのですが。

中村　そうですね。僕自身はドストエフスキーが隠しているセクシュアリティの問題を直接的に書こうとする傾向にあります。それによってシンボリックなものを失うということも同時に起こる。なんでもかんでも書けばいいというものではないですね。小説によって、あからさまな性描写が必要だと思ったら書きますけど、『カード師』においては必要なかったので書きませんでした。

亀山　そこも驚いたんです。

中村　そうですか？（笑）

亀山　上半身を裸にされた竹下が、別室に置かれたときにね、何が起こるのか、その顛末の描写に期待した読者もいるんではないかと思ったのですが、あそこでは、かなりストイックに放置しましたね。その点はよかったと思っています。

中村　あそこで性描写をしてしまうと、別の小説になるのでストイックになりました。この作品のまえの『その先の道に消える』（朝日文庫、二〇二一年）という緊縛小説で、性的なことを散々書いたので、しばらくはもういいかなと思っていたのも事実なんですが（笑）。

神とキリスト、そして不信の力

中村　ところで、亀山さんの『黒い言葉』は、ドストエフスキーのあらゆる作品を凝縮して、いっぺんに摂取したような、すごく心地のいい酩酊感を体験することができました。また同時に特殊な本でもありましたね。書き始めはコロナの流行前で、その後ご構想が変わったという旨があとがきに書かれていました。

特にたいへん重要なご指摘があります。「大審問官」の章では、人びとの子どもらしさというか、ある意味牧歌的なキリスト社会をあの大審問官は求めている。『悪霊』においても、九割の人間は天真爛漫な家畜のようになり、一割がそれを支配する世界観への言及がある。亀山さんの指摘に触れる前までは、これらの描写を純粋なディストピアとして僕は見ていたんですけれど、亀山さんはこれらの描写にドストエフスキーは肯定的な意味をもたせていた可能性があると指摘しています。ものすごい話ですが、言われてみればたしかにそうだと思う面があるんですよね。

『黒い言葉』にも書かれていますが、全世界的なキリスト教社会における団結をドストエフスキーが望んでいた可能性は非常に高い。たしかに『作家の日記』などを見てみると、ドストエフスキーはイスラム教に対してかなり非寛容ですし、ユダヤの人たちに対してもあまり良いイメージをもっていない。そうなってくると、キリスト教によって団結した国家のなかで、民衆の素朴なキリスト教信仰にみんな立ち返ろうと呼び掛けても不思議じゃない。一般読者がディストピアとして読んでいたものが、ドストエフスキーはある意味理想として描いていた可能性があることに気づくわけです。

もちろん「二枚舌」なのでどこに彼の本心があるのか見極めは難しいのですが、ドストエフスキーは表面的には非常に極右的で、スラヴ主義者というか民族主義者のように振るまっている。スラヴ系の国々を父親的じゃなくて母親的にロシアがリードするのだという正直かなり苦しい言い方をしながら、ロシアによる事実上の他国支配を肯定しているようにも感じる。このドストエフスキーの保守論陣の基盤にあるのがキリスト教ということですよね。逆に言えば、キリスト教がない限り、彼は保守も国も皇帝も賛美しないのではないかと思います。

ドストエフスキーは、人間は跪く対象が必要なんだという。それは彼にとってはキリスト教です。恐らくドストエフスキーが日本にいたら、このような世界観は描かなかったんじゃないでしょうか。

亀山　「神がいなければ、すべてが許されている」という言葉が『カラマーゾフの兄弟』にあります。これはイワンのセリフとされています。これは「もし神がいなければ、それを創る必要がある」というヴォルテールの言葉のパロディです。だからもしドストエフスキーが日本でものを書くとしたら、どういう態度に出たか、なんてことを時々空想します。そもそもドストエフスキーのいう神が最初からないわけですから、全ては許されるという帰結も消滅してしまう。そうなると、ドストエフスキー自身が空中分解してしまうので、きっと、神を創ろうとするはずです。たとえば、教団Xのような……（笑）。

「神がなければ」という前提は、ドストエフスキーにとっては必ずしも絶対に許容できないものではないような気がします。ただし、「キリストがなければ」という前提はありえません。ドストエフスキー自身が壊れるはずです。キリストは絶対律なのです。ドストエフスキーのマゾヒズムの本質もそうなります。ドストエフスキーとサルトルの実存主義はたがいに真っ向から反発しあわざるをえません。

中村　確かにそうですね……。一方で、ドストエフスキーは神への懐疑的な視点もたくさん描いています。だからこそ神を信じていないような人も楽しむことができる。そういう意味では、ダンテなどと比べると非常に現代的です。この点はドストエフスキーの大きな強みで、時代を超えていく作家だと思いますね。

亀山　ドストエフスキーにおける不信の力ですね。

中村　今後も生き残るとしたら、その不信の力によるところは大きいでしょうね。

ドストエフスキーは生き残れるか？

亀山　厳しく突っ込んでおうかがいしたい点があります。それは、これからの時代、ドストエフスキーは生きのびられるのかという問題です。

中村さんはドストエフスキーに対して、ネガティブなこともおっしゃっていますよね。

中村　生きのびるという意味では、先程の不信の力は大きいです。でも、ドストエフスキーはとにかく長い(笑)。あのしんどさがいいという人は、結構減ってきていると感じます。

現代は、あらゆるものがどんどん短くなってきています。僕自身、小説を書くときはとにかく無駄を省く傾向にあります。表現は、ある意味で短ければ短いほどいいと思うようにもなってきました。短い言葉で大きなことを表現するのは、日本の俳句や短歌の伝統でもあります。『カード師』も実際には三倍ぐらいになる話なんですが、あの分量になっています。

亀山　ドストエフスキーと同時代の、古典と言われる一九世紀の作家たちの作品は、あまり読まれなくなってきていますね。こうした状況のなかで、ドストエフスキーがもし生きのびていけるのだとしたら、どういうかたちをとっていくと思いますか。

中村　ドストエフスキーに限らず、そもそも文学が生きのびられるのかという問題にも行き着いてしまっているところがある。やはり長いものや難しいもの、しんどいものを人々が読めなくなってきている感じはします。それは作家を約二〇年やっていて感じてきた変化ですね。

その点でも、亀山さんの翻訳の意義は非常に大きいです。もし現代に新潮文庫と岩波文庫の翻訳しかなければ、いま正直ここまでドストエフスキーは読まれていない。亀山さんによる翻訳を入口に、他のバージョンも読んでみようという人も増えたのではないでしょうか。一方、新潮文庫で出会った僕なんかは、亀山さんによる訳で読み返すことで、その作品に新たな発見を得ている。海外文学は、訳によって生まれ変わることができる。これは文学が生きのびるうえで、非常に有利な点だと思います。

亀山　ドストエフスキーは、確かに再読、再再読という経験を通して初読時のショックを反芻（はんすう）する楽しみが可能な作家です。第一印象だけではとうてい済まされない。特に『カラマーゾフの兄弟』なんかは、二回以上読むことで本当の深さが徐々に分かってくる。私自身もそうして見えてきたことがたくさんありました。『カラマーゾフの兄弟』は、あれほどの長篇の作品ですが、余計なことが書かれているとは、まったく思えないですね。

　そう考えていくと、最初にドストエフスキーが死ぬのは案外、翻訳で読むことのできないロシアかもしれないという気がしてきます。

中村　確かにロシアの方にうかがうと、とにかくドストエフスキーは読みにくいとおっしゃりますよね。フランスの作家と話した際に聞いたのは、フランス文学だと、サルトルやアンドレ・ジッドは読みにくいからあまり読まれてないけれど、カミュは読みやすいからいまでも読まれている、と。日本だって同じで、『源氏物語』のような、主語が省略ばかりされている文体を原文で読むのはやはりつらいです。

　ドストエフスキーと翻訳に関しては、ドイツに行った際に聞いた話なのですが、ドストエフスキーの文体に寄せた、読みにくいドイツ語訳が出たらしいんですけれど、やはり不評だったそうです。ある意味、ドストエフスキーは世界的に翻訳に助けられているところが結構ある。やはり読みやすさは重要だということですね。もちろん読みにくいことの利点もありますが、読みにくいことで作家の真意が埋没してしまうこともある。

　ドストエフスキーにとって前提としてあるのはキリスト教です。では、キリストの神が社会の土台にない日本で、『罪と罰』をどう読むのかという問題があります。例えばラスコーリニコフは、自分が虫けらだったことを悔やんでいるだけで、実は本当に反省して罪の葛藤に苛まれているわけではない。『罪と罰』も、簡単にまとめてしまえば犯罪をおかした思春期の青年が、人を殺害した後、母性愛的な女性と結ばれるという話になり、例えばこれを読んだからといって犯罪抑止になるわけではないですよね。

　そう考えていくと、ある意味ドストエフスキーという経験を経た上で、神なき時代の我々はこれから生きのびていかないといけない。これはある意味で、ドストエフスキーが現代の作家に課した宿題なのではないかという感覚はあります。

亀山　では、そうした時代に作家として、ドストエフスキーを引用するということはどういうことなのでしょうか。引用するといっても、読者に簡単にわからせるわけではない。しかし、「ここはドストエフスキーだ」と思わせるところが確かにありますよね。黙示録からの引用、たとえば、「ラオディキアにある教会の天使に書き送れ」ですか、あそこからの引用にはどきりとさせられました。

中村　これは、一言でいえば喜びです。

　やっぱり楽しいですし、武器にもなる。先にドストエフスキーにやられてしまっているということで、後の世代の書けるものが減る側面はもちろんあるんですが、でもやっぱり彼を経たうえで書けるのは大きいです。僕自身はドストエフスキーが好きだということを公言し続けていて、ドストエフスキーによれば、と作中で彼の名を出して直接言及することさえあります。

　また現代の作家がドストエフスキーの凄さを伝えていくこともできますよね。僕がドストエフスキー作品を推薦しているのを見て、ドストエフスキーを手に取ってくださる読者の方も多くいらっしゃいます。そういう入りもむしろ嬉しいですね。

亀山　入り口の問題を考えると、ドストエフスキーの世界は読書を介して、つまり言語的な体験でなければいけないのかという問題もあります。例えばドストエフスキー作品を原作としたロシアの大河ドラマのようなものでは、原作の細かい描写は省かれていましたが、会話部分はほぼすべて再現されています。他にも、演劇や映画などの原作にも多くつかわれています。そうした体験としてドストエフスキーを理解することもできる。私も、ドストエフスキーの入り口は二時間の映画でもなんでもいいとよく言っています。

そうとはいえ、言語体験でなければ絶対に駄目だという側面もあるはずです。それは、中村さんとしてはどのような点だと思われますか。

中村　僕も必ずしも入り口は本でなくてもいいと思います。ただ、ぜひ映画なり演劇なりでドストエフスキーを知った後に、本を読んでもらいたいです。

僕自身も、文章の連続、それでこそ表現できるものは何かということを考えながら書いています。文章を読むだけで、イメージが次々脳内で創生されていく。言葉の連続によって脳が活性化し、その世界に没入していくあの感覚です。それは小説でしか経験ができないと思うんです。ドストエフスキーを読んでいると、ものすごく深いところまで重厚感や迫力をもって言葉の世界を体感できるので、ぜひみなさんにも経験してもらいたいという思いはありますね。

亀山さんも『黒い言葉』でドストエフスキー自身の言葉をお書きになっていますが、「人間の魂の深みを隅々まで描くのだ」（二三二頁）。この姿勢を持っているからこそ、どこまでも描く。それこそ、限界以上まで。それが他の作家と比べて、さらに一歩、それ以上到達している部分だと思います。

亀山　形式が壊れることなんかも恐れていないですよね。それでもいいから、書いてしまう。

中村　もう一歩行く。どこまでも行く。そこはやっぱり書きながら見習うべきところですね。僕も書きながら「ここはもっといけるな」と常にやろうとします。それはやっぱりドストエフスキーから受けた影響が大きいです。

（後記）亀山さんは、時に大胆に思考の指を伸ばすことがあって、それゆえに、これまで誰も気づかなかった、ドストエフスキー作品の新たな真実を摑み取ることができる。そういったところもまた、刺激的なんですよね……。

×亀山郁夫（ロシア文学者・翻訳家・作家）
ドストエフスキーと現代日本

――「図書」2022年2月号／岩波書店

現代日本の犯罪とドストエフスキー

亀山　今回、この対談をするにあたって、「現代日本」という切り口はどうだろうか、ということで提案して中村さんに対談相手をお引き受けいただいた経緯があります。ただ、「現代日本」というテーマを意識してお話しするのは最初のうちだけで、ドストエフスキーの世界そのもの、あるいは、世界の中のドストエフスキー、というふうに話が発展していくといいのでは、と思っています。

「ドストエフスキーと現代日本」という話ですが、現代日本において、やはり反芻（はんすう）されるべき事件がいくつかあります。二一世紀の現在から話を始めると、まずなんといっても二〇〇一年の大阪教育大学附属池田小学校の事件ですね。この事件では八人の小学生が死去しています。

判決が確定した後、犯人は死刑廃止運動家の女性と出会い獄中で文通して獄中結婚をしています。死刑判決を受けた彼の、この文通を経ての獄中結婚というのは、『罪と罰』のラスコーリニコフとソーニャを彷彿（ほうふつ）とさせますね。『罪と罰』のラスコーリニコフを小説の登場人物としてではなくて、現実に存在した人物として思い浮かべようとするとき、池田小事件の犯人をはじめとして、これから紹介する全員が死刑判決を受けることになる人たちと、かなり近いところにラスコーリニコフ自身がいた、ということを、やはり忘れてはならないでしょう。小説を通して接する殺人犯と現実の殺人犯との間に落差を設けるのではなく、同じリアルな目で眺めてみた時に、ラスコーリニコフという存在のもつ恐ろしさが、ヴェールを剥ぎ取られてより一層ドラマティックに、生々しく蘇ってくるのではないでしょうか。

次に思い出すべき事件が二〇〇八年の秋葉原の連続通り魔殺人事件ですね。この犯人、加藤智大の、殺意に向かう瞬間の動機とその内面には、一種のアイデンティティの剝奪というか、なりすましが登場してきて彼はどんどん追い詰められていった。そこから彼の激しい無差別の復讐心が生じ、こういったテロ行為に具する。このときドストエフスキーとの関連で思い出される作品が、デビュー二作目の「分身」なんですね。主人公は、テロにはいかず、発狂してしまうわけですが。

この事件について精神科医の斎藤環さんが興味深いことを言っています。犯人の加藤智大は、相手は誰でもよかった、と言っているが、じつはそこには、「主体は誰でもよかった」というつぶやきが聞きとれる、と。たとえ犯罪をおかしたとしても、自分の匿名性は変わらないという諦めです。この時代、つまり現代の特色として、死刑になりたいとか、あるいは相手は誰でも良かったといった犯罪の回数が目につきます。インターネット等がそうした増加の一因という側面もありますが、この相手は誰でも良かったという告白の中には、たしかに、殺す主体が誰でもよかったのだという一種の超越的な自我の存在が感じられます。つまり、加藤智大の場合には、自分が犯行におよぶけれども、その主体は私ではなくて、私たち、ないしは非常に不確定な「私の集団」としてある。その集団化した私が無差別テロに向かっていくということです。一種の自己正当化です。

次が、二〇一六年の相模原の障碍者施設の事件ですね。これはまさにドストエフスキー的と言っていいと思いますし、犯人は、実際自分自身の、この殺害の意志というものをアイディアとして披露したときに、「あなたの考え方は、ヒトラーと同じだ」と言われた、と言うんです。また、彼は、「私が殺したのは人間じゃない」という言い方まで堂々としています。この相模原の事件というのも、やはり一種のドストエフスキーのパラダイムの中で見ていくべき大きな問題だろうと思います。

他にもいくつかありますが、こういった事件を、ドストエフスキーを考える、また現代の日本を考える、ひとつのテーマとして掲げてみたわけです。ドストエフスキーが一八六〇年代、七〇年代に遭遇し、小説に結晶させた事件が、この二一世紀の中で繰り返し起こっていて、おそらくドストエフスキーが現代に生きていたら、一つ一つの事件に、猛烈な好奇心、関心を掻き立てられていただろう、とつよく感じます。そこで、中村さんには、現代日本の犯罪をめぐって、ドストエフスキーを念頭に置きつつ、ご発言いただきたい、と思います。

個人の問題と犯罪との結びつき

中村　はい、今日はよろしくお願いいたします。それらの事件は、先ほど亀山さんがおっしゃったように、様々な意味で匿名性があります。それに加えて、何か、これは『罪と罰』のラスコーリニコフにすごく似ているようで、同時にやっぱり決定的な違いもあるのではないかというように僕は思います。その理由は、池田小の事件と、秋葉原と相模原の事件、三つの事件に共通して言えるのは、これらの事件は、殺人じゃなくてもよかったということです。彼らは生活の行き詰まりにおいて出口を求めていたと思うんです。つまり、何かしらの代替案としての犯罪であって、それが必ずしも犯罪である必要もなかったのではないか、と僕は思います。

じゃあラスコーリニコフはどうか、という話になってきますが、非常に簡略に言いますと、ラスコーリニコフは一つの思想を持つんです。例えば、後々にものすごく人類のためになる人間が、犯罪をしないと自分のその目的を達成できない場合、犯罪をする権利がある、みたいな英雄思想を、ですね。彼はナポレオンを意識していて、ナポレオンは世を動かしましたが、戦争で膨大な数の人間を殺害している。自分はそういった思い切った行動ができるかどうかという、個人の問題に殺人が結びついていたんです。

でも、先に挙げられた三つの事件の場合は、僕から見ると、彼らの人生の問題と殺人が実は結びついていないんです。本当は彼らの人生の中に別の問題がある。

別の問題があるのに、そこから逃げて彼らは人に対して恨みを持って犯罪に走っているだけだ、という気が、僕はどうしてもするんですね。

亀山　ちょっと質問。その、別の問題というのは、どういう問題ですか？

中村　例えばですけど、秋葉原の事件で言うと、彼はとにかく生活に行き詰まっていたわけです。加えて、自分のコンプレックスというものがあった。人生がうまくいかないという悩みと自身が抱えるコンプレックスがあるんですが、それを解消するものが必ずしも殺人である必要はないんです。別のことで解決できたのに彼らは（殺人を）やってしまったというのが、僕のニュアンスなんです。

それとの対比で一人の犯罪者を僕はあげたいと思います。自殺サイトで三人の男女を殺害した前上博という、もう死刑になった人物です。どういう人間だったかというと、尋常じゃない記憶力を持つサヴァン症候群の人でした。東大生のIQの平均値が一二〇くらいだそうですが、彼はIQが一二八もあって、ものすごく頭脳明晰な人間なのですが、性欲が男性にも女性にも向かわなかった。彼が向かった性欲の先が、「白」という色と、悲鳴だったんです。

なぜそうなったかというと、長い分析はここでは省きますが、彼は父親との関係にかなり問題がありました。父親は白バイの隊員で、前上博が子どもながらに憧れている存在でしたが、同時に周りの人からアルコール依存症だとも言われていた。そのギャップに前上博は悩むんです。彼は白バイ隊員の父が大好きなので、白というものに異常に固執してしまい、まだ未分化だった性が白と結合してしまって、白いヘルメットの郵便配達員を追いかけたりするようになる。さらに父親から虐待も受けていて、窒息させられかけたりするわけです。その時の体験が複雑に影響し合い、今度は加害者の方になる。そして悲鳴というものに性的な興奮を覚えるようになってしまう。

それで、彼に、性衝動が男性にも女性にも向かわず、白い色と悲鳴だけにしか向かわない人間の人生の辛さ、というのを、僕はすごく感じたんです。それこそドストエフスキーが描く個人の葛藤ですね。個人が世界と対峙する葛藤。だから、僕はどちらかというと、前上博の方がドストエフスキーっぽいのかな、と思ったりもします。個人の内面の葛藤という意味において。彼の場合は、彼の人生の根本的な問題と犯罪がダイレクトに結びついているんです。彼の人生にとっては、他者の悲鳴と白い色が必要だったので。自分の性欲を抑えるために、女性ホルモンを打ったりもしている。

それに比べると秋葉原の事件や相模原の事件というのは、彼らの人生の本当の問題と、殺害というのは、全然結びついていなくて、何かのきっかけでそんな事件を起こす必要も実はなかった、と僕は思うんです。自分の現状からの「出口」のための犯罪に過ぎなかった。

犯罪に踏み出す瞬間の時についていうと、秋葉原の事件ではまず車で突っ込むんです。なぜかというと、僕の意見ですが、勇気がなかったからだ、と思います。普通の状態では、まず無理でした。でも車でまず突っ込めば、もうあとはやるしかない。つまり勇気がないから、車で突っ込んだと思うんです。なので僕からすると「だったら君、それはやる必要はなかったんだ」と言いたい。

相模原の事件はどうだったかというと、障碍者を殺害するという発想は、彼の生育歴などと密接に絡みついているわけでもなくて。彼は、最初に手紙を出しています。安倍元首相、当時の首相に手紙を出そうとして、無理だったので、衆議院議長になんとか手紙を渡そうとしますが、大麻をやる習慣があったんです。大麻をやって恐らくちょっとハイの状態で、まず「自分は障碍者を殺せる」というような手紙を書く。大麻にそこまでの効果があるかわかりませんが、彼はその前に脱法ハーブをする習慣があって、自分がそれで脳にダメージを受けているという自覚もあった。そのような状態の脳で大麻をしていたのですから、通常の大麻とはまた違う効果があったように思います。そして確保されて入院させられ、後に引けなくなる。犯行当時も大麻をやって自分に景気をつけている。なぜ一九人も殺害できたのか。大麻の前にやっていた脱法ハーブの影響もあるのではないかと僕は思っています。彼の人生の問題と障碍者を殺害する、ということは実は結びついていない、と思うんです。自分の人生の暴発に、ただ社会的な意味づけを無理やり与えているだけだと。

最初に脱法ハーブをやった理由の中に、恐らく彼の内面の本当の問題があると感じます。両親の人生をなぞろうとして、上手くいかなかった形跡も見え隠れする。

そこで、ラスコーリニコフは問題と犯罪が結びついているのか、という話に戻ると、非常に興味深い問いになります。結びついているとも言えるし、結びついていないとも言える。ここがまた、ドストエフスキーの面白いところです。ドストエフスキーの小説というのは、両方に考えられますので。

ラスコーリニコフはサイコパスか？

亀山　ちょっと質問していいですか？　今、話を聞きながら、サイコパスという言葉を、しきりに思い浮かべていました。サイコパスという、特殊な心理、あるいは欲望を持っている人間の犯罪と、サイコパスと呼ばれない人たちとの差異を考えた場合、今挙げられた前上博などは、やはり、より一般的にはサイコパスという言葉で表現されかねないところがあるわけですね。それに対して、人生の問題と殺人との間にダイレクトな接点がなくて別の問題が実はあるのに、そこに目がいかずに殺人に結びついていった人たち、一種の間接的な殺害者と言いますか、その人たちには、おそらくサイコパスというレッテルは、貼りえないと思うんです。

サイコパスというイメージでAかBか、という判断を下すことは非常に危険だと思いますが、ラスコーリニコフは、そのどちらかに当てはまるとお思いになりますか。

中村　僕は、ラスコーリニコフはサイコパスではないと思っています。でも、彼自身の人生の問題を解決するには、老婆のところに行ってみないといけない、というのがあった。でも、なぜそんなこと（殺害）を考えたのかと言えば、彼の問題は別のところにありますよね。

シンプルにラスコーリニコフがお金持ちだったら、あの事件を多分やっていないんです。あと、おそらくソーニャともっと早く出会っていれば、とか。あとは家族の非常に特殊な状況があった、というのがあるので……。だから、そう考えると、前上博のケースよりも、大量殺人を犯した秋葉原の事件などの方によっているな、という感じもします。でも僕はどうも、池田小とか秋葉原の事件をいろいろ調べてみても、魂の葛藤みたいなものがあるにはあるんですが、安易に犯行と結びつきすぎていて、どうしてもラスコーリニコフとは、だいぶ距離を感じますので……。

亀山　中村さんのラスコーリニコフの捉え方について、ちょっと確認したいんですが。私自身は一五歳の時に、完全に魂を乗っ取られる体験をしたんですね。しかし、それは、初めての本当の読書というだけのことであって、おそらく別の小説を読んでもその主人公に同化するという経験をしたと思います。

　しかし、その後、『罪と罰』は三回、翻訳の時には三校四校と何度も読みましたが、その時点ではもう、ラスコーリニコフの存在が、頭の中というか、心の中に入ってこなくなっていました。一五歳の時には、圧倒的な憑依ないし同化の体験ができたのに、それ以後は全然ラスコーリニコフに同一化できない。中村さんは、ラスコーリニコフに関して、そういった一種、シンクロ化を経験したことはありましたか。

中村　大学の時はありました。一番初めに読んだのが大学生の時だったので、一〇代の終わりですね。老婆を殺したいとかは思わないですけど、彼の葛藤に。自分は一体どの程度の人間なのか、という葛藤。その彼の葛藤には、非常に僕は共感というか、シンクロはしました。

　『罪と罰』は何回も読んでいるんですが、作家になってからは、どうしても作家的な目線で見ることが多くて。さっき、ラスコーリニコフは殺人を犯さなくてもよかった、という話をしましたが、ここは亀山さんもおっしゃっている通り、「黙過」という問題があって、しかも神の黙過があったのではないか、というのがありますね。結局、ラスコーリニコフは犯罪に向かう時に、まるで何かが「これをやれ」と言っているんじゃないか、というほどの偶然性に導かれてしまう。老婆がいる時間とかを立ち聞きしてしまうんですが、あれがなかったらやっていないですね。そう考えると、「あれをやらせたのは誰だ？　悪魔なわけがない、まさか神がやらせたのか？」という風に、非常にドロドロした話になってきて……、そっちのほうに作家の場合は興味がいきますね。だから、最初に読んだ時に憑依したような感覚は、今はないと思います。

ドストエフスキー作品の読みどころとは

亀山　ここで、ドストエフスキーの個々の作品について、それぞれ触れていただきたいと思いますが。たとえば『罪と罰』の中で、どこが凄いとか、この言葉が素晴らしかった、というくだりを話していただけますか。

中村　そうですね。やっぱりその現代性、という意味においては、予審判事などが言う「空気が必要ですよ」という言葉ですね。ラスコーリニコフがいる部屋が「船室」、船の部屋にたとえられていて、非常に息苦しい。大江健三郎さんの「セヴンティーン」にも船室という表現が出てきますが、「どんな人間にも空気が必要なんです」という言及が、僕はすごく刺さりました。これは犯罪者だけではなくていろんな人に言える。どうしても人間というのは考え込むと、一つのことばかり見て、視野が非常に狭くなってしまいます。そういう時に「空気が必要」というのは、つまり外部の空気ですよね。それはもうなんでもいいんです。YouTubeでもいいし、本でもいいし、第三者、他者でもいいし、広がりを得られる何かが必要、ということです。一つあげるとしたらこの言葉ですね。

亀山　では、次に『賭博者』に行きましょう。中村さんは、最近、『カード師』という傑作を書かれています。『賭博者』を超える、ものすごい賭博のシーンもあるので、ぜひ、『賭博者』についても、一言いただきたいと思います。

中村　『賭博者』は、僕は賭博の話というよりは、マゾヒズムの話と思っています。主人公は賭博で大勝ちした後に、これまで崇拝していた女性のことを、一時的にすっかり忘れる。つまり、彼にとってはひざまずける相手、コントロールされる相手だったら、賭博でも女性でもどっちでも良かった、というのがはっきりした、あの瞬間は非常に好きですね。ドストエフスキーが書いたマゾヒズムの賭博ではなくて、サディズムの賭博を書かなければ、と思って『カード師』を書きました。

亀山　マゾヒズムの小説だ、というのは、すごく鋭い指摘だ、と思います。

ところで、『白痴』に関心を持たれたことは？

中村　あります。やっぱり、ラストシーンが素晴らしい。あれはもう素晴らしいですね。ドストエフスキーの全小説の中でも、最高にロマンティックというか。ラストとしてやりすぎているところもあるな、と思いますけど、やっぱり、いいですね。

亀山　『悪霊』はいかがです？　山ほど語りたい部分があるでしょう。

中村　『悪霊』はもう……。そうですね、僕はやはり「スタヴローギンの告白」の、つま先立ちになるところですね。少女を凌辱するという展開は、よくあると言えばよくあるかもしれない。でも、その少女が自殺するあいだ、黙って見過ごして、しかも、つま先立ちになってその状態を見る、というあの恐ろしい描写は、ドストエフスキーが書くまで世界文学史上になかったはずですね。あそこは、非常に衝撃を受けました。

亀山　スタヴローギンによるマトリョーシャ凌辱、そして、その自殺を黙過し、なおかつそれを覗きに行くといった、ある種逸脱した部分までドストエフスキーは書いているわけですが、ご自分のこれまでお書きになった小説の中で、それに類したくだりを描かれたことはありますか。

中村　昔に書いた『悪意の手記』という小説があるんですが、その中で親友が水に沈んでいくところを、主人公は自分がこれに耐えられるか、と思って見ようとするんです。主人公は完全に親友が沈むまでその場にい続ける。「黙過」ではなく、ダイレクトですけど、影響を受けていると思います。

亀山　最後は『カラマーゾフの兄弟』について議論したい、と思いますが、その前に『未成年』についてはいかがでしょう。お好きだ、とどこかで書かれていたと思うんですが。

中村　今回、対談にあたって読み返してみたんです。前提として、すごい小説だと思いますが、久しぶりに『未成年』を読んでみて、こんなことをいうとおこがましいですが、ドストエフスキーの若干の衰えも僕は感じたんです。所々、凄まじく素晴らしい描写はありますが、革命家たちも活きていないし、賭博に関しても深みを与えきれていない。主人公が作中で言う「理想」もきちんと処理されているとは言い難い。

とはいえ、ドストエフスキーは『未成年』の後に『カラマーゾフの兄弟』を書くんですが、このV字回復、というんですか。普通、並みの作家ですと、多分、『未成年』から徐々にダメになっていくはずなんです。なのに、その後『カラマーゾフの兄弟』という彼の最高傑作を書いてしまうところが、ものすごい作家だな、と逆に思ったんですね。

それで、いよいよ父親との問題を書く時、なぜ『未成年』で曖昧なヴェルシーロフを書き、その後、なぜ父親像を今度は悪徳に振り切ったのか。僕はすごく興味深く思ったのですが、そのあたりどうでしょうか。

亀山　そこは本質的な問題ですね。おっしゃる通り、『未成年』と『カラマーゾフの兄弟』というのは、いずれも父と子の問題を扱っていることは紛れもない事実です。かたや、『未成年』では、いかに多くの矛盾を抱えているとはいえ、一人の尊敬されるべき父親として登場する。それに対して『カラマーゾフの兄弟』では、酒飲みで、吝嗇(りんしょく)で、女好きの父親フョードルが中心となり、人物像が単純化されたことで逆に傑作が生まれた、という……。

中村　ドストエフスキーは、ヴェルシーロフで父親像のいい部分と悪い部分を書くことで、もしかしたら父親と和解しようという気があったのかもしれない。

亀山　そうだと思います。父親と和解しなければダメなんだ、という。

中村　そう思ってヴェルシーロフを書いたのに、結局、次の長編では、父親を悪徳にしてしまうというところが……。和解しきれなかった、ということになりますかね、最終的には?

亀山　いや、そうではなくて、やっぱり、『未成年』でいったん終わっているんです。ドストエフスキーは、おそらく和解の小説を書いて終わろうと思ったんですね。それが、ロシア民衆とかエリートたちと「皇帝との和解」の問題にスライドする。『未成年』における「父と子の和解」の問題を、より歴史的な広がりの中で描こうとしたのが『カラマーゾフの兄弟』の「第二の小説」ということになります。ですから、いったん、ドストエフスキーはその問題を『未成年』で閉じ、もう一回、ゼロからやり直す覚悟で『カラマーゾフ』に取りかかったと思うんですね。しかし、作家自身の死によってその目論見は挫折した。

それでは、最後に『カラマーゾフの兄弟』について語っていただけますか。

中村 あの小説を読んだ時、僕はまだ福島大学の学生でしたが、祈りについての言及がありますね。世界のすべての人に対して祈る、と。つまり、自分の事も誰かが祈ってくれている、ということに僕はやはりすごい衝撃を受けて。

自分は孤独ではないのだ、と思ったんですね。そのシーンを読んだ時、夜でしたが、世界と自分が繫がる、世界と自分のいる福島のワンルームが繫がっている感じがした。世界の人々のために祈る、という、その〈世界の人々〉の中に自分が含まれている。今、誰かが自分のために祈ってくれているかもしれない……。僕はすごく感動して。あの衝撃は強かったです。アリョーシャの場面ですね。

亀山 ドストエフスキーが今の言葉を聞いたら、きっと大喜びするでしょうね。

中村 亀山さんの本を読んだ時にも、その感動を思い出したんです。亀山さんが今回出された『ドストエフスキーとの旅』（岩波現代文庫、二〇二一年一〇月刊）という本の中でお書きになった、亀山さんがテーマにしている「黙過」という、ドストエフスキーの、いろんな悪を黙って見過ごすという悪のことで。その「黙過」というものを、自分もしているのではないか、とある……。世の中に出現するいろんな悪について、そういったすべてのことに対して自分は罪があるのではないか、そういう謙虚な気持ちで生きていく、というところに僕はすごく感動して。つまり、「黙過」は悪というものの発見ですが、悪の発見が善につながっているわけですよ。自分の悪を発見することによって、謙虚な生という善を生む。この善と悪のダイナミズムが、まさにドストエフスキーの世界だと。僕はこの本が単行本で出た時も読みましたけど、あの時からさらにいろいろなエッセイが付け足されて完成されて、大変素晴らしい文庫本になったな、と思って。

なんというか……、ドストエフスキーの翻訳や様々な文学研究によって敏感になった肌感覚で世界と接する面白さ、とでもいうんでしょうか。たとえば亀山さんが海外に行くと、様々な文化や芸術に触れているから、旅先のシーンでの感動が二倍にも五倍にもなる。つまり、知識というものが人生をこれだけ喜びで満たすのか、というところもすごく面白くて。

亀山　嬉しいです。皆さんも是非読んでいただければ。すでに読んだ方も、新しい二一編のエッセイを書き加えたので。

（後記）「図書」さんの企画で、神保町ブックセンターのオンラインイベントでの対談でした。視聴していた方々はご存じですが、対談はこの後も続いています。ロシアにおける政治とマゾヒズムの結びつきなど、話題は尽きませんでした。

亀山さんとは五回対談しているのですが、まだまだ話し足りないです。このような凄い方と同時代に存在し、対話を重ねることができるのは、本当に幸福なことだと感じています。

×古井由吉（作家）
予兆を描く文学

ある年齢を越えていた驚き

中村　『古井由吉　自撰作品』が刊行されたので、改めて古井さんの初期の作品を読み返して、今の僕よりも若いときに古井さんは「杳子」をお書きになっていたことに気づいて、愕然とさせられました。

古井　その頃は今と年齢の塩梅が違ったんですよ。当時三〇歳を過ぎたらもう完全なおじさんで、しかも僕は所帯を持っていたから、どうしたって若者とは見てもらえなかった。だから、「おじさん新人」「子持ち新人」とか言われてね。再デビューの人や僕のように翻訳をやっていた者は「セコハン新人」なんて言われたりもしました。

中村　そうなんですか（笑）。僕は古井さんの作品を読みながら、いつか自分もこんな表現ができたら、こういう着眼点を持てるようになりたい、と思っていたんですけど、今回「杳子」を読んで、いや待てよ、そんなにのんきに読んでいる場合じゃないぞ、と思ったんです。

古井　僕らにとって、自分がある年齢になっていたことに気づかされて驚くのは五〇歳を越えるときで、ひとつは漱石、ひとつは芭蕉。なんで自分はこんなに長生きしちゃったのかな、と思った。

中村　ちょうど今の僕の歳くらいで、芥川龍之介が自殺するんですけど、「歯車」や「或阿呆の一生」を読み返しながらやっぱり思うところがありました。でも、当時はインテリゲンチアと一般の人の間に、まだかなり大きな断絶があって、孤独感は現代とは違う、と想

――「新潮」２０１２年８月号／新潮社

像したりもして。

古井　戦前の作家、なかでも明治生まれの作家は、一七、八歳で旧制高校に入ると、世間から「旦那」と呼ばれた。川端康成も「伊豆の踊子」のときには、まだ一高生だったけれど、やっぱり旦那扱いされたそうです。高校生でなくても、知識人と見える人はそう呼ばれたらしい。ひろい意味での学生、つまり書生ということでしょう。

中村　昔のほうが、早く成長を促されていたんですね。

古井　それに僕だって、自分の土台だけから始めたわけではなくて、要するに先人の文章の土台から始めているんです。その先人たちも同じでね、泉鏡花は「高野聖」を二〇代で書いて、晩年までほとんど文章が変わっていない。これは、それまでの伝統の積み重ねでつくられてきた文体の土台の上から出発しているからで。僕は戦後だから新字新仮名の教育を受けましたけれど、読む本はたいてい旧字旧仮名でした。文芸誌でも「新潮」はずいぶん遅くまで旧字や旧仮名で、僕がデビューしたあともそうでした。そんな時代だったんです。

昭和三五年頃に日本全国にテレビが普及すると、新聞をはじめ文章ががらりと変わって、息の長い構造的な文章が少なくなり、短く切れてわかりやすい文章が一般的になりました。文章、広く言えば言語がアナログではなくなりデジタル化した。だから、その後に生まれた人は文章を書くうえでの足場が苦しいと思います。僕は長いこと芥川賞の選考委員をやっていたから、若い人の作品を読むと、さぞや苦しかろうと批判よりも同情が先にたってしまって（笑）。それに比べると、われわれはまだ楽でした。

中村　古井さんが自分と同年代のときに「杳子」を書かれていたことに驚いたのと同時に、もし僕と歳の近い書き手が「杳子」を文芸誌に発表しているのを自分が読んだと仮定したら、僕はその作家を間違いなく嫉妬してしまうだろうと思ったんです。

古井　それどころか、僕が今の年齢で「杳子」を書いたら、大評判になるでしょう（笑）。ただ、自分ではもう何十年も読み返していないんです。たいてい自作はあまり読み返さないほうなので。

中村　古井さんは「杳子」を一人称でおやりになって

いないじゃないですか。あくまで杏子という対象をもとに書いている。普通の作家だったら、おそらく一人称で主人公の迷いを表現するところを杏子という女性によって対象化しています。さらに杏子がひとりで病の中に入っていくのを男性が憎む構図があり、姉の「矩形に並べる」という病にまで広がります。

古井　僕がもしこの作品を一〇年後に書いていたら、「私」という人称を使ったと思います。その頃ようやく著者の「僕」と登場人物の「私」の中間ぐらいに「私」を置けるようになって、一人称で客観的に書けるようになりました。日本の私小説って、葛西善蔵や牧野信一、嘉村礒多たちは私事を書いたと思われているけれど、よく読むと、これほど「私」を客体化した小説もないことに気づきます。

人間が本来いるべき場所でないところ

中村　『蜩の声』など、現代の人間が沈黙を忌むという鋭い指摘が古井さんの作品には度々出てきます。実際に僕はひとりで何も音のない空間にいると、だんだん気持ちが内にこもってしまいます。でも、数年前に宮崎でホテルの窓から外をぼんやり見ていたことがあって、そこはとても静かなところで、本来なら憂鬱になるはずなのになぜかそうならず、いい感じで過すことができたんです。目の前に山が見えていて、その山がすごく恐かったんだけど、不思議と包まれる感じがあって。そのときに恐い風景を前にして畏怖を抱くようなときは、人間は逆に開くのかな、と思ったんです。

古井　自我が閉じもするけれど、かえって開いてしまうことがあるでしょう。外から恐ろしいものが迫ってくると。

中村　やっぱりそうですか。今の僕たちは、例えば平安時代の人たちに比べると、自分とその外側を区切る境界線がはっきりしすぎているのかもしれない、とも感じました。

古井　それとね、都会は騒音が多いことも確かなんだけど、それよりも、風の音のような自然の物音が入ってくることがすくない。都会の鉄筋コンクリートの建物はドアやガラス戸を閉めると、自然の物音が入ってこないので、心身が硬直するということがある。静けさとは何かというと、いろんな物音の総合のことなんですね。

中村　東京の風景って、道路にはみ出して生えたおもしろい木があっても危険を理由に切られてしまうし、平均化されていて、正直あまりおもしろくないんです。でも、夜になると、自分と外界との境界が多少あいまいになって、風景にも昼とは違う意味合いが宿るから、僕はいつも夜に散歩しています。

古井　夜になると、昔の地形がよみがえるんです。ゆるい坂道だと、夜に歩いて初めてそこが坂道だったことに気づくことがあるでしょう。

中村　あれは、どうしてなんですかね？　日常なのに、少し外れていくような感じがある。だから、僕は小説のことを考えるときも、ひとり静かなところでじっと考えているとふさいでくるので、夜歩きながら考えたりするんです。古井さんもよく山に行かれていましたよね。山で日常を離れた時間を得ようというお気持ちもあったんでしょうか。もしかしたら純粋に山がお好きだったのかもしれませんが。

古井　やっぱり、恐いところにひかれていたんじゃないでしょうか。山には沢があるから、決して静かではないんです。沢の音って破壊的なところがありますよ。地形も高速カメラの目で眺めたら、いまだ大隆起の最中にあることがわかります。それは恐ろしいものでね。つまり人間がいるべき場所じゃないんです。おまえなんかいつでもひねり殺してやるぞって顔をしている。本来自分がいてはいけないところに、いたがる気持ちが若い頃からありました。

その日の天候が原爆投下地を変えた

中村　古井さんの小説には、天気の描写がよくでてきます。天気は人間に対してすさまじい影響力を持つと思うんですけど、なかでも『仮往生伝試文』に出てくる戦争と天気の話が印象深くて。「もしもあの年、七月があれほど悪天候続きでなかったなら、梅雨がもう半月も早く明けていたなら、あるいは原爆の投下を見ずに、戦争は終っていたかもしれない。かわりに、焦土作戦はもっと徹底しておこなわれ、全国各地でさらに大量の焼死者が出ていたはずだ」と。

古井　昭和二〇年、僕は五月下旬まで東京にいました。三月一〇日の東京大空襲で下町が焼かれて、その後ひと月ごとに僕の住んでいたほうに大空襲が近づいてきて、明日は我が身と思われた。でも、天気が悪いと敵が来ないんです。あの年は特に夏場の天候がおかしくて、四月半ばから急にぐずついて、梅雨みたいな天気が全国的に長く続いて、実際に梅雨が明けたのは八月に入ってからでした。

中村　それは異常気象ですね。

古井　当初、小倉に落とす計画だった原爆の投下場所が、長崎に変更されたのは、その日は小倉上空の雲が多かったからで、あれは一種の実験でもあったので正確に落としたいという意向が働いたと思います。そんなこんなで天候と恐怖の結びつきに、どうしても敏感にならざるをえないんです。

中村　『蜩の声』に収録された「子供の行方」にも「それからは晴れた日の暮れるたびに、今夜こそやられると身構えたが」とあります。

古井　ええ、そうなんです。

中村　天候が人間に与える影響はいろいろあると思うんですが、僕は雨が降ると途端に気分が萎(な)えてきます。湿気と同時にふさがれる感じがあって。

古井　雨の降り出す前が一番きつい。後年になって入院したときに気づいたんだけど、低気圧が通過するときに苦しみを訴える患者が多い。入院患者は日が暮れると表の天気なんてわからないんだけど、天気の崩れる時には寝ているとどうも息苦しい。それは僕だけじゃないらしくて、医者や看護師さんが廊下を走る音がしきりにする（笑）。とりわけ老年にかかると天候には敏感になります。

予兆を感じる器

中村　今また太陽がおかしな状況になってきているという記事を最近読みました。太陽って棒磁石みたいにN極とS極があって、それが約一一年周期でN極とS極がほぼ同時に反転するはずなのに、北極だけS極からN極に反転し、いま南北両極ともN極になりつつあるようなんです。そうした現象は一七世紀後半から一八世紀はじめに太陽活動が低下し、寒冷化をもたらしたマウンダー極小期でも起こっていたというので、その頃に日本で何があったかを調べてみたら、江戸の大きな飢饉(ききん)の時期に重なっていたんです。

古井　安政の時代もそこに入りますか。

中村　大地震が頻発した安政の時代は、マウンダー極小期から一〇〇年くらい後になるので重なりはしないんですが、一回こうして太陽がおかしくなったあと、すこし経ってから地震があったというのも、すごく恐ろしくて。

古井　東日本大震災の一〇〇〇年前の貞観の時代にも、東北で大津波がありました。その九年後に関東で大震災があって、その九年後に近畿地方でも大地震があった。しかも東北大津波の五年前に富士山が噴火しているんです。だから、貞観の仏像はずいぶん険しい顔をしています。

中村　古井さんは東日本大震災の一年以上前に『やすらい花』の表題作を書いていらして、これは大水（おおみず）の話ですよね。父親が寝覚めに見ていた夢の話を息子にするんですが、夢の中で川を舟で渡っている。頭上で鳥の鋭い鳴き声が聞こえる。水嵩（みずかさ）が増し、向こう岸に田植歌を歌っている女たちがいて、父親は「何も知らないので早く教えてやらなくては」と言う。これを震災前に書かれていたことに僕はすごく驚きました。この言葉はどこから出てきたのですか？

古井　古い歌にほととぎすを歌ったものが多くあるでしょう。あれをよく読んでいくとね、どうも大水とかかわりがあるんじゃないか、と思ったんです。ほととぎすの声は、どこか警告めいているでしょう。だから、何かの予兆として聴いた人もずいぶんいるんじゃないでしょうか。そもそも予兆というのは必ずあって、どの人間も予兆を感じる器なんです。ただ本人が知らないだけで。それを描き出すのが文学じゃないかと思います。

中村　『蜩の声』の表題作も震災前に書かれた作品ですが、建物の修繕のことを書かれていて、震災後に起こった原発事故のことなどを思うと、相当なことだなと感じました。

古井　築四二年の建物に暮らしているんです。コンクリートの建物なので、入居したときは半永久だと思っていました。住まいに関しては、これで一生楽勝だって。それが次第に鉄筋コンクリートに寿命があることがわかってきて、これでもう三度目の改修工事でした。これだけ時間が経つと、改修といってもどこか解体に見えてくる。スクラップ&ビルドという言葉があるけれど、ビルドの中に将来のスクラップを見るということではなく、ビルドすなわちスクラップだ、とそのときに思った。

年をとると、あらゆる年齢が揃ってしまう

中村 今回の自撰作品集に収録された「聖」はいわば「反復の小説」で、場所の反復、さらには状況や役割の反復が書かれています。『やすらい花』に収録された「やすみしほどを」にも反復の描写が出てくるんですが、ここでは反復が「光景」としてあまりに美しく描かれている。「聖」から数十年を経て古井さんの表現がこのように極まるのに触れて、僕は思わず感嘆してしまいました。

古井 反復の現れというのは、既視感/デジャヴでしょう。それは風景のこともあるし、自分の振る舞いや感情であることもある。例えば、ひとつの辻(つじ)があって、この辻を自分は生まれる前から繰り返し通った、死んだあとも繰り返し通るだろう、というように。これが永劫回帰というもので、この既視感があまりにも深くなると気が振れそうになる(笑)。

ニーチェの永劫回帰は、キリスト教における永遠やつかの間を現在の瞬時において、直線的にではなく、つかんだ概念なんです。旧約聖書に「ヤーヴェは永遠である」とありますが、ヤーヴェにとっては一〇〇〇年もあたかも昨日の一日のごとくでしかない。それが神の絶対性を表していた。この感覚を現在に置き換えると、永劫回帰になるんだとニーチェは言っているのでしょう。でも、僕はいまさらこんなことを言われても困ると思ったね。苦しくて仕方がない(笑)。色即是空、空即是色、のほうがいい。

中村 「やすみしほどを」では「人は病院とかぎらずそこかしこで過ぎた苦の中に心を留め置いて、つれてすこしずつ今が虚白になり、そうして生涯を尽すことになるのではないかと考えた」というように「虚白」という言葉をお使いになっています。僕自身、年齢的なことを最近考えるようになっていて、三〇代である今よりも四〇代、五〇代、六〇代と年齢を重ねていくと今よりも苦しくなるという予感があるのですが、その先にはこういう境地があると思うと、すごく救われ

るんです。

古井　人の年のとり方というのは、老いと若返りの連続で、年をとるにつれて、あらゆる年齢が揃っちゃうんです。幼年時代から老年まで。それぞれの年齢が平等な権利をもって、物を言うんだ。

中村　それはまさに「新潮」で始まった新しい短篇連作シリーズでなさっていることに繋がっていて、第一回の「窓の内」には、あらゆる年齢層が同時に出てきています。青年期の終わりについて「少年が青年になり、壮んな季節も盛りを回る頃、老年のような境に入る。末期を思う」と書かれていて、まさに今の僕じゃないかと思いながら読みました。「文藝」の古井さんの特集号で、松浦寿輝さんが『楽天記』には、もはや年齢がない」と書かれていて、堀江敏幸さんとの対談で古井さんご自身が「むしろあらゆる年齢が同居したほうが年は順調に取れるんじゃないかしら」と話されていました。それで「年齢がない」というのはある意味で「あらゆる年齢がある」ということなのか、と考えたりもして。

古井　うん、そうだと思いますよ。

中村　しかも、この作品は短篇ですが非常に濃密で実際の長さに比べて文学の情報量がすごく多い。詩や短歌が短い言葉で多くのことを表しているのに近い意味合いで、これは小説ですけれど、短さと巨大さが同時にあるように感じました。

窓の内と外、その路地を来た人と過ぎた人、さらには眠りに入る前の自分と眠りから覚めた自分は同じなんだろうか、というように細部の対応関係が緻密に張りめぐらされていて、面相（めんそう）、顔というキーワードひとつとっても、首斬人の顔のなかで陽気さと陰気さが逆転していくところや、生涯が押しつまるにつれ殺した人の顔に殺された人の面相が浮かびあがるところも全部対応しています。そして、ラストでは語り手は相当危うい領域にいっていて、これはまたすごい連作が始まったなと思いました。

ピリオドに宿る呼吸

古井　文学の重要な役割のひとつに、反復と経過を一緒に書く、反復と経過のなかの存在を描くことがあると思います。反復のないところに経過はないし、経過のないところに反復はない。文字を書くというのは、ある想念のひとつの周期のもとに成り立っているので、そのなかに反復と経過が同時に現れるはずなんです。
そこで僕の疑問は、ある短いキーワードのような言葉をもとに書いたときに、デジタル化した言葉では反復も経過も表しにくいのではないか、ということで。それは、これからあなたたちがきわめていくべきことなのだと思いますが。
ピリオドって言葉があるでしょう。日本語では「。」ですね。これは元来、ギリシャ語で周期という意味で、月が一公転する周期のようなことを指す。文章でいうと、ひとつの想念が上昇して頂点をまわって下降する周期のことで、文学は最初、呪文か詩か詩劇だったから、ピリオドは語る者の呼吸にも重なる。それが近代以降「書く」ことが中心になり、本来の意味のピリオドが次第に失われていきました。音楽家は作曲するにも演奏するにも、ピリオドの観念をそなえています。でも、それに逃げられた文章はどうなのか。句読点をつけても、ひょっとして虚（むな）しいんじゃないかしら。

中村　なるほど……、そうですね。奥深いお話です。

古井　短い文章で畳みかけていくときでも、あるまとまりで呼吸があるでしょう。僕らが書く文章も元は素朴な意味合いで歌だったんだと思います。お祭りや死者を送るときの歌。あれが文章の生命なのかもしれない。それが近代以降、意味のほうが重要視されるようになってきた。そうしたときに声や息をどう考えるのか。これは僕がこの道に入って以来の課題です。古い言葉では、息は生命と一緒でしたから。

中村　イスラム教のコーランも読み上げてこそ、と言いますよね。インドのリグ・ヴェーダも歌みたいになっていて、全部口頭でリレー形式で時代とともに伝わってきた。まさに詩歌なんですね。すさまじい量の言葉を暗記していることに驚くんですが、あれはみんなが暗記できる脳の構造だったということなんでしょうか。

古井　それは逆で、散文ではあまり記憶に残らないので、装飾のある詩文でなくてはならなかったようです。中世ヨーロッパに法律を発布するときも、庶民の記憶にその言葉が留まらないといけないので、詩文が使われたと聞きます。

言文一致以降に失われた音韻を取り戻す

中村　若い作家たちにこれだけは言っておきたいということは何かありますか。

古井　音韻を取り戻すこと、でしょうか。日本語の文章は明治三〇年代に言文一致になったときに、だいぶ音韻から離れました。それでも、その頃の小説は島崎藤村の『破戒』を読んでも歌うようなところがありますよ。それが大正期によりインテリジェントに洗練され、さらに音韻から離れていく。戦後は特に、戦中に妙な音韻が流行ったので、それを忌み嫌って過剰に避けて、外国の論理的な乾いた文章に近づけようとしたんです。しかし、西洋の言葉も音韻によって論理をなす、論理を音韻に乗せた文章だから、日本語で哲学書を読むと頭に入らないでしょう。原文ではなかなか名文だったりするけれど。

中村　昔、ハイデガーの『存在と時間』を頑張って読もうとしたんですけど、とてもじゃないけど無理でした（笑）。

古井　あれはドイツ語でもギリギリでね。日本語ではちょっと無理かと思います。
　インターネットが発達するにつれて、言葉がさらに音韻から離れる。しかも人がくつろいで話す場所も時間も少なくなってきているので、声による言葉のやりとりは議論くらいしかなくなってしまうでしょう。

中村　あとは、ただ空間を埋めるだけというか。

古井　そうなると、いよいよ言葉から音韻が失われていく。それをどう奪い返すか、中年の作家はそれぞれ挑んでいるように感じます。

出版状況が苦しくなった知られざる理由

中村　僕がデビューした一〇年前と比べて、今も文芸誌に様々に発表される小説の数は変わらないものの、単行本になる数はだいぶ減ってきていると思うんですね。

古井　僕がデビューした頃は、初版三〇〇〇部くらいの本もまだ書店で平積みできたんです。それを営業部が一週間ごとに見てまわって、少しずつ沈んでいくのが楽しみだった。そういう悠長な時代でした。

中村　ドストエフスキーの翻訳者の亀山郁夫さんとお

話したときに『カラマーゾフの兄弟』も当時ロシアで初版は上下各三〇〇〇部だったと言われていました。その時ドストエフスキーは国民作家だったけれど、それでもそのくらい。カフカになるともっと少なかったとか。

古井　ニーチェもかなりの部数を自分で買い取ったそうですね。

中村　文学って本来そういうものだったのが、エンターテインメント小説と一緒になって資本主義経済の波にさらされて、実際に本になるものが減ってきている気がして、僕はまだデビューして約一〇年経っているのでいいですけれど、今デビューする人は本当に気の毒だと感じます。

古井　それを思うと、僕のデビュー当時は罰当たりなほどに幸運でした。その後、次第に出版状況が難しくなってきた。でも、もっとひどくなった末に逆転があるんじゃないかしら。特に文芸ものはそうだと思いますよ。資本主義や市場経済が行き詰まったときに、人は必ずまた別なものを求めるはずなので。それがないと人類は世界的に滅亡に向かうでしょう。

中村　本当にそうであってほしいと僕も思うのですが、若い作家はその時がくるのをただ待っているわけにもいかないので、各作家がそれぞれ頑張るしかない。そういう時代なんですね。

古井　でも、反転の兆(きざ)しが少しずつ見えてきているんじゃないですか。つまりエンターテインメントでなさすぎて今まで売れないと思われていたものが意外な売れ行きを示すことがある。これをよく分析するといいんじゃないかしら。

中村　漫画や映画、インターネットやテレビでは味わえないものを欲することは絶対にあるので、作家はそこを守らないと難しいだろうなとは僕も感じています。

古井　本が苦しくなったのは、ここに一冊の本があるとして、この本を平積みにしたときに、それが要する面積をそこの地価で考えたら、いくらかかっていうことなんです。都心の本屋さんで考えたら、どうなるか。

中村　例えば、新宿の紀伊國屋書店で考えてみて、その地価に見合うものになっているか。そう考えると、恐ろしいですね。

古井　大流通と小流通を分けず、おしなべて大流通の世の中になってしまった。それで世界の先進国が行き詰まっているわけで。時代のスピードは速いから、新興国だって天井につくのにそう時間はかからないでしょう。僕は、そのとき小流通がもう一度よみがえるんじゃないかと思っています。バブルの頃、あなたおいくつでしたか？

中村　中学生くらいだったので、僕自身はバブルを経験していないんです。

古井　あのとき一平米一億円の土地があったんですよ（笑）。

中村　僕が大学を卒業する頃は、すでに就職氷河期と言われていました。僕はフリーターになって小説を書こうと思っていたので、みんなが就職できないことに逆に安心感をおぼえていたりもしたんですが（笑）。

反転の兆しが現れている

中村　それで、二五歳のときにデビューさせていただいて、古井さんとの最初の思い出は芥川賞の選考のときでした。デビュー作の『銃』が芥川賞の候補になって、落選したんですけれど、古井さんは選評で僕の作品のことしか書いていないんです。受賞していないのに（笑）。

古井　そう、僕はだいたいそれでやっていました。

中村　意識を構造物のように書いていった小説だったのですけど、古井さんが選評で、三島由紀夫の主人公たちが上機嫌になるのは自分の破滅を予感した時なのではないかと指摘されていて、それを読んだときに、これは面白い世界に来たぞ、と思ってゾクゾクしました。

古井　その試みをもう一回やったでしょう。あのとき僕は孤立無援でした。

中村　二度目に候補になった『遮光』のときですね。申し訳ないです（笑）。

古井　それで、三回目に中村さんが候補になって、受賞したときには、僕はもう選考委員をやめていたんだよね。それで選考委員をやめたばかりで授賞式に行くのは角が立つように思って、二次会にお祝いに行きました。

中村　あのとき古井さんがいらしてくださったことが僕は本当にありがたくて、古井さんの『野川』やカフカの話をさせていただいたんです。このとき聞いたお話は、僕の宝物としてずっと大切に持っておこうと思って、あまり他言しないようにしているくらいです(笑)。

古井　あなたの少し前に芥川賞を受賞した人でその後あまり書かないので、付き合いがある人だったから、どうして書かないのか尋ねてみたんです。そうするとね、自分の読者層をつかめないという。今、読者層と言われているのはマーケティングの結果で、自分はそれを拒否したいけれど、そうすると実際にどうしたらよいのかがわからないと。エネルギーが衰えた分だけエンターテインメントのほうに流れていく。その傾向がもう二、三〇年続いています。それが嫌な人は、書くのをやめてしまったりする。

中村　そう考えだしたら、わからなくなりますね。読者層はすこしずつ広がってきているような気がしていて、以前よりも若い人が手にして読んでくれる機会が増えてきているような感じはあります。

古井　それは確かにありますね。最近はめったにやらないんですけれど、たまに朗読会などをすると、以前より若い人が増えています。

中村　少し前にトークショーをしたら、「中学生のときにあなたの作品を読み始めて、今二十歳(はたち)です」という読者の方がいたり。

古井　それは何かの兆しでしょう。文学だけでなく社会全体の兆しだと思いますよ。

文学の言葉で、今の時代を記録する

中村　昔は古典といわれる世界文学をよく読んでいたんですけれど、最近は、今、世界はどうなっているのか、という興味から、海外で活躍している現役の同時代作家の本を読んだりしています。そうして読むと、やっぱりその国のことがわかるんですね。二〇一〇年に南アフリカでワールドカップがあって、テレビの特集もたくさん見ていたはずなのに、J・M・クッツェーの作品を読んだ方が、はるかに南アフリカのことがわかる。ルポルタージュではなく文学の言葉として。ヘルタ・ミュラーを読むと、ルーマニアの独裁政権下で息を詰めて生活する感じがわかる。そうした作品を通じて、文学の言葉でその国や時代を切り取ることの面白さを知りました。

古井　町を歩いている人の感情や行為を書くだけで、その国がどういう状況にあるかがわかるんじゃないですか。独裁政治の場合は、特にそうだと思います。

中村　それで、文学の言葉で今の時代とその空気感を記録することも文学の役割のひとつなのではないか、と思うようになりました。

古井　同時代作家ということで言うとね、僕が生まれる一三年前がカフカの没年なんです。リルケも同じようなもので、サルトルはまだ生きていた。うんと昔の人のものだと思って読んでいましたけど、実はあの人たちも僕と同時代なんです（笑）。

自分の知らない自分を呼び出す

中村　『迷宮』を一人称で書いて、今、僕が一人称で書くことができる限界はおそらくあそこだと思ったので、「すばる」で始まった連載はあえて三人称で、あらゆる年齢層をなんとか頑張って書いてみたいと思っていて。でも、自分で勝手に話を広げてしまったので、読まなければならない本が多すぎて、大変な目に合っています。

古井　ことの経緯や原因を書き表そうとすると、今の世の中は出来合いの説明がいっぱいあるんですね。その間をどう縫っていくのか。難しいですよ。

我々の場合、どうしても幻想的なところに踏み入ることが多いでしょう。でも、幻想的なことを表すには、細部だけは緻密にリアルに書く必要があるんです。カフカを読むと、部分だけを見るときわめて緻密でリアルなのに、全体を見ると非現実の領域まで入り込んでいる。でも、その非現実的に感じられる部分に、世の中や歴史の実相が在るんです。そうした感触を生むためには、細部を相当詰めていかなきゃいけない。カフカは主人公の動作を非常に細かく書いていますよ。

中村　そう考えると、古井さんの「窓の内」の窓から見る風景はとても緻密に描き出されていて、一見すると何気ない風景なのに、立ち止まって凝視すれば異形ともいえるような。この切り詰められた短篇のなかに詰まっている巨大さには、驚かされました。

古井　四〇枚書くときね、一〇〇枚以上書いていますよ。

中村　今すごいことを聞いた気がします。

古井　最初は、原稿用紙ではなく下書きをして、それでもまとまらなくてまた下書きして。それで原稿用紙に写して、そこでまた反故(ほご)にすることもあります。要するに、自分の考えていることを、たとえ部分的でも一瞬でもいいから超えろ、という気持ちでいるので。

中村　書かされている感覚というのは、小説家にとって大事なのかな、と僕も書き始めて六、七年経ったあたりから、少しずつ感じるようになりました。すごく集中して書いて読み返すと、自分で書いた記憶がないことがあったりして。そういうときは、ずっと机に向かっていて、ぴくりとも動いていないのに、お腹だけすごく空いていたりするんです（笑）。

古井　僕もある作品の後半にかかるときに、突如として大食になることがありますよ。

中村　古井さんの作品はいい意味で中毒性があって、読むとまた次が欲しくなるんです。文体やリズムに秘密があるんでしょうね。それがどうして生じるのかは、僕にはまだわからないんですけれど、ただ、言葉に中毒性を帯びさせるというのは、作家にとってすごく大事なことだと感じています。

古井　書き手が個人に徹したら、そういうことにはならないでしょう。自分の知らない自分を呼び出すのが、ものを書くという行為ではないかしら。これが神経と肉体を消耗させるんです。

（後記）文学少年が、憧れの作家と対面している。そんな対談でした。後の文学の世界のためにも、古井さんから様々な言葉を引き出そうと僕は奮闘していて、その点では、自分なりにできたのではないかと感じています。古井さんはお亡くなりになったけど、作品は残ります。ありがとうございました、とお伝えしたいです。

×大江健三郎（作家）

スリの「物語（レシ）」のなかの現代

大江健三郎賞受賞記念

――「群像」2010年7月号／講談社↓『大江健三郎賞8年の軌跡』2018年5月／講談社

récit（レシ）としての『掏摸（スリ）』

大江　大江健三郎賞はこれで四回目です。始める時は自分ひとりで選ぶんだからとクレジットをつける気持ちでした。四回やって、この賞は私自身がいま現在の文学を具体的に考える一番の方法だった、と思います。作品の質はいうまでもなく、受賞作が海外で翻訳されて、すでに良い反響があるという点でも成功していると考えています。今回の中村文則さんの『掏摸』という小説にも、新鮮で重い感銘を受けました。翻訳されれば注目されると期待しています。

『掏摸』は、掏摸を働く孤独な青年が、そのこと自体で自己実現する過程を描き、さらには犯罪組織に巻き込まれてもうひとつの展開にいたる物語です。どういう点で作家が力を発揮しているかというと、「掏摸」という主題が正面から貫かれているところです。それだけを追究しているといってもいいと思うくらい、主人公は特別な造形をされています。掏摸をする人間としか説明してありませんが、それで十分にどういう人間かということがよくわかるように書かれています。飾り立てた文章ではありません。主人公が持っている人間観、社会観が、明確に力強く述べられる文体になっています。

これが外国語に訳されればいいと考えた理由は、この『掏摸』のような書き方、言葉の選び方、人物の選び方、そしてそれにしっかり合った文体で書かれる小説の形式が、むしろ外国にあるからです。いろいろな作家がその出発点において自分の個性をはっきり示すために書く、「私はこういう作家だ」ということのみを示すために書く小説の形式があります。それはたいてい二〇〇ページくらいのものですが、フランス人はその形式を récit（レシ）と呼びます。récit というのは、物語ったり、人前で話したりする、recital（リサイタル）と同根の言葉です。ある作家が自分の一番話したいことを確実に直接語りかけるように書く、そのような最初の小説として récit がある。作家にとっては、その物語を、あるいは人物をそのように表現すればもういい。それで彼の表現は達成されたのであって、彼は作家としての道を確実に歩んでいくことが約束される。われわれ読者は、一人の明確な作家を発見する……私はそれが récit という小説だと考えています。

　私は学生時代に、récit という形式に引きつけられました。たとえばアルベール・カミュに『異邦人』という小説がある、あるいはル・クレジオの『調書』という小説がある、二つとも、récit として素晴らしい例です。そしていま日本で récit という呼称に最もふさわしい小説がこの作品ではないか。中村さんが新しくつくり出した、日本人の現代の récit です。

中村　ずっと尊敬し続けてきた大江さんが今日は目の前にいらっしゃって……、今頭が真っ白で、上手く話せるかわかりませんが、大変ありがたい機会で、話させていただきます。以前から掏摸師という存在には関心がありました。自分を偽って人込みの中に消えていく存在、反社会的に、指を巧みに使ってすり抜けていく存在を書けたら、自分の文学的な特徴が出せるように思って書き始めたのですが、構想は二転三転しました。

　掏摸師について書こうと思って掏摸の資料をいろいろ調べましたところ、人類最初の職業は売春である、二番目が盗み、掏摸であるということを読みました。その説をおもしろいと思って、そこから掏摸と売春婦の話を書こうと考えたんです。当時、旧約聖書をずっと読んでいて、「旧約聖書、掏摸、売春婦……、あ、できるな、小説が」と思って書き始めたのですが、結局、掏摸にテーマを集中する小説を書くことに戻りました。主人公が掏摸ではなかったら出会えない人たちだけで登場人物を構成して、小説の全篇にわたって掏摸の行為をするというふうに書きました。

長さについていうと、僕はあれぐらいの枚数が一番自分にしっくりくると感じています。考えてみれば、短篇以外、これまでずっとああいう長さの作品を書き続けてきました。『掏摸』も自然とあの枚数で書き終えていて、そこを指摘してくださったことも、とてもうれしかったです。

大江 『掏摸』は、四〇〇字の原稿用紙何枚くらいですか。

中村 二二〇枚だと思います。

大江 私がこの小説で優れていると思う第一点は、掏摸をする場面の詳細な描写です。

中村 あらゆる掏摸のテクニックを、考えたりアレンジしたりしながら、時間の濃淡なども考えて、様ざまに書きました。

大江 掏摸という行為のシーンを中心に置いて、ほとんどそれだけを重ねていって、一つの物語ができた小説は、これが初めてではないでしょうか。

中村 そうだとうれしいです。

大江 東京の社会に孤立して生きている青年が街に出かけていく。この青年は、人間を見るときただ一つだけの尺度しか持っていない。彼の言葉によると、「裕福者」かどうか、ということが人間に対する判断の基準です。

「裕福者」という言葉は、そのまま一語では英語にもフランス語にもできないのじゃないでしょうか? リッチという形容詞はあって、リッチ・マンといえば「裕福な人」ですが、ある小説の中で人間を「裕福者」と呼んだ例を私は見たことがない。「大金持ち」とか「成り金」という言葉が否定的に使われる場合はありますけれども、主人公はあえて「裕福者」という言葉を使う。街に出ていって見渡して、「裕福者」がいるとその人についていって、ほかの人間のことは考えない。自分の手、自分の指をどのように働かして「裕福者」から財布をすり取るかが克明に書かれている。

不思議なことにこの掏摸は、あまりお金に執着がないように見えますね。

中村 そうです。執着はないです。

大江 すると、何のために掏摸をしているのでしょう(笑)。

中村 それは取るときの快感だと思うんです。こんなことを言うと、今日来てくださってる観客の皆さんから、おかしなやつと思われてしまいそうですが（笑）。資料を読むだけでは実感がわかなかったので、友達にスーツを着せて、ぶつかったりしてあれこれと掏摸の練習をしました。練習してある程度うまくなってから書き始めました。他人の不可侵の領域に指を伸ばして挟む、取る、体温が上がる、鼓動が激しくなる、その瞬間が主人公にとって最も重要で、自身の存在を実感します。スリ行為という特殊な状況に自分の身を入り込ませることでしか、そのような実感を得ることができない、そしてそこに快感を感じる……。彼はお金にはまったく執着していないですね。

大江　中村さんは主人公の掏摸の動機として「快感」をいわれましたけれども、小説で主人公の情動の変化あるいは心理との関わりで肉体的変化として表現されていることの中心には今いわれた鼓動が激しくなるということがあります。主人公は、街に出ていって、「裕福者」を見つけると追いかけていって、巧みに二本の指をポケットに入れて財布をつり上げる。そして、鼓動が高まるのを感じている。その進み行きが克明に描かれている。この掏摸の人物はすり取ることだけに関心を持って生活しているということが、「本当にそうだろう」と納得させるように書かれています。

単純化の力

大江　『掏摸』にはほかの登場人物として、まず恋人であった女性がいたということと、やはり過去に掏摸のグループに属していて、その犯罪集団にある主張を持った指導者がいたということが出てきます。この小説の最初の草稿では、昔の恋人はもっと詳しく書かれていましたか？

中村　恋人に関してはもう少し情報はあったのですが、そこはあえて省略して、過去の風景として書くという感じにしました。最初はいろいろ肉づけはあったのですが、省略する方向を選びました。

大江　そこがうまい。青年は、高い塔が立っているというイメージを持ち続けます。そのイメージと昔知り合っていた女のイメージが掏摸という行為以外に出てくるわずかな要素ですが、塔が立っているということは単に「塔があった」とだけ書かれています。女の人のほうも詳しくは書かれない。

小説家にとって難しいのは、ある女性なら女性の、どういう人間かという存在感を簡単に書いて小説に埋め込むことです。私は、それをスマートにやれない。読者が覚えやすいように世間にはないような変な名前を考え、あるひとつの章をその女性のために当てるくらい労力を費やします。ところが、中村さんの小説には、その女性の思い出が一瞬のきらめきのようにあるだけで、ほかのことは書かれない。これは最初に、もっと詳しい細部を持った女性を書いて、そこから特徴を抽出するようにして、小説中の数ヵ所で使った、ということじゃないかと推測します。当の女性を単純な記号のようにして提出することに、小説の書き直し、手直しが向けられている。それと同時に、青年自体もっといろいろな要素を持っていたに違いないけれども、今は専ら掏摸だけという単純化がこの小説の技法の骨格をなしている。

最初は大きい小説として書かれていたものを、その精髄、核心より他は省くことで、文体とイメージが確実な強いものになっている。また最初にいったように、「あの金持ちが」とか「月収三〇〇万円の男が」とはいわないで、「裕福者」という表現を使う。日本語の字引に「裕福」という言葉はありますが、「裕福者」という言葉はありません。この「裕福者」という不思議な言葉で単純化して掏摸の対象を明確に示す。そのことで小説が大きい棒を一本突き出すように進む。

私はこの機会に、今までのあなたの小説を全部読みました。

中村　ありがとうございます……。とてもうれしいです。

大江　今度の小説は、今までの作品とは文体が違うと思う。それこそ文体の重みというか、表面にくだくだしく書かないけれども、必要なことがはっきりわかる文章となっている。フランス語の修辞学でレティサンス（reticence）という手法。黙説法と訳されたりしますけれども、物をいわないでいう表現方法、その効果が読者に伝わってくる。新しい文体をつくるということは、文章を一語、一語のレベルで書きかえることです。それが今度の『掏摸』で成功しています。
そのようにして成功したものが、次の作品をつくるとき強い力としてつながってゆく。それが、作家として生きて成長していくということです。

「子ども」というテーマ

大江　さて『掏摸』には、過去の恋人とは別に、もう一人の女性が登場します。主人公が偶然目撃した、万引きをする子どもの母親。この小説に過去の恋人が三ページ分ほど書かれているとすると、この万引きをする子どもの母親は全体で一〇行も書かれていないように感じます。ところが、その女性の方が強く書けている。

青年が通りすがりのスーパーマーケットに入ってゆくと、そこに子どもを連れた母親がいて、自分は見張りをしながら子どもに万引きをさせている。青年は掏摸の専門家ですから、このままじゃ子どもは捕まるだろうとすぐにわかる。彼は、子どもの側に立って心配しながらついていくのです。そして、その子どもに万引きを続ければ捕まってしまうと警告してやって、無事に外に連れ出す。その後、もう一度その子どもに会うと、青年は、自分が「裕福者」からすり取った二二万円をやって帰らせる、というふうに展開します。

青年が自分の子どもにお金をくれたと知った母親は、青年のところにやってくる。部屋に入り、ちょっとした問答の後、青年が「脱げよ」と言い、脱ぐ……そして関係を持ったらしいことが三行か四行か書いてあるのですが、それだけで女は明確に実在し始めます。

青年の方も、ただ掏摸だけやっている人物だけれども、確かにこのような人間はいると感じさせる。万引きする子どもも、その子どものために何か一つ働いてやりたいという気がしてくる子どもです。そして何をやっているかわからない、その母親もうまく書かれている。私はその母親、子ども、掏摸の人間関係を、奇妙だけれどリアルな人間関係と受け取りました。

中村　人間として性という問題があって、そこをおざなりにすると小説が作りものめいてしまうので、その性の対象をどう書くかと考えました。初めの方の構想として売春婦も書こうということがあったので、あの母親を出しました。彼女は掏摸の主人公とは直接関係がないので、名前は与えなかったのですが、どうしてもリアルな存在感を持たせる必要がありました。チックの癖とか、動きとか、描写の分量は最小限ですが、自分なりにいろいろ試行錯誤はしたつもりです。

大江　それはしっかり出ています。単純なことしか示されないにもかかわらず、この現代の東京に実在しているとわかります。

この小説の柱は掏摸の行為ですが、もう一つの柱は、子どもです。そして、反社会的な主人公の青年が、その子どもに教育をしようとします。万引きというものはこういうふうにしなければという教育。スーパーの係りの女にどのように見つからないようにするかということや、母親が「万引きしろ」といっても、こういう状況では断らなければいけないというようなことを短い言葉で教える。そして少年は確実に受けとめる。いい教育関係が生じるんです。掏摸と万引きが犯罪であることを除けば、青年と少年の間にあるのはいい教育関係です。掏摸にとって手の動きのみが重要だということが小説に書かれると同時に、少年に対するこの青年の関心、どうしても教育しないではいられない、そういう子どもと掏摸の人間関係に私は興味を持ちました。

中村　この子どももまた重要な登場人物だったので、名前は与えてはいないのですが、喫茶店での細かいしぐさなど特徴を描写して、人間的に造形はしています。今まで僕の小説に、ああいう教育をする、つまりだれかからだれかに何かを伝えていくという構図はあまりありません。前作の小説ではあったのですが、なんというか、主体としての主人公の側から明確な意味での「子ども」に何かを伝える、「教育」することを、文脈で出したのは初めてです。書き上げたときは、自分が今までやれなかったことができて、上から下へという関係は重要な動きだと思いました。広がりが生まれるというか……。ある登場人物の想いが別の登場人物に伝わっていく。その動きは小説に重要な深みをもたらしてくれると思いますし、その対象が子どもであると、さらにその意味は強化されるように感じます。

大江　この子どもの存在が、あなたの新しいテーマになると思います。犯罪者同士であるにしても、子どもと大人との教育関係……子どもが掏摸の大人を信頼し、掏摸の男はしっかりした態度でその子どもに対処する。厚い信頼関係が確実にでき上がる、つまり教育的な人間の関係でこの子どもと掏摸の大人が結ばれている。

終局、青年は負傷して夜の街角に倒れている。出血多量で死ぬかもしれない。小説家としていうと、このまま若者が死んでしまうとすれば、惜しいと思います。主人公は死んでも小説家は生きている、その小説家の中で生き続ける一つの人間のタイプがつくり上げられていると思う。さらにいえば、青年は死んでしまうかもしれないが、少年は生きている。自分に理由もなく大金をくれ、万引きの露見から救ってくれ、自分を施設に入れて、母親から自由にする可能性にまで相談に乗ってくれた青年、そういうまれな人間関係の思い出を持った少年があと五年ぐらいたって、新しいテーマを持った小説の主人公になれば、ということを私は考えます。

ドストエフスキー『未成年』の隠れた主題

大江　ドストエフスキーの晩年に『未成年』という小説がありますね。ドストエフスキーの最後の小説は『カラマーゾフの兄弟』で、『未成年』はその直前の大きい小説です。『カラマーゾフの兄弟』ほどよく読まれているとはいえませんが、私にはドストエフスキーのもっとも重要な小説の一つに思えます。

ドストエフスキーは小説をつくる前に創作ノートを書く。『罪と罰』、『悪霊』、『白痴』の、それぞれの創作ノートがありますけれども、なかで一つだけ完全に残っているのが『未成年』のノートです。筑摩書房版の小沼文彦個人訳全集に、完全な註をそえて入れてあるものを読みますと、ドストエフスキーが晩年に、これだけはしっかりつかまえておかなければいけないと固く信じている主題があって、それを書こうとしています。創作ノートの最初のほとんどのページはその特別なテーマだけを考えてあります。ところが、小説を最後まで読むと、小説の本体は次第に当の中心のテーマから外れてしまうんです。

ドストエフスキーは最初、子どものことを書こうと思っている。子どもたちが集団をつくって犯罪を犯し、富を得、あるいは権力も得て、小さな国を子どもたちだけでつくる。帝政か共和国か、ともかくそういう国家がつくられるという小説を自分は書きたいと。

中村　そうだったのですか。あの小説は、構図のユニークさや書かれている言葉の強さに感銘を受けたのですが、そうですか……、創作ノートは随分違いますね。

大江　加えてもう一つ、重要なリーザという女性のためのノートを熱心に書きながら、それも実際に書かれている小説では小さくなってゆく。その変化については論文を一つ書きたいくらいです。ともかく、犯罪を犯す子どもの集団が『未成年』の最初の大きい主題だった。『未成年』は、まあその子どもの一人が二一歳になって、モスクワからペテルブルグに出てくるところから始まる小説です。やはり子どもの部分を残した、つまり未成年の人間が書いてあるけれど、最初に構想した大きいテーマの全体からは後退しています。

しかしともかく、『カラマーゾフの兄弟』もふくめて、ドストエフスキーが最後に考えたのは、子どもが一番重要である、ということです。小さい者、子どもが苦しんでいることを無視する国家、社会、家族という現実がある。それはつくり変えなければならない。それが唯一、人間がやるべきことだというのが『未成年』、『カラマーゾフの兄弟』の、究極の思想であることとは変りません。しかし、小説の本体ではその主題とは一応別に、二一歳の青年が苦しい経験をすることを書く。その青年が「自分はこういう苦しい経験をしました」と手記に書く形で、実際に書かれた『未成年』はできているのです。

青年はモスクワで親代りをしてくれたニコライ・セミョーノヴィチという老人に手記を送る。その手記を読んだ老人からあなたは自分を多くの点で再教育された、という手紙が来る。この手記は未来の芸術家の役に立つだろう、という。工藤精一郎訳で続けます。《あなたが書かれたようなこうした『手記』が必要となり、資料を提供するのです――それがいかに混沌として、偶然的であろうと、真実であればよいのです……少なくとも、いくらかでも正しい様相がそこなわれずにのこっていれば、そこから、当時の混乱時代のある未成年の心の中にどのようなものがひそみえたかを、推察することができるでしょう――この発掘は決して価値のないことではありません、なぜなら未成年たちによって時代が建設されていくからです……》『カラマーゾフの兄弟』でも子どもが大きな役割を果たすことはよくご存じでしょう。しかし、ドストエフスキーで一番重要な、しかも『カラマーゾフの兄弟』とちがって、完結している小説は『未成年』だと思います。

中村さんは『掏摸』で子どもについて書いている。この子どもが青年から教育を受けるのは、専ら掏摸の技術、あるいはどうしたら無事に万引きできるかということです。しかし、そういう犯罪的なことについてであっても、教育は教育です。少年は教育を受けている。青年も、かれの人生で積極的なことといえば掏摸の技術を磨くこと、それから「裕福者」を見つける技術を養うことだけなのですが、少年に何かを教えてやるということについては、純粋な教育的希望というか、教育的情熱を抱いている。

繰り返しになりますが、私は、あの少年と掏摸の男の不思議な関係をこの一篇で捨ててしまうことが惜しいと思います。人間が人間を教育する、大人が子どもを教育する、そして未来を考える行為の一つの原型として、それを掏摸ということを主題に描けたあなたは、別の側面であの子どもを確実な主人公として提出する次の récit、次の二〇〇ページを書けると思う。

選評に私は、中村さんがこういう récit としての骨格を持った、新しい小説をあと二つ書いたならば、読者はあなたをずっと記憶し続けるだろうと書きました。大きい小説をお書きになってももちろんいいのですが、それらの間で、やや短いものとして書く新しい récit の主題にこの少年はなり得るとお考えになりませんか？　人間が人間の技術を磨く、心を磨く、そして自分をつくるという、『掏摸』の精神的テーマが今後どう展開してゆくか、大いに関心があります。

中村　やはり僕自身が書き終えて気に入ってしまう登場人物はいます。この掏摸の主人公もそうですし、この少年ももちろんそうです。この少年を主題とする小説はぜひ書いてみたいと思います。この小説に関連していく小説の構想は、書き終えた時に僕の中に残りました。

この六月末に次の小説が出るのですが、それは『掏摸』とはまた違う形の小説で、長篇の初めての書き下ろし（編集部註・『悪と仮面のルール』）となっています。でも、その次の小説はまだはっきりとしたことは言えないのですが、また中篇を予定しています。

「教育」という言葉を使われましたが、それも重要だと思いました。違う形の小説を間に挟みながらも、仰っていただいた中篇、récit ということを意識して、全力で頑張っていきたいです。この少年を主題とするには、そしてこの『掬摸』で得たものをさらに展開し、深めていくには、僕の現在の力量以上のものが必要になると思いますので、もっと日々成長しながら、じっくり取り組んでいきたいです。僕は一つの小説を完成させるのに、本当に時間がかかってしまいます。一つ一つ、慎重に段階を踏む傾向にあるので、いつになるのかはわからないですが、ぜひ頑張りたいです。

大江　そういう小説を幾つかお書きになると、きっとこの子ども、あるいはこの子どもに準ずるような人格の人物が、読者から見れば、「ああ、これが中村文則という作家だ」と受けとめられて記憶し続けられる、そういう典型的な人物になり得ると私は思います。

作家、とくに純文学の作家が仕事をするということは、必ずしも連続した小説の円環を一生かけてつくっていくという仕業ではありません。一つ一つの自分のその時の仕事にまず全力を傾けるわけですが、そういう個々の作品が、独立しているにもかかわらず、ある人物、ある人格、ある人間のタイプというようなものではっきり確立されて、重なってくるということが本当の作家にはあると思います。

たとえば私が récit の代表的な書き手として最初にあげた、アルベール・カミュの描く人物をずっと見てゆくとそうです。ル・クレジオについてもそうです。それらは同じことの繰り返しではない。まったく別々の仕事の連続だけれども、作家の中では、その作家がいなければだれも発見しなかったはずの人間のタイプ、人間の質というものを積み上げることになって、それがその作家にとって一番本質的な表現になる。その作家が死んでしまっても、その人物のタイプは残っていく。中村さんは récit『掬摸』で、そのような可能性の出発点を刻んでいられると思います。

新しい小説への「移動」

中村　大江さんの最新作『水死』を、とても興奮して読みました。『水死』は『おかしな二人組（スウード・カップル）』三部作とも、『臈（らふ）たしアナベル・リイ　総毛立ちつ身まかりつ』

とも、明らかに文体が異なります。静けさの中に、緊迫感のある文体だと感じました。

　まず、古義人がとても静かです。小説の初めから、否定、拒否を外部に積極的に示さないように感じます。「もう話し終えてると示すしるしに、穴井マサオの問い掛けに答えなかった。」という反応の描写があります。しかしそういう古義人が、演劇化された『みずから我が涙をぬぐいたまう日』の合唱で歌う。妹のアサから「キーキー声」と言われても、「バリトンでといってくれ、と言いたい気がした」とあります。つまり、実際には言っていない。

　そして「水死小説」の断念があって、その後酔ったウナイコにからまれて酷いことを言われても「限りなく下降するメランコリーと笑いの衝動にこもごも揺さぶられつつ」怒らないのです。ここまでくると、もうこの静けさが恐く感じます。大眩暈の描写も大変鬼気迫っていて、実に素晴らしく、緊迫感が凄まじく高まってくるところで、息子のアカリに対してその古義人が酷いことを言ってしまう。しかも二度。小説の中の、なんというか、暗黙のルールが崩れる瞬間というか、シーンが恐ろしいと同時に、手法として大変斬新なものを感じました。そして「鬱塊」という言葉。この言葉にも、僕は本当にやられて……。

　開かれた言語空間を思わせる「死んだ犬を投げる」芝居や、父の行動に迫る過程もスリリングで、エリオットの詩に対しての古義人の言及も美しいです。「森々」と「淼々」の言葉やあのラストなど、何度再読しても惹き込まれます。

　そこで質問をしたいと思っていたのですが、『臈たしアナベル・リイ　総毛立ち身まかりつ』を終えてから『水死』を書き上げたときの御様子を、お聞かせいただけないでしょうか。なぜかというと、この二つの小説の明確な文体の違いということもそうなのですが、大江さんが一つの小説から次の小説に移動するとき、どういうふうな準備をされ、あるいは考えてなされるのかということを大変知りたく思いました。どのように『臈たしアナベル・リイ　総毛立ち身まかりつ』からこの『水死』に移動していったのか、ぜひ聞きたいです。

大江　われわれ小説家にとってという一般論じゃなく、

老年の私という一作家が、なおもう一つ仕事をするつもりになれば、そのために必要なはずのものとして実例を話します。一つの小説を書き終わって次の小説に移っていく、中村さんはそれを「移動する」と表現されました。一つの小説から次の小説へ小説家が移動するというのは、どういう人間の心の働きなのか、どういう技術、どういう知恵が必要なのか、どういう労働でもあるのか、そういうことをお聞きになりたいのだとすると、これまでの経験から答えることができます。

一つ小説を書き終わると、いつも私のしなくてはならないことがありました。執筆中の小説の中にいつも長期間、夢中になって入り込んできた、その名残り（などり）を自分から払い落としていくことです。頭も感受性もその中に入り込んでいる、それまでやってた小説の残滓（ざんし）をすっかり洗い流すようにして、そこから自由にならなければならない。とくに自分の個人生活とフィクションの世界を地続きに設定してきた私のような作家には、前の作品からどのように自由になるかということが、一つの小説から次の小説に移動しようとして一番先に、つまり新しい小説を構想し始めるまでに重要な仕事です。

そのためにどうしてきたかというと、私は大抵、以前に読んだ、たとえばドストエフスキーというような大きい小説家の大きい小説を再読します。とくに、その作家の創作ノートがあれば一緒に読んでみる。そうするうち、さきの小説が自分にもたらしていた様ざまなゴタゴタが次第に稀薄になっていって、自分はもうあの小説世界とは関係がない、といえる状態になる。

ところが、もうあの小説とは関係がない、自分は新しい小説に向かって移動し始めたと思っているときに、さきの小説を書いたことで私に与えられた人生の知恵というか、自分の中にそれによってつくられているものの自覚がしっかりすることもあるんです。あなたが『掏摸』を書かれて、手の動き自体の、ほとんど自分を超えたリアルなものについて深いことを発見された。あの少年と青年の教育そのものといいたいほどの関係を発見した。それがどういう形にしろあなたに残っているでしょう？　そのように、私の場合、『臈（らふ）たしアナベル・リイ……』を書いたことで私の中に残っている本質的なものがあることに気がついてくるわけなんです。

　そこに戻っていくことはもうない、あってはならないということがわかると同時に、あそこで発見したもので、どうしても自分がしっかり書かなければいけない要素がある。新しい小説の中でそれを展開すれば、この問題をもっと確実に自分のものにすることができるだろう、そう発見することがあるんです。

　そこで『臈たしアナベル・リイ……』の残滓をふるい落とそうとしていながら、そうやって次の『水死』を書き始めていながら、どうしても、『臈たしアナベル・リイ……』と血管でつながっているものが出て来てしまう。いろいろするうち、わけのわからない草稿が入り込んでくる。そのなかに新しい自分のテーマが覗くようであることもある。そこで今まで書いていた前の小説からつながっている部分は削ってゆく。人物も出来事も物の考え方も先のとつながるものは削ってしまう。たとえばあなたの小説にある、昔、知り合っていた女性の面影のようなものが小説に一瞬きらめくような形でならばいい。けれど、前の小説と直接つながっているところは全部消してしまって、それから、なお書きためたなかに、新しく考え始めている小説へ自分を押し出して来そうなものはひろいあげようとつとめる。そうやって新しく集中していく対象がはっきりしてくるときに、次の『水死』という小説が初めて始まるわけです。

　そのようにして前の小説から自分を切り離す。切り離してしまった後で、しかし残っているものがある。その残っているものを総まとめしてみる。そのうち手がかりが出てきて、選別もうまくできるようになって、新しい小説の世界に心底から移動できるというのが、私がずっとやってきたことです。

中村　切り離し、残るものがある……。とても興味深いです。小説家特有の行為というか、そうやって仕事を続けていく……。

大江　今は『水死』が終わって、半年ほど経ったところです。小説が終わると、私は大抵一年は、さきにいったようにたとえばドストエフスキーなどを再読するということにあわせて、小説とまったく関係のない本を読んで暮らします。とくに詩を読みます。ところが今度の場合、それを始めてすぐ、自分がずっと頼りにしてきたほぼ同じ年齢の井上ひさしさんが亡くなりました。

それ以来、ずっと井上さんのことを考えてしまいますから、なにより、本が読めない。考えることも暗くて、ただじっと書庫に籠(こも)っていたりする。なにかほかのことを考え始めないと、自分の残りわずかな人生はこのままかも知れないと思うほどでした。私が夢中になって取りかかることができるのはやはり小説なので、『水死』からまだ六ヵ月しか経っていませんが、新しい小説に向かおうとしています。それも今度は、友人の死に始まって自分の遠くない死を考えざるをえないわけですから、小説をこれまで書いてきた、いわば総決算に必要だと思うものを見つめ直すように書く。それをやっていくうち、これまでなかった構想ができ上がってくるかも知れない。そのような形で移動することができたら、と願っています。


(後記)学生時代から読み続け、救われ、崇めていた存在から、賞をいただく。この公開対談直前の控室が初対面だったのですが、現実とは思えませんでした。僕は今でもこの対談は、時々顔を上げて中断し、深呼吸しないと読めないです。

文学の、遥かなる巨人。最初に読んだのは『個人的な体験』で、完全にのめり込み、そこからまずは新潮文庫で、『死者の奢り・飼育』から読んでいきました。ドストエフスキーの時と同様、圧倒的な読書体験です。

あとがきでも触れていますが、亀山さんから頂いた賞と同じく、大江賞は僕の人生の、決定的な出来事でした。

あとがき

まえがき、にも書きましたが、これはデビュー二十周年の節目につくらせていただいた、僕の初めての対談集になります。

皆さんの言葉はどれも面白く、鋭く、深く、こういった言葉を改めて読者の方々に紹介でき、とても嬉しく思います。読み終わった方々は、この対談集に登場してくれた皆さんを、きっと好きになってくださったのではないでしょうか。そうなってくれることも、この本をつくった思いの一つでした。

二十年間に行った対談は膨大で、掲載できなかったものも多くありました。同時期に複数の対談をしていたこともあり、相手が違っても内容が相当被っているもの、相手の方の受賞や本の刊行時の対談で、僕がひたすら相手の作品を語っているだけのものや、僕がとても若い時だから褒めてくださっているけど、今ならもっと厳しく読まれるのでは、と推測した対談も、何だか相手に悪い気もして、収録しなかったものもあります。それ以外に、ウェブで読めるものも割愛したのですが、現在

（二〇二二年六月）ウェブで見ることのできるものを、左に記していきます。

ユーチューブチャンネル「丸善ジュンク堂オンラインコンテンツ」で、友人の作家、パク・ソンウォンさんとの対談がアップされています。日韓の対立を越えた、僕が時々言う「美しい時間」が流れる、笑いに溢れたとてもいい対談です。『JAM THE WORLD - UP CLOSE』SPINEAR で、ジャーナリストの青木理さんとのラジオ対話が、複数アップされています。毎回、刺激的な社会時評の話題になります。

そして読む方では、HILLS LIFE のサイト内で、『私の消滅』の表紙で作品を使用させていただいた、芸術家の塩田千春さんとの対談、AERA dot. で、占い師の鏡リュウジさんと、『カード師』刊行時の対談、nippon.com で、僕の小説のフランス語訳をしてくださっている、ミリアン・ダルトア＝赤穂さんとの対談、otocoto で、映画『去年の冬、きみと別れ』の監督をしてくださった、瀧本智行さんとの対談を、読むことができたりもします（ただ、以上の読む方の対談は、この対談集のような紙媒体ではなくウェブですので、内容はやや「ライト」なものもあります）。

もっと、対談したい方々がいます。もし第二弾をつくることができたら、とも思っています。対談中に、執筆は構成が変わっていく方が面白い、とよく出てきますが、当然人によります。あくまで僕の意見ですが、デビュー作を書く段階であれば、かなり構成は練ってからの方がいい、とも思います。

作家の二十年は、嫌なことや辛いことが多く、しんどかった印象ばかりでした。

今だから言いますが、一度、自分で書き続けはするけど、プロとして作品を発表するのを、一時的にやめようと悩んだこともありました。

しかしこうして自分のしてきた対談を振り返ると、このような凄い人達と対話する機会があり、大尊敬している亀山さんと大江さんから賞を受けるという、これ以上望めない評価まで頂いている。これらの対談の幾つかは公開対談で、いつも多くの読者の方達が観に来てくださってもいた。作家として、恵まれていたとしか言いようがない。対談集をつくってみて、改めてというか、そう感じました。また時が経つと僕は鬱々とすると思いますが、でもそれが、人生というものです。

なお、各対談のタイトルは、極力掲載時のままにしましたが、一部変更しています。各対談をまとめてくださったライターの方々、編集者の方々、この対談集に関わってくれた全ての方達に感謝します。

これからも、書き続けていきます。読者の皆さんも、生き続けてください。共に生きていきましょう。ではまた次作で。

二〇二二年　六月一日　中村文則

中村文則（なかむら・ふみのり）

一九七七年愛知県生まれ。二〇〇二年『銃』で新潮新人賞を受賞しデビュー。〇四年『遮光』で野間文芸新人賞、〇五年『土の中の子供』で芥川賞、一〇年『掏摸（スリ）』で大江健三郎賞を受賞。同作の英訳が、米紙ウォール・ストリート・ジャーナルで二〇一二年の年間ベスト一〇小説に選ばれる。一四年、ノワール小説への貢献で、アメリカでDavid L. Goodis賞を受賞。一六年『私の消滅』でBunkamuraドゥマゴ文学賞を受賞。二〇年、中日文化賞を受賞（中日新聞主催）。他の著書に、『何もかも憂鬱な夜に』『去年の冬、きみと別れ』『教団X』『あなたが消えた夜に』『R帝国』『その先の道に消える』『逃亡者』『カード師』など。エッセイ集に『自由思考』がある。

＊公式ホームページ http://www.nakamurafuminori.jp

自由対談（じゆうたいだん）

二〇二二年七月二〇日　初版印刷
二〇二二年七月三〇日　初版発行

著者　中村文則
発行者　小野寺優
発行所　株式会社河出書房新社
〒一五一-〇〇五一　東京都渋谷区千駄ヶ谷二-三二-二
電話　〇三-三四〇四-一二〇一［営業］
〇三-三四〇四-八六一一［編集］
https://www.kawade.co.jp/
組版　株式会社キャップス
印刷　株式会社亨有堂印刷所
製本　小泉製本株式会社

Printed in Japan　ISBN978-4-309-03054-8